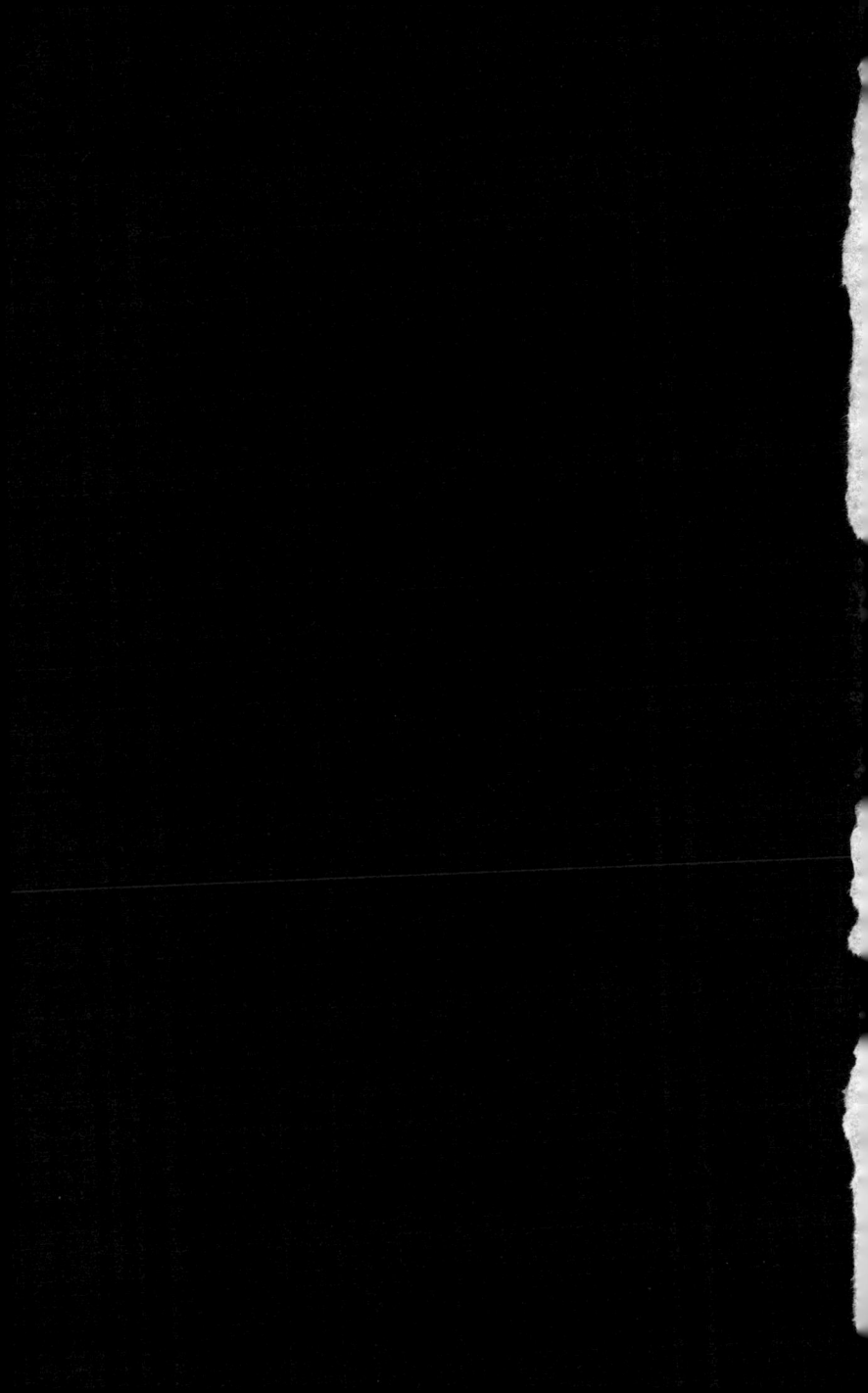

하자르 사전

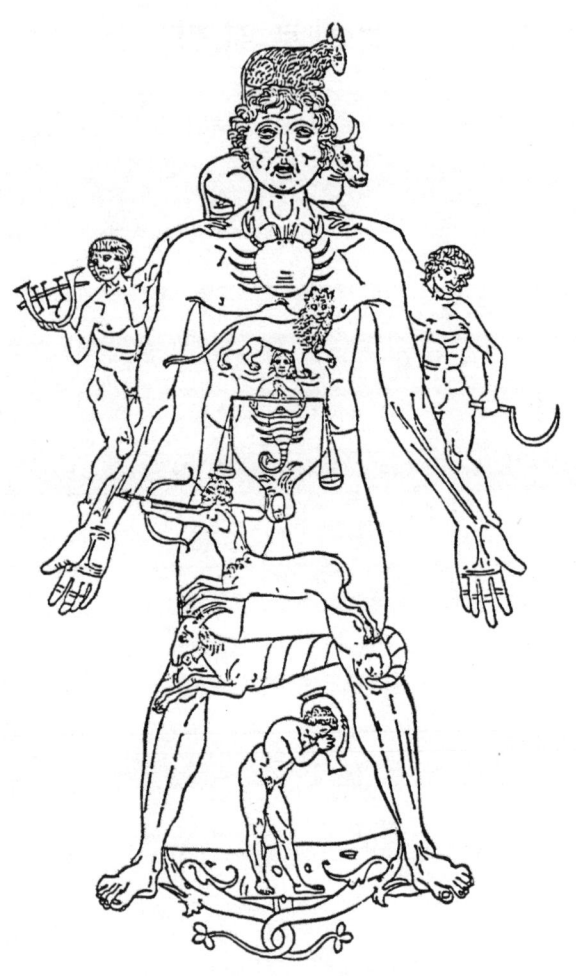

하자르 사전
Хазарски речник

밀로라드 파비치 장편소설　신현철 옮김

DICTIONARY OF THE KHAZARS
by MILORAD PAVIĆ (1984)

Original title: HAZARSKI REČNIK
Copyright (C) 2011 Jasmina Mihajlović;
www.khazars.com; @miloradpavicofficial
Korean Translation Copyright (C) 2011 The Open Books Co.

This Korean edition published by arrangement with Tempi Irregolari, Italy
and Icarias Agency, Korea. All rights reserved.

일러두기
『하자르 사전』은 세르비아에서 〈남성판〉과 〈여성판〉을 따로 출간했다. 두 판의 내용은 거의 동일하며 단 한 문단만이 다르다. 이 책은 여성판이며, 남성판의 결정적인 한 문단은 본문 뒤에 편집자 노트를 통해 따로 수록해 두었다.

이 책은 실로 꿰매어 제본하는 정통적인 사철 방식으로 만들어졌습니다.
사철 방식으로 제본된 책은 오랫동안 보관해도 손상되지 않습니다.

여기 독자가 누워 있다.
그는 두 번 다시 이 책을 펼치지 못하리니…….
이곳에 영원히 죽은 채, 잠들다.

복원 개정판 서문
11

하자르 민족에 관한 사전들

레드 북
THE RED BOOK
하자르 민족에 관한 기독교 문헌
33

그린 북
THE GREEN BOOK
하자르 민족에 관한 이슬람교 문헌
171

옐로 북
THE YELLOW BOOK
하자르 민족에 관한 유대교 문헌
275

부록 1
『하자르 사전』의 초판 편집인 테옥티스트 니콜스키 신부
407

부록 2
아부 카비르 무아위아 박사 살인 사건의
재판 기록 가운데 증인들의 증언에서 발췌한 글

437

맺음말
이 사전의 유용성에 대하여

447

편집자 노트

451

작품 해설
꿈과 상징으로 이루어진 행복어 사전 이윤기

453

역자 후기
지혜로운 자를 위한 경전 혹은 낱말 맞추기 게임

461

밀로라드 파비치 연보

471

찾아보기

475

LEXICON

COSRI

A DICTIONARY OF THE DICTIONARIES
ON THE KHAZAR QUESTION

1692년 파기된 1691년 다우브마누스판 원본을 복원한 책으로 가장 최근의 개정 내용을 담고 있다.

복원 개정판 서문

 필자는 먼저 독자들에게 이 책을 읽는다고 반드시 죽는 건 아니라는 사실을 분명히 밝히는 바이다. 다시 말해 『하자르 사전』의 초판 필사본이 아직까지 남아 있던 1691년 당시에 이 책을 읽은 사람들과 같은 운명을 맞지는 않을 거란 뜻이다. 그 초판본에 대한 약간의 설명이 여기에 정리돼 있다. 하지만 간결한 글을 위하여 사전 편찬자는 독자들에게 한 가지 거래를 제안하겠다. 필자는 저녁 식사 전에 책상 앞에 앉아서 이 서문을 쓸 터이니 독자는 저녁 식사 후에 읽도록 하라. 그렇게 하면 필자는 허기가 져서 어쩔 수 없이 간결하게 쓰게 될 것이고, 독자는 포만감에 젖어서 여유 있게 서문을 읽어 나갈 수 있을 것이다.

1. 『하자르 사전』의 역사[1]

 『하자르 사전』에서 다루고 있는 사건은 8세기와 9세기 사이 어느 시점에 일어났다(혹은 유사한 사건이 몇 차례 있었다). 이 주제는 학자들 사이에서 흔히 〈하자르 논쟁〉▽이라 불려 왔다. 하자르 민족▽은 독립된 강력한 부족이었으며 호전적인 성격의 유목민이었다. 그들은 알려지지 않은 어느 시기에 땅 위의 모든 것을 말려 죽일 것 같은 침묵에 떠밀려 〈동쪽〉에서 이주해 왔다. 그리고 7세기부터 10세기 무렵까지 두 개의 바다, 즉 카스피 해와 흑해 사이에 정착했다. 하자르 민족을 몰고 온 것은 수컷 바람이라고 알려져 있는데, 그 바람은 비를 절대 뿌리지 않으며 턱수염같이 하늘로 길게 나부끼는 풀잎을 멍에처럼 메고 다녔다.

후기 슬라브 민족 신화에 〈코지제 해〉라는 것이 나온다. 이 사실로 미루어 볼 때, 〈하자르 해〉라고 불리는 바다가 있었을 것이라고 추측할 수 있다. 슬라브 민족은 하자르 민족을 〈코자르〉라고 불렀기 때문이다. 또한 두 바다 사이에 강력한 제국을 건설한 하자르 민족은 오늘날 우리가 알지 못하는 신앙을 전파했던 것으로 알려져 있다. 하자르 민족 사람들은 남자들이 전쟁에서 죽으면 그 부인들에게 베개를 나누어 주어 전사들을 위해 흘리는 눈물이 그것에 스며들도록 했다.

하자르 민족이 처음 역사 기록 속에 등장하는 때는, 아랍인들과 전쟁을 일으켰다가 비잔틴의 황제 헤라클리우스[2]와 동맹을 맺은 627년이다. 하지만 그들의 기원은 여전히 알려지지 않으며, 그들의 자취는 완전히 사라져 버렸다. 그러므로 오늘날 어떤 이름으로, 혹은 어떤 민족 중에서 하자르 민족을

---

1 하자르 민족에 대한 문헌들을 개관한 책이 뉴욕에서 출간되었다(『하자르 민족 — 문헌 목록*The Khazars — A Bibliography*』, 1939). 러시아인 아르타모노프M. I. Artamonov는 하자르 민족의 역사에 관한 연구 논문을 두 번에 걸쳐 발표했다(레닌그라드, 1936년과 1962년). 그리고 1954년, 프린스턴에서 던롭D. M. Dunlop이 유대계 하자르 민족의 역사에 관한 책을 출간했다 — 원주.
2 Heraclius(575~641). 동로마 제국의 황제. 대규모 원정으로 페르시아에게 빼앗겼던 영토를 되찾음.

찾아야 하는지도 전혀 알 수가 없다.

그나마 하자르 민족이 남긴 흔적으로는 다뉴브 강가의 묘지를 들 수 있다. 하지만 그것이 정말 하자르인의 무덤인지는 확실하지 않다. 또한 금이나 은으로 만들어진 삼각형 모양의 동전들로 봉분을 얹어 놓은 열쇠 더미가 있는데, 다우브마누스는 하자르 민족이 이것을 만들었다고 믿었다.

하자르 민족과 그들의 국가는 어떤 한 사건의 결과로 인해 역사의 무대에서부터 완전히 사라지게 되었는데, 그 사건이 바로 이 책의 주된 관심사이다. 하자르 민족은 오늘날 우리에게는 전혀 알려져 있지 않은 그들 고유의 신앙을 버리고, 잘 알려진 현재와 과거의 세 종교, 즉 기독교, 이슬람교, 유대교 가운데 하나로 개종했다. 그러나 하자르 민족이 세 가지 종교 중 어느 것을 선택했는지에 대해서는 역시 알려져 있지 않다. 하자르 민족이 개종하고 나서, 곧바로 그들의 제국은 붕괴했다. 10세기 무렵에 러시아 군대를 지휘하던 스뱌토슬라프 대공[3]이 사과를 삼키듯이 하자르 제국을 삼켜 버린 것이다. 그는 말에서 내릴 필요조차 없었다. 963년에 러시아 병사들은 잠도 자지 않고 8일 동안, 볼가 강이 카스피 해로 흘러드는 어귀에 위치한 하자르 제국의 수도를 짓밟았다. 그리고 965년에서 970년 사이에 하자르 국가는 영원히 멸망했다.

하자르 제국의 수도에 있던 집들이 이미 오래전에 파괴되었는데도 불구하고, 그 그림자는 여러 해 동안이나 여전히 그 모습을 유지했다고 목격자들은 기록했다. 파괴된 건물의 파괴되지 않은 그림자들은 볼가 강물과 바람 속에 단단히 붙잡혀 있었다. 12세기의 『러시아 원초 연대기』에 의하면, 1083년

---

3 Svyatoslav(935?~972). 러시아 역사에서 바랴크족 군주들 가운데 가장 위대한 인물. 963년부터 2년간 돈 강 하류를 따라 하자르족을 물리치고 볼가 강의 불가르족을 공격, 러시아-불가리아 제국을 건설하고자 했다.

에 올레크[4]는 〈하자르의 집정관〉이라는 호칭을 얻었다. 하지만 12세기쯤에는 이미 쿠만이라는 다른 민족이 한때 하자르의 영토였던 지역에 자리 잡고 있었다.

하자르 문화 유물은 거의 남아 있는 게 없다. 사적인 것이든 공적인 것이든 비문 하나 발견되지 않았으며, 할레비[☆]가 언급한 하자르의 책이나 언어조차 흔적을 찾아볼 수 없다. 하지만 키릴루스[†]는 그들이 하자르 언어로 기도를 올렸다고 전한다. 하자르 제국의 옛 영토였던 수와르에서 발굴된 유일한 공공건물은 아마도 하자르가 아니라 불가리아의 유물인 것 같다. 사르켈에서 발굴된 유물들 중에도 역시 관심을 가질 만한 것은 하나도 없었으며, 비잔틴 사람들이 하자르인을 위해 건축했다고 알려진 성채 또한 흔적조차 없었다. 하자르 제국이 멸망한 이후에 하자르 민족은 어디에서도 거의 언급되지 않았다. 10세기에는 헝가리 민족의 한 우두머리가 자기 영토에 들어와 살도록 하자르 민족을 받아들였고, 1117년에는 한 무리의 하자르 민족이 블라디미르 모노마흐 대공을 만나기 위해 키예프를 방문하기도 했다. 1309년에는 프레스부르크에서 가톨릭교도들이 하자르인과 결혼하는 것을 금지했으며, 1346년에는 교황이 그 결정을 승인했다. 이 기록이 남아 있는 전부다.

하자르 민족의 운명을 영원히 봉인해 버린 개종 행위는 다음과 같은 경위로 일어났다. 오래된 연대기에 따르면, 어느 날 카간[▽]이라고 불리던 하자르의 왕이 어떤 꿈을 꾼 후에 세 사람의 철학자를 초대해 그 꿈을 해석하도록 했다. 이 일은 하자르 민족에게 대단히 중요한 문제였다. 왜냐하면 카간은

4 Oleg Svyatoslavich(1053~1115). 키예프의 대공인 스뱌토슬라프 2세의 아들, 올레크 1세를 뜻한다. 아버지의 사망 이후 삼촌이 대공의 자리에 오르자, 러시아의 여러 지역을 떠돌며 재기의 기회를 노렸으나 끝내 실패한다.

온 백성들과 함께, 가장 만족스럽게 꿈을 해석하는 현자의 신앙으로 개종하겠다고 결심했기 때문이었다. 어떤 기록에 의하면 카간은 그 결정을 내렸을 때, 머리카락이 모두 빠져 버렸다고 한다. 카간도 뭔가 불길함을 느꼈지만, 무엇에 홀린 것처럼 자신의 결정을 포기하지 않았다. 그렇게 해서 기독교와 이슬람교 그리고 유대교의 성직자(수도자, 다르위시,[5] 랍비)는 각기 한 사람씩 카간의 여름 궁전으로 초대받았다. 카간은 세 명의 현자에게 소금으로 만든 칼을 선물로 주었다. 수도사, 다르위시, 랍비는 논쟁을 하기 시작했다. 현자들의 관점, 그들이 서로 다른 세 가지 교리를 바탕으로 벌인 논쟁, 거기에 관련된 인물 그리고 〈하자르 논쟁〉의 결과 등은 비상한 관심을 불러일으켰다. 그뿐만 아니라 그 사건과 그 사건의 결과로 인해 어느 종교의 성직자가 이기고 어느 종교의 성직자가 추방되었는가에 대해 많은 사람들이 서로 상반되는 주장을 펼쳤다.

또한 수세기에 걸쳐서 기독교, 이슬람교, 유대교의 내부에서는 거듭해서 이 사건을 토론의 주제로 삼았다. 이러한 상황은 지금까지도 그대로 이어지고 있다. 이미 오래전에 하자르 민족은 역사의 장에서 자취를 감추어 버렸지만 말이다.

17세기 무렵에는 하자르 민족과 관련된 사건이 또다시 비상한 관심을 모으게 되었다. 하자르 민족에 대한 방대한 양의 연구 결과가 체계적으로 정리되어 1691년 프로이센에서 출간된 것이다. 당시에 연구된 내용으로는 삼각형 모양의 동전 견본과 오래된 반지에 새겨진 이름, 소금 기둥에 그려 놓은 형상, 외교적 문제의 서신, 작가의 초상, 첩보 활동 보고서, 유언장, 소멸된 하자르 언어를 말하는 것으로 여겨지는 흑해

---

5 *darwish*. 데르위시라고도 하며 영어로는 더비시*dervish*라고 한다. 이슬람교 신비주의 종파의 수도승을 말한다.

앵무새의 목소리, 작곡하는 장면을 그린 채색화[6] 그리고 심지어 몸에 새겨진 문신 등이 있다. 비잔틴, 유대, 아랍의 문서들은 당연히 연구 대상이 되었다. 한마디로 말해서 17세기 사람들의 상상력으로 다룰 수 있고 이용할 수 있는 모든 자료들이 동원되었다. 그리고 이 모든 것들을 한 권의 사전으로 엮었다. 그 사건 이후 1천 년이나 지난 17세기에 들어서 새삼스럽게 하자르 민족에 대한 사람들의 관심이 되살아난 사실을 한 역사가는 다음과 같이 모호한 문장으로 설명했다.

〈우리는 모두 각기 원숭이를 줄에 매어 산책시키듯 자신의 생각을 산책시킨다. 책을 읽고 있을 때, 당신의 머릿속에는 언제나 두 마리의 원숭이가 있는데, 하나는 당신 자신의 원숭이이며 또 하나는 다른 누군가의 원숭이라고 할 수 있다. 최악의 경우에는 원숭이 한 마리와 하이에나 한 마리일 수도 있다. 자, 그렇다면 원숭이와 하이에나에게 무엇을 먹이는 것이 좋을지 한번 생각해 보라. 하이에나는 결코 원숭이와 같은 먹이를 먹지 않을 테니까 말이다……〉

폴란드어 사전을 출간한 적이 있는 요하네스 다우브마누스[적](혹은 그 이름의 계승자)는 앞서 말한 1691년에 하자르 문제에 대한 다양한 자료를 하나의 형식으로 편찬했는데, 그 형식은 펜촉을 귀고리로 삼고 입을 잉크병으로 사용하는 사람들에 의해서 수세기 동안이나 마구 뒤섞이거나 소실되어 온 잡다한 자료들을 모두 담아낼 수 있도록 구성되어 있었다. 그 책은 하자르 민족에 대한 사전 형식으로 출판되었으며, 『렉시콘 코즈리Lexicon Cosri』라는 제목이 붙었다. 어떤 (기독교) 판본에 따르면, 그 책은 테옥티스트 니콜스키[A]라는 이

---

6 오래된 건물의 천장이나 벽에 그린 벽화를 말한다. 벽화 중에는 작곡하는 모습을 그린 것들도 있다. 악보에 그려진 음악 부호들은 대부분 해독되었다.

름의 수도사가 출판업자에게 구술한 것이었다고 한다. 그 수도사는 오스트리아와 터키 사이에 전쟁이 벌어졌을 때, 전쟁터에서 하자르 민족에 대해 여러 가지 다양한 사실을 알게 되었고 그것을 모두 암기해 두었다는 것이다.

다우브마누스판은 세 개의 사전으로 구성되어 있는데, 하자르 문제에 대한 이슬람교 자료만을 모아 놓은 소사전, 유대교 저서와 설화 중에서 뽑아 온 자료들을 알파벳순으로 정리한 사전 그리고 하자르 문제에 대한 기독교식 설명 자료들을 묶어 놓은 사전 등이다. 이러한 다우브마누스판(다시 말해 하자르 제국에 대한 사전들의 사전)의 운명은 매우 특이하다.

다우브마누스는 처음 제작한 5백 부의 사전 중에서 한 부를 독이 든 잉크로 인쇄했다. 독이 묻은 이 사전에는 도금한 자물쇠를 달았으며, 그 사전과 짝을 이루는 주석판에는 은으로 만든 자물쇠를 달았다. 1692년 종교 재판의 결과에 따라 다우브마누스판 사전들이 모조리 파기되었다. 그런데 유일하게 남은 것이 바로 독이 묻은 판본이다. 그 책은 다행스럽게도 검열관의 눈을 피할 수 있었으며, 은 자물쇠가 달린 주석판 역시 안전했다. 순종하지 않는 자, 믿음이 없는 자들 중에는 대담하게도 죽음의 위협을 무릅쓰고 이 금지된 사전을 읽는 사람들이 있었다. 이 책을 펼쳐 본 사람은 누구나 곧 온몸이 마비되었고, 심장에 말뚝을 박아 넣은 것처럼 몹시 답답한 기분이 들었다. 실제로 독자들은 아홉 번째 페이지에 있는 〈*Verbum caro factum est*〉[7]라는 구절에 이르면 호흡이 멈추었다. 독이 묻어 있는 판본을 주석판과 동시에 읽으면 죽음이 언제 덮치는지 정확하게 알 수 있었다. 주석판에는 이런 문장이 있었다.

〈눈을 떴을 때 더 이상 아무런 고통도 느낄 수 없다면, 이제

---

[7] 이 문장은 〈말이 곧 육신이 된다〉라는 의미를 담고 있다.

산 자들 가운데 있지 않은 것으로 알라.〉

18세기 도르프머 가문과 그 가문의 유산 상속에 대한 법정 소송을 보면 독이 묻어 있는 도금된 판본이 이 프로이센 가문 내에서 대를 이어 전해진 사실을 알 수 있다. 장남이 책의 소유권의 절반을 물려받고 다른 자녀들이 4분의 1씩 물려받았는데, 자녀가 많은 경우에는 보다 적은 소유권을 물려받기도 했다. 과수원이나 목초지, 밭, 가옥, 호수, 가축 등을 비롯한 도르프머 가문의 나머지 유산들도 책과 같은 비율로 나누어 가졌다. 오랫동안 이 책은 집안에서 일어나는 죽음과 연관되지 않았다. 그런데 언젠가 가축들이 병들어 쓰러져 가고 큰 가뭄이 들자, 누군가 그 가문의 사람들에게 말하기를 모든 책들은 여자아이들과 마찬가지로 마녀 모라로 변할 수 있다고 했다. 그래서 사악한 마녀 모라의 혼령이 세상 밖으로 나와서 주위에 있는 것들을 병들게 하고 괴롭힌다는 것이었다. 그러므로 마녀로 변한 여자아이들 입에 십자가를 꽂아 주듯이 책의 자물쇠 안에 작은 나무 십자가를 꽂아 두라고 했다. 그래야만 책의 혼령이 밖으로 나와서 세상과 그 집안에 역병을 퍼트리는 것을 막을 수 있다는 것이었다.

도르프머 가문의 사람들은 『하자르 사전』에도 그렇게 했다. 사람의 입 위에 십자가를 올려놓듯이, 사전의 자물쇠 위에 십자가를 얹어 둔 것이다. 하지만 사태는 점점 악화될 뿐이었다. 도르프머 가문의 사람들은 잠을 자다가 숨이 막혀서 죽기 시작했다. 그들은 사제에게 지금까지 벌어진 일을 알려 주면서 도움을 요청했다. 사제는 그 집으로 찾아와서 이리저리 둘러본 다음 『하자르 사전』 위에 놓여 있던 십자가를 치워 버렸다. 바로 그날 질병이 완전히 사라졌다. 사제는 이렇게 말했다.

「앞으로 항상 조심하십시오. 혼령이 책 바깥으로 떠돌아다니고 있을 때 이런 책의 자물쇠에 십자가를 올려놓으면 안

됩니다. 혼령은 십자가를 두려워하지요. 그래서 감히 책 속으로 돌아가지 못한 채, 그 분풀이로 주위를 온통 파괴하는 것입니다.」

그래서 사람들은 금박을 입힌 작은 자물쇠에 빗장을 질러 버렸고 『하자르 사전』을 선반 위에 올려놓은 채, 수십 년 동안이나 건드리지 않았다. 밤이면 그 선반에서 이상하게 바스락거리는 소리가 들렸다. 그것은 다우브마누스 판본의 사전에서 흘러나오는 소리였다.

그 당시 리보프[8]에서 기록된 어떤 일지를 보면, 네하마라는 사람이 다우브마누스 사전에 모래시계를 만들어 넣었는데, 그는 조하르[9]에 통달했으며 말하기와 쓰기를 동시에 할 수 있었다. 네하마는 자신의 손에서 히브리어 자음 〈헤〉[10]를 깨달았으며, 〈바브〉[11]라는 글자 속에서 자신의 남성적 영혼을 깨달았다고 주장했다. 네하마가 책 표지 안에 만들어 넣은 모래시계는 눈에 보이지는 않았지만 조용한 장소에서 책을 읽다 보면 모래가 솔솔 흘러내리는 소리를 들을 수 있었다. 그 소리가 멈추면 곧 책을 뒤집어서 반대 방향으로, 뒤에서 앞쪽으로 계속 읽어 나가야 하는 것이다. 그렇게 하면 책의 비밀스러운 의미가 드러났다.

하지만 또 다른 기록에 따르면, 랍비들은 그들의 동족이었던 네하마가 『하자르 사전』에 그런 식으로 몰두하는 것을 못마땅하게 여겼고 이 책은 정기적으로 유대인 공동체의 학식이 있는 사람들로부터 공격을 받았다고 한다. 랍비들은 이 사전에 실린 유대교 교리에 대해서는 별다른 불만을 품지 않았

8 우크라이나 서부에 있는 주.
9 14세기 유대교 신비주의 경전, 〈광명의 책〉이란 뜻이다.
10 ה. 히브리어 알파벳 중 다섯 번째 글자.
11 ו. 히브리어 알파벳 중 여섯 번째 글자.

다. 하지만 다른 종교의 주장에는 동의할 수 없었던 것이다.

마지막으로 『하자르 사전』은 스페인에서도 환영받지 못했다는 사실을 언급하지 않을 수 없다. 그곳 이슬람 공동체에서 은 열쇠 주석본은 8백 년 동안 금지령이 내려졌다. 그 기간이 아직까지 만료되지 않았으므로 금지령은 지금도 여전히 유효하다. 이러한 결정은 본래 하자르 제국에 뿌리를 둔 가문들이 당시 스페인에서 여전히 명맥을 유지하고 있었다는 사실로 설명될 수 있다. 기록에 의하면 이들 〈마지막 하자르 민족〉은 남다른 관습을 가지고 있었다고 한다. 그들은 다른 사람과 사이가 틀어지게 되면 무슨 수를 써서라도, 상대방이 잠을 자는 동안 그 곁에 가서 저주를 퍼붓고 재앙을 내려 달라고 빌었다. 하지만 그 악담과 저주 소리에 상대방이 깨어나지 않도록 조심했다. 한 가지 분명한 사실은 하자르 민족은 원수가 잠자는 동안에 재앙을 빌고 저주를 하면 효력이 강하고 효과도 빨리 나타난다고 믿었다는 것이다.

2. 사전의 구성

1691년 다우브마누스 판본 『하자르 사전』이 어떤 모습이었는지 말하기란 불가능한 일이다. 왜냐하면 마지막까지 남아 있던 독이 묻은 판본과 여기에 짝을 이루는 은 판본이 각기 세상의 다른 곳에서 모두 파기되었기 때문이다. 한 기록에 따르면 도금한 열쇠가 달린 판본은 몹시 수치스러운 방법으로 파기되었다고 한다. 그 책의 마지막 주인은 도르프머 가문 출신의 노인이었다. 그 노인은 좋은 칼을 잘 가려내는 재주로 유명했는데, 종소리를 들어 보고 어떤 것이 좋은 종인지 가려내는 것처럼, 칼 소리만 듣고도 좋은 칼인지 나쁜 칼인지 알아냈다. 그는 책이라고는 전혀 읽는 일이 없었으며 종종 이런 말을 하곤 했다.

「파리가 상처에 알을 낳듯이, 빛은 내 두 눈에 알을 낳았소. 빛이 어떤 알을 낳는지 우리는 잘 알지······.」

나이 많은 사람에게는 기름기 많은 음식이 좋지 않았다. 그래서 노인은 날마다 집 안에서 아무도 보는 사람이 없을 때 『하자르 사전』을 한 장씩 찢어 수프에 낀 기름을 걷어 낸 다음, 증거가 될 만한 그 종이를 내다 버렸다. 결국 가족들이 아무도 모르는 사이에, 노인은 『하자르 사전』을 그런 식으로 모두 다 써버렸다. 같은 기록에 의하면, 그 책에는 화려한 그림들이 그려져 있었는데 노인은 그림들이 수프 맛을 망쳐 놓는다고 해서 그림이 있는 장은 사용하지 않았다는 것이다. 그리하여 사전 중에서 삽화가 그려진 장들만 보존되었다고 한다. 만약 다른 모든 흔적들이 이어져 나온 그 최초의 흔적을 확인할 수만 있다면, 어쩌면 그 삽화들이 오늘날 어디에 있는지 파악할 수 있을지 모른다. 동양학과 중세 고고학 교수인 이사일로 수크† 박사가 『하자르 사전』을 한 부 가지고 있거나 그렇지 않으면 그 필사본이라도 가지고 있을 것이라고 짐작되었지만, 이사일로 수크 박사가 죽고 난 후에 그의 유품 중에서는 아무것도 발견되지 않았다. 그러므로 잠이 눈에다 모래 먼지를 남기듯 오직 다우브마누스 판본의 일부 단편들만이 우리에게 전해져 왔다.

『하자르 사전』의 저자, 혹은 저자들과 의견을 달리하는 글에 인용된 단편적인 내용만을 가지고도 다음과 같은 사실은 확실히 입증되었다.

다우브마누스 판본은 일종의 하자르 민족 백과사전이며, 참새가 방 안을 가로질러 날아가듯이 어떤 방식으로든지 간에 하자르 제국의 하늘을 따라 날아간 인물들의 전기나 언행을 집대성한 책이었다. 이 책은 하자르 논쟁에 참여했거나 수 세기에 걸쳐서 그 논쟁을 기록하고 연구하는 과정에 참여한 성자들과 다른 인물들의 삶에 그 바탕을 두었다. 그리고 모든 것은 세 부분으로 나누어져 있었다.

다우브마누스판 사전은 하자르 민족의 개종에 대해서 유대교, 이슬람교, 기독교에서 내놓은 자료들로 구성되어 있으며, 이러한 구성 방식은 그대로 이 개정판의 구성을 결정하는 데 토대가 되었다. 이러한 결정은 쉬운 일이 아니었다. 왜냐하면 사전을 만들기 위한 기초 자료들이 턱없이 부족했으며, 그로 인해 넘기 힘든 어려움이 앞을 가로막았기 때문이었다. 하지만 사전 편찬자들은 일부 전해져 온 『하자르 사전』 가운데 다음과 같은 문장을 읽고 나서 그러한 결정을 내리게 된 것이다.

〈꿈은 악마의 정원이다. 그리고 이 세상의 모든 꿈은 이미 다 오래전에 누군가 꾸어 본 것들이다. 이제 그 꿈들은 많은 사람들의 손을 거치면서 똑같이 닳을 대로 닳아 버린 현실과 교체되고 있을 뿐이다. 마치 현금과 약속 어음이 이 손에서 저 손으로 오고 가는 것처럼 말이다.〉

이런 세계에서, 이런 세계의 국면에서 이 정도는 진실로 받아들일 수 있는 책임감이었다.

이제 다음과 같은 사실을 유념해야 한다. 이번에 『하자르 사전』 개정판을 출판한 사람들은 17세기에 다우브마누스가 사용한 자료들이 신빙성이 떨어진다는 것, 상당 부분 전설에 바탕을 두고 있다는 것, 그래서 꿈에서 먹는 진수성찬과 같다는 것, 그리고 여러 가지 뿌리 깊은 오해의 거미줄에 걸려 있다는 사실을 너무나 분명하게 알고 있다.

그럼에도 불구하고 독자들이 이 자료를 검토할 수 있도록 여기에 제시해 놓은 까닭은 이번 사전이 오늘날 우리가 알고 있는 하자르 민족 자체와는 관련이 없기 때문이다. 그보다는 오히려 소실된 다우브마누스 판본을 복원하고자 하는 시도이다. 그러므로 하자르 민족에 관해 최근에 밝혀진 사실들은 오직 소실된 원본의 남은 부분들을 보충해야 할 필요가 있을 때에만 어쩔 수 없이 사용했다.

또 한 가지 언급해야 할 사실이 있다. 누구나 다 수긍할 수 있겠지만, 다우브마누스 사전의 순서와 알파벳 배열은 그대로 따를 수가 없었다. 다우브마누스 사전에서는 세 가지 알파벳과 세 가지 언어[12]가 사용되었으며 날짜도 위에서 언급한 세 집단의 세 가지 력(曆)에 따랐다. 하지만 이 책에서는 모든 날짜를 하나의 력에 따라 계산했으며, 세 가지 언어로 구성되어 있었던 다우브마누스 판본의 내용과 표제어도 한 가지 언어로 번역했다.

17세기 원본에서는 모든 단어들이 다른 방식으로 배열되어 있었고 한 언어에서 다른 언어로 바뀌면서 같은 이름이 사전마다[13] 다른 자리에 위치했다. 왜냐하면 언어마다 글자 순서가 다르기 때문이다. 마치 책장이 항상 일정한 방향으로 넘어가지 않고, 극장에서 주인공들이 항상 같은 방향에서 등장하지 않는 것과 같다. 실제로 이러한 원칙은 어떤 언어로든지 간에 새롭게 번역할 때마다 적용될 것이다. 하자르 민족에 대한 이 사전의 자료는 새로운 언어와 새로운 문자를 만나면 다시 배열을 하는 것이 불가피하기 때문이다. 그래서 표제어들은 언제나 어딘가 다른 곳에 자리 잡을 것이며 그 이름들의 서열은 끊임없이 변할 것이다. 그리하여 다우브마누스 판본

---

12 그리스어와 히브리어 그리고 아랍어를 의미한다. 그리스어는 기독교를, 히브리어는 유대교를, 아랍어는 이슬람교를 상징한다.

13 세 가지의 언어로 편찬된 사전을 말한다. 히브리어 하자르 사전, 아랍어 하자르 사전, 그리스어 하자르 사전이 출간되었다. 이 사전들은 모두 동일한 내용을 담고 있지만, 서로 다른 언어로 편찬되었기 때문에, 편집과 구성은 다르다.

에서 중요한 표제어였던 성 키릴루스†, 유다 할레비☒, 유수프 마수디❦ 이외의 여러 이름들이 여기에서는 첫 번째 판본과 다른 위치에 있다.

이것은 다우브마누스 판본과 연결시켜 생각할 때, 20세기에 복원된 이 개정판의 중요한 결점이라고 할 수도 있을 것이다. 한 권의 책을 적절한 순서에 따라 읽어 본 사람만이 새로운 세계를 창조할 수 있기 때문이다. 하지만 이러한 접근법을 채택한 까닭은 다우브마누스 초판본의 알파벳 순서를 재현하는 일이 거의 불가능했기 때문이다.

이러한 모든 결점들을 대단한 장애 요인으로 여길 필요는 없다. 책에 숨겨진 의미를 표제어의 순서를 통해 해독할 수 있는 독자들은 이미 오래전에 지구상에서 사라져 버렸기 때문이다. 오늘날의 독서가들은 상상력이란 오로지 작가들의 영역에 국한된 문제라고 믿고 있으며, 특히 사전을 대할 때면 상상력은 완전히 접어놓고 시작한다. 이런 유형의 독자들로 말할 것 같으면 굳이 책에 모래시계를 달아서 독서 방향을 바꾸어야 하는 시기를 알려 줄 필요조차 없다. 이런 독자들은 어떤 경우에도 독서 방식을 바꾸지 않기 때문이다.

3. 사전의 사용법

많은 문제가 있음에도 불구하고 이 책은 다우브마누스판 원본의 장점을 어느 정도 보존하고 있다. 다우브마누스 원본처럼 이 책을 읽는 방법도 그 수를 헤아릴 수조차 없을 정도로 다양하다. 이 사전은 아직까지도 끝나지 않은 책이다. 끝이 난 다음에도 다른 내용을 덧붙일 수 있다. 과거에 이 사전을 편찬한 사람이 있는 것처럼 앞으로도 새로운 작가, 새로운 편집자들이 계속 작업을 이어 나갈 것이다. 이 책에는 성서나 혹은 낱말 맞히기 퍼즐처럼 목록, 색인, 표제 등이 있다. 그리고 십자가, 그믐달, 다윗의 별 모양을 한 작은 부호 혹은 다른 상징들이 표식된 모든 이름과 주제들은 이 사전의 관계되는 각 장에서 보다 상세한 해설을 찾아볼 수 있다.

† 십자가 부호가 있는 단어들은 하자르 문제에 대한 기독교적 설명인 이 사전의 〈레드 북〉에서 찾아볼 수 있다.
☾ 그믐달 부호가 있는 단어들은 하자르 문제에 대한 이슬람교적 설명인 이 사전의 〈그린 북〉에서 찾아볼 수 있다.
✡ 별 부호가 있는 단어들은 하자르 문제에 대한 유대교적 설명인 이 사전의 〈옐로 북〉에서 찾아볼 수 있다.
▽ 부호가 붙어 있는 표제어는 세 사전 모두에서 찾을 수 있고 A 부호가 붙어 있는 단어는 이 책 뒤편에 실린 〈부록 1〉에 수록돼 있다.

대다수의 독자들은 스스로 적당하다고 생각하는 방식으로 이 책을 이용할 수 있다. 다른 모든 사전이 그렇듯이 흥미를 끄는 단어나 이름부터 찾아볼 수도 있고, 한자리에 앉아서 처음부터 끝까지 하나의 완결된 텍스트를 읽듯이 읽어 내려갈 수도 있다. 그렇게 해서 하자르 민족과 그들의 문제 그리고 그와 관련된 사건들에 대한 완성된 그림을 그려 볼 수 있을 것이다. 이 책은 프로이센판이 그러했듯이 왼쪽에서 오른쪽으로 넘길 수도 있고 오른쪽에서 왼쪽으로 넘길 수도 있다.

이 사전에 포함되어 있는 세 가지 책은 어떤 순서로 읽어도 무방하다. 독자가 원하는 순서에 따라 읽어 나가도 좋고 독자가 사전을 손에 들었을 때, 우연히 펼쳐진 부분부터 시작해 읽어 나가도 좋다. 어쩌면 그런 이유로 17세기 판본은 세 개의 사전을 각기 다른 한 권의 책으로 출간했던 것인지도 모른다. 하지만 이 판본에서는 그렇게 하지 않았는데, 그것은 기술적인 이유 때문이다.

세 종류의 표제어(이슬람교, 기독교, 유대교)를 서로 비교하며 『하자르 사전』의 세 책을 뒤섞어 가면서 읽어 볼 수도 있다. 이러한 방법을 가장 효율적으로 활용할 수 있는 길이 두 가지 있다. 먼저 ▽ 부호가 붙은, 세 사전에 모두 나와 있는 표제어를 선택하는 것이다. 여기에 해당하는 표제어로 〈아테〉, 〈카간〉, 〈하자르 논쟁〉, 〈하자르 민족〉 등이 있다. 다음으로는 하자르 문제의 역사에 있어서 동일한 역할을 수행한 세 사람을 골라내 읽는 것이다. 그렇게 하다 보면 독자들은 이 사전에 포함된 세 책의 표제어들이 어떠한 그림을 그려 내는지 완벽하게 이해할 수 있을 것이다. 예를 들면, 하자르 논쟁에 참여한 사람(상가리, 키릴루스, 이븐 코라), 그것을 기록한 사람(할레비, 메토디우스, 알 바크리), 12세기에 하자르 문제를 연구한 사람(코헨, 마수디, 브란코비치) 그리고 20세기에 하자르 문제를 연구한 사람(슐츠, 수크, 무아위야) 등이다. 이처럼 세 명씩 짝을 짓는 데 세 개의 지옥에서 온 이들(유대교의 에프로시니아 루카레비치, 기독교의 세바스트, 이슬람교의 아크샤니)도 물론 빠뜨려서는 안 된다. 그들은 이 책에 등장하기 위해 가장 긴 여행을 한 셈이다.

하지만 독자들이 이렇듯 세세한 지침을 읽으면서 기가 죽을 필요는 조금도 없다. 마음 상태가 정갈한 사람은 도입부를 완전히 무시한 채, 자기가 밥을 먹는 방식대로 이 책을 읽어 나가면 된다. 오른쪽 눈을 포크로, 왼쪽 눈을 나이프로 삼아서 뼈는 어깨 너머로 내던지면 되는 것이다. 그렇게만 해도 별다른 문제가 없을 것이다. 물론 그러한 독자들 역시 길을 잘못 들어서 이 책의 단어들 사이를 마구 방황하게 될지도 모른다. 이 책의 집필자 가운데 한 사람이었던 마수디처럼 말이다. 마수디는 다른 사람들의 꿈속으로 발을 잘못 들여놓았으며, 두 번 다시 돌아 나올 길을 찾지 못했다.

만약 그러한 일이 벌어진다면, 독자들은 그저 자신이 펼쳐 든 그 페이지 중간부터 시작해서 스스로 길을 만들어 내는 수밖에 달리 도리가 없다. 그렇게 하다 보면 별과 달과 십자가를 보고 자신의 위치를 파악하며 하나의 이정표에서 다음 이정표로 숲을 헤쳐 나가는 사람들처럼 독자들 역시 앞으로 나아갈 수 있을 것이다.

때에 따라서 독자들은 목요일에만 날아다니는 말똥가리처럼 이 책을 읽을 수도 있다. 그러한 경우에 이 책을 읽어 나가는 순서는 아주 다양해서 거의 무한대에 가깝다. 그것은 마치 루빅-큐브[14]와 같다. 시대적 순서를 따르는 일은 결코 없을 것이며, 그럴 필요도 없다. 그렇기 때문에 독자들은 도미노 게임이나 카드놀이처럼 스스로의 힘으로 이 책을 재구성할 것이다. 그리고 거울을 바라볼 때처럼 사전 속에 뭔가 집어넣은 만큼 사전으로부터 뭔가를 얻어낼 수 있으리라. 이 사전의 어느 부분에 적혀 있는 글귀처럼, 우리가 진실로부터 얻어 낼 수 있는 것은, 결국 우리가 진실 안에 집어넣은 것 이상이 될 수 없기 때문이다.

이 책을 완전히 다 읽을 필요는 전혀 없다. 사전을 대할 때마다 흔히 하듯이 절반이나 혹은 일부분을 읽고 난 다음에 거기에서 그만두어도 좋다. 하지만 더욱 많이 읽을수록 더욱 많은 것을 얻을 것이며, 운이 좋은 사람들은 마침내 이 책에 나온

---

14 E. 루빅이라는 헝가리 교사가 고안했던 놀이 도구. 스물일곱 개의 작은 정육면체로 나뉘어 있는데, 작은 조각들의 크기는 모두 똑같지만 색깔은 다양하다. 놀이를 할 때에는 우선 색깔을 흩어 놓은 다음, 각 면에 같은 색만을 모아야 한다.

이름들을 서로 연결하는 고리를 손에 넣을 수도 있을 것이다. 하지만 그 나머지는 다른 사람들의 몫으로 남게 될 것이다.

4. 파기된 1691년판 사전의 서문 중에서 보존된 부분(라틴어를 번역함)

1. 저자는 독자들에게 충고하기를, 절대적으로 필요한 경우가 아니라면 이 책에 덤벼들지 말라고 경고한다. 그래도 이 책에 손을 대려고 한다면, 독자 스스로 평상시보다 한층 더 사려 깊고 조심스럽다고 느껴지는 날을 택해야 한다. 그리고 마치 하루 건너씩 열이 나고 오직 음기가 성한 날에만 발병하는 리프 열병에 걸린 사람처럼 책을 읽어 내려가야 할 것이다.

2. 두 사람이 한 개의 밧줄을 가지고 사나운 표범을 사로잡았다고 상상해 보라. 만약 두 사람이 서로에게 다가가려고 한다면 표범이 무섭게 공격할 것이다. 밧줄이 느슨해지기 때문이다. 오직 두 사람이 동시에 밧줄을 잡아당기고 있을 때에만, 표범은 두 사람으로부터 같은 거리에 있을 수 있다. 같은 이유로 인해 책을 읽는 사람과 글을 쓰는 사람은 서로에게 가까이 접근하기 어렵다. 그들 사이에는 공통된 생각이 밧줄에 묶여 있으며, 그들은 서로 반대 방향으로 밧줄을 잡아당기고 있다. 만약 우리가 그 표범(다시 말해서 그 생각)에게 두 사람을 어떻게 여기느냐고 물어 본다면, 아마 이렇게 대답할 것이다. 먹이가 될 것들이, 먹을 수도 없는 것을 붙잡고 있다고…….

8. 조심하라, 나의 벗이여. 무리 중에서 권력을 쥐고 칼을 휘두르는 자에게 지나치게 아첨하거나 그들의 비위를 맞추려

고 해서는 안 된다. 권력자들은 언제나 자발적인 의지나 신념 때문이 아니라 어쩔 수 없기 때문에 아첨하는 자들로 둘러싸여 있기 마련이다. 아첨꾼이 그렇게 해야만 하는 까닭은, 그들의 모자 위에 꿀벌이 앉아 있고 겨드랑이에 돼지기름이 숨겨져 있기 때문이며, 나쁜 짓을 하다가 붙잡혀서 지금 그것을 속죄하고 있기 때문이다. 그들의 자유는 가죽끈에 매여 있으며, 그들은 무슨 짓이라도 할 준비가 되어 있다. 높은 곳에서 모든 사람을 다스리는 자들은 이 사실을 잘 알고 있고 철저히 이용한다. 그러므로 항상 조심하라. 그들이 당신을 그러한 무리 가운데 한 사람으로 인식하도록 해서는 안 된다. 당신이 단지 잘못을 저지르지 않았다는 사실만으로는 부족하다. 만약 당신이 그 아첨꾼 무리에 끼여서 권력자들을 지나치게 칭찬하거나 아부한다면, 그들은 마음속으로 당신을 범법자나 범죄자 무리에 넣어 버릴 것이다. 그리고 당신 역시 어떤 약점을 가지고 있기 때문에 자유 의지나 신념에 의해서가 아니라, 그저 자신의 잘못을 속죄하기 위해서 어쩔 수 없이 하고 있을 뿐이라고 생각할 것이다. 그러한 사람은 당연히 멸시를 받아야 하고 개처럼 걷어채야 한다. 그리고 과거에 행한 일과 똑같은 종류의 일을 행하도록 강요받는다.

9. 작가에 대해서 말하자면, 다음과 같은 사실을 결코 잊어서는 안 된다. 독자라는 것은 곡마단의 말과 같아서, 멋있게 재주를 부릴 때에는 언제나 설탕 한 덩어리를 상으로 받는다는 사실을 가르쳐 주어야만 한다. 하지만 설탕을 주겠다고 했던 약속을 지키지 않으면, 더 이상 재주를 부리지 않으려고 할 것이다. 수필가나 비평가에 대해서 말하자면, 그들은 바람난 아내를 둔 남편과 같아서, 언제나 가장 나중에 그 사실을 알게 된다.

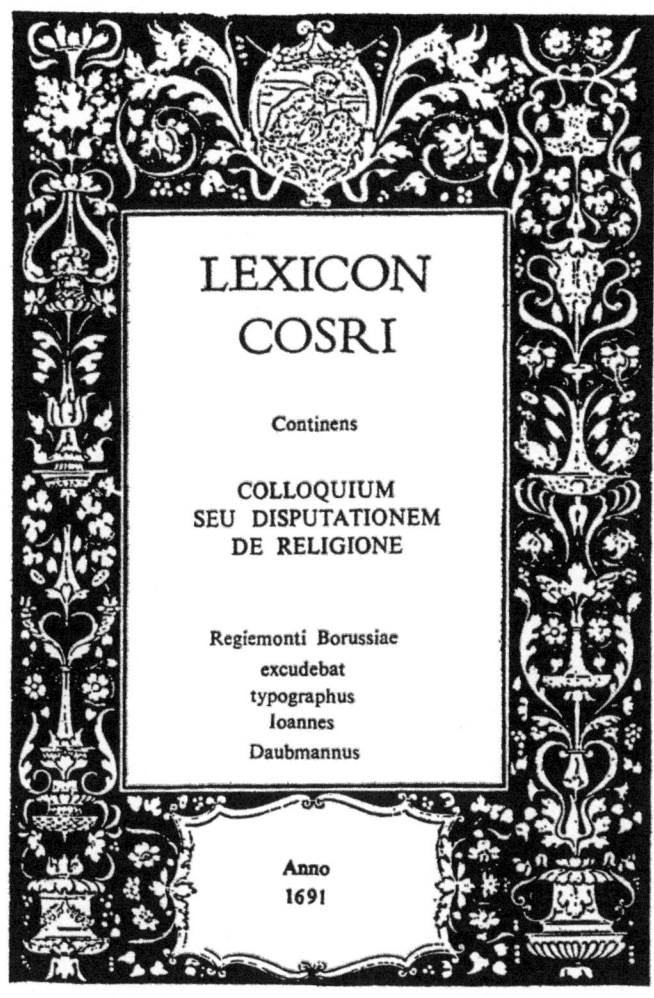

이 표지는 『하자르 사전』 1691년 다우브마누스판 원본의 표지를 복원한 것이다.

레드 북
THE RED BOOK
하자르 민족에 관한 기독교 문헌

아테▽
ATEH(9세기)

하자르의 공주. 하자르 민족▽의 개종과 관련된 논쟁에 있어서 결정적인 역할을 했다. 〈아테〉라는 이름은 하자르 민족의 네 가지 의식 상태를 가리키는 용어로 짐작된다.

경마에 나선 말이 경주를 시작하기 전에 눈가리개를 하듯이, 아테는 밤이면 양쪽 눈꺼풀 위에 각각 글자 하나씩을 써두었다. 그 글자들은 위험하다는 이유로 사용이 금지된 하자르 알파벳에서 따온 것으로, 그 글자를 읽는 순간, 즉시 목숨을 잃었다. 장님이 그 글자를 써주었으며, 아침에 공주가 미처 목욕하기 전에 시중을 들기 위해 찾아온 시녀들은 두 눈을 뜨지 않았다. 그래서 공주가 잠자는 동안 이 글자들은 공주를 적으로부터 보호해 주었다. 하자르 민족은 자고 있을 때가 가장 취약하고 해를 입기 쉬운 때라고 믿었다. 아테는 아름답고 경건한 여인이었으며 그 글자들은 그녀에게 아주 잘 어울렸다. 아테의 식탁 위에는 언제나 일곱 가지의 소금이 놓여 있었는데, 그녀는 생선 한 조각을 먹기 전에 매번 다른 소금을 묻혔다고 한다. 아테는 기도도 그런 식으로 올렸다. 그녀는 일곱 가지 종류의 소금을 먹었던 것처럼, 얼굴도 일곱 개를 가지고 있었다고 한다. 어떤 전설에 따르면 아테는 아침마다 거울을 집어 들고 자리에 앉아서 얼굴을 그렸는데, 매번 다른 시종이나 시녀가 들어와서 얼굴 표정을 그려 주었다고 한다. 그래서 아테는 아침마다 새로운, 지금까지 한 번도 본 적이 없는 새로운 얼굴을 창조하곤 했다. 또 다른 이야기에 의하면, 아테는 결코 미인이 아니었다고 한다. 하지만 그녀는 항상 거울 앞에서 얼굴을 단련했기 때문에, 사랑스러운 표정과 아름다운 모습을 만들어 낼 수 있었다고 한다. 이러한 미용 훈련은 어마어마한 육체적 노력을 요구하는 것이었다. 그렇기 때문에 공주가 방으로 돌아와서 긴장을 풀자마자 그녀의 아름다움은 소금처럼 녹아내렸다. 9세기경에 비잔틴 황제는 그 유명한 철학자 포티우스 주교를 묘사할 때 〈하자르의 얼굴〉이라는 용어를 사용했는데, 그것은 주교가 하자르 민족의 피를 이어받았다는 의미일 수도 있고 그가 위선자라는 의미일 수도 있다.

그러나 다우브마누스☗에 따르면 두 가지의 의견이 모두 틀리다. 〈하자르의 얼굴〉은 아테 공주를 포함한 모든 하자르 민족의 특성을 지칭하는 용어로 그들은 아침마다 마치 다른 사람이 된 것처럼 완전히 새롭고 낯선 얼굴로 하루를 시작했다. 그래서 가장 가까운 친척들조차도 서로를 알아보기가 어려울 지경이었다. 하지만 여행자들은 이러한 내용과 정반대의 기록을 남겼다. 그 기록에 따르자면, 하자르 민족은 얼굴 생김이 모두 똑같고 결코 바뀌지 않아서 문제가 발생하고 혼란이 야기되었다는 것이다. 어떤 주장이 사실이든 간에, 결론은 마찬가지이다. 하자르의 얼굴은 기억하기 어려운 얼굴을 말한다고 할 수 있다. 그렇게 생각한다면, 아테 공주가 카간▽의 궁전에서 벌어진 하자르 논쟁에 참여한 사람들에게 각각 다른 얼굴을 보여 주었다는 전설이나, 심지어 세 명의 아테 공주가 있었다는 전설[1] 역시 설명될 수 있을 것이다.

그렇지만 그 당시에 쓴 기독교 자료[2]에는 하자르 궁전에 아테 공주라는 사람이 있었다는 기록이 없다. 하지만 『하자르 사전』에 따르면, 그리스와 슬라브의 수도사들 사이에 아테 공주를 숭배하는 종파 같은 것이 한때 존재했다고 한다. 이러한 종파가 생겨난 이유는 하자르 논쟁이 시작되었을 때, 아테가 유대 신학자들을 물리치고 카간과 함께 기독교를 채택했다는 믿음 때문이었다. 하지만 카간이 아테의 아버지인지 남편인지 혹은 오빠인지는 확실히 알 수가 없다.

아테 공주의 기도문 중에서 두 개가 그리스어로 번역되어 지금까지 남아 있다. 비록 그 기도문이 성전으로 인정받았던 적은 없지만, 다우브마누스는 그 기도문을 〈나의 아버지〉와 〈아베 마리아〉라고 불렀다. 두 기도문 중에서 첫 번째는 다음과 같다.

나의 아버지, 우리의 배 위에는 선원들이 개미처럼 무리를 지어 몰려다닙니다. 오늘 아침에 저는 제 머리카락으로 이곳을 말끔히 씻었습니다. 선원들은 깨끗한 돛대 위로 올라가서, 마치 달콤한 포도 넝쿨을 개밋둑 안으로 떨어뜨리듯이 초록색 돛을 벗겨 냈습니다. 키잡이들은 키를 떼내 마치 일주일 동안 먹고살기 위한 노획물이라도 되는 듯 등에 지고 나르려고 애를 씁니다. 그중에서 가장 허약한 선원들

---

[1] 하자르 논쟁 당시에 세 명의 공주가 나와서, 한 사람은 이슬람 학자인 꿈 해몽자를 맞이했고 다른 사람은 기독교 학자인 꿈 해몽자를 맞이했으며 나머지 한 사람은 유대 학자인 꿈 해몽자를 맞이했다는 전설이 내려오고 있다.
[2] 그리스어로 쓰이고 고대 슬라비아어로 번역된 『테살로니카의 콘스탄티누스, 성 키릴루스의 일생』을 말한다. 성 키릴루스는 서기 826년 혹은 827년에 태어나 869년에 죽었다. 그리스 정교회의 계도자로 활동했으며, 하자르 논쟁이 벌어졌을 때 기독교 측 대표로 참석했다.

은 소금기에 절어 있는 밧줄을 끌어당겨 물 위에 떠 있는 우리의 집인 배의 선창 밑으로 모습을 감춥니다. 오로지 나의 아버지이신 그대만이 그들과 같은 굶주림을 느끼지 않습니다. 그들이 미친 듯이 속력을 삼킬 때, 가장 빠른 부분은 그대, 나의 마음, 나의 유일하신 아버지에게 속해 있습니다. 당신의 양식은 산산이 흩어지는 바람일 것입니다.

아테 공주의 두 번째 기도문에 나오는 이야기는 자신의 〈하자르의 얼굴〉에 대한 설명인 것 같다.

나는 어머니의 삶을 외워 왔습니다. 그리고 아침마다 한 시간씩 거울 앞에서, 연극배우처럼 어머니 역할을 연기합니다. 벌써 몇 년 동안이나 날마다 그렇게 해왔습니다. 나는 어머니의 실내복을 걸치고 어머니의 부채를 쥐고 어머니처럼 머리카락을 털모자 모양으로 땋아 올립니다. 나는 또한 다른 사람들 앞에서 어머니처럼 행동합니다. 심지어 사랑하는 사람과 잠자리에 들 때에도 그렇게 합니다. 열정의 순간에, 나는 존재하기를 그만둡니다. 나는 내가 아니라, 나의 어머니가 됩니다. 어머니의 역할을 너무 잘하다 보니, 나 자신의 열정은 사라져 버리고 오로지 어머니의 열정만이 남습니다. 다시 말해서, 어머니가 내 사랑의 느낌들을 모조리 훔쳐 간 것입니다. 그렇다고 해서 이 일을 못마땅하게 여기는 것은 아닙니다. 왜냐하면 어머니 역시 똑같은 방법으로 어머니의 어머니에게 도둑질당한 일이 있다는 것을 잘 알고 있기 때문입니다. 지금 누군가 내게 무엇 때문에 그렇게 많은 일을 하느냐고 묻는다면, 이렇게 대답하겠습니다. 나는 새로운 나로, 그러나 좀 더 나은 방식으로 태어나려고 애쓰고 있습니다…….

아테 공주는 절대 죽을 수 없었다고 알려져 있다. 그럼에도 불구하고 아테의 죽음은 기록으로 남아, 아름답게 장식된 칼에 작은 구멍을 뚫어 새겨 놓았다. 좀처럼 믿기지 않는 이 별개의 이야기를 다우브마누스는 인용하고 있다. 하지만 이 이야기는 아테 공주가 실제로 어떻게 죽었는가에 대한 기록이 아니라, 만약 공주가 죽을 수 있다면 그것은 어떤 상황이었을까 하는 물음에 대한 대답이라고 보아야 할 것이다. 포도주 때문에 머리카락이 하얗게 변하는 사람은 없는 것처럼, 아테 공주의 죽음에 대한 이야기 때문에 누군가 해를 입지는 않을 테니까 말이다. 그 내용은 다음과 같다.

빠른 거울과 느린 거울

어느 이른 봄날에 아테 공주가 말했다.

「나는 옷에 길이 들듯이 생각에 길이 들게 되었다. 내 생각의 허리선은 언제나 똑같으며, 나는 그것을 어디에서나, 심지어 갈림길에서조차 찾아볼 수 있다. 그리고 가장 나쁜 점은 내 생각 때문에 갈림길들을 더 이상 볼 수 없다는 사실이다.」

하루는 아테 공주의 시종들이 공주를 즐겁게 해줄 생각으로 두 개의 거울을 선물했다. 그 거울의 모양은 하자르의 다른 거울들과 거의 다름이 없었다. 반짝거리는 소금으로 만들어진 거울이었는데 하나는 빠르고 다른 하나는 느렸다. 빠른 거울에 무엇인가를 비추어 보면, 그 속의 세상은 미래로 한 걸음 나아가 있었다. 반면 느린 거울은 빠른 거울이 진 빚을 갚아 주는 셈이었다. 현재를 중심으로 해서, 앞에 말한 거울이 빠른 만큼 이 거울은 느렸기 때문이었다. 시종들이 아테 공주에게 거울을 가져다주었을 때, 공주는 여전히 침대에 누워 있었다. 그리고 눈꺼풀의 글자들도 그대로 쓰여 있었다.

아테 공주는 느린 거울에 비친, 눈을 감고 있는 자기의 모습을 보고 그 자리에서 죽었다. 눈을 한 번 깜빡거린 다음, 다시 눈을 깜빡거리기 전에 목숨을 잃었다. 다시 말해서 공주는 난생 처음으로 자기 눈꺼풀에 적힌 그 치명적인 글자를 읽은 것이다. 그녀는 죽기 직전에 그리고 죽은 직후에 눈을 깜빡거렸고 그것이 거울에 비쳤기 때문이다. 결국 과거에서 온 글자와 미래에서 온 글자가 동시에 공주를 죽인 것이다.

브란코비치, 아브람
BRANKOVICH, AVRAM(1651~1689)

이 책의 저자 가운데 한 명이다. 에디르네[3]에서 외교관으로 임용되어 콘스탄티노플[4]의 궁정으로 파견되고, 오스트리아와 터키 사이에 전쟁이 벌어졌을 때, 군사령관으로 임명되었다. 박식하고 학문이 깊은 사람이다.

브란코비치 가문의 영지 쿠피니크에 있는 성(聖) 파라스케바 교회 벽에는 아브람 브란코비치가 교회를 기증하는 그림이 그려져 있다. 그 그림을 보면, 그는 일가친척들과 함께 자신의 칼 위에 완성된 성 페트카 교회를 얹어서 폭군이자 성자였던 그의 고조할머니 안젤리나 성모에게 바치고 있다.

자료: 아브람 브란코비치에 대한 정보는 오스트리아의 여러 가지 비밀 보고서에 기록되어 있다. 특히 아브람이 고용한 두 사람의 서기 가운데 한 명이었던 니콘 세바스트†가, 바덴스키 왕자와 베테라니 장군에게 보고하기 위해 작성한 보고서 가운데 아브람에 대한 자료가 많이 실려 있다. 아브람 브란코비치의 친척인 게오르기 브란코비치 백작(1645~1711)도 왈라키아 연대기와 방대한 분량의 세르비아 연대기에서 아브람 브란코비치에 대해 기록했는데, 애석하게도 아브람 브란코비치와 관련된 부분은 소실되었다. 아브람의 하인이자 뛰어난 무사였던 아베르키에 스킬라†도 아브람의 말년을 기록으로 남

---

3 터키의 주. 옛 이름은 아드리아노플.
4 이스탄불의 옛 지명.

겨 놓았다. 아브람의 생애와 저술을 시대순으로 알아보기 위해서 다음과 같은 두 가지 자료를 바탕으로 하는 것이 가장 좋다. 먼저 아브람 브란코비치의 두 번째 서기 테옥티스트 니콜스키[A]가 폴란드에 있으면서 페치 주교에게 보낸 고해의 글이 있다. 그다음으로는 예언자 성 엘리야의 기적이 그려진 성화가 있는데, 브란코비치는 이 성자의 삶에 등장하는 모든 장면들을 모조리 자기 자신의 삶에서 벌어진 사건들에 적용시키면서 그 내용을 그림 뒷면에 기록해 두었기 때문이다.

⟨세르비아 제국이 터키의 지배하에 들어가자 브란코비치 가문은 남쪽에서 다뉴브 강 유역으로 이주했다. 그들이 바로 아브람 브란코비치의 조상이다.⟩
니콘 세바스트는 빈 궁정으로 보내는 기밀문서에 이렇게 적어 두었다.

그 가문의 사람들은 터키의 수중으로 들어간 영지를 포기하고 16세기에 리포바와 예노폴레 지방으로 이주했다. 그때 이후로, 에르델리[5]의 브란코비치 가문 사람들은 진차르에 자리 잡고 살았으며 왈라키아[6] 말로 거짓말을 하고 그리스어로 침묵을 지키고 러시아어로 찬송가를 불렀다. 모국어였던 세르비아어를 사용하는 것은 오로지 사람을 죽이려고 할 때뿐이었다.

그들은 헤르체고비나 서부와 트레비네 부근, 고르네 폴리체의 라스트바 근처에 있는 코레니치 마을 등지에서 왔다. 그들의 두 번째 성, 코레니치는 이 마을의 이름에서 따온 것이다. 브란코비치 가문은 에르델리로 이주해 온 후에 주민들의 존경을 받는 위치까지 올라갔으며 지난 2백 년 동안 왈라키아 최고의 포도주를 생산했다. 그래서 생겨난 말이 있다.

5 헝가리어로 트랜실베이니아를 지칭함.
6 도나우 강 하류의 공국, 몰다비아와 합병해서 루마니아가 되었다.

〈그들은 그들의 눈물로도 당신을 취하게 할 수 있다.〉

지난 2세기에 걸쳐서 헝가리와 터키라는 두 국가를 상대로 접경 지대에서 벌어진 전투에서 브란코비치 가문은 단연 두각을 나타내었다. 반면 브란코비치 가문은 무레슈 강을 끼고 있는 예노폴레, 리포바, 판코타 등에 새로이 정착해 살아가면서 뛰어난 성직자들도 많이 배출했다. 모세스 브란코비치는 마태오 주교처럼 예노폴레의 대주교였으며, 그가 다뉴브 강에 던져 넣는 호두는 언제나 가장 먼저 북해에 가닿았다. 모세스 브란코비치의 아들이자 게오르기 브란코비치 백작의 삼촌이었던 솔로몬[7]은 예노바와 리포바 교구를 다스렸다. 그는 1607년에 터키인들에게 리포바를 넘겨받을 때까지 좀처럼 말에서 내려오는 일이 없었으며, 심지어 물도 말 등 위에서 마셨다.

브란코비치 가문의 사람들은 세르비아의 전제 군주 브란코비치가 그들의 조상이라고 주장한다. 하지만 브란코비치 가문의 기원을 알아내기는 매우 어렵다. 그들은 오래전부터 꿈꾸어 오던 것을 차지하게 되었으며, 진차르의 카발라[8]와 제문 사이에서 거두어들인 모든 것은 다 브란코비치 가문 사람들의 주머니 속으로 들어갔다는 이야기가 있다. 브란코비치 가문의 보석은 독사처럼 차가우며, 새들조차 브란코비치 가문 사람들이 살아가는 땅 위로 날아다닐 수 없다. 또한 구전시들은 이미 그 가문을 왕가로 잘못 묘사하고 있다. 브란코비치 가문은 왈라키아에 있는 수도원과 그리스 아토스 산에 있는 수도원의 후원자였다. 그들은 성채를 쌓고 교회를 지었는데, 쿠피니크의 알바 레알레나 테우스라고 불리는 곳에 이

---

7 솔로몬은 나중에 예노폴레의 주교로 임명되자, 사바 1세라고 불리게 되었다.
8 그리스 마케도니아 지방의 현대적인 해항이며 상업 도시.

와 비슷한 것들이 있다. 자크문크 라코치 왕자는 브란코비치 가문 여자들에게 농경지와 황무지와 작위를 내렸다. 브란코비치 가문은 외가 쪽으로 에르델리의 세켈스 가문과 연결되어 있다. 그러므로 재산 가운데 일부는 세켈스 가문에게서 지참금 명목으로 받아 온 것이다.

여기에서 언급해 둘 만한 사실이 있는데, 브란코비치 가문에서는 유산 상속이 수염의 색깔에 의해 결정된다. 수염이 붉은 상속자들은(붉은 수염은 외가의 혈통에서 물려받은 특징이다. 브란코비치 가문은 머리카락이 붉은 여자를 아내로 맞아들이기 때문이다) 누구나 수염이 검은 상속자들에게 우선권을 넘겨주어야 한다. 검은 수염은 아버지의 피를 물려받았다는 증거가 되었기 때문이다. 최근 브란코비치 가문의 재산은 거의 2만 7천 포린트에 이르고, 해마다 거두어들이는 수입도 1천 5백 포린트가 넘는다. 그 가문의 재산이 이처럼 어마어마하다는 말을 그대로 믿을 수는 없다. 하지만 그들의 재력이 대단하다는 점에 대해 이의를 제기할 사람은 아무도 없다. 그들의 재력은 그들이 딛고 서 있는 땅만큼이나 단단하다. 게다가 2백 년 이상의 기간 동안 그 집안의 금고에서 동전 한 닢이라도 새어 나온 적이 없었다.

아브람 브란코비치는 한쪽 발꿈치를 치켜든 채, 절룩거리면서 콘스탄티노플에 도착했다. 이곳에서는 아브람 브란코비치가 무슨 일로 불구가 되었는지에 대한 소문이 떠돌고 있다. 그 내용은 다음과 같다.

아브람 브란코비치가 겨우 일곱 살이었을 때였다. 그의 부친이 소유한 영지를 급습한 터키인들이 길을 가던 도중에 대저택에서 나온 소수의 파견단과 마주치게 되었다. 그중에는 어린아이 한 명도 끼어 있었다. 파견단의 호위병들은 터키인들을 보자, 아브람 브란코비치와 노인 한 명만을 남겨 놓고 모두 달아나 버렸다. 그러나 노인은 기다란 막대기로 터키 기마대의 공격을 보기 좋게 막아 냈다. 마침내 터키 기마대의 대장이 갈대 줄기 속에 숨겨서 이빨 사이에 물고 있던 창을 집어 던졌다. 노인이 창에 맞고 쓰러지자, 아브람 브란코비치는 자신의 손에 들려있던 막대기를 힘껏 내던져 터키 기마대 대장의 장화를 맞혔다. 그는 절망과 분노에 휩싸여 최후의 일격을 가한 것이었지만, 대장을 쓰러뜨리기에는 턱도 없었다. 기마대의 대장은 그저 껄껄 웃더니 말을 몰고 돌아가면서, 마을에 불을 지르라는 명령을 내렸다.

세월은 거북이처럼 지나갔으며, 아브람 브란코비치는 나이를 먹었다. 그리고 그 사건은 잊혔다. 여러 차례 또 다른 전투가 벌어졌기 때문이다. 이제 아브람은 직접 병사들을 인솔하게 되었다. 아브람은 소매에 깃발을 매달고 입에는 독약이 묻은 창을 갈대 줄기로 싸서 물고 다녔다. 한번은 아들을 데리고 여행 중인 적의 첩자와 마주쳤다. 첩자의 아들은 어린 소년이었으며 작은 막대기를 가지고 있었고 매우 순진해 보였다. 한 병사가 노인의 정체를 눈치채고는, 말에 박차를 가하더니 그곳으로 달려가서 노인을 포박하려고 했다. 하지만 그 노인은 들고 있던 막대기로 얼마나 끈질기게 버티던지, 모두들 그 막대기에 신비한 마술이 깃들어 있다고 생각할 정도였다. 마침내 아브람이 독 묻은 창을 꺼내 노인을 찔러 죽였다. 바로 그 순간, 옆에 서 있던 어린 소년이 들고 있던 막대기로 그를 때렸다. 소년은 일곱 살도 채 되지 않았기 때문에, 그 소년이 품고 있던 미움과 사랑의 힘이 제아무리 강하다고 해도 아브람에게 상처를 줄 수는 없었을 것이다. 그럼에도 불구하고 그는 껄껄 웃더니 치명상을 입은 사람처럼 말에서 떨어졌다.

그 일격을 당한 후부터 그는 한쪽 다리를 절기 시작했고 결국 얼마 지나지 않아 군대를 떠났다. 그리고 친척이었던 게오르기 브란코비치 백작의 도움으로 에디르네, 바르샤바, 빈의 외교단에서 일했다. 콘스탄티노플에서 그는 영국 사절단과 함께 일했으며 보스포루스[9]에 있는 넓은 성에서 지냈다. 보스포루스 성은 요로즈 칼레시 성과 카라타슈 성 사이에 있었다.

아브람의 고조모 안젤리나는 그리스 정교회에서 성자라고 공포한 사람이었는데, 그는 이 성의 아래층에, 고조모에게 바칠 교회 건물 가운데 정확하게 2분의 1을 지어 두었다. 그 교회의 다른 절반은 에르델리에 남아 있다. 아브람의 아버지가 바로 에르델리 출신이다.

아브람 브란코비치의 외모는 아주 특이하다. 그의 가슴은 커다란 새나 작은 짐승을 넣어 두는 우리만큼이나 넓었는데, 종종 암살자들의 목표물이 되었다. 아브람의 뼈가 금으로 만들어졌다는 내용의 시가 널리 알려졌기 때문이었다.

그는 콘스탄티노플에 도착한 다음에 생선을 먹는 커다란 낙타를 타고 여행을 다니기 시작했다. 그 낙타는 걸음걸이가 무척이나 얌전해서 안장 위에 포도주 잔을 얹어 두어도 쏟아지지 않았다. 브란코비치는 아주 어렸을 때부터 지금까지, 접시처럼 둥근 눈을 가진 짐승들처럼 밤이 아닌, 낮에 잠을 잤다. 그가 정확하게 언제부터 깃털 속에 머리를 파묻고 밤을 위해 낮을 포기했는지 아는 사람은 아무도 없다. 하지만 브란코비치는 깨어 있는 밤 시간에도 마치 다른 사람의 눈물을 먹고 사는 사람처럼, 한자리에 오랫동안 가만히 있지 못한다. 그래서 그가 식사할 때마다, 시종들은 식기와 의자, 잔을 모

[9] 아조프 해와 흑해를 잇는 케르치 해협 지방을 말한다. 현 보스포루스 해협은 터키 서부의 아드리아 해와 흑해를 연결하는 해협으로 그 지명이 남아 있다.

두 두 개씩 준비했다. 식사를 하는 도중에도 느닷없이 벌떡 일어나서 자리를 바꾸었던 것이다.

그와 마찬가지로 그는 한 가지의 언어를 오랫동안 사용하지 못하고, 여자를 바꾸듯이 사용하는 언어를 바꾼다. 어떤 때에는 왈라키아어를 사용하다가 다음 순간에는 헝가리어나 터키어를 사용한다. 그리고 얼마 전부터는 앵무새에게서 하자르어를 배우기 시작했다. 그는 또한 잠을 잘 때에는 스페인어를 사용하지만 잠에서 깨어날 무렵에는 스페인어에 대한 지식이 눈 녹듯 사라져 버린다고 한다.

최근에 어떤 사람이 그의 꿈에 나타나서 알아들을 수 없는 말로 시를 읊었다. 브란코비치는 그 시를 기억해 두었으며, 그것을 해석하기 위해 그 언어에 능통한 사람을 찾아야만 했다. 마침내 아브람 브란코비치는 랍비를 찾아가서 외우고 있던 시를 암송해 주었다. 그것은 별로 긴 시가 아니었다. 그 시의 내용은 다음과 같다.

לִבִּי בְמִזְרָח וְאָנֹכִי בְּסוֹף מַעֲרָב
אֵיךְ אֶטְעֲמָה אֵת אֲשֶׁר־אֹכַל וְאֵיךְ יֶעֱרָב
אֵיכָה אֲשַׁלֵּם נְדָרַי וָאֱסָרַי בְּעוֹד
צִיּוֹן בְּחֶבֶל אֱדוֹם וַאֲנִי בְּכֶבֶל עֲרָב
יֵקַל בְּעֵינַי עֲזֹב כָּל־טוּב סְפָרַד כְּמוֹ
יֵקַר בְּעֵינַי רְאוֹת עַפְרוֹת דְּבִיר נֶחֱרָב:

시의 앞부분을 듣고 있던 랍비는 불쑥 끼어들더니 나머지 부분을 암송하기 시작했다. 그런 다음에 랍비는 브란코비치에게 작가의 이름을 써주었다. 그 시가 쓰인 것은 12세기 무렙의 일이었으며, 유다 할레비㊟라는 사람이 그 시를 기록해 두었다고 했다. 그때 이후로 브란코비치는 히브리어도 공부했다. 하지만 그가 날마다 열중하는 일들은 대단히 실용적인 것이다. 그는 재주가 많은 사람이고, 그의 미소 속에는 그가 지닌 다른 모든 지식과 능력을 돋보이게 만드는 힘이 있다.

날마다 저녁이 되면 아브람은 잠자리에서 나오자마자, 전쟁에 대비하기 위해 자신의 육체를 단련한다. 실제로 아브람은 이 지역에서 명성이 높은 검투사와 함께 사브르 검을 민첩하게 사용하는 연습을 한다. 이 검투사는 아베르키에 스킬라라는 이름의 콥트인으로 아브람 주인님이 고용한 하인이었다. 아베르키에의 한쪽 눈은 몹시 탐욕스러우며 다른 한쪽 눈은 음침하고 얼굴의 주름은 모두 눈썹 사이에 모여 있다. 아베르키에는 지금까지 알려진 사브르 검 사용법에 대한 모든 정보를 아주 완벽하게 설명해 놓은 목록을 만들어 두었다. 그리고 새로운 사용법을 그 책자에 추가로 기록하기 이전에, 반드시 사람의 피와 살을 가지고 먼저 실험한다. 아브람은 아베르키에 검투사와 함께, 융단이 깔린 커다란 홀 안으로 들어가서 문을 걸어 잠근 채, 짙은 어둠 속에서 검술을 연마한다. 그 홀의 크기는 작은 목초지와 비슷할 정도로 넓었다. 보통 아베르키에가 왼손으로 낙타 고삐의 한쪽 끝을 잡고, 다른 한쪽 끝은 아브람이 잡는다. 아브람 브란코비치는 오른손에 사브르 검을 드는데, 그것은 아베르키에 스킬라가 어둠 속에서 들고 있는 칼과 무게가 동일하다. 두 사람은 서서히 팔꿈치에 고삐를 감아 가면서 상대방이 가까이 다가왔다고 느껴지면 짙은 어둠 속에서 사정없이 칼을 휘두른다.

사람들은 구슬레[10] 가락에 맞추어 그의 민첩함에 대해 이

---

10 세르비아, 보스니아 등지에서 연주하는 민속 현악기.

렇게 노래를 불렀다.

지난가을 나는 아브람이 사브르를 빼 든 채, 나무 아래에서 바람이 불어오기를 기다리는 모습을 보았네. 드디어 나무 열매가 떨어지고, 사브르 검은 허공에서 열매를 내리쳤다네. 열매는 미처 땅에 떨어지기도 전에 두 조각으로 갈라졌다네.

아브람은 약간 언청이였기 때문에, 그것을 가리기 위해 콧수염을 기른다. 하지만 입을 다물고 있어도 입술 사이로 이빨이 드러난다. 심지어 어떤 때에는 입술이 전혀 없고 이빨 위에 콧수염이 난 것처럼 보이기도 한다.

세르비아 사람들은 아브람이 조국을 사랑하며 또한 자신의 국민들을 위해 빛과 소금의 역할을 하고 있다고 말한다. 하지만 그는 뜻밖에도 직업과 어울리지 않는 버릇이 있다. 그는 대화를 마치는 방법을 잘 모르며 적절한 때에 일어나서 돌아가는 일이 없다. 언제나 대화를 질질 끌면서 오랫동안 앉아 있다. 결국 헤어질 무렵이 되면, 다른 사람들은 머리가 몹시 복잡하게 된다. 아브람 브란코비치는 카발라 출신의 환관이 특별히 마련해 주는 아편을 피운다. 다른 사람이 갖다 주는 것은 절대로 피우지 않는다. 하지만 대단히 이상한 것은, 아브람에게 항상 아편이 필요한 것은 아니라는 사실이다. 그는 이러한 상태를 유지하기 위해서 정기적으로 아편 상자를 봉인한 다음, 전령에게 그것을 들려 페슈트까지 보낸다. 그리고 두 달 후에 그는 페슈트로 찾아가서 아무도 손대지 않고 놓아둔 상자를 돌려받는다. 그 무렵이 되면 아편이 다시 필요하기 때문이다. 그는 여행을 하지 않을 때면 작은 방울이 달린 커다란 낙타 안장을 널찍한 서재에 갖다 놓는다. 낙타 안장이 그 위에서 글을 쓰거나 책을 읽을 수 있는 책상 역할을 하기 때문이다.

그가 사용하는 방엔 겁을 먹은 것 같은 집안 살림들이 잔뜩 쌓여 있다. 하지만 그의 주위에는 똑같이 생긴 물건이 두 개 있는 경우가 절대 없으며, 앞으로도 없을 것이다. 아브람의 주위에 있는 물건, 동물, 사람들은 모두 다 서로 다른 마을에서 온 것이어야만 한다. 그의 하인 중에는 세르비아 사람, 루마니아 사람, 그리스 사람, 콥트 사람이 있으며 최근에는 아나톨리아에서 찾아온 터키 사람을 시종으로 고용했다. 아브람 브란코비치는 큰 침대와 작은 침대를 가지고 있다. 그리고 휴식을 취할 때(그는 낮 동안에만 잠을 잔다)에도, 한 침대에서 다른 침대로 이리저리 옮겨 다닌다. 그가 잠을 자는 동안, 그의 시종 중에서 유수프 마수디ℇ라는 이름의 아나톨리아 사람이 날아가는 새라도 떨어뜨릴 듯한 표정으로 그를 지켜 주고 있다. 아브람 주인님은 잠에서 깨어나면 몹시 두렵다는 듯이, 세르비아 교회에서 성자로 인정한 그의 조상을 기리는 트로파리아와 콘타키아[11]를 부른다.

아브람이 여자에 어느 정도 관심을 갖고 있는지는 도대체 알 수가 없다. 아브람의 책상 위에는 나무로 만든 원숭이 인형이 웅크리고 앉아 있는데, 그 인형은 실물 크기와 비슷하면서도 유독 성기만은 어마어마할 정도로 크다. 아브람은 가끔씩 이런 말을 하곤 한다. 「엉덩이가 없는 여자는 교회가 없는 마을과 같다!」 그렇지만 그걸로 끝이다.

아브람 브란코비치는 한 달에 한 번 정도 갈라타로 나가서 언제나 같은 주술사를 찾아간다. 그 여자 주술사는 옛날 방식으로 카드를 읽기 때문에 시간이 아주 오래 걸린다. 주술사

---

[11] 트로파리아와 콘타키아는 그리스 정교회에서 부르는 찬송가를 의미한다.

는 아브람을 위해 특별히 탁자 하나를 마련해 두었으며, 바람의 방향이 바뀔 때마다 탁자 위에 카드를 하나 던진다. 어느 방향으로 바람이 부는가에 따라 아브람의 탁자 위에 떨어지는 카드가 달라졌다. 이런 일은 벌써 여러 해 동안이나 이어지고 있었다. 지난 부활절에는 남풍이 불었으며, 주술사는 아브람에게 새로운 예언을 알려 주었다.

「당신은 콧수염을 기른 남자에 대한 꿈을 꾸고 있습니다. 수염의 절반은 회색입니다. 젊고, 붉은 눈에 유리 손톱을 가진 그 남자의 목적지는 콘스탄티노플입니다. 그리고 당신은 얼마 있지 않아서 그 남자와 만날 것입니다…….」

이 소식을 듣고 우리의 주인인 아브람은 너무나도 기쁜 나머지, 내 코에 금 고리를 걸도록 명령했다. 나(이 기록을 남긴 니콘 세바스트)는 그가 그런 친절을 베풀려고 하는 것을 간신히 만류할 수 있었다.

그는 마치 정원을 가꾸듯이 자신의 미래를 가꾸려고 하는 사람이라고 말할 수 있다. 빈 궁정의 사람들도 나의 주인 브란코비치의 계획에 각별한 관심을 갖고 있었다. 그는 언제나 이리저리 바쁘게 뛰어다니면서 살아가는 사람이 아니다. 그는 자신의 미래를 매우 천천히, 그리고 성실하게 쌓아 나간다. 자신의 미래가 마치 미지의 해변이라도 되는 듯이, 조금씩 발견해 나가는 것이다. 제일 먼저 주변의 모든 것을 깨끗이 치우고 가장 좋은 자리를 골라 집을 짓고 마지막으로 온갖 정성을 다해 집 안에 물건을 정리하는 것과 같다. 그는 자신의 미래가 너무 늦추어지거나 성장이 느려지지 않도록 애쓰는 동시에, 너무 성급하게 돌진해 나가지 않으려고 주의를 기울인다. 그것은 일종의 경주와 같아서, 가장 재빠른 사람이 경주에서 지는 법이다. 지금 현재 아브람 주인님의 미래는 정원과 같아서 씨앗은 이미 심겨 있지만 어떤 싹이 돋아 나올지는 오직 그만이 알고 있다. 그래도 브란코비치가 어떠한 방향으로 나아가고 있는지는, 그에 관해서 귓속말로 전하는 이야기를 들어 보면 대충 알 수 있을 것이다. 그 이야기는 다음과 같다.

페트쿠틴과 칼리나의 이야기

아브람 브란코비치 주인님의 장남, 그르구르 브란코비치†는 어렸을 때부터 말 잔등에 올라타 낙타 배설물로 제련한 칼을 휘둘렀다. 그는 어머니와 함께 줄러에서 살고 있었는데, 주름 장식이 달리고 피로 얼룩진 그르구르의 옷가지들은 아버지가 있는 콘스탄티노플로 보내졌다. 그곳에서 그의 더러운 옷가지들은 아버지의 감독을 받으며 깨끗하게 세탁되고 다림질된 후, 보스포루스로부터 불어오는 향기로운 산들바람에 말려 그리스 태양에 표백을 하고 난 뒤에, 첫 번째 대상의 행렬과 함께 다시 줄러로 돌려보내졌다.

그보다 나이가 어린 아브람의 둘째 아들은 그 당시에 바흐카 어느 지역에 있는, 교회 모양의 얼룩덜룩한 난로 뒤에 드러누워 세월을 보내고 있었다. 그는 심한 고통을 겪고 있었다. 한때는 악마가 그 아들에게 오줌을 누었다느니, 혹은 그 아들이 밤마다 일어나서 집을 빠져나와 거리 청소를 한다느니 하는 소문이 떠돌기도 했다. 하지만 그것은 밤마다 마녀 모라가 그 아이의 뒤를 따라다니며 조금씩 물고 빨아서 그 아이의 가슴에서 남자의 젖이 흘러나오도록 했기 때문이다. 사람들은 문틈으로 쇠스랑을 밀어 넣거나, 엄지손가락에 침을 잔뜩 발라 아이의 가슴 위에 십자가 모양을 그려 넣기도 했지만 아무런 소용이 없었다. 마침내 한 여자가 그 아이에게 충고하기를, 식초에 한참 담가 두었던 칼을 가지고 잠자리에 들었다가 모라가 달려들면 아침에 소금을 주겠다고 약속한 다음, 모라를 칼로 찌르라고 했다. 소년은 그 여자의 충고에 따랐다. 모라가 그의 젖을 먹기 시작하자, 소년은 소금을 주겠다고 제안한 후 모라를 칼로 찔렀다. 모라의 비명 소리를 듣는 순간, 소년은 그것이 아주 오래전부터 들어 오던 목소리라는 사실을 깨달았다. 그로부터 사흘이 지난 날 아침에 줄러에서 찾아온 어머니가 바흐카에 도착했는데, 문간에서 소금을 달라고 외치고는 그 자리에 쓰러져 죽었다. 어머니의 몸을 살펴보니, 칼에 맞은 상처가 있었다. 아들이 그 상처를 핥아 보니 몹시 시큼했다.

그다음부터 소년은 언제나 공포에 사로잡혀 움츠러들었으며, 머리카락이 빠지기 시작했다. 소년을 치료하던 사람이 브란코비치에게 말한 바에 따르면, 머리카락이 한 가닥 빠질 때마다 소년의 수명이 1년씩 줄어든다는 것이다. 사람들은 그 소년의 머리카락을 황마에 싸서 브란코비치에게 보냈다. 그는 아들의 그림이 그려진 거울에 그 머리카락을 모두 붙여 두었으므로 앞으로 아들이 얼마나 더 살아갈 수 있을지 알 수 있었다.

그렇지만 아브람 주인에게 그 두 명의 아들 외에 또 다른 양자가 있다는 사실을 아는 사람은 거의 없었다. 사실 양자라는 말이 적절한 것인지 잘 모르겠다. 이 양자, 세 번째 아들에게는 어머니가 없었다. 브란코비치가 진흙을 가지고 아들을 창조한 다음, 시편을 읽어서 아들의 몸을 깨우고 생명을 불어넣어 준 것이다.

「나는 인내심을 가지고 주님을 기다렸습니다. 주님은 나를 굽어보시고 나의 외침에 귀를 기울여 주셨습니다. 무시무시한 구덩이와 진흙탕 속에서 주님은 나를 꺼내 주시고 나의 두 발을 반석 위에 올려놓았습니다. 그리고 나의 갈 길을 정해 주셨습니다.」

그때 달지[12]에서 교회 종이 세 번 울려 퍼졌으며 소년은 몸을 움직이기 시작하더니 이렇게 말했다.

「첫 번째 종이 울렸을 때, 나는 인도에 있었습니다. 두 번째 종이 울렸을 때, 라이프치히에 있었으며 세 번째 종이 울렸을 때, 비로소 나는 내 몸속으로 들어올 수 있었습니다.」

아브람은 소년의 머리카락으로 솔로몬의 매듭[13]을 지은 후, 땋아 내린 머리카락에 산사나무 숟가락을 끼워 넣고 페트쿠틴이라는 이름을 내려 주었다. 그런 다음에 그는 페트쿠틴을 세상으로 내보냈다. 그리고 바위를 매단 밧줄로 자신의 목을 묶은 채, 거룩한 사순절에 거행되는 성찬식 기간 동안 그 자리에 서 있었다.

물론 이 아버지는 페트쿠틴의 가슴속에 죽음 또한 심어 놓았다. 살아 있는 사람이 가진 것을 모두 똑같이 가지려면, 죽음 또한 반드시 필요했던 것이다. 처음에 이 종말의 싹, 페트쿠틴의 내부에 깃들어 있는 이 작고 젖비린내 나는 죽음은, 겁 많고 어리석기까지 했다. 그것은 음식도 거의 필요하지 않았으며 팔다리도 제대로 자라지 않았다. 하지만 죽음은 페트쿠틴이 자라나고 있다는 사실에 대해 이미 한없이 기뻐하고 있었다. 페트쿠틴은 무럭무럭 자라났으며 곧 화려하게 수를 놓은 그의 소매는 새가 드나들 수 있을 정도로 넓어졌다. 페트쿠틴의 몸 안에 있는 죽음은 곧 페트쿠틴보다 훨씬 더 현명하고 재빠르게 되었다. 그리고 어느 누구보다도 먼저 위험을 감지했다. 그 즈음 죽음은 경쟁자가 생긴 것 같았는데, 그 경쟁자에 대해서는 나중에 이야기하겠다. 죽음은 샘이 나서 어쩔 줄 몰랐으며, 페트쿠틴의 무릎을 간질여서 다시 자신에게

---

12 크로아티아, 다뉴브 강가에 있는 작은 마을.
13 고대부터 여러 문화에서 내려오는 전통적인 장식 매듭을 지칭하는 가장 일반적인 이름.

로 주의를 끌었다. 페트쿠틴은 무릎을 긁기도 했고 손톱으로 피부에 글자를 써넣기도 했는데, 눈으로도 그 글자를 읽을 수 있었다. 그들은 그런 방식으로 의사소통을 했다. 죽음은 특히 페트쿠틴이 아픈 것을 참지 못했다. 하지만 그의 아버지는 페트쿠틴이 좀 더 다른 생명체와 비슷해 보이게 하기 위해서 질병을 줄 수밖에 없었다. 질병은 생명체에게 한 쌍의 눈과 같은 역할을 하기 때문이다. 그렇지만 그는 페트쿠틴에게 가능한 한 해롭지 않은 병을 만들어 주려고 애썼다. 그래서 자상하게도 꽃 열병을 내려 주었는데, 그것은 잡초가 자라나고 꽃가루가 바람에 휘날리며 호수를 뒤덮는 봄이면 나타나는 병이다.

그는 페트쿠틴을 달지에 있는 영지에 데려다 놓았다. 그 저택의 여러 방에는 언제나 그레이하운드가 들끓었으며 그 개들은 먹이를 먹을 때보다 살육을 할 때 눈빛이 더욱 날카롭게 빛났다. 한 달에 한 번씩 하인들은 빗으로 융단을 빗었고 개의 꼬리털을 닮은 여러 가지 색깔의 기다란 털을 몇 뭉치씩 뽑아내곤 했다. 시간이 지남에 따라 페트쿠틴이 지내던 방들은 하나같이 특별한 색깔을 띠게 되었다. 그래서 페트쿠틴의 거처는 1천 개의 다른 방들 가운데 금방 눈에 띄었다. 그의 땀 때문에 생긴 흔적과 번들거리는 자국들이 문, 손잡이, 베개, 의자, 받침대 그리고 파이프, 나이프, 유리 자루에 남아서 페트쿠틴 특유의 무지갯빛을 만들어 내었던 것이다. 그것은 일종의 초상화이자 표시였으며 페트쿠틴의 서명이었다.

브란코비치는 때때로 드넓은 집의 거울 속에서 초록빛 침묵을 쌓고 있는 페트쿠틴의 모습을 발견하곤 했다. 그는 페트쿠틴에게 가을, 겨울, 봄, 여름이 사람들의 창자 속에 들어 있는 물, 땅, 불, 바람과 서로 내적으로 조화를 이루도록 하는 방법을 가르쳤다. 그 엄청난 일을 처리하는 일에 오랜 시간이 걸렸다. 페트쿠틴의 두뇌에는 생각의 굳은살이 박였으며 기억을 담당하는 근육들은 팽팽하게 긴장했다. 아브람은 페트쿠틴에게 책을 읽을 때 왼쪽 눈과 오른쪽 눈으로 각각 다른 페이지를 읽는 방법을 가르쳤으며 오른손으로는 세르비아어를, 왼손으로는 터키어를 쓰는 법을 가르쳤다. 그다음에는 문학을 지도했다. 페트쿠틴은 피타고라스의 글 중에서 성경의 흔적을 찾아낼 수 있게 되었고, 손으로 파리를 잡는 것처럼 재빨리 서명했다.

전반적으로, 페트쿠틴은 출중한 외모에 교육도 잘 받은 청년으로 성장했다. 아주 가끔씩 자신이 다른 사람들과 다르다는 것을 드러냈는데, 그것도 거의 눈치채기 어려울 정도였다. 예를 들면, 그는 월요일 저녁에 미래로부터 하루를 선택해 그다음 날 아침에 화요일 대신 사용할 수 있었다. 나중에 자신이 선택했던 그날이 다가오면, 그날 대신에 자신이 건너뛰었던 화요일을 사용함으로써 합계를 맞추었다. 이러한 상황 속에서 하루하루의 아귀가 딱 들어맞지 않기도 했으며, 때에 따라서는 시간의 틈이 벌어지기도 했지만 이러한 일들은 페트쿠틴을 기쁘게 할 뿐이었다.

하지만 페트쿠틴의 아버지는 사정이 좀 달랐다. 브란코비치는 자신의 창조물이 과연 완벽한 것인지 끊임없이 의심을 품었으며, 마침내 페트쿠틴이 스무 살이 되자 그를 시험해 보기로 마음먹었다. 페트쿠틴이 모든 면에서 진짜 인간과 얼마나 완벽하게 같은지 알아보기로 한 것이다. 아브람은 이렇게 생각했다. 〈살아 있는 사람들에게는 이미 페트쿠틴을 시험했다. 이제 죽은 사람들에게 페트쿠틴을 보이고서, 자기들 앞에 서 있는 것이 피와 살로 이루어진 진짜 사람이라고, 음식이 나오면 맛도 안 보고 일단 소금부터 치는 보통 사람이라고 생각한다면, 이 실험은 성공했다고 할 수 있다.〉 아브람은 이러한 결론에 다다르자, 페트쿠틴에게 신부를 구해 주었다.

왈라키아의 지주들은 언제나 신변을 보호해 주는 사람 한 명과 영혼을 보호해 주는 사람을 한 명씩 데리고 다녔는데 브란코비치도 때때로 그렇게 했다. 아브람의 영혼을 보호해 주는 사람 가운데 진차르 사람이 한 명 있었다. 그 사람은 종종 땅 위의 모든 것은 진실이 될 것이라고 말했으며, 아주 아름다운 딸을 가지고 있었다.

그 딸은 자기 어머니에게서 가장 좋은 점들을 고스란히 물려받았으므로 어머니는 그녀를 낳고 영영 추한 모습으로 변해 버렸다. 그 소녀가 열 살이 되자, 어머니는 한때 과거에는 아름다웠던 손으로 딸에게 빵 굽는 방법을 가르쳤다. 그리고 소녀의 아버지는 딸을 불러다가 미래는 물[水]이 아니라고 알려 주고는 곧바로 죽어 버렸다. 소녀는 아버지를 생각하면서 슬프게 울었는데, 어찌나 울었던지 개미들이 눈물 줄기를 타고 얼굴 위까지 기어오를 수 있을 정도였다.

브란코비치는 홀로 고아로 남겨진 이 소녀가 페트쿠틴과 만날 수 있도록 주선했다. 그 소녀의 이름은 칼리나였다. 칼리나의 그림자에서는 항상 계피 냄새가 풍겼다. 페트쿠틴은 칼리나가 3월에 코르넬리아 체리를 먹는 남자라면 어느 누구와도 사랑에 빠질 수 있다는 사실을 알아냈다. 그리하여 3월이 되기를 기다렸다가 더 이상 먹을 수 없을 때까지 코르넬리아 체리를 먹었으며, 칼리나에게 함께 다뉴브 강가를 거닐자고 말했다. 헤어질 무렵에 칼리나는 손가락에 끼고 있던 반지를 빼서 강물 속에 던져 버렸다.

만약 어떤 사람에게 무엇인가 좋은 일이 일어나면 거기에는 약간의 불쾌한 일도 섞여 있어야 한다. 그렇게 하면 그 순간이 더욱 오랫동안 기억에 남는다. 사람들은 언제나 살아오면서 즐거웠던 일보다 불쾌했던 일들을 더욱 잘 기억하는 법이기 때문이다(칼리나는 페트쿠틴에게 자신의 행동을 이렇게 설명했다).

한마디로 칼리나는 페트쿠틴을 좋아했으며, 페트쿠틴 역시 칼리나를 좋아했다. 두 사람은 바로 그해 가을에 결혼식을 올렸으며 모든 사람들이 크게 기뻐했다. 결혼식의 신랑 들러리들은 서로 작별 인사를 나누며 이별의 입맞춤을 했다. 왜냐하면 앞으로 몇 달 동안 서로를 알아보지 못할 것이기 때문이었다. 이윽고 그들은 브랜디 양조장을 순회하러 떠났다. 봄이 되었을 때, 그들은 마침내 술에서 깨어나 주위를 자세히 살펴보았다. 인사불성이었던 겨울이 지나고 그들은 서로를 다시 알아보았다. 달지로 돌아온 그들은 전통적인 봄 여행을 떠나는 신혼부부를 배웅하면서 하늘에 대고 총을 쏘았다. 달지의 신혼부부가 봄에 외출을 하거나 여행을 갈 때에는 보통 고대의 유적지까지 간다는 사실을 알아 두어야만 한다. 그곳에는 돌로 지은 아름다운 유적이 있으며 그리스의 어둠이 깃들어 있다. 그리스의 어둠은 다른 어떤 어둠보다도 짙다. 그리스의 불길이 다른 어떤 불길보다 더욱 환하게 타오르는 것처럼······.

페트쿠틴과 칼리나가 지금 향하는 곳도 바로 그곳이었다. 멀리서 바라보면 페트쿠틴은 마치 한 무리의 검은 말을 몰고 가는 것 같았다. 하지만 페트쿠틴이 꽃향기에 재채기를 하거나 채찍질을 하면, 말 위에 앉아 있던 파리 떼들이 검은 구름처럼 일어났으며 사람들은 그제야 말들이 하얗다는 사실을 알게 되었다. 하지만 페트쿠틴도 칼리나도 이런 것에 별로 신경을 쓰지 않았다.

그해 겨울 동안 그들은 사랑에 빠졌다. 그들은 같은 포크로 번갈아 음식을 먹었으며, 칼리나는 페트쿠틴의 입에서 포도주를 받아 마셨다. 페트쿠틴은 칼리나의 영혼이 몸속에서 신음 소리를 낼 때까지 애무를 해주었다. 칼리나는 페트쿠틴을 숭배했으므로 페트쿠틴에게 자신의 몸 안에 소변을 누어 달라고 애원했다. 칼리나는 키득거리며 다른 소녀들에게 이렇게 말하곤 했다.

「한창 사랑을 나눌 때 사흘 기른 남자의 수염만큼 간지러운 것은 없단다.」

하지만 칼리나는 마음속으로 이런 생각을 했다. 〈물고기들이 파리를 삼키듯이, 내 인생은 순간순간 죽어 가고 있어. 어떻게 하면 내 시간으로 그이의 굶주림을 채워 줄 수 있을까?〉 칼리나는 페트쿠틴에게 자기의 귀를 물어뜯어 먹어 달라고 애원했다.

칼리나는 서랍이나 찬장 문을 절대로 돌아서서 닫지 않았다. 자신의 행운이 깨어지지 않게 하기 위해서였다. 칼리나는 조용한 소녀였다. 왜냐하면 그녀는 아버지가 언제나 똑같은 기도문을 끊임없이 읽어 대는 정적 속에서 자라났기 때문이다. 아버지가 그 기도문을 읽을 때, 주위는 언제나 똑같은 종류의 침묵에 휩싸이곤 했다. 두 사람이 여행길에 오른 지금, 모든 것이 그때와 같아 칼리나는 즐겁기만 했다.

페트쿠틴이 마차 고삐를 목에 걸고 책을 읽는 동안, 칼리나는 수다를 떨었다. 두 사람은 마차를 타고 가면서 재미있는 놀이를 했다. 페트쿠틴이 그 책에서 무슨 단어를 읽고 있는지 칼리나가 알아맞히면, 두 사람은 역할을 바꾸어서 이번에는 칼리나가 책을 읽고 페트쿠틴이 알아맞히는 것이었다.

먼저 칼리나가 들판의 양 한 마리를 손으로 가리키자, 페트쿠틴은 자신이 정말로 지금 막 양 이야기가 나오는 부분을 읽고 있었다고 말했다. 그러나 칼리나는 도저히 그 말을 믿을 수 없었다. 그래서 책을 받아 들고 직접 읽어 보았다. 실제로 책에는 이런 내용이 기록되어 있었다.

그리고 나는 기도와 탄원으로
그들을 향해, 죽은 자의 나라를 향해, 간청하다가
구덩이 위에서 양의 목을 자르니
검은 피가 흘러나왔다.
그런 다음에 죽어서 이 세상을 떠나갔던 혼령들이
에레부스 밖으로 모여들었다.
결혼하지 않은 젊은이들과 신부들
그리고 오랫동안 고통을 받아 온 노인들…….

페트쿠틴이 읽고 있던 단어를 정확하게 알아맞힌 칼리나가 이번에는 아래와 같은 대목을 읽기 시작했다.

그리고 청동으로 날을 세운 창에
상처를 입은 많은 사람들
피 묻은 갑옷을 입은 채, 싸우다 목숨을 잃은 사람들
그들은 섬뜩한 비명과 함께
사방에서 구덩이 주위로 몰려들었다.
날카로운 공포가 나를 휘어잡았다…….
나는 옆구리에서 칼을 뽑아 들고 그곳에 앉아서
죽은 자들의 힘없는 그림자가
감히 피 주위로 다가오지 못하도록 했다.
결국 나는 테이레시아스에게 물었다.

칼리나가 〈그림자〉라는 단어를 읽으려고 할 때 페트쿠틴은 길옆에 서 있던, 허물어진 로마 시대 극장이 드리우는 그림자를 쳐다보았다. 마침내 목적지에 도착한 것이다. 두 사람은 배우들의 출입구를 이용해 극장 안으로 들어갔다. 그들은 들고 온 포도주 병과 버섯, 소시지를 무대 중앙에 있던 커다란 바위 위에 올려놓고 재빨리 그림자 속으로 물러 나왔다.

페트쿠틴은 마른 쇠똥과 진흙이 말라붙은 나뭇가지를 모아다가 무대 위로 가지고 와서 불을 붙였다. 불길에서 딱딱거리는 소리가 났으며, 그 소리는 극장 꼭대기 맨 뒷자리까지 분명하게 들렸다. 하지만 들풀이 덩굴 월귤과 월계수 향기와 뒤섞이는 극장 외부에서는 안에서 무슨 일이 벌어지고 있는지 전혀 알 수가 없었다. 페트쿠틴은 배설물 냄새와 진흙 냄새를 없애기 위해 불에 소금을 뿌렸다. 그리고 버섯을 포도주에 씻은 후 버섯과 소시지를 연기가 피어오르는 숯 속에 집어 던졌다.

칼리나는 자리에 앉아서, 극장 출구를 향해 차츰 자리를 옮기고 있는 저녁 해를 바라보았다. 페트쿠틴은 무대 주위를 걸어 다니다가 오래전에 그 자리의 주인이었던 사람들의 이름이 각 줄 앞에 새겨져 있는 것을 보고 낯선 고대인의 이름을 큰 소리로 읽기 시작했다.

「카이우스 베로니우스 아에트…… 섹스투스 클로디우스 카이 필리우스, 푸블릴리아 트리부…… 소르토 세르빌리오…… 베투리아 아에이아…….」

「죽은 자들을 불러내지 말아요!」

칼리나가 페트쿠틴에게 경고했다.

「죽은 자들을 불러내지 말아요! 이리로 올지도 모르잖아요!」

태양이 극장을 떠나자마자 칼리나는 버섯과 소시지를 불 속에서 꺼냈다. 두 사람은 음식을 먹기 시작했다. 극장의 음향 효과는 더할 나위 없이 완벽했다. 두 사람이 음식을 씹으면 그 소리는 매번 선명하게 객석으로 전해졌으며 첫 번째 줄에서나 여덟 번째 줄에서나 똑같이 선명하게 그 소리를 들을 수 있었다. 하지만 소리가 중앙 무대로 되돌아오는 방식은 모두 달랐다. 마치 돌로 만든 좌석 앞쪽에 자기 이름을 새겨 놓은 관객들이 이 부부와 함께 음식을 먹고 있는 듯했다. 그렇지 않으면 적어도 두 사람이 음식을 씹을 때마다 탐욕스럽게 입맛을 다시는 것 같았다. 그러니까 죽은 사람 120명이 양쪽 귀를 쫑긋 세운 채 그들의 이야기를 엿듣고 있는 셈이었다.

극장 전체가 이 신혼부부와 함께 음식물을 씹어 댔으며, 허기진 듯이 소시지의 향기를 맡았다. 두 사람이 먹는 것을 멈추자, 죽은 자들도 멈추었다. 음식이 목에 걸린 것 같았다. 죽은 자들은 잔뜩 긴장한 채, 젊은 남녀가 다음에는 무슨 행동을 할 것인지 기다렸다.

그런 순간에 페트쿠틴은 음식을 썰면서 손가락을 베지 않도록 각별히 조심했다. 사람의 피가 조금이라도 떨어진다면 관객들과의 팽팽한 균형은 와르르 무너져 버릴 것 같았다. 또한 통증이 퍼지는 것만큼이나 순식간에 죽은 자들이 2천 년 동안의 목마름에 떠밀려서 자신과 칼리나를 덮치고 두 사람을 갈가리 찢어 놓을 것 같은 느낌이 들었다.

페트쿠틴은 온몸에 소름이 끼쳤다. 그래서 칼리나를 끌어당겨 입맞춤을 했다. 칼리나는 부드럽게 페트쿠틴의 입맞춤을 받아들였다. 두 사람은 120개의 입이 입맞춤하는 소리를 들을 수 있었다. 죽은 자들도 역시 입맞춤을 하고 있는 것 같았다.

식사를 마친 다음, 페트쿠틴은 남은 소시지를 불 속에 던져 넣어서 태우기 시작했다. 그리고 포도주로 불길을 껐다. 지글거리며 불길이 죽어 가는 소리를 헤치고 낮게 〈프스스스〉하는 소리가 흘러나왔다. 페트쿠틴이 칼을 상자 속에 다시 집어넣으려고 할 무렵, 갑자기 바람이 불어와서 꽃가루를 무대 위로 날려 보냈다. 페트쿠틴은 재채기를 하다가 그만 칼로 손가락을 베었다. 따스한 돌 위로 피가 흘러내리면서 냄새를 풍기기 시작했다.

바로 그 순간 120개의 죽은 혼령들이 날카롭게 비명을 지르면서 아우성치기 시작했다. 그들은 순식간에 두 사람을 덮쳤다. 페트쿠틴이 칼을 빼 들었지만, 그들은 칼리나를 쥐어뜯었고 살아 있는 칼리나의 살을 갈가리 찢어 버려서 결국 칼리나도 죽은 자들과 똑같이 소리를 내지르기 시작했다. 그리고 그녀 자신도 자기의 몸 중에서 아직까지 성한 부분을 게걸스럽게 삼키기 시작했다.

극장 출구가 차츰차츰 페트쿠틴의 눈에 들어왔다. 하지만 페트쿠틴은 그러기까지 얼마나 많은 시간이 흘렀는지 도저히 가늠할 수 없었다. 페트쿠틴이 무대 위에서 꺼져 버린 불길과 저녁 식사를 하고 남은 음식 주위를 서성대고 있는데, 보이지 않는 무엇인가가 땅에 떨어진 페트쿠틴의 외투를 집어 들더니 자기 어깨 위에 걸쳤다. 그 외투는 페트쿠틴이 있는 곳으로 다가와, 칼리나의 목소리로 페트쿠틴에게 말을 걸었다.

페트쿠틴은 겁에 질린 채, 칼리나를 부둥켜안았다. 하지만 그녀의 목소리가 울려 나오는 외투 속에는 자줏빛 안감뿐이었다.

「이야기를 해보오.」

페트쿠틴은 칼리나를 끌어안으면서 말했다.

「내 느낌으로는 1천 년 전에 이곳에서 나에게 뭔가 무시무시한 일이 벌어진 것 같소. 누군가에 의해 갈가리 찢긴 채 삽시간에 다른 사람들의 입으로 들어갔고 그 피가 아직까지도 여전히 바닥에 남아 있소. 정말 그런 일이 벌어졌는지 그리고 도대체 언제 그런 일이 벌어진 것인지 잘 모르겠소. 죽은 자들이 먹어 치운 사람은 누구요? 당신이요, 나요?」

「당신에게는 아무 일도 일어나지 않았어요. 죽은 자들이 찢어 놓은 사람은 당신이 아닙니다.」

칼리나는 이렇게 대답했다.

「그리고 그것은 조금 전에 일어난 일이에요. 1천 년 전이 아니라……..」

「하지만 난 당신을 볼 수가 없어. 우리 둘 중에서 누가 죽은 거요?」

「당신은 날 볼 수가 없어요. 산 사람은 죽은 사람을 볼 수 없으니까요. 당신은 단지 내 목소리만 들을 수 있어요. 나로 말할 것 같으면 난 당신이 누군지 몰라요. 당신의 피를 한 방울 먹어 보기 전에는 알 수가 없어요. 하지만 진정해요. 난 당신을 보고 있으니까요. 당신을 아주 잘 볼 수 있어요. 그리고 당신이 살아 있다는 걸 알아요.」

「하지만 칼리나!」

페트쿠틴이 소리를 질렀다.

「바로 나요. 페트쿠틴이란 말이오. 날 못 알아본단 말이오? 조금 전에, 만약 그것이 조금 전의 일이라면, 당신은 나와 입맞춤을 했소.」

「일이 이미 이렇게 되었는데, 조금 전이건 1천 년 전이건 무슨 상관인가요?」

페트쿠틴은 그 말을 듣자, 칼을 꺼내더니 아내의 입술이 있을 것 같은 위치로 손가락을 들어 올려서 베었다. 비릿한 피 냄새가 풍겼지만, 피가 바닥으로 흘러내리지는 않았다. 칼리나의 입술이 피를 애타게 기다리고 있었기 때문이다.

칼리나는 일단 페트쿠틴을 알아보자 비명을 지르면서 페트쿠틴의 살을 너덜너덜하게 찢어 놓았고 탐욕스럽게 페트쿠틴의 피를 마셔 버렸다. 그리고 페트쿠틴의 뼈를 객석으로 던져 주었다. 그러자 다른 혼령들이 떼를 지어 몰려들었다.

페트쿠틴에게 이런 일이 벌어지고 있을 때, 아브람 브란코비치는 다음과 같은 글을 썼다.

〈페트쿠틴을 가지고 한 실험은 성공적으로 끝났다. 페트쿠틴은 자신의 역할을 아주 잘 해냈기 때문에 산 사람과 죽은 사람을 모두 속였다. 이제 나는 좀 더 어려운 부분을 진행시킬 수 있다. 작은 일에서 큰 과업으로…… 인간에서 아담으로……〉

이제는 아브람 브란코비치의 계획에 대해 이야기할 차례가 되었다. 아브람 브란코비치가 자신의 미래를 걸고 계획하고 있는 일에는 두 사람이 결정적으로 연결되어 있다. 한 사람은 아브람의 친척이자 유명 인사였던 게오르기 브란코비치 백작이다. 게오르기 백작에 대해서는 우리보다 빈 궁정에서 더욱 많은 정보를 가지고 있을 것이다. 다른 한 명은 아브람이 퀴로스[14]라고 부르는 사람이다.

유대인들이 메시아가 오기를 기다리는 것처럼, 아브람 브란코비치는 이곳 콘스탄티노플에서, 퀴로스가 도착하기를 기다리고 있었다. 지금까지 알아낸 사실들을 모두 종합해 볼 때, 아브람은 이 사람을 개인적으로 아는 사이는 아니었다. 아브람은 퀴로스의 이름조차 모르고 있으며(그래서 그리스 별명으로 부르는 것이다) 이 사람을 단지 꿈속에서 보았을 뿐이다. 하지만 이 사람은 정기적으로 그의 꿈속에 나타났다. 그리고 브란코비치가 꿈을 꾸면 그에 대한 꿈을 꾼다. 아브람이 직접 묘사한 바에 따르면, 퀴로스는 젊은 남자였으며 콧수염이 절반은 회색이고 손톱은 유리로 되어 있고 눈은 붉은

---

[14] 그리스어로 〈소년〉이라는 의미를 담고 있다.

색이다. 그는 언젠가 이 사람을 만날 것이며, 그의 도움으로 자신이 너무나도 바라고 있는 무언가를 발견하거나 이룩할 것이라고 기대하고 있다.

아브람은 꿈을 꾸는 도중에 이 사람으로부터 유대인들처럼 오른쪽에서 왼쪽으로 글을 읽는 방법을 배웠으며 결말에서 시작으로 거슬러 꿈을 꾸는 방법도 배웠다. 아브람이 퀴로스로 변신하는, 아니 다시 말해서 유대인으로 변신하는 이 유별난 꿈은 벌써 여러 해 전부터 시작되었다. 아브람은 이 꿈이 애초에 조바심의 형태로 나타났다고 말했다. 그 꿈은 아브람 자신의 영혼 속에 던져진 돌처럼 낮 동안에는 그의 영혼 속으로 떨어져 내리다가 오로지 밤에만 멈추었는데, 밤이면 그의 영혼이 돌과 함께 떨어져 내려갔기 때문이다. 그 당시에 이 꿈은 아브람의 삶을 완전히 지배하고 있었다. 그는 꿈속에서 실제 나이의 절반밖에 되지 않았다. 처음에는 새들이, 그리고 형제들이, 마지막으로 아버지와 어머니가 그의 꿈에서 영영 자취를 감추었다. 그들은 작별 인사를 하고 떠나갔다. 결과적으로 그의 주위에 있던, 그리고 기억 속에 남아 있던 사람들과 도시들이 모두 그의 꿈속에서 흔적도 없이 사라져 버렸다. 마침내 아브람 자신까지 이렇듯 완전히 낯선 꿈속의 세상으로부터 사라졌다. 밤에 꿈을 꾸고 있을 때, 그는 완전히 다른 사람으로 변했다. 꿈속에서 거울을 볼 때마다 그는 겁에 질리곤 했다. 어머니나 여동생이 턱수염을 기른 모습을 보았을 때처럼 말이다. 이렇게 달라진 사람은 눈이 붉고 콧수염은 절반이 회색이었으며 손톱은 유리로 되어 있었다.

브란코비치가 이처럼 꿈속에서 모든 사람들에게 작별을 할 무렵, 세상을 떠난 그의 누이가 꿈속에 가장 자주 나타났다. 하지만 누이는 매번 꿈에 나타날 때마다 눈에 익은 모습이 한 부분씩 사라졌으며 그 대신 누군가 다른 사람의 것인

듯한 새롭고 낯선 모습으로 조금씩 변했다. 제일 처음에는 그녀의 목소리가 알지 못할 그 사람의 목소리로 바뀌었고, 그다음에는 점차 머리카락 색깔과 치아가 바뀌었다. 결국에는 오직 누이의 두 팔만이 점점 뜨거워지는 열정으로 아브람을 껴안고 있었다. 나머지는 이제 더 이상 누이의 모습이 아니었다.

그러던 어느 날 밤이었다. 그날 밤은 유난히 얇아서 화요일에 서 있는 사람과 수요일에 서 있는 사람이 서로 악수를 할 수 있을 정도였다. 그날 누이는 완전히 바뀐 모습으로 그를 찾아왔는데 그 모습이 너무나도 아름다운 나머지 사람들이 겁에 질려 달아날 정도였다. 누이는 엄지손가락이 두 개 달린 손으로 그의 목을 끌어안았다. 처음에 그는 누이를 피해 꿈에서 깨어나려고 했다. 하지만 그는 결국 포기하고 마치 복숭아를 따듯이 누이의 한쪽 가슴을 만졌다. 누이는 아브람에게 매번 다른 열매를 제공했고 그는 나무에서 열매를 따듯이 그녀에게서 자기에게 주어진 나날을 땄는데, 언제나 지난번보다 더 달콤했다. 그래서 다른 남자들이 밤이면 방을 빌려 정부와 함께 자듯이, 그는 낮 동안 다른 꿈을 꾸면서 누이와 함께 잤다.

두 사람이 껴안고 있을 때, 엄지손가락이 두 개 달린 두 손 중에서 한쪽 손이 나타났다 사라지곤 했지만 그는 누이가 어느 쪽 손으로 자기를 쓰다듬고 있는지 알아낼 수가 없었다. 누이는 양쪽 손의 모양이 똑같았기 때문이다. 이 꿈속의 사랑 때문에 아브람은 뼛속까지 완전히 기운이 빠져 버렸다. 아브람은 꿈속에 모든 것을 다 쏟아 주고, 껍데기만 침대 위로 돌아왔다. 어느 날 누이는 마지막으로 아브람을 찾아와 이런 말을 했다.

「쓰디쓴 영혼으로 저주를 쏟아 놓는 사람은 자신의 소망을 이루게 되는 법이에요. 우린 언젠가 다른 세상에서 만날 거예요.」

 브란코비치는 그녀가 그 말을 자신에게 한 것인지, 퀴로스에게 한 것인지 결코 알 수가 없었다. 잠자는 동안 그는 콧수염의 절반이 회색인 퀴로스로 변하기 때문이었다. 이미 오래전부터 그는 꿈속에서는 자신을 아브람 브란코비치라고 생각하지 않았다. 그는 자신이 틀림없이 유리 손톱을 가진 그 남자라고 생각했다. 실제 생활에서와는 달리, 그는 이미 여러 해 동안이나 꿈속에서 다리를 절지 않았다. 저녁 무렵이면 그는 마치 피곤한 누군가가 자기를 깨우는 것만 같았다. 그리고 아침이면 그만 잠들어도 될 것 같은 기분이었다. 왜냐하면 누군가 어딘가에서 충분히 휴식을 취하고, 맑은 정신으로 잠에서 깨어나는 것 같았기 때문이다. 그 누군가가 눈을 뜰 때, 그의 눈은 감기곤 했다.

 브란코비치와 이름을 알 수 없는 그의 단짝은 에너지와 피를 담아 두는 그릇이 서로 연결되어 있어서 그 힘이 한쪽에서 다른 쪽으로 흘러들었다. 포도주가 시어지지 않게 하려고 이 그릇에서 저 그릇으로 쏟아붓는 것과 같은 원리라고 할 수 있다. 한 사람이 밤에 편안히 꿈을 꾸면서 점점 더 힘을 차리는 동안 다른 사람은 점점 힘을 잃게 되고 결국 피로에 지쳐 잠이 드는 것이다. 하지만 무엇보다도 소름 끼치는 일은 한 사람이 번잡한 거리나 혹은 그 어느 장소에서 별안간 잠이 들어 버리는 경우였다. 그것은 그냥 잠이 들었다기보다는 다른 사람이 순간적으로 깨어났기 때문에 거기에 대한 응답인 셈이었다. 브란코비치는 최근에 월식을 관찰하다가 갑자기 잠이 들었고, 그 즉시 채찍질당하는 꿈을 꾸었다. 자신은 전혀 모르는 사실이지만, 그는 쓰러지면서 바닥에 이마를 찧었는데 꿈에서 채찍질을 당한 바로 그 자리에 상처가 났다.

 내가 보기에는 퀴로스와 유다 할레비라는 사람이 관련된

모든 일들이, 아브람 주인님과 우리 하인들이 몇 년에 걸쳐 진행해 온 작업과 직접적으로 관련되어 있다. 이 작업은 알파벳순으로 된 단어 목록인데 『하자르 사전』이라고 부르는 것이 좋을 것 같다. 그는 확고한 목표를 가지고 지칠 줄 모르고 일해 왔다. 브란코비치는 저란드[15]와 빈에서 콘스탄티노플까지 낙타 여덟 마리 분량의 책을 가져왔으며, 현재 더욱 많은 양의 책이 계속해서 도착하고 있다. 그는 사전과 고문서로 높게 벽을 쌓아 올린 다음, 스스로 그 안에 갇힌 채 세상일에 관심을 두지 않고 있다. 나는 수많은 책의 색깔과 잉크와 글자를 보아 왔기 때문에 눅눅한 밤이면 냄새만으로도 글자 하나하나를 구별할 수 있다. 그리고 구석진 방에 누워서도, 성의 다락 한 켠에 놓여 있는 봉인된 문서나 둥글게 말아 놓은 문서를, 냄새만 가지고 처음부터 끝까지 읽어 낼 수 있다. 아브람 주인님은 추운 날, 셔츠 하나만 입고 와들와들 떨면서 독서하기를 좋아한다. 읽고 있는 책의 내용 중에서 기억해 두거나 주의해야 할 부분은 이렇게 떨리는 도중에도 자신의 주의를 끌 수 있어야 한다고 생각하기 때문이다.

이 서재와 함께 만들어진 브란코비치의 도서 목록은 1백 페이지 정도의 분량이 되며 그 주제도 다양했다. 고대 슬라브 교회의 기도문에 나오는 한숨과 감탄사 목록부터 소금과 눈물에 대한 기록까지. 그리고 머리카락과 턱수염과 콧수염을 어마어마하게 모아 놓은 것도 있었다. 이것은 색깔과 모양이 다양할 뿐만 아니라 전 세계 모든 인종을 망라했고, 죽은 사람과 산 사람 것을 다 모아 두었다. 우리 주인은 그것을 유리병에 붙여서 일종의 오래된 머리 모양 박물관을 만들었다. 그러나 자신의 머리카락은 여기에 모아 두지 않았다. 다만 가

---

15 이란의 케르만 지방에 있는 카운티.

문의 문장을 짜는 일에는 자기의 머리카락을 사용하도록 했다. 브란코비치 가문의 문장에는 외눈박이 독수리와 〈군주는 누구나 자신의 죽음을 끌어안는다〉는 제명이 수놓아져 있다. 아브람은 밤마다 책과 수집품, 도서 목록철을 가지고 작업에 열중한다. 하지만 그가 최대한 기밀을 유지하면서 각별히 심혈을 기울이는 일이 있는데, 바로 하자르 민족의 개종에 대한 사전을 정리하는 일이다. 하자르 민족▽은 이미 오래전에 사라진 민족으로, 흑해에서 찾아왔으며 죽은 자를 배 모양의 관 속에 넣어 묻었다. 그 사전은 일종의 가계도와 비슷한 것으로 1백~2백 년 전에 하자르 민족을 기독교로 개종시키는 일에 참여한 사람들이나 후에 그 사건에 대한 기록을 남긴 사람들의 전기를 모아 놓았다. 오직 아브람 브란코비치의 서기로 일하던 테옥티스트 니콜스키와 나, 단 두 사람만이 『하자르 사전』에 가까이 다가갈 수 있었다. 브란코비치가 이처럼 조심하는 까닭은 자신이 다루고 있는 기독교 자료나 유대교 및 이슬람교 자료 가운데 이단으로 몰릴 만한 여지가 있다고 생각했기 때문이었다.

우리의 페치 주교는 8월이면 언제나 성 앤 승천일을 맞아 몇 사람에게 파문을 내리곤 하였는데, 만약 아브람 주인님이 무슨 짓을 하고 있는지 알게 된다면 어떠한 일이 있어도 파문을 내리려고 할 것이다. 아브람은 키릴루스†와 메토디우스†에 대해서 가능한 한 모든 정보를 수집했는데, 이 두 사람은 기독교 선교사로서 그리스의 대표로 하자르 민족을 개종시키는 일에 일조했다. 그런데 가장 큰 어려움 가운데 하나는, 유대 측 대표와 아랍 측 대표를 알파벳순으로 배열할 수 없다는 것이다. 양측 대표들은 하자르 카간▽의 궁정에서 벌어진 논쟁과 하자르 민족의 개종 때 나름대로 자기 역할을 한 사람들이다. 하지만 그는 그런 사람들이 존재했다는 사실 이

외에는 아무것도 알아낼 수 없었으며, 그가 찾아낼 수 있었던 하자르 민족에 관한 그리스 자료 어디에도 그 사람들의 이름은 나와 있지 않았다.

아브람 주인님은 하인들에게 왈라키아의 수도원들과 콘스탄티노플의 지하실들을 돌아다니며 하자르 민족의 개종에 관한 유대 측과 아랍 측 문서를 찾아오라고 시켰으며 직접 콘스탄티노플을 방문하기도 했다. 한때 선교사 키릴루스와 메토디우스가 바로 이곳에서부터 명령을 받고 하자르 수도로 파견되었으므로, 여기에서 하자르 개종에 관심이 있는 사람들이나 관련 문서를 찾으려고 한 것이다.

하지만 진흙으로 우물을 씻어 낼 수 없듯이 아브람은 아무 단서도 찾아내지 못했다. 아브람은 하자르 민족에 대해 관심을 갖고 있는 사람이 자기 하나뿐이라는 사실을 믿지 않았으며, 하자르 민족에 대한 정보를 남긴 기독교 선교사들 이외에 어느 누구도, 즉 성 키릴루스 이래로 지금껏 어느 누구도 하자르 민족에 대해서 연구하지 않았다는 사실 역시 믿지 않았다. 그의 주장에 따르면 유대 측 대표나 아랍 측 대표로 논쟁에 참여한 사람들의 삶과 저술에 대해 상세히 알고 있는 다르위시나 랍비가 분명히 있다는 것이다. 하지만 그러한 사람들을 콘스탄티노플에서 찾지 못했거나, 혹은 단지 그들이 자신이 알고 있는 바를 말하기 싫어하는 것이라고 했다. 그는 하자르 민족에 대한 기독교 측 자료 외에, 같은 문제에 대한 아랍 측과 유대 측 자료도 광범위하게 존재할 것인데, 무엇인가가 이 문제에 대해 연구하고 있는 이들이 서로 만나서 지식을 모으지 못하도록 하고 있다고 주장했다. 만약 아랍 측과 유대 측 자료를 일단 한 곳으로 모을 수만 있다면, 이 문제와 관련된 모든 윤곽이 명확하고 완전하게 드러날 것이다.

그는 종종 이런 말을 했다.

「이해할 수가 없어. 어쩌면 난 언제나 너무 일찍 모든 것에 대한 생각을 멈추는 것인지도 몰라. 그럴 때마다 내가 생각하다가 포기한 것들은 내 안에 절반 정도 형태를 갖춘 채 그대로 남아 있다가 자신들의 모습을 허리까지만 드러내지……」

내 견해로는, 아브람이 이렇듯 사소한 문제에 지나치게 관심을 갖는 이유를 설명하기는 그렇게 어렵지 않다. 나의 주인님이신 아브람이 하자르 민족에게 관심을 갖는 것은 무엇보다도 이기적인 이유에서 비롯되었다. 그는 자신을 사로잡고 있는 꿈을 스스로 치료하기 위해 노력하고 있는 중이었다.

그의 꿈에 나타나는 퀴로스 역시 하자르 민족에 대해 지대한 관심이 있으며, 아브람 주인님은 이 사실을 누구보다 더욱 잘 알고 있다. 그가 자신의 꿈으로부터 벗어날 수 있는 단 하나의 길은, 이 낯선 사람을 찾아내는 것이다. 그리고 오로지 하자르 관련 문서를 통해서만 주인님은 그 남자를 찾아낼 수 있을 것이다. 왜냐하면 그 문서가 퀴로스가 남겨 놓은 유일한 실마리이기 때문이다. 이 낯선 사람 역시 마음속으로 같은 생각을 하고 있는 것 같다. 그러므로 두 사람의 만남은 간수와 죄수의 만남만큼이나 불가피하다. 따라서 최근에 아브람 주인님이 사브르 검 연습에 열중하고 있는 것도 놀랄 만한 일이 아니다. 그는 퀴로스를 너무나 미워한 나머지, 그를 붙잡자마자 당장 그의 두 눈을 새알 삼키듯 삼켜 버리고 싶어 할 정도였다. 물론 이것은 추측에 불과하다. 하지만 만약 이 추측이 부정확하다면 아브람 브란코비치가 아담에 대해서 한 말과 페트쿠틴을 가지고 했던 성공적인 실험을 떠올려 볼 필요가 있다. 그 사건으로 미루어 볼 때, 그는 위험한 인물이며 그의 의도는 전혀 예측할 수 없는 결과를 낳을 것이다. 또한 『하자르 사전』 역시 강력한 행동을 준비하는 책에 불과한 것인지도 모른다…….

아브람 브란코비치에 대한 니콘 세바스트의 보고서는 여기서 끝난다. 하지만 세바스트는 자기 주인의 마지막 날에 대해서는 어느 누구에게도 알릴 수 없었다. 수의와 같은 안개가 자욱하게 뒤덮인 어느 수요일, 왈라키아 어딘가에서 주인과 하인이 함께 목숨을 잃었기 때문이다. 이 사건에 대한 기록을 남긴 사람은 아브람의 또 다른 하인으로, 앞에서 언급한 사브르 검의 명수 아베르키에 스킬라였다. 스킬라가 남긴 글을 보면, 그는 마치 종이를 땅바닥에 대고 칼끝으로 잉크를 찍어 글을 쓴 것처럼 보인다. 그리고 글을 쓰는 동안 발로 종이를 고정시키고 있었던 듯하다. 아베르키에 스킬라는 다음과 같이 쓰고 있다.

콘스탄티노플을 떠나기 바로 전날 저녁이었다. 나의 성부(聖父) 아브람 브란코비치는 우리를 커다란 홀에 불러 모았다. 그 홀에서는 세 개의 바다를 바라볼 수 있었다. 초록색 바람이 흑해에서 불어왔으며, 반투명의 파란색 바람이 에게 해에서 불어왔고 건조하고 씁쓸한 바람이 탁 트인 이오니아 해에서 불어왔다. 홀에 들어가 보니 그는 낙타 안장 옆에 서서 책을 읽고 있었다. 비가 오려고 하는지 아나톨리아 날벌레들이 마구 기승을 부리고 있었다. 아브람은 채찍으로 날벌레를 쫓고 있었는데, 자신이 상처를 입지 않게 하면서 채찍 끝으로 등에 물린 자리를 매번 정확하게 내리쳤다. 그날 저녁 우리는 평소에 규칙적으로 하는 사브르 검술 연습을 이미 마친 후였다. 만약 내가 아브람의 짧은 쪽 다리를 계산에 넣지 않았더라면 아브람은 어둠 속에서 나를 두 동강 내놓았을 것이다. 아브람은 언제나 낮보다 밤에 더욱 재빠르게 행동했다. 아브람은 이제 짧은 쪽 다리에 각반 대신 새 둥지를 두르고 있었다. 그 편이 더욱 보온이 잘 되기 때문이었다.

우리는 모두 자리에 앉았다. 시종 마수디는 여행에 필요한 모든 물건들을 이미 초록색 가방 속에 챙겨 두었다. 우리는 매운 후추를 뿌린 체리 절임을 한 숟가락씩 먹고 우물에서 흘러나오는 물을 한 잔씩 받아 마셨다. 그 우물은 이 홀 안에 있기는 했지만, 성안 지하실 어딘가에서 나는 소리를 메아리치게 해서 우리 목소리가 파묻힐 정도였다. 아브람 브란코비치는 우리에게 임금을 지불하고 원하는 사람은 누구든지 그곳에 남아 있을 수 있다고 말했다. 나머지는 그와 함께 전쟁터로, 다뉴브 강으로 갈 것이다.

아브람이 우리에게 해야 할 말이 그것뿐이었기 때문에, 우리는 그가 더 이상 우리를 붙잡아 두지 않을 것이라고 생각했다. 하지만 아브람에게는 독특한 특성이 있었다. 그는 언제나 함께 이야기를 하던 사람과 헤어지려고 할 때 가장 지혜롭게 행동했다. 그럴 때마다 그는 짐짓 어색한 체했으며, 같이 있던 사람들은 언제나 예의에 합당하거나 자연스럽다고 여겨지는 것 이상으로 그곳에 머물러 있게 되었다. 아브람은 할 말을 다 하고 나서도 언제나 지나치게 미적거렸다. 그렇게 하고 있으면 주위에 있던 사람들은 누구나 다 가면을 벗어 버리고, 혼자 있을 때의 자기 모습을 드러내곤 했다. 아브람은 또한 이런 순간을 즐겼다. 그는 아나톨리아 사람의 손을 꼭 쥐면서 나머지 사람들을 은밀하게 관찰하고 있었다. 그런데 바로 그 순간 마수디와 니콘 세바스트 사이에 격렬한 증오의 불길이 치솟았다. 그 증오란 두 사람이 여태껏 부지런히 숨겨 왔기 때문에 눈에 띄지 않고 넘어가곤 하던 것이었다.

결국 마수디는 아브람에게 이런 말을 하고 말았다.

「주인님, 헤어지기 전에 주인님의 은혜에 보답하고 싶습니다. 주인님에게 드릴 말씀이 있는데, 주인님께서도 이 말을 들으시면 크게 기뻐하실 것입니다. 오랫동안 몹시 듣고 싶어 하던 이야기이기 때문입니다. 주인님의 꿈에 나타나는 사람의 이름은 사무엘 코헨[☆]입니다.」

「거짓말입니다!」

뜻밖에도 세바스트가 버럭 고함을 질렀다. 그러고는 마수디가 곁에 놓아두었던 초록색 가방을 움켜쥐더니 불길이 날름거리는 벽난로 속으로 던져 넣었다. 마수디는 놀랍게도 그 모습을 잠자코 지켜보고만 있었다. 잠시 후에 마수디는 아브람 주인님을 돌아보면서 세바스트를 손가락으로 가리켰다.

「주인님, 세바스트를 잘 보십시오. 코에 콧구멍이 하나뿐입니다. 게다가 세바스트는 꼬리로 오줌을 눕니다. 악마들은 다 그렇게 하지요.」

아브람은 발톱으로 등잔을 움켜쥐고 있는 앵무새를 집어 들었다가 다시 등잔과 함께 바닥에 내려놓았다. 불빛 속에서 사람들은 니콘 세바스트의 콧구멍이 하나뿐이라는 사실을 알아볼 수 있었다. 그것은 바로 악마의 콧구멍이었다. 아브람 주인님이 세바스트를 바라보며 말했다.

「그렇다면 자네는 감히 신발을 바꾸어 신지 않는 그 무리에 속한다는 말인가?」

「예, 그렇습니다. 하지만 저는 비겁한 똥 냄새를 풍기는 무리에 속하지는 않습니다. 제가 사탄이라는 사실을 부인하지는 않겠습니다.」

세바스트는 그 사실을 조금도 주저하지 않고 인정했다.

「다시 말하자면 저는 단지 기독교적 우주와 하늘에서 말하는 지하 세계에, 그리스 땅에서 말하는 사악한 영혼에, 동방 정교회에서 말하는 하데스에 속할 뿐입니다. 우리 위에 있는 하늘이 야훼, 알라, 성부로 갈라져 있는 것과 마찬가지로, 지하 세계도 아스모데우스,[16] 이블리스, 사탄으로 갈라져 있습니다. 저는 어쩌다 보니 터키 공화국에 붙잡힌 몸이 되었지만, 그렇다고 해서 마수디나 다른 이슬람 세계의 대표들이 나를 심판할 권리는 없습니다. 그것은 오직 기독교를 대표하는 사람들만이 할 수 있는 일입니다. 내 경우에 있어서, 기독교도들만이 권한을 가질 수 있습니다. 그렇지 않다면, 기독교나 유대교의 심판관들도 이제부터는 이슬람 지하 세계에 속한 사람들을 심판할 수 있어야 합니다. 마수디에게 나의 경고를 주지시켜 주십시오.」

이 말을 듣고 아브람은 다음과 같이 대답했다.

「우리 아버지, 요아니키에 브란코비치는 자네와 같은 사람을 만난 적이 있었지. 왈라키아에 집이 여러 채 있었는데, 집집마다 작은 마녀와 꼬마 사탄과 흡혈귀들이 있어서 우리는 그들과 같이 저녁 식사를 했어. 우리는 그들을 집에서 내보내려고 흡혈귀 사냥꾼과 안식일의 어린아이들을 불렀지. 그리고 촘촘한 체를 주어서 그 구멍을 헤아리게 했다네. 우리는 집 주위에 그들의 잘린 꼬리가 떨어져 있는 걸 발견했고, 그들과 함께 검은딸기를 땄으며 그들을 문이나 황소에 묶어 놓고 벌로 채찍질을 했고 모두 우물 속에 가두어 버렸어. 그러던 어느 날 밤, 아버지는 거대한 눈사람이 변기 구멍을 막고 앉아 있는 것을 보게 되었다네. 아버지는 등잔으로 눈사람을 때려죽이고는 식사를 하러 가

---

16 탈무드에 등장하는 악령.

셨지. 그날 요리는 돼지고기를 넣은 배추 수프였는데, 아버지는 수프 맛을 보다가 갑자기 머리를 수프 그릇에 세게 찧어 버렸어. 아버지는 그릇 속에 비친 자신의 모습에 입을 맞추고 배추 수프에 숨이 막혀 버린 거야. 무슨 일인지 미처 알아차리기도 전에, 바로 우리 눈앞에서 그런 일이 벌어졌다네. 아버지는 수프에 빠져 숨이 막히면서도 여인을 끌어안듯이 그릇을 두 팔로 껴안고 있었어. 마치 멧돼지가 아니라 누군가의 머리를 잡고 있는 것 같았지. 그 모습을 나는 지금까지도 분명하게 기억하고 있다네. 결국 우리는 누군가를 힘껏 껴안고 있는 아버지를 억지로 떼어 내서 땅에 묻어 버렸어. 그러고는 아버지가 흡혈귀가 되지 않도록 아버지의 장화를 무레슐 강에 던져 넣었지. 자네가 혹시 정말 사탄이라면 우리 아버지, 요아니키에 브란코비치가 무엇 때문에 돌아가신 것인지 말해 보게.」

「제가 도와 드리지 않더라도 주인님께서는 스스로 그 이유를 알아내실 수 있습니다.」

세바스트가 대답했다.

「그렇지만 다른 이야기를 해드리죠. 저는 주인님의 아버지께서 돌아가실 때, 그분의 귀에 맴돌던 말이 무엇이었는지 알고 있습니다. 그 말은 바로 〈손을 씻게 포도주 좀 가져오라!〉였습니다. 그분이 돌아가실 때, 이런 소리가 귓속에서 울리고 있었습니다. 이런 모든 이야기가 제가 쓸데없이 지어내 지껄인 게 아니라는 사실을 밝히기 위해, 한 가지만 더 말씀드리겠습니다. 주인님께서는 수십 년 동안이나 하자르 문자를 가지고 연구를 해오셨습니다. 그러니 내가 『하자르 사전』에 몇 마디 덧붙일 수 있도록 해주십시오. 자, 잘 들으십시오. 이것은 주인님께서 모르고 있는 사실입니다. 고대에는 죽은 자의 세계에 세 개의 강이 있었는데,

바로 아케론,[17] 플레게톤,[18] 코키투스[19]였습니다. 그 강들은
현재 각각 이슬람, 유대, 기독교의 지하 세계에 속합니다.
그 강은 각각 세 개의 지옥, 다시 말하자면 유대교의 지옥
인 게헤나, 기독교의 지옥인 하데스 그리고 이슬람교의 얼
음 지옥으로 흘러 들어가는데, 세 곳은 모두 한때 하자르
민족의 영토였던 땅 밑에 있습니다. 그리고 거기에는 죽은
자의 나라 세 개가 한 곳에서 만나는 지점이 있습니다. 사
탄의 나라에는 기독교의 지옥 하데스가 그리는 아홉 개의
원과 루시퍼의 왕좌와 암흑왕의 깃발이 있습니다. 이슬람
의 지하 세계에는 이블리스 왕국의 얼음 지옥이 있습니다.
게브라[20]의 영토는 사원의 왼쪽에 있는데, 그 사원 안에는
악과 탐욕과 굶주림을 관장하는 유대교의 악마들이 게헤
나에서 아스모데우스[21]의 명령에 따르고 있습니다. 이러한
세 개의 지하 세계는 서로 간섭하지 않습니다. 그들 사이에
는 쟁기로 경계선을 그려 놓았으며 아무도 그 경계선을 넘
어갈 수 없습니다. 사람들이 세 개의 지하 세계에 대해 그
릇된 생각을 갖고 있는 것은 경험이 부족하기 때문입니다.
유대 지옥은 어둠과 죄의 천사인 벨리알[22]의 나라인데 그곳
에서 불타고 있는 사람들은 유대인이 아닙니다. 사람들의
생각과는 다르죠. 당신과 같은 사람들, 다시 말하자면 모
든 아랍인들과 기독교인들이 거기에서 불타고 있습니다.
그와 마찬가지로 기독교 지옥에는 기독교도가 없습니다.

17 그리스 로마 신화에서 하데스를 흐르는 강.
18 하데스를 흐르는 불의 강.
19 〈탄식의 강〉이라 불리는, 아케론 강의 지류.
20 유대교 신비주의에서 말하는 열 가지 신성한 숫자인 세피로트 중 다섯
번째. 힘, 심판, 권능과 같은 신의 속성을 나타낸다.
21 유대교에서 악마들의 왕.
22 타락한 천사 중 하나.

그 불로 가는 죄인은 이슬람교도나 다윗을 받드는 사람들입니다. 반면에 이블리스의 이슬람 지옥에는 전부 기독교도와 유대인들뿐입니다. 터키 사람이나 아랍 사람은 한 명도 없습니다. 한번 상상해 보십시오. 마수디는 무시무시한 지옥에 대해서 잘 알고 있고, 또한 그 지옥을 두려워하고 있지만 그자가 결국 갈 곳은 유대교의 지옥이나 기독교의 지옥입니다. 나는 하데스에서 마수디를 기다리고 있을 것입니다! 마수디는 이블리스 대신 루시퍼가 있는 곳으로 올 것이기 때문입니다. 유대인들이 참회하고 있는 지옥 위에 기독교의 하늘이 있다는 것을 한번 상상해 보십시오. 주인님, 나의 말을, 가장 위대한 지혜의 말씀만큼이나 강력하고도 결정적인 경고로 받아들이십시오! 이 땅 위의 이슬람 세계, 기독교 세계, 유대교 세계와 관련된 일에 신경 쓰지 마십시오. 그렇게 해야만 그것들의 지하 세계에 연관되지 않을 수 있습니다. 왜냐하면 서로를 미워하는 사람들은 이 세계에서 문제가 되지 않기 때문입니다. 그런 사람들은 언제나 서로 비슷합니다. 원수는 언제나 서로 똑같습니다. 간혹 그렇지 않은 경우가 있다 하더라도 시간이 지나면서 서로 같아집니다. 왜냐하면 그렇지 않고서는 서로 원수가 될 수 없기 때문입니다. 가장 위험한 상대는 그들 가운데 실제로 서로 다른 사람들입니다. 그들은 서로 만나기를 열망합니다. 왜냐하면 그들 사이의 차이점이 서로에게 아무런 문제도 되지 않기 때문입니다. 그런 사람들이 가장 나쁩니다. 우리는 우리의 원수와 힘을 합쳐서, 우리가 그들과 다르도록 내버려 두고 그런 차이점에도 불구하고 마음 편히 잘 수 있는 사람과 싸울 것입니다. 우리는 삼면에서 한꺼번에 달려들어 그들을 파괴할 것입니다.」

이 말을 듣고, 아브람 브란코비치는 아직 분명하게 이해되지 않는 점이 있다고 말했다.

「자네는 여태껏 무엇 때문에 그 일을 하지 않았나? 자네는 아직까지도 꼬리가 떨어져 나가지 않았기 때문에 못한다고 하더라도, 자네보다 더 나이가 많고 경험도 많은 사람들은 왜 가만히 있는 건가? 우리가 하느님 아버지를 위한 집을 짓고 있는 동안 그쪽 사람들은 무엇을 기다리고 있는 건가?」

「주인님, 우리는 때를 기다리고 있습니다. 게다가 우리 악마들은, 여러 인간들이 행동하기 이전에 먼저 행동을 취할 수 없습니다. 우리는 한 발 한 발 인간들의 발자국을 따라갑니다. 우리는 언제나 인간들보다 한 발짝 뒤에 있습니다. 인간들이 식사를 마친 다음에야 비로소 우리는 식사할 수 있습니다. 인간과 마찬가지로 우리 역시 미래를 볼 수 없습니다. 그러므로 언제나 인간이 먼저고 우리는 그 뒤를 따릅니다. 아울러 이런 말씀도 드리고 싶습니다. 사람들의 뒤를 쫓아가기는 하지만, 우리는 한 발짝도 억지로 끌려가지는 않는다는 것입니다. 주인님이나 주인님의 자손이 만약 우리를 강제로 끌고 가려고 한다면 우리는 일주일 중에 하루를 정해서 인간들을 따라잡을 것입니다. 그것이 어느 요일인지는 말씀드릴 수 없습니다. 하지만 현재는 모든 일이 잘 돌아가고 있습니다. 왜냐하면 주인님과 주인님의 빨강 머리 퀴로스가 서로 만날 길이 없기 때문입니다. 설사 그가 바로 여기 콘스탄티노플에 나타난다고 하더라도 말입니다. 주인님이 그에 대한 꿈을 꾸는 것처럼 그자가 주인님의 꿈을 꾼다면, 그리고 주인님이 꿈속에서 그의 현실을 쌓아 올리는 것처럼 그자가 자신의 꿈속에서 주인님의 현실을 쌓아 올린다면, 두 사람은 결코 마주 볼 수 없습니다. 왜냐하면 절대로 두 사람이 동시에 깨어 있을 수 없기 때문입니다. 그렇기는 하지만 우리의 인내심을 시험하지 마십시오. 주인님, 저를 믿으십시오. 이 평화로운 성에 머물면서, 뒤죽박죽이 된 단어들을 가지고 하자르 민족에 대한 사전을 편찬해 내는 일이, 다뉴브 강으로 전쟁을 하기 위해 출전하는 것보다 더욱 위험합니다. 여기 콘스탄티노플에서 유령이 주인님의 꿈속에서 걸어 나오기를 기다리고 있는 일이 사브르 검을 빼들고 적병을 향해 달려드는 것보다 더욱 위험합니다. 한번 생각해 보십시오. 아무 걱정하지 말고 주인님이 가고자 하는 곳은 어디든 가십시오. 그리고 오렌지를 소금에 찍어 먹는 이 아나톨리아 사람의 말에 귀를 기울이지 마십시오.」

세바스트는 결론을 말하기 시작했다.

「이제 남은 일에 대해 말씀드리자면, 주인님께서는 기독교 교회 당국에 나를 넘겨주어서 악마와 마녀 전문 법정에서 이 문제를 다루도록 해주십시오. 하지만 그 전에 먼저 주인님께 한 가지만 질문할 수 있도록 허락해 주십시오. 주인님께서는 주인님의 교회가 심판을 통과하여 3백 년 후에도 오늘날처럼 남아 있을 것이라고 믿으십니까?」

「물론이다.」

「그렇다면 그것을 증명해 보이십시오. 우리는 지금으로부터 정확히 293년 후 바로 이 날짜에 콘스탄티노플에서 만나 함께 아침을 먹을 것입니다. 그리고 주인님은 꼭 오늘 했던 것처럼 나에게 심판을 내리실 겁니다.」

아브람은 소리 내어 웃으면서 동의했다. 그리고 채찍 끝으로 또다시 한 마리의 날벌레를 잡았다.

우리는 새벽에 밀죽을 끓여서 포장한 다음, 그 항아리를 베개 속에 넣었다. 그러고는 아브람 주인님이 휴식을 취하는 동안에도 몸을 덥힐 수 있도록, 여행용 그물망에 담았다. 우리는 먼저 배를 타고 흑해를 건너가 다뉴브 강을 거슬러 올라갔다. 늦게까지 남아 있던 제비들이 누워서 날아가고 있었다. 다뉴브 강에는 제비의 배 대신 등이 비쳤다. 우리는 안개 속으로 들어갔지만, 쉬지 않고 계속 앞으로 나아갔다. 우리는 숲을 지나고 드제르답을 가로질러 달려가면서 귀가 멍멍할 정도로 침묵을 지켰다. 다른 모든 침묵이 우리의 침묵 속으로 흘러 들어오고 있었다. 다섯 째 날에 클라도보 근처에 이르렀을 때, 에르델리에서 찾아온 기병대가 우리를 반갑게 맞이했다. 그들은 강물의 다른 쪽에서 날아온 씁쓸한 루마니아 먼지를 덮어쓰고 있었다. 우리는 바덴스키 왕자의 진지에 도착하자마자 게오르기 백작이 몸소 전투에 참여했다는 것과 하이데르스하임, 베테라니, 헤이젤을 위시한 세 명의 장군이 이미 터키 진영을 공격할 준비를 하고 있다는 사실을 알게 되었다. 그리고 지난 이틀 동안 이발사들이 병사들 사이를 누비고 다니면서 면도를 해주고 빗질을 해주었다는 것도 알게 되었다. 바로 그 날 밤에 우리는 우리 주인님이 경이로운 군사 전략가임을 직접 목격했다.

그 계절의 날씨는 매우 변덕스러웠다. 아침에는 추웠지만 밤에는 여전히 무더웠다. 자정까지는 여름이었고 새벽에는 가을이었다. 아브람 주인님은 사브르 검을 골라 들었고, 하인들은 말에 안장을 얹었다.

세르비아 진영에서 기병 소대가 아브람을 향해 말을 몰아오고 있었다. 기병들의 소매에는 살아 있는 비둘기가 앉아 있었다. 그들은 말을 타고 오면서 기다란 파이프 담배를 피우고 있었으며 말의 귀 근처에 담배 연기를 내뿜었다.

브란코비치는 말에 오른 다음, 파이프에 불을 붙였다. 병사들이 수의와 같은 연기에 휩싸인 채, 베테라니 장군의 명령을 받으러 갈 때 오스트리아 진지에서 별안간 고함 소리가 터져 나왔다.

「벌거벗은 세르비아인들이 오고 있다!」

기병대 뒤쪽으로 보병 1개 사단이 나타났는데, 모자를 제외하고는 아무것도 걸치지 않은 채였다. 그들은 벌거벗은 채 들판에 피워 놓은 불길 사이를 헤치며 달려오고 있었다. 그들 뒤로는 짙은 어둠 속에서, 그들보다 두 배나 더 나이를 먹은, 벌거벗은 그들의 그림자가 재빨리 움직이며 다가오고 있었다.

「이렇게 어두운데 정말 공격하겠소?」

베테라니는 질문을 하면서 연신 개를 쓰다듬었다. 그 개는 너무 커서 사람을 하나 입에 문 채 그를 꼬리로 칠 수 있을 정도였다.

「그렇소. 새들이 우리에게 길을 알려 줄 것이오.」

아브람 주인님이 대답했다.

오스트리아와 세르비아 진영 주위에 르스라는 언덕이 있었는데, 그 언덕에는 좀처럼 비가 오지 않았다. 그곳에는 대포를 갖춘 터키군 요새가 위치하고 있었다. 지난 사흘 동안 그들은 어느 방향으로도 요새에 접근할 수 없었다. 장군은 브란코비치에게 그 요새를 공격하자고 제안했다.

「진지를 함락하면 단풍나무 막대기로 초록색 불을 피우시오. 그렇게 하면 우리가 방향을 잡아서 진군할 수 있을 것이오.」

장군은 이렇게 덧붙였다. 출전 명령이 떨어지자 기병대는 파이프 담배를 피우며 말을 몰고 나갔다. 얼마 있지 않아서 우리는 불이 붙은 비둘기들이 터키 진영 위로 날아오르는 모습을 보았다. 첫 번째 비둘기가 날아올랐고 그다음에 두 번째 비둘기가, 그리고 세 번째 비둘기가 다시 날아올랐다. 총을 쏘는 소리가 몇 번이나 들렸다. 그런 다음에 아브람은 기병대와 함께 아군 진영으로 돌아왔는데, 여전히 기다란 파이프 담배를 피우고 있었다. 장군은 깜짝 놀라면서 무엇 때문에 대포를 공격하지 않았느냐고 물어보았다. 아브람은 아무런 말도 없이 파이프로 언덕을 가리켰다. 초록색 불꽃이 피어오르고 있었고 터키군의 대포 소리는 더 이상 들리지 않았다. 요새가 함락된 것이다.

다음 날 아침 아브람 브란코비치는 간밤의 전투 때문에 녹초가 되어 막사 앞에서 쉬고 있었다. 마수디와 세바스트는 주사위 놀이에 열중하고 있었다. 두 사람은 사흘째 주사위 놀이를 하고 있었는데, 그날따라 세바스트가 엄청난 돈을 잃고 있었지만 마수디는 놀이를 그만두려고 하지 않았다. 두 사람 모두 그 자리를 떠나지 못할 끔찍하게 중요한 이유가 있는 게 틀림없었다. 브란코비치는 잠을 자고 있었고 두 사람은 놀이를 하면서 그곳에 머무르고 있었다. 그런데 갑자기 총알이 빗발치듯 쏟아지기 시작했다. 어쨌든 나보다 그들은 그곳에 머물러야 할 더 강력한 이유를 갖고 있었다. 나는 안전한 곳으로 몸을 피했다. 그런데 바로 그 순간 터키 군인들이 참호를 공격해 왔으며, 살아 움직이는 모든 것을 칼로 내리쳤다. 터키 군인들의 뒤를 따라서 트레비네의 사블작 파샤[23]가 나타났다. 그는 오로지 죽은 자들만을 바라볼 뿐, 살아 있는 사람에게는 눈길을 돌리지 않았다. 얼마 있지 않아 그의 뒤를 따라 그곳으로 달려온 젊은이가 있었는데, 그 사람은 얼굴이 파리했고 마치 몸의 절

---

23 터키의 문무(文武) 고급 관료들에게 주어진 칭호.

반만 나이를 먹은 듯이 콧수염이 절반만 회색이었다.

아브람 주인님의 비단 조끼에는 외눈박이 독수리가 그려진 브란코비치 가문의 문장이 수놓여 있었다. 터키 병사 하나가 수놓인 새에 창을 꽂아 넣었는데, 너무 힘을 준 나머지 쇠로 만든 창날이 잠자는 사람의 가슴을 꿰뚫고 바위에 가서 부딪히는 소리가 들렸다. 죽는 순간 잠에서 깨어난 브란코비치는 한쪽 팔로 몸을 일으켰다. 그가 이 세상에서 마지막으로 본 것은 붉은 눈에 콧수염이 절반만 회색이었으며 유리 손톱을 가진 젊은이였다.

갑자기 그의 몸에서 방울방울 땀이 솟아났으며 두 줄기의 땀이 목 주위에서 한 곳으로 모아졌다. 그가 힘을 주고 있던 팔이 심하게 떨리기 시작했다. 그는 상처를 입었음에도 불구하고 그쪽 팔을 신기한 듯이 바라보다가, 안간힘을 써가면서 팔을 진정시키려고 했다. 하지만 그 팔은 한참 동안 계속해서 경련을 일으키다가, 떨림이 잦아드는 악기 줄처럼 움직임이 느려졌다. 팔이 거의 움직이지 않게 되었을 때, 그는 조용히 허물어졌다. 동시에 창백한 얼굴의 그 젊은이 역시 자기의 그림자 속으로 무너져 내렸다. 마치 브란코비치의 표정을 보고 쓰러지는 것 같았다. 젊은이가 들고 있던 가방이 바닥에 나뒹굴었다.

「죽은 사람이 사무엘 코헨인가?」

터키군의 파샤가 이상하다는 듯이 소리쳤다. 터키 병사들은 노름을 하고 있던 두 사람 중 하나가 젊은이를 쏘았다고 생각하고 지체 없이 니콘 세바스트를 내리쳤다. 미처 던지지 못한 주사위가 아직까지도 여전히 세바스트의 손안에 있었다. 그런 다음에 병사들은 마수디를 바라보았는데, 마수디는 파샤에게 아랍어로 무엇인가를 말했다. 창백한 젊은이는 죽은 것이 아니라 그저 잠이 들었을 뿐이라고 경고를 해주었던 것이다. 그렇게 함으로써 마수디는 목숨을 하루 더 연장했다. 파샤는 마수디를 칼로 죽이되 그날은 죽이지 말고 그다음 날 죽이라고 명령했으며, 병사들은 충실하게 그 명령에 따랐다.

아베르키에 스킬라는 아브람 브란코비치에 대한 보고서를 다음과 같이 끝맺고 있다.

나는 사브르의 명수이기 때문에 잘 알고 있다. 사람을 죽이는 일은 매번 다르다. 그것은 새로운 여자를 침대로 데리고 갈 때마다 매번 다른 것과 마찬가지라고 할 수 있다. 시간이 지나면서 잊히는 사람이 있고 잊히지 않는 사람이 있다. 그리고 당신이 죽인 사람 가운데는, 당신이 침대로 데려간 여자들과 마찬가지로 당신을 두고두고 잊지 못하는 사람이 있다. 아브람 브란코비치의 죽음은 아직까지도 기억 속에 선명하게 남아 있다. 그 당시의 상황은 다음과 같다. 파샤의 아들이 어디에선가 따스한 물을 한 통 가지고 달려 나오더니 아브람의 축 늘어진 몸을 목욕시킨 후 어떤 늙은이에게 넘겨주었다. 노인은 향수, 향유, 대마를 가득 채운 신발을 목에 걸고 있었다. 나는 그 노인이 그의 상처를 치료해 줄 거라고 생각했다. 하지만 노인은 상처를 치료하는 대신 표백제와 입술연지를 문질러 바른 다음 그의 수염을 깎고 빗질을 해주었다. 그렇게 몸치장을 한 후 그를 사블작 파샤의 막사 안으로 데리고 들어갔다. 〈결국 또 한 명의 벌거벗은 세르비아인이구나.〉 나는 그런 생각이 들었다.

아브람 브란코비치는 다음 날 아침, 그 막사에서 세상을 떠났다. 동방 정교회력으로 치면 1689년이었으며, 성스러운 순교자 유티키우스의 날이었다. 아브람 브란코비치가 마지막 숨을 거둘 때, 사블작 파샤는 막사 앞으로 나와서 손을 씻어야겠으니 포도주를 좀 가져오라고 명령했다.

브란코비치, 그르구르
BRANKOVICH, GRGUR(1676~1701)

〈스틸리테스〉를 보시오.

실라레보
CHELAREVO(7~11세기)

유고슬라비아 다뉴브 강 유역에 있는 고고학 발굴지인 중세 묘지. 하지만 이 묘지를 만든 정착촌은 발견되지 않았다. 실라레보 묘지에 묻힌 사람들이 정확하게 누구인지는 알려지지 않았지만 아바르족[24]의 표시가 분명히 남아 있다. 그러나 무덤 안에서 발굴된 물품들은 페르시아의 영향을 보인다. 그 외에도 메노라[25]와 또 다른 유대 상징들 그리고 이상야릇한 유대 비문들이 발견되었다. 크리미아 반도의 케르치 발굴지에는 실라레보에서 발굴된 것과 같은 양식의 메노라가 보존되어 있다.

이런 모든 사실을 근거로, 전문가들은 노비사드[26]에서 일반적인 아바르 유물들과 다른 유물들이 발견되고 있다는 결론에 도달했다. 이것은 그 지역 민족과 다른 소집단이 노비사드에 존재했다는 사실을 시사하고 있다. 그들은 마자르족[27]보다 먼저 판노니아 평원에 들어와 살고 있었다. 이러한 사실을 입증해 줄 만한 문헌이 보존되어 있다. 벨라 왕 밑에서 일하던

---

24 558년경, 중부 유럽 프랑크 왕국과 비잔틴 제국의 중간 지대에 아바르국을 세운 터키계 종족.
25 유대인들이 사용하는 가지가 일곱 개 달린 의례용 촛대.
26 실라레보 발굴지가 있는 지방.
27 현재 헝가리 민족의 조상.

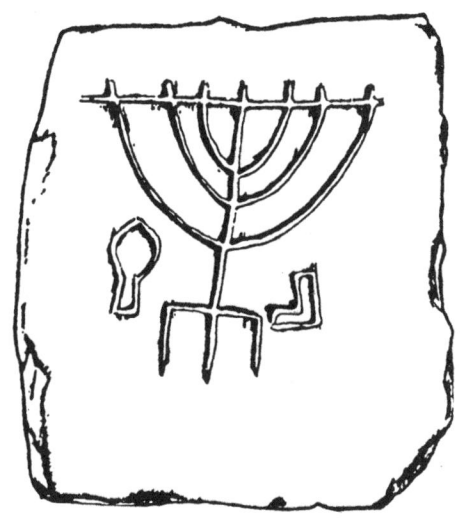

실라레보에서 발굴된 메노라

익명의 서기와 안달루시아의 압둘 하미드 그리고 시나무스, 이렇게 세 사람 모두 다뉴브 강 유역의 이 지역에는 터키인의 조상인 이스마일리아 민족이 정착해서 살았다고 믿었고 이 민족은 호레즘[28]에서 온 정착민의 후손이라고 주장했다. 이러한 사실로 미루어 볼 때, 실라레보에 있는 고대 무덤들 가운데 일부는 유대 풍습을 따르게 된 하자르 민족의 것인 듯하다. 이 지역 출신의 고고학자이자 아라비아 전문가 이사일로 수크† 박사는 실라레보 발굴 초기 단계부터 그곳에서 일했는데 그가 죽은 후에야 발견된 짤막한 기록이 있다. 그 기록은 실라레보와 관련된 것이었을 뿐만 아니라 실라레보에 대한 수크 박사의 의견을 말해 주고 있다. 그 내용은 다음과 같다.

28 우즈베키스탄 북서부 지역. 고대부터 문명이 발달해 킵차크 초원과 중앙아시아를 연결하는 대상 무역의 중심지였다.

실라레보에 누가 묻혀 있는가 하는 문제에 대하여 생각해 보자. 마자르족들은 헝가리인이나 아바르인이었을 것이라 기대하고, 유대인들은 유대인이었을 것이라 기대하고, 이슬람교도들은 몽골인이었을 것이라 기대한다. 그들이 하자르 민족이었으면 하고 기대하는 사람들은 아무도 없다. 그러나 하자르 민족이었을 가능성이 가장 높다. 이 공동묘지에는 메노라로 장식된 도자기 파편이 가득하다. 유대인들 사이에서, 깨어진 접시는 부당한 대우를 받고 사라진 사람을 상징한다. 그렇기 때문에 실라레보는 부당한 대우를 받고 사라진 민족의 묘지인 셈이다. 어쩌면 하자르 민족이 바로 지금, 이곳에서 처한 상황이 그것일지도 모른다.

꿈 사냥꾼
DREAM HUNTERS

하자르 사제단의 한 종파로 아테▽ 공주의 보호를 받았다. 그들은 다른 사람들의 꿈을 읽거나 그 꿈속으로 들어가서 편안히 머물 수 있었다. 또한 꿈속에 들어가 자신들이 노리는 사냥감(그것이 사람이든 물건이든 동물이든 간에)을 잡아 올 수도 있었다. 가장 나이가 많은 꿈 사냥꾼들 중 한 사람이 남긴, 짤막한 글이 지금까지 보존되어 있다. 그 내용은 다음과 같다.

꿈속에 들어가면 우리는 마치 물을 만난 물고기가 된 느낌이다. 경우에 따라서 꿈의 수면 밖으로 나와 기슭에서 세상을 둘러본다. 하지만 우리는 금세 조바심이 나서 서둘러 아래로 돌아간다. 오로지 물속 깊은 곳에 있을 때에만 기분이 좋기 때문이다.

이렇듯 잠시 물 밖으로 나와 있는 동안에는, 마른땅 위의 낯선 생물이 눈에 띈다. 그 생물은 우리보다 동작이 느리고 우리와 다른 방식으로 숨을 쉬는 버릇이 있다. 또한 무거운 몸을 땅 위에 찰싹 붙이고 있다. 그리고 우리가 항상 자기 몸처럼 지니고 다니는 열정이 그 생물에게는 없다. 꿈속에서는 열정과 몸을 갈라놓는 것이 거의 불가능하다. 열정과 몸은 하나이며 서로 동일하다. 밖에 있던 그 생물, 그것 역시 우리 자신이다. 하지만 지금부터 1백만 년이 지나고 나면, 그 긴 세월을 제외하고라도, 그 생물에 닥친 무시무시한 재난이 그것과 우리 사이에 놓이게 될 것이다. 왜냐하면 밖에 있는 그 생물은 열정과 몸을 갈라놓았기 때문이다.

기록에 따르면, 꿈을 읽는 사람들 중에서 가장 유명한 사람으로 무카다사 알 사파르(原註)가 있다. 알 사파르는 비밀을 가장 깊은 곳까지 파고들 줄 알았으며 사람들의 꿈에 나오는 물고기를 길들이는 방법을 알았고 사람들의 환영에 나타나는 문을 열기도 했다. 또한 그 이전의 어느 누구보다도 더욱 깊이 꿈속으로 헤엄쳐 들어가는 방법을 알고 있었기에 곧장 신이 있는 곳으로 헤엄쳐 갈 수 있었다. 모든 꿈의 밑바닥에는 다름 아닌 신이 있기 때문이다.

하지만 무슨 일인가 벌어졌고 알 사파르는 그 이후로 다시는 꿈을 읽을 수 없었다. 그는 오랫동안 자신이 절정에 이르렀다고 생각했으며, 그리하여 더 이상 신비한 능력을 배울 곳이 없다고 생각했다. 어떤 길을 끝까지 걸어간 사람은 더 이상 그 길이 필요하지 않으며, 그 길 역시 더 이상 그 사람에게 주어지지도 않는 법이다. 하지만 알 사파르 주위의 사람들은 생각이 달랐다. 그래서 한번은 아테 공주에게 이 문제를 털어놓았다. 아테 공주는 그들에게 알 사파르의 경우를 설명해 주었는데, 그 내용은 다음과 같다.

한 달에 한 번, 소금 휴일에 하자르 카간의 추종자들은 세 개의 수도 외곽에서 나의 추종자이자 신도인 여러분을 상대로 죽느냐 사느냐 하는 전투를 벌입니다. 밤이 되어 우리가 카간 진영의 전사자를 유대, 아랍, 그리스 무덤에 묻고 우리 진영의 전사자를 하자르의 무덤에 묻고 있는 동안 카간은 내 방의 구리 문을 살며시 열고 들어옵니다. 그의 손에는 초가 들려 있는데, 촛불은 카간의 열정에 따라 일렁이며 정열의 냄새를 풍깁니다. 나는 카간의 얼굴을 바라보지 않습니다. 세상의 모든 연인들처럼 그의 얼굴에도 행복이 덕지덕지 붙어 있기 때문입니다. 우리 두 사람은 함께 밤을 보냅니다. 새벽에 그 사람이 돌아갈 때, 나는 반들거리는 구리 문에 비친 그 사람의 모습을 지켜봅니다. 그리고 피곤에 지친 그의 모습에서 나는 그제야 그 사람이 무엇을 하려고 하는지, 어디에서 왔으며 누구인지를 깨닫습니다. 당신들의 꿈 사냥꾼, 알 사파르 역시 마찬가지입니다. 알 사파르가 최고의 경지에 올랐다는 것, 그동안 다른 사람들의 꿈의 사원에서 기도를 올렸다는 것 그리고 꿈꾸는 사람들의 영혼 속에서 헤아릴 수도 없을 만큼 여러 번 죽음을 당했다는 것은 의심의 여지가 없습니다. 알 사파르는 자신의 소임을 너무나 훌륭하게 처리했기 때문에 존재를 구성하는 요소 중에서 가장 훌륭한 것, 다시 말하자면 꿈의 요소가 알 사파르에게 손을 들기 시작했습니다. 비록 그가 신을 향해 올라가는 동안, 단 한 번도 실수를 하지 않았다 하더라도, 그래서 자신이 읽는 꿈의 밑바닥에서 신의 모습을 볼 수 있는 능력이 주어졌다고 하더라도 알 사파르는 분명히 돌아오는 길에, 자신이 다다른 높은 곳에서 이 세상으로 돌아오는 길에 어떤 실수를 저지른 것입니다. 그리고 그 실수에 대해서 대가를 치르고 있습니다. 여러분, 현실로 돌아올 때에는 반드시 주의하도록 하십시오!

아테 공주는 이런 결론을 내렸다. 산을 제아무리 훌륭하게 올라갔다고 하더라도, 잘못 내려오면 모든 것이 수포로 돌아갈 수 있다.

카간 ▽
KAGHAN

하자르 군주에 대한 호칭. 그의 수도는 이틸이고 카스피 해에 위치한 카간의 여름 저택은 〈사만다르〉라고 불렸다. 하자르 궁정에서 그리스 선교사를 받아들이기로 결정한 것은 정치적인 계산 때문이었다고 짐작할 수 있다. 이미 740년에 기독교 율법에 정통한 선교사가 필요했던 하자르 카간 가운데 한 명이 콘스탄티노플에 도움을 요청한 적이 있었다. 그리고 9세기에는 공동의 위험에 직면한 그리스와 하자르 연맹이 서로 결속을 다질 필요가 있었다. 왜냐하면 그 당시에 이미 러시아가 콘스탄티노플 성문에 그들의 방패를 걸어 놓았으며 하자르의 영토에서 키예프를 빼앗아 간 상태였기 때문이다. 게다가 또 다른 위험이 있었으니, 카간에게는 왕위를 이어받을 후계자가 없었던 것이다.

그러던 어느 날 그리스 상인들이 도착했는데, 카간은 그들을 성대하게 맞이했다. 그들은 모두 키가 작고 까무잡잡하고 털이 많아서 가슴 털과 머리털이 도무지 분간이 되지 않았다. 카간은 그들 가운데 거인처럼 앉아서 연회를 베풀었다. 폭풍이 다가오고 있었다. 새들이 정신없이 날아와 창문에 부딪쳤으며, 파리들은 거울 속으로 뛰어들었다. 여행자들이 선물을 한 아름씩 안고 물러간 다음, 카간은 방 안을 둘러보다가, 식탁 위에 남겨진 음식을 보았다. 그리스 사람들이 남겨 놓은 음식은 어마어마해서 거인의 그것과 같았으며, 카간이 남겨 놓은 음식은 얼마 되지 않아서 어린아이의 그것과 같았다. 카간은 사람들을 급히 불러 모아서 낯선 방문객들이 그에게 무슨 말을 했는지 기억해 보라고 명령했다. 하지만 단 한 마디도 기억해 내는 사람이 없었다. 다만 그리스 상인들이 내내 입을 다물고 있었다는 사실에 모두들 동의했다. 그 당시 궁정에서 하인으로 일하고 있던 유대인이 카간 앞으로 나오더니 자신이 카간의 어려움을 해결해 줄 수 있다고 말했다.

「한번 해보아라.」

카간은 성스러운 소금을 핥으며 명령했다. 그 유대인은 노예 한 명을 이끌고 들어와서 팔을 걷으라고 했다. 그 노예의 팔은 카간의 오른쪽 팔과 완전히 똑같았다.

「좋다. 그 노예를 이곳에 남겨 두어라. 일단 방향을 잘 잡은 것 같구나.」

카간이 말했다. 그 유대인은 하자르 왕국의 여러 지방으로 전령을 보냈으며, 석 달 후에 두 발이 카간과 똑같이 생긴 젊은이를 카간 앞으로 데려왔다. 카간은 그 젊은이 역시 궁전에 남아 있도록 명령했다. 이렇게 해서 왕의 전령들은 두 무릎과 한쪽 귀, 혹은 한쪽 어깨가 정확하게 카간과 똑같은 사람을 찾았다. 카간의 궁전에 머무르는 젊은이들이 차츰 늘어났다. 그중에는 군인도 있었으며 노예, 새끼를 꼬는 사람, 유대인, 그리스인, 하자르인, 아랍인도 있었다. 그들 한 사람 한 사람으로부터 팔이나 다리 혹은 몸의 한 부분을 떼어 낸다면, 수도 이틸을 다스리는 그분과 모습이 똑같은 젊은 카간을 조립할 수 있을 것이다. 그런데 오직 머리 부분만이 모자랐다. 머리 부분은 도저히 찾아낼 수가 없었던 것이다. 그러던 어느 날 카간은 그 유대인을 불러다가, 그 유대인과 자신 둘 중에서 한 사람의 머리를 선택하자고 말했다. 하지만 유대인은 조금도 두려워하는 기색을 보이지 않았다. 여기에 놀란 카간은 유대인에게 어째서 두려워하지 않는지 물어보았다.

「왜냐하면 그 두려움이 나를 엄습한 것은, 오늘이 아니라 벌써 한 해 전의 일이기 때문입니다. 한 해 전에 나는 머리를 찾아냈습니다. 열두 달 내내 나는 그 머리를 줄곧 이 궁전에 보관하고 있었지만 감히 내보일 수가 없었습니다.」

카간이 유대인에게 당장 머리를 보여 달라고 하자, 유대인은 여자 아이를 한 명 데리고 왔다. 그 아이는 어리고 매우 아름다웠으며 생김새가 카간과 너무나 닮아서 거울을 곁에 갖다 놓으면 카간이 아이 옆에 서 있는 것 같았다. 거울에 비친 그 소녀의 모습을 본 사람들은 누구나 다 카간을 보고 있다고 생각했을 것이며, 단지 좀 어린 카간이라고 생각했을 것이다. 마침내 카간은 궁전에 모아 둔 사람들을 모두 데려오라고 명령을 내렸다. 그리고 유대인에게 그 사람들을 가지고 또 다른 카간을 한 명 만들어 내라고 말했다.

살아남은 불구자들이 궁전을 떠나갈 무렵, 유대인은 그들의 팔다리로 두 번째 카간을 조립할 수 있었다. 그 유대인은 새로운 창조물의 이마에 몇 글자를 적어 넣었다. 카간의 후계자인 젊은 카간은 카간의 침대에 앉았다. 이제 그는 시험을 거쳐야만 했다. 유대인은 젊은 카간을 카간의 정부인 아테▽ 공주의 침실로 보냈다.

아침이 되자 공주는 진짜 카간에게 다음과 같은 전갈을 보냈다.

「지난밤에 내 방으로 들어온 남자는 할례를 받았습니다. 그런데 당신은 할례를 받지 않았지요. 그렇다면 그 남자는 카간이 아닌 다른 사람이거나 혹은 카간 본인이 유대교에 귀의하여 할례를 받고 다른 사람이 된 것입니다. 이 일을 결정할 수 있는 사람은 오직 당신뿐입니다.」

카간은 유대인에게 이런 차이가 무엇을 의미하느냐고 물

어보았다. 하지만 유대인은 도리어 이렇게 반문했다.

「카간께서 스스로 할례를 받으신다면, 이 차이점은 깨끗이 사라지지 않겠습니까?」

곤경에 처한 카간은 아테 공주에게 조언을 구했다. 아테 공주는 카간을 궁전의 지하실로 이끌고 가서 젊은 카간을 보여 주었다. 공주는 젊은 카간을 쇠사슬에 묶어서 쇠창살 안에 가두어 놓았다. 하지만 젊은 카간은 이미 쇠사슬을 전부 끊어 낸 채, 무시무시한 힘으로 쇠창살을 흔들고 있었다. 젊은 카간은 하룻밤 사이에 너무나도 커다랗게 자라나서 할례를 받지 않았던 진짜 카간은 그에 비하면 마치 어린아이처럼 보였다.

「저 사람을 풀어 줄까요?」

아테 공주가 물었다. 카간은 완전히 겁에 질려 할례를 받은 카간을 죽여 버리라고 말했다. 아테 공주는 거인의 이마에 침을 뱉었고 거인은 쓰러져 죽었다.

그런 일이 있고 난 후에 카간은 그리스 사람들을 좋아하게 되었다. 카간은 그리스와 새로운 동맹 관계를 맺고, 그들의 종교를 하자르의 국교로 받아들였다.

하자르 민족▽
KHAZARS

테오파네스는 하자르 민족의 기원에 대해 다음과 같이 기록했다. 위대한 하자르족은 최초의 사르마티아[29] 왕국인 베르실리아의 가장 먼 곳, 바로 그곳에서 출현해 흑해 주변의 모든 지역을 다스렸

---

29 사르마티아는 사르마트족이 고유한 문화를 형성한 지역 전체를 지칭한다. 사르마트족은 기원전 5세기에서 기원후 4세기 사이에 흑해에서 아랄해 주변의 초원 지대를 중심으로 세력을 떨친 이란계의 유목 기마 민족이다. 6세기에는 역사에서 완전히 종적을 감췄다.

다. 프리스쿠스[30]에 따르면, 5세기에 하자르 민족은 훈 제국에 속해 있었으며, 〈아카치르Akatzir〉라는 이름으로 알려져 있었다고 한다. 또한 성 키릴루스†의 주장에 따르면, 하자르 민족은 그리스어나 히브리어 혹은 라틴어가 아닌, 하자르어로 신을 섬겼다고 한다.

그리스어로 된 자료를 살펴보면, 하자르 민족을 〈하에아로이Χαεαροι〉라고 부르기도 하고 〈호트크시로이Χοτξιροι〉라고 부르기도 한다. 하자르 민족의 국가는 그 넓이가 상당해 크리미아 반도, 캅카스 산맥, 볼가 강 유역에 이르렀다. 6월에 사르마티아로 드리운 하자르 산맥의 그림자는 12일 동안 걸어가야 그 끝에 다다를 수 있었으며, 12월에 북쪽으로 드리운 산맥의 그림자는 한 달을 걸어가야 끝에 이를 수 있었다. 일찍이 700년 무렵에는 이미 하자르 관리들이 보스포루스와 파나고리아에 상주했다. 러시아어로 기록된 네스토르 연대기[31]와 같은 기독교 자료들을 보면, 9세기에 중앙 드네프르[32] 남쪽의 부족들이 1인당 하얀 다람쥐 모피 한 장이나 칼 한 자루씩을 하자르 민족에게 조공으로 바쳤다고 한다. 10세기부터 이 조공은 돈으로 지불되었다.

하자르 문제에 대한 그리스 자료를 뒷받침해 주는 증거로, 다우브마누스ﻼ판 『하자르 사전』에 〈위대한 가죽 문서〉라고 언급된 중요한 기록이 있다. 이 자료에 따를 것 같으면, 하자르 진영에서 비잔틴 황제 테오필로스에게 사절단을 보냈는데, 특사 가운데 한 명의 몸에 하자르 역사와 지형이 문신으로 새겨져 있었다고 한다. 그 문신은 하자르어로 되어 있었지

---

30 5세기 로마에 살았던 외교관, 역사학자.
31 에페소스 공의회에서 이단으로 선고된 콘스탄티노플의 주교 네스토리우스가 주창한 기독교 일파의 연대기.
32 현 우크라이나 중부 드네프르 강 유역.

만 유대 문자를 사용했다. 그 특사에게 문신을 새겨 넣을 무렵, 하자르 민족은 그리스 문자와 유대 문자와 아랍 문자를 번갈아 사용하면서 자기들의 언어를 표기하고 있었다. 하지만 개종을 하고 나서 세 문자 중에서 하나만을 사용하려고 했다. 그들이 채택한 믿음의 글자를 사용하려고 한 것이다. 그리스 종교나 이슬람교 혹은 유대교로 개조한 하자르 민족은 자신들의 하자르어를 일그러뜨리기 시작했다. 하자르 고유의 믿음을 지켜 나가던 사람들이 쓰는 언어를 점점 더 비천한 것처럼 보이게 만들고 싶은 마음 때문이었다. 하지만 다우브마누스가 언급한, 문신을 새긴 특사 사건을 인정하지 않는 자료들도 있다. 그러한 자료들에는 대신 화려하게 장식한 소금 접시에 대한 이야기가 실려 있는데 그 접시는 비잔틴 황제에게 보낸 선물로 황제는 그 접시에서 하자르 민족의 역사를 읽을 수 있었다. 그러한 자료들에 따르면 〈위대한 가죽 문서〉 이야기는 전적으로 역사적 자료를 잘못 읽은 결과일 뿐이라는 것이다. 이 합리적인 설명에는 한 가지 문제점이 있다. 만약 소금 접시 이야기를 받아들인다면 〈위대한 가죽 문서〉와 관련된 이야기가 남아 있는 까닭을 이해할 수 없다는 점이다. 그 이야기는 다음과 같다.

〈위대한 가죽 문서〉에서 연도는 대(大)하자르력에 의해 계산되었다. 대하자르력이란 전쟁 기간만을 세어 나가는 역법이므로, 연도를 소(小)그리스력으로 환산해야만 한다. 문서의 첫 부분은 전하지 않는다. 특사의 몸 가운데에서 하자르 민족의 위대한 제1년과 제2년을 기록해 넣은 부분은, 어느 시점에서 형벌로 베어 버렸기 때문이다. 그래서 하자르 민족 이야기 중에서 보존된 부분은 대하자르력 3년부터 시작되었다. 현재의 달력 계산법으로 하면 7세기 무렵이다. 그 당시에 비잔틴 황제였던 헤라클리우스는 하자르 민족의 도움을 받아 페르시아를 향해 진군했다. 하자르 민족은 그들의 왕 지벨의 지휘 하에 티플리스 포위에 참가했다가, 그리스 군대를 홀로 적군 앞에 내버려 둔 채 627년에 퇴각했다. 하자르 민족은 세 가지 믿음을 갖고 있었다. 첫째, 세상만사는 흥할 때의 규칙과 쇠할 때의 규칙이 따로 있다. 둘째, 떠날 때와 돌아올 때의 법칙은 서로 다르다. 셋째, 승리하기 전에 맺은 조약이 승리한 후에도 유효할 수는 없다. 지진이 지나간 후에는 식물이 자라나는 모양조차 새롭게 바뀌기 때문이다. 하자르력으로 대4년의 기록을 보면, 하자르 사람들이 불가리아 연합군에게서 승리를 거둔 것을 알 수 있다. 그 당시 오노구르 훈족 가운데 일부는 하자르 군대에게 항복했고 나머지는 아스파루흐의 지휘하에 다뉴브 강을 향해 서쪽으로 후퇴했는데, 그 지역에 살고 있던 부족들은 바람에 채찍질을 하고 머리에 머리카락 대신 풀을 길렀으며 생각하는 것이 얼음과도 같았다.

대5년과 6년 사이의 일들은 특사의 가슴에 기록되어 있었는데, 비잔틴 황제 유스티니아누스 2세가 권좌에 있을 동안, 하자르 황제가 치른 전쟁의 역사를 담고 있다. 유스티니아누스 2세는 왕좌에서 쫓겨난 후에 추방당하고 불구가 되었다. 그는 헤르손[33]에 갇혀 있다가 몰래 빠져 나와서 실오라기 하나 걸치지 않은 알몸으로 하자르 민족이 있는 곳으로 도망쳤는데, 도중에 얼어 죽지 않으려고 무거운 바위 아래에서 잠을 자기도 했다. 하자르 카간▽은 유스티니아누스 2세를 따스하게 맞아 주었고, 카간의 여동생과 결혼을 시켰다. 카간의 여동생은 그리스의 종교를 받아들여 〈테오도라〉라는 이름을 받았다. 테오도라는 유스티니아누스 1세의 왕비 이름에서 따온 것이다. 하지만 카간의 여동생은 하자르 사람들이 전통적

---

[33] 현 우크라이나 중남부 드네프르 강 하구, 헤르손 시가 위치한 지역.

으로 믿어 온 것처럼, 하느님이 동정녀 마리아의 꿈속에 나타나서 꿈의 말로 예수를 잉태시켰다는 믿음을 버리지 않았다. 이것이 바로 유스티니아누스 2세가 첫 번째로 하자르 사람들에게로 도망쳐서 목숨을 구했던 이야기이다. 그러나 두 번째에는 하자르 사람들의 손에 최후를 맞아야만 했다. 하자르인에게로 피해 들어갈 수는 있지만, 그들로부터 피해 달아날 수는 없었던 것이다.

티베리우스 황제가 하자르 궁정으로 사절단을 보내 유스티니아누스 2세를 그리스 사람들 손에 넘겨 달라고 하자, 유스티니아누스 2세는 또다시 몸을 피해서 수도로 향했다. 나중에 유스티니아누스 2세는 다시 황제가 되었는데, 과거에 하자르 민족으로부터 후한 대접을 받았던 사실을 잊어버리고 711년에 헤르손으로 토벌대를 보냈다. 헤르손은 유스티니아누스가 한때 추방되어 지내던 곳으로, 당시 하자르의 지배하에 놓여 있었다. 두 번째로 하자르 제국을 찾아간 유스티니아누스 2세는 첫 번째와 달리 이번에는 자신의 목을 내놓아야 했다. 하자르 민족은 제국의 반란군을 뒤에서 도와주고 있었다. 그 무렵에 크리미아 반도는 이미 하자르 민족이 차지하고 있었다. 결국 유스티니아누스 2세와 그의 어린 아들 티베리우스는 반란군의 손에 목숨을 잃었다. 티베리우스는 하자르 공주의 아들이었으며 비잔틴 헤라클리우스 왕조의 마지막 자손이었다. 한마디로 하자르 민족은 추격당하는 사람을 보호해 주었고 추격해 온 사람을 파멸시켰는데, 그 둘은 같은 사람이었던 것이다.

〈위대한 가죽 문서〉 중에서 하자르 사절의 배에 써넣은 부분을 볼 것 같으면, 하자르력으로 대7년이자 마지막 해에 같은 이름을 가진 부족이 등장한다. 이 쌍둥이 하자르 민족은 진짜 하자르 민족과는 멀리 떨어진 곳에서 살았다. 사람들은 이들을 종종 진짜 하자르 민족과 혼동하곤 했다. 때때로 두 부족 출신의 여행자들이 서로 만나는 일도 있었다.

동일한 이름을 갖고 있던 또 하나의 하자르족 사람들은 이름이 유사하다는 것을 이용하려고 했다. 진짜 사절의 허벅지에 보면 하자르 민족의 역사가 아닌, 이름이 같은 다른 종족의 역사를 비슷하게 문신으로 새기고 다니는 사절이 여러 칼리프[34]나 황제의 궁정에 나타나는 것으로 알려져 있다고 경고해 두었다. 이처럼 다른 하자르 민족 사람들은 심지어 하자르어를 할 줄도 알았지만, 그 지식은 머리카락 한 가닥의 수명인 4년 이상 지속되는 법이 없었다. 때로는 문장 중간에서 하자르어에 대한 지식이 끝나 버려 그 이상은 한 단어도 더 말할 수 없는 경우가 있었다.

그 사절은 상대방을 설득하는 능력과 문신의 내용을 이용해 자신이 진짜 하자르 카간이고 진짜 하자르 민족을 대표한다는 사실을 보여 주려고 했다. 그는 또한 언급하기를 한번은 그리스 사람들이 가짜 하자르 민족과 연관을 맺었다고 했다. 그것은 하자르력으로 대7년에 해당하는 기간의 일이다. 현재의 계산법을 따르자면 733년에 성상 타파주의자였던 이사우리아 황제 레오 3세가 자기 아들 콘스탄티누스를 하자르 카간의 딸 이레네와 결혼시켰다. 이 결혼으로 인해 나중에 하자르 출신의 그리스 황제 레오 4세[35]가 탄생한다. 바로 이러한 때에 레오 3세는, 하자르 궁정으로부터 기독교 교리를 설명해 줄 사절단을 보내 달라는 요청을 받았다. 1백여 년이 지난 후에 재차 같은 요청이 있었다. 그것은 그리스 황제 테오필루스[36]가 권좌에 있던 무렵으로, 그 당시엔 러시아의 노르만족

34 이슬람 국가의 군주.
35 레오 4세는 775년에서 780년까지 그리스를 통치했다.
36 테오필루스는 829년에서 842년까지 그리스를 통치했다.

과 마자르족이 크리미아 반도와 그리스 제국 그리고 하자르 제국을 위협하고 있었다.

하자르 카간의 요청에 따라, 그리스의 기술자들은 사르켈 요새를 세웠다. 사절의 왼쪽 귀를 들여다보면 돈 강 어귀에 짓고 있던 성채의 모습이 뚜렷하게 보였다. 그리고 그의 엄지손가락에는 하자르 민족이 862년에 키예프를 공격하던 모습이 새겨져 있었다. 하지만 엄지손가락이 바로 그 포위 공격 때 상처를 입는 바람에 그 그림은 짓물러지고 영원한 수수께끼로 남았다. 그렇지만 이 사절이 콘스탄티노플로 파견되었을 때에는 아직 키예프 포위 공격이 일어나기 전이었다. 그것은 20년 후의 일이다.

〈위대한 가죽 문서〉에 대한 기록은 여기에서 끝난다. 그 이유는 다음과 같이 설명할 수 있을 것이다. 하자르 원본을 바탕으로 〈발췌본〉을 만들어 낸 사람은 그리스와 하자르의 관계와 관련된 자료만을 포함시키고 하자르 외교관의 피부에 분명히 새겨져 있었던 다른 사항은 모두 생략해 버림으로써, 〈걸어다니는 편지〉가 또 다른 땅에서 그 임무를 계속 수행하도록 내버려 둔 것이다. 이러한 추측을 뒷받침해 줄 만한 정보가 있다.

하자르 사절은 어느 칼리프의 궁정에서 일생을 마쳤는데, 장갑을 홀딱 뒤집듯이 자신의 안에 있는 영혼을 밖으로 뒤집어 꺼냈다. 벗겨 낸 그 사절의 피부 껍질은 커다란 지도책처럼 무두질하고 제본되었다. 그리고 사마라에 있는 칼리프의 궁전에서 명예로운 자리를 차지했다. 다른 자료에 따르면 그 사절에게는 견디기 어려운 순간들이 많았다. 먼저 콘스탄티노플에 있는 동안, 자신의 손을 잘라 내도록 허락해야만 했다. 그리스 궁정 내에서 상당한 영향력을 갖고 있던 사람이, 사절의 왼쪽 손바닥에 쓰여 있던 하자르 대२년의 기록에 대한 값으로 순금을 내놓았기 때문이다. 세 번째 자료를 볼 것 같으면 그 사절은 어쩔 수 없이 서너 차례 하자르 수도로 돌아가야만 했다고 한다. 그곳에서 자신이 새기고 다니던 역사적 사실이나 다른 사항들을 수정받아야만 했다. 혹은 수정되고 개정된 역사를 살갗에 새겨 넣은 다른 사절과 교체되기도 했다.

『하자르 사전』에 따르면 그 사절은 살아 있는 하자르 백과사전처럼 살았으며, 긴긴 밤 동안 움직이지 않고 조용히 서 있는 대가로 많은 돈을 받았다고 한다. 사절은 흩어져 나가는 연기처럼 생긴, 보스포루스의 은 촛대를 가만히 응시하며 밤을 새웠다. 사절이 그렇게 서 있는 동안 그리스 및 다른 나라의 필경사들은 사절의 등과 허벅지로부터 하자르의 역사를 옮겨 적었다. 전하는 바에 의하면 사절은 하자르의 전통을 지키기 위해 유리칼을 가지고 다녔다고 한다. 또한 하자르 알파벳 각 글자의 이름은 음식 이름에서 따온 것이며, 숫자는 하자르 사람들이 구별할 수 있는 일곱 가지 소금 이름에서 따온 것이라 주장했다고 한다. 그 특사가 했던 말 중에 지금까지 전해 내려오는 것이 한 가지 있다. 그것은 다음과 같다.

「만약 하자르 사람들이 이틸에서 훌륭히 해냈다면 콘스탄티노플에서도 역시 잘해 낼 수 있을 것이다.」

대부분의 경우 그 사절은 자신의 살갗에 새긴 내용과 반대되는 이야기를 많이 했다.

이 사절이나 그 후임자 가운데 한 사람은 하자르 논쟁이 하자르 카간의 궁정에서 다음과 같은 방식으로 진행되었다고 설명했다. 한번은 천사가 카간의 꿈에 나타나서 이렇게 말했다.

「주님은 당신의 행동에 기뻐하시지 않고 당신의 속마음에 기뻐하십니다.」

카간은 그 즉시 꿈 사냥꾼 무리 중에서 가장 저명한 하자르 사제를 불러다가 그 꿈이 무슨 의미인지 설명해 달라고 했다. 꿈 사냥꾼은 웃으면서 대답했다.

「신은 당신에 대해 아무것도 모릅니다. 신은 당신의 속마음이나 당신의 생각, 당신의 행동을 알지 못합니다. 천사가 당신의 꿈에 나타나서 이리저리 걸어다녔다는 사실이 의미하는 바는 오로지, 그 천사가 달리 그날 밤을 보낼 곳이 없었거나 아니면 그 당시 밖에 비가 오고 있었을지도 모른다는 것뿐입니다. 그 천사가 오랫동안 머물지 않았다면 아마 당신의 꿈에서 고약한 냄새가 났기 때문이겠지요. 다음번에는 당신의 꿈을 깨끗하게 씻으십시오.」

카간은 이 말을 듣고 몹시 화를 내면서 이방인을 불러다가 다시 그 꿈을 해석하도록 했다. 그 이야기를 전해 듣고 하자르 사절이 말했다.

「맞는 말이야. 사람의 꿈은 끔찍할 정도로 냄새가 나니까.」

사절이 세상을 떠난 것은 하자르의 역사를 써넣은 살갗이 지독히 가려워지기 시작했기 때문이다. 그 가려움증은 도저히 참아 낼 수가 없을 정도였다. 그는 안도의 한숨을 쉬면서 죽음을 맞이했다. 마침내 역사를 씻어 낼 수 있다는 사실에 기뻐하면서……

하자르 논쟁
KHAZAR POLEMIC

이 사건은 기독교 측 자료에 861년의 일로 기록되어 있다. 하자르 논쟁은 『테살로니카의 콘스탄티누스, 성 키릴루스†의 일생』에 자세히 설명되어 있는데 이 책은 9세기경에 저작돼, 모스크바 성령 아카데미의 필사본으로 알려진 자료들 사이에 남아 있으며 문법학자 블라디슬라프의 1469년판 자료에도 남아 있다. 861년, 그해에 하자르 사절단이 비잔틴 황제 앞으로 나아가서 이렇게 말했다.

「우리는 언제나 오직 하나뿐인 신만을 인정해 왔습니다. 그분은 우리 모두를 다스립니다. 우리는 동쪽을 바라보면서 그분에게 절하며 당신들이 보기에는 이교도적인 여러 가지 관습을 떠받들고 있습니다. 유대인들은 우리를 설득해서 그들의 종교와 의례를 받아들이도록 하려고 애쓰고 있습니다. 사라센 사람들은 우리를 그들의 종교로 끌어들이기 위해 평화와 여러 가지 선물을 들고 와서는 이렇게 말합니다. 〈우리의 믿음은 이 세상의 다른 어떤 믿음보다 뛰어납니다.〉 그렇기 때문에 우리는 깊은 우정과 사랑을 되새기면서 당신의 의견을 묻고자 합니다. 그리스 사람들은 신에게서 최고의 권력을 부여받은 위대한 민족이기 때문입니다. 우리는 당신의 조언을 갈구하고 있으니, 학식이 깊은 사람을 한 명 보내 주시길 바랍니다. 그분이 유대인 및 사라센 사람과의 논쟁에서 승리를 얻어 낼 수 있다면 우리는 당신의 종교를 채택하겠습니다.」

그리스 황제가 키릴루스를 불러 하자르 사람들▽에게 가주겠느냐고 물어보자, 키릴루스는 그러한 여행이라면 맨발로 걸어서라도 떠나겠다고 대답했다. 다우브마누스ᵃ는 키릴루스의 대답을 자기 나름대로 이해했다. 키릴루스의 말은, 그러한 여행을 준비하려면 콘스탄티노플에서 크리미아 반도까지 걸어가는 것과 비슷한 정도의 많은 시간이 든다는 것이었다. 그 당시 키릴루스는 여전히 자기 자신의 꿈속에서 갈피를 못 잡고 있었기 때문에, 어떻게 하면 자물쇠를 열고 꿈 밖으로 나올 수 있는지 몰랐다. 다시 말하자면 그는 자기가 원할 때에 꿈에서 깨어나는 방법을 몰랐던 것이다. 그럼에도 불구하고 키릴루스는 그 임무를 받아들였다. 키릴루스는 도중에 헤르손에서 머물면서, 하자르 카간의 궁정에서 벌어질 논쟁에 대비해 히브리어를 배우고 히브리어 문법을 그리스어로 번역하기도 했다. 키릴루스와 그의 형 메토디우스†가 메오트 호수를 지나 캅카스 산맥의 카스피 해 방향 관문에 이르렀을 때 카간의 특사와 만났다. 특사는 철학자 콘스탄티누스에게 다음과 같은 질문을 했다. 「하자르 사람들은 모든 지혜를 가슴에서 끌어낸다. 지혜를 삼킨 사람처럼 말이다. 그런 반면에 콘스탄티누스 당신은 어찌하여 말을 할 때마다 언제나 책을 앞에 들고 있는가.」 콘스탄티누스는 자신은 책이 없으면 벌거벗은 느낌이라고 말했다. 〈벌거벗은 사람이 실은 예복을 많이 가지고 있다는 사실을 누가 믿으려 할 것인가〉라고 대답했다.

하자르 특사는 콘스탄티누스와 메토디우스를 만나려고 수도인 이틸에서부터 돈 강의 사르켈까지 그리고 헤르손까지 여행했다. 그는 비잔틴 사절단을 사만다르라는 카스피 해변의 도시로 안내했는데, 논쟁이 벌어질 카간의 여름 궁전이 바로 그 도시에 있었다. 궁전에는 유대와 사라센 대표들이 이미 도착해 있었다. 하자르 사람들은 만찬 식탁에서 콘스탄티누스가 어느 자리에 앉아야 할 것인지 물었다. 콘스탄티누스는 이렇게 대답했다.

「내 할아버지는 훌륭하고 매우 유명했으며 황제에 버금가는 사람이었습니다. 그러나 할아버지는 당신에게 주어진 명예를 거절했기 때문에 추방당하셨고 낯선 땅에 도착해서 빈털터리가 되었습니다. 그리고 나는 그곳에서 태어났지요. 나는 나의 할아버지가 한때 누렸던 영광을 손에 넣어 보려고 했으나 뜻을 이루지 못했습니다. 보시다시피 나는 아담의 손자일 뿐입니다.」

카간은 만찬에 참석한 다음, 건배를 하면서 키릴루스에게 말을 걸었다.

「당신은 삼위일체를 숭배하지요. 하지만 우리는 오로지 하나의 신만을 숭배합니다. 여러 책에 적힌 것처럼 말입니다. 왜 그럴까요?」

철학자는 다음과 같이 대답했다.

「책에서는 말씀과 영혼에 대해 설교합니다. 어떤 사람은 당신을 존경하면서도 당신의 말씀과 영혼을 존중하지 않는 반면, 어떤 사람은 그 세 가지를 모두 존중한다고 합시다. 그 두 사람 중에서 누가 당신을 더 많이 존경하는 걸까요?」

유대교 대표가 이렇게 물었다.

「그렇다면 어떻게 한 여인이 자기의 자궁 속에 신을 품을 수 있단 말입니까? 신을 낳을 수 있는 것은 고사하고 신을 볼 수도 없는데 말입니다.」

철학자는 카간과 그의 수석 고문을 가리키면서 다음과 같이 말했다.

「만약 어떤 사람이 수석 고문은 카간을 영접할 수 없지만, 가장 신분이 낮은 하인은 카간을 영접할 수 있고 경의를 표할 수도 있다고 말한다면, 우리는 그렇게 말하는 자를 뭐라고 불러야 할까요? 그 사람은 실성한 사람입니까, 분별력이 있는 사람입니까?」

사라센 사람들도 논쟁에 끼어들었다. 사라센 사람들은 기독교도들의 집 바깥에 악마 그림을 걸어 두곤 했다. 그래서 기독교도들이 사는 집 대문마다 악마 그림이 걸려 있었다. 철학자 콘스탄티누스는 사마라에 있는 사라센 칼리프의 궁전에서 처음 마주친 그 풍습에 대해서 질문을 받았다. 오랫동안 콘스탄티누스를 방해하려 했던 사라센 사람이 질문했다.

「철학자인 당신은 이것이 의미하는 바를 알고 있습니까?」

콘스탄티누스는 다음과 같이 말했다.

「나도 그 악마 그림을 보았습니다. 그것을 보고 집 안에 기독교도들이 살고 있구나 하고 생각했습니다. 악마들은 기독교도들과 함께 살 수 없기 때문에 밖으로 달려 나오는 것이지요. 그리고 만약 바깥에 악마 그림이 없다면, 그것은 악마가 집 안에서 함께 살고 있다는 뜻이지요.」

하자르 논쟁에 대한 기독교 측의 또 다른 자료가 전해 내려오는데, 그것도 심하게 훼손되었다. 그 자료에는 키예프 사람들이 10세기에 기독교로 개종한 사건에 관한 전설이 기록되어 있다. 그 전설에 따르면 철학자 콘스탄티누스는 키예프에서 벌어진 세 가지 종교에 관한 논쟁에 참여했다고 한다. 하지만 콘스탄티누스는 그보다 1백 년 전 사람이었다. 그러므로 원래는 하자르 논쟁에 관한 기록이었음을 알아볼 수 있다. 10세기 그리고 그 이후에 첨가되고 개정된 내용을 요약해 보면, 하자르 논쟁에 대해 전해 내려오는 내용은 다음과 같다.

하자르 카간 중에 페체네크[37] 및 그리스와의 전쟁에서 승리를 거두고 헤르손을 손에 넣은 왕이 있었다. 그는 전쟁에서 여러 차례 이기고 나자, 이제부터는 여유롭게 살아가기로 결심했다. 그는 전쟁에서 잃은 병사들만큼이나 많은 수의 여인을 갖고 싶어 했다. 베니스에서 세르비아어로 출간된 1772년판 전설에는 다음과 같은 내용이 있다.

카간에게는 수많은 여자들이 있었는데, 그는 여자들을 통해 이 세상의 모든 종교를 다 접해 보고 싶었다. 그는 다양한 우상을 숭배할 뿐만 아니라 각기 다른 신앙 고백을 하고 싶어 했으니, 이것은 모두 자기 여자들에 대한 애정에서 나온 행동이었다. 여기에 자극을 받은 그리스와 아랍, 유대에서는 너도나도 특사를 파견했다. 카간이 당장 자기들의 종교로 개종했으면 하는 기대에서 그렇게 한 것이다. 이 자료에 따르면 하자르 카간의 궁정에서 논쟁이 벌어졌으며 그리스 황제가

---

[37] 9세기경 돈-쿠반 강변에 도착하여, 민족 대이동을 유발한 터키계 부족.

보낸 철학자 콘스탄티누스가 유대 사람이나 사라센 사람보다 더욱 성공적이었다.

하지만 카간이 마지막 결정을 내리지 못한 채 계속 머뭇거리고 있을 때, 마침 아테 공주라고 알려진 카간의 친척 가운데 한 명이 그 논쟁에 끼어들었다. 아테 공주를 따르는 사람들은 카간에게 그들이 유대, 그리스, 사라센의 교리를 직접 조사해 보겠으니 각 나라로 보내 달라고 설득했다고 한다. 아테 공주의 사절단은 조사를 마치고 돌아와서 가장 적합한 종교로 기독교를 추천했다. 그리고 특사들은 그들이 섬기고 있는 카간의 친척은 이미 오래전에 기독교를 받아들였다는 사실을 카간에게 알려 주었다.

하자르 논쟁에 대한 기독교 자료 중에서 세 번째 것(다우브마누스판)에 따르면 카간은 이 소식을 듣고 두려움에 몸을 떨었다. 카간이 기독교도들도 유대 교도들처럼 구약의 말씀을 따른다는 사실을 알게 되자, 결과적으로 유대 측 대표에게로 행운이 굴러갔다. 콘스탄티누스가 그것이 사실임을 확인해 주자, 카간은 그리스에서 하자르로 도망쳐 온 유대인을 돌아보았다. 그 유대인은 유대교를 강력하게 옹호했다.

「우리 세 사람의 꿈 사냥꾼 가운데 하자르 민족이 전혀 겁낼 필요가 없는 사람은 오로지 이 랍비뿐입니다. 칼리프에게는 녹색 돛을 달고 있는 선단이 있고 그리스 황제에게는 십자가를 높이 치켜든 군대가 있습니다. 그러나 유대인들의 뒤에는 그 어떤 것도 서 있지 않습니다. 테살로니카의 콘스탄티누스 뒤에는 창과 기병이 있지만 이 유대교 랍비 뒤에는 길게 늘어진 기도복이 있을 뿐입니다.」

랍비가 그렇게 말하자 카간은 랍비에게로 마음이 기울었다. 그런데 아테 공주가 다시 논쟁에 끼어들어 대화의 결과를 완전히 바꾸어 놓았다. 하자르 논쟁에서 아테 공주는 유대 참가자에게 결정적으로 다음과 같은 말을 했다.

「당신들은 이런 말을 한다지요. 부를 원하는 자는 북쪽으로 보내고 지혜를 원하는 자는 남쪽으로 보내라! 그런데 정작 당신은 왜 그렇듯 달콤하고 지혜로운 말을 여기 북쪽에 있는 내게 하고 있는 것입니까? 그런 것은 당신 조상들의 땅에서 당신을 기다리고 있는 현자들에게 해야 할 말이 아니던가요. 당신은 왜 그곳으로 가지 않았습니까? 그곳에서는 빛이 알을 낳고 수백 년의 세월이 다른 수백 년의 세월에 몸을 비벼 대고 있습니다. 그곳으로 가서 사해의 시큼한 빗물을 받아 마시고 비스듬히 흘러내리는 강물을 따라가는 모래에 입을 맞추어야 하지 않습니까? 그 모래밭은 예루살렘의 샘에서 솟아 나온 물이 흘러가는 길가에 마치 황금 테두리처럼 길게 뻗어 있지요. 그런데 당신은 나의 꿈은 칠흑처럼 짙은 어둠이라도 하고 오로지 당신의 현실 속에서만 달빛을 볼 수 있다고 하는군요. 왜 내게 이런 말을 하는 것입니까?

또 다른 한 주일이 비참하게 시들어 가고 있습니다. 가장 장엄한 날은 이제 지나갔습니다. 당신은 그날이 팔레스타인에서 시작된다고 말하지요. 한 주일의 다른 날들은 그날이 오지 못하도록 시샘하고 막아서지만, 결국 그날은 오고 말았습니다. 그래서 한 주일은 마지못해 그날을 조금씩 꺼내 놓습니다. 당신의 시간을 가져가십시오. 당신의 안식일을 가지고 가십시오. 현자들에게 가서 당신이 내게 말해 주고 싶었던 모든 것을 이야기하십시오. 당신은 한결 행복할 것입니다. 하지만 주의하십시오. 성채를 정복하기 위해서는 우선 자기 자신의 영혼을 정복해야 합니다.

하지만 내가 당신에게 이런 이야기를 길게 늘어놓아도 아무런 소용이 없을 것입니다. 당신은 눈을 입속에 가지고 다니므로, 입을 열어 말하기 전에는 아무것도 보이지 않으니 말입니다.

결론을 말씀드리자면 이렇습니다. 당신이 말한 내용이 틀렸거나, 혹은 남쪽에서 기대하고 있는 것이 당신이 아닌 다른 사람이라는 것입니다. 그렇지 않고서는 당신이 이곳 북쪽에서 나와 함께 있는 이유를 어떻게 이해할 수 있단 말입니까?」

아테 공주의 말을 듣고 하자르 카간은 몹시 놀랐다. 카간은 랍비를 바라보면서 다음과 같이 말했다.

「내가 들었던 이야기를 하겠소. 유대인들은 신이 자신들을 저버렸으며 그래서 신이 자신들을 전 세계로 흩어 놓았다는 사실을 스스로 인정한다고 합디다. 그렇다면 당신은 우리를 당신의 종교로 끌어들여서 우리도 역시 당신들과 같이 비참한 상태에 빠지기를 바라는 것이 아니오? 우리 하자르 민족도 역시 당신들처럼 신의 형벌을 받아 온 세계로 흩어져 버리기를 바라는 것이오?」

마침내 카간은 유대인으로부터 등을 돌렸으며, 가장 수긍이 가는 것은 역시 철학자 콘스탄티누스의 주장이라고 생각했다. 카간과 그의 신하들은 기독교로 개종하고 그리스 황제에게 편지를 보냈는데, 키릴루스의 전기에 편지 내용이 다음과 같이 기록되어 있다.

전하께서 우리에게 보내 주신 사람은 말과 행동으로써 기독교의 영광을 설명해 주었습니다. 우리는 그것이 진실한 믿음이라는 확신을 갖게 되었으며 우리 국민들로 하여금 자발적으로 세례를 받도록 명령을 내린 상태입니다.

또 다른 자료에 따르면 카간은 콘스탄티누스의 주장에 동의한 다음, 그리스 사람들의 종교를 받아들이는 대신 느닷없이 그리스와 전쟁을 벌이기로 마음먹었다고 한다. 카간은 이런 말을 했다는 것이다.

「종교를 구걸해서는 안 된다. 그것은 칼로써 손에 넣어야 한다.」

카간은 헤르손으로부터 군사를 이끌고 그리스를 공격했다. 그는 싸움을 성공적으로 마무리하고 난 후 그리스 황제에게 요구하기를 그리스 공주를 아내로 달라고 했다. 그리스 황제는 먼저 한 가지 조건을 달았다. 하자르 카간이 기독교로 개종해야 한다는 것이었다. 카간이 이 조건을 받아들이자 콘스탄티노플 측에서도 몹시 놀라고 말았다.

하자르 민족은 그런 식으로 개종했다.

키릴루스
KYRILLOS(테살로니카의 콘스탄티누스 혹은 철학자 콘스탄티누스, 826 혹은 827~869)

그리스 정교회의 계도자. 하자르 논쟁▽의 그리스 대표. 슬라브어를 쓸 수 있는 선교사들 중 한 사람. 사령관 레오의 일곱째 아들. 사령관 레오는 테살로니카에서 비잔틴 궁정을 위해 일했는데, 특히 군사 및 행정 문제를 관장했다. 콘스탄티누스는 여러 가지 사무직과 외교직을 담당했으며 당시 콘스탄티노플에서 세력을 떨치고 있던 성상 파괴주의자들이 세운, 예수 성상이라고는 하나도 없는 교회들 가운데에서 자랐다. 성상 파괴주의자들 중에는 테살로니카 사람도 상당히 많았는데, 콘스탄티누스는 유력한 성상 파괴주의자들에게 가르침을 받았다. 콘스탄티누스에게 호메로스, 기하학, 산술, 천문학, 음악을 가르친 수학자 레오는 성상 파괴주의자였고, 콘스탄티노플의 대주교[38]인 성상 파괴주의자이자 문법 학자인 요한의 친척이었다. 그는 또한 사라센 사람들

---

38 레오는 837년에서 843년까지 콘스탄티노플의 주교로 봉직했다.

및 그들의 칼리프 마문[39]과 유대를 이어 갔다.

콘스탄티누스의 교사들 중 또 한 사람은 유명한 철학자이자 이미 고인이 된 포티우스 대주교를 들 수 있다. 콘스탄티누스에게 문법, 수사학, 변증법, 철학 등을 가르친 그는 〈기독교 세계의 아리스토텔레스〉라고 불렸으며 수학자 레오와 함께 문예 부흥을 일으키는 데 일조했다. 문예 부흥을 통해 비잔틴 세계는 그들이 고대 헬레니즘 문화유산의 계승자라는 생각을 다시금 갖게 되었다. 포티우스는 연금술과 금지된 과학을 연구했으며 천문학과 마술에도 관심이 많았다. 비잔틴 황제는 포티우스를 〈하자르의 얼굴〉이라고 불렀다. 궁정에 떠도는 전설에 의하면 포티우스는 젊은 시절에 유대인 마법사에게 영혼을 팔았다고 한다.

한편 콘스탄티누스는 언어를 사랑했다. 콘스탄티누스에게 있어서 언어는 바람처럼 영원한 것이었다. 하자르 카간이 다른 종교를 가진 여자들을 바꾸어 거느리듯이 콘스탄티누스는 언어를 바꾸었다. 그는 그리스어와 슬라브어, 히브리어, 하자르어, 아랍어, 사마리아어를 공부했으며 고트어나 러시아어 활자로 쓴 언어들도 공부했다. 그는 나이가 들면서 나중에는 지칠 줄 모르는 방랑벽을 가지고 살았다. 콘스탄티누스는 언제나 깔개를 가지고 다니면서 이렇게 말하곤 했다.

「깔개가 있는 곳이 내 집이다.」

콘스탄티누스는 인생의 제일 좋은 시절을 매우 거친 부족들과 함께 보냈다. 그 부족들은 어찌나 사나웠는지 그들과 악수를 하고 나면 손가락이 제대로 붙어 있는지 그 수를 헤아려 보아야만 할 정도였다. 그는 평생 오로지 병이 들었을 때에만 비로소 평화의 섬에 깃들곤 했다. 병에 걸리는 즉시, 모국어를

---

[39] 813년에서 833년까지 재위한 칼리프.

제외한 다른 언어는 모조리 잊어버리곤 했던 것이다. 콘스탄티누스가 그렇게 몸이 아플 때에는 언제나 적어도 두 가지의 이유가 있었다. 843년에 테살로니카의 성상 파괴주의자들이 실각하고, 테오필루스 황제가 죽자 성상 숭배가 다시 도입되었다. 콘스탄티누스는 어쩔 수 없이 소아시아 해변에 있는 사원으로 몸을 피하면서 이렇게 생각했다.

〈신은 이 세상에 빈자리를 만들어 주기 위해 한 걸음 물러난 것이다. 우리의 눈은 앞에 놓인 사물의 표적이다. 모든 사물은 우리의 눈을 겨냥하고 있다. 우리의 눈이 사물을 겨냥하고 있는 것이 아니다.〉

그러다가 콘스탄티누스는 더 이상 강압을 견디지 못하고

테살로니카의 콘스탄티누스(성 키릴루스), 9세기의 프레스코 벽화에서

수도로 돌아와서 과거 자신의 스승이었던 사람들과 동료였던 사람들을 비난하는 대중 연설을 하면서 성상을 옹호했다. 그는 다음과 같은 결론을 내렸다.

〈우리의 생각이 우리의 머릿속에 있다는 것은 단지 착각일 뿐이다. 우리의 머리와 우리는 한 덩어리가 되어 우리의 생각 속에 있다. 우리의 생각이 바다라면 우리는 바다 한가운데를 가로질러 흘러가는 물의 흐름이다. 우리의 몸이 해류라면 우리의 생각은 바다 그 자체이다. 그러므로 몸은 이 세상에서 생각 속으로 녹아 들어감으로써 자기 자리를 마련하는 것이다. 그리고 영혼은 몸과 생각의 해저라고 할 수 있다…….〉

그런 다음에도 콘스탄티누스는 옛날 스승 가운데 한 명을 저버리게 된다. 그 사람은 바로 콘스탄티누스의 맏형 메토디우스†였다. 메토디우스는 자신과 생각이 비슷한 사람은 좀처럼 공격하지 않았다. 키릴루스는 과거에 영혼의 아버지였던 사람과 형이었던 사람을 저버리고 선두에 나서게 되었다.

콘스탄티노플 궁정의 명령에 따라 키릴루스는 우선 슬라브 지역의 집정관으로 있다가 수도의 왕립 학교에서 수학했다. 키릴루스는 사제였으므로 콘스탄티노플에 있는 성 소피아 교회의 주교 대우 사서관이 되었으며 콘스탄티노플 대학의 철학 교수가 되었다. 키릴루스는 보기 드물게 박학다식한 사람이었으므로 대학에 있으면서 〈철학자〉라는 명예로운 호칭을 얻었고 죽을 때까지 〈철학자〉라고 불렸다. 하지만 키릴루스는 다소 특이한 견해를 굳건히 견지해 나갔는데, 그것은 뱃사람들 사이에서 생겨난 믿음으로, 영리한 물고기의 살은 사람의 몸에 해로우며 어리석은 물고기의 살보다 더욱 질기다는 생각이었다. 오로지 어리석은 사람들만이 어리석은 물고기와 영리한 물고기를 둘 다 먹는다. 그런 반면 영리한 사람은 어리석은 물고기만 선택해서 먹는다.

키릴루스는 성상으로부터 도망치면서 인생의 절반을 보냈고, 나머지 절반 동안은 성상을 방패처럼 지니고 다녔다. 그러나 성모 마리아의 성상에는 익숙해질 수 있었지만 성모 마리아 그 자체에는 친숙해질 수 없었다는 사실이 비밀처럼 알려져 있다. 다시 세월이 흐르고 하자르 논쟁▽이 벌어졌을 때, 키릴루스는 성모 마리아를 카간이 주위에 거느리고 있는 하인들에 비유했다. 성모 마리아를 여자가 아닌 남자에 비유했던 것이다. 키릴루스는 세 개의 금화를 가방 속에 넣고 다녔다.

「첫 번째 금화는 나팔수에게 주고 두 번째 금화는 교회에서 노래 부르는 사람들에게, 그리고 세 번째 금화는 높은 곳에서 노래하는 천사들에게 줄 것이다.」

그런 다음 키릴루스는 끝없는 방랑길에 올랐다. 그러므로 점심을 먹은 자리에 떨어진 부스러기와 저녁을 먹은 자리에 떨어진 부스러기가 한곳에 섞이는 일이 결코 없었다. 그는 끊임없이 이동했다.

851년에 키릴루스는 바그다드 근처, 사마라에 있던 아랍인 칼리프를 방문했다. 키릴루스가 외교 임무를 수행하고 돌아와 거울을 보았더니 이마에 처음으로 주름살이 생겨 있었다. 키릴루스는 그것을 〈사라센의 주름〉이라고 불렀다. 859년이 끝나가고 있었다. 키릴루스는 알렉산드로스 대왕과 동년배였다. 알렉산드로스 대왕은 33세의 나이로 세상을 떠났는데, 키릴루스도 그 당시에 33세였다. 그 무렵 키릴루스는 이런 생각을 했다.

〈내 나이 또래 사람들 중에는 땅 위에 있는 사람들보다 땅 밑에 있는 사람들이 더 많다. 어느 시대에나 그러했다. 람세스 3세 때도 그랬으며 크레타에 미궁이 있던 시대에도 그랬으며 콘스탄티노플이 처음 포위되었을 당시에도 역시 마찬가지였다. 언젠가 내가 땅 밑으로 들어가게 되면, 역시 이 땅 위에는 많은 사람들이 살고 있을 것이다. 하지만 나는 여기 땅 위에서 나이를 먹어 가면서, 나보다 어린 나이에 죽은 사람들의 기대를 저버리고 있다.〉

키릴루스가 이름을 빌렸던 도시가 얼마 후에 또다시 포위됐다. 860년에 슬라브인들이 콘스탄티노플을 포위하고 있는 동안, 콘스탄티누스는 소아시아의 올림포스에 있는 조용한 수도원 방에서 슬라브인들을 사로잡을 덫을 치고 있었다. 그는 슬라브 알파벳으로 된 최초의 문자를 만들어 내고 있었다. 처음에는 둥그런 문자를 사용해 보았다. 하지만 슬라브 언어는 너무나 거칠기 때문에 잉크가 남아나지 않았다. 그래서 키릴루스는 가로 줄무늬가 들어가는 제2의 문자를 만들어서, 이 난폭한 언어를 새장 속에 가두듯이 우리 속에 집어넣었다. 하지만 한참 시간이 흐른 후에야, 그러니까 일단 슬라브어를 길들이고 다시 슬라브어에게 그리스어를 가르친 다음(언어는 항상 다른 언어를 배운다)에야, 비로소 슬라브어는 글라골 문자[40] 속으로 들어갔다. 슬라브 문자의 기원과 관련해서 다우브마누스는 다음과 같이 기록했다.

　야만인의 언어를 길들이는 것은 쉬운 일이 아니었다. 어느 해에 재빨리 찾아온 가을이 한 달 정도 무르익었을 때, 키릴루스 형제는 수도원 방에 앉아서 사람들이 후에 〈키릴 문자〉라고 부르게 될 문자를 만들기 위해 애를 먹고 있었다.
　문자를 만드는 일은 조금도 진척이 없었다. 그 방에 앉아 있으면 10월의 절반이 선명하게 눈에 들어왔다. 또한 그 방에서는 한 시간을 걸어야 침묵의 길이를 알 수 있었으며, 두 시간을 걸어야 침묵의 너비를 알 수 있었다.

---

[40] 매우 독특한 고대 슬라브 문자. 슬라브인들이 사용하는 가톨릭 기도서 속에는 현재까지도 이 문자가 남아 있다.

그때에 메토디우스가 동생에게 그 방의 창틀에 놓여 있는 항아리 네 개를 한번 잘 살펴보라고 말했다. 항아리는 창살 너머 바깥쪽에 있었다.

「만약 방문이 잠겼다면 어떻게 저 항아리를 손에 넣을 수 있을까?」

메토디우스가 신중한 목소리로 물어보았다.

콘스탄티누스는 항아리 한 개를 깨뜨린 다음, 한 조각씩 창살 사이로 가지고 들어와서, 발밑의 진흙과 침을 사용해서 항아리를 다시 붙였다. 그들은 이런 방법으로 슬라브어를 길들이기 시작했다. 슬라브어를 조각조각 부순 다음, 키릴루스가 가지고 있던 문자의 창살 사이를 통과시켜 그들의 입속으로 가지고 들어간 후에 발밑의 그리스 진흙과 침으로 파편을 맞춘 것이다.

바로 그해에 하자르 카간▽이 비잔틴 황제 미카엘 3세에게 사신을 보냈다. 하자르 카간은 콘스탄티노플 사람 중에서 기독교 교리의 기본 원리를 설명해 줄 수 있는 사람을 한 명 보내 달라고 요청했다. 황제는 포티우스에게 자문을 구했는데, 그는 포티우스를 〈하자르의 얼굴〉이라고 불렀기 때문에 그런 식으로 자문을 구하는 일에는 무엇인가 미심쩍은 구석이 있었다. 그렇지만 포티우스는 황제의 요청을 진지하게 받아들였고 자기의 문신(文臣)에 거느리고 있던 철학자 콘스탄티누스를 추천했다. 콘스탄티누스는 메토디우스와 함께 〈하자르 선교〉라고 부르는 두 번째 외교 임무를 수행하기 위해 길을 떠났다. 하자르로 향하던 도중 두 사람은 크리미아 반도의 헤르손에 잠시 머물렀다. 콘스탄티누스는 그곳에서 하자르어와 히브리어를 공부하면서, 앞으로 처리하게 될 임무에 대비했다. 그는 이런 생각을 했다.

〈사람은 누구나 각자 자기 희생물을 매단 십자가이다. 하지만 못은 십자가까지 뚫고 들어간다.〉

콘스탄티누스는 하자르 카간의 궁전에 도착해서 이슬람교와 유대교 대표자들을 만났다. 그들도 역시 카간의 초대를 받고 온 것이었다. 그는 그들과 논쟁에 들어가서 〈하자르 연설〉을 하기 시작했다. 메토디우스는 나중에 이 연설 내용을 슬라브어로 번역했다. 철학자 콘스탄티누스는 각각 유대교와 이슬람교를 대표하는 랍비와 다르위시의 주장에 논박을 가한 다음 하자르 카간을 설득해 기독교를 받아들이도록 했으며, 부러진 십자가를 향해 기도해 보았자 아무런 소용도 없다는 사실을 가르쳐 주었다. 하자르 카간의 궁전을 떠나는 콘스탄티누스의 얼굴에, 두 번째 주름살이 깊게 파여 있었다. 그것이 〈하자르의 주름〉이었다.

863년이 끝나가고 있었다. 알렉산드리아의 필로라는 철학자는 서른일곱 살의 나이로 죽었는데, 이제 콘스탄티누스도 서른일곱 살이 되어 그 사람과 같은 세대가 되었다. 그는 슬라브 문자를 완성한 후, 형과 함께 고향을 떠나 모라비아로 향했다. 실제로 그가 아는 슬라브인들 사이에서 한번 생활하고 싶었기 때문이었다.

콘스탄티누스는 그리스어로 쓴 교회 관련 문헌을 슬라브어로 번역했다. 많은 사람들이 무리를 지어 콘스탄티누스 주위로 몰려들었다. 슬라브 사람들은 한때 분명히 뿔이 나 있었던 자리에 눈이 달렸고 허리에 뱀을 감고 있었으며, 머리를 남쪽으로 두고 잠을 잤다. 그리고 이빨이 빠지면 지붕 너머로 던졌다. 콘스탄티누스는 그 사람들이 손가락으로 코딱지를 파거나 콧물을 먹으면서 기도를 읊조리는 모습을 지켜보았다. 슬라브 사람들은 신발을 벗지 않은 채 발을 씻었으며 식사하기 전에 음식에 침을 뱉었다.

슬라브 사람들은 또한 주기도문 안에 있는 모든 단어에 야만적인 남성 이름이나 여성 이름을 덧붙였다. 그리하여 주기도문은 빵처럼 부풀어 올랐다가 이내 사라졌다. 이처럼 거친 이름들이 주기도문을 감싸 버렸음에도 불구하고, 아무 소리도 들리지 않고 아무것도 보이지 않도록 3일마다 주기도문을 말끔히 닦아 냈다. 슬라브 사람들은 썩은 고기 냄새라면 사족을 못 썼다. 그들은 머리 회전이 아주 빨랐으며 매우 아름다운 노래를 불렀다. 콘스탄티누스는 그들의 노랫소리에 눈물을 흘렸고, 이번에는 〈슬라브의 주름〉이 빗방울처럼 자신의 이마에 떨어져 내리는 것을 지켜보았다. 그것이 세 번째 주름이었다.

콘스탄티누스는 867년에 모라비아를 떠나 판노니아의 왕자 코첼을 찾아 갔으며, 그곳에서 다시 베네치아로 들어갔다. 콘스탄티누스는 베네치아에서 〈3개 언어주의자들〉과 논쟁을 벌이게 되었다. 〈3개 언어주의자들〉은 예배를 드릴 때 사용할 수 있는 언어는 그리스어, 히브리어 그리고 라틴어뿐이라는 주장을 굽히지 않았다. 베네치아의 〈3개 언어주의자들〉은 콘스탄티누스에게 이런 질문을 했다.

「유다가 예수를 죽인 게 맞습니까? 그렇지 않으면 불분명한 사실입니까?」

콘스탄티누스는 이제 네 번째로, 〈베네치아의 주름〉이 볼에 파이는 것을 느꼈다. 그 주름은 생긴 지 이미 오래된 사라센의 주름, 하자르의 주름, 슬라브의 주름과 함께 콘스탄티누스의 얼굴을 가로지르면서 그의 얼굴을 조각조각 갈라놓았다. 그것은 마치 생선 한 마리에 네 개의 그물을 던진 것 같았다. 콘스탄티누스는 자루 속에서 금화를 하나 꺼낸 다음 나팔수에게 주면서 나팔을 불라고 말했다. 나팔 소리가 울려 퍼지자 콘스탄티누스는 〈3개 언어주의자들〉에게 질문하기를,

병사들이 나팔 신호를 이해하지 못한다면 어떻게 나팔 소리에 따라 행동할 수 있겠느냐고 반문했다.

세월이 흘러 869년이 되었다. 콘스탄티누스는 라벤나의 보에티우스를 생각했다. 보에티우스는 마흔세 살의 나이로 세상을 떠난 사람이며 콘스탄티누스도 이제 43세였다. 교황이 콘스탄티누스를 로마로 초대했다. 그는 로마에 가서 자신의 원칙과 자신의 슬라브어 예배를 변호하는 일에 성공했다. 그의 주위에는 메토디우스와 로마에서 세례를 받은 연구생들이 있었다. 콘스탄티누스는 교회에서 신도들의 찬송가 소리를 들으며 자신의 인생을 돌아보다가 문득 이런 생각을 했다.

〈어떠한 일을 하기에 적절한 소질을 타고난 사람도 몸이 아플 때면, 마지못해 일을 하게 되고 일손이 서툴러진다. 그와 마찬가지로 자기에게 걸맞지 않은 일을 하는 사람은 건강할 때조차 마지못해 일을 하며 일손이 서툴기 마련이다.〉

이때 로마의 성가대원들은 슬라브어로 찬송가를 불렀다. 콘스탄티누스는 자신의 두 번째 금화를 성가대원들에게 주었다. 그리고 여러 세대에 걸쳐 선배들이 해온 방식대로, 세 번째 금화를 혀 밑에 넣고 로마에 있는 그리스 수도원에 들어갔다. 869년에 그는 키릴루스라는, 수도원에서 붙여 준 새로운 이름으로 죽었다.

출전: 키릴루스와 메토디우스에 대한 방대한 문헌 목록이 G. A. 일린스키의 『오피트 시스테마티케스코이 키릴로메포데브스코이 비블리오그라피 Opit sistematicheskoi kirilomefod'evskoi bibliografii』에 실려 있다. 나중에 포프루첸코, 로만스키, 이반카 페트코비치 등을 비롯한 많은 내용이 첨가되었다. F. 드보르니크의 학술 논문 「비잔틴에 전해 내려오는 콘스탄티누스와 메토디우스에 대한 전설」(1969) 개정판을 보면, 가장 최근에 행해진 연구 내용의 개요를 알 수 있다. 하자르 민족 그리고 하자르 논쟁과 관련된 정보는 다우브마누스판 『하자르 사전』(1691)에 잘 나와 있지만 그 판은 파기되었다.

메토디우스
METHODIUS OF
THESSALONICA(815~885)

하자르 논쟁▽을 기록으로 남긴 그리스인. 슬라브 선교사들 가운데 한 사람이었으며 그리스 정교회의 계몽가였고 테살로니카의 콘스탄티누스, 즉 키릴루스†의 형이다. 메토디우스는 테살로니카를 다스리던 비잔틴 사령관 드룬가르 레오 집안 출신으로, 자신이 슬라브 지역 관리로 적합한지 그 여부를 스트루미차 강 유역에서 시험해 보았다. 메토디우스는 슬라브 주민들의 언어를 알고 있었다. 슬라브 사람들은 수염 난 영혼을 지녔고 겨울이면 따스한 기운을 유지하기 위해 옷 속에 새를 넣어 가지고 다녔다. 840년에 접어든 지 얼마 되지 않아서 메토디우스는 프로폰티스 바다 근처에 있는 비티니아를 향해 떠났다. 하지만 그는 죽을 때까지 자기가 다스리던 슬라브 사람들에 대한 기억을 공처럼 앞으로 굴리고 다녔다.

다우브마누스♀가 인용한 책에 의하면 메토디우스는 비티니아의 수도사 밑에서 공부했는데, 그 수도사는 메토디우스에게 이런 말을 했다고 한다.

「책을 읽을 때 우리가 해야 할 일은 책에 적힌 내용을 모두 다 받아들이는 것이 아닙니다. 우리의 생각은 시기심이 많기 때문에 항상 다른 사람의 생각을 지워 버리려고 합니다. 우리에게는 두 가지 냄새를 한꺼번에 맡을 여유가 없기 때문이지요. 성스러운 삼위일체의 표시 아래 있는 사람들, 그 남성적인 표시 아래에 있는 사람들은 책을 읽을 때 홀수 문장만을 받아들입니다. 반면에 우리는 〈4〉라는 여성적인 숫자의 표시 아래 있습니다. 그렇기 때문에 우리는 책에서 짝수 문장만을 받아들입니다. 당신과 당신의 형제는 같은 책에서 같은 문장을 읽어 내지는 않을 것입니다. 왜냐하면 우리가 읽는 책은 모두 남성 표시와 여성 표시의 결합으로써만 존재하니까요.」

 이 수도사 외에도 메토디우스에게 가르침을 준 사람이 한 명 더 있다. 그것은 바로 메토디우스의 동생 콘스탄티누스다. 메토디우스는 때때로 자신이 근래에 읽고 있던 책의 저자보다 동생이 더욱 현명하다는 사실을 알게 되곤 했다. 그럴 때마다 메토디우스는 자신이 시간을 낭비하고 있다는 사실을 깨닫고, 책을 덮고 동생과 대화를 나누었다.

 메토디우스는 소아시아 해안 지방에 있는 금욕주의자 부락의 수도사가 되었는데, 그곳의 이름은 올림푸스였으며 나중에 키릴루스도 합류했다. 두 사람은 부활절 바람에 모래가 날아가고 주일마다 다른 자리에 새로운 고대 사막 사원이 모습을 드러내는 광경을 지켜보았다. 두 사람이 간신히 사원 꼭대기의 십자가를 알아보고 주기도문을 큰 소리로 낭송할 때면 사원은 또다시 영원 속으로 묻혀 버렸다. 바로 그 무렵부터 메토디우스는 평행을 이루는 두 개의 꿈을 꾸기 시작했다. 그래서 결국에는 메토디우스의 무덤이 두 개라는 전설까지 생겨났다. 861년에 메토디우스는 동생과 함께 하자르 민족을 만나기 위해 길을 떠났다. 테살로니카 출신의 두 형제에게 하자르는 낯선 민족이 아니었다. 두 사람은 스승이자 친구였던 포티우스로부터 이 강력한 민족에 대해 이미 많은 정보를 얻었다. 포티우스는 하자르 민족과 친분이 있었다. 그래서 두 형제는 하자르 민족이 그들의 언어로 그들의 믿음을 설교한다는 사실을 알고 있었다.

 메토디우스는 수도 콘스탄티노플로부터 명령을 받고, 콘스탄티누스의 동료이자 증인 자격으로 하자르 궁정에서 벌어진 논쟁에 참여하게 되었다.

 1691년판 『하자르 사전』에 따르면 하자르 카간▽은 외국 손님들 앞에서 꿈 사냥꾼에 대해 무엇인가 이야기를 했다고 한다. 카간은 그들을 무시했지만, 꿈 사냥꾼들은 하자르 공주 아테▽에게 충성을 다했다. 카간은 부질없는 짓을 하고 있는 꿈 사냥꾼들을 그리스 설화에 나오는 바싹 마른 쥐에 비유했다. 이야기 속의 쥐는 밀 바구니에 나 있는 구멍을 통해 쉽사리 안으로 들어갈 수 있었지만, 실컷 먹고 난 뒤에는 배가 불러서 구멍으로 빠져나올 수 없었다.

「배가 부르면 바구니에서 빠져나올 수가 없지. 배가 고플 때에는 바구니로 들어갈 수 있었지만 말이야. 꿈을 먹는 사람들도 이와 같아. 배가 고플 때에는 현실과 꿈 사이에 나 있는 좁은 틈새로 손쉽게 지나갈 수 있지만 먹이를 손에 넣고 열매를 따고 나면 사정이 달라진단 말이야. 꿈을 한 아름 안은 채

테살로니카의 메토디우스, 9세기의 프레스코 벽화에서

현실로 돌아올 수는 없으니까. 그곳에서 나오기 위해서는 들어갈 때와 같아야 하거든. 그렇기 때문에 손에 넣은 것을 두고 나오거나 안 그러면 영영 꿈속에 남아 있는 거야. 꿈 사냥꾼은 우리에게 아무런 소용도 없어…….」

메토디우스는 하자르에서 돌아온 다음, 또다시 소아시아의 올림푸스로 들어가서 은둔 생활을 했다. 메토디우스가 같은 성상을 두 번째로 보았을 때, 성상들은 이제 지친 듯 보였다. 메토디우스는 폴리크론 수도원의 원장이 되었는데 수세기에 걸쳐서 그 수도원에 대해 알려진 것이라고는 아랍, 그리스, 유대, 이렇게 세 가지 시간 단위가 만나는 지점에 세워졌을 것이라는 것뿐이었다. 그것도 단지 이름을 통해 추측한 사실이다.

863년에 메토디우스는 슬라브 중부로 돌아갔다. 그는 그리스의 힘을 빌려서 슬라브어 학교를 세우고 싶었다. 슬라브 학생들에게 슬라브어 알파벳을 가르치면서 그리스 책을 슬라브어로 번역하고 싶었던 것이다. 메토디우스와 그의 동생 키릴루스는 어린 시절부터 테살로니카의 새와 아프리카의 새가 같은 언어를 사용하지 않으며 스트루미차 강에서 날아온 제비와 나일 강에서 날아온 제비는 서로 말이 통하지 않는다는 사실을 알았다. 오직 앨버트로스만이 이 세상 어디에서나 같은 언어로 말했다. 두 사람은 이러한 사실을 염두에 둔 채 모라비아, 슬로바키아 그리고 오스트리아 저지대를 돌아다니면서 젊은이들을 주위로 끌어모았는데, 젊은이들은 두 사람이 하는 말을 듣기보다는 두 사람의 혀만 쳐다보고 있었다. 메토디우스는 자신과 동생의 가르침을 받은 사람들 가운데 한 명에게 정교하게 무늬를 넣은 지팡이를 선물하기로 결정했다. 사람들은 누구나 다 메토디우스가 그 지팡이를 가장 우수한 학생에게 선물하기를 기대했고, 그 사람이 누가 될지 보려고 가만히 기다렸다. 하지만 메토디우스는 가장 부진한 학생에게 그 지팡이를 주면서 이렇게 말했다.

「가장 우수한 학생을 가르치는 일에는 가장 적은 시간이 듭니다. 하지만 가장 부진한 학생을 위해서는 가장 오랜 시간을 들여야 하지요. 왜냐하면 이해가 빠른 학생은 빨리 배우기 때문입니다.」

메토디우스가 어떤 사람이 자신과 자신의 동생을 공격했다는 말을 처음 들은 곳은 바닥이 썩어 들어가는 방, 다시 말하면 맨발로는 감히 들어갈 엄두가 나지 않는 그런 방이었다. 그 일은 〈3개 언어주의자들〉과의 충돌에서 비롯되었다. 그들은 예배를 드릴 때 사용할 수 있는 언어는 오로지 세 개의 언어(그리스어, 라틴어, 히브리어)뿐이라는 생각을 옹호하는 독일인들이다. 메토디우스와 그의 동생은 한동안 벌러톤 호숫가에 있는 판노니아에서 지냈다. 그곳은 슬라브의 왕자 코첼이 다스리던 영토의 수도였으며, 겨울이면 머리카락이 얼어붙고 바람이 불면 두 눈이 숟가락처럼 커지는 곳이었다. 전투가 벌어지면 왕자의 병사들은 말이나 낙타에 뒤지지 않을 만큼 악착같이 덤벼들었다. 그곳 사람들은 막대기로 뱀을 때려서 뱀이 억지로 허물을 벗도록 했으며, 판노니아 여인들은 성스러운 나무에 매달려서 허공에서 아이를 낳았다. 또한 그들은 판노니아 늪지대의 진흙 속에서 물고기를 길렀으며, 누군가 새로 이사 오면 어떤 노인에게 데리고 갔는데 그 노인은 진흙에서 물고기를 꺼낸 후 그 물고기가 매처럼 자신의 손에서 날아오르도록 함으로써 기도를 대신했다. 그러면 그 물고기는 실제로 몸을 흔들어 진흙을 떨어내고 지느러미를 날개처럼 저으며 공중으로 날아올랐다.

867년에 두 형제는 추종자들과 제자들을 데리고 여행을 떠났는데, 그 여행 역시 걸음마다 글자였으며 길목마다 문장이었으며 머무는 곳마다 커다란 책의 번호가 되었다. 867년 베네치아에서 그들은 또다시 〈3개 언어주의자들〉과 논쟁을 벌였으며, 그런 다음에 로마에 도착했다. 교황 하드리아누스 2세는 테살로니카 형제의 가르침이 정당하다는 사실을 인정했으며 성 베드로 성당에서 슬라브 출신의 제자들에게 성직을 주었다. 이 행사를 벌일 때, 사람들은 아주 최근에서야 길들여진 슬라브어 기도문으로 노래를 불렀다. 슬라브어 기도문은 우리에 갇힌 작은 짐승처럼 글라골 문자에 갇힌 채, 책으로 묶여 드넓은 발칸 반도에서 세계의 수도로 옮겨진 것이다. 869년의 어느 날 저녁 로마에서 그의 슬라브 출신 제자들이 서로의 입속에 침을 뱉고 있는 동안, 메토디우스의 동생 콘스탄티누스는 성 키릴루스라는 이름을 받은 후 세상을 떠났다. 키릴루스의 죽음을 지켜본 메토디우스는 다시 판노니아로 돌아왔다.

메토디우스는 870년에 두 번째로 로마에 머물렀다. 그때 교황은 메토디우스에게 〈판노니아와 시르미움의 대주교〉라는 직함을 내렸다. 그래서 잘츠부르크 대주교는 벌러톤 호수 지방을 떠나는 수밖에 없었다. 870년 여름에 메토디우스가 모라비아로 돌아오자, 독일인 주교는 그를 감옥에 가둬 버렸다. 메토디우스는 2년 동안이나 감옥에 갇혀 있으면서 다뉴브 강물 소리 이외에는 아무것도 들을 수 없었다. 그는 레겐스부르크에서 열린 종교 회의에 끌려 나가서 재판을 받은 후 고문을 당하고 알몸으로 서리를 맞아야만 했다. 채찍질을 당할 때, 메토디우스의 몸은 너무나도 심하게 구부러져서 턱수염이 바닥에 쌓인 눈에 닿을 정도였다. 고난을 겪으면서 메토디우스는 호메로스와 성스러운 예언자 엘리야가 어떻게 동시대인일 수 있었는지, 호메로스가 남긴 시의 영토가 어떻게 마케도니아 사람 알렉산드로스의 영토보다 더 넓을 수 있었는지를 생각해 보았다. 그것은 폰토스[41]로부터 지브롤터[42] 너머까지 뻗어 나갔으니 말이다. 그리고 메토디우스는 이런 생각도 해보았다. 어째서 호메로스는 자기의 영토 안에 있는 바다와 도시에서 살아 움직이는 모든 것들을 알지 못했을까? 이와 마찬가지로 위대한 알렉산드로스는 어째서 그의 영토 안의 모든 것을 알지 못했을까? 또한 호메로스는 어째서 작품 속에 시돈[43]이라는 이름을 집어넣었으며, 자신도 모르는 사이에 예언자 엘리야의 이름까지 집어넣었을까? 신의 뜻에 따라 새들이 먹여 살린 엘리야를. 호메로스는 광대한 시의 영토 속에 여러 개의 바다와 마을을 가지고 있으면서도 어째서 그중 하나인 시돈에 예언자 엘리야가 앉아 있다는 사실을 몰랐을까? 엘리야는 호메로스의 영토만큼이나 광대하고 영원하고 강력한 또 다른 시의 영토 안에서, 다시 말하자면 〈성스러운 경전〉 속에서 살아가는 사람이었는데 말이다.

이런 생각을 하다가 메토디우스는 동시대에 살았던 호메로스와 갈라드 사람이었던 선지자 엘리야가 서로 만난 일이 있는지 몹시 궁금해졌다. 두 사람 모두 영원히 살아남았으며, 두 사람 모두 오직 말의 힘으로 무장하고 있었다. 한 사람은 눈이 먼 채 황홀한 듯이 과거를 바라보았으며, 다른 한 사람은 천리안으로 보는 미래에 사로잡혀 있었다. 한 사람은 그리스 사람으로 다른 어떤 시인보다도 더 훌륭하게 물과 불에 대해 노래했으며, 다른 한 사람은 유대인으로 물로써 상을 내리고 불로써 벌을 내렸으며 자신의 외투를 다리처럼 사용했다.

---

41 소아시아의 북동부 흑해의 남부 해안 지역 가운데 하리스 강의 동쪽 지역. 폰토스는 그리스어로 〈바다〉를 의미하며 흑해를 지칭하다가 이 지역의 명칭이 되었다.
42 스페인의 이베리아 반도 남단에서 지브롤터 해협을 향해 남북으로 뻗어 있는 반도 지역.
43 고대 페니키아의 항구 도시. 성서에서 부와 악의 도시로 등장한다.

결국 메토디우스는 이런 생각을 하게 되었다. 이 땅 위에 좁다란 통로가 있다. 그 넓이는 열 구의 낙타 시체가 간신히 들어갈 정도이다. 두 사람은 바로 이곳에서 서로를 놓친 것이다. 성큼성큼 지나가 버린 두 사람 사이의 거리는 세상의 어떤 골짜기보다 좁았다. 위대한 두 존재가 서로에게 그렇듯 가까이 다가간 적은 없었다. 아니면 우리가 잘못 생각한 것일까? 두 눈이 발밑의 땅보다는 기억을 향하는 사람들처럼.

마침내 교황의 중재로 메토디우스는 풀려나게 되었다. 880년에 메토디우스는 세 번째로 로마에 들어가서 자신의 활동과 슬라브어 예배의 적합성을 옹호하기 위해 논쟁을 벌였다. 교황은 다시 한 번, 슬라브어 미사의 정당성을 확인시켜 주는 공식 문서를 발표했다. 다우브마누스는 메토디우스의 승리에 대한 이야기와 더불어, 그가 로마의 티베르 강에서 출생, 결혼, 사망 의식을 치를 때처럼 세 번 몸을 씻은 이야기와 로마에서 마법에 걸린 세 개의 빵으로 성찬을 받은 이야기를 들려주고 있다. 882년에 메토디우스는 콘스탄티노플 궁정과 귀족 사회에서 최고의 영예를 안았는데, 그 귀족 사회의 우두머리는 바로 메토디우스의 어릴 적 친구였으며 그 당시에 주교로 있던 철학자 포티우스였다. 메토디우스는 885년에 모라비아에서 세상을 떠났다. 그가 남긴 책으로는 성서와 『노모카논』[44]과 성부들의 설교 등을 슬라브어로 번역해 놓은 것이 있다.

철학자 콘스탄티누스가 하자르에서 자신의 임무를 수행할 당시에 그 사건의 목격자이자 동료였던 메토디우스는 하자르 논쟁의 기록자로 두 번 등장한다. 그는 키릴루스의 『하자르 연설』을 슬라브어로 번역했다. 또한 키릴루스의 전기에

---

44 종교 회의에 대한 규범을 모아 놓은 책. 교회 문제와 관련된 국가 법률도 포함되어 있다.

사용된 단어들로 판단해 보건대, 그 책 역시 메토디우스가 편집했다. 메토디우스는 키릴루스의 전기를 여덟 권으로 나누어 놓았다. 키릴루스의 『하자르 연설』은 그리스어로 된 원본과 메토디우스가 슬라브어로 번역해 놓은 것 모두 소실되었으므로 하자르 논쟁과 관련된 기독교 자료 중에서 가장 중요한 기록은 슬라브어로 된 철학자 콘스탄티누스의 전기라고 할 수 있다. 이 책은 메토디우스의 감독하에 완성되었다. 이 책에는 하자르 논쟁의 연도(861)가 기록으로 남아 있을 뿐만 아니라 콘스탄티누스의 연설과 이름을 알 수 없는 논쟁 상대와 논쟁 참가자(유대교와 이슬람교를 대표해서 하자르 궁정에 온 사람들)의 연설이 상세히 묘사되어 있다.

다우브마누스는 메토디우스에 대해 다음과 같은 의견을 제시했다.

「세상에서 쟁기질을 하기에 가장 힘든 밭은 다른 사람의 밭과 자기 아내다. 하지만 남자들은 누구나, 십자가에 매달리듯이 아내에게 매달려 있다. 그러므로 다른 사람의 십자가를 지는 것보다 자기 자신의 십자가를 지는 것이 더욱 힘들기 마련이다. 메토디우스의 경우가 바로 그러했으니, 그는 결코 동생의 십자가를 지지 않았다. 그에게 동생은 정신적인 아버지였기 때문이다.」

세바스트, 니콘
SEVAST, NIKON(17세기)

한때 사탄이 〈세바스트〉라는 이름으로 발칸에 있는 모라바 강 유역의 오브카르 골짜기에서 살았다고 전한다. 사탄은 유달리 점잖았으며 사람들에게 말을 걸 때마다 상대방을 언제나 자신의 이름으로 불렀다고 한다. 그는 성 니콜라스 수도원에서 수석 서기관으로 일했다. 하지만 세바스트가 앉아 있던 곳에는 언제나 두 개의 얼굴이 찍혀 있었으며 꼬리가 있어야 할 자리에 코가 있었다.

세바스트는 자신이 전생에 유대교 지옥의 악마였고 벨리알과 제프라 밑에서 일했으며 골렘[45]을 유대교 사원의 다락에 묻어 두었다고 했다. 그리고 어느 가을에 새들이 독이 든 똥을 떨어뜨리는 바람에 나뭇잎과 풀잎이 시들어 버렸을 때, 그는 사람을 고용해서 자신을 죽이도록 했다고 주장했다. 그래서 세바스트는 유대교 지옥에서 기독교 지옥으로 옮겨 오게 되었으며, 이제 새로운 삶을 얻어 루시퍼를 섬긴다고 했다.

다른 이야기에 의하면 세바스트는 결코 죽지 않았다고 한다. 하지만 어떤 개에게 자신의 피를 한두 방울 핥아 먹게 한 다음, 어느 터키인의 무덤 속으로 들어가서 그 터키인의 두 귀를 움켜쥐고는 피부를 찢고 그것을 뒤집어썼다고 한다. 그렇기 때문에 그의 잘생긴 터키인의 눈 뒤쪽에는 항상 염소의 눈이 도사리고 있다는 것이다. 세바스트는 부싯돌만 보면 달아났으며 다른 사람들이 모두 저녁을 먹고 나면 그제야 저녁을 먹었다. 그리고 해마다 바위 소금을 한 덩어리씩 훔쳤다. 밤이 되면 세바스트가 수도원과 마을의 말들을 타고 다닌다는 이야기가 나돌았다. 실제로 해가 뜰 무렵이면 말들은 온통 비지땀과 먼지를 뒤집어쓴 채 갈기가 이리저리 꼬여 있곤 했다. 사람들은 그가 자신의 심장을 식히기 위해서 그렇게 한다고 말했다. 그의 심장은 부글부글 끓는 포도주 속에서 요리된 적이 있었기 때문이다. 사람들은 말갈기에 솔로몬의 봉인을 끼워 넣었는데, 세바스트는 그것만 보면 도망쳤기 때문에 세바스트와 그의 장화로부터 말을 보호할 수 있었다. 그의 장화에 차이면 그 자리에 개 이빨 자국이 남곤 했다.

45 유대교 전설에 따르면 골렘이란 진흙으로 만든 사람 모양의 인형으로, 초자연적인 힘에 의해 생명을 얻게 된다고 한다.

세바스트는 옷차림이 매우 화려했다. 그는 또한 프레스코 벽화를 잘 그렸는데 그것은 대천사 가브리엘이 내려 준 재능이라고 한다. 그는 오브카르 골짜기에 있는 여러 교회에 프레스코 벽화를 그린 후 나름대로 문장을 적어 두곤 했는데, 여러 수도원의 그림들을 어떤 법칙에 따라 차례차례 읽어 나가다 보면 그 문장의 의미를 깨닫게 된다고 한다. 그 그림들이 존재하는 한, 그가 남겨 놓은 문장이 전달하고자 하는 내용을 언제든지 알아낼 수 있다. 세바스트는 자기 자신을 위해 이 문장을 남겨 놓았다. 왜냐하면 3백 년 안에, 죽은 자들 사이에서 산 자들 사이로 다시 돌아올 것이기 때문이다. 그는 악마는 전생에 대해 아무것도 기억할 수 없으므로 이런 방식으로 표시를 남겨 두는 것이라고 했다.

그가 처음 그림을 그리기 시작했을 때에는, 특별히 훌륭한 예술가라고 할 수 없었다. 그는 왼손으로 작업을 했고 그림을 잘 그리는 편이었지만, 어쩐 일인지 사람들의 기억 속에 남아 있는 작품은 없었다. 마치 사람들의 눈길이 떠나는 순간, 즉시 그림들이 벽면 뒤로 꺼져 버리는 것처럼 말이다. 어느 날 아침 세바스트는 풀이 죽어 그림 앞에 앉아 있었는데, 색다른 종류의 고요함이 그의 침묵 속으로 천천히 날아 들어와 그것을 산산조각 깨뜨리고 있는 것을 느꼈다. 다른 누군가가 그곳에 있었다. 그 사람은 침묵을 지키고 있었지만, 세바스트와는 다른 언어를 사용했다. 그 순간 세바스트는 대천사 가브리엘에게, 색채의 영광을 내려 달라고 기도하기 시작했다.

그 당시 골짜기에 흩어져 있던 성 요한 수도원, 성 수태고지 수도원, 성 니콜라스 수도원 그리고 성 처녀 방문 수도원 등에는 언제나 젊은 수도사들이 들끓고 있었다. 젊은 수도사들 중에는 성상이나 프레스코 벽화를 그리는 사람이 많아서 교회 벽에 그림으로 장식을 하곤 했는데, 그들은 한곳에 모여서 말없이 기도를 드리고는 성자의 모습을 누가 가장 잘 그릴 수 있는지 경쟁했다. 니콘 세바스트의 기도에 응답이 있을 것이라고 생각한 사람은 아무도 없었다. 하지만 그의 바람은 그대로 이루어졌다.

1670년 8월에 에페소스 일곱 순교자의 날[46]을 앞두고 사람들이 사슴 고기를 먹기 시작할 때, 니콘 세바스트는 다음과 같이 말했다.

「올바른 미래로 가는 확실한 방법(잘못된 미래도 분명 있다) 가운데 하나는 바로 당신의 두려움이 이끄는 곳으로 나아가는 것입니다.」

그러고 나서 세바스트는 사냥을 나갔다. 그는 테옥티스트 니콜스키[A]라는 수도사를 데리고 갔는데, 그 사람은 수도원에서 세바스트가 책을 복사하는 일을 도와주고 있었다. 이 사냥 이야기가 지금까지 전해 내려올 수 있었던 것은 아마도 그 수도사가 남겨 놓은 기록 때문이었을 것이다.

그 이야기에 따르면 세바스트는 사냥개를 안장 위로 끌어올려 자신의 뒤에 앉히고 사슴 사냥을 떠났다고 한다. 길을 가던 도중에 사냥개가 갑자기 말 엉덩이에서 뛰어내렸다. 테옥티스트의 눈에는 사슴이 보이지 않았지만, 그 개는 진짜 사냥감을 쫓을 때처럼 사납게 짖으며 덤벼들었다. 바로 그때 눈에 보이지 않는 육중한 물체가 사냥꾼들을 향해 천천히 다가왔다. 덤불 속에서 잡목 가지가 뚝뚝 부러지는 소리가 들렸다. 세바스트도 사냥개와 비슷한 반응을 보였다. 그는 눈앞에 사슴이 있는 것 같은 자세를 취했다. 그리고 실제로 아주 가까운 곳에서 사슴이 울부짖는 소리가 들려왔다. 테옥티스

---

46 기독교의 기념일 가운데 하나. 에페소스에서 죽음을 당한 일곱 명의 순교자들을 기리는 날이다.

트는 그것을 보고 대천사 가브리엘이 마침내 사슴의 모습으로 세바스트의 앞에 나타난 것이라고 결론지었다. 그 사슴은 바로 니콘 세바스트의 영혼이었다. 다시 말하면 대천사가 세바스트에게 영혼을 선물로 보낸 것이다. 그래서 세바스트는 그날 아침에 자신의 영혼을 사로잡아 그것과 대화를 나누기 시작했다.

「드넓게 퍼지는 당신의 목소리는 점점 더 깊어져만 갑니다. 나에게 훌륭한 색채를 내려 주시어 내가 당신을 찬미할 수 있도록 도와주십시오!」

세바스트는 대천사를 향해, 혹은 사슴을 향해, 혹은 자기 자신의 영혼을 향해, 아니 그것이 무엇이건 간에 어쨌든 그것을 향해 외쳤다.

「나는 토요일과 일요일 사이의 밤에 그림을 그리고 싶습니다. 내가 그린 당신의 성상이 너무나 훌륭해서 심지어 다른 곳에서도, 사람들이 그 그림을 보지 않고서도, 당신에게 기도하게 해주십시오!」

마침내 대천사 가브리엘이 입을 열었다.

Preobidev potasta se ozlobiti······.

테옥티스트 니콜스키는 대천사가 명사를 빼고 말하고 있다는 것을 알아차렸다. 명사는 신을 위한 것이며, 동사는 인간을 위한 것이기 때문이다. 가브리엘의 말을 듣고, 성상 화가는 다음과 같이 대답했다.

「나는 왼손잡이인데, 어떻게 오른손으로 그림을 그리겠습니까?」

하지만 사슴은 벌써 사라져 버렸다. 수도사는 세바스트에게 다음과 같이 물었다.

「그것이 무엇이었습니까?」

세바스트는 침착한 목소리로 대답했다.

「아무것도 아닐세. 모두 순간적인 일일 뿐이야. 난 그저 이곳을 거쳐서 콘스탄티노플을 향해 가고 있는 거라네.」

세바스트는 다음과 같은 말도 했다.

「무덤에서 쉬고 있는 사람의 시체를 다른 곳으로 옮겨 보게. 그 자리에서 벌레들이 꿈틀거릴 거야. 귀금속이나 곰팡이처럼 투명한 벌레들이 말이야…….」

세바스트는 질병에 걸리듯 환희에 사로잡혔다. 그는 왼손에 쥐고 있던 붓을 오른손으로 옮겨 쥐고 그림을 그리기 시작했다. 그의 손에서 색채가 우유처럼 흘러내렸고, 그 색들을 미처 모두 바를 시간이 없을 정도였다.

갑자기 그는 모든 비밀을 알게 되었다. 인도 잉크와 사향을 섞는 방법과 노란색이 가장 빠른 색이고 검은색이 가장 느린 색이라는 사실을 깨달았다. 검은색은 물감이 늦게 말라서 진짜 제 얼굴이 드러나기까지 시간이 가장 오래 걸렸다.

세바스트가 만들어 낸 색 중에서 가장 훌륭한 것은 〈성 요한의 하얀색〉과 〈용의 피〉였다. 세바스트는 또한 자신의 그림에 옻을 입히는 대신 작은 붓으로 식초를 묻혀 주었는데 그렇게 하면 그림에 광택이 났다. 그는 색을 가지고 주위에 있는 모든 것들(문설주, 거울, 벌집, 호박, 금화, 농부의 신발)을 치유하고 활력을 불어넣어 주었다. 그는 말발굽에 마태오, 마르코, 루가, 요한 등 네 사람의 복음 전파자를 그려 넣었고, 자신의 손톱에는 신의 십계명을 적었다. 우물 주위에 놓아두는 물통에는 이집트로 간 마리아를 그려 넣었고, 덧문에는 첫 번째 이브(릴리스)와 두 번째 이브(아담의 아내)를 둘 다 그려 두었다. 그는 갉아 먹은 뼈 위에, 자기 자신의 이빨이며 다른 사람들의 이빨 위에, 뒤집힌 호주머니와 모자, 천장 위에까지도 그림을 그렸다. 그는 살아있는 거북의 등에 열두 제자의 그림을 그려 놓은 다음, 모두 숲 속에 풀어 주었다. 방 안에 있는 것처럼 조용한 밤이면, 세바스트는 종종 마음에 드는 방으로 들어가 등불을 선반 위에 올려놓은 채, 둘로 접는 기록판 위에 그림을 그리곤 했다. 그 그림 안에서는 대천사 가브리엘과 미카엘이 죄지은 여자의 영혼을 밤사이에 이 날에서 다음 날로 넘겨주고 있었다. 그래서 화요일에는 미카엘이, 수요일에는 가브리엘이 서 있었다. 두 천사가 적혀 있는 날들의 이름 위를 걸어가면, 뾰족한 글자들 때문에 대천사들의 발바닥에서는 피가 뿜어져 나왔다. 니콘 세바스트의 그림은 겨울에 더욱 아름다웠다. 여름의 태양 아래에서 바라보는 것보다 하얀 눈에 반사된 빛에 비추어 보는 것이 더욱 좋았다. 그의 그림들은 마치 일식 동안 그려진 것처럼 어쩐지 쓸쓸한 느낌을 주었다. 또한 얼굴에 그려진 미소는 4월이면 사그라져서 첫눈이 오기 전까지 다시 나타나지 않았다. 그러면 세바스트는 자리를 잡고 앉아 다시 그림을 그렸다. 그리고 아주 가끔씩 팔꿈치로 자신의 거대한 성기를 다리 사이로 밀어 넣었다. 작업을 하는 동안 방해가 되지 않도록 하기 위해서였다.

사람들은 평생토록 세바스트의 새로운 그림들을 기억했다. 골짜기의 수도사들과 수도원의 성상 화가들이 세바스트의 색채를 보기 위해 성 니콜라스 수도원으로 몰려들었다. 마치 호루라기 소리를 듣고 모여드는 것 같았다. 그리고 세바스트를 데리고 가기 위해 여러 수도원 사이에 경쟁이 붙었다.

그의 성화 한 점은 포도원 하나만큼이나 값이 나갔고, 그는 가장 빠른 말이 달리는 것보다 더욱 빠르게 그림을 그렸다. 성상 화가 세바스트가 어떻게 작업을 했는가에 대한 기록이 『8부 합창 찬송가 모음집』에 보존되어 있는데, 1674년 기록에는 다음과 같은 내용이 있다. 이 기록을 남긴 사람은 알려지지 않은 어느 수도사이다.

 지금부터 2년 전 주두고행자(柱頭苦行者) 성 안드레의 날에 사람들이 자고새 고기를 먹으려고 할 때, 나는 성 니콜라스 수도원의 내 방에 앉아서 키예프에서 보내온 예루살렘 시집을 읽고 있었다. 옆방에서는 세 명의 수도사와 개 한 마리가 음식을 먹고 있었다. 동작이 독특한 두 수도사는 이미 저녁 식사를 마쳤고 화가인 세바스트는 언제나 그렇듯 가장 나중에 먹고 있었다. 내가 읽고 있던 시의 침묵을 통해, 나는 세바스트가 소의 혓바닥을 씹고 있다는 사실을 알 수 있었다. 부드럽게 만들기 위해 밖으로 가지고 나가서 자두나무에 두들기던 바로 그 소의 혓바닥이었다. 세바스트는 식사를 마치자 자기 자리로 돌아가서 그림을 그리기 위한 준비에 열중했다. 나는 세바스트가 물감을 준비하는 모습을 보면서 무엇을 하고 있는지 물어보았다. 세바스트는 이렇게 대답했다.

「색을 섞고 있는 것은 내가 아니라 바로 당신의 눈입니다. 나는 있는 그대로의 물감을 차례차례 벽에 발라 나갈 뿐입니다. 그러면 보는 사람의 눈 속에서 이 색들은 죽처럼 뒤섞이게 되는 것입니다. 바로 거기에 비밀이 있습니다. 죽이 좋으면 좋을수록 그림이 좋아집니다. 하지만 나쁜 메밀로는 좋은 죽을 만들 수 없습니다. 그렇기 때문에 보고 듣고 읽는 일에 있어서의 믿음이, 그림을 그리고 노래를 부르고 책을 쓰는 일에 있어서의 믿음보다 더 중요합니다.」

세바스트는 파란색과 붉은색을 찍어 천사의 눈동자에 나란히 칠했다. 나는 천사의 눈동자가 보라색으로 변하는 것을 보았다.

「나는 색채 사전을 가지고 작업을 하는 것과 같습니다.」

그리고 세바스트는 이렇게 덧붙였다.

「그것을 보고 사람들은 문장과 책, 이미지를 만들어 냅니다. 책을 쓰는 것도 이와 같을 수 있지요. 누군가가 세상 모든 단어에 대한 사전을 한 권씩 펴낸다면 독자들은 스스로 그 단어들을 끼워 맞춰 완전한 모습을 만들어 낼 수 있지 않을까요?」

니콘 세바스트는 창문을 돌아보더니 붓으로 들판을 가리켰다. 그리고 이렇게 말했다.

「저기에 밭고랑이 보입니까? 저것은 쟁기로 만든 것이 아닙니다. 개 짖는 소리가 저 밭고랑을 만들었지요.」

세바스트는 잠시 동안 생각을 정리한 다음, 혼자 중얼거렸다.

「내가 왼손잡이인데 오른손으로 이런 그림을 그렸다면, 왼손으로 그리는 그림은 어떨지 한번 상상해 봐!」

그러더니 세바스트는 오른손에 쥐고 있던 붓을 왼손으로 옮겨 쥐었다. 이 말은 얼마 지나지 않아서 모든 수도원으로 퍼져 나갔고, 모두들 겁에 질렸다. 니콘 세바스트가 사탄에게로 돌아간 것이며 언젠가 벌을 받을 것이라고 믿었기 때문이었다. 실제로 그의 귀는 다시 칼처럼 뾰족해졌으며 사람들은 세바스트가 귀로 빵을 썰 수 있을 정도라고 말했다. 하지만 그의 재능은 그대로 남아 있었다. 그는 왼손으로 그림을 그렸지만 오른손으로 그릴 때만큼이나 잘 그렸고 변한 것은 하나도 없었다. 대천사의 파문은 실행되지 않았다.

어느 날 아침에 니콘 세바스트는 성 수태고지 수도원의 부원장을 기다리고 있었다. 그 부원장은 세바스트가 제단 출입문에 그려 넣을 그림에 대해 의논할 예정이었다. 하지만 그날도 그다음 날도 성 수태고지 수도원에서 아무도 오지 않았다. 그렇게 되자 세바스트는 무엇인가 생각났는지 자신의 다섯 번째 주기도문을 읽었는데, 그것은 자살한 영혼을 달래기 위해 암송하는 노래였다. 그리고 나서는 직접 성 수태고지 수도원을 찾아갔다. 부원장이 교회 앞에 있는 모습을 보고, 세바스트는 다른 사람을 자기 이름으로 부르는 버릇대로 다음과 같이 물어보았다.

「세바스트! 세바스트! 대체 무슨 일입니까?」

부원장은 아무런 말도 없이 세바스트를 수도원 안으로 데리고 들어가더니 그곳에 있는 성상 화가를 손짓으로 가리켰다. 젊은 화가는 이미 제단 출입문에 그림을 그리고 있었다. 세바스트는 그림을 보고 커다란 충격을 받았다. 그 젊은이는 눈썹을 마치 날개처럼 팔락거렸으며, 세바스트만큼이나 그림을 잘 그렸다. 젊은이는 그보다 더 낫지도 못하지도 않았다.

세바스트는 그제야 자신에게 내려진 형벌이 어떤 것인지 깨달았다. 곧이어 프르냐보르의 어느 교회에서 작업을 하고 있는 또 다른 젊은이 역시 세바스트만큼이나 뛰어나다는 소문이 돌았으며 그 소문이 사실임이 밝혀졌다. 이윽고 다른 벽화 화가와 성상 화가들도 하나둘 그림 실력이 늘어가기 시작했는데, 그중에는 그다지 젊지 않은 사람들도 끼여 있었다. 그들은 모두 동일한 부두에 매여 있다가, 넓고 넓은 바다로 나아가는 것 같았다. 니콘 세바스트는 다른 화가들이 도저히 다다를 수 없는 이상이었는데, 이제 그들이 순식간에 세바스트를 따라잡기 시작한 것이다. 그래서 골짜기에 있는 모든 수도원 벽이 화려한 그림으로 뒤덮였다.

세바스트는 다시 그 전으로 돌아갔다. 왼손에서 오른손으로 되돌아간 것이다. 하지만 세바스트는 그 상황을 도저히 참을 수 없었다.

〈내가 다른 성상 화가들과 똑같다면 그것이 도대체 무슨 의미가 있을까? 이제 누구나 다 나처럼 그림을 그릴 수 있는데…….〉

세바스트는 붓을 내던져 버렸으며, 그 후로 단 한 장의 그림도 그리지 않았다. 달걀 위에도 그림을 그리지 않았다. 그는 눈물을 흘려 눈 속의 색채들을 모두 수도원 회반죽 속에 쏟아 낸 다음, 조수인 테옥티스트와 함께 성 니콜라스 수도원을 떠났다. 그는 길을 떠나며 이런 말을 했다.

「콘스탄티노플에 훌륭한 영주가 한 사람 있는데, 그 사람에게는 말 꼬리만큼이나 두꺼운 돼지 꼬리가 달려 있다는군. 그 사람은 나를 서기로 고용해 줄 거야.」

그리고 세바스트는 그 영주의 이름을 언급했다. 그 이름은 바로 아브람 브란코비치†였다.

스킬라, 아베르키에
SKILA, AVERKIE
(17세기 후반~18세기 초)

콥트족[47]의 후손. 17세기 후반 콘스탄티노플에서 가장 유명한 사브르 검 전문가 가운데 한 사람. 스킬라는 콘스탄티노플의 외교관 아브람 브란코비치†에게 하인으로 고용되었다. 스킬라는 긴 가죽끈으로 서로를 묶은 채, 그의 주인과 함께 깜깜한 어둠 속에서 사브르 검술을 연마했다. 스킬라는 상처를 치료하는 방법을 알고 있었으며, 언제나 중국제 은침 한 상자와 거울을 가지고 다녔다. 그

---

[47] 이집트에 사는 고대 이집트인의 자손으로 그리스도 단성설(單性說)을 신봉하는 종족. 415년 칼케돈 종교 회의에서 단성설이 이단이 되면서 토착 이집트인들은 이집트 교회(콥트 교회)를 창설해 결속했다. 이들이 콥트족의 조상이다.

거울에는 스킬라의 얼굴 윤곽을 따라 붉은 점들이 박혀 있었고 얼굴에 난 주름살을 따라 녹색 점이 박혀 있었다. 스킬라는 상처가 나거나 아픈 곳이 있을 때, 이 거울 앞에 서서 얼굴에 녹색 점이 나타난 곳마다 중국제 은침을 놓곤 했다. 그렇게 하면 통증은 사라지고 상처는 치료되었으며 피부에는 기묘한 한자(漢字)만이 남아 있었다. 그러나 이 거울로는 스킬라 자신 이외에 다른 사람은 아무도 치료할 수 없었다. 그는 언제나 재미있는 사람들을 가까이 두는 걸 좋아했으며 담배를 피우거나 술을 마시는 자리에서 그를 웃기는 사람에게 후한 대가를 치렀다. 하지만 스킬라는 모든 익살의 가격을 다르게 결정했다. 그가 믿는 바에 따르면, 어떤 사람이 단지 한 가지 일 때문에 웃는다면 그것은 평범한 웃음이며 가장 값싼 종류의 웃음이다. 동시에 두 가지나 세 가지 일로 웃는 웃음이 더욱 커다란 값어치가 있다. 하지만 그런 종류의 웃음은 드물다. 이 세상의 모든 귀중한 것들이 그러하듯이 말이다.

아베르키에 스킬라는 수십 년 동안이나 소아시아의 전쟁터와 전초 부대를 돌아다니면서 가장 훌륭한 사브르 검술을 수집하는 데 수고를 아끼지 않았다. 스킬라는 그렇게 모은 검술을 연구하고 살아있는 살과 피로 실험한 후에, 마침내 책에 상세히 적어 넣었는데 그 책은 고대 사브르 검술의 다양한 검법을 보여 주는 도표와 그림으로 가득 차 있었다. 스킬라는 사브르 검으로 물속에 있는 물고기도 죽일 수 있었다. 또한 밤에 등을 매단 칼을 땅에 꽂아 두었다가 적이 빛을 들여다보고 있을 때, 단도를 들고 어둠 속에서 달려 나와 공격하기도 했다. 그는 이러한 동작 하나하나에 서로 다른 황도 별자리를 표시해 두었는데, 이 별자리를 구성하는 별들은 각각 죽임을 당한 사람 한 명씩을 나타냈다.

1689년 무렵에 스킬라는 이미 물병자리, 사수자리, 황소자리를 완전히 익힌 후에 산양자리를 연습하고 있었다. 실전에 임해서 마지막 순간에 사브르로 확실하게 내려치기만 할 줄 알게 되면, 이 별자리도 다 익힌 셈이었다. 마지막 일격은 살을 뱀 모양으로 후벼 파는 것으로, 끔찍할 정도로 구불구불하고 쩍 벌어진 상처를 남겼다. 이렇게 당하고 나면 상처에서 사람 목소리가 났는데, 이것은 자유를 찾은 피가 질러 대는 고함 소리 같았다.

스킬라의 기록에 따르면, 그는 1689년 왈라키아에서 벌어진 오스트리아와 터키 사이의 전투에서 이 마지막 일격을 시험했으며, 그런 다음에 베네치아로 돌아갔다. 스킬라는 그곳에서 검투사이자 사브르 검술 일인자로서의 경험을 살려 책을 펴냈는데, 1702년에 나온 이 책의 제목은 『사브르가 남긴 가장 훌륭한 서명』이었다. 이 책에는 검술에 대한 그림들도 포함되어 있었는데 아베르키에 스킬라가 별들 가운데에 서 있는 모습이 그려져 있다. 더 정확하게 말하자면 자신이 이리저리 휘두르는 사브르 검이 만드는 우리 혹은 그물 속에 서 있었다. 사브르 검술을 배워 본 적이 없는 사람에게는 스킬라가 사브르의 휙휙 소리와 칼날의 절단으로 허공에 지어 놓은 아름답고 투명한 천막 안에 둘러싸여 있는 것처럼 보일 것이다. 하지만 이 우리는 너무나 호화로운 형태로 만들어졌으며, 너무나 가벼워 공기와 같았다. 게다가 떠다니는 둥근 천장과 다리, 아치 그리고 구석마다 서 있는 첨탑 등으로 가득 차 있어서, 마치 정신없이 날아다니는 벌 한 마리가 아베르키에 스킬라를 그 안에 가두어 놓고 있는 것처럼 보였다. 그 벌이 허공에 끊임없이 적어 대던 글자를, 사람들은 알아볼 수 있었다.

아베르키에 스킬라는 그처럼 완전한 움직임 혹은 감옥의 쇠창살 뒤에서, 평화로운 표정을 짓고 있었지만 그의 입술은 이중으로 되어 있어서 언제나 스킬라 안에 있는 다른 누군가가 대신 말하고 싶어 하는 것 같았다. 스킬라는 언제나 모든 상처는 새로운 심장이 되어 스스로의 힘으로 고동친다고 생각했다. 그리하여 사브르를 가지고 이러한 상처들 위에 십자가를 그렸다. 스킬라의 코에는 털이 나 있었는데, 사람들은 이것으로 그를 알아보고 피했다.

아베르키에 스킬라에 대해 매우 흥미로운 기록이 남아 있는데 그것은 음악가이면서 꿈 해독가인 유수프 마수디가 남긴 것이다. 유수프 마수디와 아베르키에 스킬라는 앞서 말한 것처럼, 콘스탄티노플의 터키 정부에 파견된 외교관 밑에서 하인으로 일했는데 마수디는 사람들의 꿈을 따라 여행하는 유령을 쫓아다녔다. 마수디가 알아낸 바에 따르면, 두 사람이 서로에 대한 꿈을 꾸고 그중 한 사람의 꿈이 다른 한 사람의 현실을 구성하는 경우, 꿈의 작은 일부분이 언제나 남겨진다고 한다. 이것이 바로 〈꿈의 아이들〉이다. 꿈은 물론 꿈에 나오는 사람의 현실보다 짧다. 하지만 꿈은 언제나 아주 깊기 때문에, 어떤 현실과도 비교할 수 없다. 그래서 언제나 약간의 찌꺼기가 남게 된다. 이러한 〈잉여 물질〉은 꿈에 나오는 사람의 현실 속으로 완전히 들어갈 수 없기 때문에, 결국 제3의 인물의 현실 속으로 흘러 들어가 거기에 붙어 있게 된다. 결과적으로 제3의 인물은 엄청난 어려움과 변화를 겪게 된다. 제3의 인물은 처음의 두 사람보다 더욱 복잡한 상황에 놓이게 된다. 이 인물의 자유 의지는 다른 두 사람에 비해 두 배는 더 무의식의 지배를 받는다. 하나의 꿈에서 다른 꿈으로 흘러가던 물질과 힘의 잉여가 이제 제3의 영혼 속으로 흘러 들어갔으므로, 결과적으로 그 사람은 일종의 양성체가 되어 〈잉여 물질〉을 넘겨준 두 사람 사이에서 순간순간 번갈아 가며 양쪽으로 기울기 때문이다.

마수디는 아베르키에 스킬라가 이러한 종류의 의지 억제

상태에 있으며 꿈꾸는 두 사람에게서 물려받은, 죽은 열에 들떠 있다고 굳게 믿었다. 마수디는 두 사람의 이름을 언급하기도 했는데 한 명은 아베르키에 스킬라의 영주이자 주인이었던 아브람 브란코비치였으며, 다른 한 명은 코헨[※]이라는 사람이었다. 아베르키에 스킬라는 코헨이 누군지 알지도 못했다. 비록 스킬라가 가장 깊은 소리와 가장 굵은 줄을 가진 악기와 같았다고 하더라도 그는 단지 노랫가락의 뼈대만을, 미숙하고 투박한 자기 인생의 소리만을 만들 뿐이었다. 나머지는 모두 스킬라를 피해 갔으며, 다른 이들에 의해 그리고 다른 이들을 위해 재단이 되었다. 스킬라가 아무리 큰 소리로 외쳐도 혹은 아무리 훌륭한 일을 이루어 내더라도, 다른 사람들이 아무런 고통 없이 존재하는 것 이상으로, 혹은 스스로 가능한 일만을 하면서도 얻어 낼 수 있는 것 이상으로 도달할 수 없었다.

마수디가 기록해 놓은 사건들을 자세히 살펴보면 아베르키에 스킬라가 더욱 훌륭한 기술을 습득하기 위해 여러 가지 사브르 검술을 모으기 시작한 것은 직업적인 이유나 군사적인 이유 때문이 아니었다. 그는 자신이 속해 있는 사악한 집단에서 무사히 빠져나오기 위해 어떤 검술을 필사적으로 찾고 있었으며 자신을 고문했던 사람들이 사브르의 사정거리 안으로 들어오기를 기다리고 있었다. 스킬라는 말년에 이르러, 오로지 단 한 가지 사브르 검술에 힘입어 그 어려운 처지에서 벗어날 수 있을 것이라는 대단히 엉뚱한 희망을 품게 되었다. 그는 그것이 산양자리 밑에 있는 검술이라고 주장했다. 스킬라는 잠에서 깨어날 때, 종종 잠을 자는 동안 말라붙은 눈물이 두 눈에 묻어 있었다. 하지만 두 눈을 비비면 말라붙어 있던 눈물은 손끝에서 유리 조각이나 모래알처럼 부서져 내렸다. 이 파편들을 보면서 콥트족인 스킬라는 그것이 자신의 눈물이 아니라 다른 누군가의 눈물임을 알아볼 수 있었다.

아베르키에 스킬라가 쓴 책 『사브르가 남긴 가장 훌륭한 서명』 베네치아판 마지막에 있는 그림을 보면, 아베르키에 스킬라는 뚝뚝 끊어진 칼자국이 만들어 놓은 우리 속에 들어가 있다. 이것은 바로 산양자리 밑에 있는 지그재그 사브르 검술에 대한 그림인데, 그 검술은 우리나 그물에서 빠져 나올 수 있는 통로로 묘사되어 있다. 책의 마지막 그림에 나오는 아베르키에 스킬라는 유달리 구불거리는 칼자국이 만들어 놓은 구멍을 통해 전투 기술이라는 우리에서 빠져 나가고 있다. 그는 통로를 지나가듯 자유 속으로 걸어 들어갔으며 상처를 통과하듯 좁은 틈을 통과해 나온 것이다.

별이 가득한 감옥에서 벗어나 새로운 생명과 세상으로 태어난 것이다. 그러자 굳게 다문 입술 안에 있던 스킬라의 다른 입술이 기뻐하며 웃었다.

스틸리테스
STYLITES(브란코비치, 그르구르BRANKOVICH, GRGUR, 1676~1701)

그리스 정교회에서 〈스틸리테스〉는 기둥 꼭대기에 앉아서 기도로 한평생을 보내는 고행 수도사를 의미한다. 하지만 그르구르 브란코비치의 경우 〈스틸리테스〉라는 용어는 별명으로 쓰였으며, 그가 이러한 별명을 얻게 된 과정은 매우 특이하다.

그르구르 브란코비치는 에르델리의 브란코비치 가문 출신으로 중대장의 위치에 있었으며 17세기에 외교관이자 군대 지도자였던 아브람 브란코비치†의 장남이었다. 그는 아버지가 죽은 후 불과 12년 만에 세상을 떠났다.

기록에 의하면 그는 표범처럼 온몸에 얼룩덜룩한 점이 있었으며, 깊은 밤에 상대방을 공격하는 일에 매우 능숙했다.

또한 70개의 무쇠 조각으로 만든 값비싼 사브르를 지니고 다녔는데, 그 무쇠 조각들은 대장장이가 주기도문 아홉 편을 차례차례 읽어 가는 동안 내내 풀무에 넣어 두었던 것이다. 그르구르 브란코비치 자신은 〈스틸리테스〉라는 별명을 한 번도 들어 보지 못했는데, 그 이유는 그가 터키의 감옥에 갇혀 있다가 기묘하게 죽음을 당한 이후에 그러한 별명이 붙었기 때문이다. 대포 주조 기술자인 하산 아그리비르디 2세가 그의 죽음에 대한 이야기를 남겼는데, 그것은 후에 민요가 되어 전했다. 그리고 그르구르는 이 별명으로 인해 기독교 교회의 성스럽고도 금욕적인 수도사들과 거의 같은 대접을 받았다.

하산 아그리비르디 2세의 설명에 따르면 그르구르와 몇몇 기병들은 다뉴브 강변에서 우연히 강력한 터키 군대를 만났다. 방금 전에 그곳에 도착한 터키 군대는 말 위에 올라앉은 채로, 강물을 향해 오줌을 누고 있었다. 그르구르 브란코비치는 터키 군대를 보자마자 재빨리 달아났다. 터키 군대의 지휘관은 그를 보고도 태연히 오줌 누는 일을 계속했다. 그리고 요도를 완전히 비우고 몸을 부르르 떨고 난 다음에야, 비로소 뒤를 추격해 그를 사로잡았다. 그르구르를 결박해서 그들 진영으로 데리고 간 터키 병사들은 창으로 북을 두드렸다. 그리고 포로로 잡힌 그르구르를 그리스식 기둥 위에 올려놓은 다음, 세 명의 궁수가 그를 향해 활을 겨누었다.

그들은 활을 쏘기 전에, 그르구르가 만약 다섯 번의 화살을 맞고도 죽지 않는다면 목숨을 살려 줄 뿐만 아니라 활과 화살을 가지고 세 사람의 궁수를 쏠 수 있도록 해주겠다고 말했다. 그러자 그는 두 개의 화살을 동시에 쏘지는 말아 달라고 애원했다. 그래야만 〈몇 번을 맞았는지 헤아리지 않고 몇 번을 쏘았는지 헤아릴 수 있기 때문〉이라고 말했다.

세 명의 궁수가 활을 쏘는 동안 그르구르는 날아오는 화살의 수를 세기 시작했다. 첫 번째 화살은 혁대 버클에 맞고는 창자까지 뚫고 들어갔다. 그르구르가 살아오면서 느꼈던 모든 고통들이 한꺼번에 머리를 들고 일어났다. 두 번째 화살은 그르구르가 손으로 잡아 낼 수 있었다. 하지만 세 번째 화살은 그의 귀를 뚫고 귀고리처럼 매달렸다. 그르구르는 열심히 화살의 수를 헤아렸다. 네 번째 화살은 빗나갔고 다섯 번째 화살은 한쪽 무릎을 친 후에 방향을 틀어 다른 쪽 다리를 뚫고 들어갔다. 하지만 그르구르는 여전히 숫자를 헤아렸다. 여섯 번째 화살은 또다시 빗나갔고 아홉 번째는 그의 손을 허벅지에 단단히 고정시켰다. 그르구르는 계속 숫자를 헤아렸다. 열한 번째 화살은 팔꿈치를 박살 냈으며 열두 번째 화살은 등 아래쪽을 찢어 놓았다. 하지만 그르구르는 여전히 숫자를 헤아렸다. 그는 열일곱까지 세고 난 후 숨이 끊어진 채 기둥에서 떨어졌다.

터키 병사들은 약속을 지키지 않았던 것이다. 그르구르가 떨어진 자리에서 야생 포도가 돋아났는데, 사람들은 그것을 〈비티스 실베스트리스vitis sylvestris〉[48]라고 부르며 절대로 사고팔지 않는다. 그렇게 하는 것은 죄악이기 때문이다.

수크, 이사일로 박사
SUK, DR. ISAILO(1930.3.15~1982.10.2)

저명한 고고학자. 아랍학자. 노비사드의 대학 교수. 1982년 4월 어느 날 아침에 수크 박사가 눈을 떠보니, 그의 머리카락이 베개 밑에 들어가 있고 입안에 통증이 느껴졌다. 무언가 단단하고 뾰족한 것이 입안에 있었다.

수크 박사는 손가락 두 개를 집어넣어 마치 주머니에서 빗

---

48 포도나무의 학명.

을 빼내듯이 입속에서 열쇠를 꺼냈다. 손잡이 부분이 금으로 만들어진 작은 열쇠였다. 인간의 생각과 꿈을 감싸고 있는 껍질은 도저히 꿰뚫을 수 없을 정도로 딱딱해서 그 안에 있는 부드러운 알맹이가 상처받지 않도록 보호한다. 마치 조개껍질과도 같은 역할을 하는 것이다. 수크 박사는 침대에 누운 채, 열쇠를 가만히 바라보면서 그런 생각을 하고 있었다.

하지만 이러한 생각은 단어들과 접촉하자마자 순식간에 꺼져 버렸다. 단어들이 생각과 접촉하는 즉시 사라져 버리는 것만큼이나 순식간의 일이었다. 이러한 두 차례의 재난을 간신히 면하고 남은 단어와 생각만이 우리의 몫으로 남게 되는 법이다. 결국 수크 박사는 고환처럼 털이 북슬북슬한 두 눈을 껌벅거리면서 아무 생각도 할 수 없었다.

수크 박사가 그토록 놀랐던 것은 입속의 열쇠 때문이 아니었다. 한 사람이 평생 살아가면서 단 하나뿐인 자신의 입에 쑤셔 넣는 그 온갖 것들을 한번 생각해 보라(만약 입이 여러 개라면 그중에서 선택할 수 있었을 것이다)! 언젠가 한바탕 거나한 술잔치가 끝난 후, 수크 박사는 그의 입속에서 돼지 머리를, 그것도 주둥이까지 온전히 붙어 있는 돼지 머리를 꺼낸 적도 있었다. 그러므로 지금 그는 이 일로 놀란 것이 아니었다. 수크 박사가 보기에 그 열쇠는 적어도 1천 년은 된 것 같았다. 고고학에 관한 한 이사일로 수크 박사의 판단에 의문을 제기할 사람은 아무도 없었다. 게다가 고고학계에서 그의 명성은 확고했다. 그는 열쇠를 바지 주머니에 넣고 콧수염을 잘근잘근 씹었다. 아침에 콧수염을 씹을 때마다 언제나 전날 밤 저녁 식사 때 먹은 음식을 떠올려 보곤 했다. 대개는 그 음식을 즉시 생각해 낼 수 있었다. 예를 들자면 아이바르[49]와

---

49 *ajvar*. 〈세르비아 샐러드〉라고 불리는 음식으로 붉은 고추를 주재료로 하며 빵에 발라 먹는다.

마늘에 절인 간을 먹었다든가. 하지만 때때로 전혀 예상하지 못했던 일이 벌어지곤 했다. 콧수염에서 굴이나 레몬 등 수크 박사가 입에 대본 적이 없는 음식의 냄새가 나는 것이었다.

그럴 때마다 그는 지난밤에 침대에서 함께 저녁 식사에 대한 이야기를 한 사람이 누구인지 생각해 보곤 했다. 오늘 아침에는 젤소미나 모호로비치치의 얼굴이 떠올랐다. 그녀는 항상 저녁 식사 시간이 될 때까지 세 번의 금요일이 지나간다고 생각했다. 그녀의 미소는 간을 잘 맞춘 음식과도 같았다. 그녀의 두 눈은 약간 비스듬해서 눈을 깜빡일 때마다 언제나 코에 주름살이 생겼다. 그녀의 작은 손은 나른하고 매우 따스했기 때문에 달걀을 익혀서 먹을 수 있을 정도였다. 수크 박사는 그녀의 비단 같은 머리카락으로 새해 선물을 묶고는 했는데, 잘려 있을 때조차 그것이 누구의 머리카락인지 알아보는 여자들도 있었다.

머릿속으로 이런 생각을 하면서, 수크 박사는 귀를 깨끗하게 면도하고 눈빛을 날카롭게 한 다음, 외출 준비를 했다. 그는 현재 수도에 머물고 있었다. 집안 대대로 살고 있는 고향집을 방문하기 위해서였다. 수크 교수가 30년 전에 자신의 연구를 처음 시작한 것도 바로 이 고향집에서였다. 그때 이후로 수크 박사는 연구에 이끌려 점점 더 먼 곳으로 옮겨 다녔으며 이러한 여정이 결국 검은 빵 조각 같은 언덕에 기괴한 전나무가 자라는 곳에서 끝나고 말 것이라는 느낌을 갖지 않을 수 없었다. 하지만 그의 고고학 연구와 하자르 민족에 대한 연구는 모두 다 이 집과 연관돼 있었다. 수크 박사가 연구하던 하자르 민족은 세계사의 무대에서 이미 오래전에 사라져 버린 고대 민족으로, 그들은 〈영혼의 뼈대는 추억으로 만들어진다〉라는 말을 남겼다.

수크 박사가 살던 이 집은 원래 수크 박사의 할머니 소유였다. 할머니는 왼발잡이였는데, 수크 박사는 그 할머니의 피를 이어받아 왼손잡이가 되었다. 수크 박사의 글들은 이제 그의 어머니 아나스타시아 수크 여사가 살고 있는 그곳의 서재에서도 영예로운 자리를 차지하고 있었다. 그의 글들은 모피 외투의 가죽으로 묶어 두었는데, 그 가죽에서는 까치밥나무 냄새가 풍겼다. 수크 박사의 글을 읽으려면 특수한 돋보기가 필요했는데, 아나스타시아 여사는 공식적인 경우에만 그 돋보기를 사용했다.

아나스타시아 여사는 피부에 점이 많아서 흡사 송어 같았으며 자신의 이름이 귀찮은 동전이라도 된다는 듯이 언제나 입속에 넣고 다녔다. 누군가가 아나스타시아라고 불렀을 때, 그녀는 결코 대답하지 않았으며 세상을 뜨는 날까지 자신의 이름을 단 한 번도 입 밖에 내지 않았다. 아나스타시아 여사의 두 눈은 거위의 눈처럼 파랗고 아름다웠다. 그녀의 아들은 어머니가 무릎 위에 그의 책들 중 하나를 펼쳐 놓은 채 앉아 있는 모습을 가끔 보았는데, 그럴 때마다 어떤 사람의 이름(아마도 수크 박사 아버지의 이름) 조각이 아나스타시아 여사의 입술에 매달려 있었으며, 그 이름은 피로 얼룩져 있었다.

수크 박사의 마지막 10년 동안은 죽처럼 뻑뻑해서 꿰뚫어 보기가 쉽지 않다. 그 기간 동안 수크 박사는 진실의 기둥을 세우기 위한 고문서와 옛날 동전의 사진, 소금 주전자 파편 등을 모으고 있었는데, 그러는 사이에 그의 어머니가 먼 곳에서 그에게로 되돌아오고 있다는 것, 즉 다시 삶으로 돌아오고 있다는 사실이 점차 명백해졌다. 날로 많아지는 수크 박사의 나이를 통해, 수크 박사의 얼굴에 생긴 주름살을 통해, 아나스타시아 여사는 돌아오고 있었다. 나이가 들면 들수록 그의 얼굴과 몸에는 아나스타시아 여사가 점점 더 깊이 자리를 잡았고, 반면 돌아가신 그의 아버지의 성품과 외양은 하나씩 하나씩 지워져 갔다.

수크 박사는 시간이 지남에 따라 눈에 뜨일 정도로 아버지에게서 벗어나 어머니에게로 가까이 다가갔다. 이제 그는 혼자 살 수밖에 없는 처지에 놓였으므로 여자들의 일까지 처리하게 되었다. 그렇게 되자 아버지로부터 물려받았던 손재주도 조금씩 사라져 버렸으며, 자신의 굼뜨고 서투른 손놀림에는 어머니의 손놀림이 담겨 있다는 사실을 깨달았다. 수크 박사는 고향집을 방문하는 일이 드물었으며, 간다고 하더라도 대부분 누군가의 생일 때문이었다(이번에도 역시 그러했다). 그러나 그렇게 고향을 방문하는 일에도 변화가 찾아왔다. 이제 수크 박사의 어머니는 문까지 나와서 그를 맞이했고 그의 코에 입을 맞추고 구석으로 데려가곤 한다. 오래전 그곳에는 수크 박사가 타던 보행기가 놓여 있었는데, 지금은 안락의자가 돼지처럼 문손잡이에 묶여 있다.

「사셴카, 넌 항상 나를 무시했지.」

아나스타시아 여사는 아들에게 말한다.

「내 삶에 있어서 가장 훌륭하고도 행복한 시간들은 너무나 고통스러운 노력들과 연결되어 있기에, 난 아직도 그때를 기억하고 있단다. 그 말은 곧 너를 기억하고 있다는 뜻이기도 하지. 행복한 기억으로서가 아니라, 거의 견딜 수 없을 만큼 행복한 노고로 말이야. 행복하다는 것이 어째서 그렇게 지쳐 쓰러질 만큼 힘들었던 걸까? 하지만 뭐 괜찮아. 그것은 모두 이미 오래전에, 버드나무 가지 사이로 불어오는 바람처럼 지나가 버렸으니까. 난 이제 더 이상 행복하지 않을 정도로 안정되어 있어. 하지만 말이다. 아직까지도 날 사랑해 주는 사람이 있단다. 아직까지도 날 기억해 주는 사람이 있단 말이야!」

아나스타시아 여사는 그가 어머니에게 보낸 편지를 한 묶음 가지고 돌아왔다.

「자, 보렴! 사셴카. 모두 수크 박사님이 보낸 거란다!」

어머니는 그 편지들을 젤소미나 모호로비치치의 머리카락으로 묶어 두었다. 그녀는 편지 묶음에 입을 맞추고는 승리의 노래를 부르듯이 의기양양하게 아들에게 그것을 읽어 준다. 그러다가 나중에 아들이 호텔로 돌아가서 잠을 자려고 문을 나설 때, 아들을 배웅해 주는 것조차 잊어버릴 뻔한다. 혹은 아들을 배웅해 준다고 하더라도 너무 성급하게 작별의 입맞춤을 하는 바람에 아들은 진주 접시 같은 어머니의 가슴이 자기 몸에 와 닿는 것을 느끼곤 한다.

수크 교수가 연구 활동을 시작한 지 30년째에 접어드는 해가 되었다. 그의 두 눈이 재빨라지고 입이 귀보다 느려질 때, 그가 쓴 책이 고고학자들과 아랍 학자들 사이에서 받아들여졌을 때, 수크 박사가 수도로 찾아온 데에는 한 가지 이유가 더 있었다. 어느 날 아침, 프레첼[50] 모양으로 생긴 건물에서 이사일로 수크 박사의 이름이 처음으로 공식적인 자리에 올랐다. 비록 그 후로는 그의 이름이 또다시 거명되지 않았지만, 수크 박사는 이제 그 건물에서 열리는 모임에 정기적으로 초대받게 되었다.

수크 박사는 입술 위에 어제의 미소를 거미줄처럼 가냘프게 걸친 채 이 모임에 참가했으며, 그 건물의 복도에서 길을 잃기도 했다. 그곳의 복도는 구불구불하기 때문에 자기가 들어온 곳을 정확히 찾아내는 사람은 아무도 없었다. 수크 박사는 마치 이 건물이 한 번도 배워 본 적이 없는 언어로 쓴 책 같았다. 그곳의 복도는 낯선 언어로 된 문장들 같았고 그곳의 방들은 전에 한 번도 들어 본 적 없는 외국어 단어와 같았다.

어느 날 아침 그는 1층에 있는 어느 방에서 일상적인 시험

[50] 소금을 뿌린 맥주 안주용 과자. 손가락 굵기의 긴 빵을 하트 모양으로 엮은 것이다.

을 치르게 될 것이라는 말을 듣고도 전혀 놀라지 않았다. 그 방은 썩은 열쇠 구멍에서 풍기는 것과 같은 냄새가 났다. 비록 그 건물의 2층에서는 수크 박사의 책들이 절대적으로 높은 평가를 받고 있었지만, 수크 박사 본인은 같은 건물 바로 한 층 아래에서, 바지는 점점 더 길어지는데 다리가 짧아지는 것 같은 기분을 느끼고 있었다. 1층의 사람들은 2층에 있는 사람들에게 복종하면서도 그의 책 같은 것은 전혀 중요하게 여기지 않았다. 수크 박사는 1년에 한 번씩 시험을 치르는 수밖에 없었으며 1층의 사람들은 언제나 시험에 앞서 그의 신분을 세밀히 검토하곤 했다.

처음 시험을 치르러 갔을 때, 수크 박사는 시험 위원장이 자기 학교의 강사라는 사실을 알고 편안한 마음이 들었다. 그 강사는 최근에 박사 학위 구두시험을 보았는데, 바로 그때 수크 박사 자신이 여러 교수들과 함께 감독관 자리에 앉아 있었던 것이다. 그리고 〈세 번째 장화〉라는 선술집 창문 너머로 자리에 앉아 있는 그의 모습을 종종 보기도 했었다. 시험을 치른 후에 수크 박사는 자신의 점수가 어떻게 되는지 알 수 없었지만, 시험 위원장은 수험생의 가능성을 칭찬했다. 그래서 그는 그날 시험을 마치고 편안한 마음으로 어머니를 만나러 갔다.

아나스타시아 여사는 여느 때처럼 수크 박사를 식당으로 데리고 들어가더니, 두 눈을 지그시 감고서 그가 최근에 쓴 역작을 가슴에 꼭 끌어안았다. 그 책에는 저자가 직접 손으로 쓴 헌정의 글이 있었으며, 아나스타시아 여사는 그것을 수크 박사에게 보여 주었다. 수크 박사가 그 책과 자신이 쓴 서명을 공손하게 들여다보고 나자, 아나스타시아 여사는 그를 구석에 놓인 발판에 앉혀 놓고 그가 어린 시절부터 항상 기억하고 있던 말을 늘어놓았다.

「거기에 잠시만 앉아 있어라!」

아나스타시아 여사는 그 책에 설명되어 있는 과학적 성과의 요점을 그에게 알려 주었다. 그런 이야기를 하면서 기쁨에 몸을 떨었는데, 그것은 광대의 슬픔보다는 비극에 등장하는 인물의 명랑함에 더 가까웠다. 그녀는 수크 교수의 업적을 상당히 정확하게 아들에게 설명해 주었다.

크리미아 반도에서 출토된 항아리 속에서 발견된 열쇠들은 은이나 구리, 혹은 금으로 만든 조잡한 동전 모양의 손잡이가 붙어 있다고 한다. 총 135개의 열쇠가 나왔는데(수크 박사는 그 항아리 속에 1만 개의 열쇠가 들어 있었을 것이라고 믿었다), 열쇠 하나하나에서 작은 기호나 문자가 발견되었다. 수크 박사는 처음에 그것이 열쇠 제조공의 표시일 거라고 생각했다. 하지만 얼마 있지 않아서 동일한 동전들 가운데 액면가가 좀 더 높은 샘플에는 두 번째 글자가, 은화에는 세 번째 글자가 찍혀 있다는 사실을 발견하고 금화에는 네 번째 글자가 찍혀 있을 것으로 추정했다. 그러나 금 손잡이가 달린 열쇠는 단 하나도 발견되지 않았다. 바로 그 순간 수크 박사의 머리에 좋은 생각이 떠올랐다(이 결정적인 순간에 아나스타시아 여사는 아들에게 자기의 말에 끼어들지도, 자기를 불안하게 만들지도 말아 달라고 부탁했다). 그는 동전들을 액면가 순서대로 늘어놓고 동전에 적힌 글자들을 하나로 모았을 때 만들어지는 비밀스런 글자 혹은 메시지를 읽어 보았다. 그것은 바로 〈Ate〉였다. 그래도 여전히 한 글자가 부족했다. 그것은 그 당시까지도 발견되지 않았던 금 동전에 새겨진 글자였다. 수크 박사는 모자라는 글자가 유대 알파벳의 성스러운 문자 가운데 하나인 〈헤〉라는 문자일 것이라고 생각했다. 그것은 신의 이름 중에서 네 번째 글자였다. 그 글자가 찍힌 열쇠는 죽음의 전조가 되었다.

「그것이 얼마나 명석한 생각인지 알겠니?」

아나스타시아 여사는 그렇게 외치더니 수크 박사의 잔이 빈 것을 보고 한마디 덧붙였다.

「한 잔이면 충분하지. 두 잔으로는 충분하지 않지만!」

한편 2년에 한 번씩 봄이 되면, 썩은 열쇠 구멍 냄새가 나는 방문 뒤에서는 수크 박사의 이름이 직위에 오르곤 했다. 하지만 박사는 그런 사실을 통보받지도 못했고 그 결과도 몰랐다.

수크 박사는 가끔씩 기침을 할 때마다 힘줄 한 다발이 뿌리에서부터 돋아 나오는 것을 느꼈는데, 그 뿌리는 박사의 어깨와 목에 너무 깊숙이 박혀 있었기 때문에 도저히 뽑아 버릴 수 없었다. 이제 시험은 더욱 빈번하게 있었으며 매번 새로운 인물이 시험 위원장으로 나왔다. 그에게는 어린 나이에 대머리가 되어 버린 여학생이 하나 있었는데, 밤에 개가 그 여학생의 머리 가죽을 핥아 주면 굵고 짙은 털이 그녀의 머리에서 자라났다. 그 여학생은 포동포동하게 살이 쪘기 때문에 손가락에 낀 반지를 빼내지 못했다. 그녀의 눈썹은 자그마한 생선뼈 같았으며 털양말을 모자처럼 쓰고 다녔다. 또한 거울과 빗 위에서 잠을 자고 꿈속에서 어린 아들에게 휘파람을 불어 주었다. 그러나 정작 옆에 누워 있는 아들은 그녀의 휘파람 소리 때문에 줄곧 깨어 있어야만 했다. 이번에는 그 여학생이 수크 박사의 시험관으로 들어왔는데, 잠이 없는 대머리 아이가 그녀 옆에 앉아 있었다. 수크 박사는 시험을 가능한 한 빨리 끝내고 싶었으므로 계속된 소년의 질문에 대답했다.

마침내 시험이 모두 끝났고 수크 박사는 어머니의 집으로 돌아가 식사를 하려고 식탁 의자에 앉았다. 아들이 자신만의 생각에 골똘히 사로잡혀 있는 걸 보고, 어머니는 걱정스럽게 이렇게 말했다.

「조심해라, 사센카. 너의 미래가 네 과거를 파괴할 거야!

넌 요즘 그렇게 좋아 보이지 않아. 너의 등을 밟아 줄 수 있는 아이를 찾아보아야 하지 않겠니.」

최근에 수크 박사의 내부에서 정체를 알 수 없는 여러 가지 굶주림이 자라나 꽃을 피우고 있는 것은 사실이었다. 게다가 끈적끈적하고 모호한 소망이 재빨리 열매를 맺었다가도, 수크 박사가 한 입 베어 문 것을 삼켜서 굶주림이 누그러지면, 열매는 그냥 죽어 버렸다.

「유대인들에게는 입 구멍이 얼마나 많은지 아니?」

수크 박사가 식사를 하고 있을 때 어머니가 물어보았다.

「너는 잘 모를 거야. 난 최근에 어디에선가 그것에 대한 글을 읽었단다. 아마 수크 박사의 책에서 본 것 같구나. 수크 박사가 유라시아의 스텝 지대에 성서적 믿음의 전파에 대해서 연구하고 있던 무렵이었다. 박사는 1959년에 다뉴브 강변의 실라레보 발굴지에서 발견된 자료를 바탕으로 과거 그 지역의 주민들은 현재 우리들이 알지 못하는 민족이라는 사실을 입증했지. 그들은 아바르족보다 더 원시적이고 인류학적으로 오래된 민족이었지. 수크 박사는 그것이 하자르 민족의 묘지라고 믿었단다. 8세기에 흑해에서 다뉴브 강으로 옮겨 온 민족이지. 자, 시간이 너무 늦었구나. 내일 젤소미나의 생일을 축하하러 오면, 꼭 잊지 말고 나에게, 수크 박사가 그 점에 대해 흥미진진하게 묘사해 놓은 부분을 읽어 달라고 해주겠니? 무척 재미있거든…….」

이사일로 수크 박사가 잠에서 깨어나 입속에 열쇠가 있다는 것을 알게 된 때는 그 약속을 하고 난 다음이었다.

수크 박사가 거리로 나섰을 때, 오후의 해가 시름시름 앓고 있었다. 빛의 역병이 태양 광선을 시들게 하고 있었다. 부스럼과 발진이 하늘 곳곳에 퍼져 나가면서 구름을 병들게 했다. 구름은 조금씩 비틀거리더니 풀이 죽어서 결국 축 늘어져 버렸다.

한 달에 한 번 있는 청소가 행해지는 주일이었다. 일요일이 되자, 이미 공기 중에는 악취가 가득해서 바람을 회복기로 접어드는 절름발이처럼 병들게 만들었다. 멀리 울퉁불퉁한 지평선에는 수크 박사가 흘려보낸 나날들이 건강하고 푸르고 조그맣게 빛나고 있었다. 그날들은 행복하게 사라져 가는 무리들 틈에서 날짜 구분도 없이 수크 박사나 그의 걱정거리에는 아랑곳하지 않고 먼지 자국만 남길 뿐이었다.

길거리를 뛰어다니면서 서로 바지를 바꾸어 입던 남자 아이들 가운데 하나가, 수크 박사가 신문을 사고 있던 가판대 앞에 멈추어 서더니 그의 바지에 오줌을 누었다. 박사는 저녁이 되어서야 하루 종일 바지 앞 단추를 풀고 돌아다녔다는 사실을 알게 된 사람 같은 표정을 지으면서 뒤를 돌아보았다. 바로 그 순간에 생전 처음 보는 사람이 있는 힘을 다해 그의 얼굴을 때렸다. 그날 바깥 날씨는 매우 추웠는데, 수크 박사는 난데없이 자기를 때린 사람의 손이 아주 따스하다는 사실을 깨달았다. 지독한 통증에도 불구하고 조금은 기분이 좋은 무엇인가가 느껴졌다. 수크 박사가 그 뻔뻔스러운 사람에게 따지려고 하는데 축축하게 젖은 바지가 다리에 와서 찰싹 달라붙었다. 그러자 또 다른 사람이 그를 때렸다. 그 사람은 앞서 박사를 때린 사람 뒤에 서 있다가 기회가 오기를 기다리고 있었던 것이다.

이제 수크 박사는 서둘러 자리를 피하는 것이 낫겠다는 사실을 깨닫고 발걸음을 옮겼다. 두 번째로 때린 사람의 손에서 양파 냄새가 풍겼다는 사실 말고는 아무것도 알 수가 없었다.

하지만 지체하고 있을 틈이 없었다. 또 다른 행인들이 그에게 몰려들었기 때문이다. 이제 수크 박사를 향해 손바닥이 빗발치듯 날아왔는데, 그런 행동 속에는 어떤 자연스러운 분위기가 있었다. 수크 박사는 약간 뒤쪽에서 날아온 손들이 차갑다는 사실을 깨닫기 시작했다. 또한 그 손길이, 온통 불쾌하기만 한 이 상황에서도 신기하게 유쾌하게 느껴진다는 사실을 깨달았다. 이제 그의 몸은 조금씩 더워지고 있었다. 이러한 상황 속에서 또 다른 다행스러운 사실이 하나 있었다. 물론 그 순간에는 그런 생각까지 할 여유가 거의 없었다. 한 대를 맞고 그다음 한 대를 맞는 사이에 미처 뭔가를 생각할 틈이 없었기 때문이다. 그런 와중에도 그는 가끔 어떤 손바닥은 땀에 젖어 있다는 사실과 이 손들이 자신을 성 마르코 교회에서 공장을 향해 몰아가고 있다는 사실을 알아차렸다. 그런데 그 길은 애초에 수크 박사가 가려고 했던 길이었다. 그 길을 곧장 가다 보면 그가 물건을 사려고 했던 상점이 나오기 때문이었다. 그래서 수크 박사는 순순히 맞고만 있었다. 그 손길들이 자신을 목적지 가까이 데려다 주고 있었기 때문이었다.

어느덧 어떤 담 앞에 이르렀는데, 이제껏 그 담 뒤에 무엇이 있는지 본 사람도 없었고 거기에서 어떤 소리가 들려오는 걸 들은 사람도 없었다. 수크 박사는 사정없이 퍼붓는 손바닥들을 피하기 위해 몸을 잔뜩 숙인 채 달리고 있었는데, 담 사이의 틈새가 눈에 들어왔다. 그리고 이번에 처음으로(전에도 그 앞을 지나간 적이 있었지만) 담 뒤에 집이 있다는 사실을 깨달았다. 어떤 젊은이가 창가에 서서 바이올린을 켜고 있는 모습이 보였다. 그는 보면대를 보고서 그 곡이 브루흐의 「바이올린과 오케스트라를 위한 협주곡」이라는 사실을 깨달았다. 그 젊은이는 창문을 열어 놓은 채, 열정적으로 연주를 하고 있었지만, 그에게는 아무런 소리도 들리지 않았다. 수크 박사는 무척 놀랐지만 그러는 동안에도 여러 개의 손바닥들이 여전히 비 오듯 쏟아져 내렸다.

마침내 아침부터 가려고 마음먹었던 상점 안으로 뛰어 들어간 그는 안도의 한숨을 내쉬면서 문을 닫았다. 상점 내부는 어쩐지 오이 항아리처럼 서늘하고 옥수수 냄새가 풍겼다. 구석 자리에 암탉이 모자 위에 쪼그리고 앉아 있을 뿐, 상점은 텅 비어 있었다.

암탉은 한쪽 눈으로 수크 박사의 몸 중에서 먹을 수 있는 모든 부분을 파악했다. 그리고 이번에는 다른 쪽 눈으로 소화시킬 수 없는 모든 부분을 파악했다. 암탉은 잠시 동안 생각에 잠겼다. 마침내 소화시킬 수 있는 부분과 소화시킬 수 없는 부분으로 이루어진 수크 박사의 모습이 암탉의 머릿속에 그려졌다.

암탉은 결국 자기가 상대하고 있는 사람이 누구인지 알게 되었다. 그다음에 어떤 일이 벌어졌는지 수크 박사 자신의 입을 통해 들어 보기로 하자.

달걀과 바이올린 활 이야기

나는 쾌적하고 서늘한 곳에 서 있었다. 어디선가 광택제 냄새가 풍겼다. 바이올린들은 서로에게 대답하고 있었다. 그 부드러운 한숨 소리를 듣고 있으면, 어느 누구라도 폴로네즈 한 곡 정도는 작곡할 수 있을 것이다. 마치 체스 게임을 하는 것처럼, 순서와 가락을 조금 바꾸기만 하면 완성된 작품이 나오는 것이다.

드디어 악기점 주인이 나왔다. 그 사람은 헝가리인이었고 눈동자가 유장처럼 하얬다. 그는 이제 막 알을 낳으려는 것처럼 얼굴이 붉게 상기되어 있었으며, 그의 턱은 배꼽이 있는 조그만 복부 같았다. 상점 주인은 휴대용 재떨이를 꺼내서 재를 털었다. 그런 다음 재떨이 뚜껑을 꼭 닫더니 나를 쳐다보면서 잘못 들어온 것 아니냐고 물었다.

「모피를 파는 상점은 바로 옆집입니다. 사람들은 언제나 실수로 여기에 들어오죠.」

지난 일주일 동안 그 상점에 들어온 사람들은 모두 실수로 들어온 것이었다. 사실 그 상점에는 문이 없었다. 문처럼 삐 걱거리는 것이 있긴 했지만 진짜 문은 아니었다. 작은 진열장 유리에 손잡이가 달려 있어서 그것을 밀면 상점 안쪽으로 열렸다. 손님들은 그렇게 해서 갑갑한 실내로 들어올 수 있었던 것이다. 나는 주인에게 그렇게 비싸지 않으면서 어린 숙녀가 쓸 만한 작은 바이올린이나 첼로가 있는지 물어보았다.

헝가리 사람은 뒤로 돌아서서 아까 나왔던 곳으로 돌아갔는데, 그곳에서는 파프리카 냄새가 풍겨 나오고 있었다. 바로 그때 모자 위에 앉아 있던 암탉이 몸을 일으키더니 새로 낳은 알을 보면서 울었다. 상점 주인은 그 알을 조심스럽게 쥐고서 서랍장 위에 올려놓더니 그 위에 연필로 날짜를 적어 넣었다. 1982년 10월 2일. 나는 그것을 보고 깜짝 놀랐다. 그때까지는 아직 몇 달이나 남아 있었기 때문이다.

「바이올린이나 첼로를 가지고 무엇을 하려는 겁니까?」

그는 자그마한 내실 입구까지 들어가더니 나를 돌아보았다.

「선생님의 댁에는 음반이나 라디오, 텔레비전이 있지 않습니까? 바이올린이라……. 바이올린이 뭔지 아십니까? 선생님, 작은 바이올린은 말입니다, 해마다 쟁기질을 하고 씨를 뿌리고 수확을 해야 합니다. 바로 이것을 가지고 말입니다!」

그 사람은 자신의 허리띠에 칼처럼 매달려 있던 바이올린 활을 가리켰다. 그는 바이올린 활을 집어 들더니 손톱에 반지를 낀 손으로 줄이 팽팽하도록 잡아당겼다. 그 반지는 마치 손톱이 떨어져 나가지 않고 제자리에 있도록 고정시키기 위한 것 같았다. 헝가리인은 더 이상 할 말이 없다는 듯 손을 흔들면서 자리를 뜨려고 했다.

「바이올린이 필요한 사람이 누굽니까?」

그 사람은 안으로 들어가면서 이렇게 말했다.

「그 여자아이에게 다른 물건을 사주세요. 스쿠터나 개가 좋겠군요.」

나는 그저 그 자리에 가만히 서 있었다. 그처럼 어정쩡하면서도 제멋대로 흔들리는 언어를 가지고 이렇듯 단호한 어조로 말할 수 있다는 게 얼른 받아들여지지 않았다. 그것은 마치 배불리 먹을 수는 있지만 입맛이 당기지 않는 음식과도 같았다.

그 헝가리 사람은 우리말을 그런대로 잘했지만, 문장이 끝날 때마다 후식으로 내가 이해할 수 없는 헝가리어 단어를 하나씩 덧붙였다. 그 사람은 마지막으로 내게 충고의 말을 하면서도 그런 식이었다.

「선생님, 당신의 어린 소녀를 행복하게 해줄 만한 다른 물건을 찾으십시오. 이런 종류의 행복은 그 소녀에겐 너무 어렵습니다. 그리고 시대에 뒤떨어진 행복이죠. 시대에 뒤떨어졌어요.」

그 사람은 둥둥 떠다니는 파프리카 향기 사이로 한마디 덧붙였다.

「그런데 그 소녀는 몇 살입니까?」

상점 주인은 짐짓 사무적인 목소리로 말했다. 그 말과 함께 상점 주인은 사라져 버렸다. 나는 그 사람이 옷을 차려입고 나갈 준비를 한다는 것을, 소리를 듣고 알 수 있었다. 나는 그 사람에게 젤소미나 모호로비치치의 나이를 말해 주었다.

「일곱 살입니다.」

마법의 지팡이가 건드리기라도 한 것처럼 헝가리인은 가

볍게 몸을 움찔했다. 그 사람은 내 대답을 헝가리어로 번역했다. 헝가리어로만 숫자를 셀 수 있는 게 분명했다. 그런데 이상한 냄새가 방 안 가득 퍼졌다. 그것은 체리 냄새였다. 나는 상점 주인의 기분에 따라 냄새가 변한다는 사실을 깨달았다. 얼마 후에 그 사람은 유리 대롱을 물고 나타났다. 유리 대롱으로 체리 브랜디를 빨고 있었던 것이다. 상점 주인은 내게 다가오더니, 모르는 척하면서 내 발을 밟았다. 그런 다음 작은 어린이용 첼로를 꺼내 나에게 주었다. 그 동안에도 상점 주인은 계속 내 발을 밟고 있었다. 자신의 상점이 얼마나 갑갑한 곳인지 보여 주기 위해 그렇게 하는 것 같았다. 나는 그 사람처럼, 전혀 개의치 않고 그대로 서 있었다. 하지만 그 사람이 나에게 해를 입히고 있으며, 내가 해를 당하고 있다는 사실만큼은 확실했다.

「이걸로 하십시오. 이 나무는 당신이나 나보다 더 오래되었습니다. 소리도 아주 좋습니다. 직접 들어 보십시오!」

헝가리인은 첼로를 서툴게 연주했다. 첼로는 가늘게 떨리는 소리로 4도 화음을 내고 있었다. 그런 다음에야 그는 마치 4도 화음이 세상의 모든 고통을 덜어 줄 수 있다는 듯이 내 발을 풀어 주었다.

「들으셨습니까? 각각의 줄이 다른 줄의 소리를 모두 담고 있습니다. 하지만 그것을 들으려면 서로 다른 네 가지 소리를 한꺼번에 들어야 합니다. 선생님께서는 들으셨습니까? 아니면 못 들으셨습니까? 45만입니다.」

상점 주인은 헝가리어로 말한 가격을 다시 우리말로 옮겨 주었다. 그의 말은 바위처럼 내게 거세게 부딪쳤다. 그 사람은 내 주머니 속을 꿰뚫어 본 것처럼, 내가 얼마를 가지고 있는지 정확하게 알고 있었다. 나는 젤소미나를 생각하면서 그 돈을 모았다. 그렇게 많은 돈은 아니라는 사실을 나도 알고 있었다. 하지만 그만큼의 돈을 모으는 데 3년이 걸렸다.

나는 기꺼이 그 첼로를 사겠다고 말했다.

「이 첼로를 사겠다고요?」

상점 주인은 못마땅하다는 듯이 고개를 가로저었다.

「선생님, 사람들은 모두 이런 식으로 악기를 삽니까? 시험 삼아 한번 연주해 보고 싶지 않으세요?」

나는 몹시 당혹스러운 표정을 지으면서, 어디 앉을 만한 곳이 있는지 상점의 내부를 둘러보았다. 마치 첼로를 시험해 보고 싶다는 듯이 말이다.

「의자가 필요하신가요? 오리는 물 위에도 앉습니다. 그런데 손님은 이렇게 마른땅 위에서도 어찌할 바를 모르는군요. 정말 모르는 겁니까?」

그 사람은 다소 경멸스럽다는 듯이 내게서 작은 첼로를 가져가더니 바이올린처럼 어깨 위에 얹었다.

「이렇게 하면 되지 않습니까!」

그 사람은 내게 악기를 돌려주었다. 나는 악기를 받아 들고 난생 처음으로 첼로를 바이올린처럼 연주했다. 그 첼로는 낮은 5도에서도 소리가 그렇게 나쁘지 않았다. 귀를 첼로 몸통에 대고 있었기 때문에 음색을 더욱 깨끗하게 들을 수 있었다. 상점 주인이 갑자기 냄새를 바꾸었다. 이번에는 코를 찌르는 남자의 땀 냄새였다. 그 사람은 외투를 벗고, 내의 차림을 하고 있었다. 그의 양쪽 겨드랑이 밑으로는 땋아 늘인 회색 털이 길게 늘어져 있었다. 그는 서랍장을 당겨다가 그 모서리에 걸터앉더니 내게서 첼로를 돌려받은 다음 연주하기 시작했다. 도저히 믿을 수 없을 만큼 훌륭한 그의 즉흥 연주에 나는 입이 딱 벌어졌다.

「연주를 아주 잘하시는군요.」

「저는 첼로는 연주하지 않습니다. 저는 하프시코드 연주자입니다. 바이올린도 좋아하지요. 하지만 첼로는 연주할 줄 몰라요. 금방 들은 것은 음악이 아닙니다. 물론 당신은 전혀 모르겠지만 말이죠. 그것은 그저 모든 소리를 한 곳에 배열해 놓은 것에 불과합니다. 가장 높은 소리부터 가장 낮은 소리까지 말입니다. 그렇게 해서 악기의 자질과 여러 가지 요소를 평가해 보는 것이죠. 싸드릴까요?」

「좋습니다.」

나는 지갑을 열었다.

「모두 50만입니다.」

상점 주인이 말했다. 순간 얼음처럼 차가운 기운이 내 등을 타고 흘러내렸다.

「조금 전에는 45만이라고 하지 않았습니까?」

「그렇습니다. 하지만 그것은 첼로 값입니다. 나머지는 활 값이죠. 혹시 활은 안 사고 싶으신 겁니까? 활이 필요하지 않아요? 나는 현악기와 활이 붙어 다니는 줄 알았는데 말입니다.」

그는 활의 포장을 풀고 다시 진열장에 갖다 두었다. 나는 할 말을 잃은 채, 멍하니 그 자리에 서 있었다. 마치 질병이나 술이나 마비 상태에서 깨어나는 것처럼, 앞서 손바닥으로 맞은 그 모든 충격으로부터, 그리고 이 헝가리인으로부터 벗어나기 시작했다. 나는 천천히 정신을 가다듬었다. 그리고 이를 쑤시고 있는 이 헝가리인과 함께 벌였던 코미디를 마침내 그만두기로 했다. 사실 나는 활을 살 생각은 전혀 하지 않았었다. 나는 활을 살 돈이 없었고, 상점 주인에게 그렇게 말했다. 상점 주인은 갑자기 외투를 걸쳐 입었다. 이번에는 방충제 냄새가 풍겼다.

「나는 선생님이 활을 살 수 있는 돈을 버는 동안, 여기에 죽치고 앉아 있을 만큼 한가한 사람이 아닙니다. 당신이 나이 오십이 되도록 그만한 돈을 벌지 못했다면 더욱 그렇죠. 나보다 당신이 기다리는 편이 낫겠습니다.」

상점 주인은 그 말과 함께, 나를 가게 안에 홀로 내버려 두고 떠나려고 했다. 하지만 문간에서 걸음을 멈추더니 되돌아왔다.

「흥정을 할까요? 할부로 활을 사십시오.」
「농담이겠죠.」

나는 더 이상 그 사람의 손에 놀아나고 싶지 않았다. 이제 그만 돌아가고 싶었다.

「아니요, 농담이 아닙니다. 제안을 하는 겁니다. 꼭 받아들일 필요는 없습니다. 하지만 일단 들으십시오.」

상점 주인이 너무나 자랑스럽게 파이프에 불을 붙였으므로, 그 사람이 이미 파이프 담배 연기로 역병을 몰아낸 적이 있었음을 단번에 알 수 있었다.

「좋아요. 한번 들어 봅시다.」
「활과 함께 달걀도 사는 겁니다.」
「달걀이요?」
「조금 전에 암탉이 알을 낳는 모습을 보았죠? 바로 그겁니다.」

상점 주인은 서랍장에서 달걀을 꺼내다가 내 코앞에 내밀었다. 달걀에는 연필로 1982년 10월 2일이라고 쓰여 있었다.

「활 값만큼 달걀 값을 주면 됩니다. 2년 안에 갚으면 되고요.」
「방금 뭐라고 했습니까?」

내 귀가 잘못된 것 같았다. 헝가리인의 몸에서 다시 체리 냄새가 풍겼.

「당신의 암탉은 황금 알이라도 낳는다는 말입니까?」
「아니요. 우리 암탉은 황금 알을 낳지 않습니다. 하지만 이 닭에게는 선생님이나 내가 갖지 못한 어떤 것이 있지요. 이 닭에게는 날(日)과 주(週)와 해(年)가 있습니다. 아침마다 이

닭은 금요일이나 화요일을 하나씩 낳습니다. 예를 들면 오늘 낳은 달걀에는 노른자 대신 목요일이 하나 들어 있습니다. 내일 것에는 수요일이 있지요. 그 달걀에서는 병아리 대신 인생의 하루가 알을 깨고 나올 것입니다. 실로 놀랍지 않습니까! 이것은 황금 알이 아니라 시간의 알입니다. 그리고 난 그것을 당신에게 싼값에 드리려는 겁니다. 선생님, 이 달걀 속에는 당신 인생의 하루가 들어 있습니다. 병아리처럼 그 안에 웅크리고 있는 것입니다. 그리고 알을 깨고 나오느냐 마느냐 하는 것은 전적으로 당신에게 달려 있습니다.」

「설사 내가 당신의 말을 믿는다 하더라도, 내가 이미 가지고 있는 하루를 도대체 무엇 때문에 당신에게 산단 말입니까?」

「머리를 쓰십시오, 선생님. 생각을 하세요. 들은 걸 가지고 스스로 생각할 수는 없습니까? 세상의 모든 문제들은 우리에게 주어진 시간을 다 그런 식으로 써버리는 과정에서 생겨나는 것입니다. 가장 나쁜 시간을 그대로 건너뛸 수 없기 때문에 생겨난다는 말입니다. 그것이 바로 문제의 핵심입니다. 주머니 속에 이 달걀을 가지고 다니면 불행한 일을 당할 염려가 없습니다. 다가올 날이 너무 힘겹다고 생각되면, 이 달걀을 깨뜨려서 불쾌한 일들을 완전히 피할 수 있습니다. 물론 마지막에 가면 하루를 덜 산 셈이 되겠지만, 그 대신 끔찍한 하루를 가지고 먹음직스러운 달걀 부침을 한 접시 해 먹을 수 있을 것입니다.」

「그 달걀이 정말 그렇게까지 귀중한 것이라면 무엇 때문에 당신이 갖고 있지 않습니까?」

나는 상점 주인의 눈을 들여다보았지만, 그 어떤 것도 읽어낼 수가 없었다. 그 사람은 순수 헝가리인다운 눈빛으로 나를 쳐다보았다.

「좀 진지할 수 없나요? 내가 이 닭에게서 달걀을 몇 개 정도 얻었을 것 같습니까? 한 사람이 행복해지기 위해서 얼마나 많은 날들을 깨뜨릴 수 있을 것 같습니까? 1천? 2천? 5천? 달걀이라면 당신이 원하는 만큼 얼마든지 가지고 있습니다. 하지만 그렇게 많은 날을 깨뜨릴 수는 없습니다. 이 달걀도 다른 달걀과 마찬가지로 유효 기간이 그다지 길지 않습니다. 시간이 지나면 상해 버려서 더 이상 사용할 수가 없습니다. 선생님, 그렇기 때문에 저는 달걀이 효력을 잃기 전에 파는 겁니다. 그리고 당신은 선택할 수 있는 입장이 아닙니다. 내게 현금 차용 증서를 내밀게 될 테니까요.」

상점 주인은 이렇게 한마디 덧붙이고 나서 종이에 무엇인가를 휘갈겨 쓰더니 서명을 하라고 하면서 나에게 내밀었다.

「그 달걀이 있으면 하루를 빼먹거나 혹은 저장해 둘 수 있다고 했는데, 물건도 그렇게 할 수 있습니까? 예를 들면 책 같은 것 말입니다.」

「물론입니다. 달걀의 뭉툭한 쪽을 깨기만 하면 됩니다. 하지만 그렇게 하면 당신 자신을 위해 달걀을 이용할 기회를 잃는 거죠.」

나는 종이를 무릎 위에 올려놓고 서명함으로써 대금을 치르고, 차용 증서를 건넸다. 상점 주인이 첼로와 활과 달걀을 조심스럽게 싸고 있을 때, 옆방에 있던 암탉이 한 번 더 우는 소리를 들었다.

마침내 나는 악기를 파는 상점에서 밖으로 나왔다. 주인도 내 뒤를 따라 나오더니, 가게 진열장을 잠그는 동안 손잡이를 힘껏 당기고 있으라고 요구했다. 나는 또다시 그의 장난에 말려들었다. 그는 아무런 말도 없이 가버렸다가 모퉁이에서 돌아서더니 이런 말을 덧붙였다.

「잊지 마십시오. 달걀에 써 둔 날짜가 유효 기간입니다. 그 날짜가 지나고 나면 전혀 효력이 없습니다.」

이사일로 수크 박사는 상점에서 돌아오는 길에 또다시 공격받지나 않을까 잠시 동안 걱정했지만 별다른 일은 없었다. 이런 생각을 하고 있을 때, 비가 내리기 시작했다. 때마침 수크 박사는 아침에 소년이 바이올린을 연주하고 있던 담 앞을 지나고 있었다. 그가 황급히 달리기 시작했을 때, 담에 나 있는 틈새가 또다시 눈에 들어왔고 담 건너편의 소년이 창가에서 바이올린을 연주하고 있는 모습이 다시 한 번 보였다. 창문은 활짝 열려 있었지만, 이번 역시 아무 소리도 들을 수 없었다. 수크 박사가 전혀 듣지 못하는 소리가 있고, 들을 수 있는 소리가 있었던 것이다.

 수크 박사는 잠시도 쉬지 않고 달려 어머니의 집 부근까지 왔다. 눈먼 사람이 길을 더듬어 가듯이 그는 손으로 자신의 피부를 더듬어 보았다. 손가락은 방향과 잘 닦인 길을 감지했다. 주머니 속에는 죽음을 예고하는 열쇠와, 생사를 갈라놓을 그날로부터 자신을 구할 수 있는 달걀이 들어 있었다. 달걀에는 날짜가 적혀 있었고 열쇠에는 작은 금 손잡이가 달려 있었다. 수크 박사의 어머니는 여전히 혼자 있었다. 그녀는 늦은 오후에 잠시 낮잠 자는 것을 즐겨서 깜빡 졸고 있었다.

「애야, 내 안경을 좀 집어 다오.」

어머니가 아들에게 말했다.

「내가 하자르 묘지에 대한 부분을 읽어 주마. 수크 박사가 실라레보의 하자르 민족에 대해서 어떻게 쓰고 있는지 잘 들어 보거라. 〈하자르 민족은 다뉴브 강변 여기저기에 흩어져 있는 가족무덤 속에 누워 있는데, 모두 머리는 예루살렘이 있는 방향을 향하고 있다. 그들은 말과 함께 이중 무덤 속에 누워 있으며 주인과 동물은 서로 세상의 반대쪽을 곁눈질하고 있다. 남편들은 아내 밑에 누워 있고, 아내들은 남편의 배에 얼굴을 파묻고 있다. 이런 자세 때문에 아내는 남편의 얼굴을 보지 못하고 허벅지만 볼 수 있을 뿐이다. 어떤 경우에는 똑바로 선 채 묻혀 있는 사람들도 있는데 그들은 끔찍할 정도로 나이가 들었고 끊임없이 하늘을 올려다보는 바람에 팔다리가 거의 떨어져 나가 버렸다. 그들 곁에는 야훼나 샤호르[51]라는 글자가 새겨진 벽돌이 있었다. 무덤 구석에는 불을 피워 놓았고 발치에는 먹을 것을 놓아두었으며 허리에는 칼을 차고 있었다. 무덤마다 사람들 곁에 데려다 놓는 동물이 달랐는데, 어떤 무덤에는 양이나 소 또는 염소가 있었으며 어떤 무덤에는 닭, 돼지 혹은 사슴이 있었고 아이들 무덤에는 달걀이 있었다. 때때로 그들이 사용하던 연장들, 낫이나 대장간에서 쓰는 도구 혹은 금세공을 할 때 쓰는 도구 등이 곁에 있기도 했다. 눈과 귀와 입은 타일 조각으로 덮어 두었는데, 그 타일에는 가지가 일곱 개 달린 유대식 촛대가 그려져 있기도 했다. 그 타일 파편은 로마에서 온 것으로 3~4세기 무렵의 것이다. 그 위에 그려진 그림은 7세기나 8세기 혹은 9세기의 것이다. 그들은 뾰족한 도구를 가지고 타일 위에 유대식 촛대나 다른 유대 기호들을 새겨 넣었는데, 그 솜씨가 무척 서툴렀다. 아주 급하게 그렸기 때문에 그런 것 같기도 하고, 감히 너무 잘 만들 용기가 나지 않아서 그런 것 같기도 하다. 어쩌면 그들이 새겨 넣고 있는 물건들을 희미하게 밖에는 기억하지 못하는 것 같기도 하고 촛대나 재를 푸는 삽, 레몬, 양의 뿔, 대추야자 나무 등을 한 번도 본 적이 없는 것 같기도 하다. 하지만 그보다는 누군가의 설명에 따라 그림을 그리고 있었던

---

51 검은색을 의미한다. 영혼은 〈검은〉 지역을 지나 천상으로 올라가는 것이다.

듯하다. 눈과 입과 귀에 이런 타일을 덮어 두면 악마는 무덤 근처에 얼씬도 할 수 없었다. 하지만 무엇인가 무시무시한 힘이, 다시 말하면 지구 중력의 흐름 같은 것이 타일을 바람 부는 대로 흩어 놓기라도 한 것처럼, 타일들이 묘지 전역에 흩어져서 이제는 제자리에서 무덤 주인을 지켜 주고 있는 것은 단 한 장도 없다. 어떤 정의할 수 없는, 뜨겁게 불타오르는 욕구가 눈과 입과 귀를 덮고 있던 타일을 무덤에서 꺼냄으로써 어떤 악마에게 무덤 속으로 들어가는 길을 열어 주고 다른 악마에게는 문을 닫아 버린 것 같기도 하다······.〉」

바로 그 순간 모든 초인종이 울리기 시작했다. 갑자기 많은 손님들이 방으로 들어왔다. 그중에는 젤소미나 모호로비치치도 있었다. 그녀는 뾰족한 장화를 신고 있었으며 상대방을 물끄러미 바라보는 사랑스러운 두 눈은 반지에서 빠져나온 보석 같았다. 많은 사람들 앞에서 수크 교수의 어머니는 젤소미나에게 첼로를 선물하고, 그녀의 두 눈 사이에 입을 맞추었다. 그 바람에 립스틱 자국이 마치 세 번째 눈처럼 남았다.

「젤소미나, 이 선물을 마련한 분이 누구인지 아니? 바로 이사일로 수크 박사님이란다! 너는 근사한 편지를 써서 박사님께 감사 인사를 드려야 한다. 그분은 젊고 잘생긴 신사란다. 그래서 나는 언제나 그분을 위해 식탁의 상석을 남겨 두지!」

무척이나 신중하게, 수크 여사는 손님들을 각자 자리에 앉혔다. 여사의 그림자가 어찌나 무거워졌는지 장화처럼 걸어 찰 수도 있을 정도였다. 하지만 가장 중요한 손님이 도착하기를 아직도 기다리고 있다는 듯이 식탁의 제일 윗자리는 남겨 두었다. 수크 여사는 다른 데 정신이 팔려서 이사일로 수크 박사를 황급히 젤소미나와 어떤 젊은 사람 사이에 앉혔다. 언제나 물을 많이 먹은 고무나무 잎이 그들 뒤에서 땀을 뚝뚝 흘리며 울고 있었는데, 거의 바닥에 물 떨어지는 소리가 들릴 지경이었다.

그날 저녁 식사 시간에 젤소미나는 이사일로 수크 박사를 돌아보더니, 불타는 듯이 뜨거운 손가락으로 수크 박사의 손을 살짝 건드리며 이렇게 말했다.

「한 사람이 살아가면서 하는 행동은 식사 때 먹는 음식과 같은 것이고, 그 사람의 생각과 느낌은 조미료와 같은 것이죠. 체리에 소금을 넣거나 과자에 식초를 붓는 사람은 누구나 다 비참하게 살아갈 것입니다.」

젤소미나가 이 말을 할 때, 수크 박사는 빵을 자르고 있었는데, 어떻게 이 아이가 그를 위해 몇 해를 살았는지, 그리고 다른 사람들이 세상의 나머지 사람들을 위해 살았는지 그런 생각을 하고 있었다. 저녁 식사가 끝난 다음, 수크 박사는 숙소로 돌아갔다. 그리고 주머니 속에 들어 있던 열쇠를 꺼내서 확대경으로 자세히 살펴보았다. 손잡이 역할을 하던 금 동전에 새겨진 유대 문자가 〈헤〉라는 사실을 판독할 수 있었다. 수크 박사는 소리 내어 웃으면서 열쇠를 내려놓고는 서류 가방에서 1691년 다우브마누스판 『하자르 사전』을 꺼내서 잠자리에 들기 전에 〈유모〉라는 항목을 읽었다. 그는 자신이 가지고 있는 책이 독 묻은 판본이라고 굳게 믿고 있었다. 그리고 독 묻은 판본을 읽을 때, 독자들은 아홉 번째 페이지에서 죽곤 했으므로 어떤 일이 있어도 한 번에 네 페이지 이상은 읽지 않았다. 위험 속에 발을 들여놓고 싶지 않았기 때문이다. 이사일로 수크 박사는 속으로 이런 생각을 했다.

〈쓸데없이 비를 몰고 올 길로 들어서면 안 되는 법이지.〉

박사가 이날 저녁에 고른 항목은 그다지 길지 않았다. 다우브마누스판 사전의 내용은 다음과 같았다.

하자르에는 젖을 독으로 바꿀 수 있는 유모들이 있었으

며 그들을 필요로 하는 사람들이 대단히 많았다. 한때 무함마드가 메디나로부터 두 개의 아랍 부족을 쫓아낸 일이 있었는데, 그 유모들은 바로 그중 한 부족이었을 것으로 추정된다. 왜냐하면 마하트, 즉 네 번째 베두인 신을 섬겼기 때문이다. 그들은 아마 하자라이족이나 아우즈족 출신이었을 것이다. 이 유모들은 사람들이 그다지 탐탁하게 여기지 않았던 어린 왕자나 혹은 공동 상속자들이 눈엣가시로 생각하던 돈 많은 어린 상속자를 돌보도록 고용되었다. 그런 일은 단 한 번이면 충분했다. 그 결과, 〈독 우유 감식가〉라는 것이 생겨났다. 대부분의 경우 그들은 젊은 청년들로 구성되어 있었는데, 유모와 함께 자다가 유모가 아이들에게 젖을 주러 가기 직전에 유모의 젖을 빨았다. 사람들은 젖은 유모의 연인에게 별 이상이 없는 것을 보고서야 유모를 아이들 방으로 들여보냈다.

수크 박사는 그날 저녁에 젤소미나가 그에게 하는 말을 어째서 통 알아듣지 못했을까 생각하다가 새벽이 오기 직전에야 겨우 잠이 들었다. 그녀의 목소리가 전혀 들리지 않았던 것이다.

그린 북

THE GREEN BOOK

하자르 민족에 관한 이슬람교 문헌

아크샤니, 야비르 이븐
AKSHANY, YABIR IBN(17세기)

아나톨리아[1]의 음유 시인들 (류트와 탬버린 연주자들)은 사탄이 한동안 〈야비르 이븐 아크샤니〉라는 이름을 사용했으며, 17세기의 가장 유명한 류트[2] 연주자 가운데 한 사람이었던 유수프 마수디 앞에 그 모습을 나타냈다고 믿었다. 이븐 아크샤니 역시 매우 능숙한 류트 연주자였다. 그의 주법 중에 하나가 기록으로 남아 있기 때문에 우리는 이븐 아크샤니가 악기를 연주할 때 열 개 이상의 손가락을 사용했다는 사실을 알 수 있다. 그는 출중한 외모를 지녔다. 그에게는 그림자가 없었으며 두 눈은 얕아서 마치 진흙 위에 발자국이 찍힌 것 같았다. 이븐 아크샤니는 죽음에 대한 자신의 견해를 공식적으로 드러내기를 거부했지만, 이야기를 통해 간접적으로 전달했다. 그리고 많은 사람들에게 꿈을 읽거나 혹은 꿈 사냥꾼들에게서 죽음에 대해 배우라고 충고했다.

1. 죽음은 잠의 성(姓)이지만, 우리는 그 성을 알지 못한다.

---

[1] 소아시아 반도. 지금의 터키가 위치한 지역.
[2] 16세기를 중심으로 유행했던 현악기. 울림통은 만돌린을 크게 한 것 같은 모양이다.

2. 잠은 하루치 인생의 끝으로, 죽음의 연습이다. 잠과 죽음은 자매 사이지만 모든 형제, 자매가 똑같이 가까운 것은 아니다.

언젠가 이븐 아크샤니는 사람들에게 죽음이 어떻게 일어나는지 보여 주기 위해 기독교 군사령관을 사례로 삼은 적이 있다. 그의 이름은 아브람 브란코비치†이며 왈라키아 전투에 참전했다. 사탄이 주장하는 바에 따르면, 왈라키아에서는 모든 사람들이 시인으로 태어나서 도둑처럼 살다가 흡혈귀로 죽는다. 야비르 이븐 아크샤니는 술탄³ 무라트의 투르베⁴에서 잠시 동안 호위병으로 있던 적이 있었는데, 어느 익명의 방문객이 아크샤니가 이곳에 있을 때 했던 말을 기록해 놓았다.

호위병이 투르베의 문을 잠그자, 마치 열쇠의 이름을 건물 안에 남기려는 듯 육중한 자물쇠 소리가 어두운 실내에 울려 퍼졌다. 호위병은 그 묵직한 소리에 기가 죽어서 내 옆에 있는 돌 위에 걸터앉아 두 눈을 감았다. 나는 그 호위병이 졸고 있다고 생각했는데, 그때 호위병은 한쪽 손을 들어서 출입구 위에서 퍼덕거리고 있는 나방 한 마리를 가리켰다. 아마 우리의 옷가지나 투르베에 깔린 페르시아산 카펫에서 알을 까고 나온 것 같았다.

「저기를 잘 보십시오.」

그는 나에게 불쑥 말을 걸었다.

「저 나방은 지금 출입구의 하얀 벽을 따라 날아 올라가고 있습니다. 우리가 저 나방을 볼 수 있는 것은 저것이 움

---

3 오스만 투르크의 최고 통치자.
4 이슬람교도의 무덤 위에 지어 놓은 작은 이슬람 사원처럼 생긴 건물. 이런 무덤의 주인은 사회적 지위가 높거나 종교적인 이유로 추앙받는 사람이었다.

직이고 있기 때문입니다. 당신이 만약 저 벽을 하늘로 생각한다면, 저 나방은 하늘 높이 떠 있는 한 마리 새와 같을 것입니다. 나방은 아마도 벽을 그런 식으로 바라볼 것입니다. 그 생각이 틀렸다는 것을 아는 존재는 우리뿐입니다. 하지만 나방은 우리가 그런 사실을 안다는 것을 모릅니다. 나방은 우리가 존재한다는 것조차 모릅니다. 할 수만 있다면, 당신은 나방과 의사소통을 하려고 할 것입니다. 그러나 단 한가지라도 나방이 이해할 수 있는 방식으로 말해 줄 수 있습니까? 당신은 저 나방이 당신을 완전히 이해할 것이라고 확신할 수 있습니까?」

「나는 잘 모르겠습니다. 당신은 그렇게 할 수 있습니까?」
「그렇습니다.」

그 호위병은 낮은 목소리로 대답했다. 그리고 손으로 탁 쳐서 나방을 죽이고는, 그 짓뭉개진 나방을 손바닥 위에 올려놓았다.

「그렇다면 당신은 촛불을 가지고도 그렇게 할 수 있을 것입니다. 당신이 존재한다는 것을 증명해 보이기 위해 손가락 두 개로 촛불을 끄면 되지 않습니까?」

나는 내 생각을 말했다.

「물론입니다. 만약 촛불이 죽을 수 있는 것이라면 말이죠. 자, 이렇게 생각해 보십시오. 우리가 나방에 대해 알고 있듯이, 우리에 대해 알고 있는 어떤 존재가 있다고 가정합시다. 우리가 하늘이라고 부르며 무한하다고 생각하는 이 공간이, 어떻게, 무엇으로, 그리고 어째서 제한되었는지를 알고 있는 사람이 있다고 합시다. 그 사람이 우리에게 다가와서 자신의 존재를 알릴 수 있는 방법은 단 한 가지뿐일 것입니다. 바로 우리를 죽이는 것이지요. 우리는 그 존재의 의복(衣服)을 먹고 살아갑니다. 우리의 죽음은 그 존재의 손바닥 안에 있습니다. 죽음은 혀와 마찬가지로 그 존재가 우리와 의사소통을 하기 위한 도구입니다. 이 익명의 존재는 우리를 죽임으로써 자신에 대해 알리는 것입니다. 결국 죽음이란 자객과 나란히 앉아 있는 여행자에게 보내는 경고에 불과하지요. 그렇게 해서 우리는 최후의 순간에 죽음이라는 열린 문을 지나 새로운 땅과 또 다른 지평선을 보게 되는 것입니다. 가장 높은 여섯 번째 등급인 죽음에 대한 공포는, 비록 우리의 기억 속에 존재하지는 않지만, 이 인생 게임에 함께 참가한 익명의 다른 존재들과 우리들을 묶어 주고 연결시켜 줍니다. 사실 죽음에도 서열이 있기 때문에 다양한 등급의 현실 사이에도 접촉 체계가 가능한 것입니다. 그렇지 않다면, 이 광막한 공간 속에서 죽음은 메아리 속에 메아리를 그리며 끝없이 반복될 것입니다……」

호위병이 이야기를 하는 동안, 나는 나름대로 판단을 내렸다. 이 사람이 이야기하는 말이 단지 지혜나 경험, 학식의 문제라면 그다지 주의를 기울일 만한 것은 아니었다. 하지만 만약 이 사람이 나를 비롯한 다른 모든 사람들보다, 혹은 이전의 자기 자신보다 더욱 높은 위치에 있는 존재라면 어떻게 할 것인가?

야비르 이븐 아크샤니는 한참 동안 부랑자 생활을 했는데, 하얀 거북 껍질로 만든 악기를 가지고 돌아다녔다. 그는 소아시아의 여러 마을을 정처 없이 떠돌아다니면서 음악을 연주하고, 공중에 화살을 쏘아 운명을 예언했으며, 일주일에 두 끼 분량의 밀가루를 훔치거나 혹은 구걸했다. 그러다가 이사[5] 탄생 이후 1699년에 기이한 죽음을 맞이했다. 그 무렵 야비르

---

5 Isa. 코란에 등장하는 예언자를 뜻하는 말로, 이슬람에서 예수를 지칭하는 표현이다. 〈이사 탄생 이후〉란 〈기원후〉란 뜻이다.

이븐 아크샤니는 목요 무대[6]를 따라 여행하고 있었는데, 항상 말썽을 일으켰다. 그는 사람들의 파이프 담배에 침을 뱉기도 하고, 마차 바퀴를 한곳에 묶어 두거나 여러 사람의 터번을 연결해서 결국 서로 싸움이 붙도록 만들기도 했으며, 지나가는 사람들의 화를 돋우어 자기에게 덤벼들도록 해놓고 사람들이 한꺼번에 달려들어 자신을 두들겨 패는 동안 지갑을 가로채거나 주머니 속의 물건을 털기도 했다. 그는 마치 시간을 그저 덧없이 흘려보내는 사람 같았다.

어느 날 아침에 야비르 이븐 아크샤니는 시간이 정처 없이 흘러가 버렸다는 생각에 잠겨 있었다. 그런데 어떤 농부가 다가와서 자기가 가지고 있는 누런 소를 약속된 시간에 어떤 장소에 갖다 달라고 하면서 돈을 주었다. 그 장소는 한 해 동안 어떤 소리도 들리지 않았던 곳이었다. 그리고 얼마 후에 농부가 소를 끌고 왔는데, 그는 그 소의 날카로운 뿔에 들이받혀서 즉사하고 말았다. 이븐 아크샤니는 잠이 들듯이 손쉽게 그리고 재빨리 죽었다. 그 순간 한 그림자가 그의 발밑에서 나타났다. 그림자는 주인의 몸을 받기 위해 나타난 것 같았다. 이븐 아크샤니는 하얀 거북 껍질로 만든 류트를 유물로 남겼는데, 그 류트는 바로 그날부터 걸어다니기 시작하더니 다시 거북으로 변해서 흑해로 헤엄쳐 들어갔다. 음유 시인들은 그가 이 세상으로 돌아올 때, 그의 거북도 다시 류트가 되어 그의 그림자를 대신할 것이라 믿었다.

야비르 이븐 아크샤니는 네레트바 강변[7]의 트르노보에 묻

---

[6] 17세기 후반 아나톨리아에서 유행하던 풍습. 여러 마을이 돌아가면서 목요일마다 축제를 열었다. 한 마을이 이번 주일에 축제를 열었다면, 그다음 주일에는 그 주위에 있는 다른 마을이 축제를 열었다. 그 축제가 벌어지는 장소를 〈목요 무대〉라고 불렀다.
[7] 보스니아 헤르체고비나를 흐르는 강으로 아드리아 해로 흘러든다.

혔는데, 사람들은 그곳을 아직까지도 〈사탄의 무덤〉이라고 부른다. 그로부터 1년 뒤에 아크샤니와 잘 알고 지내던 네레트바 출신의 기독교도가 사업상의 일 때문에 테살로니카를 방문했다. 그 사람은 어느 상점으로 들어가 두 종류의 고기(돼지고기와 쇠고기)를 집을 수 있는 갈라진 포크를 사려고 했다. 상점 주인이 손님을 맞기 위해 밖으로 나왔을 때, 기독교도는 한눈에 상점 주인이 아크샤니라는 것을 알아보고는, 자네는 1년 전에 트르노보에 묻힌 것으로 아는데 도대체 지금 테살로니카에서 무엇을 하고 있느냐고 물어보았다.

「여보게, 친구. 난 죽었다네. 그러나 알라가 영원의 시간에 하루를 더 덧붙여서 나를 저주했다네. 그래서 나는 이곳에 있는 것일세. 보다시피 난 상인이야. 머릿속으로 상상할 수 있는 것은 무엇이든 다 팔지. 하지만 저울에 달아 달라는 주문만은 하지 말게. 나는 이제 그 어떤 것의 무게도 달아 볼 수 없으니까. 그렇기 때문에 나는 사브르나 칼, 포크, 연장처럼 수를 셀 수 있는 것만을 팔고 있어. 무게를 달아야 하는 것은 팔지 않아. 나는 항상 여기에 있어. 해마다 열한 번째 금요일만 빼고 말이야. 그날에는 내 무덤 속에 들어가 있어야만 하지. 하지만 내 말 잘 듣게. 나는 자네가 원하는 것은 무엇이든지 빌려 주겠어. 하지만 자네는 그것을 모두 약속한 대로 돌려주겠다는 내용의 글을 써주어야 하네.」

비록 파이프 담배가 쉬익 거리면서 잘 빨리지 않는 날이었지만, 네레트바 사람은 아크샤니의 제안을 받아들였다. 그는 청구서의 날짜를 열한 번째 금요일이 지난 라비-알-아왈의 달[8]의 어느 날로 정해 놓은 다음, 기름숫돌에 갈아서 메밀 씨앗처럼 날카롭게 날을 세운 검은 지팡이를 들고 집을 향해 떠

---

[8] 이슬람력으로 3월.

났다. 물론 그가 원한 물건은 모두 가지고 돌아갔다. 집으로 가다가 네레트바 강변에 이르렀을 때, 그는 거대한 멧돼지에게 공격을 받았다. 멧돼지가 그의 파란색 비단 허리끈을 한 조각 찢어 갔지만, 그는 지팡이로 멧돼지를 쫓아 버릴 수 있었다.

라비-알-아왈의 달이 다가왔다. 열한 번째 금요일이 되기 직전에, 네레트바 사람은 테살로니카에서 사 온 권총과 포크를 몸에 지니고 〈사탄의 무덤〉을 파헤쳐 보았다. 그런데 그 안에는 두 사람이 들어 있었다. 한 사람은 누워서 기다란 파이프 담배를 피우고 있었고, 다른 한 사람은 옆으로 누워서 아무 말도 하지 않았다. 네레트바 사람이 두 사람에게 권총을 겨누자, 담배를 피우고 있던 남자가 그의 얼굴에 대고 연기를 내뿜으면서 이렇게 말했다.

「나는 니콘 세바스트†라고 하오. 당신은 나에게 해를 끼칠 수 없소. 나는 다뉴브 강변에 묻혀 있으니까.」

이 말과 함께 니콘 세바스트는 어디론가 사라져 버리고 그 자리에는 파이프만이 남겨져 있었다. 그러자 무덤 속에 남아 있던 사람이 얼굴을 돌렸다. 네레트바 사람은 그 사람이 아크샤니라는 것을 한눈에 알아보았다. 아크샤니는 그를 꾸짖으면서 말했다.

「친구, 나는 테살로니카에서 자네를 끝장낼 수도 있었지만 그렇게 하지 않았어. 그 대신 나는 자네를 도와주었지. 그런데 자네는 마음을 굳게 먹고 나를 해치우기 위해 찾아왔군.」

아크샤니는 이렇게 말하면서 미소를 지었는데, 네레트바 사람은 그의 입속에 파란 허리끈 한 조각이 들어 있는 것을 보았다. 네레트바 사람은 주춤주춤 총을 겨누어 아크샤니를 쏘았다.

아크샤니가 그를 향해 달려들었지만 이미 너무 늦었다. 아크샤니는 그에게 약간의 상처만 냈을 뿐이었다. 왜냐하면 이미 총알이 아크샤니를 꿰뚫었기 때문이었다. 아크샤니는 황소처럼 울부짖었고, 무덤에는 피가 넘쳐흘렀다. 네레트바 사람은 집으로 돌아가서 무기를 치우다가, 포크가 사라져 버렸다는 사실을 깨달았다. 네레트바 사람이 권총을 쏘는 동안, 아크샤니가 포크를 훔쳐 갔던 것이다.

또 다른 전설에 따르면, 야비르 이븐 아크샤니는 결코 죽지 않았다고 한다. 1699년의 어느 날 아침 콘스탄티노플에서 그는 물통 속에 월계수 잎 하나를 던져 넣고 머리를 물에 담근 채, 그의 돼지 꼬리를 씻었다. 그동안에 시간은 불과 몇 초밖에 흐르지 않았다. 하지만 야비르 이븐 아크샤니가 깊은 숨을 내쉬며 물통에서 머리를 들어 올렸을 때, 그곳은 더 이상 그가 몸을 씻던 콘스탄티노플이 아니었다. 그는 킹스턴의 호화로운 이스탄불 호텔에 있었던 것이다. 그 당시의 시점은 1982년이었다. 야비르 이븐 아크샤니에게는 아내와 아이가 있었으며, 벨기에 여권을 가지고 있었고 프랑스어를 했다. 한편, 카디프[9] 코렐라의 F. 프리마베시 앤드 선[10]이 제작한 세면대 바닥에는 월계수 잎 한 장이 둥둥 떠다니고 있었다.

아테[▽]
ATEH(9세기 초)

이슬람 전설에 따르면, 하자르 카간에게는 그의 궁전에 살면서 뛰어난 미모로 명성이 자자한 친척이 있었다고 한다.

은빛 털이 난 커다란 경호견들이 꼬리로 자신들의 눈을 채찍질하며 그녀의 방을 지키고 있었다. 그 개들은 꼼짝도 하지 않고 서 있도록 훈련을 받았으며, 종종 움직이지 않은 채 앞

---

9 영국 웨일스의 수도.
10 영국의 유서 깊은 명품 도자기 제조 회사.

발에 오줌을 누는 모습을 보이곤 했다. 그 개들은 가슴속 깊은 곳에서 돌을 굴리는 것 같은 소리를 냈고, 잠자러 갈 때에는 배의 밧줄을 감아올리듯이 꼬리를 감아올렸다. 아테 공주의 두 눈은 은빛이었다. 공주는 옷에 단추 대신 방울을 달았기 때문에 궁전 밖 거리에 있는 사람들도 소리만으로 공주가 궁전의 자기 방에서 옷을 입고 있거나 벗고 있다는 사실을 알 수도 있었을 것이다. 하지만 실제로 공주의 방울 소리를 들은 사람은 아무도 없었다.

아테 공주는 두뇌가 명석했으며, 엄청나게 느린 성격을 타고났다. 공주가 숨 쉬는 횟수는 다른 사람들이 재채기하는 횟수보다 더 적었다. 공주는 자신으로 하여금 재빨리 행동하도록 만들려는 사람들과 사물들을 모두 경멸했다. 설사 자기가 스스로 하겠다고 마음먹은 일이라 하더라도 말이다. 하지만 이처럼 느림이라는 의복은, 공주가 이야기를 할 때면 전혀 다른 면을 드러내곤 했다. 공주는 한 가지 주제에 대해 오랫동안 생각하는 일이 결코 없었다. 아테 공주가 사람들과 대화를 나누면서 한 가지 주제에서 다른 주제로 넘어가는 것을 보면, 마치 한 나뭇가지에서 다른 나뭇가지로 폴짝폴짝 뛰어다니는 새가 연상되었다. 하지만 하루 이틀이 지나고 나면, 공주는 느닷없이 며칠 전에 했던 이야기의 중단된 바로 그 지점으로 다시 돌아가곤 했다. 그리고 누가 뭐라고 하는 사람도 없었고, 당시에는 생각해 보기 싫었던 문제에 대해 오락가락하는 자신의 생각을 차근차근 펼쳤던 것이다. 이처럼 중요한 주제와 부차적인 주제를 전혀 구별하지 못하는 것과 모든 대화의 주제에 대해 전적으로 무관심한 것은 하자르 논쟁▽이 벌어지는 동안 공주에게 닥친 불행 때문이라고 한다.

아테 공주는 시인이었다. 하지만 공주의 작품 가운데 지금까지 전해 내려오는 것은 이것이 유일하다.

두 개의 〈예〉 사이의 차이는, 〈예〉와 〈아니요〉 사이의 차이보다 더 클 수도 있다.

그 이외의 것들은 전부 아테 공주의 작품으로 추정될 뿐이다. 그렇지만 많은 사람들은 공주가 직접 쓴 시나 그녀의 지도하에 쓴 상당수의 글들이 아랍어로 번역되어 전하고 있다고 믿는다. 하자르 민족과 하자르 민족의 개종에 대한 권위자들은 하자르 논쟁에 바쳐진 여러 편의 시에 특히 관심을 갖고 있다. 이 시들은 원래 연애시였다. 단지 나중에 연대 기록자들이 책상 앞에 앉아 하자르 논쟁에 대해 기록하면서 이 시들을 논쟁에 사용했던 것뿐이다.

아테 공주는 논쟁에 열성적으로 참여해 유대 측 대표와 기독교 측 대표를 성공적으로 따돌렸고, 결국 이슬람교를 대표하던 파라비 이븐 코라ⓔ를 도와주었다. 그리고 자신의 군주이자 주인이었던 하자르 카간과 함께 이슬람교로 개종했다. 그리스 측 대표는 상황이 자신에게 점점 불리해진다는 사실을 알아차리고 유대 측 대표와 결탁했다. 두 사람은 힘을 모아서 두 지옥을 관장하는 지하 세력[11]에게 아테 공주를 넘겨주려고 했다. 아테 공주는 그러한 파국을 피하기 위해 스스로 제3의 지옥[12]으로 가겠다고 결심했다. 그렇지만 이블리스는 다른 두 지옥에서 나온 결정을 완전히 번복할 수 없었기 때문에, 일단 아테 공주로부터 성을 박탈하고 공주로 하여금 자기가 쓴 시 모두와 자기 나라의 말을 완전히 잊어버리도록 만들었다. 하지만 〈쿠 ku〉ⓔ라는 단어만은 기억할 수 있도록 해주었으며, 또한 영원한 생명도 주었다. 이블리스는 아테 공주에게 이븐 하데라시ⓔ라는 이름의 악마를 내려보냈다. 이븐 하

11 유대교의 벨리알과 기독교의 사탄을 의미한다.
12 이블리스가 있는 이슬람교의 지옥.

데라시는 타조의 탈을 쓰고 나타나서 이블리스의 판결을 집행했다. 그렇게 해서 아테 공주는 영원히 살아남게 되었고, 각각의 생각들과 각각의 단어들로 끝없이 그리고 서두르지 않고 되돌아갈 수 있었다. 왜냐하면 영원이란 시간 속에서 시간의 순서에 대한 감각을 완전히 잃어버렸기 때문이다. 사랑은 오로지 공주의 꿈속에서만 존재했다. 바로 그런 이유로 인해 아테 공주는 꿈 사냥꾼 종파에 완전히 빠져 버렸던 것이다. 꿈 사냥꾼이라는 하자르 사제들은 경전에 언급되어 있는 천상의 명부를 지상의 것으로 창조해 보고자 무던 애를 쓰고 있었다. 아테 공주의 능력과 꿈 사냥꾼들의 기술이 합쳐지면서, 공주는 다른 사람들의 꿈속으로 자기 자신의 생각이나 다른 사람의 생각, 심지어 물건까지도 보낼 수 있게 되었다. 아테 공주는 자기보다 천 년 후에나 태어날 사람의 꿈속에까지 손을 뻗칠 수 있었고, 그녀에 대한 꿈을 꾸는 사람에게는 어떤 물건이라도 보낼 수 있었다. 그 방법은 포도주를 먹이로 하는 말에 전령을 태워서 보내는 것만큼이나 매우 안전했으며, 훨씬 더 빨랐다. 그 가운데 한 가지 사례에 대한 기록이 지금도 남아 있다.

어느 날 아테 공주는 침실 열쇠를 입에 문 채, 음악 소리와 함께 어떤 여자 아이가 가느다란 목소리로 소곤소곤 이야기하는 소리가 들리기를 기다렸다.

「한 사람이 살아가면서 하는 행동은 식사 때 먹는 음식과 같은 것이고, 그 사람의 생각과 느낌은 조미료와 같은 것이죠. 체리에 소금을 넣거나 과자에 식초를 붓는 사람은 누구나 비참하게 살아갈 것입니다.」

이 말이 끝나자마자, 아테 공주의 입속에 있던 열쇠가 사라졌다. 공주는 성공적인 교환이 이루어졌음을 깨달았다. 열쇠는 원래 이 말을 들어야 했던 사람에게로 갔고, 그 대신 그 말이 공주에게로 온 것이다……

다우브마누스▩의 주장에 따르면, 아테 공주는 다우브마누스 시대에도 여전히 살아 있었다. 17세기에 마수디ⓔ라는 이름의 류트 연주자가 있었는데, 그 사람은 아나톨리아 출신의 터키인으로 아테 공주를 만나서 이야기를 나누었다고 한다. 마수디는 스스로 꿈 사냥꾼의 기술을 익혔고 아랍어로 된 『하자르 사전』 혹은 『하자르 백과사전』을 가지고 있었다. 하지만 아테 공주를 만날 무렵에는 사전의 표제어들을 아직까지도 완전히 파악하지 못한 상태였기 때문에, 아테 공주가 〈쿠〉라는 말을 했을 때 그것이 무슨 뜻인지 알아듣지 못했다.

〈쿠〉는 〈하자르 사전〉에 나오는 단어로, 어떤 과일을 가리키는 말이다. 만약 마수디가 그 당시에 그 사실을 알고 있었더라면 자기 앞에 서 있는 사람이 누구인지 알아볼 수 있었을 것이며, 나중에 그토록 엄청난 노력을 들일 필요도 없었을 것이다. 왜냐하면 꿈 사냥에 대해서는 그 어떤 사전에서보다도 이 불행한 아테 공주에게서 더 많은 것을 배울 수 있었을 것이기 때문이다. 하지만 마수디는 공주를 알아보지 못했으며, 자기에게 찾아온 절호의 기회를 하찮게 생각하고 놓쳐 버렸다. 그래서 마수디의 낙타가 그의 눈에 침을 뱉었다는 전설이 전하고 있다.

알 바크리
AL-BAKRI, THE SPANIARD
(11세기)

하자르 논쟁▽의 아랍 측 연대 기록자. 알 바크리가 남긴 글은 최근에서야 출간되었는데, 원래 아랍어로 기록된 것을 마르쿼트[13]가 번역했다.[14]

---

13 Marquart(1864~1930). 터키 계통의 민족, 언어, 문학을 연구한 학자.
14 1903년 라이프치히에서 출간된 『*Osteuropäische und ostasiatische*

하자르 논쟁, 즉 개종에 대한 문헌은 알 바크리가 남긴 것 외에도 두 가지가 더 보존되어 있다. 하지만 모두 불완전하기 때문에, 그 문헌에서 언급하고 있는 하자르 민족의 개종이 유대교로의 개종을 말하는지 혹은 기독교나 이슬람교로의 개종을 말하는지 불확실하다. 이렇게 일부가 손실된 문서로는 알 이스타흐리[15]의 보고서와 마수디 1세의 보고서가 있다. 마수디 1세는 『황금 목장』의 저자로 하룬 알 라시드[16]의 재위 기간(786~809) 동안에 하자르 민족▽이 그들의 신앙을 버렸다고 믿었다. 그 기간 동안에 비잔틴과 칼리프의 영토인 압바스 제국에서 하자르 땅으로 추방된 유대인이 많았는데, 그곳에서 유대인들은 별다른 저항 없이 받아들여졌다는 것이다. 또 다른 하자르 논쟁 기록자로는 이븐 알 아티르[17]가 있지만, 그의 기록은 원전 그대로 보존되지 않았으며 다마스쿠스에서 우리에게 전해졌다. 결국 가장 믿을 수 있고 모든 것을 망라한 자료는 알 바크리의 보고서라고 할 수 있다.

알 바크리의 주장에 따르면 하자르 민족은 731년 칼리프와의 전쟁이 끝난 후에 아랍인들과 화평을 맺으며 이슬람교를 받아들였다고 한다. 실제로 이븐 루스타나 이븐 파들란과 같은 아랍 역사가들은 하자르 제국에 이슬람 예배소가 많이 있었다고 말한다. 이 역사가들은 〈이중 왕국〉에 대해서도 이야기하고 있다. 이 말은 어느 한 시기에 하자르 제국이 어떤 다른 신앙 고백과 똑같은 근거 위에 이슬람교를 받아들이고 카간이 무함마드의 종교를 신봉했던 반면에, 카간과 권력을 공유하던 하자르 왕은 유대교를 옹호했다는 뜻으로 받아들

Streifzüge』를 말한다.
15 Al-Istakhri(?~957). 페르시아의 지리학자.
16 압바스 제국의 술탄.
17 Ibn Al-Athir(1160~1233). 쿠르드족 출신의 이슬람 역사가.

일 수 있다. 알 바크리에 따르면, 뒤이어 하자르 민족은 기독교로 개종했고, 763년 사브리엘 오바디아 카간의 주도하에 종교 논쟁을 벌인 다음, 마침내 유대교를 채택했다. 그 논쟁에 이슬람 측 대표는 참석하지 못했는데, 왜냐하면 도중에 독살당했기 때문이었다.

다우브마누스☆의 견해에 따르면, 알 바크리는 하자르 민족이 자신들의 종교를 버리고 이슬람교로 개종한 시기가 가장 결정적인 순간이라고 믿었다. 알 바크리의 글을 보면, 최초의 현자인 무함마드가 남긴 말씀이 확증하듯이, 이슬람 경전인 코란에는 수많은 단계가 있다고 한다. 그 말씀은 다음과 같다.

〈이 책에 실린 단 한 글자라도 하늘에서 강림한 천사가 보내 주지 않은 것이 없고, 천사가 불러 준 대로 기록하지 않은 것이 없다. 또한 단 한 구절이라도 내가 큰 소리로 따라 읽지 않은 것이 없고 천사가 나에게 여덟 번씩 해석해 주지 않은 것이 없다. 천사는 문자적 의미와 영적인 의미, 앞 행에 의해 달라지는 구절과 뒤따라 나오는 행을 바꾸어 놓는 구절, 신비스러운 것과 애매모호한 것, 독특한 것과 일반적인 것까지 모두 설명해 주었다.〉

의학계의 권위자 자카리 라지[18]가 지적한 바에 따르면, 알 바크리는 이슬람교와 기독교 그리고 유대교의 세 종교가 경전의 세 단계로 받아들여질 수 있다고 믿었다. 각 나라들은 경전의 여러 단계 중에서 그들 나라의 실정에 가장 잘 어울리는 단계, 다시 말하자면 자신들의 성격을 밑바닥까지 표현해 줄 수 있는 단계를 채택한다는 것이다.

그는 의미의 첫 번째 단계를 고려하지 않았다. 왜냐하면 이

---

18 Zachary Razi(?~920). 중세의 가장 뛰어난 이슬람 의학자.

것은 글자 그대로의 의미를 나타내는 단계로 〈아밤*avam*〉이라고 불렸으며 어떤 종교를 믿는 사람이든지 접할 수 있었기 때문이다. 두 번째 단계는 암시, 즉 비유적 의미의 단계로 〈카바스*kavas*〉라고 불렀으며, 현명한 사람만이 이해할 수 있다. 기독교 교회가 바로 이 단계에 해당하며 현재의 순간과 경전의 소리(목소리)가 이 단계에 들어 있다. 세 번째 단계는 〈아블리아*avlia*〉라고 부르며, 초자연적 의미를 포함한다. 경전에 나타난 유대교의 단계, 신비로운 심원과 음악의 단계, 책이 시작되는 단계 등이 여기에 해당된다. 그리고 네 번째 단계 〈안비아*anvia*〉는 예언의 빛과 내일의 단계로 이슬람교의 가르침 가운데 가장 본질적인 것, 경전의 영혼, 일곱 번째로 깊은 심연 등을 나타낸다.

하자르 민족은 먼저 경전의 가장 높은 단계 〈안비아〉를 받아들이고 나중에 가서야 다른 단계들을 순서 없이 받아들이면서, 이슬람교의 가르침이 자기들에게 가장 잘 어울린다는 사실을 보여 주었다. 그런 다음에 기독교로 개종하고 또다시 유대교로 개종하면서도, 결코 이슬람교를 포기하지 않았다.

이러한 사실을 뒷받침해 줄 만한 증거가 있다. 하자르 제국이 멸망하기 전에 마지막 카간은 애초에 받아들인 종교로 다시 개종하면서 이슬람교를 신봉했는데, 이븐 알 아티르가 그것에 대한 내용을 자세히 기록해 두었다.

스페인 사람이었던 알 바크리는 아랍어로 보고서를 작성할 때, 단어 선정에 각별히 신경을 써서 천사의 말씀과 똑같은 글을 남겼다. 하지만 말년에 노인이 되자, 알 바크리의 문체가 조금씩 변했다. 그는 예순일곱 살이 되면서 삶의 즐거움을 찾기 시작했다. 그는 대머리였으며 왼손잡이에 오른발잡이였다. 여전히 자랑삼아 내세울 수 있는 것이라고는 맑은 두 눈뿐이었는데, 어떻게 보면 작고 파란 물고기 두 마리 같았다. 어느 날 밤 그는 한 여자가 자신의 방문을 두드리고 있는 꿈을 꾸었다. 침대에 누운 채, 열린 문틈 사이로 달빛에 비친 그 여자의 얼굴을 똑똑히 볼 수 있었다. 그녀는 처녀들이 하듯이 생선 가루 파우더를 얼굴에 바르고 있었다. 알 바크리가 문을 열어 주려고 일어나서 보니, 그녀는 일어서서 문을 두드리고 있는 것이 아니라 바닥에 앉아 있는 것이었다. 그녀의 앉은키가 알 바크리의 서 있는 키와 비슷했던 것이다. 그녀는 서서히 몸을 일으키기 시작했지만, 그렇게 하는 데 시간이 아주 많이 걸렸다. 그녀의 키가 너무 컸기 때문에 덜컥 겁이 난 바크리가 눈을 떠보니, 그의 침대 안이 아니었다. 그가 꿈을 꾸고 있었던 곳은 물 위에 매달린 우리 속이었다. 그는 스무 살의 왼발잡이 청년이었고 구불거리는 머리카락과 턱수염을 길게 기르고 있었다. 그런데 거기에는 전혀 설명할 수 없는 기억이 묶여 있었다. 그는 턱수염을 포도주에 담근 다음, 그것으로 소녀의 가슴을 씻고 있었던 것이다. 알 바크리는 아랍어를 한마디도 할 수 없었다. 담당 간수는 파리를 빻아서 그 가루로 만든 빵을 그에게 주었다. 알 바크리는 그 간수가 알아들을 수 있는 언어로 유창하게 말할 수 있었지만, 정작 그는 자기가 한 말을 조금도 이해할 수 없었다. 그가 들어 있던 우리는 물 위에 매달려 있었다. 밀물이 되면 파도 위로 그의 머리만 살짝 올라왔지만, 썰물이 되면 바닷물이 물러가고 강물이 올라왔기 때문에 그는 손으로 게나 거북을 잡을 수도 있었으며 민물에 바닷물을 씻어 낼 수도 있었다. 알 바크리는 우리 속에 갇힌 채, 이빨을 사용해서 게나 거북 껍질에 글자를 새겨 넣었다. 하지만 자기가 써 놓은 글자를 어떻게 읽어야 하는지 몰랐기 때문에, 그 동물들을 물속에 다시 던져 넣었다. 자신이 세상을 향해 어떤 전갈을 보내고 있는지 전혀 모르고 있었던 것이다. 또한 바닷물이 빠져나갔을 때 거북을 잡아 보면 껍질에 어떤 전갈이 쓰여 있곤 했지만, 한 글자도 이해할 수가 없었다. 알 바크리는 흥건한 타액과 치통 속에서 소금기가 밴 여자의 가슴에 대한 꿈을 꾸면서 죽었다. 서서히 죽어 가면서 자기가 매달려 있던 나무에게서 경전의 언어를 다시 배우고 있었다.

운지법
FINGERING

음악 용어. 악기를 연주할 때 가장 적절한 음색을 만들기 위한 손가락 사용법을 의미한다. 17세기 소아시아의 류트 연주자들 사이에서는 유수프 마수디의 운지법이 높이 평가되었다. 〈사탄의 운지법〉은 특별히 어려운 부분을 가리킨다.

무어인들이 사용했던 스페인식 사탄의 운지법이 있었다.

스페인식 사탄의 운지법 중에는 기타 연주용으로 바꾸어 놓은 것만 오늘날까지 전해 내려오는데, 특히 열한 번째 손가

테살로니카의 메토디우스, 9세기의 프레스코 벽화에서

락을 사용한다는 점이 눈에 띈다. 이슬람교 전설에 따르면 사탄은 열 손가락과 한 개의 꼬리로 악기를 연주했다고 한다. 사탄의 운지법이 원래는 상당히 다른 무엇인가를 의미했다고 말하는 사람들도 있다. 그것은 금을 만드는 세부 과정이었거나 봄부터 가을까지 언제나 싱싱한 과일을 거두어들일 수 있도록 정원에 과일나무를 심는 순서였을 것이라고 한다. 나중에 음악에 적용되면서 운지법의 형태로 탈바꿈한 것이라고 한다. 그런 식으로 하나의 지혜가 또 다른 오래된 지혜를 자취도 없이 땅속에 묻어 버리기도 하는 것이다.

바스라의 파편
FRAGMENT FROM BASRA

요하네스 다우브마누스✠ 사전의 일부로 추정되는 아랍어 문헌에 대한 18세기 필사본의 명칭.

다우브마누스의 사전은 1691년 프로이센에서 『하자르 사전』이라는 이름으로 출판됐지만, 그 즉시 파기되었다. 그러므로 〈바스라[19]의 파편〉이 실제로 어디에서 유래한 것인지는 확인할 길이 없다. 또한 파편으로 남은 이 글이 정확하게 사전의 어느 부분에 나오는 것인지도 알려지지 않았지만, 그 내용은 다음과 같다.

당신의 영혼이 가장 깊은 곳에서 당신의 육신을 붙잡고 있는 것과 마찬가지로, 세 번째 천사 아담 루하니는 자신의 영혼 밑바닥에서 우주를 붙잡고 있다. 이제 1689년이 지났으니 아담 루하니는 자신의 궤도를 따라 하향 곡선을 그리면서, 달의 궤도와 태양의 궤도가 만나는 곳, 다시 말하자

---

[19] 이라크 동남부 페르시아 만에 있는 항구.

면 아흐리만[20]의 지옥을 향해 접근하고 있다. 그러므로 우리는 당신들, 즉 꿈 사냥꾼†과 상상의 독자들을 추격하지 않을 것이다. 당신들은 아담 루하니를 따라가서 그의 육신을 책 모양으로 조립하려고 애쓰고 있다. 하지만 20세기 말에 아담 루하니는 방황의 상승 곡선을 따라 올라갈 것이며, 그가 다스리는 꿈의 나라는 창조주를 향해 나아갈 것이다.

그때가 되면 우리는 당신들을 죽여야만 할 것이다. 사람들의 꿈속에 조각조각 흩어져 있는 아담의 육신을 알아보고 그것을 한곳으로 모아서 땅 위에 가져다 한 권의 책으로 엮어 내려고 하는 당신들을 말이다. 우리는 아담 루하니의 육신으로 만든 책이 형태를 갖추는 것을 허락할 수 없기 때문이다.

그러나 하잘것없는 우리 이블리스나 악마들만이 아담 루하니의 문제에 관심을 가지고 있다고 생각하지 마라. 당신들은 기껏해야 아담 루하니의 엉덩이에 나 있는 사마귀나 새끼손톱에 불과하다. 우리는 여기에서 아담 루하니의 엉덩이에 사마귀가 나거나 새끼손가락의 손톱이 길어지는 것을 막고 있을 뿐이다. 그 외의 다른 악마들은 아담 루하니의 다른 신체 부위를 모으려는 사람들을 처리한다. 하지만 환상 속에서 살지 마라. 당신들 가운데 어느 누구도 아담 루하니의 거대한 육신에, 당신들이 말하는 그 꿈의 나라에, 손가락 하나 대어 본 적이 없다. 아담 루하니를 정확히 읽어 내는 작업은 아직까지도 여전히 걸음마 단계에 있다.

이 땅 위에 아담 루하니의 육신을 구현하기 위한 책은 아직까지도 사람들의 꿈속에 있을 뿐이며, 그나마 그중 일

---

20 조로아스터교의 악과 어둠의 신.

부는 죽은 자들의 꿈속에 있으니, 그 일은 마른 우물에서 물을 끌어내는 것만큼이나 불가능한 일이다.

이븐 하데라시
IBN (ABU) HADERASH

아테▽ 공주의 성(性)을 박탈한 악마. 이븐 하데라시는 지옥에 머물고 있는데, 그중에서도 특히 달의 궤도와 태양의 궤도가 만나는 곳에 살고 있다.

이븐 하데라시는 시인이었기 때문에, 자기 자신에 대해 다음과 같은 시를 지었다.

> 내가 그들의 여인들 가까이에 있을 때,
> 아비시니아 사람들은
> 소스라치게 놀란 표정을 지었다.
> 그리스 사람들도 터키 사람들도 슬라브 사람들도
> 처음부터 끝까지…….

알 마즈루바니라는 사람이 이븐 하데라시가 지은 시들을 엮어 두었다. 그는 악마들이 지은 시를 모아 12세기에 악마의 시집 한 권을 출간했다(아랍어로 된 아불-알라 알-마리 시집과 비교할 것. 그 책에도 이 사실에 대한 기록이 있다).

이븐 하데라시는 보폭이 아주 넓은 말을 타고 다녔으며, 지금까지도 그 말발굽 소리를 들을 수 있다. 하루에 한 번씩.

카간
KAGHAN

하자르 군주를 의미한다. 타타르어 〈칸〉에서 온 단어인데 〈왕자〉라는 뜻이다.

이븐 파들란의 주장에 따르면 하자르 민족은 카간을 강바닥에 묻었다. 카간은 언제나 또 한 명의 군주와 권력을 나누었는데, 단지 제일 먼저 아침 문안 인사를 받는 정도의 권위만을 더 지니고 있을 뿐이었다. 카간은 일반적으로 유서 있는 왕가에서 나왔는데, 이 가문은 아마도 터키 계통이었을 것이다. 그 반면에 왕 혹은 〈베이 *bey*〉라고 불리던 카간의 공동 군주는 평민 출신의 하자르인이었다. 9세기에 기록된 야쿠비 문서를 보면, 카간은 6세기에 이미 칼리프를 자신의 대리인으로 삼았다. 하자르 민족의 공동 통치에 대해, 알 이스타흐리가 가장 자세하게 기록해 두었다. 아랍력으로 320년[21]에 쓴 이 기록은 다음과 같다.

하자르의 정치와 행정에서 그 지배자는 하자르 민족의 카간이라고 불린다. 그는 하자르 왕인 〈베이〉보다 더 지위가 높다. 다만 카간을 임명하는 사람(〈카간〉이라는 직위를 내리는 사람)은 바로 왕이다. 카간을 새로 임명하고 싶을 때, 왕은 카간으로 지명당한 사람을 데리고 들어와서 비단 조각으로 목을 조른다. 그 사람이 거의 숨이 끊어질 지경에 이르렀을 때 〈얼마나 오랫동안 지배할 생각입니까?〉 하고 물으면, 카간으로 지명당한 사람은 〈얼마〉라고 햇수를 대답한다. 만약 그 사람이 자신이 대답한 기간이 만료되기 전에 죽는다면 아무런 일도 생기지 않지만, 그 사람이 때가 되어도 죽지 않는다면 그는 자신이 말한 그 해를 채우자마자 죽임을 당한다.

카간은 유력한 가문의 집안에서만 권력을 행사할 수 있었다. 카간에게는 명령을 내릴 권리가 없었지만, 사람들은 카간을 존경했으며 그 앞에서는 모두가 엎드렸다. 권력이

---

21 서기로는 932년.

나 돈이 없어도, 명망이 높은 사람들 가운데에서 한 명을 골라 카간으로 내세웠다. 누군가가 그 자리를 떠맡을 차례가 되면, 사람들은 그 사람의 재산 정도를 조사해 보지 않고 카간으로 내세웠다. 이것은 믿을 만한 사람에게서 들은 이야기인데, 그녀는 어떤 젊은이가 길에서 빵을 파는 것을 보았다고 한다. 그런데 카간이 죽자, 그 자리에 오를 만한 사람은 이 젊은 친구뿐이었다고 한다. 하지만 그 젊은이는 이슬람교도였고 카간이라는 직위는 유대인에게만 주어지는 것이었다.

대부분의 경우 카간의 공동 군주는 탁월한 전사였다. 한번은 전쟁에서 승리를 거두고 적에게서 약탈해 온 노획물 중에 뻐꾸기가 있었는데, 그 뻐꾸기가 울면 지하수가 솟아 나왔다. 이 뻐꾸기를 빼앗기게 되자, 적군들은 하자르 민족이 있는 곳으로 찾아와 함께 살게 되었다. 시간이 너무나 천천히 흘러가기 시작했다. 예전에 일곱 살을 먹을 동안, 이제는 한 살을 먹게 되었다. 하자르 사람들은 달력을 고쳐야만 했다. 새로 만든 달력은 기본 단위가 3개월로 구성되어 있었다. 1월은 해의 달, 2월은 달의 달, 3월은 달빛이 없는 달이었다. 사람들은 20일 만에 태어났다. 여름 동안 곡식을 아홉 번이나 거두어들였으며, 그런 다음에는 겨울이 계속해서 아홉 번이나 찾아왔기 때문에 여름에 거두어들인 곡식을 먹으면서 살았다. 사람들은 하루에 다섯 번 잠자리에 들었고, 열다섯 번 요리를 하고 앉아서 먹었다. 우유는 달빛이 없는 밤에만 신선한 상태를 유지했는데, 달빛이 없는 밤이 너무나 오랫동안 지속되었기 때문에 사람들은 어디에 길이 나 있었는지도 잊어버리고 말았다. 마침내 아침이 밝아 오면 사람들은 서로를 잘 알아볼 수 없었다. 밤이 계속되는 동안 부쩍 자라 버린 아이들도 있고 늙어 버린 사람들도 있었기 때문이다. 그리고 밤이 다시 다가오기 시작하면, 사람들은 두 번 다시 이 세대를 보지 못할 것이라는 사실을 알고 있었다. 꿈 사냥꾼들이 새겨 넣었던 글자들은 점점 더 커졌다. 글자 가장자리까지 가보는 것도 힘들 지경이었다. 이제 책으로는 그 크기를 감당해 낼 수 없어서, 꿈 사냥꾼들은 산비탈에 글자를 쓰기 시작했다. 강물은 넓은 바다를 향해 끊임없이 흘러갔다.

어느 날 밤 말들이 달빛 아래에서 풀을 뜯고 있을 때, 한 천사가 카간의 꿈에 나타나 이런 말을 했다.

「창조주는 당신의 행동에 기뻐하시지 않고 당신의 속마음에 기뻐하십니다.」

카간은 꿈 사냥꾼을 불러 그 꿈의 의미가 무엇이며, 어째서 하자르인들에게 불행이 닥쳤는지 물어보았다.

꿈 사냥꾼 가운데 한 사람이 말하기를, 위대한 사람이 오고 있는 중이며, 시간이 그의 속도에 맞추어 흘러가고 있다고 했다. 이 말을 듣고 카간은 이렇게 대답했다.

「그것은 사실이 아니다. 우리는 점점 더 작아졌으며, 그로 인해 고통 받고 있는 것이다.」

카간은 하자르 민족 사제와 꿈 사냥꾼을 내보내고 유대인, 아랍인, 그리스인을 각각 한 사람씩 불러다가 자신의 꿈을 설명하도록 명령했다. 카간은 자기 자신은 물론 국민들까지 포함해, 세 사람 중에서 가장 훌륭한 해몽을 내놓는 사람의 종교로 개종하기로 결정했다. 카간의 궁정에서 세 가지 종교에 대한 논쟁이 시작되었고, 카간은 아랍 측 참석자인 이븐 코라[e]의 주장에 마음이 흔들렸다. 이븐 코라는 다른 무엇보다도, 다음 질문에 대해 가장 만족스러운 대답을 제시했다.

「우리의 감은 눈 뒤쪽의 완전한 어둠 속에서 발생하는, 꿈을 밝게 비추는 그것은 무엇인가? 그것은 이제 더 이상 존재하지 않는 빛에 대한 기억인가? 혹은 날도 밝기 전에 우리가 내일로부터 미리 끌어다 쓰는 미래의 빛인가?」

「어느 경우라도 그것은 존재하지 않는 빛이지요. 그러므로 어느 대답이 옳은가 하는 것은 문제가 되지 않습니다. 질문 자체가 존재하지 않는 것으로 생각해야 하니까요.」

이슬람교를 받아들인 카간의 이름은 알 수 없다. 그 카간 은 엘리프[22] 표시 아래 묻혔다고 알려져 있다. 또 다른 자료에 따르면, 그 사람의 이름은 원래 카티브였는데, 신발을 벗고 발을 깨끗하게 씻은 후에 모스크[23]로 걸어 들어갔다가 기도 를 마치고 태양이 비추는 밖으로 나오자, 그의 이름과 신발이 사라져 버렸다고 한다.

하자르 민족
KHAZARS

아랍어로는 〈하자르〉, 중국어로는 〈코사〉라고 한다. 터키 계통 민족이다. 〈하자르〉라는 이름의 어원은 터키어로 〈카즈마크*qazmak*(떠돌아다니다, 옮겨 다니다)〉 혹은 〈쿠즈*quz*(산에서 그림자가 드리워진 북쪽 부분)〉라고 한다. 또한 〈하얀 하자르〉란 뜻으로 〈아크 하자르〉라는 이름이 있는데, 알 이스타흐리가 언급한 검은 하자르 민족(카라 하자르)과 구별하기 위해 사용한 것이 분명하다.

552년 이후에 하자르 민족은 아마 서 터키 제국에 속해 있으면서 서 터키의 초대 카간이 술Sul이나 다르반드에 위치한 페르시아 요새를 함락하기 위해 벌인 전투에 참여했던 것 같다. 6세기에는 사비르 민족[24]이 캅카스 북부 지역을 차지했

22 그믐달 모양의 아랍 문자.
23 이슬람 사원.
24 두 개의 위대한 훈족 가운데 하나. 그들은 오랫동안 동부 유럽을 지배했다.

다. 한편 10세기의 역사가이자 기록자였던 마수디에 의하면, 터키인들이 하자르 민족을 〈사비르 민족〉이라고 불렀다고 한다. 이슬람 문헌에서 하자르 민족을 언급할 때, 그것이 언제나 같은 민족을 지칭하고 있는 것인지는 확실하지 않다.

하자르 민족은 통치자를 비롯해 국가 전체가 이중 체제를 갖고 있었던 것으로 보인다. 따라서 〈하얀 하자르 민족〉과 〈검은 하자르 민족〉이라는 이름은 다른 각도에서 바라볼 수 있다. 아랍어로 〈하자르〉가 〈하얀〉 새와 〈검은〉 새를 모두 지칭하므로, 하얀 하자르 민족은 낮을, 검은 하자르 민족은 밤을 대표한다고 가정할 수 있다. 하자르인들은 그들이 기억할 수 있는 역사의 초기에 〈우-은-은드-르〉라는 강력한 북방 민족을 물리친 적이 있는데, 이 민족은 『후두드 알 람(세계의 지역)』에 언급되어 있다. 이 부족의 이름은 그리스인들이 불가리아 사람들을 부르는 이름(온 오군두르)과 비슷하다. 그러므로 아마 캅카스 지역 내에서 하자르인들과 처음으로 충돌한 것은 불가리아인들과 아랍인들이었을 것이다.

이슬람 문헌에 따르면, 아랍-하자르 사이의 첫 번째 전쟁은 642년 캅카스에서 발발했다고 한다. 그 전쟁은 653년 발란자르 전투에서 아랍군 사령관이 전사하면서 끝났다. 서기 마수디에 따르면, 하자르 민족은 발란자르에서 사만다르로 천도했고, 마지막으로 아틸 혹은 이틸로 옮겼다고 한다. 제2차 아랍-하자르 전쟁은 772년이나 그 직전에 시작되었으며, 773년에 하자르 민족의 패배로 끝났다. 그 당시는 무하마드 마르완의 시대였고, 카간은 이슬람교를 전파하고 있었다. 아랍 지리학자 알 이드리시가 제작한 지도를 보면, 하자르 민족의 국가는 볼가 강과 돈 강의 하류 지역에 자리 잡고 있었고 사르켈과 아틸도 하자르 민족의 영토에 포함되어 있었다. 알 이스타흐리는 하자르 지역에서 호레즘으로 향하는 〈대상로〉와 호레즘에서 볼가로 향하는 〈제국로〉를 언급하고 있다.

 이슬람 문헌에 따르면, 하자르인들은 뛰어난 경작자이자 어부였다고 한다. 하자르 민족이 사는 땅에는 계곡이 있는데, 겨울이면 그곳에 엄청난 양의 물이 모여들어 호수가 생긴다. 하자르인들이 그 호수에서 기르는 물고기는 살이 아주 포동포동해서 기름 없이도 튀겨 먹을 수 있을 정도다. 봄이 와서 물이 마르고 나면, 사람들은 이 계곡에 생선 비료를 주고 밀을 심는다. 농사 역시 아주 잘돼서, 한 해에 같은 계곡에서 물고기 추수와 밀 추수를 모두 하는 셈이다.

 하자르 민족은 아주 꾀가 많아서, 굴을 기를 때 나무를 이용한다. 해변에 나무를 심어 놓고 그 나뭇가지를 구부려 물속에 집어넣은 다음, 바위를 매달아 고정시킨다. 그렇게 하면 2년도 지나지 않아서 나뭇가지에는 굴이 빈틈없이 달라붙게 된다. 3년이 지나고 나면 바위가 떨어져 나가고 나뭇가지가 물 위로 올라오는데, 맛있는 굴을 가득 매달고 있는 것이다.

 하자르 제국을 가로질러 흘러가는 강은 두 개의 이름을 가지고 있다. 똑같은 강바닥을 흐르는 강물이지만, 절반은 동쪽에서 서쪽으로 흐르고 나머지 절반은 서쪽에서 동쪽으로 흐르기 때문이다. 이 강의 이름은 하자르인들이 사용하는 두 가지 연도의 이름과 같다. 왜냐하면 하자르인들은 사계절 동안 한 해가 아니라 두 해가 지나간다고 믿었으며, 그 두 해는 마치 하자르 강처럼 서로 반대 방향으로 흘러간다고 믿었기 때문이다. 하자르 민족이 생각하는 두 가지 연도는 카드를 뒤섞는 것처럼 날과 계절을 뒤섞는다. 그래서 겨울날과 봄날을 섞어 버리고 여름날을 가을날과 섞어 버린다. 게다가 두 개의 하자르 연도 가운데 하나는 미래에서 과거로 흐르고 다른 하나는 과거에서 미래로 흐른다.

하자르인들은 살아가면서 벌어지는 독특한 사건들을 전부 자신의 지팡이에 새겨 두었는데, 그때 기호로 사용하는 동물은 그 사건을 나타내는 것이 아니라 당시의 상황이나 분위기를 나타낸다. 그래서 어떤 사람의 무덤을 만들 때, 그 사람의 지팡이에 가장 많이 등장하는 동물 모양으로 무덤을 만들었다. 그래서 하자르인들의 무덤을 분류할 때에는 그 모양이 호랑이, 새, 낙타, 스라소니, 물고기, 달걀, 염소 같은 것들 가운데 어느 것과 비슷한지를 먼저 살펴본다.

하자르 민족은 잉크를 풀어 놓은 것처럼 검은 카스피 해 깊은 곳에 눈이 없는 물고기가 있다고 믿었다. 그 물고기는 시계처럼 이 우주에서 유일하게 정확한 시간만을 나타낸다. 하자르 전설에 따르면, 처음에는 과거와 미래의 모든 창조물과 모든 사건, 모든 사물이 불타는 시간의 강물 속을 헤엄치면서 녹아 버렸다고 한다. 그래서 이전의 존재와 이후의 존재가 비누와 물처럼 한곳에 뒤섞였다. 그때에는, 끔찍하게도 살아있는 것은 모두 다 자기가 원하는 대로 다른 생물을 창조할 수 있었다. 하자르의 소금 신이, 모든 생물은 자기와 모양이 같은 존재 이외에는 만들어 낼 수 없다는 규정을 정하고 나서야 걷잡을 수 없는 방종이 막을 내렸다.

하자르의 소금 신은 미래로부터 과거를 떼어 내고 현재에 자신의 왕좌를 세웠다. 그리고 미래 위를 걸어 다니고 과거 위를 날아다니면서 감시의 눈을 돌리지 않았다. 하자르의 소금 신은 자기 자신으로부터 전 세계를 창조했지만, 오래된 것은 무엇이든지 꾹꾹 씹어 삼켰다가 다시 젊어진 세상을 뱉어낸다. 우주에는 모든 인류의 운명과 국가들의 이야기가 아로새겨져 있다. 모든 별들은 언어와 민족의 은신처이자, 이미 형성된 삶을 나타낸다. 그리하여 우주는 눈에 보이는 압축된 영원이며, 인류의 운명은 그 안에서 별처럼 반짝거린다.

하자르 민족은 음표나 문자나 숫자를 읽는 것처럼 색깔을 읽을 수 있었다. 하자르인들이 모스크나 기독교 신전에 들어가서 벽화를 보고 그것이 채색화나 성상 혹은 어떤 종류의 그림이더라도, 그림에 묘사된 것은 그 즉시 모조리 적어 내거나 읽어 내거나 노래로 불러 내는 것을 보면, 과거의 화가들 역시 이 비밀스럽고 공인되지 않은 기술에 대해 알고 있었다는 사실을 알 수 있다. 하자르 제국에 유대교의 영향이 미치면서 하자르인들은 그림을 멀리하고 자기들이 가지고 있던 기술을 잊어버렸다. 이러한 경향은 콘스탄티노플에서 성상 타파주의자들이 득세하고 있을 때 극에 달했다. 그 후로 다시는 그 기술을 온전히 회복할 수 없었다.

하자르인들은 시간이 아니라 공간을 통해 미래를 상상한다. 하자르 신전은 미리 정해진 배열을 엄격하게 지켜서 지어 놓은 것인데, 그 배열을 연결시키면 세 번째 천사 아담 루하니의 모습이 되었다. 아담 루하니는 하자르 공주와 공주가 거느리고 있던 사제들의 표상이었다. 그들은 누군가 한 꿈에서 다른 꿈으로 옮겨 다닐 때, 마을에서 마을로 그 인물을 따라다닐 수 있었다. 아테▽ 공주가 거느리는 종파의 사제들은 한 사람의 꿈에서 다른 사람의 꿈으로 이런 인물들을 따라다니면서 성자나 예언자의 인생을 기록할 때처럼 이 인물들에 대한 전기를 쓰는데, 그들의 행적을 기록한 후에 그들의 죽음을 상세히 설명했다.

하자르 카간은 꿈 사냥꾼들†을 별로 좋아하지 않지만, 그들에게 어떠한 조치를 취할 수도 없다. 꿈 사냥꾼들은 자신들이 비밀리에 기른 〈쿠〉ⓒ라는 식물의 잎을 항상 가지고 다닌다. 그 잎을 돛의 찢어진 곳이나 상처 부위에 올려놓으면 마치 저절로 낫는 것처럼 돛이 수리되고 상처가 치료되었다.

하자르 민족의 국가는 매우 복잡한 혈통으로 구성돼 있었다. 백성들은 바람 아래에서 태어난 사람들과 바람 위에서 태어난 사람들로 나뉜다. 바람 아래에서 태어난 사람이란 하자르 민족의 피를 그대로 이어받은 사람을 의미하고, 바람 위에서 태어난 사람이란 그리스인, 유대인, 사라센인, 러시아인처럼 세계 각지에서 온 사람들을 의미한다. 하자르 제국에는 하자르인의 수가 가장 많았고, 다른 민족들은 아주 적은 무리를 형성하고 있을 뿐이었다. 하지만 하자르 제국의 행정 조직은 그렇게 구성되지 않았다.

국가는 구역별로 나누어진다. 유대인, 그리스인, 아랍인들이 거주하는 구역에는 각기 알맞은 이름을 붙였다. 반면 하자르 영토 중에서 하자르인들만이 거주하는 넓은 부분은 여러 개의 구역으로 나누고 각기 다른 이름을 붙였다. 이렇게 되자, 이 구역들은 그저 하자르식 이름을 지닌 순수한 여러 하자르인 구역들 중 하나일 뿐이며, 나머지 구역은 독자적인 이름과 국가 내에서의 위상을 가진 곳이 되었다. 가령 북부에서는 완전히 새로운 국가가 탄생하기도 했다. 즉, 하자르의 이름과 심지어 하자르의 언어까지 포기한 채, 자기들 나름대로 다른 이름을 지닌 국가가 탄생한 것이다. 제국 내에서 불리한 위치에 있다는 사실과 여러 가지 주위 상황을 고려하여, 많은 하자르인들은 자신들의 조상과 언어 그리고 자신들의 종교와 관습을 포기하고 그리스인이나 아랍인 행세를 하면서 더욱 나은 삶을 살기를 희망했다.

하자르 제국 서부에는 비잔틴 제국에서 온 그리스인과 유대인들이 살고 있었다. 그리스 제국에서 학대받았던 유대인들이 다수를 점하는 지역은 이곳 한 곳뿐이었다. 기독교도들이 다수를 점하는 지역도 단 한 곳뿐이었으며, 하자르인들은 그 지역에서 〈비기독교 인구〉라고 불렸다. 국가 전체로 보았을 때, 하자르인의 수는 그리스와 유대 정착민을 합한 수의 다섯 배가 되지만, 그 사실은 그다지 중요하지 않았다. 권력 균형과 인구의 수는 전국적인 상황과 아무런 관계도 없이 각 지역의 상황에 따라 고려되기 때문이었다.

하자르 궁정 회의에는 각 지역의 대표들이 참여하는데, 그들의 비율은 자신들이 대표하는 인구 수가 아니라 지역의 수에 의해 결정된다. 이것은 국가 전체로 보면 하자르인이 다수였지만, 궁정에는 하자르인들보다 비하자르인들이 언제나 더 많았다는 뜻이다. 상황이 이런 방식으로 전개되고 권력이 이런 방식으로 분배되었기 때문에, 비하자르 대표를 맹목적으로 따르는 것이 곧 출세의 지름길이 되었다. 하자르의 이름을 갖지 않는 것은 이미 널리 알려진 권장 사항이었으며, 하자르 궁정으로 향하는 첫걸음이었다. 그다음으로는 하자르 민족을 맹렬히 공격하고 하자르 민족의 이익보다 그리스, 유대, 터키, 아랍, 고트[25]의 이익을 앞세울 필요가 있다. 이렇게 된 이유는 매우 복잡하다. 9세기의 아랍 역사가는 다음과 같은 글을 남겼다.

내 또래의 하자르인이 얼마 전에 나에게 기이한 이야기를 해주었는데, 대충 이러한 내용이었다. 〈미래의 일부분만이 우리 하자르인들에게 닥칠 것입니다. 그것은 가장 질기고 가장 꿰뚫기 어려운 부분이어서, 우리가 그 미래의 주

---

25 이 지역에서는 슬라브족을 〈고트족〉이라고 부른다.

인이 되기란 무척이나 어려운 일일 것입니다. 그래서 우리는 강한 바람이 불어올 때처럼 옆으로 서서 그것을 맞이합니다. 그렇지 않으면 썩고 닳은 미래의 부스러기와 쓰레기가, 우리가 알아차릴 수 없을 만큼 넓게 퍼져 있다가 진흙 반죽처럼 우리의 발 위로 쏟아져 내릴 것입니다. 오직 미래 중에서 가장 냉혹한 부분만이 우리에게 손길을 뻗고 있습니다. 또한 이미 사용해서 짓밟히고 닳아빠진 부분만이 다가오겠지요. 미래를 배분할 때 그리고 미래를 약탈할 때, 아무도 씹어 보지 않은 더욱 좋은 부분이 누구에게 돌아가는지 우리는 도저히 알 수 없습니다.〉

이 말을 이해하기 위해서 다음과 같은 사실을 기억할 필요가 있다. 카간은 젊은 세대가 권력을 쥐는 것을 허락하지 않았다. 그래서 젊은이들로 하여금 쉰다섯 살이 될 때까지 기다리게 했는데, 이것은 오로지 하자르인들에게만 해당된다. 다른 민족 출신들은 더 빨리 출세했다. 왜냐하면 하자르인이었던 카간 자신이, 다른 민족은 숫자가 너무 적기 때문에 별로 위험하지 않다고 믿었기 때문이었다. 가장 최근에 발표한 왕실 포고령에 따르면, 카간과 같은 나이의 사람들이나 외국인이 행정부의 자리를 비워 공석이 생기더라도 관직을 재임용하지 않고 오히려 자리를 없애 버렸다. 몇 년 안에 다음 세대의 하자르인들이 쉰다섯 살이 되어 관직에 오를 자격을 갖추게 되면, 공석으로 남아 있던 이 자리들은 이미 다른 사람들이 차지하거나 또는 중요성이 사라진 채 아무런 가치도 없는 자리가 되어 버렸을 것이다.

하자르의 수도 이틸의 어떤 지점에서는 서로 전혀 알지 못하는 두 사람이 엇갈려 지나가면, 두 사람은 마치 모자를 바꾸어 쓴 것처럼 상대방의 이름과 운명을 넘겨받아서 남은 일생 동안 서로 상대방의 역할을 하면서 살아가게 된다. 이곳에 줄을 서서 누구든지 다른 사람과 운명을 바꾸려고 기다리는 사람들 가운데에는 언제나 하자르인들이 가장 많다.

이 전쟁의 수도는 하자르 민족이 가장 많이 거주하는 지역일 뿐만 아니라 이 나라 최대의 인구 밀집 지역이다. 이곳에서는 포상과 훈장을 모든 거주민에게 공평하게 나누어 준다. 하자르 제국에 살고 있는 그리스인, 고트인, 아랍인, 유대인에게는 똑같은 숫자의 훈장이 돌아갈 수 있도록 항상 신경을 쓴다. 러시아인이나 다른 민족들 그리고 하자르 민족의 경우에도 마찬가지이다. 하자르 민족이 수적으로는 가장 많지만 훈장과 재정적인 특혜는 다른 민족과 똑같이 나누어 갖는다. 하지만 그리스인들이 사는 남부 지방이나 유대인들이 사는 서부 지방 그리고 페르시아인, 사라센인 등의 다른 민족들이 거주하는 동부 지방에서는 오직 각 지역 대표들에게만 훈장이 주어질 뿐 하자르인들에게는 돌아가지 않는다. 그 지역에 하자르 민족이 다른 민족보다 많이 살고 있다고 하더라도 그곳은 비하자르 구역으로 간주되기 때문이다. 결국 하자르인들은 그들의 구역에서는 모든 사람들과 빵을 함께 나누지만, 나머지 지역에서는 빵 부스러기조차 얻어먹지 못하는 것이다.

가장 숫자가 많다는 이유로 병역의 의무는 대부분 하자르인들이 떠맡는다. 하지만 사령관은 다른 민족과 똑같은 비율로 배출된다. 병사들은, 남자들은 오직 전투에서만 조화롭고 균형 있게 살 수 있으며 그 외의 것에는 관심을 둘 가치조차 없다는 말을 듣는다. 하자르인들에게는 국가를 지켜 나갈 책임이 있고, 제국을 보호하고 싸워야 할 의무가 있는 반면, 하자르에 살고 있는 유대인, 아랍인, 그리스인, 고트인, 페르시아인은 각자 개인적인 여건에 따라 그들의 모국을 위해 행동한다.

물론 전운이 감돌기 시작하면 모든 관계에 변화가 찾아온다. 하자르인들은 더욱 많은 자유를 누리게 되고, 어떤 행동을 하든지 좀 더 관대한 대우를 받는다. 그리고 하자르인들이 과거에 거두어들인 승리를 높이 찬양한다.

하자르 민족은 모두 훌륭한 군인들이다. 하자르인들은 발가락으로도 창이나 칼을 휘두를 수 있으며 양손을 사용해서 동시에 두 사람을 죽일 수 있다. 하자르인들 중에는 오른손잡이나 왼손잡이가 한 사람도 없다. 어린아이들도 전투에 대비해 양손을 다 훈련시키기 때문이다.

전쟁이 터지기만 하면, 다른 민족들은 모두 자신의 모국과 결탁한다. 그리스인들은 비잔틴 군대와 함께 미쳐 날뛰면서 기독교 연합군에 들어가려고 노력한다. 아랍인들은 칼리프와 그의 함대에 합류한다. 페르시아인들은 아랍인과 유대인이 아닌 사람들을 찾아 나선다. 전쟁이 끝나고 나면, 이러한 일들은 모두 금방 잊힌다. 하자르인들은 다른 민족에 속하는 사람들이 적군의 진영에서 얻어낸 지위를 정당하게 인정하고, 그들 자신은 물들인 빵으로 다시 되돌아간다.

물들인 빵이란 바로 하자르인들이 국가 내에서 차지하는 위치를 상징한다. 물들인 빵을 생산하는 사람은 하자르인들이다. 곡물이 자라는 지역에 거주하는 민족이 바로 그들이기 때문이다. 캅카스 산맥의 저지대에서 살아가는 굶주린 하층민들이 바로 이 물들인 빵을 먹는데, 이 빵은 거의 거저나 다름없는 값으로 살 수 있다. 물을 들이지 않은 빵 역시 하자르인들이 만드는데, 이 빵은 금화를 치러야 살 수 있다. 그런데 하자르인들은 값비싼 물들이지 않은 빵만을 사도록 되어 있다.

만약 어떤 하자르인이 이 규정을 어기고 엄격하게 금지된 싸구려 물들인 빵을 사 먹으면 배설물에서 금방 표시가 난다. 그래서 특별 단속반이 정기적으로 하자르인들의 변소를 점검하며 이 법을 위반한 사람들을 처벌한다.

하자르 논쟁▽
KHAZAR POLEMIC

디마스키[26]의 기록을 보면, 하자르 민족이 어떤 신앙을 받아들이는 것이 좋을지 결정하기 위해 논쟁을 벌이는 동안 대지가 심하게 동요했다고 한다. 하자르 카간▽의 호화로운 궁전에서 격론이 진행되는 동안, 하자르 제국이 걸어다니기 시작했다. 하자르 제국 전체가 움직였던 것이다. 그리하여 어떤 사람도 같은 장소에서 다시 만날 수 없었다.

어떤 목격자는 한 무리의 하자르인들이 거대한 바위를 들고 다니면서 이렇게 질문하는 것을 들었다고 한다.

「이것을 어디에 놓아야 합니까?」

그것은 하자르 제국의 경계석으로, 국경선을 표시하는 돌이었다. 아테▽ 공주가 경계석을 치우라고 명령했지만, 하자르의 국교가 결정될 때까지 땅에 내려놓아서는 안 된다고 했기 때문이다. 이것이 정확하게 언제 벌어진 일인지는 입증할 수 없지만, 알 바크리ⓔ가 적어 놓은 바에 따르면, 하자르인들은 다른 종교보다도 먼저 이슬람교를 받아들였으며 그 시기는 737년이었다고 한다. 이슬람교로의 개종이 하자르 논쟁과 같은 시기에 일어난 일인가 아닌가 하는 것은 다른 문제라고 할 수 있다. 분명히 같은 시기는 아니다. 논쟁이 벌어진 연도는 여전히 알 수 없지만, 논쟁의 성격만은 아주 분명하다.

세 가지 종교(이슬람교, 기독교, 유대교) 가운데 하나를 받아들이라는 강력한 압력을 받은 하자르 카간은 학자 세 명을 궁전으로 불러들였다. 칼리프의 영토에서 추방된 유대인, 콘스탄티노플에서 대학교를 나온 그리스 신학자, 코란을 아랍어로 해석하던 학자, 이렇게 세 사람이었다. 마지막으로 언급한 학자가 바로 파라비 이븐 코라ⓔ였으며, 논쟁에 가장 마지

---

26 Dimasci. 14세기의 아랍 역사학자, 지리학자.

막으로 뛰어들었는데, 그 이유는 카간의 궁전에 도착하기까지 많은 어려움을 겪었기 때문이었다. 그래서 기독교 대표와 유대교 대표가 먼저 이야기를 시작했고, 카간의 마음이 그리스인에게로 기울기 시작했다. 스프처럼 걸쭉한 눈에 머리카락이 희끗희끗한 그리스인은 하자르 왕의 탁자 앞에서 이런 이야기를 했다.

「통에서 가장 중요한 것은 구멍입니다. 주전자에서 가장 중요한 것은 주전자가 아닌, 비어 있는 부분이지요. 비어 있는 장소에 무엇인가를 담을 수 있기 때문입니다. 영혼에서 가장 중요한 것은 인간이 아닌 부분이고 머리에서 가장 중요한 것은 머리가 아닌 부분입니다. 침묵을 먹고 살지 않는 그대여, 나의 말을 잘 들으십시오. 사라센 사람들이나 유대인들과는 달리, 우리 그리스인들은 당신에게 십자가를 주면서 당신들의 언어를 담보물로 잡지 않을 것입니다. 십자가와 함께 우리 그리스어를 받아들이라고 하지 않겠습니다. 당신들의 하자르어를 그대로 사용해도 좋습니다. 하지만 만약 유대교나 무함마드의 율법을 받아들인다면 상황은 달라질 것입니다. 만약 그 두 가지 종교 가운데 하나를 받아들인다면, 그들의 언어 또한 받아들여야만 합니다.」

카간은 이 말을 듣고 그리스인의 교리를 받아들일 준비를 했다. 그런데 아테 공주가 다음과 같은 이야기를 했다.

저는 새 장수로부터 이런 이야기를 들었습니다. 카스피해 기슭의 어느 마을에 유명한 예술가 두 사람이 살았답니다. 두 사람은 부자지간이지요. 새 장수의 이야기에 따르면, 아버지는 화가인데 그 사람이 그리는 그림 속의 파란색은 세상 어떤 파란색보다 더 파랗기 때문에 누구나 그 사람의 그림을 금방 알아볼 수 있었답니다. 또 아들은 시인인데 그의 시는 왠지 전에 한번 들어 본 것 같은 느낌을 주었기 때문에 금방 알아볼 수 있었습니다. 사람에게서 들은 것이 아니라 식물이나 동물에게서 들은 것 같은 느낌을 주었던 것입니다. 한번은 여행 반지를 끼고 카스피 해 기슭으로 떠난 일이 있습니다. 그 마을에 도착한 나는 사람들에게 물어서 두 사람을 찾았습니다. 새 장수의 설명 덕분에 나는 두 사람을 당장에 알아보았습니다. 아버지는 거룩한 그림을 그렸고 아들은 내가 전혀 알아들을 수 없는 아름다운 언어로 경이로운 시를 지었습니다. 나는 두 사람을 모두 좋아했으며, 그들 역시 나를 좋아했습니다. 두 사람은 나에게 이렇게 묻더군요.

「우리 두 사람 중에서 누굴 선택하겠습니까?」

「나는 아드님을 선택하겠습니다. 아드님은 번역자가 필요 없으니까요.」

그러나 그리스 측 대표는 공주에게 말려들고만 있을 수 없어 이렇게 말했다.

「불구인 두 사람을 합쳐서 한 사람의 인간을 만들었기에 우리 인간은 온전한 존재인 것입니다. 외눈박이 두 사람을 합쳐 여자 한 명을 만들었기 때문에 여자들은 세상을 볼 수 있습니다.」

그리스인은 이 사실을 설명하기 위해 다음과 같은 이야기를 하기 시작했다.

내가 청년이었을 때, 한 여자를 사랑하게 되었습니다. 그 여자는 나를 거들떠보지도 않았지요. 하지만 나는 포기하지 않았습니다. 그 여자의 이름은 소피아였습니다. 어느 날 저녁 소피아에게 내 사랑을 열정적으로 털어놓았습니다.

소피아는 나를 끌어안았고, 나는 얼굴 위로 소피아의 눈물이 떨어지는 것을 느낄 수 있었습니다. 나는 소피아의 눈물을 맛보고는 소피아가 앞을 보지 못한다는 사실을 금방 알아차렸지만, 그런 것은 내게 아무런 문제도 되지 않았습니다. 그렇게 소피아를 끌어안고 있을 때, 가까운 숲 속에서 별안간 말발굽 소리가 들렸습니다. 그런데 소피아가 이렇게 묻는 것이었습니다.

「우리의 입맞춤 소리를 뚫고 커다랗게 들려오는 저 말발굽 소리는 하얀 말이 내는 소리지요?」

「잘 모르겠소. 말이 숲에서 나오기 전에 어떻게 알 수 있겠소?」 나는 대답했습니다.

「당신은 이해하지 못하는군요.」

바로 그 순간 숲속에서 하얀 말이 모습을 나타냈습니다.

「아니요, 그렇지 않소. 난 모든 걸 이해했소.」

그렇게 말하면서 나는 소피아에게 내 눈이 무슨 색인지 물어보았습니다.

「녹색입니다.」

「소피아, 내 눈은 파란 색이오…….」

카간은 그리스 측 대표의 이야기에 감동을 받고 기독교의 신을 받아들일 생각이었다. 이러한 사실을 알아챈 아테 공주는 자리를 뜨기로 결심했다. 하지만 공주는 물러나오기 전에 카간을 돌아보며 이렇게 말했다.

오늘 아침에 나의 주인님은, 나에게 마음속으로 주인님과 똑같이 느끼고 있느냐고 물었습니다. 나는 기다란 손톱 끝에 호각 소리가 나는 은 골무를 낀 채, 수연 파이프를 피우면서 녹색 연기를 동그랗게 뿜어내고 있었습니다.

하자르 논쟁

주인님의 질문에 나는 〈아닙니다!〉라고 대답했습니다. 순간 파이프가 내 입에서 떨어졌습니다. 주인님은 낙담한 채, 그대로 떠나 버렸는데, 그것은 주인님이 가는 모습을 바라보면서 내가 어떤 생각을 하고 있었는지를 주인님이 몰랐기 때문입니다. 그 당시 나는 이런 생각을 하고 있었습니다. 〈내가 그렇다고 대답했더라도 마찬가지였을 거야!〉라고 말입니다.

카간은 이 말을 듣고 몸을 움찔했다. 그리스인이 신발 대신 천사의 목소리를 신고 있었지만, 진실은 반대편에 있다는 사실을 깨달았던 것이다.

카간은 마침내 칼리프가 보낸 이븐 코라를 돌아보면서 자신이 며칠 전에 꾸었던 꿈을 해석해 달라고 요청했다. 천사가 카간의 꿈에 나타나서 〈주님은 당신의 행동에 기뻐하시지 않고 당신의 속마음에 기뻐하십니다〉라는 말을 전했다는 것이다. 그 말을 듣고 이븐 코라는 카간에게 질문했다.

「꿈에 나타난 것은 깨달음의 천사였습니까? 계시의 천사였습니까? 천사가 사과나무 모양으로 나타났습니까? 아니면 다른 모양으로 나타났습니까?」

카간이 둘 다 아니었다고 대답하자, 이븐 코라는 자기의 의견을 말하기 시작했다.

「물론 둘 다 아닐 것입니다. 그것은 제3의 천사이니까요. 제3의 천사는 바로 아담 루하니입니다. 당신과 당신의 사제들은 아담 루하니에게로 올라가려 애쓰고 있습니다. 그것이 바로 당신의 속마음이고, 그것은 선한 것입니다. 하지만 당신은 당신의 꿈과 당신의 꿈 사냥꾼들이 쓰고 있는 책을 아담이라고 생각함으로써 속마음을 이룩하고자 합니다. 그것이 바로 당신의 행동인데, 그것은 잘못입니다. 그 행동은 경전이 없는 빈자리에 당신 자신의 책을 창조해 내는 일이기 때문입니다. 경전이란 우리에게 주어지는 것이며 우리에게서 인정을 받고 우리가 함께 공유하며 우리 자신의 책을 없애 버리는 것입니다.」

이 말을 듣자, 카간은 이븐 코라를 부둥켜안았다. 그래서 모든 것이 끝나게 되었다. 카간은 이슬람교를 선택한 다음 신발을 벗고 알라에게 기도를 드렸으며, 하자르 전통에 따라 출생 전에 이미 정해져 있었던 자신의 이름을 태워 버리라고 명령했다.

코라, 파라비 이븐
KORA, FARABI IBN(8~9세기)

하자르 논쟁▽ 당시의 이슬람 측 대표. 이븐 코라에 대한 기록은 거의 남아 있지 않으며, 서로 모순되는 내용이 있다.

하자르 논쟁에 관한 한 가장 권위 있는 이슬람 역사가 알 바크리는 이븐 코라에 대해 한마디도 언급하지 않았다. 하지만 이렇게 한 것은 알 바크리가 이븐 코라를 존경했기 때문이라고 여겨진다.

이븐 코라는 자기 앞에서 사람들이 누군가의 이름을 들먹이는 것을 싫어했으며, 심지어 자신의 이름을 언급하는 것조차 싫어했다고 한다. 그는 이름이 없는 세상이 더욱 깨끗하고 순수하다고 믿었다. 한 개의 이름 뒤에는 사랑과 미움, 삶과 죽음이 동시에 숨어 있기 때문이다. 이븐 코라는 자신이 언제 이러한 사실을 깨닫게 되었는지 이야기하는 것을 좋아했다. 한번은 그가 물고기를 바라보고 있었는데, 바로 그 순간 파리가 물에 빠졌고 물고기가 그 파리를 먹어 버렸다는 것이다.

어떤 기록에 의하면 이븐 코라는 하자르 논쟁에 초대받았지만, 하자르 수도에 도착할 수가 없어서 그 유명한 논쟁에 참석하지 못했다고 한다. 한편 알 바크리의 주장에 따르면, 하자르 논쟁에 참석한 유대 측 대표가 사람을 시켜 이븐 코라를 독살하거나 칼로 베어 버리도록 명령했다고 한다. 또 다른 자료에 따르면 이븐 코라는 길에서 지체하는 바람에 논쟁이 이미 끝난 다음에야 도착했다고 한다. 그러나 논쟁 결과를 보면, 이슬람 측 대표는 분명히 하자르 카간의 궁전에 도착했다.

논쟁 참석자들은 이븐 코라의 모습을 보고 깜짝 놀랐다. 왜냐하면 이븐 코라가 죽었으니 장례식에서 그에게 끼워 줄 반지를 준비해야겠다고 생각하던 사람들도 있었기 때문이다. 그는 침착하게 다리를 꼬고 앉아서, 양파 수프를 담는 얕은 접시 같은 눈으로 많은 사람들을 바라보면서 이렇게 말했다.

「오래전에 내가 어렸을 때, 나는 나비 두 마리가 풀밭에서 서로 부딪히는 모습을 보았습니다. 알록달록한 가루로 된 점박이 무늬가 한 날개에서 다른 날개로 옮겨 갔으며 두 나비는 그렇게 날아가 버렸습니다. 그리고 난 그 일을 완전히 잊어버렸습니다. 어젯밤 길에서 어떤 사람이 나를, 누군가 다른 사람으로 오해하고는 사브르 검으로 찔렀습니다. 계속 길을 가려고 일어나 보니, 얼굴에 피가 아니라 나비 가루가 묻어 있더군요.」

이븐 코라가 이슬람교의 이름 안에서 행했다고 믿어지는 주요한 논쟁 가운데 하나가 지금까지 전하고 있다. 하자르 카간은 세 가지 종교의 대표자(유대, 아랍, 그리스)들에게 한 개의 동전을 보여 주었다. 그 동전은 삼각형 모양이었다. 한쪽 면에는 다섯 개의 선으로 금액이 표시되어 있고, 다른 쪽 면에는 어떤 사람이 관 위에서 세 명의 청년에게 회초리 한 묶음을 보여 주고 있는 그림이 있었다. 하자르인들은 이런 식으로 돈에 표시를 했다. 카간은 다르위시, 랍비, 수도사에게 동전에 그려진 장면을 설명해 달라고 부탁했다.

이슬람 측 자료에 따르면, 논쟁에 참여한 기독교 측 대표는 그 그림이 고대 그리스의 전설과 관련된 것이라고 말했다. 다 죽게 된 아버지가 아들들에게, 부러지지 않는 회초리처럼 힘을 합쳐야만 강해질 수 있으며 뿔뿔이 흩어지면 하나씩 하나씩 쉽사리 부러진다는 것을 보여 주는 장면이라고 했다. 한편 유대인은 그 장면이 인체의 팔다리를 나타낸다고 주장했다. 팔다리가 같이 노력해야만 인체가 올바른 기능을 발휘할 수 있다는 것이다.

하지만 이븐 코라는 이 두 가지 해석에 동의하지 않았다. 이븐 코라는 삼각형의 동전이 지옥에서 주조된 것이라고 주장했다. 그러므로 그 위에 그려진 장면을 자기 선조들이 했던 것처럼 해석할 수는 없다고 말했다. 그 그림은 살인자를 그려 놓은 것이다. 그 사람은 살인을 저질렀으므로 독약을 마시는 형벌이 내려졌으며, 자신을 위해 마련된 관 위에 이미 누워 있다.

살인자 앞에 서 있는 자들이 바로 지옥의 악마들이다. 유대교 지옥에서 온 악마 아스모데우스와 이슬람교 지옥에서 온 악마 이블리스와 기독교 지옥에서 온 악마 사탄이다. 살인자는 회초리를 세 개 들고 있는데, 그것은 세 악마가 그 살인의 희생자를 보호해 준다면 살인자는 죽음을 당할 것이며 악마들이 그 희생자에게 불리한 결정을 내리면 살인자는 목숨을 구할 것이라는 뜻이다. 삼각형 모양의 동전이 전하는 바는 이렇듯 명백하다. 지옥에서는 인간들에게 경고할 생각으로 그 동전을 이 땅에 보낸 것이다. 살해당한 자들 가운데 이슬람교, 유대교, 기독교 악마 중에서 어느 하나도 편을 들어 주지 않는 자는 끝내 복수할 수 없을 것이며, 그를 죽인 자는 목숨을 구할 것이다. 그러므로 가장 위험한 일은 세 가지 세상 중에서 어느 하나에도 속하지 않는 것이며, 하자르 민족과 그들의 카간이 바로 그런 위험에 처해 있다. 따라서 어느 누구도 당신들을 보호해 주지 않을 것이며, 당신들이 살해당한다고 하더라도 아무도 복수를 해주지 않을 것이다.

이븐 코라는 카간과 그를 따르는 사람들이 자신들의 믿음을 버리고 세 가지의 유력한 신앙 가운데 하나로 개종하는 것이 필수적이고도 의심할 바 없이 유용하다는 사실을 카간에게 보여 주려고 한 것이 분명하다. 그리고 그렇게 개종을 할 때, 카간에게 이 세상을 가장 잘 해석해 줄 수 있으며 카간의 질문에 가장 올바른 대답을 할 수 있는 사람을 따라가야 한다는 것을 말하려고 했던 것이다. 이븐 코라가 동전 속의 장면을 가장 설득력 있게 해석한 것 같았으므로, 카간은 이븐 코라의 주장을 받아들여 이슬람교의 가르침을 따르기로 결정했다. 카간은 허리띠를 풀어 버리고 알라에게 기도드리기 시작했다.

한편 이븐 코라가 도중에 독살당했기 때문에 하자르 논쟁에 참여하지 못했고, 심지어는 하자르 카간의 궁전에 도착하지도 못했다고 믿는 이슬람 측 자료에서는 이븐 코라의 전기라고 주장하는 어떤 문헌을 인용한다. 이븐 코라는 자신의 전 생애가 어떤 책에 이미 적혀 있으며, 옛날 옛적에 누군가가 들려준 이야기에 따라서 자기 인생의 행로가 잡혀 있다고 확신했다. 그는 『천일야화』를 비롯해 이와 비슷한 이야기를 아주 많이 읽었지만, 자기 인생의 기준이라고 생각되는 이야기는 어느 곳에서도 찾아볼 수 없었다.

그에게는 말이 한 마리 있었는데, 그 말은 너무나 빨라서 새처럼 날아다녔고 제자리에 가만히 서 있을 때조차도 귀가 펄럭거렸다. 그러던 어느 날 사마리아의 칼리프가 이븐 코라에게 이틸로 가서 하자르 카간을 설득해 이슬람교로 돌아서게 하라고 말했다. 그는 사명을 완수하기 위한 준비를 시작했다. 그러다가 여러 자료들 중에 하자르 공주 아테▽의 시를 손에 넣었으며, 그 가운데에서 자신이 오랫동안 찾아 왔던 것, 즉 자기 삶의 모형이라고 여겨지는 이야기를 발견했다. 단 한 가지 다른 점이 있어서 이븐 코라를 놀라게 했는데, 그 글이 남자에 대한 이야기가 아니라 여자에 대한 이야기였다는 점이다. 그것 말고는 모두가 정확하게 들어맞았다.

이븐 코라는 진실이 어떻게 해서 속임수에 불과한 것인지 생각하면서 그 글을 번역했다. 그 내용은 다음과 같다.

여행자와 학교에 관한 짧은 이야기

그 여행자는, 동부에서는 서부식이라고 보고 서부에서는 동부식이라고 보는 여행 허가증을 가지고 있다. 그러므로 그녀의 여행 허가증은 동부와 서부 양쪽 모두에서 의심을 불러일으키며 두 개의 그림자를 드리운다. 오른쪽으로는 남성의 그림자가 드리워지고 왼쪽으로는 여성의 그림자가 드리워지는 것이다. 곳곳에 오솔길이 깊이 파인 숲 속을 걸으면서, 그 여자는 긴 여행의 목적지인 유명한 학교를 찾는다. 그 학교에서 이 여행자는 가장 중요한 시험을 통과해야만 한다. 이 여행자의 배꼽은 굽지 않은 빵의 배꼽과 같다. 이 사람의 여행은 너무나 길어서, 몇 해를 먹어 치운다.

마침내 이 숲에 도착하자, 여행자는 두 사람을 만나 길을 묻는다. 그 사람들은 학교가 어디에 있는지 안다고 대답하고도, 갖고 있던 무기에 몸을 기댄 채, 말없이 그녀를 뚫어져라 응시한다. 그러다가 그 가운데 한 사람이 손가락으로 가리키며 이렇게 말한다.

「저쪽으로 가시오. 첫 번째 갈림길에서 왼쪽으로 꺾어지고,

다시 한 번 왼쪽으로 꺾어지시오. 그렇게 하면 바로 학교로 들어갈 수 있소.」

여행자는 그 사람들에게 감사 인사를 하고, 그들이 자신의 여행 허가증을 검사하지 않아서 다행이라고 생각한다. 그랬더라면, 그들은 자신을 외국인으로 의심하고 여행의 목적이 무엇인지 알고 싶어 했을 것이다.

여행자는 계속 길을 따라 걸어간다. 첫 번째 갈림길에서 왼쪽으로 꺾어지고 그리고 다시 왼쪽으로 꺾어진다. 설명에 따라 가는 것은 전혀 어렵지 않다. 하지만 두 번째로 꺾어져서 가다 보니 학교가 아니라 넓은 늪이 나온다. 그리고 무장한 두 사람이 그 늪 앞에서 미소를 짓고 있다. 여행자가 이미 알고 있는 사람들이다. 두 사람은 미소를 거두지 않은 채, 정중하게 사과하면서 이렇게 말한다.

「우리는 당신에게 엉뚱한 방향으로 가라고 했소. 당신은 첫 번째 갈림길에서 오른쪽으로 꺾어지고 다음번에도 다시 오른쪽으로 꺾어졌으면 좋았을 것이오. 그렇게 하면 그곳에서 학교가 당신을 기다리고 있었을 것이오. 하지만 우리는 당신이 정말로 길을 모르는 것인지 아니면 그저 모르는 척하는 것인지 알아볼 필요가 있었소. 하지만 이제는 너무 늦었소. 오늘 중으로는 학교에 도착할 수 없을 것이오. 그리고 내일이면 학교는 더 이상 존재하지 않을 거요. 당신은 이 작은 시험으로 인해서 전 생애의 목표를 잃었소. 하지만 우리가 주의를 기울일 수밖에 없었다는 사실을 당신도 이해해야만 하오. 사악한 의도를 가지고 학교를 찾는 여행자로부터 우리 자신을 보호해야 하기 때문이오. 그렇다고 해서 당신 자신을 탓하지는 마시오. 당신이 만약 반대 방향을 선택해서, 왼쪽으로 가지 않고 오른쪽으로 갔다고 하더라도 역시 아무것도 달라지지 않았을 것이오. 우리는 당신이 길을 알고 있으면서도 우리에게 길을 물었다는 사실을 알아차리고, 당신이 속임수를 쓰고 있다고 생각해 당신에 대해 조사해야만 했을 것이오. 당신의 목적이 분명히 의심스러운 것이기 때문에 그것을 우리에게 숨기려고 했을 테니까 말이오. 그러므로 당신은 끝내 학교에 갈 수 없었을 거요. 하지만 당신은 인생을 헛되이 희생한 것은 아니요. 당신의 인생은 이 세상에서 무엇인가를 입증하는 일에 사용되었고, 그것은 결코 하찮은 일이 아니오.」

그 사람들이 말했다. 여행자는 단 한 가지 위안을 얻을 수 있었다. 자기 여행의 허가증을 내보일 필요가 없었고 거대한 늪지대 옆에 서 있던 그 사람들은 그녀의 여행 허가증이 어떤 색깔인지도 알 수 없었던 것이다. 하지만 동시에 여행자는 그들에게 속임수를 쓰고 그들의 조사를 방해한 셈이 되었기 때문에, 그녀의 인생은 결국 헛되이 희생된 것이다. 물론 세 사람 모두 여행자의 인생이 헛된 것이었다고 생각했지만, 여행자 자신이 보는 관점과 두 사람이 보는 관점은 서로 달랐다. 여행자는 두 사람의 조사에 대해 무엇 때문에 그렇게 신경을 썼을까?

어쨌든 그 결과는 똑같다. 여행자의 인생 목표는 더 이상 여행자를 기다리고 있지 않았고, 여행자는 어쩔 수 없이 시간의 흐름을 거슬러 올라가야만 한다. 여행자의 목표는 학교 그 자체가 아니라, 학교로 가는 길이 어디인가 하는 것에 있었지만, 그것도 역시 결과적으로 헛된 것이었다고 생각하기 시작한다. 갑자기 이러한 탐색의 기억들이 점점 더 아름답게 느껴지기 시작한다. 뒤를 돌아보니, 여행의 여러 가지 아름다운 면들이 눈에 보이기 시작한다.

마침내 여행자는, 인생에서 가장 중요한 일은 여정의 끝에 있는 학교 앞에서 벌어지는 것이 아니라 훨씬 더 이전인 여행의 전반부에 벌어졌으며, 이 여행이 헛되이 끝나지 않았더라면 그 중요한 사실을 결코 생각해 보지 못했을 것이라는 결론에 도달했다. 여행자는 대리점 주인이 재고를 정리하는 것처럼, 기억 속에 남겨진 것들을 가지고 자신의 추억을 재배치하면서 자신의 머릿속에 거의 기록되어 있지 않았던 사소한 일들에 대해 새롭게 주의를 기울이기 시작한다. 여행자는 품목의 수를 계속 줄여 나가면서, 그 사소한 일들 가운데 가장 중요한 것이 무엇이었는지 찾아본다. 점점 더 엄격하게 고르고 고르다 보니, 마침내 기억 속에 남아 있는 한 장면에 도달한다.

탁자 하나. 그 위에 놓인 두 가지 포도주를 섞어 놓은 술잔. 낙타 똥 위에서 노릇노릇 익어 가는 방금 잡은 도요새. 간밤에 꾼 새의 꿈에서 아직까지 흘러내리는 영양분. 우리 아버지의 검은 얼굴과 어머니의 배꼽을 지닌 뜨끈뜨끈한 빵. 섬에서 기른 어린 양과 늙은 양으로부터 짜낸 우유로 만든 치즈. 음식을 차려 놓은 탁자 위에서 타오르는 양초의 불꽃 그리고 그 옆에 경전과 흘러가는 주마드-알아히르의 달.[27]

쿠
KU

카스피 해 지방에서 나는 열매의 일종. 다우브마누스▽는 이 열매에 대해 다음과 같이 기록했다. 하자르 민족▽이 기르는 열매 중에는 하자르 제국 이외의 이 세상 어디에서도 자라나지 않는 것이 있다. 이 열매는 생선 비늘이나 솔방울 껍질 같은 것으로 뒤덮여 있다. 이 열매는 매우 키가 큰 나무에서 자라는데, 나뭇가지에 매달린 열매는 마치 여

---

27 이슬람력으로 6월.

관 주인이 생선 수프를 식사로 제공한다는 사실을 알리기 위해서 문 위에 매달아 놓는 살아 있는 생선처럼 보였다. 이 열매는 때때로 검은 방울새 울음과 비슷한 소리를 낸다. 열매를 먹어 보면 매우 차갑고 약간 짜다. 이 열매는 아주 가볍고 안에 심장처럼 박동하는 씨가 들어 있기 때문에 가을에 나뭇가지에서 떨어질 때, 잠시 동안 공중에 떠서 바람의 물결 속을 헤엄쳐 가듯이 깃털을 퍼덕거린다. 남자아이들은 새총으로 이 열매를 겨누고, 매조차 때때로 속아 넘어가 이 열매를 생선으로 착각하고 주둥이로 낚아채곤 한다. 이 사실을 알고 있으면 다음과 같은 하자르 속담을 이해할 수 있다.

〈매와 비슷한 아랍인들은 우리를 생선으로 알고 잡아먹을 것이다. 하지만 우리는 생선이 아니라 〈쿠〉다.〉

이 열매의 이름이었던 〈쿠〉라는 단어는 하자르 공주 아테▽가 자기 나라 말을 완전히 잊어버린 다음에도 악마가 공주의 기억 속에 남겨 두었던 단 하나의 단어였다.

때때로 밤이면 〈쿠쿠〉하는 소리가 들려올 것이다. 그것은 아테 공주가 잊어버린 자신의 시를 기억하기 위해 노력하면서, 자신이 알고 있는 단 하나의 단어로 소리 내어 울고 있는 것이다.

마수디, 유수프
MASUDI, YUSUF(17세기 중반~1689. 9. 25)

유명한 류트 연주자. 이 책의 저자 가운데 한 사람.

출전: 다우브마누스▩ 판본에는 17세기 음악 문헌에서 힘들게 수집한 마수디 관련 자료가 포함되어 있다. 이 자료에 따르면, 마수디는 자신의 이름을 세 번이나 잊어버리고 직업을 세 번이나 바꾸었지만, 마수디에 대한 기억은 그 자신이 첫 번째로 관계를 부인했던 사람들(아나톨리아의 음악가들)에 의해 보존되었다. 18세기에 이즈미르와 쿨라에 있는 류트 학교에서 마수디에 대한

전설이 생겨났으며, 학생들은 유명한 마수디 운지법^е과 이 전설을 배웠다. 마수디는 아랍어로 된 『하자르 사전』을 간직하고 있었으며, 에티오피아 커피에 담근 펜을 가지고 직접 이 사전에 새로운 내용을 첨가해 넣었다. 그는 말을 한 번 하려면 무척 힘이 들었는데, 마치 조금 전에 오줌을 누었던 사람이 다시 소변을 보려고 애쓰는 것과 같았다.

마수디는 아나톨리아 가문 출신이었다. 많은 사람들은 마수디가 왼손잡이 여자에게 류트를 배웠는데, 그 여자는 자신의 악기 줄을 거꾸로 해놓았다고 한다. 17~18세기에 아나톨리아의 음유시인들이 사용하던 운지법^е을 최초로 만든 사람이 마수디라는 점에 대해서는 별다른 이견이 없다. 전설에 따르면 마수디는 악기 소리를 들어 보기도 전에 그 악기를 평가할 수 있는 능력을 갖고 있었다고 한다. 제대로 조율하지 않은 류트가 있으면, 마수디는 신경이 몹시 예민해져서 먹은 것을 모두 토해 버릴 정도였다.

마수디는 별을 보면서 악기를 조율하고 음을 맞추었다. 그리고 시간이 지나면 연주자의 왼손은 할 일을 잊어버리지만 오른손은 결코 할 일을 잊지 않는다는 사실을 알고 있었다. 그렇지만 그는 매우 이른 나이에 음악을 그만두었는데 그에 관한 이야기가 지금까지 전하고 있다.

마수디는 사흘 밤을 연달아 자기 가족이 한 사람씩 죽어가는 꿈을 꾸었다. 첫째 날 밤에는 아버지가, 둘째 날 밤에는 아내가, 셋째 날 밤에는 남동생이 죽었다. 그러다가 결국 넷째 날 밤에는 두 번째 아내가 죽는 꿈을 꾸었는데, 얼룩덜룩한 아내의 눈은 마치 꽃처럼 추위로 인해 색깔이 바뀌었다. 아내가 눈을 감기 전에, 두 눈은 씨까지 비쳐 보이는 노란 포도알 같았다. 아내는 배꼽 위에 촛불을 얹고 누워 있었으며, 누군가가 아내의 머리카락으로 턱을 묶어서 미소를 짓지 못하도록 해놓았다. 마수디는 잠에서 깨어났으며, 그 후로 죽을 때까지 한 번도 꿈을 꾸지 않았다. 마수디는 온몸에 오싹 소름이 끼쳤다. 그에게는 두 번째 아내가 없었다. 결국 다르위시를 찾아가서 이 꿈에 대해 어떻게 생각해야 할지 물어보았다. 다르위시는 경전을 펼치더니, 다음과 같은 내용을 읽어 주었다.

「아, 사랑하는 나의 아들아! 형제들에게 너의 꿈에 대해 이야기하지 말아라! 그들은 너를 제거해 버릴 음모를 꾸밀 것이다.」

마수디는 이 대답으로는 만족할 수 없었으므로 이 세상에 단 하나뿐인 아내에게 그 꿈이 의미하는 것이 과연 무엇인지 물어보았다. 아내는 이렇게 대답했다.

「다른 사람들 앞에서 꿈에 대한 이야기를 꺼내지 마십시오! 그 꿈은 당신이 아니라 그 꿈 이야기를 듣는 사람에게 해를 끼칠 것입니다.」

그래서 마수디는 꿈 사냥꾼† 가운데 한 사람을 찾아가기로 결심했다. 꿈 사냥꾼들은 이런 일에 대해 직접적으로 알고 있을 것이기 때문이다. 꿈 사냥꾼들은 그 수가 점점 줄어들고 있었으며, 그 당시에는 예전에 비해 훨씬 더 급격하게 줄어들고 있었다. 많은 사람들이 마수디에게 꿈 사냥꾼을 찾아가려면, 서쪽보다 동쪽으로 가는 것이 더 좋을 것이라고 충고했다. 왜냐하면 꿈 사냥꾼들은 모두 자신들의 근원과 기술이 막연하나마 하자르 민족▽으로부터 유래했다고 믿고 있었기 때문이다. 하자르 민족이란 캅카스 지방에 살던 사람들로 그들이 사는 곳에는 항상 풀이 까맣게 돋아났다.

마수디는 류트를 들고 동쪽으로 향해 걸어갔다. 마수디는 머릿속으로 이런 생각을 했다. 〈누군가 나에게 아침 인사를 하기 전에 그 사람을 속이는 것이 낫다. 나중에는 너무 늦기 때문이다.〉 그래서 마수디는 서둘러 꿈 사냥꾼 사냥에 착수했다. 어느 날 밤 마수디는 잠을 자다가 깨어났다. 눈앞에 어떤 노인이 서 있었는데, 그 노인의 턱수염은 고슴도치의 등처럼 끝 부분만 회색이었다. 낯선 노인은 마수디에게 혹시 꿈에서 백포도주 색깔처럼 두 눈이 얼룩덜룩한 여자를 본 일이 없느냐고 물어보았다.

「그 눈은 마치 꽃처럼 추위로 인해 색깔이 변하기도 하지요!」
누군지 알 수 없는 방문자가 그렇게 설명했다. 마수디는 그런 여자를 본 일이 있다고 대답했다.

「어떻게 되었습니까?」
「죽었습니다.」
「그것을 어떻게 압니까?」
「꿈속에서, 그 여자는 나의 두 번째 아내였는데, 내가 지켜보는 가운데 죽었습니다. 그 여자는 배꼽 위에 촛불을 얹고 얼굴을 머리카락으로 묶은 채 누워 있더군요.」

이 말을 듣자, 노인은 울먹이면서 간신히 말을 이어 갔다.

「죽었어! 바스라에서부터 줄곧 그녀를 따라왔는데······. 그 사람의 혼령은 꿈에서 꿈으로 계속 옮겨 다녔습니다. 지난 3년 동안 계속 그 뒤를 밟았지요. 그 여자에 대한 꿈을 꾼 사람을 찾아다니면서 말입니다.」

비로소 마수디는 지금까지 찾아 헤매던 사람이 바로 눈앞에 서 있다는 사실을 깨달았다.

「한 여자의 뒤를 쫓아서 그렇게 먼 길을 여행하셨군요. 당신은 꿈 사냥꾼인가요?」

「내가 꿈 사냥꾼이냐고요?」
노인은 깜짝 놀랐다.

「어째서 그런 질문을 하는 것입니까? 이보시오, 당신이 바로 꿈 사냥꾼입니다. 난 단지 당신의 기술을 존경하는 평범한 사람일 뿐입니다. 꿈에서 꿈으로 떠돌아다니는 인간들은 타고난 꿈 사냥꾼의 꿈속에서만 죽을 수 있습니다. 그 사람은 수천 킬로미터를 여행하다가 당신의 꿈속에서 죽은 것입니다. 하지만 이제부터 당신은 꿈을 꾸지 않을 것입니다. 앞으로 당신이 할 수 있는 일은 그저 사냥을 계속 해나가는 것뿐입니다. 하지만 포도주 색깔의 눈을 가진 여자를 찾아다니는 것은 아니지요. 그 여자는 당신과 다른 모든 사람들을 위해 죽었습니다. 당신은 새로운 사냥감을 추격해야 합니다.」

마수디는 바로 이 노인에게서 자신의 새로운 직업에 대해 처음으로 설명을 들었고, 꿈 사냥꾼에 대해 알아 두어야 할 모든 것을 배웠다. 노인은 마수디에게 다음과 같이 주의를 주었다.

「이 기술을 숙달하려면 훌륭한 문헌 자료와 구전 자료를 접할 수 있어야 합니다. 〈타우바〉를 행하고 참회하고 자신의 〈막캄〉을 발견하고 모든 규율을 따랐던 수피[28]와 비슷하지요. 누구나 그 정도는 할 수 있습니다. 하지만 오직 이 일을 하도록 타고난 사람만이 이 직업에서 진정으로 성공할 수 있습니다. 천상의 밝은 빛 〈할〉을 얻을 수 있도록 신께서 친히 도와주시는 그런 사람 말입니다. 가장 뛰어난 꿈 사냥꾼은 하자르인들이었지만, 그들은 이미 오래전에 사라졌습니다. 오로지 그들의 기술만이 전해 내려옵니다. 그중 일부는 그들이 남긴 사전에 기록되어 있습니다. 하자르인들은 사람들의 꿈속에 나타나는 인물들을 모두 추적할 수 있었고, 야생동물을 사냥할 때처럼 이 사람에게서 저 사람에게로 옮겨 다닐 수 있었으며, 심지어는 동물이나 악마의 꿈속까지 드나들 수 있었습니다.」

「그것은 어떻게 하는 것입니까?」

---

28 고행을 중시하던 이슬람교 신비주의 수도사. 수피들은 범신론적인 견해를 포용했다.

「당신도 분명히 눈치챘을 것입니다만, 사람들은 잠에 빠져들기 전에 의식과 꿈 사이의 애매모호한 영역에서 지구 중력과의 관계를 조정하지 않습니까? 인체에 작용하는 지구 중력이 점점 더 증가함에 따라 인간의 생각은 지구가 잡아당기는 힘을 박차고 나갑니다. 바로 그때 생각과 세상을 가로막고 있던 칸막이에 구멍이 숭숭 뚫리게 되는데, 사람들의 생각은 그 사이를 통해 빠져 나갈 수 있습니다. 마치 세 개의 다른 굵기를 가진 체처럼 말이죠. 냉기가 사람의 몸속으로 가장 쉽게 스미드는 그 짧은 순간에는 사람들의 생각이 넘쳐 나와서, 별로 힘들이지도 않고 그 생각을 읽을 수 있습니다. 이 방면으로 전혀 훈련받지 않은 사람이라 하더라도 다른 사람이 잠에 빠져드는 것을 옆에서 지켜보고 있으면, 바로 그 순간에 그 사람이 무슨 생각을 하고 있는지 그리고 그 마음이 누구에게로 향하고 있는지 알아차릴 수 있습니다. 만약 꾸준히 노력해서 인간의 영혼이 열리는 순간에 그것을 관찰하는 기술을 터득할 수 있게 된다면, 그때에는 꿈속의 훨씬 더 깊은 곳으로 훨씬 더 오랜 시간을 따라 들어갈 수 있을 것이며, 열린 눈의 물속에 들어가 사냥을 하듯이 꿈속에서 사냥할 수 있을 것입니다. 이런 식으로 꿈 사냥꾼이 만들어집니다. 하자르 민족은 그들을 〈꿈꾸는 자들의 고백자〉라고 불렀는데, 이 꿈꾸는 자들의 고백자들은 천문 관측자들이나 해와 별을 보고 운명을 읽어 내는 점성술사들이 하는 식으로 자신들이 관찰한 꿈의 내용을 꼼꼼히 기록했습니다. 꿈 사냥꾼의 후견인이었던 하자르 공주 아테▽는 가장 뛰어난 사냥꾼들의 일생과 그들이 사로잡은 사냥감의 일생에 대한 기록과 함께, 꿈 사냥 기술에 관련된 모든 것을 하자르 민족의 사전 형식으로 모아 두라는 명령을 내렸습니다. 그리하여 꿈 사냥꾼들은 『하자르 사전』을 대대로 다음 세대에 물려주었으며, 그 과정에서 각자 사전의 내용을 추가해 넣었습니다. 바로 이러한 목적을 위해 수세기 전 바스라에서 한 종파가 창설되었고 〈순수한 형제들〉 혹은 〈충실한 형제들〉이라고 불렸습니다. 이 종파는 자신들의 이름을 드러내지 않고 『철학자 달력』과 『하자르 사전』을 펴냈습니다. 하지만 무스탄드지 칼리프[29]는 이 두 권의 책과 함께 꿈 사냥꾼 이슬람 지부에서 펴낸 책과 아비센나[30]의 글을 모두 태워 없앴습니다. 그래서 아테 공주의 명령으로 편찬된 『하자르 사전』 원본은 보존되지 못한 것입니다. 내가 손에 넣은 사전은 아랍어로 번역된 것일 뿐입니다. 내가 당신에게 줄 수 있는 것은 이것이 전부입니다. 이것을 받으십시오. 하지만 이 사전에 수록된 내용을 전부 익혀야만 합니다. 만약 당신이 이 사전에 대해 제대로 알지 못한다면 사냥하는 도중에 가장 중요한 사냥감을 놓쳐 버릴지도 모르기 때문입니다. 명심하십시오. 꿈 사냥에 있어서 『하자르 사전』에 기록된 말들은, 보통 사냥에 있어 사자가 모래 위에 남긴 발자국과 같습니다.」

노인은 마수디에게 이렇게 이야기한 후에, 사전과 함께 다음과 같은 충고를 주었다.

「비록 서툴기는 해도 류트는 누구나 연주할 수 있습니다. 하지만 꿈 사냥꾼은 하늘에서 재능을 내려 주신 소수의 행복한 자들만이 될 수 있습니다. 류트를 가르치는 일은 이제 그만두도록 하십시오! 류트는 유대인이 발명해 낸 것입니다. 람코라는 사람이었지요. 이제 류트 따위는 다 잊어버리고 꿈 사냥을 나가십시오! 내 사냥감이 그랬던 것처럼 당신의 사냥감도 다른 사람의 꿈속에서 죽지 않는다면, 그것은 당신을 올바른 목적으로 인도할 것입니다.」

---

29 Caliph Mostandji. 12세기에 재위한 이슬람교 군주.
30 Avicenna(980~1037). 이븐 시나Ibn Sina로 알려진 중세 이슬람 세계 최고의 과학자.

「하지만 꿈 사냥의 목적은 무엇입니까?」

「꿈 사냥의 목적은 매번 잠에서 깨어나는 것이 꿈에서 풀려 나오는 여러 단계 중 하나에 불과하다는 사실을 이해하는 것입니다. 자신의 낮이 다른 사람의 밤에 불과하다는 것과 자신의 두 눈이 다른 사람의 한쪽 눈이라는 것을 이해하는 사람은 진정한 삶을 찾을 수 있을 것입니다. 그리고 마치 꿈에서 깨어나듯 자신의 현실로부터 진정으로 깨어날 수 있게 됩니다. 의식이 있을 때보다 훨씬 더 맑은 정신으로 깨어 있는 상태에 도달하게 되는 것이죠. 그제야 눈이 두 개 있는 사람들과는 반대로 자신은 눈이 하나뿐이라는 것과 깨어 있는 사람들과 비교했을 때 자신은 앞을 보지 못한다는 사실을 알게 될 것입니다.」

그런 다음에 노인은 마수디에게 다음과 같은 이야기를 들려주었다.

아담 루하니 이야기

세상 모든 사람의 꿈이 한 곳으로 모아지면, 그것은 대륙처럼 거대한 인간의 형상을 이룬다. 그 형상은 그저 평범한 인간이 아니라, 바로 이맘[31]들이 이야기하는 아담 루하니가 될 것이다. 그는 천상의 아담이고 인간의 조상이었던 천사라고 할 수 있다. 애초에 이 아담 이전의 아담은 세상의 세 번째 정신이었다. 하지만 아담은 자기 자신에게 푹 빠져서 빗나가 버리고 말았다. 마침내 그러한 혼돈 상태에서 회복되자, 아담은 함께 부정한 행위를 하면서 돌아다니던 이블리스와 아흐리만을 지옥으로 던져 넣어 버리고는 천상으로 돌아왔다. 그렇지만 그는 이제 세 번째 정신이 아니라 열 번째 정신이 되었

---

31 이슬람교의 예배 인도자. 시아파 이슬람 국가에서 종교적 지도자를 부르는 호칭.

다. 그동안 천상의 일곱 거룹[32]이 천사의 사다리에서 아담을 앞질러 올라갔기 때문이다. 그래서 아담 이전의 아담은 자신이 사다리에서 일곱 칸이나 뒤진 사실을 알게 되었다. 그것은 그가 본래의 자기 자신보다 얼마나 뒤졌는지 보여 주는 척도이며, 동시에 시간이 태어나게 된 경위이기도 하다. 시간이란 영원 중에서 가장 뒤늦게 달려가는 부분이다. 그때 천사 아담은 남자이면서 동시에 여자였다. 이제 열 번째 천사가 되어 버린 세 번째 천사는 본래의 자기 자신에게 도달하기 위해 영원히 노력하고 있다. 그러나 성공을 거두는 순간, 아담은 다시 밑으로 떨어지고 만다. 그래서 아담은 지금도 여전히 이성의 사다리에서 열 번째 칸과 두 번째 칸 사이를 맴돌고 있는 것이다.

사람들의 꿈은 이 천상의 천사이자 아담 이전의 아담이 있는 곳까지 거슬러 올라가는 인간 본성의 한 부분이다. 왜냐하면 아담은 우리가 꿈을 꾸는 방식으로 생각하기 때문이다. 아담은 매우 재빠르지만 우리도 꿈속에서만큼은 아담처럼 재빠를 수 있다. 우리의 꿈은 천상의 천사인 아담의 속도로 짜여 나온다. 아담은 우리가 꿈속에서 말하는 식으로 말한다. 그래서 현재 시제나 과거 시제 없이 오로지 미래 시제뿐이다. 또한 꿈을 꿀 때의 우리처럼, 아담도 사람을 죽일 수 없고 씨앗을 심을 수 없다. 그래서 꿈 사냥꾼들은 다른 사람들의 꿈과 잠 속으로 뛰어 들어가서 아담 이전의 아담의 일부분들을 추출해 낸 다음, 『하자르 사전』이라 불리는 온전한 모습으로 재구성하는 것이다. 많은 사람들의 노력으로 만들어진 사전은 이 땅 위에서 아담 루하니의 거대한 몸을 재현하는 것

---

32 *cherub*. 구약 성서에 나오는 사람의 얼굴 또는 짐승의 얼굴에 날개를 가진 초인적 존재. 하나님의 보좌나 성스러운 장소를 지킨다. 가톨릭에서는 지품천사(智品天使)라고 한다.

을 그 목적으로 한다.

 우연히 아담 이전의 아담이 천상의 사다리를 올라가고 있을 때, 우리가 그 뒤를 따라간다면 우리는 곧장 신에게 다가간다. 그렇지만 불행하게도 아담이 사다리 아래로 떨어져 내릴 때, 그 뒤를 따른다면 우리는 신에게서 멀어진다. 우리의 능력으로는 그 두 가지 경우를 좀처럼 구분할 수 없다. 그러므로 언제나 요행을 바랄 뿐이다. 우리가 아담에게 가닿았을 때, 아담이 이성의 사다리 두 번째 칸을 향해 올라가는 길이기를, 그래서 아담이 우리를 더욱 높이, 진리에 가까운 곳으로 끌어올려 주기를…….

 그래서 꿈 사냥꾼이라는 우리의 직업은 상상할 수 없는 보상을 가져오거나 끔찍한 불행을 불러올 수 있다. 하지만 그 결과는 우리에게 달려 있지 않다. 우리에게 주어진 것은 오로지 노력하는 길뿐이다. 나머지는 기술상의 문제라고 할 수 있다.

 마지막으로 한 가지만 더 경고하겠다. 다른 사람의 꿈을 서둘러 따라가면, 때때로 그 길에 선조 아담이 지금 올라가는 중인지 내려가는 중인지를 보여 주는 표시가 숨겨져 있다. 그 표시는 바로 서로 상대방의 꿈을 꾸는 사람들이다. 그러므로 모든 꿈 사냥꾼들의 궁극적인 목표는 그런 한 쌍을 찾아내서 그들에 대해 가능한 한 자세히 알아내는 것이다. 왜냐하면 그런 두 사람은 언제나, 각기 다른 단계에 있는 아담 신체의 작은 부분을 구성하고 있으며 이성의 사다리에서 언제나 다른 칸에 있기 때문이다. 물론 신이 아담의 입에 침을 뱉어 넣고 아담의 혀를 네 가지 침으로 감싸는, 가장 높은 두 번째 단계는 제외하고 말이다. 그러므로 서로 상대방의 꿈을 꾸는 사람을 만나는 순간, 우리는 목표를 달성하는 것이다. 그렇게 되면 잊어버리지 말고, 그 내용을 『하자르 사전』에 덧붙여야만 한다. 그동안 성공한 꿈 사냥꾼들은 모두 자기 나름의 기록을 남겼다. 그리고 『하자르 사전』은 바스라의 모스크에서 여자 예언자 라비아에게 바쳐졌다.

 노인이 마수디에게 알려 준 사실은 이상과 같다. 그래서 마수디는 음악을 버리고 꿈 사냥꾼이 되었다.

 마수디가 제일 먼저 한 일은 그 자리에 앉아서 사전 형태로 남겨진 하자르 민족 관련 기록을 모두 읽어 보는 것이었다. 첫 장에는 다음과 같은 내용이 적혀 있었다.
 〈이곳에서는 어느 집에서나 그렇게 하듯이 모든 사람을 다 똑같이 환영하거나 존중하지는 않을 것이다. 어떤 사람은 상석에 앉아서 가장 좋은 대접을 받을 것이다. 그 사람은 어떤 음식을 날라 오는지 가장 먼저 볼 수 있고 가장 먼저 음식을 고를 수 있다. 반면 어떤 사람은 환기구 앞에 앉게 될 것이며 그 자리에서 먹는 음식은 모두 적어도 두 가지 냄새와 두 가지 맛이 날 것이다. 또한 어떤 사람들은 평범한 자리에 앉을 것이며, 그곳에서는 입에 넣고 씹는 음식마다 맛이 평범할 것이다. 그리고 문 뒤에 앉아서 묽은 수프를 먹는 사람도 있을 것이다. 그런 사람들은, 화자가 자기 이야기에서 정작 아무 의미도 얻지 못하는 것처럼, 아무 영양가도 없는 음식만 먹게 될 것이다.〉
 그런 다음에 아랍어로, 『하자르 사전』은 하자르인과 다른 인물들에 대한 일련의 전기를 구성하고 있었다. 특히 하자르 부족이 이슬람교로 개종하는 과정에서 일익을 담당한 사람들의 이야기가 많았다. 하자르 민족의 개종을 이루어 낸 중심 인물은 다르위시였던 현자 이븐 코라ℰ였다. 사전에는 이븐 코라에 대한 이야기가 상당히 길게 기록되어 있었다. 하지만 그 부분을 지나면, 사전 곳곳에서 빠진 구멍들이 입을 쩍쩍 벌리고 있었다. 사제 세 사람(아랍인, 유대인, 기독교인)을 자신의 궁전으로 불러 모은 하자르 카간은 그들이 자신의 꿈을 해석해 주기를 원했다. 하지만 하자르 문제에 대한 이슬람 측 자료나 아랍어로 번역된 『하자르 사전』은 하자르 논쟁▽에 참여한 세 사람을 모두 자세하게 다루지는 않았다. 이슬람 측 자료에는 기독교나 유대교 측 꿈 사냥꾼이나 논쟁 참석자들의 이름이 언급되어 있지 않다는 사실이 눈에 뜨일 수밖에 없었다. 또한 이슬람교를 옹호한 아랍 측 대표 파라비 이븐 코라에 대해 상세히 다루고 있는 반면, 다른 두 사람에 대한 정보는 훨씬 미약했다.

마수디는 『하자르 사전』을 자세히 훑어보면서(이 일은 그렇게 오래 걸리지 않았다) 다른 두 사람이 누구였는지 궁금해했다. 하자르 궁정에서 열린 종교 논쟁에 참여한 기독교 측 대표나 그리스 종교의 대표자에 대해 알고 있는 기독교도가 혹시 있을까? 기독교 측 대표의 이름이 지금까지 전해 내려오고 있을까? 또 다른 참석자에 대해서, 논쟁에 참여한 유대교 측 대표에 대해서 무언가 알고 있는 랍비가 있을까? 마수디와 마수디 이전의 사람들이 이슬람 대표에 대한 정보를 갖고 있었던 것처럼, 논쟁에 참여한 기독교나 유대 현자들에 대한 정보를 가지고 있는 그리스인이나 유대인은 없었을까?

마수디가 자세히 살펴보고 나서 적어 놓은 바로는, 이 외국인들의 주장은 이븐 코라의 주장만큼 강력하거나 완전하지 않았던 것 같았다. 이것은 이븐 코라의 주장이 그들의 주장보다 실제로 더욱 설득력 있고 납득하기 쉬운 것이었기 때문일까? 만약 하자르 논쟁에 대한 유대교나 기독교 측 문헌이 존재한다면 거기에는 그들의 주장이 이븐 코라의 주장보다 더욱 강력하다고 되어 있을까? 아니면 우리가 그들을 무시하는 것처럼, 그들도 우리를 무시할까? 하자르 문제에 대한 『하자르 사전』을 엮어 내는 유일한 방법은 세 부류의 꿈 사냥꾼에 대한 이야기를 모두 모아다가 하나의 진실을 얻어 내는 것밖에 없지 않을까? 그렇게 되면 『하자르 사전』에는 하자르 논쟁에 참석한 기독교와 유대교 측 대표에 대한 이름과 전기도 하나의 표제어를 차지해 알파벳순으로 실리게 될 것이다. 그리고 이 사전에는 논쟁을 기록한 다른 역사가들, 즉 유대와 그리스에서 나온 역사가들에 대한 정보도 포함될 것이다. 아담 루하니의 신체 중 어느 부분이 없어져 버린 상태라면, 그를 온전히 창조해 낼 수 없기 때문이다.

이러한 가능성을 떠올리는 순간, 마수디는 부르르 몸을 떨었다. 그는 옷이 삐죽 튀어나온 옷장과 열린 서랍장을 무서워해서 사전을 들고 앉을 때마다, 매번 옷장과 서랍장 문을 닫곤 했다. 마침내 마수디는 하자르 민족과 관련된 유대와 그리스 문서를 찾기 시작했다. 그의 주름진 터번 사이에서는 〈코란〉이라는 글자를 읽을 수 있었지만, 그는 이교도의 뒤를 따라다니며 그리스인들과 유대인들에게 뇌물을 줘가면서 그들의 언어를 배웠다. 그 언어들은 마치 세상을 다른 모습으로 비추어 주는 거울과도 같았다. 그리고 마수디는 자기 자신의 모습을 이 거울에 비추어 보는 방법을 배웠다. 마수디의 하자르 관련 문서철은 나날이 늘어만 갔다. 어느 날 마수디는 이 자료에 자기가 사냥한 사냥감의 인생에 대한 기록을 덧붙이기로 결심했다. 그것은 직업적인 보고서로, 아담 루하니의 거대한 몸을 만들어 내는 데 적게나마 기여하는 일이었다. 하지만 마수디는 진짜 사냥꾼이었으면서도 어떤 종류의 사냥감을 잡아야 하는지를 몰랐다.

라비-울-아히르의 달[33]이 다가오고 있었다. 마수디는 처음으로 다른 사람의 꿈을 들여다보았다. 어느 여인숙에서 밤을 보내고 있었는데, 바로 그의 옆자리에는 어떤 남자가 누워 있었다. 마수디는 그 사람의 얼굴은 볼 수 없었지만, 그가 부드러운 목소리로 노래하는 소리는 들을 수 있었다. 처음에 마수디는 몹시 어리둥절했지만, 머리보다 귀가 빨리 움직였다. 그는 자물쇠 구멍에 나사가 달린 남자 자물쇠를 찾고 있는, 손잡이에 구멍이 난 여자 열쇠였다. 그리고 마침내 그것을 발견할 수 있었다. 어둠 속에서 마수디 옆에 누워 있는 남자가 아니라, 그 사람의 내부에 있는 누군가가 노래를 부르고 있던 것이다. 다시 말해서 어둠에 휩싸여 보이지 않는 이 사람이 꿈꾸고 있는 누군가가 노래를 부르고 있었다. 여인숙은 너무나 조용해서 마수디 주위의 어둠 속 어디에선가 꿈을 꾸고 있는 사람의 머리카락이 갈라지는 소리까지 들릴 지경이었다. 바로 그 순간에 마수디는 아무도 알아차리지 못하게, 거울을 뚫고 들어가듯이 꿈속으로 걸어 들어갔다. 바닥은 모래였고 비바람이 몰아쳤으며 들개와 목마른 낙타들이 득실거렸다.

마수디는 자신이 뒤쪽에서 공격을 받고 팔다리가 잘려 나갈 위험에 처해 있다는 사실을 금방 알아차렸다. 하지만 여전히 모래 위를 걸어갔다. 모래는 밀물과 썰물처럼 솟아올랐다가 다시 아래로 꺼져 내리곤 했는데, 그것은 꿈을 꾸는 사람의 호흡에 따라 좌우되었다. 뒤를 돌아보니, 어떤 남자가 꿈의 한쪽 귀퉁이에 앉아서 나무로 류트를 깎고 있었다. 그 나무토

---

33 이슬람력으로 4월.

막은 여러 해 동안 강물 위를 떠다니고 있었던 것으로 뿌리가 강 입구를 향하고 있었는데, 이제는 물기가 다 말랐다. 마수디는 이 남자가 3백 년 전의 방법으로 악기를 만들고 있다는 사실을 알 수 있었는데, 이제 더 이상 쓰지 않는 방법이었다. 그러므로 꿈속의 남자는 꿈을 꾸는 자보다 나이가 더 많았던 것이다. 꿈속의 남자는 때때로 일손을 멈추고 필라프[34]를 한 입씩 먹었는데, 그렇게 한 번 먹을 때마다 마수디에게서 적어도 1백 걸음은 멀어졌다. 그 남자가 뒤로 물러나면서 꿈의 밑바닥이 환하게 들여다보이기 시작했다. 그 안에 있는 불빛에서 참을 수 없는 악취가 풍겨 나오고 있었는데, 그 불빛 뒤쪽으로 묘지 같은 곳에서 두 사람이 말을 매장하고 있었다. 바로 그중 한 사람이 노래를 부르고 있었다.

그런데 이번에는 그저 노랫소리만 들린 것이 아니라, 갑자기 노래를 부르고 있는 사람의 얼굴이 보였다. 마수디 옆에 누워 있는 남자의 꿈에 나타난 사람은 콧수염의 절반이 회색인 젊은이였다. 세르비아 개들은 먼저 물고 나서 짖어 대고, 왈라키아 개들은 아무런 소리도 없이 물고 터키 개들은 짖고 나서 문다는 사실을 마수디는 알고 있었다. 하지만 꿈에 나타난 청년은 이 세 가지 종류 중 그 어디에도 속하지 않았다. 마수디는 그 노래를 기억해 두었다.

아침이 밝아 왔다. 이제부터 가장 중요한 것은 콧수염의 절반이 회색인 이 젊은이가 다음번에는 어떤 사람의 꿈에 나타날 것인지 찾아내는 일이었다. 마수디는 당장 그 방법을 생각해 냈다. 그는 한 무리의 목동처럼 보이는 류트 연주자와 가수를 불러 모았다. 그리고 자기가 시키는 대로 노래하고 연주하도록 가르쳤다. 마수디는 여러 가지 색깔의 반지를 끼고 있

---

[34] 쌀에 고기, 야채를 섞어 기름에 볶은 다음 양념을 가미한 중동의 대표적 음식.

었는데, 각각의 반지는 마수디가 사용하는 10음계 중에서 한 음에 해당되었다. 그리하여 가수들에게 그의 손가락 하나를 들어 보여 주면, 가수들은 마수디가 원하는 소리를 내었다. 그것은 마치 동물들이 먹이를 고르는 것과 같았다. 그런 방법 덕분에 그들은 이제껏 한 번도 들어 본 적이 없는 노래를 실수 없이 부를 수 있었다.

그들은 우물 앞, 도시의 공장, 거리 등 공공장소에서 노래를 불렀다. 그 노래는 밤이면 마수디의 사냥감에 대한 꿈을 꾸는 행인에게 던지는 미끼였다. 그런 사람들은 태양이 그들에게 달빛을 비추고 있기나 한 듯이 멈추어 서서 홀린 듯이 노랫소리를 듣곤 했다. 흑해 연안을 따라 이리저리 옮겨 다니면서 사냥감을 추격하는 가운데, 마수디는 자기가 찾는 꿈을 꾸는 사람들을 알아보기 시작했다. 꿈에 콧수염의 절반이 회색인 젊은이를 만난 사람들은 시간이 지남에 따라 이상하게 변해 갔다. 말을 하면서 동사가 명사보다 더욱 중요한 역할을 하게 되고, 가능하다면 어느 경우에라도 명사를 생략했다. 때때로 여러 명이 한꺼번에 그 젊은이를 꿈에서 보았던 적도 있었다. 아르메니아의 장사꾼들은 꿈에서 보니까 그 젊은이가, 황소가 이끄는 마차에 세워 놓은 교수대 아래 있었다고 했다. 마차는 돌로 만들어진 아름다운 도시를 지나가는 도중이었으며, 교수형 집행인은 젊은이의 턱수염을 손가락으로 잡아당기고 있었다. 또 어떤 군인들은 그 젊은이가, 바다가 보이는 아름다운 말 묘지에서 말들을 묻고 있는 모습을 보았다. 젊은이는 어떤 여자와 같이 있었는데, 꿈속에서는 그 여자의 얼굴을 알아볼 수 없었다. 단지 볼에 은화만 한 작은 점이 있었는데, 콧수염의 절반이 회색인 젊은이는 그 점 위에 입맞춤 자국을 남겼다. 그런데 갑자기 마수디의 사냥감이 흔적도 없이 사라져 버렸다. 그가 할 수 있는 일이라고는 단 한 가지뿐이었다. 그는 자신이 지금까지 관찰한 모든 것을 『하자르 사전』에 적어 넣었다. 그리고 이 글들을 오래된 것부터 새로운 것까지 모두 다 알파벳순으로 정리해서 녹색 가방에 넣어 두었는데, 그 가방은 날로 더 무거워졌다.

마수디는 아주 가까운 곳에서 꾸고 있는 수많은 꿈들을 자신이 놓쳐 버리고 있으며, 사람들 사이에 나눠 주지도 못하고 있다고 느끼게 되었다. 꿈의 수는 꿈을 꾸는 사람의 수보다 훨씬 더 많았다. 마침내 마수디는 자신의 낙타에게로 주의를 돌렸다. 그 동물의 꿈속을 자세히 들여다보니 바로 그곳에, 이마에 굳은살이 박이고 이상하게 두 가지 색깔로 된 콧수염이 상처처럼 나 있는 젊은이가 있었다. 저 위에는, 결코 바다에 몸을 담그지 않는 별자리들 중 하나가 보였다. 그 젊은이는 창가에 서서 마룻바닥에 책을 내려놓고 발로 책장을 넘기며 책을 읽고 있었다. 책의 제목은 『리베르 코즈리』[35]였는데 눈을 감은 채, 낙타의 꿈속을 들여다보고 있던 마수디는 그것이 무슨 뜻인지 알지 못했다. 사냥감을 따라가던 마수디는, 드디어 한때 하자르의 국경이었던 곳에 다다른 것이다. 들판에는 검은 풀이 자라고 있었다.

이제 점점 더 많은 사람들이 밤마다 『리베르 코즈리』를 손에 든 젊은이를 그들의 꿈속에 받아들였다. 마수디는 한 사회의 모든 세대와 모든 계층의 사람들이 때때로 똑같은 사람들이 나오는, 같은 꿈을 꾼다는 사실을 깨달았다. 그러나 그중에서 어떤 꿈은 천천히 뒤틀리며 사라져 버린다는 것과, 많은 사람들이 똑같은 꿈을 꾸는 일이 지금보다 예전에 더 많았다는 사실도 깨달았다. 이렇게 공동으로 꾸는 꿈은 분명히 역사가 오래된 것이었다. 하지만 국경에 이르러서 마수디는 무엇

---

35 *Liber Cosri*. 라틴어로 〈코즈리〉는 하자르 민족을, 〈리베르〉는 책을 뜻한다.

인가 새로운 사냥감에게로 눈을 돌렸다. 오래전에 마수디는, 콧수염의 절반이 회색인 젊은이가 자신이 꿈속에서 찾아간 사람 모두에게 은을 한 줌씩 빌려 주곤 하던 것을 눈여겨보았던 적이 있었다. 그 젊은이는 1년에 1푼이라는 매우 유리한 이자 조건으로 은을 빌려 주었다. 이 소아시아의 외딴 지방에서 그런 식으로 은을 빌려 주는 것은 약속 어음을 받아 두는 것과 마찬가지였다. 꿈을 꾸는 사람들은 자신의 꿈에 나오는 사람 앞에서 언제나 정직해야 한다고 믿었는데, 꿈에 나오는 사람은 모든 회계 장부를 수중에 가지고 있기 때문이었다. 다시 말하자면 이곳 사람들은 이중 거래 체계 같은 것을 정확하게 지키고 있었는데, 이 거래 체계에서는 의식과 무의식에서 나온 자금을 모두 취급했으며 이러한 거래에 관여하는 사람들 사이에는 암묵적인 동의가 이루어져 있었다.

이름도 알지 못하는 작은 마을에 도착한 마수디는 어떤 페르시아인이 〈목요 무대〉를 펼치고 있는 천막 속으로 들어갔다. 천막 속에는 어찌나 많은 사람들이 들어서 있었는지, 달걀을 떨어뜨려도 땅바닥에 닿지 않을 것 같았다. 사람들은 깔개 주위에 둘러앉아 있었으며, 그 위에는 화로가 놓여 있었다. 누군가가 벌거벗은 소녀를 관객들 앞으로 데리고 나왔다. 소녀는 부드럽게 신음 소리를 내며 두 손에 검은 방울새를 한 마리씩 쥐고 있었다. 이윽고 왼손을 펼치더니, 새가 날아오르려는 순간, 번개가 치는 것처럼 재빨리 그 새를 잡았다. 그 소녀는 희귀한 질병에 걸려 있었다. 소녀의 왼손은 오른손보다 더 빨랐다. 그 소녀의 주장에 따르면, 자기의 왼손은 너무 빨라서 자기보다 먼저 죽을 것이라고 했다.

「나는 내 왼손과 같이 묻히지 못할 거예요! 나는 이 왼손이 작은 무덤에 홀로 묻혀 있는 것을 벌써부터 볼 수 있어요. 키도 없는 배처럼 묘비나 이름도 없이 말이죠.」

옆에 서 있던 페르시아 사람이 모든 사람들에게 그날 저녁에 이 소녀에 대한 꿈을 꾸어 달라고 부탁했다. 그렇게 한다면 소녀가 회복될 수 있다는 것이었다. 그리고 어떤 꿈을 꾸면 좋을지 세부 사항까지 설명해 주었다. 잠시 후에 사람들은 뿔뿔이 흩어져서 돌아갔다. 마수디가 가장 먼저 자리를 떴다. 마치 혀를 데일 듯이 뜨거운 아비시니아 커피에 펜을 적셔서 『하자르 공책』에 기록할 때처럼 혀 속에 뼈가 들어 있는 것 같은 느낌이었다. 그 페르시아 사람도 자기 나름대로 하자르 민족에 대한 기록을 하고 있는 것이 분명했다. 그 사람도 역시 꿈 사냥꾼이었다. 아담 루하니를 섬기는 방법은 여러 가지였던 것이다. 과연 마수디의 방법은 올바른 것이었을까?

이윽고 주마드-알-아왈 달,[36] 두 번째 주마[37]가 찾아왔다. 새로 도착한 무덥고 황량한 마을은 강 안개에 둘러싸인 채, 모래 위에 서 있었다. 안개에 가려져 마을의 모습은 보이지 않았지만, 안개 밑으로 강물 속에는 이슬람 사원의 탑(미나렛)들이 급류에 꼼짝없이 걸려 있는 모습이 보였다. 안개 뒤쪽의 해변 위에는 깊은 침묵이 걸려 있었고, 이 침묵과 마을과 갈증 난 물이 마수디의 남성적 욕구를 불러일으켰다. 그날따라 마수디는 여성스러운 빵을 몹시 먹고 싶었다. 그가 마을로 보내 노래를 부르게 한 소리꾼들 중 한 명이 돌아오더니 무엇가를 발견했다고 보고했다. 이번에는 꿈을 꾸는 사람이 여자였다.

「큰길을 따라서 가다 보면 생강 냄새가 날 겁니다. 바로 그 여자의 집에서 나는 냄새입니다. 그 여자는 요리할 때 생강을 씁니다.」

마수디는 마을로 들어가서 생강 냄새가 나는 곳에서 걸음

---

[36] 이슬람력으로 5월.
[37] 이슬람교도들이 매주 금요일에 드리는 회중 기도.

을 멈추었다. 어떤 여자가 불 주위에 앉아 있었다. 그 여자의 솥단지는 터질 듯이 부글부글 끓는 소리를 내고 있었다. 접시를 든 어린아이들과 개들이 줄을 서서 기다리고 있었다. 여자는 국자로 죽을 퍼서 어린아이들과 동물들에게 나누어 주었는데, 그것을 보는 순간 마수디는 그 여자가 솥에서 꿈을 퍼서 나누어 주고 있다는 사실을 깨달았다. 그녀의 입술은 색깔이 변했으며, 아랫입술은 긴 의자를 뒤집어 놓은 것 같았다. 그 여자는 절반 정도 먹다 남은 생선 위에 누워 있었는데, 마치 사막의 개가 다 먹고 난 동물의 뼈 위에 엎드려 있는 것 같았다. 마수디가 다가오자 그 여자는 마수디에게도 한 국자 퍼 주었지만, 마수디는 고개를 가로저으며 미소를 지었다.

「난 더 이상 꿈을 꾸지 못합니다.」

그가 이렇게 말하자, 여자는 국자를 내려놓고 자기 자리로 돌아갔다. 그 여자는 자기가 여자라고 꿈꾸고 있는 왜가리 같았다. 마수디는 그 여자 옆에 드러누웠다. 마수디의 손톱은 감각을 잃어버렸고 시선은 절뚝거리다가 부러져 버렸다. 이제는 두 사람뿐이었다. 말벌들이 마른 나무껍질에 날카롭게 침을 가는 소리가 들려 왔다. 마수디는 여자에게 입맞춤을 하고 싶었다. 그런데 갑자기 그 여자의 얼굴이 완전히 변해 버렸다. 마치 전혀 다른 사람의 얼굴에 입맞춤을 하고 있는 것 같았다. 마수디는 그 여자에게 도대체 무슨 일이냐고 물어보았다. 여자는 대수롭지 않게 대답했다.

「아, 그저 세월이 흐르는 것뿐입니다. 신경 쓰지 말아요. 세월이 내 얼굴을 스치고 지나가는 게 당신 얼굴이나 낙타 얼굴을 지나갈 때보다 열 배는 더 빠르기 때문입니다. 하지만 당신이 아무리 내 외투 속으로 뚫고 들어오려고 해도 소용없어요. 당신이 찾고 있는 것은 이 외투 속에 숨어 있지 않으니까요. 나에게는 검은 비버가 없어요. 이 안에는 육신이 없는 영혼들뿐이죠. 이것을 유대인들은 〈디북〉이라고 부르고 기독교인들은 〈카발라스〉라고 부르죠. 이 안에는 성(性)이 없는 육신들도 있지요. 영혼은 원래 성이 없지만, 육신은 그렇지 않지요. 성이 없는 육신들은 모두 악마에게 성을 빼앗겨 버린 것입니다. 나도 바로 그런 경우라고 할 수 있어요. 이븐 하데라시라는 악마가 내 성을 빼앗아 가버렸어요. 하지만 내 목숨은 살려 주었지요. 이제 내 애인은 코헨뿐입니다.」

「코헨이 누구입니까?」

마수디가 물었습니다.

「내가 꿈을 꾸는 유대인입니다. 그리고 당신이 뒤를 쫓고 있는 사람이기도 하죠. 콧수염의 절반이 회색인 젊은이입니다. 그 사람의 육신은 세 개의 영혼 속에 갇혀 있지요. 그리고 내 영혼은 육신에 갇혀 있어요. 내 영혼을 나눌 수 있는 이는 오로지 그 사람뿐입니다. 그는 내 꿈속에 들어오지요. 그는 좋은 애인입니다. 그러니 불평할 수는 없지요. 아직까지 나를 기억하고 있는 이는 오직 그 사람뿐입니다. 그 사람 말고는 이제 어느 누구도 내 꿈을 찾아오지 않아요.」

처음으로 마수디는 자신이 쫓는 사냥감의 이름을 알고 있는 사람을 만난 것이다. 그 젊은이의 이름은 바로 코헨이었다.

「어떻게 그 사람의 이름을 알고 있소?」

마수디는 확실하게 해 두고 싶었다.

「나는 그 사람의 이름을 들었어요. 어떤 사람이 큰 소리로 〈코헨〉이라고 부르자, 그 사람이 대답했어요.」

「당신의 꿈속에서 말입니까?」

「그래요, 내 꿈속에서……. 그 사람이 콘스탄티노플로 떠나던 날 밤이었어요. 하지만 잊지 마세요. 우리가 생각하는 콘스탄티노플은 언제나, 진짜 콘스탄티노플 서쪽에 있는 1백 개의 후추밭이니까요……」

그 여자는 옷 속으로 손을 집어넣더니, 물고기처럼 생긴 열매를 꺼내 마수디에게 주었다.

「이 열매는 쿠ⓒ입니다. 한번 맛보고 싶지 않나요? 그렇지 않으면 다른 것을 드릴까요?」

「난 당신이 내 앞에서 코헨 꿈을 꾸었으면 좋겠소.」

그 말을 듣자 여자는 깜짝 놀랐다.

「당신은 아주 점잖게 부탁하는군요. 지금 상황을 고려하면 사실 너무 지나치게 점잖은 거죠……. 하지만 당신은 지금이 어떤 상황인지 모르고 있는 게 분명하군요. 어쨌든 당신이 바라는 대로 해주겠어요. 이것은 당신을 위해서 특별히 꾸는 꿈입니다. 그리고 당신에게 선물도 하나 주겠어요. 하지만 이제부터 조심하세요. 당신이 꿈꾸고 있는 사람을 추격하는 여자가 당신을 잡을 테니까요.」

그 여자는 개를 베고 드러누웠다. 수세기 동안 그녀를 스치고 지나간, 헤아릴 수도 없이 많은 눈길들이 그녀의 얼굴과 손을 할퀴고 있었다. 그 여자는 코헨을 꿈속으로 받아들였다. 코헨은 이런 말을 했다.

「*Intentio tua grata et accepta est Creatori, sed opera tua non sunt accepta*…….」

마수디의 편력은 이제 모두 끝났다. 마수디는 이전의 어느 누구보다도 이 여자에게서 더 많은 것을 받았다. 그는 마치 잎이 돋아나듯이 다급하게 낙타 등에 안장을 얹고 서둘러 콘스탄티노플로 돌아갔다. 그의 사냥감은 수도에서 그를 기다리고 있었던 것이다. 마수디가 이번 사냥으로 어느 정도 우위를 차지하게 되었는지 계산해 보고 있었는데, 갑자기 타고 있던 낙타가 고개를 돌려 마수디의 눈에 침을 뱉었다. 마수디는 축축한 고삐로 낙타의 얼굴을 마구 때렸다. 낙타는 결국 두 개의 혹 속에 들어 있던 물을 토해 낼 지경에까지 이르렀지만,

마수디는 낙타가 무엇 때문에 그런 수수께끼와 같은 행동을 했는지 알아낼 수 없었다.

마수디는 코헨이 한 말을 전혀 알아들을 수 없었기 때문에, 그것을 노래의 후렴구처럼 계속 되풀이하고 있었는데 신발이 자꾸만 길에 달라붙었다. 마수디는 숙소가 눈에 띄기만 하면 우선 신발부터 씻어야겠다고 생각했다. 길은 낮 동안 자기를 밟고 지나갔던 신발에 묻은 진흙을 모두 돌려받을 때까지 계속 신발을 유혹했다.

그리스어 말고는 알고 있는 언어가 하나도 없는 한 기독교 수도사가 마수디가 기억하고 있는 말이 라틴어라고 하면서 그 지방의 랍비에게 안내했다. 랍비는 코헨이 한 말을 번역해 주었다.

「주님은 당신의 행동에 기뻐하시지 않고 당신의 속마음에 기뻐하십니다.」

그래서 마수디는 자신의 소원이 이루어질 것이라는 사실과 자기가 올바른 길로 가고 있다는 사실을 깨달았다. 이제 그는 그 문장을 분명하게 알아들을 수 있었다. 이미 오래전에 아랍어로 그 문장을 알고 있었던 것이다. 그것은 수백 년 전에 천사가 하자르 카간에게 이야기한 것과 같은 문장이었다. 마수디는 자신이 찾고 있는 두 사람 가운데 한 명이 코헨이라는 사실을 알게 되었다. 왜냐하면 하자르 민족의 흔적을 찾아내기 위해 마수디가 이슬람 전설을 이용하는 것과 마찬가지로 코헨은 유대 전설을 이용하고 있었기 때문이었다. 마수디가 『하자르 사전』을 읽어 가면서 기다렸던 사람이 바로 코헨이었다. 마침내 사전과 꿈이 모여 자연스럽게 하나의 형상을 완성했다.

그러나 바로 이 순간, 마수디가 위대한 발견에 한쪽 발을 들여놓으려고 하는 그 순간에, 마수디의 사냥감이 하자르 민족의 이야기를 찾아다니는 과정에 있어서 거의 그와 쌍둥이처럼 닮았다는 사실이 밝혀지자, 마수디는 『하자르 사전』을 그대로 던져 버리고는 두 번 다시 돌아보지 않았다. 일이 그렇게 된 경위는 다음과 같다.

 일행은 가장 먼저 눈에 띈 숙소에 들어갔다. 불그스름한 어둠이 펄펄 휘날리고 있었으며, 마수디는 침대에 드러누워 깊은 숨을 쉬고 있었다. 마수디의 눈에는 자신의 몸이 파도 위를 떠다니는 배처럼 보였다. 옆방에서는 어떤 사람이 류트를 연주하고 있었다. 후세에 아나톨리아의 류트 연주자들은 그날 밤 그 음악에 대한 전설을 이야기하곤 했다. 마수디는 그 류트가 매우 정교하게 만들어졌다는 사실을 단번에 알 수 있었다. 그 류트의 재료가 된 나무는 도끼로 쓰러뜨린 것이 아니었기 때문에, 나무의 소리가 죽지 않았다. 게다가 그 나무는 물소리가 미치지 못하는 고원 지대에서 자랐다. 그리고 마지막으로 그 악기의 관은 나무로 만들지 않고 어떤 동물에서 나온 재료로 만들었다. 마수디는 그 차이를 분명하게 알 수 있었다. 포도주를 좋아하는 사람이라면, 백포도주에 취한 것인지 적포도주에 취한 것인지 구별할 수 있는 것처럼 말이다. 마수디는 누군지 알 수 없는 음악가가 연주하고 있는 가락을 알아들었다. 그 곡을 알고 있는 사람은 극히 드물었다. 뜻하지 않은 곳에서 이처럼 특별한 노래를 듣고 마수디는 깜짝 놀랐다. 이 노래에는 극히 연주하기 어려운 부분이 있었다. 과거에 마수디는 이 부분을 더욱 잘 연주하기 위해 특별한 운지법[6]을 고안해 냈으며 그 방법은 류트 연주자들 사이에 널리 퍼졌다. 하지만 누군지 알 수 없는 그 연주자는 전혀 다른 운지법을 사용하고 있었다. 마수디가 귀를 기울여 들어 보니,

그것은 더욱 좋은 방법이었다.

마수디는 그 운지법이 도대체 어떤 것인지 상상할 수가 없었으며, 그 운지법에 적당한 키를 생각할 수도 없었다. 마수디는 눈앞이 아찔했다. 그리고 그 부분이 다시 돌아오기를 기다렸다. 미지의 연주자가 그 부분을 다시 연주했을 때, 마수디는 마침내 알 수 있었다. 연주자는 그 부분에서 열 손가락이 아니라 열한 손가락을 사용하고 있었던 것이다. 그 순간 마수디는 이 곡을 연주하고 있는 것이 사람이 아니라 이블리스라는 사실을 깨달았다. 악마들은 악기를 연주할 때, 열 손가락과 한 개의 꼬리를 사용하기 때문이었다.

「이블리스가 나를 따라잡은 것일까? 그렇지 않으면 내가 이블리스를 따라잡은 것일까?」

마수디는 이렇게 중얼거리면서 옆방으로 달려갔다. 그 방에는 어떤 남자가 머물고 있었다. 그 남자는 손가락이 아주 가늘었으며, 열 손가락의 길이가 모두 똑같았다. 회색 뱀들이 그 남자의 턱수염 사이로 기어다니고 있었다. 그 사람의 이름은 야비르 이븐 아크샤니였으며, 하얀 거북 껍질로 만든 악기가 그 앞에 놓여 있었다.

「내 눈으로 직접 보고 싶소! 내 눈으로 직접 보고 싶소! 조금 전에 내가 들었던 것은 이 세상에서는 불가능한 소리였소!」

마수디는 성급하게 소리쳤다. 야비르 이븐 아크샤니는 아주 천천히 입을 벌리면서 하품을 했다. 입과 혀로, 눈앞에 보이지 않는 아이를 낳고 있는 것 같았다.

「무엇을 보고 싶다는 거지?」

야비르 이븐 아크샤니는 이렇게 되물으며 웃음을 터뜨렸다.

「이 꼬리를 말하는 건가? 하지만 당신은 노래나 음악에 관심이 없잖소. 그런 것은 이미 오래전에 포기했소. 이제 당신은 꿈을 읽는 사람이오. 당신이 관심을 갖는 것은 음악이 아니라 바로 나요. 당신은 악마의 도움을 바라고 있소. 왜냐하면 경전에도 나와 있듯이, 사람들은 신을 보지 못하지만 이블리스는 신을 보기 때문이오. 당신이 나에 대해 알고 싶은 것은 무엇이오? 난 타조를 타고 다닌다오. 걸어다닐 때에는 나를 호위해 줄 악마를 데리고 다니지. 어린 악마들 말이오. 그 악마들 중 하나는 시인이라오. 그 악마는 알라가 처음으로 〈아뎀〉과 〈하바〉라는 인간을 창조하기 수세기 전부터 시를 썼소. 그 시는 우리 이블리스와 악마의 씨앗에 대한 것이오. 하지만 그것을 너무 심각하게 받아들이지 않기를 바라오. 시에 적힌 단어들은 진짜 단어가 아니기 때문이오. 진짜 단어란 사과와 같은 것이기 때문에, 그 주위에는 뱀 한 마리가 나무를 친친 감고 있고 나무뿌리는 땅속에 그리고 나뭇가지는 하늘 위에 있다오. 이제 나에 대해서 그리고 당신에 대해서 무엇인가 다른 이야기를 해주겠소.

코란을 읽어 본 사람이라면 누구나 알고 있는 사실에 대해 생각해 보겠소. 다른 악마들처럼 나도 불로 만들어졌소. 하지만 반면에 당신들은 진흙으로 만들어졌소. 내가 가지고 있는 힘은 오로지 내가 당신에게 불어 넣고 당신에게서 가지고 오는 것에서 비롯될 뿐이오. 왜냐하면 진실을 열어 보면 언제나 우리가 그 안에 집어넣은 것만큼만 들어 있기 때문이오. 하지만 이것은 결코 적은 양이 아니오. 진실 안에는 모든 것을 담을 수 있을 만큼의 여유가 있소. 당신과 같은 인간들이 만약 낙원에 닿을 수 있다면, 원하는 것은 무엇이든 될 수 있소. 하지만 이 땅 위에서는 변하지 않는 단 하나의 형태 속에 갇혀 있을 뿐이오. 그리고 그 형태는 출생에 의해 만들어지는 것이오. 반면에 우리 악마들은 땅 위에서 어떤 형태라도 마음에 드는 대로 고를 수 있고, 마음대로 그 형태를 바꿀 수 있소. 하지만 케브세르 강을 건너 하늘나라에 들어가자마자, 우리는 영원히, 실제 우리의 모습인 이블리스로 살아가도록 운명 지어진다오. 하지만 우리는 불에서 나왔기 때문에 우리의 기억은 완전히 사라지지 않소. 당신들의 기억이야 진흙 속에 뒤섞여 자취를 감추어 버리지만 말이오. 그것이 바로 악마인 나와 인간인 당신 사이의 근본적인 차이점이오. 알라는 양손으로 당신들을 창조했고, 우리는 단지 한쪽 손으로 창조했소. 하지만 우리 이블리스는 인간보다 먼저 출현했소. 그러므로 나와 당신 사이의 중요한 차이점은 바로 시간이라는 것이오. 우리가 한 쌍이 되어 고난을 당한다고 하더라도 당신들보다 우리 이블리스들이 한발 앞서 지옥에 도착할 것이오. 그리고 당신들 뒤로는 새로운 제3의 무리가 도착할 것이오. 그러므로 당신의 고통은 영원히 나의 고통보다 짧을 것이오. 왜냐하면 알라는 다가오는 제3의 무리들에게 이미 눈길을 돌렸으니 말이오. 그 무리들은 우리와 당신들을 가리키면서 알라를 향해 이렇게 소리 지를 거요. 〈먼저 온 자들에게 두 배의 벌을 내리십시오. 그래서 우리에게는 더 가벼운 고통을 주십시오!〉 다시 말해 고통은 무궁무진한 것이 아니오. 자, 이제부터 내 말을 잘 들으시오. 여기부터는 책에서 찾아볼 수 없는 내용이라오. 그렇기 때문에 내가 당신에게 도움이 될 수 있소. 한마디도 놓치지 말고 잘 들으시오. 우리의 죽음은 당신들의 죽음보다 더욱 오래되었소. 죽는 과정에 있어서, 우리 이블리스들이 당신들보다 더 오랫동안 경험했고 그 경험을 더욱 잘 기억하오. 그렇기 때문에 당신들 중에서 제아무리 현명하고 경험이 많은 사람이라고 한들 죽음에 대해 나만큼 많이 알고 당신에게 잘 알려 줄 수 있는 사람은 없다오. 우리는 당신들보다 더욱 오랫동안 죽음과 함께 살아왔소. 만약 당신 귀에 금 고리가 있고, 또한 이 기회를 잘 이용하고 싶다면 내 말에 귀를 기울여야 하오. 왜냐하면 오늘 이야기를 하는 사람은 내일 다시 이야기할 수 있지만, 이야기를 듣는 사람은 이야기를 해주는 사람이 있는 바로 그 순간에만 이야기를 들을 수 있기 때문이오.」

아크샤니는 차근차근 이야기를 해나갔다.

어린아이들의 죽음에 대한 이야기

어린아이의 죽음은 언제나 그 부모의 죽음을 위한 본보기가 된다. 어머니는 아이에게 생명을 주기 위해 출산을 하는 반면, 어린아이는 자기 아버지의 죽음을 형상화하기 위해 죽는다. 아들이 아버지보다 먼저 죽었을 때, 아버지의 죽음은 짝을 잃고 아무런 본보기도 없이 불구가 될 것이다. 바로 그런 이유로 인하여 우리 악마들은 그렇듯 쉽사리 죽는다. 우리에게는 자손이 없다. 그리고 우리의 죽음에 대한 본보기가 세워진 적 또한 단 한 번도 없다. 어린아이가 없는 사람들은 쉽사리 죽는다. 그들이 평생을 들여 노력한 것도 영원한 시간 속에서는 한순간 타올랐다가 이내 사그라지는 불꽃에 불과하다.

한마디로 부모의 죽음은 마치 거울처럼, 장차 다가올 아이들의 죽음을 비추어 주고 있다. 이것은 마치 쌍방에게 적용되는 법률과 같다. 오로지 죽음만이, 시간의 원칙을 거슬러 가면서 거꾸로 전해 올라간다. 젊은이가 늙은이에게, 아들이 아버지에게 죽음을 물려준다. 조상은 작위를 받듯 자손들에게서 죽음을 상속받는다. 죽음을 물려주는 세포 〈파멸의 문장〉은 시간의 통로를 따라 미래로부터 과거로 나아가면서 죽음과 삶을 연결시키고, 시간과 영원을 연결시키며 아담 루하니를 그 자신에게 연결시킨다. 그래서 죽음은 한 가족이 공통적으로 물려받는 기질 가운데 포함된다. 이것은 검은 눈썹을 물려주거나 수두에 걸리는 것과는 다른 문제라고 할 수 있다.

이것은 한 사람이 어떤 이유로 죽는가 하는 문제가 아니라 어떤 식으로 죽음을 경험하는가 하는 문제이다. 사람은 칼에 맞거나 병에 걸리거나 나이가 들어 죽는다. 그러나 언제나 그 과정에서 전혀 다른 무엇인가를 경험한다. 자기 자신의 죽음을 경험하는 일은 절대로 없고, 언제나 앞으로 다가올 어떤 다른 사람의 죽음을 경험한다. 이미 말했듯이 자기 아이들의 죽음을 경험하는 것이다. 그들은 죽음을 가족 공동의 사건으로 만들어 버린다. 반면 아이가 없는 사람에게는 오로지 자기 자신의 죽음만이 있을 것이다. 그저 그뿐이다. 하지만 그 반대로 아이가 있는 사람에게는 자기 자신의 죽음은 없고 자기 아이들의 죽음이 몇 번이고 반복해서 있을 것이다. 아이가 많은 사람의 죽음은 끔찍하다. 삶과 죽음의 비율이 언제나 1대 1인 것은 아니다. 그렇기 때문에 때로는 몇 배나 더 많이 죽어야 한다.

한 가지 예를 들려주겠다. 수세기 전에 무카다사 알 사파르[※]라는 수도사가 하자르 수도원에서 살고 있었다. 그 수도원에는 1만 명의 처녀 수녀들이 있었는데, 무카다사 알 사파르는 기나긴 한평생을 수도원에서 살아가면서 줄곧 자기 방식대로 기도에 열중함으로써 이 수녀들 모두 다 아이를 배도록 만들었다. 그래서 무카다사 알 사파르에게는 수녀들 숫자만큼의 자식이 있었다. 그가 어떻게 죽었는지 아는가? 무카다사 알 사파르는 벌 한 마리를 삼켜서 죽었다. 자, 그렇다면 그는 어떤 방식으로 죽었을까? 그는 동시에 1만 가지의 방법으로 죽었다. 그는 1만 겹으로 된 죽음을 통과해야만 했다. 무카다사 알 사파르는 모든 아이들 각각을 위해 한 번씩 죽었다. 사람들은 그를 땅에 묻어 줄 필요조차 없었다. 죽음이 무카다사 알 사파르를 천 갈래 만 갈래로 찢어 놓았으므로, 그는 흔적도 없이 사라져 버렸고 남아 있는 것이라고는 오로지 이 이야기뿐이었다.

잘 알려진 우화 가운데 회초리 묶음에 대한 것이 있는데, 인간들은 그 우화를 잘못 이해하고 있다. 죽음을 앞둔 아버지가 아들 형제를 불러 모아 회초리 하나는 얼마나 쉽게 부러뜨릴 수 있는지 보여 주는 우화의 의미는, 사실 아들이 한 명밖에 없는 사람은 얼마나 쉽게 죽을 수 있는지 보여 주려는 것이다. 그 아버지가 아들 형제에게 회초리 묶음은 부러뜨리기 어렵다는 것을 보여 줄 때, 사실은 아들을 여럿 둔 아버지 자신이 죽기가 몹시 어렵다는 것을 의미한다. 아이들의 죽음이 각양각색인 경우에, 그 많은 아이들을 남겨 두고 가는 것이 얼마나 고통스러운 일인지 그는 보여 주고 있다. 왜냐하면 아버지는 그 모든 고통을 미리 다 경험하기 때문이다. 회초리를 많이 묶으면 묶을수록, 당신은 더 강해지는 것이 아니라 더 많은 상처를 받게 된다.

여자들과 그 자손들의 죽음은 언급하지 않겠다. 그것은 완전히 다른 종류의 죽음이며, 남자들의 죽음만큼 다양하지도 않다. 그러므로 그 죽음은 또 다른 법칙을 따른다…….

「우리 이블리스들의 유리한 관점에서 보기에, 이것은 대체로 비밀 중의 비밀이오. 당신들보다 죽음에 대한 경험이 어느 정도 더 많은 우리가 보기에는 그렇소. 이것을 잘 생각해 보시오. 왜냐하면 당신은 꿈 사냥꾼이고, 만약 당신이 조심스러운 사람이라면 언젠가 당신 스스로 이 모든 것을 깨닫게 될 기회가 생길 것이기 때문이오.」

「그게 무슨 말입니까?」

마수디가 물었다.

「쓰레기 더미를 헤집고 다니는 꿈 사냥꾼의 목표는 서로에 대한 꿈을 꾸는 두 사람을 찾는 것이오. 둘 중에 한 사람이 잠을 자고, 다른 한 사람은 깨어 있게 되는데 잠을 자는 사람은 언제나 깨어 있는 사람의 현실을 꿈속에서 보게 되지. 내 말이 맞소?」

「그렇소.」

「자, 그런데 깨어 있는 사람이 죽었다고 해보시오. 죽음보다 더욱 야만적인 현실은 없으니까……. 죽은 사람의 현실을 꿈꾸고 있는 사람은 실제로 이 사람의 죽음을 꿈꾸고 있는 것이라오. 그 순간 그 사람의 현실이란 바로 죽는 것이니까 말이오. 그래서 꿈꾸는 사람은 자기 손바닥을 내려다보듯이 다른 사람이 죽는 모습을 볼 수 있지만, 그 자신은 죽지 않을 것이오. 그러나 꿈을 꾸고 있는 사람은 절대로 다시 깨어나지 못할 것이오. 죽어 가고 있는 자가 더 이상 그 사람의 삶에 대해 꿈을 꾸어 주지 않을 것이며, 그 사람의 현실을 자아내는 방직기가 되어 주지 않을 것이기 때문이오. 그래서 둘 중에 한 사람이 깨어 있다가 죽게 되면, 그 사람의 꿈을 꾸고 있던 사람도 역시 깨어날 수 없소. 그렇기 때문에 자기가 그 꿈속에서 무엇을 보았는지도 우리에게 알려 줄 수 없는 것이라오. 꿈을 꾸고 있던 사람이 죽음이란 것을 직접 바라보았다고 하더라도, 죽어가는 사람이 개인적으로 경험하는 죽음이 과연 어떤 것인지 우리에게 알려 줄 수 없다는 말이오. 당신은 꿈을 읽는 사람이니, 그 사람의 꿈을 읽어 낼 수 있는 능력이 있을 것이오. 그리고 죽음에 대해 당신이 알고 싶어 하던 것을 모두 찾아볼 수도 있을 것이오. 당신이 알게 된 것을 나의 경험과 우리 이블리스들의 경험과 서로 대조해 보시오. 그러면 당신이 새로 알아낸 사실도 있을 것이오. 누구든지 음악을 연주할 수 있고 사전을 쓸 수 있소. 그러니 그런 일들은 다른 사람들에게 맡겨 두시오. 그렇지만 당신처럼 한 장면과 또 다른 한 장면 사이에 나 있는 좁은 틈 속을, 죽음이 절대 권력을 휘두르는 그 틈 속을 들여다볼 수 있는 사람은 거의 없소. 설사 있다 해도 극히 드물다고 할 수 있소. 꿈 사냥꾼인 당신의 재능을 이용해 크게 한 건 올리도록 하시오. 주도권을 잡고 있는 것은 바로 당신이오. 그렇기 때문에 결정을 내리는 과정에 있어서 신중해야 할 것이오.」

야비르 이븐 아크샤니는 코란에 나오는 구절을 인용하면서 이야기를 정리했다.

밖에서는 밤이 피를 쏟아 내자, 날이 밝아 오기 시작했다. 숙소 앞의 옹달샘도 맑은 물을 내뱉었다. 샘 주위에는 청동으로 만든 남근 모양의 파이프가 있었으며, 그 양옆에는 쇠털로 술을 단 두 개의 금속 알이 박혀 있었다. 사람들이 입을 대는 끝 부분은 아주 부드러운 느낌을 주었다. 마수디는 샘물을 실컷 마시고 나서, 또다시 직업을 바꾸었다. 그는 『하자르 사전』을 쓰는 일과 유대 방랑자의 삶에 대해 기록하는 일을 그만두었다. 가방 속에 넣어 두었던 자료들이 죽음의 진실을 사냥하는 일에 필요한 안내서가 아니었다면, 아마 마수디는 그것을 모조리 내다 버렸을 것이다. 그리하여 마수디는 새로운 목적을 가지고 예전의 사냥감을 계속 따라다니게 되었다.

사파르의 달,[38] 첫 번째 토요일이었다. 마수디의 생각은 마치 떨어지는 나뭇잎처럼 하나씩 하나씩 줄기에서 떨어져 나와 땅 위로 떨어져 내렸다. 눈앞에 떠다니는 자신의 생각들을 보면서, 마수디는 한참 동안이나 그것을 잡기 위해 돌아다녔

---

38 이슬람력으로 2월.

다. 하지만 그의 생각들은 가을의 밑바닥으로 영원히 가라앉아 버렸다. 그는 자신의 뒤를 따라다니던 음유 시인들과 가수들에게 돈을 주어 모두 쫓아 버린 다음, 대추야자 나무 줄기에 기대앉아 두 눈을 감았다. 장화를 신은 발바닥에 불이 났다. 그와 바람 사이에는 얼음처럼 살을 에는 땀뿐이라고 느꼈다. 마수디는 삶은 달걀의 간을 맞추기 위해 땀을 찍었다. 그에게 있어서 다가오는 토요일은 금요일과 마찬가지였다. 마수디는 무엇을 해야 하는지 분명하게 감지하고 있었다. 코헨이 콘스탄티노플로 오고 있다는 사실을 알고 있었던 것이다. 마수디는 더 이상 코헨을 뒤쫓아다닐 필요도 없었고, 다른 사람들의 꿈속에 나 있는 큰길이나 샛길을 뛰어다닐 필요도 없었다. 사람들은 자기들의 꿈속에 나타난 마수디에게 오줌을 누고 강간하고 짓밟고 다니는 등 마치 가축을 대하는 것처럼 거칠게 행동했다. 이제 무엇보다 중요하고 어려운 문제는 콘스탄티노플에서 코헨을 어떻게 찾아내는가 하는 것이었다. 하지만 결국 마수디는 콘스탄티노플에서 코헨을 찾아낼 필요가 없을지도 모른다. 누군가 다른 사람이 대신 코헨을 찾아 줄 것이다. 그렇다고 해서 가만히 앉아 있기만 하려는 것은 아니다. 마수디는 코헨이 꿈꾸고 있는 사람을 찾아야만 한다. 그리고 코헨이 꿈꾸고 있는 사람은 오직 한 사람, 마수디가 직관으로 이미 알아차린 그 사람일 수밖에 없었다.

〈장미 열매 차에 집어넣은 린덴 꿀 향기가 차 향기를 해치는 것처럼, 나로 하여금 내 주위의 사람들이 어떻게 코헨을 꿈꾸는지 보지 못하도록 방해하는 무엇이 있다. 거기에는 다른 누군가 방해자가 있다.〉

마수디는 이미 오래전부터 이 세상 어딘가에 자기 자신 이외에도 하자르 민족에 대한 아랍 문헌을 연구하는 것과 비슷한 일을 하는 사람이 적어도 두 명은 더 있을 것이라고 굳게 믿어 왔다. 그중 한 사람이었던 코헨은 하자르 민족 개종에 대한 유대 측 문헌을 연구하고 있었으며, 아직까지도 신원이 밝혀지지 않은 제3의 인물은 분명히 같은 문제에 대한 기독교 측 문헌과 관련되어 있을 것이다. 마수디는 제3의 인물을 찾아야만 했다. 그리스인이거나 기독교도이면서 학식을 갖추고 하자르 문제에 관심이 있는 사람. 코헨 역시 콘스탄티노플에서 바로 그 사람을 찾고 있는지도 모른다. 찾아내야 하는 것은 바로 제3의 인물이었다. 마수디는 어떻게 해야 할지 즉각 깨달았다. 하지만 지금까지 할 수 있는 모든 것을 다 했고 이제 거의 폭발할 지경이 되었기 때문에, 또다시 누군가의 꿈속으로 비틀비틀 걸어 들어가는 것이 싫었다.

마수디의 주위에는 사람이나 동물이 하나도 없었다. 그저 모래만이 있을 뿐이었다. 물기 없는 모래가 하늘만큼이나 먼 곳까지 뻗어 나가 있었다. 그리고 그 뒤쪽으로는 거대한 콘스탄티노플이 기다리고 있었다. 하지만 기운차게 밀려드는 물결은, 달콤하고도 맹렬하게 가슴속 깊이까지 달려 들어와서는 으르렁거리며 꿈속으로 밀려 들어왔다. 마수디는 분명히 그것을 기억할 수 있었다. 왜냐하면 마수디가 코란 제5장에 나오는 말씀의 모양대로 접은 터번의 겹겹마다 으르렁거리는 그 소리가 스며들었기 때문이다. 마수디는 세상의 계절과 꿈속의 계절이 같지 않다는 사실을 깨달았다. 그래서 자기가 기대고 있는 대추야자 나무가 꿈을 꾸고 있는 중이라고 결론을 내렸다. 그것은 물에 대한 꿈이었다. 꿈속에서 다른 일은 전혀 벌어지지 않았다. 마치 눈이 부시도록 하얀 터번처럼 강물이 밀려들었다.

마침내 샤반 달[39]의 마지막 날에 모든 것을 태워 버릴 듯한

---

39 이슬람력으로 8월.

더위 속에서, 마수디는 콘스탄티노플 시내로 들어갔다. 그리고 콘스탄티노플의 가장 큰 거리에서 『하자르 사전』 한 두루마리를 팔려고 내놓았다. 그것을 사겠다는 사람은 단 한 명뿐이었는데, 그 사람은 테옥티스트 니콜스키[A]라는 그리스 수도사였으며, 그것을 구입해 자기 주인에게 갖다 주었다. 주인은 값도 묻지 않고 사더니, 팔 것이 더 없느냐고 물어보았다.

마수디는 여태껏 찾아다니던 세 번째 사전 편찬자를 발견했다는 것을 알았다. 세 번째 사전 편찬자는 코헨에 대한 꿈을 꾸며, 코헨을 잡는 일에 미끼가 되어 줄 것이다. 왜냐하면 코헨은 분명 이 사람을 만나기 위해 콘스탄티노플로 찾아올 것이기 때문이었다. 마수디의 가방에서 나온 하자르 문서를 모두 구입한 사람은 터키 주재 영국 특사를 위해 콘스탄티노플에서 일하고 있는 외교관이었다. 그 사람의 이름은 아브람 브란코비치[†]였는데, 기독교도였으며, 왈라키아의 에르델리 출신이었다. 또한 많은 사람들에게 존경을 받았으며, 옷차림이 무척 화려했고 덩치가 컸다. 마수디는 아브람 브란코비치 밑에서 일하겠다고 자청해 그의 시종으로 고용되었다.

아브람 브란코비치는 밤이면 서재에서 일하고 낮에는 잠을 잤기 때문에, 마수디는 바로 첫날 아침부터 그의 꿈을 들여다볼 수 있는 기회를 잡았다. 아브람 브란코비치의 꿈속에서 코헨은 말과 낙타를 번갈아 타면서 콘스탄티노플 가까운 곳까지 다가오고 있었다. 낮 동안에 코헨의 꿈을 꾼 사람은 그가 처음이었다. 브란코비치와 코헨은 번갈아 가면서 서로의 꿈을 꾸고 있었던 것이다.

「좋아! 낙타를 단단히 묶었으면 젖을 모두 짜내야 하는 법이지. 내일 아침에는 누가 그 낙타의 주인이 될지 알 수 없으니까 말이야!」

마수디는 주인의 아이들에 대해 탐문하기 시작했다. 아브람 브란코비치는 고향 에르델리에 두 명의 아들이 있는데, 작은아들은 머리카락에 병이 걸려 고생을 하고 있으며 마지막 한 가닥 남은 머리카락까지 빠지면 죽을 것이라고 했다. 다른 아들은 그 당시부터 이미 사브르 검술을 즐긴다고 했으며, 이름은 그르구르 브란코비치†였다. 그르구르 브란코비치는 이미 여러 차례 전투에 참가했던 경험이 있었다. 알아낸 사실은 그게 전부였지만, 마수디는 충분히 만족했다.

「이제부터는 가만히 기다리기만 하면 되는 거야.」

이제 마수디는 자신의 첫사랑이었던 음악을 잊어버림으로써 시간을 보내기 시작했다. 노래를 한 곡 한 곡씩 잊어 나가는 것이 아니라 많은 노래들을 한 부분씩 잊어 나갔다. 그의 기억 속에서 가장 먼저 사라진 것은 낮은 음표들이었다. 망각의 물결은 밀물이 되어 점점 더 높은 음까지 차올랐다. 그런 다음에는 노래의 살덩이가 사라져 버렸고, 남은 것이라고는 박자의 골격뿐이었다. 마침내 마수디는 자기가 모아 놓은 하자르 관련 자료를 한 글자씩 잊어 가기 시작했다. 그래서 아브람의 시종 가운데 한 사람이 『하자르 사전』을 불 속에 집어넣었을 때에도 마수디는 별로 슬프지 않았다.

하지만 전혀 예상하지 못했던 사건이 벌어졌다. 마치 머리에서부터 꼬리 쪽으로, 거꾸로 날 수 있는 초록색 딱따구리처럼 샤왈 달[40]의 마지막 금요일이 찾아왔을 때, 아브람 브란코비치가 콘스탄티노플을 떠나게 된 것이다. 그는 외교 업무를 그대로 내버려 둔 채, 모든 수행원과 시종들을 이끌고 전쟁을 하기 위해 다뉴브 강으로 떠났다.

브란코비치 일행은 1689년 클라도보에서 바덴스키 왕자의 진영에 여장을 푼 다음, 왕자의 명령을 기다렸다. 마수디

---

[40] 이슬람력으로 10월.

는 어떤 식으로 생각해야 할지 혹은 무엇을 해야 할지 알 수가 없었다. 왜냐하면 그의 유대인은 클라도보가 아니라 콘스탄티노플로 가버렸으며, 그래서 그의 계획은 엉망이 되어 버렸던 것이다. 마수디는 다뉴브 강변에 앉아 터번을 빙빙 돌리고 있었다. 그런데 강물이 으르렁거리면서 돌진하는 소리가 들렸다. 강물은 아래쪽 깊은 곳에서 흘러가고 있었지만, 마수디는 그 고함 소리를 분명하게 알아들을 수 있었다. 강물은 마수디의 터번 한 겹 한 겹에 완벽하게 들어맞았는데, 그 터번은 코란의 제5장에 나오는 어떤 단어 모양을 하고 있었다. 이 강물은 한두 달 전에 콘스탄티노플 부근 모래 위에서 대추야자 나무가 꿈꾸던 것과 같은 물이었던 것이다. 마수디는 이제 모든 것이 다시 제대로 돌아가고 있다는 사실과, 자신의 여정이 다뉴브 강에서 끝날 것이라는 사실을 깨달았다. 며칠 동안이나 그는 브란코비치의 서기와 함께 참호에 앉아 주사위를 던지고 있었다. 그 서기는 많은 돈을 잃었지만, 놀이를 그만두려고 하지 않았다. 터키 군대의 대포가 참호에 와서 떨어질 때에도 몸을 움직이지 않았다. 그 서기는 자기가 잃은 것을 다시 딸 수 있다는 희망을 품고 있었다. 마수디 역시 참호 앞에서 일어나고 싶은 생각이 조금도 없었다. 마수디의 등 뒤에서 브란코비치가 또다시 코헨의 꿈을 꾸고 있었기 때문이다. 코헨은 말을 탄 채, 으르렁거리며 아브람의 꿈속을 흐르고 있는 강물을 건너고 있었다.

마수디는 브란코비치의 꿈속에서 으르렁거리는 강물 소리와 깨어 있는 자신의 귀에 들려오는 다뉴브 강물 소리가 서로 같다는 사실을 깨달았다. 그 순간 바람이 그의 얼굴에 진흙을 튀겼다. 마수디는 그런 일이 일어나리라는 것을 미리 감지하고 있었다. 두 사람이 주사위를 던지고 있을 때, 터키 군대가 오줌 냄새를 풍기면서 참호 안으로 들어왔다. 터키 보병들이 여기저기서 참호에 있는 사람들을 찔러 죽이고 있는 동안, 마수디는 그 많은 얼굴들 가운데 콧수염의 절반이 회색인 젊은이를 필사적으로 찾았다. 갑자기 그 젊은이의 얼굴이 눈에 들어왔다. 다른 사람들의 꿈속에서 마수디가 애타게 찾아다니던 바로 그 코헨이었다. 붉은 머리카락의 코헨은 절반이 회색인 콧수염 밑으로 딱딱한 미소를 지으며 어깨에는 자루를 멘 채, 종종걸음으로 다가오고 있었다. 그 순간 터키 병사들은 주사위를 던지려던 서기를 조각조각 난도질하고, 잠자고 있던 아브람 브란코비치를 창으로 찔렀다. 그러고 나더니 이번에는 마수디가 있는 곳으로 다가왔다. 마수디를 구한 것은 바로 코헨이었다. 코헨은 브란코비치를 보는 순간 그대로 땅바닥에 쓰러져 버렸다. 코헨이 메고 있던 가방 속의 종이들이 허공으로 날아오르더니 사방으로 흩어졌다. 마수디는 코헨이 가장 깊은 잠 속으로 빠져들었으며, 두 번 다시 잠에서 깨어나지 않을 것이라는 사실을 깨달았다.

「통역이 죽었나?」

터키 군대의 파샤(장군)는 병사들을 돌아보면서 물어보았다. 어쩐지 그 목소리는 거의 기뻐하는 어조였다. 마수디가 아랍어로 대답했다.

「아니요, 자고 있습니다.」

이 대답은 마수디의 생명을 하루 더 연장해 주었다. 마수디의 대답을 듣고, 파샤는 깜짝 놀라면서 그 사실을 어떻게 아느냐고 물어보았던 것이다. 마수디는 야비르 이븐 아크샤니에게 들은 이야기를 그대로 들려주었다. 다른 사람들이 꾸고 있는 꿈의 고삐를 당기거나 늦추는 사람은 바로 마수디 자신이다. 마수디는 매개자를 따라 이곳까지 찾아왔다. 그 매개자는 사냥에서 일종의 미끼와 같은 역할을 하는데, 지금 창에 찔려서 죽어 가고 있는 사람이 바로 그 매개자이다. 마수디는 제발 아침까지 자기를 죽이지 말아 달라고 부탁했다. 코헨은 지금 브란코비치의 죽음을 꿈꾸고 있는데, 그 꿈을 따라가 보고 싶다는 것이었다.

「저 사람이 깨어날 때까지 이 자를 살려 두어라.」

파샤가 다른 병사들에게 명령했다. 터키 병사들은 잠든 코헨의 몸을 들어 올려 마수디의 등에 업혀 주었다. 마수디는 어렵게 손에 넣은 것을 업고서, 병사들과 함께 터키 진영으로 들어갔다. 마수디의 등에 업힌 채, 코헨은 브란코비치의 꿈을 꾸었다. 마수디는 마치 두 사람을 업고 가는 것처럼 느껴졌다. 젊은이는 마수디의 등 위에서 축 늘어진 채, 깨어 있을 때의 아브람 브란코비치를 보고 있었다. 코헨의 꿈은 여전히 브란코비치가 깨어 있을 때의 현실이기 때문이었다. 설령 브란코비치가 깨어난다고 해도, 이제는 터키 병사의 창에 몸이 찔린 상태였다. 그리고 죽음 속에는 잠이 없다. 마침내 야비르 이븐 아크샤니가 말한 기회가 찾아왔다. 코헨은 그때까지 브란코비치의 현실을 꿈에서 보았던 것처럼 이제 그의 죽음을 꿈에서 보고 있었으며, 그동안 마수디는 코헨의 꿈을 사냥했다.

마수디는 마치 자신의 입천장에 있는 별들처럼 코헨의 꿈을 추적하면서 그날 낮과 밤을 보냈다. 많은 사람들은 브란코비치가 자기 자신의 죽음을 보는 것과 똑같은 방식으로, 마수디도 브란코비치의 죽음을 보았다고 말했다. 아침이 되었을 때, 마수디의 눈썹은 하얗게 세어 있었고 두 귀는 덜덜 떨렸으며 길게 자란 손톱에서는 냄새가 났다. 그의 생각은 너무나 급하게 돌아가고 있었으므로, 누군가가 단칼에 자신의 허리를 베어 버렸다는 것조차 알아차리지 못했다. 마수디의 허리끈은 풀릴 틈도 없이 그대로 미끄러져 내렸다. 사브르는 구불구불한 자국을 남겼으며 참혹하게 베인 상처는 입을 쫙 벌린 채, 알아들을 수 없는 말을 뱉어 내고 있었다. 그것은 살덩이들의 비명이었다. 그 광경을 본 사람들은 소름 끼칠 만큼 구불구불한 사브르 자국을 결코 잊지 못했다고 한다. 또 그것을 기억하고 있던 사람들은 나중에 『사브르가 남긴 가장 훌륭한 서명』이라는 책에서 그 검술을 알아보았다고 한다. 그 책은 아베르키에 스킬라†라는 사람이 집필했는데, 그는 가장 유명한 검술을 수집해서 자세하게 기록했다. 1702년 베니스에서 출판된 이 책은 이 특별한 검술에 양자리 성좌 중 한 별의 이름을 붙여 놓았다. 마수디가 그렇듯 처참하게 죽을 만한 사람이었는지, 그리고 그가 죽기 직전에 파샤에게 털어놓은 이야기가 무엇인지 아무도 모른다. 지옥에서 천국으로 건너가려면 머리카락보다 더 가늘고 사브르보다 더욱 날카로운 시라트 다리[41]를 지나야 하는데, 과연 마수디가 이 다리를 건너갔는지 알고 있는 사람들은 더 이상 말이 없다. 어떤 전설에 따르면 마수디의 음악은 천국으로 가고 마수디 자신은 지옥으로 가면서 이런 말을 했다고 한다.

「다른 무엇보다도, 나는 내가 노래를 전혀 불러 본 적이 없었던 사람이었으면 한다. 그렇게 되었더라면 나는 다른 저속한 사람들이나 인간쓰레기들처럼 낙원으로 들어갈 수 있었을 것이다! 진실이 내 손에 닿는 곳에 있을 때, 나는 음악을 따라다니다가 길을 잘못 들었다.」

마수디의 무덤 주위에는 다뉴브 강이 흐르고 있고, 그의 비석에는 다음과 같이 새겨져 있다.

내가 이 세상에서 배우고 얻었던 모든 것들은 숟가락으로 이빨을 한 번 가볍게 치자 모두 사라져 버렸다.

---

41 이슬람교에서 천국에 들기 위해 건너야 하는 다리. 정의의 길을 뜻한다.

무카다사 알 사파르[☒]
MOKADDASA AL-SAFER(9, 10, 11세기)

수녀원에서 기거하던 하자르 사제. 무카다사 알 사파르는 기나긴 인생을 살아가면서 다른 수도원에서 온 수도사와 함께 말이나 판도 없이 체스를 두었다. 카스피 해에서 흑해까지 펼쳐진 넓은 공간 속에서 두 사람은 1년에 말을 한 번씩 움직였다. 두 사람은 번갈아 가면서 매를 풀어 주었으며, 그 매는 상대방이 말로 사용하는 동물을 공격했다. 두 사람은 동물이 어느 지점에서 잡혔는지 그것만 따지는 것이 아니라, 사냥터의 해발 고도까지 측정했다. 무카다사 알 사파르는 가장 훌륭한 하자르 꿈 사냥꾼 가운데 한 명이었다. 많은 사람들은 그가 그의 꿈 사전 속에 아담 루하니의 머리카락 한 올을 구현해 놓았다고 믿는다(마수디, 유수프[ⓔ]를 볼 것).

무카다사 알 사파르의 독특한 기도법과 그가 속한 종단의 특성 때문에 1만 명의 처녀 수녀들이 아이를 배게 되었다. 전설에 따르면 그중에서 가장 마지막 수녀였던 아테[▽] 공주는 무카다사 알 사파르에게 자기 침실 열쇠를 보냈는데, 그것은 작은 여성 열쇠로 손잡이가 있는 자리에 황금 동전이 달려 있었다고 한다. 결국 그는 목숨을 내놓음으로써 이 열쇠에 대한 대가를 치렀다. 왜냐하면 이 일로 인해 아테 공주의 정부였던 카간이 질투심에 사로잡혔기 때문이다. 무카다사 알 사파르는 물 위에 매달아 놓은 우리에 갇힌 채 죽었다.

무아위아, 아부 카비르 박사
MUAWIA, DR. ABU KABIR(1930~1982)

유대교를 신봉하는 아랍인. 카이로 대학 교수. 전공 분야는 중동 종교 비교 연구이다. 예루살렘에 있는 대학에서 수학하고 「11세기 스페인의 유대 사상과 무타칼림의 교육」이라는 제목의 논문으로 미국에서 박사 학위를 취득

했다.

아부 카비르 무아위아 박사는 미남이었고 어깨가 아주 넓어서 양쪽 팔꿈치가 서로 붙지 않았다. 그는 또한 유다 할레비의 시를 대부분 외우고 있었으며, 1691년에 다우브마누스가 출간한 『하자르 사전』을 아직도 오래된 서가에서 찾아낼 수 있을 것이라고 확신했다. 이러한 주장에 대한 근거를 마련하기 위해 박사는 17세기와 그 이후 『하자르 사전』의 행방을 재구성하면서 모든 복사본에 대한 간단한 목록을 작성했다. 그 목록에 올라 있는 사전은 대부분 파기되어, 시중에 나돈 것은 몇 권밖에 되지 않았다. 결국 마지막 판본 가운데 적어도 두 권은 여전히 존재한다는 결론에 도달했다.

무아위아 박사는 『하자르 사전』을 한번 볼 수만 있다면 달걀을 통째로 삼킬 수도 있었지만, 실제로는 사전의 흔적조차 찾아볼 수 없었다. 박사가 터져 나오는 창조력으로 3천 번째 작품의 출판을 준비하고 있던 1967년, 이스라엘과 이집트 사이에 전쟁이 벌어졌다. 그는 이집트군 장교로 전쟁에 나갔다가 부상당하고 포로로 잡혔다. 군사 기록에 의하면 박사는 머리와 몸에 심한 상처를 입었으며, 그 상처들 중 하나 때문에 영영 성불구자가 되었다.

무아위아 박사가 고향으로 돌아왔을 때, 그의 얼굴에는 얼빠진 미소가 붕대처럼 감겨 있었다. 여태껏 목도리처럼 질질 끌고 다녔던 것이다. 박사는 호텔에서 군복을 벗고 처음으로 상처를 구리거울에 비추어 보았다. 그 상처에서는 새똥 냄새가 풍겼다. 박사는 자신이 두 번 다시 여자 옆에 누울 수 없다는 사실을 깨달았다. 그는 천천히 옷을 입으면서 이런 생각을 했다.

〈30년도 넘게 나는 요리사였다. 나는 조금씩 요리 재료를 준비해서 한곳에 섞어 두었다. 나는 빵을 굽는 사람이었으며,

동시에 밀가루 반죽이었다. 그래서 내가 원하는 빵이 되도록 나 자신을 반죽했다. 그런데 갑자기 새로운 요리사가 칼을 들고 나타나서는 나를 휘저어 놓았고, 나는 눈 깜짝할 사이에 완전히 다른 음식으로, 도대체 무엇인지 알 수도 없는 음식으로 바뀌어 버렸다. 이제 나는 신의 여동생이다. 나는 더 이상 존재하지 않는다!〉

그래서 무아위아 박사는 카이로에 있는 가족의 품으로 돌아가지 않았고, 대학교에 다시 나가지도 않았다. 대신 알렉산드리아에 있는 아버지의 빈집으로 이사를 갔다. 그는 물고기의 아가미에서 나오는 공기 방울처럼 하얀 공기 방울이 자기 손톱 밑에서부터 세상 속으로 빠져나오는 모습을 지켜보았다. 그는 자신의 머리카락을 땅에 묻고 베두인 사람들의 샌들을 신고 다녔는데, 그 샌들을 신고 지나가면 발굽 자국이 남았다. 황소의 눈처럼 커다란 빗방울이 쏟아지던 어느 날 밤, 박사는 자기 생애에서 마지막 꿈을 꾸었고, 그것을 간단하게 적어 두었다.

두 여인이 앙상한 두 다리에 창백한 얼굴을 지닌 사람처럼 몸집이 작고 하얀 반점이 난 동물을 보았다. 그 동물은 강가의 덤불에서 뛰어나와 오솔길을 따라 달려갔다. 여인들이 소리쳤다.

「저것 봐(여인들은 그 동물의 이름을 똑똑히 불렀다)!」

그들은 그녀들의 가족 중에 한 사람을 살해했거나 가정을 파괴한 것이 틀림없었다. 그 여인은 공포에 사로잡혔을 때, 언제나 더욱 아름답고 눈부셨다. 이제 나는 그녀에게 책 한 권과 연필 한 자루를 주어야 한다. 그 여인은 그것을 받아 들고 읽거나 무엇인가를 쓰려고 하지만, 종이 위에 쓰지 않고 꽃에다 쓸 것이다……

이것이 무아위아 박사의 꿈이었다. 박사는 그다음 날도 역시 같은 꿈을 꾸었다. 그런데 지난번과 마찬가지로 그 동물의 이름이 기억나지 않았다. 그런 다음에 박사는 자신이 꾸었던 꿈을 하나하나 다시 꾸었는데, 뒤에서부터 거꾸로 꾸어 나갔다. 가장 처음으로 지난밤에 꾸었던 꿈을 꾸었고 그다음에는 이틀 전에 꾸었던 꿈 그리고 다시 사흘 전에 꾸었던 꿈, 이런 식으로 계속 거슬러 올라갔다. 그런데 그 속도가 너무 빨라서 겨우 하룻밤 사이에 지난 몇 년 동안의 꿈을 모두 다 꾸기도 했다. 서른일곱 번째 밤이 지나자, 박사는 할 일을 다 마쳤다. 가장 어렸을 적의 꿈까지 돌아가 보았기 때문이다. 잠에서 깨어났을 때, 그 꿈은 더 이상 기억이 나지 않았다. 무아위아 박사의 하인들 중에는 아슬란이라는 흑백 혼혈이 있었는데, 그는 턱수염으로 더러운 접시를 닦았고 오직 수영을 하는 경우에만 똥을 누었으며 맨발로 빵을 자를 수 있었다.

무아위아 박사는 37년 전의 자기 모습보다, 지금의 아슬란이 현재 자신의 모습과 더 닮았다고 결론을 내렸다. 그런 이유로 박사는 마지막 꿈을 꾸었던 것이다. 밤이면 그의 시간은 하자르의 시간처럼 인생의 마지막에서부터 처음으로 흘러갔으며 그런 다음에는 영원히 소멸되었다. 그 뒤로 박사는 두 번 다시 꿈을 꾸지 않았다. 무아위아 박사는 정결했으며, 새로운 삶에 대한 준비가 되어 있었다. 그 무렵 박사는 저녁마다 〈암캐의 술집〉에 출입하기 시작했다.

〈암캐의 술집〉에서는 자리에 대한 요금만 받았는데, 그곳에서는 술이나 음식을 팔지 않았기 때문이다. 가난뱅이들은 자기들이 직접 가져온 것을 먹고 마셨으며, 자리에 앉아서 잠이 들곤 했다. 때때로 사람이 가득 들어차기도 했지만, 어느 누구도 입을 열지 않았다. 그곳에는 바도 없었고 부엌도 난로도 종업원도 없었다. 한 사람이 문 앞에서 자리에 대한 요금만 받을 뿐이었다. 박사는 다른 손님들 사이에 자리를 잡고 앉아 파이프 담배에 불을 붙이고 무엇인가 연습하는 일에 골몰했다. 그리고 한 가지 생각이, 파이프를 빠져나오는 연기보다 더 길어지지 않도록 조심했다. 박사는 악취를 들이마시면서 자신의 주위를 둘러보았다. 사람들은 〈찢어진 바지〉라고 알려진, 곰팡이가 슨 둥근 빵이나 포도가 들어 있는 호박 잼을 입안 가득 밀어 넣고 있었다. 박사는 많은 사람들이 씁쓸한 표정으로 음식을 먹어 치운 다음, 손수건으로 이빨을 닦는 모습을 지켜보았다. 또한 사람들이 잠에 빠져 몸을 뒤척일 때, 입고 있는 셔츠가 벌어지는 모습을 지켜보았다.

그 모습을 지켜보면서, 박사는 자신과 그들의 매 순간을 위해 사용되는 시간의 재료는 지난 세기에서 가져온 너덜너덜한 시간으로 만들어졌다는 생각을 하게 되었다. 과거를 가지고 현재의 시간을 지어 내는 것이다. 현재는 과거를 재료로 만들었다. 세상에 존재하는 재료라고는 오직 그것뿐이기 때문이다. 헤아릴 수 없을 정도로 많은 과거의 순간들을 가지고, 지난 수세기 동안 다양한 건축물을 지었기 때문에 우리가 관심을 가지고 자세히 들여다본다면 현재의 시간 속에 있는 과거라는 재료를 분명히 알아볼 수 있을 것이다. 우리가 베스파시아누스 시대에 만들어진 금화를 알아보고 그것을 시장에 내듯이 말이다.

하지만 그런 생각은 무아위아 박사의 고통을 조금도 덜어 주지 못했다. 그에게 위안이 된 것은 오히려 함께 앉아 있는 사람들이었다. 미래가 이미 자신을 속인 것처럼, 다른 사람들을 속일 것이라는 사실 이외에는 더 이상 미래에 대해 아무 기대할 것이 없는 이 사람들이 그에게 커다란 위안이 되었던 것이다. 근심과 걱정에 찌들고 게걸스럽게 먹는 것밖에 모르는 이 하층민들이 박사에게 새로운 삶을 살아나갈 수 있는 길을 열어 주었다. 이곳에 앉아서 소아시아까지 악취를 풍기고 있는 사람들 가운데 무아위아 박사 자신보다 더 불행해질 수 있는 사람은 거의 없다는 사실이 그의 마음을 달래 주었다.

〈암캐의 술집〉은 무아위아에게 딱 어울리는 곳이었다. 소금으로 반들반들해진 탁자와 생선 기름 램프가 있는 그곳은 실제보다 적어도 70년은 더 오래된 곳처럼 보였다. 그러한 사실 역시 그의 마음을 편안하게 해주었다. 박사는 자기 자신이나 자신의 시대와 관련된 것은 모두 다 견딜 수 없었다. 그리고 박사가 자신의 현재만큼이나 혐오하는 자신의 직업이 과거에서 그를 기다리고 있었기 때문에, 박사는 일종의 반과거 속으로 빠져들었다. 그곳에서는 오팔과 비취가 아직까지도 배다른 자매이며 사람들이 살기 위해 남겨 두고 간 날들을 여전히 뻐꾸기가 헤아리고 있고, 여전히 날이 무딘 칼들이 만들어졌다.

쇠고기와 염소의 귀로 저녁 식사를 한 후에, 박사는 아버지 집에서 오랫동안 문을 열지 않았던 방으로 들어가곤 했다. 그리고 그곳에서 밤이 늦도록 19세기 말에 알렉산드리아에서 출간된 영자 신문과 프랑스어 신문을 한 장 한 장 훑어보곤 했다. 박사는 발꿈치로 중심을 잡은 채 웅크리고 앉아서 영양가 많은 고기가 어두컴컴한 자신의 몸속을 따라 흘러가는 것을 느끼며, 목마른 사람이 물을 찾는 것처럼 관심을 가지고 신문을 읽었다. 왜냐하면 그 신문은 박사 자신과 아무런 관련도 없었기 때문이다. 이런 목적에 더할 나위 없이 잘 들어맞는 것이 바로 광고였다.

무아위아 박사는 밤이면 밤마다, 이미 오래전에 죽은 사람이 신문에 낸 광고를 뚫어지게 쳐다보고 있었다. 이제는 아무런 의미 없는 제안들이, 박사보다 더욱 오래된 먼지 속에서 반짝거렸다. 누렇게 바랜 종이 속에는 통풍에 잘 듣는 프랑스산 브랜디나 남자들과 여자들의 입맛에 맞는 물 광고가 인쇄되어 있었다. 헝가리의 아우구스트 지글러란 사람은 자신이 운영하는 특별한 상점에서는 병원, 의사, 산파를 상대로 배탈약과 스타킹, 잘 늘어나는 고무 구두창 등을 취급한다고 광고했다. 16세기 칼리프의 후손은 1천5백 개의 방이 있는 궁전을 내놓았는데, 튀니지 해안에서 가장 아름다운 지역에 위치해 있으며 바다에서 보면 불과 20미터 아래에 해수면이 있고, 〈타람〉이라고 하는 남풍이 불어오고, 맑게 갠 날이면 언제나 이 궁전을 볼 수 있다고 했다. 이름을 밝히지 않은, 한 나이 많은 부인은 자명종 시계를 내놓았는데, 그 시계는 장미 향기와 쇠똥 냄새로 잠을 깨운다고 했다. 유리로 만들어진 머리카락이나 완장을 사라는 광고도 있었는데, 이 완장을 팔에 차게 되면 손을 집어삼킨다고 했다. 〈성스러운 삼위일체 교회〉에서 운영하는 〈기독교 약국〉에서는 레만 박사가 만든 주근깨 제거제, 아기똥풀, 낭창에 잘 듣는 약 그리고 특별한 가루약을 파는데, 이것을 낙타, 말, 양에게 발라 주면 식욕도 좋아지고 지저분한 질병이나 옴 그리고 극도의 피로를 막을 수 있다고 했다. 이름을 밝히지 않은 어떤 사람은 유대인의 영혼을 외상으로 사고 싶다고 했다. 어떤 저명한 건축가는 고객의 주문에 따라 호화로운 여름 별장을 아주 저렴한 가격으로 천국에 지어 주겠다고 제안했다. 고객이 돈을 치르고 나면 살아 있는 동안이라도 열쇠를 받을 수 있는데, 돈은 건축가가 아니라 카이로의 하층민들에게 치러야 한다고 했다. 신혼여행을 갈 때 머리카락이 빠지는 것을 막아 주는 약도 나와 있었다. 도마뱀이나 중국 장미로 변하는 마법의 단어를 팔려고 내놓은 사람도 있었다. 벌레를 없애 버리는 것처럼 여드름, 주근깨, 낭창을 없애 버리고 나면 모든 여자들은 더욱 아름답게 변한다. 〈로니 앤드 선〉이라는 영국 표백제가 당신이 아름다워지도록 도울 수 있다고 말하는 광고도 있었다. 페르시아 암탉과 병아리 모양으로 생긴 녹차용 도자기 세트도 있었다.

더 이상 존재하지 않는 회사와 판매원과 오래전에 문을 닫은 상점의 이름과 주소가 누렇게 변색된 신문지를 가득 메우고 있었다. 무아위아 박사는 자신의 고통이나 비애에 흥미를 갖지 않는, 지나가 버린 세상 속으로 빠져들었다. 1971년의 어느 날 저녁에, 입속의 이빨 하나하나가 독립된 글자처럼 느껴질 때, 박사는 자리에 앉아서 1896년으로부터 온 광고에 답장을 썼다. 그는 이름과 주소를 조심스럽게 옮겨 적었는데, 알렉산드리아 거리에 아직까지 그런 곳이 존재하는지는 확실히 알 수 없었다. 박사는 그 편지를 발송했다. 그리고 그때부터 저녁마다 19세기 말에 보내 온 또 다른 광고에 회신을 보내곤 했다. 아주 많은 양의 편지가 알지도 못하는 누군가에게로 보내졌다. 그러던 어느 날 아침 첫 번째 답장이 도착했다. 답장의 내용은 다음과 같았다. 박사가 편지에 언급한 것처럼, 가정 경제에 보탬이 되는 프랑스 투룰 특허품 광고를 냈지만 이제는 더 이상 그것을 팔지 않으며 그 대신 다른 것을 줄 수 있다고 했다. 그리고 바로 그다음 날 아침에 어떤 소녀와 앵무새가 광고와 관련해서 무아위아 박사를 방문했다. 소녀와 앵무새는 이중창으로 나막신에 대한 노래를 불렀다. 그런 다음에 앵무새가 독창을 했는데, 박사는 어느 나라 말인지 알아들을 수가 없었다.

무아위아 박사가 둘 중에 어느 쪽이 파는 것인지 물어보자, 소녀는 박사가 선택할 수 있다고 대답했다. 박사는 그 소녀를 바라보았다. 그 소녀는 아름다운 눈을 가지고 있었으며, 가슴에는 두 개의 달걀 부침이 들어 있는 것 같았다. 마침내 무아위아 박사는 무기력한 생활을 털고 일어나서, 아슬란에게 다락에 있는 큰 방들 가운데 하나를 치우라고 지시했다. 그리고 먼저 앵무새를 구입한 다음, 앵무새를 위해 그 방에 유리 받침대를 갖다 놓았다. 오래전에 다양한 광고를 냈던 사람들의 상속자들이 하나둘씩 무아위아 박사의 편지에 답장을 보내기 시작하면서, 그 방은 조금씩 채워지게 되었다. 그 방에는 모양이 이상하고 무엇이라고 정의할 수 없는 수많은 가구들과 거대한 낙타 안장, 단추가 있을 자리에 방울이 달린 여자 옷, 사람을 천장에 매달아 놓았던 동물 우리가 놓였다. 또한 두 개의 거울도 있었는데, 그중 하나는 동작을 비추는 것이 약간 느렸고 다른 하나는 금이 가 있었다. 그리고 아주 오래전에, 알 수 없는 활자체와 알 수 없는 언어로 기록한 노래 가사가 있었는데, 그 내용은 다음과 같다.

> *Zaludu scigliescmi sarchalo od srecche*
> *Xadeu gniemu ti obarzani uecche*
> *Umisto tuoyogha, ça iskah ya sreto*
> *Obras moi stobiegha od glietana glieto*
> *Uarecchiamti darouoy, ereni snami ni*
> *Okade obarz tuoi za moise zamini.*

1년 후 그 방은 여러 가지 물건들로 가득 차게 되었다. 무아위아 박사는 어느 날 아침 이 방으로 들어왔다가, 그 물건들이 어떠한 의미를 형성하기 시작했다는 것을 깨닫고 깜짝 놀랐다. 박사가 손에 넣은 것들 중 몇 개는 병원 비슷한 어떤 곳에서 사용하던 기구였다. 하지만 그것은 아득한 과거의 특수 병원으로 지금과 같은 방식을 사용하지 않았다. 그 방에 있는 한 의자에는 이상하게 갈라진 틈새가 있었으며, 기다란 의자에는 둥근 모양의 쇠 손잡이가 달려 있어서 앉을 때 붙잡게 되어 있었다. 나무로 만든 가면도 있었는데, 왼쪽 눈만 틈이 벌어진 것, 오른쪽 눈만 틈이 벌어진 것 그리고 이마에 있는 제3의 눈만 틈이 벌어진 것, 이렇게 세 종류가 있었다.

박사는 이 물건들을 다른 방으로 옮겼다. 그리고 의과 대학에 있는 동료를 불러다가 그 물건들을 보여 주었다. 1967년의 전쟁 이후로 무아위아 박사가 대학 친구를 만난 것은 이번이 처음이었다. 친구는 그 물건들을 유심히 바라보더니 이렇게 말했다.

「어느 날 저녁 무렵에 죽은 사람이 무덤에서 돌아와 가족들과 함께 저녁 식사를 했다네. 그 사람은 살아 있을 때처럼 여전히 어리석었지. 죽음은 그 사람을 한 치도 더 현명하게 만들지 않았어. 꿈에서 사용하는 시력을 회복시켜 주기에 이 도구들은 이미 너무 낡았다네. 어떤 사람들이 믿고 있는 바에 따르면, 깨어 있을 때 사용하는 눈과 잠잘 때 사용하는 눈은 서로 다르다고 하지.」

무아위아 박사는 이 말에 미소를 지었으며, 첫 번째 커다란 방에 앵무새와 함께 남겨 두었던 물건들에 관심을 집중했다. 하지만 꿈속에서 눈이 어두워지는 것을 막아 주는 도구들을 넣어 두었던 방과 비교했을 때, 이곳에 있는 물건들 사이의 연관성을 밝혀내는 것은 더욱 어려운 일이었다. 박사는 이 모든 물건들의 공통점을 찾아내기 위해 한동안 애쓰다가 결국에는 자신이 과거에 사용하던 방법을 써보기로 결심했다. 컴퓨터를 사용하기로 결정한 것이다. 그리하여 예전에 카이로에서 알고 지내던 사람에게 전화를 걸었다. 그 사람은 가능성을 계산하는 일에 대단한 전문가였다. 무아위아 박사는 그 사람에게, 편지를 한 통 보냈으니 거기에 열거해 놓은 물건들의 이름을 모두 다 컴퓨터에 입력해 달라고 부탁했다. 컴퓨터는 사흘 후에 자신이 발견한 사실을 내놓았고, 무아위아 박사는 카

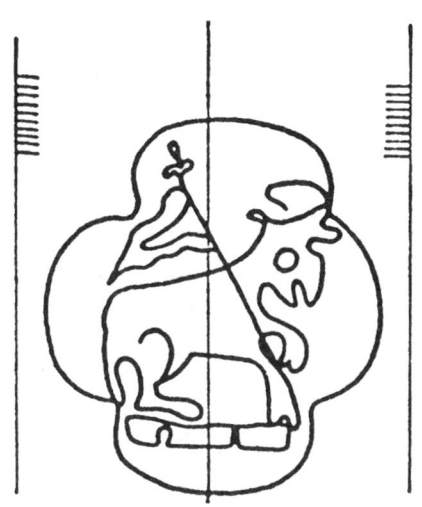

워터마크, 아부 카비르 무아위아 박사의 수집품

이로에서 보내 온 보고서를 받았다.

먼저 시에 대해 컴퓨터가 알아낸 것은, 그 시는 1660년에 만들어진 종이에 슬라브어로 적어 놓은 것이며 그 종이에는 세 잎 클로버가 달린 깃대 아래에 양이 그려진 워터마크가 있다는 사실이었다. 그 외에 앵무새와 방울이 달린 낙타 안장, 물고기처럼 생긴 열매를 말려 놓은 것, 사람을 가두는 우리 등의 물건들에는 한 가지 공통점이 있었다. 컴퓨터에 입력한 자료는 몹시 불충분했으며 그나마도 대부분 무아위아 박사 자신의 연구에서 나온 결과였는데, 어쨌거나 그 자료들을 바탕으로 해서 컴퓨터가 밝혀낸 사실은 이러한 모든 물건들이, 이제는 사라져 버린 『하자르 사전』에 언급되어 있었다는 것이었다.

이제 아부 카비르 무아위아 박사는 몇 해 전 전쟁터로 출발하던 바로 그 시절로 돌아갔다. 그리고 다시 한 번 〈암캐의 술집〉에 가서 파이프 담배에 불을 붙이고 주위를 돌아본 후 담배를 껐다. 마침내 그는 과거의 직장이었던 카이로 대학교로 돌아갔다. 책상 위에는 한 무더기의 편지와 여러 가지 학술회의 초대장이 박사를 기다리고 있었다. 무아위아 박사는 그 가운데 하나를 선택해서 논문을 준비하기 시작했다. 그 회의는 〈중세 흑해 연안 지역의 문화〉를 주제로 1982년 10월 콘스탄티노플에서 열릴 예정이었다.

박사는 하자르 민족에 대한 유다 할레비의 글을 다시 한 번 읽어 보고 논문을 써서 콘스탄티노플을 향해 떠났다. 그리고 그곳에 가면 하자르 민족의 이야기에 대해 자신보다 조금이라도 더 많이 알고 있는 누군가를 만날 수 있을 것이라고 생각했다.

콘스탄티노플에서 무아위아 박사를 살해한 사람은, 무아위아 박사를 향해 총을 겨누면서 이렇게 말했다.

「입을 벌려. 그래야 이빨이 상하지 않지!」

박사는 입을 벌렸으며, 총을 맞고 그 자리에서 죽었다. 살인범은 아주 정확하게 조준했기 때문에, 무아위아 박사의 이빨은 조금도 손상되지 않았다.

음악을 짓는 석공
MUSIC MASON

하자르 민족 중에는 암염을 커다랗게 잘라서 바람이 오는 길목에 쌓아 올리는 석공들이 있었다. 그들은 40개의 하자르 바람(그 가운데 절반은 싱싱했고 절반은 달콤했다)이 불어오는 각각의 길목마다 소금기가 있는 대리석을 세워 놓았고, 해마다 불어오는 계절풍이 다시 나타날 무렵이면, 사람들은 그 길목에 모여서 어느 석공이 가장 아름다운 노래를 지었는지 들어 보았다. 바람이 바위를 어루만지고 바위 틈새로 빠져나가거나 옷자락을 끌고 지나가면서 항상 다른 곡조를 연주했기 때문이다. 암염과 석공이, 빗물에 씻겨 나가고 행인들의 눈길에 채찍질을 당하고 양과 소의 혓바닥에 닳아서 영원히 사라져 버릴 때까지 그 음악은 계속되었다.

음악을 짓는 석공들 가운데 아랍 사람이 한 명 있었는데, 그 사람은 봄을 맞아 자신이 쌓은 돌이 어떻게 노래를 부르는지 들어 보려고 유대인 한 명, 하자르인 한 명과 함께 길을 떠났다.

많은 사람들이 무리를 지어 같은 꿈을 꾸는 사원에 이르렀을 때, 그 유대인과 하자르인은 서로 치고받고 싸우다가 죽어 버렸다. 사원 안에서 잠을 자고 있던 아랍인은 유대인을 죽였다는 혐의를 받게 되었다. 왜냐하면 아랍인과 유대인은 서로 이웃에 살면서 무슨 일이든 그냥 넘기지 않는 사이였다는 사실이 밝혀졌기 때문이다. 그래서 유대인은 아랍인을 죽이려고 한 것이다. 아랍인은 이런 생각을 했다.

〈삼면에서 적이 공격해 오도록 야기한 사람은 누구라도 네 번째 방향으로 빠져나가지 못할 것이다. 왜냐하면 하자르 제국에서 그리스인은 기독교 법으로 보호받고 유대인은 유대법으로, 아랍인은 이슬람 법으로 보호받고 있으며, 이러한 세 가지 법은 하자르 제국의 그것보다 더욱 강력하기 때문이다.〉

그래서 아랍인은 자기 자신을 변호하기 위해 다음과 같은 주장을 펼쳤다(이 부분에서 원본이 훼손되었다). 겨우 사형을 면한 아랍인은 노예선에서 일하게 되었다. 그리고 그 후로도 오랫동안 살아서, 사람의 이마를 단박에 박살 낼 수 있을 만큼 단단한 침묵 속에 무너져 버리기 전에 암염 대리석의 음악을 들을 수 있었다.

무스타지 벡 사블작
MUSTAJ-BEG SABLJAK(7세기)

트레비네(흑해 북부 도시)의 터키 지휘관 가운데 한 사람. 그 당시의 사람들이 전하는 말에 따르면, 무스타지 벡 사블작은 무엇인가를 먹을 때마다 동시에 배설했다고 한다. 그는 군대를 이끌고 출정할 때마다 유모들을 데리고 다니면서 자신에게 젖을 먹이도록 했다. 하지만 여자들이나 보통 사람들과는 어울리려고 하지 않았다. 사블작은 오로지 죽어 가는 사람 옆에만 누울 수 있었다. 그래서 사블작의 시종들은 돈을 주고 죽어가는 여자, 남자, 어린아이들을 사서 목욕을 시키고 적당한 옷을 입힌 다음 사블작의 막사 안으로 데리고 들어갔다. 사블작은 그런 사람들하고만 밤을 보낼 수 있었다. 마치 생명이 있는 누군가를 수태시킬까 봐 두려워하는 것 같았다. 사블작은 언제나 버릇처럼 말하기를 자신의 아이는 저 세상에서 태어나지, 이 세상에서는 태어나지 않을 것이라고 주장했다. 그래서 때때로 비탄에 젖기도 했다.

「그 아이들이 어느 천국에서, 그리고 어느 지옥에서 태어나는지 나는 결코 알 수가 없어. 그 아이들이 길을 잘못 들어 유대 천사나 기독교 악마에게로 갈 수도 있어. 만약 내가 천국에 간다면 저 세상에서도 그 아이들을 결코 볼 수 없겠지.」

사블작은 다르위시에게 자신의 기질을 아주 간단하게 설명했다.

「죽음과 사랑, 이 세상과 저 세상이 서로 너무나 가까운 곳에 놓여 있을 경우에는 양쪽 모두에 대해 대단히 많은 것을 배울 수 있습니다. 이것은 정기적으로 저 세상에 갔다 오는 원숭이들과 같아서, 원숭이들이 이 세상으로 돌아왔을 때에는 무엇을 물어보더라도 순수한 지혜가 흘러나옵니다. 그래서 어떤 사람들은 원숭이에게 자기의 손을 내밀어 물도록 한 다음, 원숭이의 이빨 자국을 보고 진실을 읽는다고 하는데,

그것은 조금도 놀랄 만한 일이 아닙니다. 하지만 나는 그런 식으로 원숭이에게 물릴 필요가 없지요.」

그래서 사블작은 말을 사들이는 것 이외에도 죽어 가는 사람들을 사들였다. 그는 말을 사랑했지만 올라타지는 않았으며, 죽어 가는 사람을 사랑하지는 않았지만 올라탔다. 무스타지 벡 사블작은 해변에 훌륭한 말 묘지를 소유하고 있었다. 그곳은 대리석으로 되어 있었으며, 사무엘 코헨☥이라는 두브로브니크[42] 출신 유대인이 관리했다. 이 유대인은 왈라키아에서 전투가 벌어지는 동안 사블작 진영에서 어떤 일이 벌어졌는지 상세히 기록했다.

사블작 파샤의 병사 중 한 사람이 규칙을 위반했다는 의심을 받았지만, 확실한 증거는 없었다. 그 병사의 부대가 다뉴브 강변에서 적군과의 전투를 마친 후에 살아남은 것은 그뿐이었다. 지휘관의 주장에 따르면, 그 병사는 한창 전투가 벌어지는 도중에 도망쳐서 목숨을 부지했다고 한다. 하지만 그 병사의 주장에 따르면, 그들은 어두운 밤에 공격을 받았는데 적군들은 모두 옷을 벗고 공격했다고 한다. 그런데 일어나서 용감하게 싸운 것은 자기 혼자뿐이었으며 자기가 살아남은 것은 두려움에 무릎을 꿇지 않았기 때문이라고 했다.

사람들은 그 병사를 사블작 앞으로 끌고 가서 유죄인지 무죄인지 가려 달라고 했다. 사람들은 그의 소매를 걷어 올린 후 파샤가 있는 곳으로 데려갔다. 파샤는 이 조사에 참석한 다른 모든 사람들과 마찬가지로, 재판이 진행되는 동안 단 한 마디도 하지 않았다. 갑자기 파샤는 짐승처럼 병사에게 달려들더니, 팔을 깨물어 크게 한 입 베어 내었다. 그런 다음에 불쌍한 병사로부터 냉담하게 등을 돌리고 돌아섰다. 그 병사는

---

42 크로아티아의 소도시. 아드리아 해에 면해 있으며 9세기 이후 16~17세기까지 발칸, 이탈리아 반도의 무역 중심지였다.

즉시 막사 밖으로 끌려 나갔다.

파샤는 그 병사를 한 번도 쳐다보지 않았고 병사와 한마디 말도 주고받지 않았다. 파샤는 잔뜩 긴장한 표정으로 그저 병사의 살점을 질겅질겅 씹고 있을 뿐이었다. 오랫동안 먹어 보지 못한 음식의 맛을 기억해 내려고 애쓰고 있거나 혹은 포도주의 품질을 가려내려고 애쓰고 있는 것만 같았다. 마침내 파샤는 병사의 살점을 뱉었다. 그것은 밖에 있는 사람을 죽이라는 표시였다. 파샤가 살점을 뱉어 내는 것은, 피고가 유죄라는 증거로 받아들여졌기 때문이다. 코헨은 기록의 말미에 이렇게 썼다.

「나는 사블작 파샤 밑에서 오랫동안 있지 않았기 때문에, 재판을 여러 번 볼 수는 없었다. 하지만 사블작 파샤가 물어 뜯었던 살점을 삼키면, 고소는 즉각 취소되고 피고는 석방되었다는 사실은 알고 있다.」

사블작 파샤는 몸집이 크고 생김새가 울퉁불퉁했다. 그래서 마치 옷 위에 살갖을 걸친 것 같았으며, 머리카락과 두개골 사이에 터번을 두른 것 같았다.

옐로 북
THE YELLOW BOOK
하자르 민족에 관한 유대교 문헌

아테▽
ATEH(8세기)

하자르 민족▽이 유대교로 개종할 당시의 하자르 공주. 다우브마누스✡는 〈아테Ateh〉라는 이름을 〈아트흐At'h〉라고 유대식으로 바꾼 다음에 한 글자씩 그 의미를 설명했다.[1] 〈아트흐〉를 유대 문자로 표기하면 다음과 같다.

אטבח

이 글자는 또한 하자르 공주가 어떤 사람이었는지를 짐작할 수 있도록 해준다.

이름의 첫 글자인 〈알레프〉[2]는 최고의 왕관, 지혜를 나타낸다. 예를 들어 어머니가 아이를 응시할 때처럼 부드러운 시선으로 내려다보고 올려다보는 그런 지혜다. 따라서 아테 공주는 연인의 씨앗을 맛보지 않고서도 그 자식이 남자인지 여자인지 알 수 있었다. 왜냐하면 위에 있는 모든 것과 아래에 있

---

1 히브리어는 아랍어와 마찬가지로 자음으로만 구성된 언어이며 모음 부호를 사용한다.
2 א. 히브리 알파벳의 첫 글자이며 숫자로는 〈1〉을 의미함.

는 모든 것이 헤아릴 수 없는 지혜의 비밀 중 일부이기 때문이다. 〈알레프〉는 시작을 의미한다. 그것은 다른 모든 글자들을 포용하며, 일주일의 시작을 표시한다.

〈테트ᡅ〉는 히브리 알파벳 가운데 아홉 번째 글자이며 숫자 〈9〉를 의미한다. 『테무나』라는 책에서 테트는 새버스를 가리키는데, 새버스란 토성을 나타내는 표시이자 거룩한 안식일을 의미한다. 또한 토요일이 신부(新婦)를 의미하는 것과 마찬가지로, 새버스도 신부를 뜻하는데, 그 유래는 구약 성서 「에제키엘서」 14장 23절에서 비롯되었다. 이것은 신을 믿지 않는 자들을 멸망시키고 쓸어버리기 위해 서 있는 빗자루와도 관련이 있으며, 힘을 의미하기도 한다.

아테 공주는 그 유명한 하자르 논쟁▽에서 유대교 대표를 도와주었다. 공주는 애인이었던 무카다사 알 사파르@¤의 두개골을 허리끈에 매달고 다녔는데, 그 두개골에 뜨겁고 향긋한 흙과 소금물을 채워 넣고, 눈구멍에 수레국화를 심어 무카다사 알 사파르가 저 세상에서도 푸른 빛깔을 볼 수 있도록 했다.

〈헤〉는 신의 이름 중에서 네 번째 글자이다. 〈헤〉가 상징하는 것은 손, 힘, 강한 흔들림, 잔인함(왼손), 자비(오른손), 땅에서부터 뻗어 나와 하늘을 향해 매달려 있는 덩굴 등이다.

하자르 논쟁을 벌이는 동안 아테 공주는 설득력 있게 말했다.

「생각이 마치 눈처럼, 하늘 위에서 내게로 소용돌이치면서 내려왔습니다. 그때부터 나는 기운을 차리고 삶으로 되돌아오기가 몹시 힘들었습니다.」

아테 공주는 이삭 상가리¤를 도와주었다. 이삭 상가리는 하자르 논쟁에 유대 측 대표로 참가해 아랍 측 대표의 주장을 무색하게 만들어 버렸고, 그리하여 하자르 카간은 유대교를 선택했다. 어떤 사람들은 아테 공주가 시를 썼으며 그 시들이 유다 할레비▨가 사용하던 하자르 관련 서적들에 기록되어 있었다고 믿는다. 유다 할레비는 하자르 논쟁을 기록으로 남긴 유대인 연대기의 편자이다.

다른 자료에 따르면 『하자르 사전』 혹은 『하자르 백과사전』을 처음으로 편찬하기 시작한 사람은 바로 아테 공주라고 한다. 그 책에는 하자르 민족의 역사와 종교 그리고 꿈 사냥꾼†에 대해 방대한 양의 자료가 실려 있다. 그 책은 일군의 시들을 알파벳순으로 배열해 두었으며, 심지어 하자르 군주의 궁전에서 벌어진 논쟁까지 운문 형식으로 묘사해 놓았다. 아테 공주는 논쟁에서 누가 이길 것인가에 대한 질문을 받자, 이렇게 대답했다고 한다.

「두 명의 전사가 싸울 때에는 자기가 입은 상처를 더 오랫동안 돌보는 사람이 승자입니다.」

어떤 자료에 따르면 아테 공주의 시집 제목이 『단어들의 열정에 대하여』였다고 하는데 『하자르 사전』은 바로 이 시집을 중심으로 이스트처럼 부풀어 올랐다. 이 이야기가 사실이라면, 아테 공주가 이 책의 최초 저자이며 어머니인 셈이다. 하지만 이 최초의 『하자르 사전』은 지금처럼 세 가지 언어를 포함하고 있지 않았고, 여전히 하나의 언어로 이루어진 하나의 사전이었다. 이 최초의 사전 중에 현재의 사전에까지 전해 남은 대목은 거의 없다. 이것은 슬픔에 빠져 낑낑대는 개의 울음소리를 아이들이 흉내 내는 것만 듣고서는 다른 개가 그 슬픔을 가늠할 수 없는 것과 마찬가지이다.

아테 공주 덕분에 카간이 유대식의 기도용 외투와 유대교 율법인 토라를 받아들이자, 논쟁에 참석한 다른 대표들은 화가 났다. 이슬람 악마는 아테 공주에게 하자르어와 자기가 쓴 시를 모두 잊어버리도록 하는 벌을 내렸다. 결국 아테 공주는 연인의 이름마저 잊어버렸다. 아테 공주의 기억 속에 남아 있는 것이라곤 물고기처럼 생긴 열매의 이름뿐이었다. 하지만 이런 일이 실제로 벌어지기 전에 공주는 앞으로 다가올 위험을 감지하고 인간의 말을 흉내 낼 수 있는 앵무새들을 여러 마리 잡아 오도록 명령했다. 『하자르 사전』에 나오는 단어들을 모두 외우게 하기 위해서였다. 공주는 앵무새 한 마리당 사전의 항목 하나씩을 외우게 해서 밤이건 낮이건 필요할 때에는 언제라도 외우고 있는 내용을 암송할 수 있도록 했다. 물론 시는 모두 하자르어로 되어 있었기 때문에 앵무새들이 외우고 있는 언어도 하자르어였다.

하자르의 종교가 버림받고 하자르어가 갑자기 죽어 가기 시작할 때, 아테 공주는 『하자르 사전』의 내용을 암송하고 있는 앵무새들을 모두 풀어 주었다. 공주는 앵무새들에게 이렇게 말했다.

「어서 가서 다른 새들에게 너희들이 알고 있는 시를 가르쳐 주어라. 머잖아 이곳 사람들은 아무도 그 시를 알지 못할 터이니……」

앵무새들은 흑해의 숲으로 날아가서 자기들이 알고 있는 시를 다른 앵무새들에게 가르쳤으며, 이 새들은 또 다른 새들에게 그 시를 가르쳤다. 때가 되자 이 시들과 하자르 언어를 알고 있는 것은 오로지 앵무새들뿐이었다.

17세기에 흑해의 해안 지역에서 붙잡힌 앵무새 한 마리는 알아들을 수 없는 언어로 여러 편의 시를 암송할 수 있었다. 이 새의 주인은 아브람 브란코비치†라고 하는 콘스탄티노플의 외교관이었는데, 그는 새가 하는 말이 하자르어라고 주장했다. 그리고 서기를 한 사람 불러다가 앵무새가 하는 말을 모조리 받아 적으라고 했다. 아테 공주가 지은 「앵무새의 시」를 복원할 수 있을 것이라고 기대한 것이다. 「앵무새의 시」는 아마 이러한 경위를 통해서 다우브마누스판 『하자르 사전』에 실리게 된 것 같다.

아테 공주가 꿈 사냥꾼 혹은 꿈을 읽는 사람들이라고 하는, 하자르에서 가장 유력한 종교 집단의 후견인이었다는 사실도 언급하고 넘어가야 한다. 아테 공주의 백과사전이라는 것도 사실은 꿈 사냥꾼들이 수세기에 걸쳐 자신들의 경험을 기록해 놓은 것을 한 권의 책으로 묶어 내려고 한 것에 지나지 않는다. 공주의 연인은 비록 아직 젊고 눈이 풋풋했지만, 이 집단의 사제들 가운데서 가장 저명한 인물 중 하나였다. 공주의 시 중에는 꿈 사냥꾼들의 수석 사제에게 바친 것이 있다.

> 깊은 밤, 잠이 들면
> 우리는 모두 배우로 변합니다.
> 우리는 매번 다른 무대에 올라서서
> 자신의 배역을 공연합니다.
> 그렇다면 낮에는?
> 낮에 깨어 있을 때에는 그 배역을 연습합니다.
> 때때로 자신의 배역을 제대로 연습하지 못했을 때에는
> 감히 무대에 나타나지 못합니다.
> 그 대신 다른 배우들 뒤에 숨어 있습니다.
> 적어도 그 순간만큼은 우리보다 대사도 더 잘 알고
> 동작도 더 훌륭한 배우들 뒤에.
> 그리고 당신은,
> 당신은 무대에서 연기를 하기 위해서가 아니라
> 우리가 연기하는 것을 보기 위해 극장으로 찾아옵니다.
> 부디 내가 연습을 잘 한 날에
> 당신의 두 눈이 나를 보게 되기를 바랍니다.
> 일주일 내내 현명하면서도 아름다운 사람은 없으니까요.

아테

전해 내려오는 또 다른 이야기에 따르면, 하자르 궁전에서 분노에 찬 아랍 선교사와 그리스 선교사로부터 아테 공주를 구해 낸 것은 유대 측 대표라고 한다. 유대 측 대표는 아테 공주의 연인이었던 하자르의 꿈 사냥꾼 수석 사제가 공주를 대신해서 벌을 받도록 일을 처리했다. 아테 공주는 그 결정을 받아들였고 공주의 연인은 추방되어 물 위에 매달린 우리 속에 갇혔다. 하지만 그런 다음에도 공주가 벌을 면할 수는 없었다.

사무엘 코헨과 리디지아 사루크의 약혼 서약서
BETROTHAL CONTRACT OF SAMUEL COHEN AND LIDISIA SAROUK(17세기)

이 약혼 서약서는 두브로브니크 공문서 보관소에, 그 지방의 스페인계 유대인 사무엘 코헨☆에 대한 기록철 안에 보관되어 있다. 그 내용은 다음과 같다.

축복받은 이 시간에 상서로운 기운을 받으며, 이제 낙원에서 편히 쉬고 계시는 우리 훌륭한 셸롬 사루크 씨의 따님이자 테살로니카 시민 리디지아 양이 다음과 같은 조건 하에 사무엘 코헨과 약혼한다. 첫째, 이 소녀의 어머니이자 여인들 중에 축복을 받은 시티 부인은 지참금으로 위에서 말한 딸 리디지아의 지위와 품위에 어울리는 스페인 매트리스 하나와 혼수용 옷가지를 준다. 둘째, 결혼식은 오늘로부터 2년 6개월 이내에 거행한다. 어떤 이유로 인해 사무엘 코헨이 정해진 기간 안에 리디지아 양과 결혼하지 않을 경우, 그것이 설사 사무엘 코헨의 개인적인 이유로 인한 것이거나 어떻게 할 수 없는 이유 때문에 벌어진 것이라 하더라도 사무엘 코헨이 약혼녀에게 주었던 패물과 다른 물

건 모두 법과 정의의 이름으로 리디지아 양의 소유가 되며
사무엘 코헨은 불만을 갖거나 고소할 권리가 없을 것임에
양측은 동의한다. 사무엘 코헨이 약혼녀에게 준 물품을 상
세히 열거하면 다음과 같다. 팔찌, 목걸이, 반지, 모자, 스타
킹, 발싸개 등 모두 스물네 가지다. 사무엘 코헨이 약속한
기간 안에 결혼하지 못할 경우에 2천2백 아크체[3]에 상당하
는 이 물품들은 모두 위에서 말한 처녀에게 주는 마지막 선
물이 된다. 이에 덧붙여 위에서 말한 사무엘 코헨은 파문하
겠다는 위협을 받고 맹세한 모든 사람들과 마찬가지로, 약
혼녀 리디지아 이외에 이 세상의 다른 어떤 여자와도 결혼
을 약속하거나 포옹하지 않겠다는 맹세를 반드시 지켜야
만 한다.

적법한 절차에 따라 문서를 작성하고 그 내용이 유효함
을 확인했으니, 사무엘 코헨은 5442년 셰바트[4] 달의 상현
달이 뜨는 이번 월요일에 서약을 한다. 이 서약과 관련된
모든 것은 이제부터 영원히 충실하게 지켜질 것이다.

심판관 아브람 하디다, 셀로모 아드로케, 요셉 바하르 이
스라엘 알레비.

이 문서의 뒷면에는 두브로브니크 정보원이 코헨과 관련된
사항을 몇 가지 적어 두었다. 그 가운데 하나는 1680년 3월
2일에 스트라둔에서 주고받았던 대화다. 코헨은 다음과 같
이 말했다.

「하자르 소형 선단을 보면 어떤 배들은 돛 대신 그물을 사
용하면서 여느 배들과 똑같이 항해합니다. 그리스인이 하자
르 사제에게 어떻게 그럴 수 있느냐고 물으니까, 곁에 서 있던

---

[3] 그리스어 *Aspro*에서 파생된, 오스만 제국 치하의 화폐 단위.
[4] 유대 종교력으로 열한 번째 달. 태양력으로는 1~2월에 해당한다.

유대인이 대신 대답했습니다. 〈간단합니다. 저 그물로 바람이 아닌 무엇인가를 잡는 것입니다.〉」

그 외에도 두브로브니크 정보원이 적어 놓은 사항은 귀부인 에프로시니아 루카레비치(루카리)☆에 대한 것이다. 그해 5월에 사무엘 코헨은 루카리츠 거리에서 에프로시니아 부인을 만나 다음과 같은 질문을 했다.

「당신은 언제나 아름답습니까? 아니면 영혼이 바뀌는 금요일 저녁만큼은 아름답지 않은 겁니까? 그래서 금요일 저녁이면 당신은 나를 만나려 하지 않는 건가요?」

여기에 대한 대답으로 에프로시니아 루카리 부인은 허리춤에서 작은 초를 꺼내 눈앞에 들어 올리더니 한쪽 눈으로는 비스듬히 곁눈질을 하고 다른 쪽 눈으로는 심지를 바라보았다.

부인은 그런 눈길로 허공에 코헨의 이름을 적더니, 심지에 불을 붙여 집으로 돌아가는 길을 밝혔다.

코헨, 사무엘
COHEN, SAMUEL
(1660~1689. 9. 24)

두브로브니크에 살던 유대인. 이 책의 저자 가운데 한 사람. 1689년 두브로브니크 시에서 추방령을 받고 콘스탄티노플로 가던 도중에 혼수상태에 빠져 깨어나지 못하고 죽었다.

출전: 사무엘 코헨이 두브로브니크 유대인 거주지에서 어떻게 생활했는지 다음과 같은 자료들을 통해 재구성해 볼 수 있다. 우선 모국어가 없는 민족의 딱딱한 이탈리어 문체로 쓴, 두브로브니크 경찰 보고서가 있다. 또한 재판 관련 서류가 있으며 니콜라 리기와 안툰 크리보노조비치라는 두 배우의 증언이 기록되어 있다. 그 밖에 사무엘 코헨의 방에서 발견된 물건 목록이 있는데, 그것은 두브로브니크 유대인 모임에 제출하기 위해 코헨이 없을 때 작성된 것이다. 이 목록을 그대로 옮겨 적은 것이 두브로브니크 문서 보관소의 「프로세시 폴리티시 에 크리미날리*Processi politici e criminali*」(1680~1689)에 실려 있다. 베오그라드의 스페인계 유대인 관련 문서 중에서 두브로브니크로

보내 온 약간의 정보를 통해 사무엘 코헨이 일생을 어떻게 마감했는지 알 수 있다. 그 문서와 함께 반지 하나가 왔는데, 1688년에 사무엘 코헨은 그 반지에 〈1689〉라고 새겨 넣었다. 1689년은 코헨이 죽은 해이다. 코헨에 대해 완벽하게 알아보기 위해서는 이러한 모든 사실들을, 빈에 위치한 세인트바질 공화국 특사인 마티아 마린 뷰닉이 파견된 두브로브니크 밀사들의 보고 내용과 비교해 보아야만 한다. 이 밀사들은 1689년 클라도보에서 벌어진 오스트리아-터키 전투에 참전했다. 그들은 정작 사무엘 코헨에 대해서는 불과 두세 문장밖에 기록하지 않았으며, 자신들이 말보다 건초를 더 많이 찾아낸 셈이라고 적었다.

그 당시의 사람들은 사무엘 코헨이 키가 크고 두 눈이 빨갛고 젊은 나이임에도 불구하고 콧수염의 절반이 회색이었다고 묘사한다.

「내가 아는 한 코헨은 항상 추위를 탔다. 그래도 지난 몇 년 동안은 몸에 약간 온기가 돌았다.」

사무엘 코헨의 어머니 클라라는 언젠가 이런 말을 했다. 클라라가 주장하는 바에 따르면, 코헨은 밤이면 꿈속에서 어마어마한 거리를 여행했으며 때때로 온몸에 먼지를 뒤집어쓰고 녹초가 된 채로 깨어나거나 꿈에서 쌓인 피로가 풀릴 때까지 축 늘어져 있곤 했다. 클라라는 아들이 잠을 잘 때마다 이상하게 불안한 느낌이 들었다고 한다. 왜냐하면 그는 잠이 들면 유대인처럼 행동하지 않고, 안식일에도 말을 타는, 믿음이 없는 사람처럼 행동했기 때문이다. 때때로 꿈속에서 여덟 번째 시편을 노래했는데, 그것은 잃어버린 무엇인가를 찾고 싶을 때 부르는 노래로 사무엘 코헨은 그것을 기독교식으로 불렀다.

사무엘 코헨은 히브리어 외에도 이탈리아어, 라틴어, 세르비아어를 할 줄 알았지만 밤에 꿈을 꿀 때에는 깨어 있을 때 조금도 할 줄 모르던 이상한 언어로 중얼거렸다. 그것은 나중에 알고 보니 왈라키아어였다. 그를 매장한 사람들이 전하는 바로는 그의 왼쪽 팔에 끔찍한 상처가 남아 있었는데 마치 물어뜯긴 자국 같았다고 한다.

사무엘 코헨은 예루살렘을 방문하는 것이 소원이었다. 그는 꿈속에서 실제로 시간의 기슭에 서 있는 도시를 보았으며, 발소리가 나지 않도록 짚을 흩뿌려 놓은 거리들을 돌아다녔다. 또한 벽장이 빽빽하게 들어 차 있는, 작은 교회만 한 탑에서 살았으며 샘에 빗물이 떨어지는 소리를 듣곤 했다. 하지만 사무엘 코헨은 얼마 지나지 않아, 자신이 예루살렘이라고 믿으며 꿈꾸어 왔던 그곳이 성스러운 도시와는 거리가 먼 콘스탄티노플이라는 사실을 깨달았다. 그는 하늘과 땅, 도시와 별이 그려진 고지도를 수집했는데 그 가운데 콘스탄티노플을 그린 판화를 보고서 확신을 얻었다. 꿈속에서 보던 거리와 광장, 탑 등을 단번에 알아보았던 것이다.

사무엘 코헨은 분명히 재능이 많은 사람이었지만, 클라라 부인의 의견으로는 그 재능들이 실용적인 면에 있어서는 전혀 도움이 되지 않았다고 한다. 그는 구름의 그림자를 보고 바람의 속도를 계산해 냈으며 연관성, 행동, 숫자 등에 있어서는 머리가 잘 돌아갔지만 얼굴이나 이름, 물건 등은 잘 잊어버렸다. 두브로브니크 사람들은 사무엘 코헨이 언제나 같은 자리에 서 있던 것으로 기억한다. 그것은 유대인 거리에 있는 그의 작은 방 창가에서 눈을 내리깔고 서 있는 모습이었다. 사실 사무엘 코헨은 항상 책을 방바닥에 놓아둔 채, 발가락으로 책장을 넘기면서 자리에 서서 책을 읽곤 했다.

한편 트레비네의 사블작 파샤는 두브로브니크에 사는 어떤 유대인이 말에게 덮어씌우는 가발 장식을 잘 만든다는 소문을 들었다. 그렇게 해서 사무엘 코헨은 파샤 밑에서 일하게 되었고, 그 소문이 사실임을 보여 주었다. 그는 바다가 내려다보이는 곳에 있는 파샤의 말 묘지를 잘 관리했으며 경축

일이나 군사 원정을 나갈 때 파샤의 검은 말들에게 씌울 가발을 만들었다. 사무엘 코헨은 자기 일에 몹시 만족했다. 파샤를 만나는 일은 좀처럼 없었지만 파샤의 부하들과는 종종 마주쳤다. 파샤의 부하들은 칼 놀림이 빨랐으며 말안장 위에서 몸놀림이 대단히 부드러웠다. 사무엘 코헨은 그들과 자신을 비교해 본 결과, 자신은 깨어 있을 때보다 잠잘 때 더욱 빠르다는 것을 알아차렸다. 그리고 그 짐작이 맞는지 시험해 보기 위해 그만의 독특하고도 치밀한 방법을 썼다.

꿈속에서 사무엘 코헨은 칼을 빼든 채 사과나무 아래 혼자 서 있는 자신의 모습을 보았다. 꿈속은 가을이었으며, 그는 칼을 손에 쥔 채, 바람이 불어오기를 기다리고 있었다. 기다렸던 바람이 불어오자, 사과가 말발굽 소리를 내면서 땅으로 떨어져 내리기 시작했다. 그는 가장 먼저 떨어지는 사과를 허공에서 반으로 갈랐다. 깨어나 보니 꿈속과 마찬가지로 가을이었다. 사무엘 코헨은 칼을 빌려 파일 게이트 근처에 있는 다리 아래로 걸어갔다. 그곳에는 사과나무가 한 그루 서 있었다. 그는 바람이 불어오기를 기다렸다. 바람이 불어오고 사과가 떨어지기 시작했지만, 무수히 떨어지는 사과 중에서 단 한 개도 맞히지 못했다. 그의 생각이 옳았던 것이다. 그는 깨어 있을 때보다 꿈속에서 더욱 날쌔고 재빠르게 칼을 휘두를 수 있다는 것이 확인된 셈이다.

아마도 그것은 코헨이 꿈속에서 칼 쓰는 연습을 하기 때문인지도 모른다. 그는 종종 캄캄한 어둠 속에 서 있는 꿈을 꾸곤 했다. 그의 오른손에는 칼이 들려 있고 왼손에는 낙타 고삐가 감겨 있었는데, 어둠 속에서 누군가가 그 고삐의 다른 쪽 끝을 잡아당기고 있었다. 그의 귀는 짙은 어둠 속에서도 누군가가 칼을 뽑아 들고 자신의 얼굴을 겨눈 채, 천천히 다가오는 소리를 들을 수 있었다. 코헨은 칼이 다가오는 것을 정확하게 감지하고 자신의 무기를 가지고 정면으로 받아쳤다. 눈에 보이지 않는 칼날은 휘파람 소리를 내며 어둠 속에서 와락 달려 나와 그의 사브르 검과 요란하게 부딪혔다.

사무엘 코헨이 의혹을 사 처벌받게 된 이유는 매우 다양하다. 그는 두브로브니크 예수회 신도들과 도저히 용납될 수 없는 종교 논쟁을 벌였으며, 기독교도인 어느 귀부인과 관계를 가졌고, 이단으로 인정된 에세네파[5]의 가르침을 널리 퍼뜨리고 다닌 죄로 고발당했다. 스트라둔 전체가 한눈에 들어오는 곳에서 사무엘 코헨이 날아오르는 새를 왼쪽 눈으로 삼켜 버렸다는 어느 수도사의 증언은 말할 것도 없었다.

사건은 1689년 4월 23일에 사무엘 코헨이 평소에는 전혀 드나들지 않았던 예수회 수도원을 방문한 것에서부터 시작해, 결국 감옥행으로 마무리되었다. 그날 아침 사무엘 코헨이 입에 파이프 담배를 문 채 줄곧 미소를 지으며 예수회 수도원 계단을 바삐 뛰어 올라가는 모습이 목격되었다. 그는 꿈속에서 담배 파이프에서 연기가 피어오르는 것을 보고는 아침에 깨어나자마자 담배를 피우기 시작한 것이다. 사무엘 코헨은 수도원의 종을 울렸고, 수도원의 문이 열리자마자 수도사들에게 기독교 선교사이자 성자였던 어떤 사람에 대해 묻기 시작했다. 그 사람은 코헨보다 대략 8백 년 전 사람이었는데, 코헨은 그 사람의 이름은 모르면서 그 사람의 일생은 줄줄이 꿰고 있었다.

코헨은 그 사람이 테살로니카와 콘스탄티노플에서 학교를 다녔으며 성상을 증오했고 크리미아 반도 어디에선가 히브리어를 배웠으며 하자르 제국으로 건너가 잘못 인도된 자들을 기독교로 개종시켰다는 사실을 알고 있었다. 그 당시에 그

---

[5] 고대 유대교의 일파로 금욕을 중시했고 신비주의적인 색채가 강했다.

와 함께 하자르로 간 형이 그를 도와주었고, 그는 869년에 로마에서 죽었다는 이야기를 하면서, 코헨은 수도사들에게 이 성자의 이름을 아는지, 이 성자의 전기가 있는 곳을 알려 줄 수 있는지 물어보았다.

하지만 예수회 수도사들은 사무엘 코헨이 문 안으로 들어오는 것조차 허용하지 않았다. 수도사들은 그가 하는 말을 들으면서 연방 그의 입 위에 십자가를 그렸고, 마침내 문지기를 불러다가 사무엘 코헨을 지하 감옥에 집어넣으라고 명령했다. 1606년 성모 마리아 교회에서 열린 종교 회의에서 유대인에게 불리한 결정이 내려진 이래로, 두브로브니크에서는 유대인 거주지의 주민이 기독교 교리에 관한 어떤 종류의 논쟁에도 끼어들지 못하도록 금했으며 이것을 어겼을 때에는 30일 동안 감옥에 가둘 수 있었던 것이다. 사무엘 코헨이 그렇게 딱딱한 나무 의자를 닳게 하며 30일을 채우는 동안, 주목할 만한 일이 두 가지 벌어졌다. 유대 측 당국자들이 사무엘 코헨 관련 문서 목록을 만들기로 결정했으며, 코헨의 운명에 관심을 갖는 한 여인이 나타났다는 것이었다.

날마다 오후 5시에 민체타 탑의 그림자가 성벽 반대쪽에 드리워질 무렵, 루카리츠 거리의 존경받는 귀부인 에프로시니아 루카리㆑ 부인은 도자기 파이프를 집어 들어 거기에 샛노란 담배를 채워 넣곤 했다. 그것은 겨울 동안 건포도 속에 넣어 두었던 담배로, 부인은 몰약 한 덩어리나 라스토보 섬에서 가져온 부서진 솔방울로 담배에 불을 붙이고는 스트라둔 출신의 소년에게 은화를 한 닢 주면서 불붙인 파이프 담배를 감옥에 있는 사무엘 코헨에게 가져다주라고 부탁했다. 소년은 그것을 사무엘 코헨에게 갖다 주었으며 코헨은 담배를 다 피우고 나면 그것을 다시 에프로시니아 부인에게 돌려보내곤 했다.

에프로시니아 부인은 제탈디치 크루호라디치 귀족 가문에서 태어났으며, 두브로브니크 상류 사회에 속하는 루카리 가문으로 시집을 왔다. 부인은 빼어난 미모로 이름났으며 아무도 부인의 손을 본 적이 없다는 사실로도 유명했다. 소문에 의하면 부인은 양손에 엄지손가락이 두 개씩 있다고, 다시 말하면 새끼손가락이 있어야 할 자리에 또 하나의 엄지손가락이 있다고 했다. 그래서 어느 것이 왼손이고 어느 것이 오른손인지 알아낼 방법이 없었다는 것이다. 이것은 부인 모르게 완성된 초상화를 보면 분명히 알 수 있다고 사람들은 말했다. 그림 속의 부인은 엄지손가락이 두 개 달린 손으로 책 한 권을 가슴에 감싸 안고 있었다. 이런 소문에도 불구하고, 에프로시니아 부인은 상류 사회의 다른 모든 사람들과 똑같이 생활했다. 부인의 한쪽 귀가 다른 쪽 귀보다 더욱 무거웠다고 말하는 사람들도 있지만 그것은 사실이 아니다.

하지만 부인은 매우 자주 무언가에 홀린 사람처럼, 유대인 거주지를 찾아가서 유대인들이 펼치는 가면극을 구경하곤 했다. 그 무렵만 해도 두브로브니크 당국은 유대식 연극을 금지하지 않았다. 한번은 에프로시니아 부인이 유대인 거주 지역의 희극 배우와 광대들에게 〈노랗고 빨간 리본이 달린 파란 드레스〉를 빌려 주면서 여자 주인공 역을 맡은 남자 배우에게 그 옷을 입히라고 부탁했다. 그런데 1687년 2월 〈목동들의 연극〉에서 여자 역을 맡은 것은 바로 사무엘 코헨이었다. 사무엘 코헨은 루카리 부인의 파란 드레스를 입고 여자 목동을 연기했다. 정보원이 두브로브니크 당국에 보고한 바에 따르면 〈유대인 코헨〉은 〈희극에 어울리지 않는 기묘한〉 행동을 했다. 여자 목동처럼 〈리본과 레이스로 장식을 한 빨갛고 푸른 드레스를 빼입고 얼굴을 알아볼 수도 없을 만큼 짙은 화장을 한〉 사무엘 코헨은 목동에게 운문으로 된 사랑의 선언을 낭송하기로 되어 있었다. 하지만 극 중간에 사무엘 코헨은 자신이 입고 있는 드레스의 주인인 에프로시니아 부인을 향해 돌아섰다. 그리고 부인에게 거울을 내밀며 다음과 같은 〈사랑의 고백〉을 해 모든 사람을 깜짝 놀라게 했다.

> 당신이 내게 좋은 거울을 보내 주신들,
> 그게 무슨 소용이 있을까요.
> 그 속에 보이는 모습이 당신이 아니라면.
> 내가 애타게 찾는 그대의 모습은 볼 수 없고,
> 한 해 한 해 쫓겨 다니는, 외로운 내 모습만 보이니
> 당신의 선물을 이렇게 돌려 드립니다.
> 이제는 잠마저 내게서 달아나고
> 거울에 보이는 것은 그대가 아닌 내 모습뿐이기 때문입니다.

에프로시니아 부인은 이런 사무엘 코헨의 행동을 놀라울 만큼 침착하게 받아들이고, 배우들에게 오렌지로 후한 상을 내렸다. 이후에 봄과 함께 견진 성사의 절기가 찾아왔을 때, 루카리 부인은 딸을 데리고 교회를 방문했는데, 인형 하나를 들고 온 것을 온 세상 사람들이 다 보았다. 그 인형은 파란 드레스를 입고 있었는데, 그것은 유대인 사무엘 코헨이 유대인 거주 지역에서 있었던 가면극에 입고 나온 그 노랗고 빨간 리본이 달린 드레스로 만든 것이었다.

사무엘 코헨은 그 인형을 손가락으로 가리키면서 큰 소리로 외쳤다.

「이것은 영성체를 받은 내 딸이다. 사랑하는 나의 아이가 교회에 왔다. 비록 기독교 교회이기는 하지만 말이다.」

바로 그날 저녁에 에프로시니아 부인은 성모 마리아 교회

앞에서 사무엘 코헨을 만났다. 유대인 거주 지역으로 들어가는 문이 막 닫히고 있을 때, 에프로시니아 부인은 사무엘 코헨에게 자신의 허리띠를 내밀면서 입을 맞추라고 했다. 그리고 마치 허리끈이 고삐라도 되는 듯 사무엘 코헨을 끌고 사라졌다. 두 사람이 첫 번째 그늘에 이르렀을 때, 부인은 코헨에게 열쇠를 하나 주면서 프리에코에 있는 집을 가리키더니 다음 날 저녁때 그 집에서 기다리겠다고 말했다.

사무엘 코헨이 약속한 시간에 그 집에 도착해 보니 문손잡이의 위쪽에 열쇠 구멍이 있어서, 그 문을 열려면 톱니 모양으로 된 부분을 위로 하여 열쇠를 집어넣은 다음에 문손잡이를 밀어 올리는 방법밖에 없었다. 안으로 들어간 사무엘 코헨은 어느새 좁은 복도에 서 있었다. 그 복도의 오른쪽 벽은 여느 벽과 같았지만 왼쪽 벽은 나지막한 사각 돌기둥이 펼쳐지다가 계단을 옆으로 세워 놓은 것처럼 점차 왼쪽 방향으로 휘어졌다. 이 나지막한 돌기둥 너머로 코헨은 멀리까지 탁 트인 공간을 볼 수 있었다. 그 아래쪽으로는 달빛 속에 멀리 어디선가 바다가 으르렁거렸다. 하지만 바다는 등을 대고 누워 있는 것이 아니라, 마치 커튼처럼 가장자리에 거품을 두르고 물결치는 끝단을 밀어 넣은 채, 수직으로 걸려 있었다. 그러나 쇠로 만든 울타리 같은 것이 돌기둥들과 직각으로 연결되어 있어서 어느 누구도 바싹 다가갈 수는 없었다.

사무엘 코헨은 복도의 왼쪽 벽 전체가, 사실은 옆으로 누워 있는 계단이라는 사실을 알아차렸다. 하지만 전혀 쓸모가 없었는데, 왜냐하면 계단이 위로 서 있는 바람에 발을 디딜 수는 없고 그저 발 왼편에 닿기만 할 뿐이었기 때문이다. 사무엘 코헨은 계단으로 된 벽을 따라갔고, 그럴수록 오른쪽 벽과는 점점 더 멀어졌다. 그러다가 어디선가 갑자기 발밑에 바닥이 사라져 버렸다. 사무엘 코헨은 계단 모양의 기둥 쪽으로 그만 쓰러지고 말았다. 그리고 다시 몸을 일으키려고 애를 쓰다가, 바닥에 발 디딜 곳을 찾을 수 없다는 사실을 깨달았다. 비록 아무것도 달라진 것은 없지만, 바닥이 벽으로 바뀌었기 때문이다. 반면 그러는 사이에 조금 전과 똑같은 계단 모양을 한 벽이 쓸모 있는 계단으로 바뀌었다. 그리고 복도 뒤쪽에서 반짝이던 빛은 이제 사무엘 코헨의 머리 위에서 빛나고 있었다. 사무엘 코헨은 이제 아무런 문제 없이 빛을 향해 그리고 위층에 있는 방을 향해 계단을 올라갔다. 그는 방 안으로 들어가기 전에 난간 너머로 밑을 내려다보았다. 사무엘 코헨이 알고 있던 바로 그 바다가 그의 발밑에서 으르렁거리면서 깊은 나락으로 쏟아져 들어가고 있었다.

방에 들어가 보니 에프로시니아 부인이 맨발로 앉아서 머리카락에 눈물을 쏟고 있었다. 부인 앞에는 다리 세 개 달린 등받이 없는 의자가 놓여 있었는데, 그 위에는 〈오파낙〉이라는 농부들이 신는 신발이 있었다. 신발 속에는 빵 한 조각이 들어 있었고 신발의 코 부분에서는 밀랍 양초가 불타고 있었다. 치렁치렁한 머리카락 사이로 에프로시니아 부인의 벌거벗은 가슴이 보였다. 부인의 가슴에는 마치 눈동자처럼 속눈썹과 겉눈썹이 달려 있었는데, 위협하는 눈길 같은 검은 젖이 뚝뚝 떨어지고 있었다.

부인은 엄지손가락이 두 개 달린 손으로 빵 껍질을 뜯어내어 무릎에 떨어뜨렸다. 빵 껍질이 눈물과 젖으로 축축해지자, 부인은 그것을 방바닥으로 던졌는데 부인의 발에는 발톱 대신 이빨이 달려 있었다. 부인은 발바닥을 오므리더니 그 이빨로 음식을 탐욕스럽게 씹었다. 하지만 부인으로서는 그 음식을 삼킬 방법이 없었으므로 잘게 씹힌 음식 조각들이 바닥의 먼지 속을 굴러다녔다.

부인은 사무엘 코헨을 보자 꼭 끌어안고 침실로 들어갔다.

그날 밤에 부인은 사무엘 코헨을 자신의 애인으로 받아들이고 검은 젖을 먹여 주면서 이렇게 말했다.

「너무 세게 빨면 나이를 먹을 거예요. 내게서 흘러나오는 것은 시간이니까요. 그것은 어느 정도까지 당신에게 힘을 줄 수 있지만, 그다음부터는 당신의 힘을 빼놓을 거예요.」

사무엘 코헨은 그날 밤을 부인과 함께 보내고 난 후, 부인이 믿는 기독교로 개종하기로 결심했다. 그리고 기쁨에 들떠 공개적으로 그 사실을 말했다. 멀리까지 소문이 퍼져 나갔지만, 아무런 일도 벌어지지 않았다. 사무엘 코헨이 자신의 생각을 에프로시니아 부인에게 털어놓았을 때, 부인은 이렇게 말을 했다.

「제발 그렇게 하지 말아요. 사실을 말하자면 나 스스로도 기독교에 대한 믿음이 없어요. 난 단지 결혼 때문에 잠시 동안 기독교도가 된 것뿐이랍니다. 설명하기 매우 복잡하지만, 난 사실 당신과 마찬가지로 유대 세계에 속한 사람이에요. 스트라둔에 가보면 때때로 난생처음 보는 사람이 낯익은 외투를 걸치고 있는 모습이 눈에 띄죠. 사실은 우리 모두 그런 외투를 걸치고 있는 거예요. 나도 마찬가지이고요. 난 악마예요. 내 이름은 〈잠sleep〉이에요. 나는 유대 지옥에서 찾아왔어요. 나는 신전의 왼쪽, 악령들 사이에 존재하지요. 난 악마의 씨앗이에요. 〈atque hic in illo creata est Gehenna.〉 이 문장은 악마에 대한 거예요. 난 첫 번째 이브예요. 사람들은 나를 릴리스라고 부르죠. 난 야훼라는 이름을 알아요. 야훼와 다툰 일도 있고요. 그때 이후로 줄곧 난 토라의 일곱 가지 의미들 가운데, 야훼의 그림자 속을 떠돌아다니고 있어요. 나는 진실과 흙을 섞어서 만들었는데, 그 당시에도 지금과 똑같은 모습이었어요. 지금 당신이 보고 좋아하는 이 모습 그대로였죠. 난 아버지가 세 명이고 어머니가 없어요. 그리고 난 뒤로 걸어서는 안 돼요. 만약 당신이 내 이마에 입을 맞춘다면 난 죽을 거예요. 당신이 기독교로 개종한다면 당신은 나로 인해 죽게 될 거예요. 그러면 기독교 지옥의 악마들이 당신을 인계해 가겠죠. 기독교의 사탄들은 당신을 보살펴 주겠지만, 나를 보살펴 주지는 않을 거예요. 결국 나는 당신을 영원히 잃어버린 셈이 되는 거예요. 당신은 언제나 내 손이 닿지 않는 곳에 있겠죠. 이 세상에서뿐만 아니라 저세상에서도, 장차 올 다음 생애에서도 말예요……」

그래서 두브로브니크의 스페인계 유대인 사무엘 코헨은 개종하지 않았다. 하지만 사무엘 코헨이 가만히 있을 때에도 소문은 가만히 있지 않았다. 사무엘 코헨의 이름이 그 자신보다 더욱 빨리 돌아다녔으며 코헨에게는 아직까지도 일어나지 않은 일들이 코헨의 이름에는 이미 일어나고 있었다. 1689년 〈성스러운 사도들의 일요일〉[6]에 사육제 성체 성사[7]의 포도주가 쏟아졌다. 사육제가 끝나자마자 두브로브니크의 배우 니콜라 리기가 재판을 받게 되었다. 사육제 기간 동안 리기의 극단이 저지른 일 때문이었다. 리기는 야외 공연 도중에 두브로브니크의 저명한 유대인 파포 사무엘과 다른 유대인을 웃음거리로 만들었으며, 가면극을 이용해 시민들이 모두 지켜보는 앞에서 사무엘 코헨을 능욕했다는 이유로 고발당했다. 리기는 사육제 가면 뒤에 있는 사람이 코헨이었을 것이라고는 조금도 상상하지 못했다고 하면서 자기 자신을 변호했다.

해마다 바람 빛깔이 변할 무렵이면 젊은이들은 유대인이 주인공으로 나오는 사육제 연극 「주디아타」를 준비했으며, 그해에도 리기는 역시 배우인 크리보노조비치와 함께 이 연극

---

6 유대교의 기념일. 성자를 따르는 사도들을 기념하면서 축제를 벌인다.
7 천주교에서 행하는 일곱 가지 성사 가운데 하나. 성체를 배령하는 성사를 의미한다.

을 준비했다. 하지만 그해에는 사라카와 다른 지주들이 사육제에 참여하지 않기로 하는 바람에 평민들은 자기들 스스로 가면을 준비하기로 결정했다. 평민들은 소가 이끄는 수레를 빌려다가 그 위에 교수대를 설치했다. 과거에 유대인들 앞에서 연기를 한 적이 있었던 크리보노조비치는 그물로 만든 모자를 쓰고, 대마를 가지고 붉은 턱수염을 만들었으며 「주디아타」에 나오는 유대인이 죽기 전에 읽는 유언장도 미리 써두었다. 사람들은 약속된 시간에 가면으로 변장을 하고 만났다.

리기는 법정에서 증언하기를, 자기는 맹세코 유대인으로 변장한 채 수레에 타고 있는 사람이 예년의 사육제 행사와 마찬가지로 크리보노조비치라고 생각했다고 말했다. 유대인으로 변장한 사람은 교수대 아래에 서서, 대본에 나와 있는 대로 다른 사람들이 때리고 침을 뱉는 등 여러 가지 모욕을 주어도 참고만 있었다. 그런 다음 교수형 집행인과 이 유대인을 포함한 모든 배우들이 우르르 수레에 올라타고 거리를 달리면서 베네딕트파 수도사를 비롯한 모든 수도사들의 역을 공연했다. 그들은 마침내 스트라둔을 지나 성모 마리아 교회와 루카리츠 거리를 향해 달려갔다. 커다란 샘에 이르렀을 때, 리기는 교수형 집행인을 연기하면서 유대인 역할을 하는 사람의 가면에서 코를 뜯어내었고(리기는 그 가면을 쓰고 있는 것이 크리보노조비치라고 생각했다), 타보르에서는 그 사람의 수염을 까맣게 태웠다. 그리고 작은 샘이 있는 곳에 이르러서는 군중들을 열심히 충동질해 그 사람에게 침을 뱉도록 만들었다. 대저택 앞의 커다란 정원에서는 한쪽 손을 떼어 내었다. 물론 그것은 양말에 짚을 채워 넣어 만든 가짜 손이었다. 별달리 눈에 뜨이는 것은 아무것도 없었다. 단지 마차가 덜거덕거리자 유대인의 입에서 휘파람 소리가 터져 나왔을 뿐이다. 각본을 보면 루카리츠 거리에 있는 루카리 집 앞에 이르러 그 〈유대인〉의 목을 매달게 되어 있었다.

리기는 유대인 목둘레에 올가미를 얹었다. 그때까지도 가면을 쓴 사람이 크리보노조비치라고 굳게 믿고 있었다. 하지만 가면을 쓰고 있던 사람은 유언장을 읽는 대신 시 비슷한 것을 읽었다. 그것이 무엇인지는 신만이 아시리라. 어쨌든 그 사람은 목에 올가미를 두른 채, 에프로시니아 루카리 부인에게 바치는 시를 읊었다. 부인은 딱따구리 알로 새로 머리를 감고 저택의 발코니 위에 서 있었다. 그 사람이 읽은 것은 「주디아타」에 나오는 유대인의 유언과는 비슷하지도 않았고, 오히려 다음과 같은 내용이었다.

> 가을은 당신의 장신구, 당신의 가슴 위에 걸린 목걸이.
> 겨울은 당신의 살갗을 꽉 조이는 허리끈.
> 봄은 당신이 입고 있는 옷가지들과 하나도 다르지 않네.
> 당신의 신발은 봄이 손질해 놓고 간 여름.
> 시간이 쌓이면서 당신의 옷도 점점 더 많아지네.
> 해마다 새로운 해는 또 다른 슬픔의 짐을 가져올 뿐이니.
> 그대, 모든 옷가지를, 모든 계절을 벗어 버려요.
> 기쁨에 찬 나의 불꽃 앞에서
> 모든 것은 그저 사라지고 말지요.

그 순간부터 배우들과 관객들은 무엇인가 잘못되었다는 사실을 깨달았다. 이 대사는 「주디아타」보다는 사랑의 선언이 들어 있는 가면극에 더욱 잘 어울렸으며, 어느 모로 보나 유대인의 유언 같지는 않았다. 그제야 비로소 리기는 그 대사를 읽고 있는 사람의 가면을 벗겨 볼 생각을 했다. 가면을 들어 올리자, 드러난 것은 배우 크리보노조비치가 아니라 유대인 지역에 사는 사무엘 코헨의 얼굴이었다. 그 자리에 있던 사람들은 하나같이 깜짝 놀라고 말았다. 이 유대인은 자진해서 크리보노조비치를 대신해 사람들이 때리고 침을 뱉고 모욕하는 것을 모두 참고 있었던 것이다. 아무리 생각해도 그것은 니콜라 리기가 책임질 만한 일이 아니었다. 리기는 가면을 쓴 사람이 사무엘 코헨이라는 사실을 몰랐기 때문이었다. 사무엘 코헨은 크리보노조비치에게 뇌물을 가지고 와서는 자기가 그 역할을 대신 하게 해달라고 부탁했던 것이다. 결국 놀랍게도, 사무엘 코헨을 능욕하고 모욕을 준 것은 리기의 잘못이 아니라는 점이 입증되었고, 오히려 사무엘 코헨이 사육제 야외 공연 무렵에 유대인이 기독교도들과 섞여 다니는 것을 금지하는 법률을 어긴 것으로 드러났다. 코헨은 이미 예수회 수도원을 방문했다는 이유로 감옥에 갇혀 있다가 풀려난 지 얼마 되지 않았기 때문에 이번의 최후 평결은 천칭의 한쪽을 손가락으로 꾹 누르는 것과 마찬가지였다. 머리카락을 무겁게 늘어뜨리고 헤르체고비나의 어느 곳에서 터키인의 말 묘지를 관리하던 이 유대인에게 도시 추방령이 내려졌다.

단 한 가지 분명하지 않은 것은 과연 유대인 공동체에서 사무엘 코헨 편에 서서 그를 보호해 줄 것이냐 하는 것이었다. 만약 그렇게 한다면 사태를 완전히 뒤집어 놓지는 못한다 하더라도 어느 정도 시간을 끌 수는 있을 것이다. 그래서 모두들 유대인 거주 지역에서 어떤 말이 나올 것인지 기다리면서 사무엘 코헨을 감옥으로 돌려보냈다.

겨울에는 불을 기다리지 않는 것처럼, 유대인 거주지 측에서는 기다리지 않기로 결정했다. 그해 이야르 달[8]의 두 번째 달이 떴을 때, 아브라함 파포 랍비와 이삭 네하마는 사무엘 코헨의 방에 있는 문서와 책들을 조사하고 목록을 만들러 왔다.

---

8 유대 종교력으로 두 번째 달. 태양력으로는 4~5월에 해당한다.

사무엘 코헨이 수도사들을 방문한 사실은 예수회 신자들뿐만 아니라 유대 거주민들의 기분도 상하게 만들었던 것이다.

두 사람이 도착했을 때, 사무엘 코헨의 방에는 아무도 없었다. 두 사람은 문에 달려 있는 종을 울렸는데, 종소리를 듣고 열쇠가 그 안에 있다는 것을 알 수 있었다. 열쇠는 종 안에 매달려 있었다. 방 안에 들어가 보니 촛불이 타오르고 있었다. 하지만 사무엘 코헨의 어머니는 외출 중이었다. 방 안에는 계피를 빻기 위한 절구가 있었고 그물 침대가 설치되어 있었는데, 어찌나 천장에 가깝게 걸어 두었는지 책을 천장에 대고 읽을 수 있을 정도였다. 그 밖에 라벤더 향기가 나는 모래를 채워 둔 모래시계가 있었고 세 발 달린 기름 램프가 있었는데 램프 발마다 인간의 세 가지 영혼의 이름인 〈네페시〉, 〈루아〉, 〈네샤마〉가 새겨져 있었다. 창틀에는 화분들이 있었는데 방문객들은 그것들이 게자리에 속하는 어느 별의 보호를 받는 종류의 식물이라고 판단했다. 벽을 따라 길에 붙어 있는 선반 위에는 류트와 사브르 검과 붉은색, 파란색, 검은색, 하얀색 삼베로 만든 책 자루가 132개 있었으며 자루 속에는 사무엘 코헨이 직접 쓴 원고와 다른 사람의 글을 베껴 놓은 것이 들어 있었다. 그 외에도 봉랍을 묻힌 펜으로 쉽고도 빨리 잠에서 깨어나는 법이 적혀 있는 접시가 있었다.

〈완전히 잠에서 깨어나기 위해서는 무엇이든 좋으니 단어를 하나 써보는 것으로 족하다. 왜냐하면 글씨를 쓴다는 것 자체가 인간적인 행동이 아니라 초자연적이며 신적인 행동이기 때문이다.〉

그물 침대 위쪽 천장에는 코헨이 잠에서 깨어나면서 적어 두었던 여러 가지 문자와 단어들이 보였다. 많은 책들 가운데 방문객의 주의를 끈 것은 사무엘 코헨이 책을 읽던 창가의 방바닥에 놓인 세 권의 책이었다. 사무엘 코헨은 분명히 세 명의 아내를 거느린 사람처럼 그 세 권의 책을 차례대로 넘기면서 읽어 나갔을 것이다. 바닥에 놓여 있던 것은 두브로브니크의 시인이며 디닥 피르라고 알려진 디닥 이사야 코헨[9]이 쓴 『드 일러스트리부스 파밀리스De illustribus familiis』(1585)의 크라쿠프[10] 판본이었다. 그 옆에 있던 것은 아론 코헨의 『제칸 아론』[11]이었는데, 이 책은 1637년 베네치아에서 출간되었으며 아론이 두브로브니크의 지하 감옥에서 죽은 이삭 유슈룬에게 바친 성가를 베껴 놓은 것이 실려 있었다. 또 그 옆에는 아론 코헨의 할아버지 샬라문 오에프가 쓴 『세멘 아토브』[12]가 놓여 있었다. 이 책들은 분명히 같은 집안이라는 이유로 선택한 것일 뿐 그 이상은 아니었다.

이때 아브라함 파포 랍비가 창문을 열었다. 남쪽에서 부드러운 산들바람이 불어왔다. 랍비는 세 권 중 한 권을 펼쳐 들고 산들바람에 책장이 바스락거리는 소리를 듣고 있더니 이삭 네하마에게 이렇게 말했다.

「들어 보게! 책장들이 마치 〈네페시, 네페시, 네페시〉라고 중얼거리는 것 같지 않나?」

랍비는 다음 책에게 말을 시켜 보았다. 책장들은 바스락거리면서 커다랗고 분명하게 〈루아, 루아, 루아〉라고 대답했다.

「만약 세 번째 책이 〈네샤마〉라는 소리를 낸다면, 그때는 이 책들이 사무엘 코헨의 영혼을 부르고 있다는 것을 알 수 있을 거야.」

아브라함 파포가 이렇게 말하면서 세 번째 책을 펼쳐 들자

---

[9] 두브로브니크의 유명한 시인. 1599년에 죽음을 당할 때까지 많은 저서를 남겼다.
[10] 폴란드의 옛 수도.
[11] Zekan Aron. 〈아론의 턱수염〉이라는 뜻.
[12] Semen Atov. 〈좋은 기름〉이라는 뜻.

〈네샤마, 네샤마, 네샤마〉라고 속삭이는 소리가 두 사람 귀에 들렸다.

「책들은 이 방에서 무엇인가에 대해 논쟁을 벌이고 있네. 그리고 이곳에는 다른 어떤 것들을 파괴하고 싶어 하는 뭔가가 있어.」

파포 랍비는 자신의 생각을 밝혔다. 두 사람은 자리에 앉아서 방 안을 유심히 둘러보았다. 별안간 기름 램프에서 불꽃이 여러 개 솟아올랐다. 바스락거리는 책장 소리가 불꽃을 불러일으키기라도 한 것 같았다. 불꽃들 중 하나가 램프에서 떨어져 나와 두 가지 목소리로 훌쩍거렸다. 그러자 파포 랍비는 이렇게 말했다.

「사무엘 코헨의 영혼 가운데 첫 번째이자 가장 어린 영혼이 코헨의 육신을 소리쳐 부르는 거야. 사무엘 코헨의 육신 역시 자기 영혼을 소리쳐 부르고 있지.」

그 영혼은 류트가 놓인 선반으로 가서 줄을 뜯으며 자기 울음소리에 맞춰 부드러운 음악을 연주하기 시작했다.

「언젠가 이른 저녁에 가물거리는 마지막 햇살이 당신의 눈을 붙든다면, 지나가는 나비가 먼 곳에 있는 새처럼 보이고 스치고 지나가는 기쁨이 날아오르는 슬픔처럼 보일 거예요.」

코헨의 영혼은 이렇게 말하면서 훌쩍거렸다.

곧이어 두 번째 불꽃이 길게 늘어나더니 사람 모양이 되어 거울 앞에 섰다. 그런 다음에 옷을 입고 표백제를 문질러 바르기 시작했다. 그림자는 향유, 다목,[13] 향료를 가지고 거울 앞으로 걸어갔다. 마치 거울에 비친 모습을 통해서만 색깔을 알아볼 수 있는 것 같았다. 하지만 표백제를 바를 때에는 상처를 입을까 두려워하듯이 얼굴을 돌리고 거울을 쳐다보지

---

13 빨간 물감을 채취하는 나무.

않았다.

일을 다 끝내자, 그것은 콧수염이 희끗희끗하고 두 눈이 붉은 사무엘 코헨의 모습으로 완벽하게 변했다. 그것은 선반에서 사브르 검을 집어 들더니 첫 번째 영혼과 합쳐졌다. 그러나 가장 나이가 많은 사무엘 코헨의 세 번째 영혼은 천장 근처의 높은 곳에서 개똥벌레나 작은 불꽃처럼 깜빡거렸다. 처음 두 영혼이 원고를 놓아둔 선반에 기대어 서 있는 동안, 적개심에 가득 찬 세 번째 영혼은 천장 구석에서 그물 침대 위에 써 놓은 글자들을 벅벅 긁어 대고 있었다. 그곳에 적혀 있던 글자들은 다음과 같다.

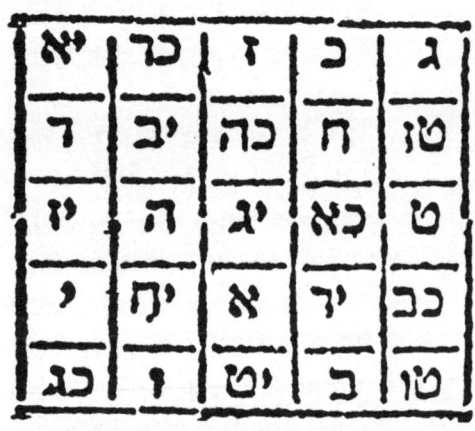

랍비와 이삭 네하마는 사무엘 코헨의 영혼들이 원고가 들어 있는 자루를 놓고 다투고 있는 것으로 결론을 내렸지만, 원고 자루가 너무 많았기 때문에 그것을 모두 살펴볼 수는 없었다. 아브라함 랍비는 이렇게 말했다.

「자네도 나처럼 저 자루 색깔에 대해 생각하고 있나?」

「저건 불꽃의 색깔이 아닌가요?」

네하마가 신중하게 반문했다.

「저것을 촛불과 비교해 보지요. 촛불에는 몇 가지 불꽃이 있는데, 바로 파란색, 붉은색, 검은색입니다. 이 세 가지 빛깔의 불꽃은 활활 타오르면서 언제나 심지와 기름에 닿아 있습니다. 그리고 이 불꽃 끝에는 또 하나의 하얀 불꽃이 있습니다. 이 하얀 불꽃은 뜨겁지는 않으나 아주 밝습니다. 하얀 불꽃을 지탱해 주는 것은 밑에 있는 세 가지 색깔의 불꽃입니다. 다시 말해서 불에게 영양을 공급해 주는 불인 것입니다. 산 위에 있는 모세는 하얀 불꽃 속에 서 있었는데, 그 불꽃은 아주 밝았지만 뜨겁지는 않았습니다. 반면 산 아래에 있는 우리들은 세 가지 빛깔의 불꽃 속에 서 있습니다. 이 불꽃은 하얀 불꽃을 제외한 모든 것을 게걸스럽게 집어삼키고 태워 버립니다. 하얀 불꽃은 가장 위대하고 비밀스러운 지혜의 상징인 것입니다. 그러니 하얀 자루를 살펴봅시다!」

하얀 자루는 그렇게 많지 않아서 한 망태기 정도밖에 되지 않았다. 그들은 유다 할레비가 쓴 책을 한 권 발견했다. 그 책은 1660년 바젤에서 출판된 것으로, 유다 벤 티본이 아랍어를 히브리어로 번역한 것과 출판자가 라틴어로 옮긴 것이 함께 묶여 있었다.

다른 자루에는 사무엘 코헨의 원고들이 담겨 있었다. 제일 처음 방문객의 눈에 뜨인 것은 다음과 같은 내용의 원고였다.

아담 카드몬에 대하여

하자르 민족은 사람들의 꿈속에서 글자를 보았고 그 글자 속에서 최초의 인간, 아담 카드몬을 찾았다. 아담 카드몬은 남자이자 여자였으며, 영원 이전에 태어났다. 하자르 민족은 이 세상의 모든 사람들이 알파벳 중에서 한 글자를 가지고 있으며, 이 글자 하나하나는 땅 위에서 아담 카드몬 육신의 한 부분을 구성하고 사람들의 꿈을 통해 한곳으로 모인 다음, 아담의 몸속에서 생명을 얻는다고 믿었다. 하지만 그들이 지칭하는 이 글자와 언어는 우리가 알고 있고, 사용하는 언어가 아니다. 하자르 민족은 자신들이 이 두 언어, 다시 말하면 신의 언어인 〈다바르davar〉[14]와 우리 인간의 언어를 구분 짓는 경계선이 어디에 있는지 알고 있다고 믿었다.

그들이 주장하기를 그 경계선은 동사와 명사 사이로 지나간다고 했다. 테트라그램,[15] 즉 신의 비밀스러운 이름은 성서 속에 〈키리오스kyrios〉[16]라는 순결한 단어 뒤에 숨겨져 있는데, 그것은 명사가 아니라 동사였다. 또 한 가지 기억해 두어야 할 것은, 아브라함은 신이 세상을 창조할 때 사용한 동사를 염두에 두었지 명사에는 관심이 없었다는 사실이다. 우리가 사용하는 언어는 완전히 다른 근원을 지닌, 두 가지 불평등한 힘으로 구성되어 있다. 왜냐하면 동사, 말씀, 계율, 선한 행위와 적절하며 올바른 행동에 대한 개념 등은 세상의 창조와 그후 세상 안에서 행해지고 전해지는 모든 것에 앞서기 때문이다. 명사는 이 세상에 피조물들이 만들어지고 난 뒤에 피조물들에게 이름을 붙여 주기 위해서 나타났다. 그러므로 이름이란 모자에 달린 방울과 같은 것이다. 이름은 아담 이후에 나타난 것으로 아담은 139번째 「시편」에서 다음과 같이 말하고 있다.

「입을 벌리기도 전에 무슨 소리 할지, 야훼께서는 다 아십니다.」

14 히브리어로 〈말〉 혹은 〈사물〉이란 뜻.
15 〈네 글자 단어〉라는 뜻. 여기서 네 글자란 히브리어에서 JHVH, 즉 야훼를 가리킨다. 다시 말해 신의 이름인 것이다.
16 〈주님〉 혹은 〈신〉이란 뜻이다.

명사가 특성상 인간의 이름에 어울리도록 운명 지어져 있다는 사실은, 명사가 신의 이름을 만들어 내는 단어와 같은 반열에 끼지 못한다는 것을 좀 더 확실히 입증한다. 왜냐하면 신의 이름(토라)은 동사지 명사가 아니며, 이 동사는 〈알레프〉로 시작하기 때문이다.

세상을 창조할 때, 신은 토라를 보고 있었다. 그러므로 세상과 함께 시작한 말은 동사이다. 그 결과로 인해 우리 언어에는 두 가지 단계가 있다. 하나는 신성한 단계이며, 또 다른 하나는 그 근원이 의심스러운 것으로 아마 주님의 광대한 북쪽 땅인 게헤나[17]와 관계가 있을 단계이다. 그렇기 때문에 언어와 문자 안에는 이미 지옥과 천국, 과거와 미래가 들어 있다.

문자! 이제 우리는 그림자의 가장 밑바닥까지 왔다. 땅 위의 알파벳은 천상의 알파벳을 반영하며 언어의 운명을 공유한다. 비록 동사는 명사보다 무한히 높은 곳에 있지만(명사와 동사는 나이와 근원에 있어 동등하지 않다. 동사는 천지 창조 이전에, 명사는 천지 창조 이후에 나타났기 때문이다), 만약 우리가 명사와 동사를 함께 사용한다면, 이 모든 것들이 또한 천상의 알파벳에도 적용된다. 따라서 명사를 쓰기 위해 사용된 글자와 동사를 나타내기 위해 사용된 글자는 한 집안에 속할 수 없다. 이 두 가지 종류의 글자는 아득한 옛날부터 서로 등급이 달랐기 때문이다. 하지만 오늘날 우리의 눈은 그 두 가지를 서로 혼동하고 있는데, 우리의 눈 속에 망각이라는 것이 자리 잡고 있기 때문이다. 땅 위의 알파벳 한 글자 한 글자는 인체의 각 부분에 해당한다.

이것과 마찬가지로 천상의 알파벳 한 글자 한 글자는 아담 카드몬 육체의 각 부분에 해당된다. 글자 사이의 하얀 여백은

---

17 〈힌놈의 골짜기〉란 뜻으로 유대교에서 죽은 자들이 저주 받아 가는 곳을 뜻함.

규칙적인 신체의 움직임을 가리킨다. 하지만 신성한 알파벳과 인간의 알파벳을 나란히 비교한다는 것은 있을 수 없는 일이므로 신성한 알파벳이 넓은 자리를 차지할 수 있도록 인간의 알파벳은 뒤로 물러난다. 그리고 인간의 알파벳이 넓게 펴져 나갈 수 있도록 신의 알파벳이 뒤로 비켜 준다. 이것은 성서의 문자에도 그대로 적용된다.

성서는 언제나 숨을 쉬고 있다. 어느 순간에는 동사가 빛을 발하지만 동사가 물러나자마자, 검은색 글자인 명사가 등장한다. 단지 우리는 이것을 보지 못하는 것뿐이다. 검은 불꽃이 하얀 불꽃 위에 써 놓은 내용을 읽지 못하는 것처럼 말이다. 아담 카드몬의 육체도 이와 마찬가지라고 할 수 있다. 카드몬의 육체는 밀물처럼 우리의 존재를 가득 채웠다가 썰물처럼 우리를 버리고 떠나간다. 그것은 천상의 알파벳이 상승세를 타느냐 하락세를 타느냐에 따라 좌우된다.

우리 인간의 문자는 깨어 있는 의식 속에 나타나고 천상의 문자는 꿈속에 나타난다. 신성한 문자가 떠올라 잠자고 있는 우리 눈으로부터 인간의 문자를 밀어 버리는 순간, 천상의 문자는 지구상의 물 위에 빛과 모래처럼 흩뿌려진다. 꿈속에서는 오로지 눈과 귀로 생각하며, 말에도 명사는 전혀 없고 단지 동사뿐이다. 오로지 꿈속에서만 모든 사람들이 자디크[18]가 되며 살인자라고는 한 명도 없다……. 이 글을 쓰고 있는 나, 사무엘 코헨은 하자르 민족의 꿈 사냥꾼들처럼 세상의 어두운 쪽에 위치한 영역으로 뛰어 들어가서 덫에 걸린 신성한 섬광을 빼내려고 애쓰고 있다. 하지만 내 자신의 영혼 역시 덫에 걸려 버리는 수도 있다. 나는 거기에서 모아 온 문자들을 가지고, 그리고 나보다 먼저 간 다른 사람들이 모아 온 문자들

18 유대교에서 덕 있고 경건한 자를 이르는 말.

을 가지고 책 한 권을 편집하는 중이다.

이 책은 하자르 민족의 꿈 사냥꾼들이 말했던 것처럼, 이 땅 위에서 아담 카드몬의 육신을 만들어 낼 것이다……

땅거미가 내리고 있었다. 두 사람은 서로를 뻔히 바라보다가 나머지 하얀 자루들을 모두 비웠지만 그 안에는 수십 개의 단어들을 알파벳순으로 늘어놓은 것 외에는 아무것도 없었다. 사무엘 코헨이 『하자르 사전』이라고 부르던 것이었다. 그것은 하자르 민족과 그들의 종교, 관습, 그들과 관련된 모든 인물들, 하자르 민족의 역사와 유대교로의 개종 등에 대한 정보를 알파벳순으로 정리해 놓은 책이다.

이 자료는 수세기 전에 유다 할레비가 하자르 민족에 관련된 책을 쓰면서 수집한 것과 비슷했지만, 사무엘 코헨은 거기서 한 단계 더 나아갔다. 할레비는 하자르 논쟁▽에 참가한 기독교 측 대표와 유대 측 대표의 이름을 밝혀 놓지 않았는데, 사무엘 코헨은 그들에 대해 더욱 많은 것을 알아내려고 노력했다. 사무엘 코헨은 그들의 이름과 그들이 주장한 바를 찾아내려고 했으며, 자신의 사전에 그들의 전기를 포함시키려고 했다. 사무엘 코헨은 하자르 문제와 관련해서 유대교 측에서 소홀히 다루고 있는 항목을 사전에 포함시켜야만 한다고 믿고 있었다. 그래서 기독교 설교자이자 선교사였던 사람의 생애를 대충 알아낼 수 있었는데, 이 사람은 사무엘 코헨이 예수회 수도사들에게 물어보았던 바로 그 사람임에 틀림없다. 하지만 사무엘 코헨은 그 사람의 이름을 찾아낼 수 없었기 때문에, 코헨의 사전에는 그 사람의 이름이 나와 있지 않았다. 사무엘 코헨은 완성되지 않은 전기에 다음과 같은 주석을 달아 놓았다.

유다 할레비와 그의 책을 출판한 사람 그리고 다른 유대 측 주석자나 자료 등은 하자르 카간의 궁전에서 벌어진 종교 논쟁에 참석한 세 사람의 대표자 가운데 오로지 한 사람의 이름만을 언급하고 있다. 바로 유대 측 대표인 이삭 상가리^{*}이다. 이삭 상가리는 하자르 군주에게 천사가 방문하는 꿈을 해석했다.

유대 측 자료에서는 논쟁에 참가한 기독교 측 대표와 이슬람 측 대표의 이름을 밝히지 않고 있다. 단지 한 사람은 철학자라고 한다. 그리고 다른 아랍인에 대해서는 그 사람이 논쟁이 시작되기 전에 살해된 것인지 논쟁이 다 끝나고 살해된 것인지조차 언급하지 않는다. 아마 세상 어디선가 누군가가 유다 할레비가 했던 것처럼 하자르 민족에 대한 문서와 정보를 모으고 있을 것이며 나처럼 자료를 모아 사전을 한 권 묶어 내고 있을 것이다. 아마 그 사람은 나와 같은 종교를 갖고 있지는 않을 것이며, 기독교도이거나 이슬람 율법을 따르는 사람일 것이다. 아마 저 세상 어딘가에는 마치 내가 그들을 찾아 헤매는 것처럼 나를 찾고 있을 다른 두 사람이 있을 것이다. 아마 내가 그들에 대해 꿈꾸는 것처럼, 그들도 나에 대한 꿈을 꿀 것이며 내가 알고 있는 바를 알게 되기를 갈망할 것이다. 나의 진실이 그들에게는 감추어진 비밀이기 때문이다. 그들이 알고 있는 진실이 내 의문에 대한 숨겨진 해답인 것처럼.

모든 꿈은 진리의 60번째 부분이라고 하는 사람들의 말이 그저 괜한 소리는 아니다. 어쩌면 내가 콘스탄티노플에 대한 꿈을 꾸고 그곳에서 전혀 다른 모습을 하고 있는 나를 꿈꾸는 것도 완전히 헛된 일만은 아닐 것이다. 꿈속에서 나는 말안장 위에서 부드럽게 몸을 놀리고 날쌔게 칼을 휘두를 줄 알며 약간 다리를 절고 지금 실제 내가 하는 것과는 다른 방식으로 신 앞에 경배를 드린다.

탈무드에 이런 말이 있다.

〈세 사람 앞에서 그의 꿈을 해석하도록 그를 내보내라!〉

나에게 그 세 사람은 누구일까? 나 자신은 별도로 치고, 그렇다면 두 번째 사람은 하자르 민족을 쫓는 기독교도가 아닐까? 그리고 세 번째 사람은 하자르 민족을 쫓는 이슬람교도가 아닐까? 내 영혼 속에는 하나의 종교가 들어 있다기보다는 이렇게 세 개의 종교가 들어 있는 것이 아닐까? 그렇다면 내 영혼 중에서 둘은 지옥으로 가고 오로지 하나만 천국으로 가게 될 것인가? 혹은 천지 창조에 대한 책을 공부해 보면 알 수 있듯이, 언제나 하나로는 충분치 않아서 세 가지가 필요하다. 그러므로 다른 두 사람이 세 번째 사람인 나를 애타게 찾아다니는 것처럼 내가 다른 두 사람을 애타게 찾고 있는 것은 당연한 일일까? 잘 모르겠다. 하지만 내가 분명히 알고 있고 경험한 것은, 내가 가진 세 개의 영혼이 내 안에서 전쟁을 벌이고 있다는 사실이다. 그중에서 한 영혼은 칼을 들고 이미 콘스탄티노플에 가 있으며, 두 번째 영혼은 망설이며 눈물을 흘리고 류트를 연주하며 노래를 부르고 있다. 한편 세 번째 영혼은 나를 거부하고 있다. 세 번째 영혼은 모습을 드러내지 않거나 혹은 아직 나에게 손을 내밀고 있지 않은 것이다.

그래서 나는 오직 칼을 갖고 있는, 첫 번째 영혼에 대해서만 꿈을 꾼다. 나는 류트를 들고 있는 두 번째 영혼에 대해서는 꿈꾸지 않는다. 왜냐하면 라브 히지다가 말했듯이, 〈해석하지 않은 꿈은 읽지 않은 편지와 같다〉 때문이다. 하지만 난 그것을 이렇게 바꾸어서 말하겠다. 〈아직 읽지 않은 편지는 아직 꾸지 않은 꿈과 같다.〉

나에게로 보낸 꿈들 가운데 내가 받지 못하고 꾸지 못한 꿈이 얼마나 될까? 잘 모르겠다. 하지만 내 영혼 중 하나는, 잠자는 사람의 이마를 바라보고 있노라면 어느새 그 사람 영혼의 근원을 더듬어 올라갈 수 있다는 사실을 분명히 알고 있다. 난 내 영혼의 조각들이 다른 사람들 가운데서, 혹은 낙타나 바위나 식물들 가운데서 서로 만날 수 있다고 느낀다. 누군가의 꿈이 내 영혼의 육신으로부터 재료를 얻어다가 그것을 가지고 머나먼 어딘가에 자신의 집을 짓고 있다. 왜냐하면 내 영혼이 스스로 나아지기 위해서는 다른 영혼들, 즉 영혼을 돕는 영혼들의 협력이 필요하기 때문이다.

나는 알고 있다. 나의 『하자르 사전』은 열 개의 숫자와 스물두 개의 유대 알파벳 문자를 모두 포함한다. 세상은 그것들로 창조될 수 있다. 하지만 아! 난 그렇게 할 수 없다. 몇몇 이름들을 아직 손에 넣지 못했으며, 그 결과로 인해 어떤 문자들은 완성되지 않을 것이다. 내 사전에 나오는 각 항목의 이름을 명사 대신에 동사로 하고 싶은 마음이 얼마나 간절한지! 하지만 인간은 그렇게 할 수 없다. 동사를 가리키는 문자는 엘로힘[19]에게서 나오기 때문이다. 그것은 우리에게는 알려진 바가 없는 신성한 문자로, 인간의 문자가 아니다. 오직 명사와 이름을 가리키는 문자들만이, 다시 말하자면 게헤나에 있는 악마들에게서 나온 문자들만이 나의 사전을 이루고 있다. 내 손이 닿을 수 있는 것은 그런 문자들뿐이다. 그러므로 나는 이름과 악마에 계속 매달릴 수밖에 없다.

「바알 할로모트!」[20]

랍비는 사무엘 코헨의 원고로부터 눈길을 돌리면서 이렇게 외쳤다.

「이 자가 미쳤나?」

19 구약 성서에 나오는 유대인들의 신.
20 *baal halomot*. 히브리어로, 〈몽상가〉라는 뜻.

「하지만 내 생각은 좀 다릅니다.」

네하마는 이렇게 대답하면서 촛불을 껐다.

「자네의 생각은 어떤가?」

랍비는 이렇게 물으면서 가지가 셋 달린 램프를 껐다. 그러자 세 영혼은 사라지기 직전에 각기 자신의 이름을 속삭였다.

「저는 지금 궁리 중입니다.」

어두운 방과 검은 입을 구별할 수 없을 정도로 새까만 어둠 속에서 네하마는 이렇게 말했다.

「젬린, 카발라, 테살로니카 중에서 어느 곳이 사무엘 코헨에게 적당할지 말입니다」

「테살로니카라면 유대인의 어머니 말인가?」

랍비는 깜짝 놀라 물었다.

「물론 아닙니다. 사무엘 코헨은 시데로카프시로 보내서 공병으로 일하게 해야 합니다!」

「우리는 그를 테살로니카에 있는 그의 약혼녀에게 보내도록 할 걸세.」

늙은 랍비가 사려 깊은 결정을 내렸다. 두 사람은 불도 켜지 않은 채, 그 집에서 나왔다. 거리에서는 남풍이 그들의 눈에 소금기를 불어넣으며 그들을 반갑게 맞았다.

이렇게 해서 사무엘 코헨의 운명은 결정되었다. 그는 두브로브니크에서 추방되었다. 경찰 보고서에 기록된 바로는 사무엘 코헨은 1689년 성 토마스의 날에 아는 사람들과 작별인사를 했는데, 그날은 가축의 꼬리에서 허물이 벗겨지고 스트라둔이 새털로 뒤덮일 만큼 더운 날이었다.

그날 저녁 에프로시니아 부인은 창녀들이 그러는 것처럼

남자같이 차려입고 외출을 했다. 사무엘 코헨은 약국을 나와서 마지막으로 스폰자 광장을 향해 걸어가고 있었다. 부인은 가리슈트 아치 문 그늘에 서 있다가 사무엘 코헨에게 은화 한 닢을 던졌다. 사무엘 코헨은 그것을 주워 들고 어두운 곳에 서 있던 부인에게로 다가왔다. 그는 처음에 그곳에 서 있는 사람이 남자인 줄 알고 깜짝 놀랐지만 부인이 코헨에게 손가락을 갖다 대자 그녀를 금방 알아보았다.

「가지 말아요. 판사가 모든 일을 잘 처리해 줄 거예요. 내게 다 맡겨 주세요. 추방형이라면 해상 감옥에 며칠 갔다 오는 것으로 대신할 수 있어요. 내가 적당한 사람을 골라서 턱수염에다가 금화 몇 닢 넣어 주겠어요. 그렇게 한다면 우리는 헤어질 필요가 없어요.」

「추방당했기 때문에 가야 하는 것은 아닙니다.」

코헨이 대답했다.

「그들의 판결문이란 날아가는 제비가 부르는 노래 정도의 의미밖에 없습니다. 때가 되었기 때문에 가야만 하는 것입니다. 어린 시절부터 줄곧 어둠 속에서 칼을 들고 절뚝거리면서 싸우는 꿈을 꾸었습니다. 깨어 있을 때에는 이해할 수도 없는 언어로 꿈을 꿉니다. 그것이 벌써 22년째입니다. 이제 내 꿈이 실현되고 설명되어야 할 때가 왔습니다. 지금이 아니라면 결코 할 수 없는 일입니다. 그리고 그것은 내가 꿈을 꾸는 장소, 즉 콘스탄티노플에서 실현될 것입니다. 내가 꿈속에서 바람을 잠재워 버릴 만큼이나 구불구불한 길과 성들 그리고 성 아래의 물을 보는 것은 결코 우연이 아닙니다.」

「설령 우리가 이번 생에서 두 번 다시 만나지 못한다 하더라도, 또 다른 생에는 서로 만나게 될 거예요.」

에프로시니아 부인이 대답했다.

「우리는 언젠가 싹이 돋아날 우리 영혼의 뿌리에 불과한지도 몰라요. 아마 당신의 영혼은 배가 불러서 내 영혼을 낳을 거예요. 하지만 우선 두 영혼은 각자 자기에게 주어진 길을 가야만 해요……」

「비록 그렇게 된다 하더라도, 우리는 그 미래의 세상에서는 서로를 알아보지 못할 것입니다. 당신의 영혼은 아담의 영혼이 아닙니다. 앞으로 다가올 모든 세대들의 세상으로 추방되어 우리 한 사람 한 사람과 더불어 죽고 또 죽을 운명을 지닌 영혼은 아니지요.」

「그렇다면 우리는 다른 방식으로 만날 거예요. 나를 어떻게 알아볼 수 있는지 가르쳐 드리겠어요. 그때 나는 남자일 거예요. 하지만 손은 지금과 같을 거예요. 양손에 엄지손가락이 두 개씩 있어서 오른손과 왼손이 똑같을 거예요. 그리고 내 왼손은……」

이 말과 함께 에프로시니아 부인은 사무엘 코헨의 반지에 입을 맞추었고 두 사람은 영원히 헤어졌다. 그로부터 얼마 지나지 않아 부인은 세상을 떠났는데, 그 죽음이 너무나 참혹해서 시의 소재로 쓰일 정도였다. 하지만 사무엘 코헨이 용의자가 되지는 않았다. 왜냐하면 부인이 죽을 무렵, 사무엘 코헨은 이미 혼수상태에 빠져서 되돌아 나올 수 없는 꿈을 꾸고 있었으며, 그 후로 다시는 깨어나지 못했기 때문이다.

사람들은 처음에 사무엘 코헨이 두브로브니크의 유대 사회에서 권고한 대로, 테살로니카에 살고 있는 약혼녀 리디지아를 찾아가 결혼할 것이라고 생각했다. 하지만 사무엘 코헨은 그렇게 하지 않았다. 사무엘 코헨은 그날 저녁 파이프에 담배를 채워 넣고 다음 날 아침 트레비네에 있는 사블작 파샤의 진영에서 담배를 피웠다. 파샤는 왈라키아로 진군할 준비를 하고 있었다. 사무엘 코헨은 모든 역경에도 불구하고 콘스탄티노플로 향했다. 하지만 끝내 그곳에 도착하지는 못했다. 파샤의 측근 중에서 두브로브니크 유대인들로부터 양모용 식물 염료를 뇌물로 받은 목격자들이 코헨의 최후에 대해 다음과 같이 이야기해 주었다.

그해에 파샤는 측근들을 이끌고 북쪽으로 여행을 떠났다. 그러는 동안 머리 위의 구름은 남쪽으로 흘러갔다. 구름이 그들의 기억을 가져가 버리는 것만 같았다. 그것만으로도 좋은 징조는 아니었다.

그들은 데리고 다니는 사냥개들이 계절을 가로지르는 것처럼 보스니아 숲의 향기를 가로질러 달려가는 것을 지켜보았다. 그리고 월식이 일어난 밤에 샤바치 여인숙에 도착했다. 파샤의 군마 중 한 마리의 다리가 부러져서, 파샤는 말 묘지 관리인을 호출했다. 사무엘 코헨은 깊은 잠에 빠져 있었으므로 부르는 소리를 듣지 못했다. 파샤는 채찍으로 사무엘 코헨의 양미간을 내리쳤는데, 어찌나 세게 쳤는지 팔찌가 뚝 끊어질 정도였다. 사무엘 코헨은 즉각 잠에서 깨어나더니 일을 하기 위해 황급히 달려갔다. 여기에서 사무엘 코헨의 모든 흔적은 잠시 동안 사라진다. 왜냐하면 잠시 파샤의 진영을 떠나 오스트리아 부대가 점령하고 있는 베오그라드로 갔기 때문이다. 사무엘 코헨은 베오그라드에서 거대한 2층 집을 방문한 것으로 알려져 있다. 그 집의 주인은 터키 풍습을 따르는 스페인계 유대인이었다. 그 집에서는 환기통 돌아가는 소리가 복도를 쩌렁쩌렁 울렸다. 〈아브헤함〉이라고 하는 그 유대식 집은 방이 1백 개도 넘었으며 부엌이 50개, 지하실도 30개는 있었다. 두 개의 강 사이에 세워진 이 도시의 거리에서 사무엘 코헨은 아이들이 돈을 받고 싸우는 모습을 지켜보았다. 구경꾼들은 빙 둘러서서 내기 돈을 걸었고 아이들은 싸움닭처럼 서로 피가 날 때까지 싸웠다.

사무엘 코헨은 오래된 여인숙에 묵었다. 여인숙 주인은 그 지방의 애슈케나지, 다시 말하자면 독일계 유대인이었으며 그 여인숙에는 방이 47개나 있었다. 사무엘 코헨은 그곳에서 라디노어[21]로 쓴 꿈 해몽서를 발견했다. 저녁 무렵에 사무엘 코헨은 종탑들이 베오그라드 하늘 위의 구름을 쟁기질하는 모습을 지켜보았다.

「하늘 끝까지 달려간 종탑들은 다시 돌아서서 아직까지 손을 보지 않은 구름들을 향해 돌진했다……」

코헨은 그 광경을 짤막하게 기록했다. 사블작 파샤의 부대가 다뉴브 강변에 이르렀을 때, 코헨은 다시 부대와 합류했다. 다뉴브 강은 성서의 우화적 단계를 상징하는, 거룩한 네 개의 강들 중 하나이다. 바로 그 무렵에 어떤 일이 벌어져서 사무엘 코헨은 파샤에게 엄청난 신임을 얻게 된다. 파샤는 원정을 나갈 때마다 그리스인을 한 명 데리고 다니면서 보수를 두둑이 주었는데, 그 그리스인은 대포 주조공이었다. 그는 거푸집과 연장을 가지고 다녔으며, 하루 종일 걸어가면 닿을 수 있는 거리만큼 부대에서 뒤떨어져 따라가고 있었다. 세르비아와 오스트리아가 처음으로 소규모 전투를 벌이는 소리가 들려오자, 파샤는 드제르답에서 대포를 주조하라는 명령을 내렸다. 그리고 사정거리는 3천 자 이상이 되어야 하며 대포알 하나의 크기는 이집트 저울 두 개가 필요할 만큼이어야 한다고 했다.

파샤는 그 이유를 다음과 같이 설명했다.

「왜냐하면 대포가 으르렁거리는 소리에 병아리들이 달걀 속에서 죽을 것이고 여우가 유산을 할 것이고 벌집 속의

---

[21] 고대 스페인어를 바탕으로 하는 언어. 다소 변형된 히브리어 문자로 표기한다. 주로 지중해 연안 국가에 거주하는 스페인계 유대인들이 사용한다.

꿀이 상할 것이기 때문이다.」

파샤는 사무엘 코헨에게 그리스인을 데려오라고 명령했다. 하지만 그날은 안식일이었기 때문에 사무엘 코헨은 길을 떠나는 대신 잠자리에 들었다.

다음 날 아침 일찍 사무엘 코헨은 낙타를 한 마리 골랐는데, 그 낙타는 혹 두 개짜리 수컷과 혹 하나짜리 암컷 사이에서 태어난 새끼로, 타르를 뒤집어쓴 채 여름을 보냈기 때문에 여행할 준비가 되어 있었다. 사무엘 코헨은 〈기쁨〉 말도 한 마리 데리고 갔다. 암말을 종마에게 넘겨주기 전에 암말들이 미리 몸을 풀 수 있도록 넣어 주는 말이 바로 〈기쁨〉 말이다.

사무엘 코헨은 낙타와 말을 번갈아 타고 달려갔기 때문에 이틀 정도 걸리는 거리를 하루 만에 달려 명령대로 도착했다. 깜짝 놀란 파샤가 코헨에게 누구에게 그 방법을 배웠느냐고 묻자, 코헨은 자면서 연습했다고 대답했다. 파샤는 이 대답을 듣고 매우 흡족해하면서 사무엘 코헨에게 상으로 코걸이를 주었다.

대포가 주조된 다음, 파샤는 오스트리아 진영을 사정없이 두들겨 대기 시작했다. 사블작 파샤는 부하들에게 돌진하라고 명령했고 부하들은 세르비아 진지를 기습했다. 사무엘 코헨도 그들과 함께 참전했다. 사무엘 코헨은 사브르 검 대신 가방을 들고 갔는데, 그 속에 귀중품은 하나도 들어 있지 않았다. 그 대신 하얀 자루가 여러 개 들어 있었는데, 자루 속에는 무엇인가를 적어 놓은 낡은 종이들이 들어 있었다고 한다.

어떤 목격자는 이렇게 전했다.

「하늘은 죽처럼 걸쭉했으며 우리는 폭풍우처럼 적군의 참호로 돌진했습니다. 그곳에는 세 사람만 남아 있을 뿐,

나머지는 모두 도망가고 없었습니다. 병사 두 사람은 주사위를 던지고 있었는데, 우리가 공격한다는 사실을 까맣게 잊어버리고 있었습니다. 두 사람 근처의 막사에는 화려하게 차려입은 기병이 곯아떨어져 자고 있었습니다. 우리를 공격했던 것은 그 기병의 개들뿐이었죠.

눈 깜짝할 사이에 젊은 친구들이, 주사위 놀이를 하던 사람 중에서 한 명을 죽여 없앴고 잠을 자는 기병에게 창을 꽂았습니다. 창끝이 등을 뚫고 나온 상태에서 기병은 팔꿈치로 몸을 일으켜 세우더니 사무엘 코헨을 바라보았습니다. 그 시선이 마치 총알처럼 사무엘 코헨에게 날아가 박혔습니다. 코헨이 쓰러지면서 그의 가방 속에서 종이들이 쏟아졌습니다. 파샤는 사무엘 코헨이 살해당한 것인지 물어보았습니다. 그러자 주사위 놀이를 하고 있던 사람이 아랍어로 대답했습니다.

〈그 사람의 이름이 만약 사무엘 코헨이라면, 그 사람은 총에 맞은 것이 아닙니다. 그렇게 힘없이 나가떨어진 것은 바로 잠 때문입니다.〉」

그 말이 사실이었다. 주사위 놀이를 하던 사람은 이처럼 독특한 말을 한 덕분에 그날 하루 동안은 목숨이 붙어 있었다. 인간의 말이란 배고픔과 같아서 언제나 똑같은 힘을 갖는 것은 아니다.

두브로브니크 유대인 거주지 출신의 유대인 사무엘 코헨에 대한 보고서는 코헨의 마지막 꿈에 대한 내용으로 끝난다. 사무엘 코헨은 되돌아 나올 수 없는 바닷속으로 뛰어드는 것처럼 깊고 독한 혼수상태 속으로 몸을 던졌다. 사무엘 코헨에 대한 마지막 보고서란, 주사위 놀이에 열중하던 적군이 사블작 파샤에게 보고한 내용을 가리킨다. 파샤는 이 사람이 말한 내용을 다뉴브 강변의 비단 막사에 실로 새겨서 영원히 남겨 두도록 했다. 그러나 우리에게는 방수 처리가 된 초록색 천 조각을 통해서 일부 내용만이 단편적으로 전할 뿐이다. 주사위에 열중하던 병사는 이름이 유수프 마수디였으며, 꿈 사냥꾼이었다. 유수프 마수디는 사람들의 꿈속에서 사람은 물론 토끼도 잡을 수 있었다. 그는 창을 맞고 잠에서 깨어난 기병에게 고용된 상태였다. 이 기병은 대단히 저명하고 부유한 사람으로 이름은 아브람 브란코비치였다. 그가 키우던 그레이하운드 한 마리만 해도 배 한 척 가득 실린 화약만큼의 값이 나갈 정도였다. 마수디는 이 남자에 대해 믿기 어려운 주장을 펼쳤다. 독한 잠에 취한 사무엘 코헨이 바로 이 아브람 브란코비치에 대한 꿈을 꾸고 있다고 사블작 파샤에게 말했던 것이다.

「네가 꿈을 읽는 사람이란 말인가? 그렇다면 사무엘 코헨의 꿈을 읽을 수 있나?」

「물론 읽을 수 있습니다. 저는 사무엘 코헨이 무슨 꿈을 꾸고 있는지 이미 알고 있습니다. 아브람이 죽어 가고 있기 때문에, 사무엘 코헨은 아브람의 죽음에 대한 꿈을 꾸고 있습니다.」

이 말에 파샤는 호기심을 느끼는 듯했다. 파샤는 재빨리 결론을 내렸다.

「그렇다면 사무엘 코헨은 지금 인간으로서는 결코 할 수 없는 일을 경험하고 있는 것이로군. 아브람이 죽어 가는 것을 꿈을 통해 봄으로써 죽음을 경험할 수 있지만, 그렇게 하면서도 자기는 여전히 살아 있다는 말이지.」

「그렇습니다. 하지만 사무엘 코헨은 깨어나서 자기가 꿈속에서 본 것을 우리에게 알려 줄 수는 없을 겁니다.」

「그런데 너는 코헨이 저자의 죽음에 대해 꿈꾸고 있다는 것을 볼 수 있단 말이지?」

「그렇습니다. 죽는다는 것이 어떤 것인지 그리고 사람들은 그 순간에 무엇을 느끼는지 내일 아침에 보고드리겠습니다.」

사블작 파샤로서는 주사위에 열중하던 이 병사가 목숨을 하루라도 더 유지하려고 이런 말을 한 것인지, 아니면 정말로 사무엘 코헨의 꿈속을 들여다보고 거기서 아브람의 죽음을 볼 수 있었는지 결코 알 수 없었다. 우리 역시 그것을 알아낼 수는 없을 것이다. 하지만 파샤는 한번 시도해 볼 가치가 있는 일이라고 생각했다. 파샤는 가끔 이런 말을 하곤 했다.

「내일이란 아직까지도 사용하지 않은 편자 하나만큼의 가치가 있으며, 어제란 낙타가 쓸 만큼 쓰고 내동댕이친 편자 하나만큼의 가치가 있다.」

그래서 파샤는 마수디의 목숨을 하루 연장시켜 주었다. 사무엘 코헨은 마지막 잠에 빠진 채, 그날 밤을 보냈다. 코헨의 거대한 코는 새의 몸뚱이처럼 보였다. 사무엘 코헨은 잠을 자면서 미소를 지었는데, 그 미소는 아득히 먼 옛날 옛적에 먹다가 남겨 놓은 음식 같았다. 마수디는 아침까지 코헨의 주위를 떠나지 않았다. 꼬박 밤을 지새운 그 아나톨리아인은 동이 터올 무렵에는 완전히 딴사람이 되어 있었다. 밤새 읽은 꿈속에서 채찍질을 당한 것 같았다. 마수디가 꿈에서 읽은 것은 다음과 같다.

브란코비치는 전혀 창에 맞은 상처 때문에 죽는 것 같지 않았다. 사실 아브람은 창에 맞았다는 것을 느끼지도 못했다. 그는 단지 하나가 아니라 훨씬 더 많은 수의 상처를 입었다고 생각했다. 그리고 그 숫자는 급격히 늘어났다. 아브람은 자신이 높다란 돌기둥 위에서 숫자를 헤아리고 있다고 생각했다.

　버드나무 가지를 머리채처럼 땋아 내리는 바람을 몰고 온 것은 봄이었다. 무레슈 강에서부터 티사 강, 다뉴브 강에 이르기까지 모든 버드나무들이 땋은 머리채를 쓰고 있었다. 뾰족한 화살이 아브람의 몸을 뚫고 들어오는 것처럼 보였지만, 그 모든 일은 거꾸로 일어났다. 우선 상처가 난 것을 느꼈고 그다음에 화살촉이 날카롭게 뚫고 들어오는 걸 느꼈다. 그런 다음에 아픔이 멈추었으며 어떤 물건이 허공에서 휘파람 소리를 냈다. 마침내 활시위에서 윙윙 소리가 나면서 화살이 발사되었다. 아브람은 죽어 가면서 화살의 수를 하나부터 열일곱까지 헤아렸다. 그리고 나서는 기둥으로부터 떨어졌으며 더 이상은 세지 않았다. 그는 딱딱하고 움직이지 않는, 거대한 무엇인가에 부딪혔다. 하지만 그것은 땅바닥이 아니었다. 그것은 죽음이었다. 그 충돌과 더불어 아브람의 몸에 나 있던 상처가 사방으로 날아갔다. 그래서 더 이상 아픔을 느낄 수 없었다. 그제야 아브람은 땅에 부딪혔다. 하지만 이미 죽은 다음이었다.

　그때, 바로 그 똑같은 죽음 안에서 그는 두 번째로 죽었다. 이제는 더 이상 고통을 느낄 여유가 조금도 남아 있지 않은 것 같았는데도 말이다.

　화살을 맞고 있는 중간 중간에, 아브람은 한 번 더 죽고 있었다. 하지만 그것은 완전히 다른 것이었다. 이제 그는 소년의 때 이른 죽음을 죽고 있었다. 아브람이 느낀 단 한 가지 두려움은 자신이 이 거대한 일을 끝마칠 수 있을 만큼 충분히 빠르지 못하면 어떻게 하나 하는 것이었다(죽음은 그만큼 어려운 일이기 때문이다). 기둥에서 떨어져야 할 때가 오기 전에, 과연 이 두 번째 죽음을 마칠 수 있을지 걱정이 되었다. 그래서 아브람은 서두르기 시작했다. 아브람은 둥근 지붕에 붉은색과 황금색을 칠해 놓은 작은 장난감 교회처럼 생긴 난로 뒤에 누워서, 그렇게 움직이지도 않고 죽음을 향해 돌진했다. 온몸의 감각을 마비시키는 얼음장 같은 고통이 방 안으로 쏟아져 나왔다. 마치 여러 해의 세월이 그의 몸뚱이에서부터 앞다투어 빠져나오려고 몸부림치는 것 같았다.

어둠이 습기처럼 퍼져 나갔다. 집 안의 모든 방들이 제각기 다른 색깔로 어두워지고 있었다. 오직 창문에만 아직까지 그날의 마지막 빛이 남아 있었지만, 방 안의 어둠과 거의 분간이 되지 않았다. 누군가 촛불을 들고 보이지 않는 문간방으로부터 이곳으로 다가오고 있었다. 책 한 권의 페이지 수만큼이나, 여러 개의 검은 문이 있다는 듯이 그 사람은 불빛을 이리저리 움직이면서 문들을 넘겨보았다.

그때 뭔가가 아브람으로부터 쏟아져 나오기 시작했다. 아브람은 지나온 과거를 전부 다 오줌을 싸듯이 내어놓고 결국 텅 비어 버렸다. 물이 차오르는 것처럼, 밤은 땅바닥부터 시작해서 저 높이 하늘까지 기어 올라갔다. 아브람은 별안간 머리카락이 몽땅 빠져 버렸다. 마치 머리에 쓰고 있던 털모자를 누군가가 쳐서 떨어뜨린 것 같았는데, 그때 이미 머리는 죽어 있었다.

이제 사무엘 코헨의 꿈속에서 브란코비치의 세 번째 죽음이 그 모습을 드러냈다. 그것은 거의 눈에 띄지도 않았으며 시간 더미를 수의처럼 걸치고 있었다. 처음 두 죽음과 세 번째 죽음 사이에 수백 년의 세월이 들어서 있는 것 같아서, 마수디가 서 있는 곳에서는 세 번째 죽음이 거의 보이지도 않았다.

처음에 마수디는 브란코비치가 양자 페트쿠틴의 죽음을 경험하고 있다고 생각했다. 하지만 마수디는 페트쿠틴의 마지막이 어땠는지 이미 알고 있었기 때문에 그것이 페트쿠틴의 죽음이 아니라는 사실을 재빨리 알아차렸다.

세 번째 죽음은 순식간의 일이어서 아주 짧게 지나갔다. 브란코비치는 낯선 침대에 드러누워 있었다. 어떤 남자가 베개를 집어 들더니 그것으로 그를 질식시키려고 했다. 그렇지만 브란코비치가 생각할 수 있는 것은 단 한 가지뿐이었다. 침대 옆에 있던 탁자 위에 놓인 달걀을 집어서 깨뜨려야만 한다는 것이었다. 브란코비치는 무엇 때문에 그렇게 해야 하는지는 전혀 몰랐다. 하지만 그 남자가 그를 질식시키고 있는 상황에서 오로지 그렇게 하는 것만이 중요하다는 것을 깨달았다. 그는 또한 인간은 자신의 어제와 내일을 너무나 뒤늦게 발견한다는 사실을 깨달았다. 인류가 이 세상에 나타나고 백만 년이 지나고 나서야 먼저 내일을 그리고 어제를 발견했다. 인류는 그 두 가지를 아주 오래전 어느 날 밤에 발견했다. 그런데 그때는 현재가 어둠 속에서 숨을 거두기 시작하고 있었다. 현재는 과거와 미래 사이에 끼여서 거의 숨이 막힐 지경이었다. 그날 저녁에 과거와 미래는 점점 부풀어 올라서 하나로 합쳐질 듯했다. 그것이 바로 지금의 상태였다. 과거와 미래라는 두 개의 영원이 한 곳으로 몰려드는 통에 그 사이에 끼여서 현재가 사라지고 있는 것이다. 그리고 브란코비치는 세 번째 죽음을 맞았다. 그의 내부에서 과거와 미래가 충돌을 일으켜 마치 그가 달걀을 으스러뜨려 놓듯이 그를 으스러뜨려 놓는 바로 그 순간에.

갑자기 사무엘 코헨의 꿈은 바싹 마른 강바닥처럼 황폐하게 변했다. 이제는 잠에서 깨어날 시간이었다. 하지만 더 이상 사무엘 코헨의 현실을 꿈꾸어 줄 만한 사람이 아무도 남아 있지 않았다. 브란코비치가 살아 있는 동안, 사무엘 코헨이 그의 현실을 꿈꾸어 주었던 것처럼 말이다. 그러므로 사무엘 코헨에게 일어난 일은 어쩔 수 없는 일이었다.

마수디는 모든 것을 분명하게 볼 수 있었다. 죽음의 덜컥거림으로 변해 버린 사무엘 코헨의 꿈속에서 코헨 주위에 있던 모든 사물들의 이름은 모자처럼 떨어져 내리기 시작했다. 세상은 태초의 제1일에 그랬던 것과 같이 처녀처럼 순수한 채로 남아 있었다.

사무엘 코헨을 둘러싼 사물들 위에서, 오직 1부터 10까지의 숫자와 동사를 가리키는 알파벳 문자들만이 황금빛 눈물처럼 반짝거렸다. 바로 그때였다. 사무엘 코헨이 십계명의 숫자들 역시 동사라는 사실을 깨달은 것은. 모든 언어를 차츰 잊어버린다 하더라도 이 숫자들만은 마지막까지 기억해야 하며, 심지어 십계명 그 자체는 기억 속에서 사라져 버린다 하더라도 이 숫자들만은 메아리로 남아 있어야만 한다.

그 순간 사무엘 코헨은 그의 죽음 속에서 깨어났다. 동시에 마수디 앞에 놓여 있던 길이 사라졌다. 지평선 위로 장막이 내려졌기 때문이다. 장막 위에는 야복 강에서 떠온 물로 다음과 같이 적혀 있었다.

〈당신의 꿈은 밤 속의 낮이므로.〉

주요 문헌: 『하자르 사전: 종교 논쟁에 대한 토의』, 작자 미상, 요하네스 다우브마누스 편, 1691. 사무엘 코헨의 조상에 대해서는 『아날리 역사학회지』에 실린 다음 논문을 볼 것. M. 팬틱, 『*Sin vjerenik jedne matere*』(두브로브니크: 유고슬라비아 아카데미, 1953). vol. 2. pp. 209~216.

다우브마누스, 요하네스
DAUBMANNUS, JOANNES (17세기)

출판계의 요하네스 다우브마누스. 폴란드인 출판업자.

17세기 초반에 프로이센에서 폴란드어-라틴어 사전을 출판했다. 하지만 똑같은 이름이 또 다른 사전의 표지에도 실려 있는데, 바로 1691년에 『하자르 사전: 종교 논쟁에 대한 토의』라는 제목으로 출판된 책이다. 그러므로 이 사전을 처음으로 출판한 사람은 다우브마누스인 셈이며 독자들이 지금 손에 들고 있는 사전은 두 번째 판이다. 그다음 해인 1692년에 종교 재판소에서는 다우브마누스판 『하자르 사전』을 파기하라는 명령을 내렸다. 하지만 그중에서 두 권이 용케 그러한 운명의 손아귀를 빠져나와 세상에 돌아다녔다. 다우브마누스는 하자르 문제에 대한 세 가지 사전을 편찬하기 위해 아마 동방 정교회의 수도사에게서 자료를 얻었을 것이다. 하지만 다우브마누스 자신이 여기에 더욱 많은 자료를 추가해 넣었으므로 그는 『하자르 사전』 출판자일 뿐만 아니라 편집자이기도 하다. 이러한 사실은 사전에 사용된 언어를 보면 알 수 있다. 라틴어로 된 부록은 아마 다우브마누스가 썼을 것이다. 수도사가 라틴어를 알았을 리는 없기 때문이다. 하지만 사전 자체는 세르비아어뿐만 아니라 아랍어, 히브리어, 그리스어로도 인쇄되었다. 출판자가 입수한 원문을 그대로 실은 것이다.

한 독일 자료에는 1691년에 『하자르 사전』을 출판한 다우브마누스는 17세기 전반부에 폴란드어 사전을 출판한 다우브마누스와 같은 인물이 아니라는 주장이 있다. 이 프로이센 자료에 따르면 두 사람 중에서 더 늦게 태어난 다우브마누스는 아주 어릴 때 걸린 병 때문에 불구가 되었다고 한다. 그 당시에 이 사람은 요하네스 다우브마누스라고 불리지 않고 야곱 탐 다비드 벤 야히아라는 진짜 이름으로 불렸다.

「밤낮으로 저주를 받을지어다.」

이것은 물감과 염료를 파는 여자가 야곱에게 던진 말이라고 한다. 무엇 때문에 그런 악담을 내뱉었는지는 알려지지 않았지만, 그 악담은 효과가 있었다.

아다르[22]의 첫 번째 달이 뜨기 시작할 무렵에 소년은 눈을 맞으면서 집으로 돌아왔는데 몸이 사브르 검처럼 굽어 있었다. 소년은 그때부터 줄곧 한쪽 팔을 땅에 질질 끌고 다녔으며 다른 한쪽 손으로는 머리를 잡고 있었다. 머리가 똑바로 얹혀 있지 않았기 때문이었다. 그런 이유로 인해 야곱은 출판 일을 하게 되었다. 머리를 어깨에 기대고 일해도 별다른 지장이 없었던 것이다. 사실 그런 자세는 어떤 면에서 아주 유용했다. 야곱은 미소를 지으면서 이렇게 말했다.

「어둠은 빛과 같아.」

그는 연장자 요하네스, 즉 진짜 다우브마누스 밑에 고용되었으며, 이 일을 결코 후회하지 않았다. 아담이 각 요일에 세례를 주고 이름을 붙인 것처럼 야곱은 책을 묶는 일곱 가지 기술에 각각 이름을 붙였다. 그리고 나무 상자 속에서 글자를 꺼내며 노래를 불렀는데, 글자마다 하나씩 다른 노래가 있었다. 사람들은 그런 모습을 보면서 야곱이 고통과 싸우고 있다는 생각은 하지 못했을 것이다.

하지만 바로 그 무렵에 유명한 치료사가 프로이센을 지나가게 되었다. 그 치료사는 엘로힘이 어떻게 아담과 아담의 영혼을 서로 맺어 주었는지 그 방법을 알고 있는 몇 안 되는 사람 가운데 한 명이었다. 그래서 연장자 다우브마누스는 자기가 데리고 있던 야곱 탐 다비드를 이 치료사에게 보내 병을 고치도록 했다. 야곱은 그 당시에 이미 성장한 청년이었다. 야곱은 환한 미소를 짓곤 했는데, 사람들은 그것을 〈간을 잘 맞춘〉 미소라고 불렀다.

---

22 유대 종교력으로 열두 번째 달. 태양력으로는 2~3월에 해당한다.

그는 양쪽 다리에 다른 색깔의 스타킹을 신었으며, 엘룰 달[23]에는 암탉이 알을 낳기 바쁘게 아궁이 위에서 달걀 부침을 해 먹었다. 그리고 여름이 되면 굴뚝의 환기통에 달걀을 보관했다. 칼로 빵을 자르다 말고 치료사에게 가라는 말을 들었을 때, 야곱의 눈빛이 칼날에 번뜩였다. 야곱은 콧수염을 묶어서 매듭을 짓고 한쪽 손으로 머리를 받쳐 든 채, 황급히 달려 나갔다. 그가 얼마나 오랫동안 외국에 머물러 있었는지는 알 수 없다. 햇빛이 밝게 빛나는 어느 날 야곱 탐 다비드 벤 야히아는 독일에서 돌아왔다. 그는 튼튼했고 허리가 꼿꼿했으며 키가 훤칠했다. 그리고 이름도 새로운 것이었다. 자신의 은인인 다우브마누스의 이름을 받은 것이다. 다우브마누스는 꼽추로 떠나보냈던 이 젊은이를 기쁘게 환영하면서 이런 말을 했다.

「우리는 영혼의 절반에 대해서는 이야기할 수가 없네. 만약 그럴 수 있다면, 절반은 천국에, 나머지 절반은 지옥에 가져다 놓을 수 있겠지. 자네는 그럴 수 없다는 것을 보여 주는 산 증인이야.」

젊은 다우브마누스는 새로운 이름을 가지고 새로운 삶을 시작했다. 그렇지만 에르델리의 접시 바닥이 이중으로 되어 있듯이 젊은 다우브마누스의 삶도 양면적이었다. 그는 여전히 옷차림에 신경을 썼으며, 시장에 나갈 때는 두 개의 모자를 가져갔다. 하나는 허리춤에 차고 또 다른 하나는 머리에 쓰고 가다가 적당한 시기에 모자를 바꾸어 썼는데, 좀 더 멋있게 보이기 위해서였다. 젊은 다우브마누스는 실제로 잘생긴 청년이었다. 그의 아마빛 머리카락은 이야르 달에 자라났다. 그리고 시반 달[24]에 각기 다른 30일이 있는 것처럼 그에게

---

23 유대 종교력으로 여섯 번째 달. 태양력으로는 8~9월에 해당한다.
24 유대 종교력으로 세 번째 달. 태양력으로는 5~6월에 해당한다.

도 여러 가지 매력적인 얼굴이 있었다. 사람들은 다우브마누스가 결혼할 때가 된 것이라고 생각했다. 하지만 그가 건강을 되찾고 난 뒤로는, 눈에 익은 그 미소가 얼굴에서 완전히 떠나 버렸다. 매일 아침 출판사에 들어갈 때마다 그가 혹 불어 날려 버리곤 했던 그 미소는 저녁 무렵이면 예전과 마찬가지로 강아지처럼 출판사 문 앞에서 다우브마누스를 기다리고 있었지만, 그는 마치 가짜 콧수염을 붙이듯이 날아가는 미소를 윗입술에 억지로 붙여 놓곤 했다.

사실 다우브마누스는 그런 방식으로 자신의 미소를 닳아 없애고 있었다. 소문에 의하면 웅크린 등을 펴고 똑바로 서게 되자, 이 출판업자는 두려움에 사로잡혔다고 한다. 이제 그가 서서 세상을 바라보게 된 높은 시야, 좀처럼 인식하기 힘든 새로운 각도에서 보는 풍경들, 특히 한때 이 거리에서 가장 키가 작은 사람이었던 그가 다른 사람들과 동등해졌을 뿐 아니라 심지어 탑처럼 우뚝 솟아오른 것, 이런 저런 것들이 그를 두렵게 했다는 소문이 파다했다.

거리를 떠도는 이런 소문 밑으로는 한층 더 심각한 다른 소문이 흐르고 있었다. 은밀하게 속삭이는 그 소문은 강바닥에 가라앉은 모래만큼이나 무거운 것이었다. 이런 소름끼치는 이야기들 가운데 하나를 들어 볼 것 같으면, 다우브마누스가 예전에 몹쓸 병에 걸려 있으면서도 젊고 쾌활하고 활기찬 모습을 유지할 수 있었던 것은 그럴 만한 이유가 있었다는 것이다. 그는 등이 툭 불거져 나오고 몸이 굽었던 만큼 얼굴을 숙여서 자기 자신의 성기를 빨 수 있었다는 것이다. 그래서 남자의 정액이 여자의 젖과 맛이 비슷하다는 것을 알게 되었다고 한다. 그는 이런 식으로 계속 원기를 회복했는데, 일단 똑바로 서게 되고 키가 커지자, 이것이 불가능하게 되었다는 것이다.

이런 종류의 이야기들은 한 사람의 과거를 그 사람의 미래 만큼이나 불투명한 것으로 만든다. 하지만 젊은 다우브마누스가 병이 나은 이후로는 작업장에서 같이 일하는 남자아이들에게 종종 유별난 장난을 치는 것을 누구나 볼 수 있었다. 그는 잠시 동안 하던 일을 멈춘 다음, 한쪽 손을 바닥에 대고 다른 쪽 손으로는 머리카락을 쥐고 머리를 똑바로 세우곤 했다. 그제야 바로 그 간을 잘 맞춘 미소가 그의 얼굴에 퍼져 나갔으며, 예전에 벤 야히아였던 그 젊은이는 아주 오랫동안 부르지 않았던 노래를 큰 소리로 부르곤 했다. 무슨 일이 벌어진 것인지 짐작하기란 어려운 일이 아니었다. 출판사에서 일하던 젊은이는 병을 치료받기 위해 훨씬 값진 것들을 포기해야만 했던 것이다.

「독일은 마치 소화되지 않은 점심처럼 내 꿈속으로 돌아온다.」

다우브마누스가 괜히 이런 말을 한 것은 아니었다. 가장 나쁜 점은 그가 더 이상 출판사 일을 즐기지 않는다는 사실이었다. 그는 소총에 인쇄용 활자를 채워서 사냥을 나가곤 했다. 하지만 하나의 강을 따라 흐르던 물을 두 개의 강으로 갈라놓은 바위처럼 결정적인 순간이 다시 찾아왔다.

다우브마누스는 우연히 어떤 여인과 마주치게 된다. 그 여인은 아주 먼 곳에서 찾아왔으며 터키 지배하에 있던 그리스의 유대 여인들처럼 보라색 옷을 입고 있었는데, 한때 카발라 근처에서 치즈를 만들던 루마니아인의 미망인이었다. 그녀는 길에서 그의 시선을 사로잡았다. 두 사람의 마음이 눈길을 통해 서로 만났다. 다우브마누스가 그녀를 향해 두 개의 손가락을 뻗자, 여인은 이렇게 말했다.

「율법으로 금할 만큼 정결하지 않은 새들은 나뭇가지에 앉을 때 발가락을 세 개와 한 개로 갈라서 잡지 않고 두 개씩 잡기 때문에 곧 알아볼 수 있지요.」

여인은 이렇게 말하고는 그를 거부했다. 이것은 마지막 지 푸라기였다. 젊은 다우브마누스는 완전히 목이 잘린 셈이었 다. 나이 많은 다우브마누스가 갑자기 죽었을 때, 그는 이미 모든 것을 버리고 마을을 떠나기로 마음을 굳힌 상태였다.

그러던 어느 날 저녁 기독교 수도사가 출판사로 들어왔다. 그 출판사를 상속받은 사람은 젊은 다우브마누스였다. 수도 사는 배낭에 양배추 세 포기를 꽂은 쇠꼬챙이와 베이컨을 갖 고 있었다. 수도사는 난로 주위에 자리를 잡고 앉았다. 솥에 서는 물이 끓고 있었다. 수도사는 끓는 물에 소금과 베이컨을 던져 넣더니 양배추를 썰면서 이렇게 말했다.

「내 귀는 신의 말씀으로 가득하고 내 입은 양배추로 가득 합니다.」

그 사람의 이름은 니콜스키[A]였으며, 한때 모라바 강변의 성 니콜라스 수도원에서 서기로 일했다. 모라바 강은 오래전 에, 술의 신 바쿠스를 섬기던 광란의 여자들이 오르페우스[25] 를 갈가리 찢어 넣었던 바로 그 강이다. 니콜스키는 다우브마 누스에게 내용이 다소 이상한 책을 출판하고 싶지 않느냐고 물어보았다. 그 내용을 본다면 아무도 선뜻 출판하지 못할 그런 책이라고 말했다.

연장자 다우브마누스나 옛날의 벤 야히아라면 두말할 것 도 없이 그런 제의를 거절했을 것이다. 그러나 젊은 다우브마 누스는 어리둥절한 가운데서도 이것이 자기에게 하나의 기 회가 될 수 있을 것이라는 사실을 깨달았다. 그는 그 제안에 동의했고, 니콜스키는 기억에 남아 있는 사전의 내용을 받아 서 쓰기 시작했는데, 일주일이 되던 날 아침에 책 내용을 전부

---

25 하프의 명수로 알려진 그리스 신화의 인물.

다 기록했다. 그렇게 하는 동안 니콜스키는 줄곧 앞니로 양배추를 씹어 먹었는데 앞니가 유난히 길어서 코에서 자라난 것처럼 보일 정도였다.

다우브마누스는 원고를 받자 읽어 보지도 않고 식자공에게 넘기면서 이런 말을 했다.

「지식은 썩기 쉬운 상품이야. 눈 깜짝할 사이에 상하기도 하지. 다가올 미래처럼 말이야.」

식자공이 작업을 마치자마자 다우브마누스는 독약을 탄 잉크로 한 부를 찍어 낸 다음, 그 자리에 앉아서 사전을 읽기 시작했다. 사전을 읽어 나감에 따라 독 기운은 점점 더 강해졌고 그의 몸은 점점 더 뒤틀렸다. 책에 나오는 자음 한 글자 한 글자가 그의 몸 어느 한 부분을 사정없이 때리는 것 같았다.

얼마 있지 않아서 다시 등이 불거져 나왔다. 다우브마누스의 뼈는 오래전에 그의 창자를 구속하던 그 본래의 모습으로 돌아갔다. 그가 책을 읽는 동안, 그의 창자는 어릴 적부터 익숙하던 위치로 되돌아갔다. 건강의 대가로 치러야 했던 고통이 이제 가라앉았다. 그의 머리는 다시 한 번 왼쪽 손바닥으로 떨어져 내렸고, 그렇게 하는 동안 오른손은 땅바닥으로 떨어졌다. 오른손이 땅바닥에 가닿자 그의 얼굴은 예전처럼 다시 밝아졌고, 지난 세월 동안 잃어버린 행복의 미소가 환하게 빛을 발했다. 그리고 얼마 있지 않아서 다우브마누스는 죽었다. 기쁨으로 가득 찬 미소 속에, 그가 마지막으로 읽은 구절이 입 밖으로 튀어나왔다.

「*Verbum caro factum est.*」[26]

---

26 이 문장은 〈말이 곧 육신이 된다〉는 의미를 담고 있다. 독이 묻은 판본을 읽으면 온몸이 마비되고 심장에 말뚝을 박아 넣은 것처럼 몹시 답답한 기분이 되다가, 이 부분에서 죽음을 당하게 된다.

할레비, 유다
HALEVI, JUDAH(아랍어로는 〈작은 할레비〉라는 뜻의 아불하산 알 라비. 1075~1141)

하자르 논쟁▽을 기록으로 남긴 사람들 가운데 유대인으로서는 대표적인 인물. 스페인의 3대 유대 시인 가운데 한 사람으로 꼽힌다.

유다 할레비는 투델라의 남부 카스티야 지방에서 태어났으며 아버지 사무엘 할레비의 뜻에 따라 무어인[27]이 지배하던 스페인에서 다방면에 걸친 교육을 받았다. 할레비는 나중에 이런 기록을 남겼다.

세상에 지혜는 단 하나뿐이다. 온 우주를 뒤덮을 만한 지혜라 하더라도, 가장 하잘 것 없는 미물의 몸 안에 들어 있는 지혜보다 눈곱만큼이라도 더 나을 것이 없다. 다만 우주의 지혜는 순수한 물질로 구성되어 있으며 이 물질은 영원불변하고 그 종류도 몹시 다양한데, 이러한 우주의 지혜는 오로지 창조주의 손에 의해서만 파괴될 수 있다는 점에서 다를 뿐이다. 반면 동물을 구성하는 물질은 갖가지 영향에 좌우되기 때문에 동물의 지혜 역시 열과 추위 등 그들의 상태에 영향을 줄 수 있는 모든 것에 의해 좌우된다.

할레비는 루세나에 있는 이삭 알파지의 탈무드 학교에서 의학을 공부했고 카스티야어와 아랍어를 할 줄 알았다. 할레비는 아랍어로 철학을 공부했는데, 그 당시 철학은 고대 그리스의 영향을 받고 있었다. 할레비는 철학에 대해 다음과 같이 썼다.

색깔은 있지만 열매는 없다. 정신에 양식을 주지만 감정에는 아무것도 주지 않는다.

---

27 일반적으로 스페인의 이슬람교도를 지칭하는 말.

그래서 할레비는, 철학자는 결코 예언자가 될 수 없다고 믿었다. 할레비는 직업이 의사였지만, 문학과 유대인의 전통 마술에도 상당한 열의를 보였다. 스페인의 여러 지방으로 옮겨다니면서 그 당시의 시인, 랍비, 학자들과 친분을 유지했다. 할레비는 여성의 신체 기관은 남성의 신체 기관을 뒤집어 놓은 것이며, 성서에도 그런 이야기가 나오지만 단지 좀 다른 방식으로 이야기하는 것뿐이라고 강력히 주장했다.

「남자는 알레프이며 멤이고 신[28]이다. 여자는 알레프며 신이고 멤이다. 바퀴는 앞으로 돌고 뒤로 돈다. 위에서는 기쁨보다 더 좋은 것이 없으며 아래에서는 부당함보다 나쁜 것이 없다.」

탈무드의 전문가인 할레비는 신의 이름에 나타나는 두운의 기원을 더듬어 올라간 결과, 현대 성경의 주석자들로 하여금 〈J〉와 〈E〉의 출처에 대한 윤곽을 잡을 수 있도록 해주었다. 할레비는 이렇게 말했다.

「모음은 육체라고 하는 자음의 영혼이다.」

할레비는 시간에 매듭이 있다고 경고했다. 이것은 세월에 심장이 있다는 뜻인데, 이 심장은 시간과 공간 그리고 인간의 리듬에 맞춰 고동친다. 또한 이 매듭과 조화를 이루는 행동이나 일은 시간과 화음이 맞는다. 할레비는 여러 사물들 사이의 차이점은 각 사물의 본질에서 유래한다고 믿었다. 어떤 사람은 이런 의문을 가질 것이다.

「그분은 어째서 나를 천사로 창조하지 않았을까?」

그렇다면 벌레도 역시 이렇게 물을 권리가 있다.

「어째서 나를 인간으로 창조하지 않으셨습니까?」

할레비는 열세 살 이후로, 과거는 고물에 앉아 있고 미래는

---

28 알레프, 멤מ, 신שׁ은 모두 히브리어 알파벳의 이름이다.

뱃전에 앉아 있으며 배는 강보다 빠르고 심장은 배보다 빠르지만, 그러한 것들이 모두 같은 방향으로 움직이는 것은 아니라는 사실을 알고 있었다. 할레비가 쓴 것이라고 믿어지는 1천 편의 시가 지금까지 전해 내려온다. 할레비가 친구들에게 보냈다는 편지도 시와 함께 남아 있는데, 그중에서 친구에게 보내는 어떤 편지에는 이런 말이 적혀 있다.

「음식을 한입 가득 베어 물고 있는 사람은 자신의 이름을 말할 수 없을 것이다. 이름을 말하면 입안에 물고 있던 것이 더 써질 것이다.」

할레비는 카스티야에서 코르도바로 옮겨 갔다. 그 당시 코르도바는 아랍인이 장악하고 있었는데, 이 지역에서는 수세기 동안이나 하자르 민족에게 관심을 가지고 있었다. 할레비는 의사로 일했으며, 바로 이곳에서 초기 시 가운데 상당 부분을 썼다. 그는 아랍 작시법에 따라 시를 지었으며 시행의 첫 글자나 끝 글자를 맞추면 자신의 이름이 되는 시를 지었다.

「나는 폭풍우에 파도가 일렁이는 바다다.」

할레비는 자신에 대해 이렇게 썼다. 할레비의 시 모음집이 튀니스에서 발견되었는데, 이것은 나중에 다른 자료를 가지고 완성한 원고였다. 18세기에 헤르더와 멘델손이 할레비의 작품을 독일어로 번역했다. 1141년에 할레비는 그 유명한 하자르 관련서 『키탑 알 하자리』를 집필했다. 이 책의 첫 부분에는 하자르 카간▽의 궁전에서 이슬람 의사, 기독교 철학자, 유대 랍비가 한 꿈의 의미에 대해 논쟁을 벌인 것에 대해 설명하고 있다. 토론 참가자들 가운데 그 뒷부분까지 계속 등장하는 사람은 랍비와 하자르 카간 두 명뿐이다. 〈유대인의 믿음을 옹호하는 일에 대한 주장과 근거를 담은 책〉이라는 부제목에서 말하고자 하는 바가 바로 그것이다.

이 책을 쓰는 동안, 할레비는 이 책의 주요 인물과 똑같은 행동을 했다. 스페인을 떠나서 동방으로 가기로 결정한 것이다. 예루살렘에 가보고 싶었기 때문이었다. 당시 할레비는 이렇게 심정을 적었다.

〈내 마음은 항상 동방을 동경한다. 하지만 나는 멀리 서쪽에 뿌리박혀 있다……. 오, 지상의 보배여, 세상의 기쁨이여. 나는 얼마나 너에게로 이끌리는지……. 더 이상 너의 제국이 존재하지 않는다고 해도, 다른 사람의 병을 낫게 해주던 향유는 사라지고 이제는 전갈과 뱀들만이 득실거린다고 하더라도…….〉

할레비는 여행 도중에 그라나다와 알렉산드리아, 티레, 다마스쿠스를 지나갔다. 전설에 따르면 할레비가 지나가는 모래 위에 뱀들이 자기들의 흔적을 남겼다고 한다. 할레비의 시 가운데 가장 완숙미가 돋보이는 것들은 모두 다 이 여행 도중에 나왔다. 그 유명한 「시온의 노래」도 이 무렵에 쓴 것이다. 지금도 성부의 날이면 예배당에서 이 시가 낭송된다. 할레비는 본래 자신의 고향 땅의 성스러운 기슭에 당도하여 손만 뻗으면 목적지에 닿을 수 있는 곳에서 죽었다. 전하는 바에 따르면 예루살렘이 할레비의 눈에 막 들어왔을 때, 사라센 기병들이 그를 짓밟고 지나갔고 할레비는 그 자리에서 죽었다고 한다. 기독교와 이슬람교 사이의 충돌에 대해서 할레비는 이렇게 적었다.

동방에서도 서방에서도 평화가 깃든 항구를 찾아볼 수 없네. 이스마엘[29]이 승리하거나 에돔[30]이 승리를 하더라도…….

---

29 아브라함과 하갈 사이의 아들. 이스마엘은 추방한 사람을 대표하고 있다.
30 이삭의 장남 에서의 다른 이름이다. 눈앞의 이익을 위해 영속적인 권리를 버리는 사람을 가리킨다.

기독교도들은 우위를 지킬 것이며 나의 운명은 변함없이 고통을 견디어 나가는 것이리라.

할레비의 비석에 다음과 같은 비문이 새겨져 있었다는 전설이 있다.

아, 믿음이여!
아, 고귀함이여! 겸손함이여! 지혜여!
모두 어디로 날아가 버렸을까?
우리는 이 비석 아래 누워 있다.
우리는 무덤 속에서조차 유다[31]와 떨어질 수 없다.

할레비는 이런 속담을 증명한 셈이다.
〈모든 길은 팔레스타인으로 향하지만, 팔레스타인에서 나오는 길은 그 어디에도 없다.〉

할레비는 그 유명한 하자르 민족 관련서를 아랍어로 집필했다. 1167년에는 티본家과 유다 벤 이삭 추기경이 아랍어 원본과 히브리어 번역본의 복사본을 몇 차례 더 출간했다.

1547년과 1594년에 베네치아에서 출판된 히브리어 번역본(특히 1594년판)은 검열을 거치면서 삭제된 부분이 많지만, 유다 무스카토의 해설이 포함되어 있으므로 중요한 판으로 인정된다.

17세기 무렵에 존 북스토르프는 할레비의 하자르 민족 관련서를 라틴어로 번역했다. 이 라틴어 번역본을 통해 유럽인들 사이에 널리 퍼져 나간 것은 바로 검열을 마친 1594년 판본이다. 이 판에서는 하자르 논쟁에 참여한 유대 측 대표 이

---

31 야곱의 아들.

삭 상가리㉿의 주장이 이슬람 및 기독교 대표자들과 서로 상치된 것처럼 기록되어 있다. 하지만 이 검열을 거친 판본의 서문에는 할레비가 다음과 같은 글을 쓴 일이 있다는 주장이 실려 있다.

「나는 종종, 우리와 다른 견해를 가진 철학자들과 우리와 다른 믿음을 가진 민족들(기독교도들을 제외한) 그리고 일반적으로 받아들여지고 있는 유대교의 믿음으로부터 이탈해 나간 이단자들에게 어떤 주장을 펼치고 어떤 대답을 해줄 수 있겠느냐는, 그리고 4백 년 전에 유대교를 받아들인 하자르 왕과 논쟁을 벌인 한 학자가 제시한 견해와 증거에 대해서 들은 이야기를 기억하고 있느냐는 질문을 받곤 한다.」

괄호 속에 들어 있는 〈기독교도들을 제외한〉이라는 말은 검열 문제로 나중에 삽입해 넣은 것이 분명하다. 왜냐하면 그 말과는 달리 할레비는 그의 책에서 기독교 신앙에 대해 이야기하고 있기 때문이다. 할레비는 세 가지 종교(기독교, 이슬람교, 유대교)에 대해 이야기하면서 나무의 이미지를 통해 세 종교를 상징적으로 표현했다.

할레비는 그 나무의 나뭇가지에는 기독교와 이슬람교라는 잎과 열매가 매달려 있지만, 뿌리는 유대교라고 했다. 더욱이 논쟁에 참여한 기독교 대표의 이름은 삭제했음에도 불구하고 그에 대한 호칭(철학자)은 그대로 남겨 두었다. 유대 측 자료와 기독교 측(그리스) 자료에서는 기독교 대표를 철학자라고 부르는데, 철학자라는 이 용어는 사실 비잔틴의 대학교에서 사용하는 직함으로 일반적인 의미로 받아들여서는 안 된다.

존 북스토르프가 라틴어로 번역한 바젤 판본의 할레비 책은 대단한 인기를 얻었으며, 출판자는 이 책의 출판과 관련해서 여러 통의 편지를 받았다. 1691년 다우브마누스는 그의 『하자르 사전』에 그 당시 할레비의 책에 대한 견해를 밝힌 사람들 중에는 사무엘 코헨^{XX}이라는 유대인도 있었다고 적었다. 라틴어 판본이 나온 이후로 스페인어, 독일어, 영어 번역본이 뒤를 이었다. 1887년 라이프치히에서는 아랍어 원본과 히브리어 번역본을 비교해 평을 실은 판본까지 나왔다. 히르슈펠트는 영혼의 속성에 대해 논의하면서 할레비가 사용한 자료 가운데 하나는 이븐 시나의 글이라고 언급했다.

얼마 지나지 않아서 할레비는 너무나 유명해져서 많은 사람들이 할레비에 대한 전설을 이야기하게 되었다. 할레비에게는 아들은 없고 딸만 하나 있었는데, 그 딸의 아들이 다시 할아버지의 이름을 물려받았다고 한다. 그러므로 러시아계 유대인 백과사전에 따르면, 할레비의 딸이 저명한 과학자 아브라함 벤 에즈라와 결혼했다는 이야기는 사실이 아님을 알 수 있다. 왜냐하면 에즈라의 아들의 이름은 유다가 아니기 때문이다. 이 이야기는 시몬 아키바 벤 조셉이 이디시어로 쓴 『마제 하 솀*Maseh ha Shem*』에 실려 있다. 그 책에 실린 내용을 그대로 받아들인다면, 톨레도에 살고 있던 유명한 문법 학자이자 시인이었던 아브라함 벤 에즈라는 하자리아에서 할레비의 딸과 결혼했으며, 1167년에 죽었다. 다우브마누스는 그 결혼에 관한 다음과 같은 전설을 인용하고 있다.

아브라함 벤 에즈라는 해변의 작은 집에 살았다. 집 주위에는 언제나 향기로운 식물이 자라고 있었다. 바람은 그 향기를 흩어 놓을 수 없었기 때문에 양탄자처럼 여기저기 끌고 다녔다. 어느 날 밤 아브라함 벤 에즈라는 그 향기가 바뀌었다는 사실을 깨닫고 두려움에 사로잡혔다. 처음에 에즈라의 마음속에 있던 두려움의 깊이는 에즈라의 가장 어린 영혼 정도였다. 그러다가 그것은 에즈라의 중년으로 그리고 가장 나이가 많은 영혼으로까지 내려갔다. 마침내 두려움은 벤 에즈라의 영혼보다 더욱 깊어졌고, 그는 더 이상 집 안에서 그 두려움을 참고 있을 수 없었다. 에즈라는 어디론가 떠나고 싶었다. 하지만 문을 열어 보니 밤사이에 현관 통로를 가로질러 거미줄이 생겨나 있었다. 그것은 색깔이 붉다는 것 이외에는 여느 거미줄과 다를 바가 없었다. 에즈라는 거미줄을 걷어 내려다 말고 문득 그것이 누군가의 머리카락으로 아름답게 쳐놓은 거미줄이란 사실을 알게 되었다. 에즈라는 그 머리카락의 주인을 찾아 헤매기 시작했다.

그는 아무런 단서도 찾아낼 수 없었지만, 시내에서 아버지와 함께 걸어가는 외국 여인을 보았다. 그 여인은 머리카락이 길고 붉은색이었지만 벤 에즈라에게 눈길조차 주지 않았다. 그다음 날 아침 벤 에즈라는 또다시 두려움을 느꼈고 또다시 문간에 붉은 거미줄이 쳐져 있는 것을 발견했다. 그날 그는 그 여인을 다시 만났고, 마삭나무 꽃 두 다발을 건넸다.

그 여인은 미소를 지으며 물었다.

「당신은 나를 어떻게 찾아냈나요?」

「즉시 알아차렸습니다. 내 안에 하나의 두려움이 아니라 세 개의 두려움이 있다는 사실을.」

문헌: 할레비 책의 라틴어 번역본 바젤 판본(리베르 코즈리, 바질라에, 1660)에 붙은 존 북스토르프의 서문. 『하자르 사전: 종교 논쟁에 대한 토의』(요하네스 다우브마누스 판본, 1691) 이것은 파기된 판본이다. 『에브레이스카야 백과사전 Evreiskaya enciklopedia』(상트페테르부르크, 1906~1913, vol. 1, pp. 1~16)에는 할레비에 대한 광범위한 논문과 문헌 목록이 포함되어 있다. J. 할레비, 『쿠자리 The Kuzari(Kitab al Khazari)』 뉴욕, 1968, pp. 311~313)에는 주요 문헌 목록이 실려 있다. 가장 최근에는 두 가지 언어로 된 시집이 1973년 뉴욕 아르노 출판사에서 출간되었다. 『유대 백과사전』(예루살렘, 1971)도 있다.

카간
KAGHAN

하자르 군주에 대한 호칭. 히브리어 〈코헨*cohen*〉에서 왔는데 〈코헨〉은 〈사제〉라는 뜻이다.

하자르 제국이 유대교를 받아들이고 난 이후에 최초로 카간 자리에 오른 사람은 사브리엘이었으며 그의 아내는 세라였다. 하자르 논쟁▽이라는 무대를 마련하고 자신의 궁전에 유대인, 그리스인, 아랍인을 불러다가 꿈을 해석하도록 했던 카간의 이름은 아직까지도 알려지지 않았다. 다우브마누스가 인용한 유대 자료에 따르면 하자르 민족이 유대교로 개종하기 이전에 카간은 딸이거나 여동생이었을 아테▽ 공주에게 자신의 꿈을 자세히 들려주었다고 하는데, 그 내용은 다음과 같다.

「나는 책을 읽으면서 허리까지 차오른 물을 건너가고 있었지. 그것은 바로 쿠라 강물이었어. 바닥은 진흙투성이였고 물풀이 자라고 있었지. 그 물을 마시려면 머리카락이나 턱수염으로 입을 가려, 걸러 내야만 했어. 커다란 파도가 다가오면 나는 책을 높이 들어 물에 젖지 않도록 한 후에 다시 읽었지. 깊은 곳이 얼마 남지 않았기 때문에, 그 전에 나는 책을 다 읽어야 했지. 그 순간 천사가 나타났어. 천사의 손 위에는 새가 한 마리 앉아 있었지. 천사는 나에게 이런 말을 했어. 〈주님은 당신의 행동에 기뻐하시지 않고 당신의 속마음에 기뻐하십니다.〉 나는 잠에서 깨어났어. 눈을 뜬 다음에도 나는 허리까지 차올라 온 물속에 있었지. 물풀이 가득하고 진흙이 뒤섞인 바로 그 쿠라 강이었지. 나는 같은 책을 손에 쥐고 있고 내 앞에는 꿈에서 본 천사가 서 있었지. 같은 천사에 같은 새였어. 나는 재빨리 눈을 감았지만 강과 천사, 새, 그 밖에 다른 모든 것이 다 그대로 거기에 있었지. 나는 다시 눈을 떴어. 그래도 여전히 똑같은 거야. 정말 끔찍했어. 나는 손에 들고 있던 책에서 이런 글을 읽었지. 〈신발을 신은 자가 으스대지 않도록 하라.〉 거기에서 나는 눈을 감았지만, 그다음 문장이 계속 눈앞에 보였지. 〈신발을 벗어 버린 사람처럼……〉 바로 그 순간에 천사의 손에 앉아 있던 새가 날아가 버리고 난 비로소 눈을 떴어. 나는 새가 하늘 높이 날아 올라가는 모습을 보았어. 그리고 나는 이제 더 이상 진실 앞에서 눈을 감아 버릴 수 없다는 사실을 깨닫게 되었지. 눈을 가리고 있는 자에게는 구원이 없으며, 꿈도 현실도 없으며, 깨어나는 것도 잠이 드는 것도 없다는 것을. 모든 것은 하나고, 똑같은 모습으로 계속되는 시간과 이 세상이 뱀처럼 우리를 빙글빙글 감싸고 있다는 것을. 그때 나는 광대하고 머나먼 행복이, 아주 작지만 가까이 있는 것을 보았어. 위대한 대의는 공허한 것이며, 작은 대의는 나의 사랑이라는 것을 이해하게 되었던 거야……. 그리고 나는 하던 일을 했지.」

하자르 민족
KHAZARS
7세기부터 10세기 사이 캅카스 지방에 정착해 살았던 매우 용맹스러운 민족으로 강력한 국가를 세웠다. 그들의 배는 카스피 해와 흑해를 돌아다녔고 물고기만큼이나 많은 수의 바람이 있었다. 세 개의 수도[32]가 있었고, 세월은 소나무처럼 높이 자랐다. 그들은 오늘날 우리에게는 알려지지 않은 신앙을 설파했다. 소금을 숭배해서 지하의 암염이나 소금 언덕에 자신들의 신전을 새겨 넣었다. 할레비☆에 따르면, 하자르 민족은 740년에 유대교를 받아들였고 하자르의 마지막 카간인 요셉[33]은 스페인

32 하자르 민족은 여름철에 사용하는 수도와 겨울철에 사용하는 수도 그리고 전쟁이 벌어지면 사용하는 수도를 따로 가지고 있었다. 카간은 통치 기간 동안 세 개의 수도를 번갈아 가면서 사용했다. 전쟁이 벌어지면 사용하던 수도는 매우 견고한 요새 도시였다.
33 아랍식 이름은 유수프.

계 유대인과 교류를 갖기도 했다. 왜냐하면 그는 땅이 인간에게 악담을 퍼붓고 그 저주의 말로 배를 바다 속으로 몰아 버리는 제7일에 항해를 했기 때문이다. 이러한 관계는 러시아가 하자르의 수도를 점령하고 하자르 제국을 파괴한 970년에 깨져 버렸다. 그 결과로 인해 어떤 하자르 민족은 동유럽의 유대인들과 동화되었으며 또 어떤 하자르인들은 아랍, 터키, 그리스인들과 동화되었다. 그래서 오늘날 우리는 오직 작은 오아시스 정도 되는 하자르 사람들에 대해서만 알고 있다. 그들은 자신들의 종교나 언어도 없이 동유럽이나 중부 유럽 자치구에서 거주했지만 제2차 세계 대전이 발발하자 완전히 자취를 감추어 버렸다. 히브리어로는 그들을 〈쿠자리 *kuzari*〉라고 부른다.

하자르의 귀족들만 유대교를 받아들였다는 것이 일반적인 정설이다. 하지만 7세기에서 10세기 사이의 판노니아 평원에는 유대 개종의 중심지[34]가 있었는데 때때로 하자르인의 것이라고 추정되기도 한다. 800년 무렵 웨스트팔리아에서 아키텐의 드루트마르는 그들이 할례를 받았으며 모세의 믿음을 따랐고 강성했다는 사실을 강조한다. 12세기에 시나무스는 하자르 민족이 비록 언제나 정통을 따랐다고는 할 수 없지만, 모세의 율법에 따라 살았다고 말했다. 아랍 문헌은 10세기에 이미 유대교를 믿는 카간에 대해서 언급하고 있다.[35]

「하자르 서간집」이라고 알려진 이 문서를 읽어 보면, 하자르 민족에 대해 매우 흥미로운 정보를 얻게 된다. 이 문서는 최소한 두 가지 판본이 전해 내려오고 있는데, 그중 하나가 더욱 상세하게 기록되어 있다. 그러나 학자들이 명확하게 밝

---

34 유고슬라비아의 다뉴브 강 유역에 있는 실라레보를 말한다. 실라레보는 고고학 발굴지로 유명하다.
35 이븐 루스타, 알 이스타흐리, 이븐 하우칼 등의 문헌을 의미한다.

혀내야 할 부분들이 아직 많이 남아 있다. 이 글의 원본은 히브리어로 쓰였으며 옥스퍼드에 보관되어 있는데, 하자르 민족의 요셉 카간과 무어인이 점령한 스페인의 하즈다이 이븐 샤프루트가 주고받은 편지이다. 샤프루트는 10세기 중반에 하자르 카간에게 편지를 보내 다음 질문에 대답해 달라고 부탁했다.

1. 이 세상 어딘가에 유대인의 나라가 있습니까?
2. 유대인들이 어떻게 해서 하자리아까지 가게 되었습니까?
3. 하자르 민족은 어떻게 유대교로 개종하게 되었습니까?
4. 하자르 카간은 어디에서 살고 있습니까?
5. 하자르 카간은 어느 부족에 속합니까?
6. 하자르 카간은 전쟁에서 어떤 역할을 담당합니까?
7. 하자르 카간은 안식일에 전쟁을 잠시 동안 중단합니까?
8. 하자르 카간은 나중에 다가올 세상의 종말에 대해 어떤 정보를 가지고 있습니까?

그 편지의 답장은 하자르 논쟁▽에 대해 설명하고 있는데, 하자르 논쟁은 하자르 민족이 유대교로 개종하기 전에 벌어진 것이다.

이 논쟁과 관련해서 한 가지 자료가 더 있었으나, 그것은 현재 남아 있지 않다. 하자르 민족 관련 사항을 다루면서 다우브마누스▽는 「하자르 사건에 관하여」라는 원고를 인용한다(이 원고는 아마 라틴어로 기록되어 있었을 것이다). 「하자르 사건에 관하여」의 끝 부분을 보면, 이 글 중에서 가장 오래된 부분은 아마 이삭 상가리 랍비가 그 저명한 논쟁에 유대 측 대표로 참가하기 위해 하자르를 향해 떠나기 전에 간단히 읽어 보도록 작성된 보고서와 관련이 있다. 그 글 중에서 지금까지 남아 있는 부분의 내용은 다음과 같다.

〈하자르〉라는 이름에 대하여: 하자르 민족의 국가는 〈카간의 제국〉 혹은 〈카간국〉이라고 불린다. 이 이름은 본래 하자르 제국이란 이름에서 비롯되었다. 카간국보다 전 시대에 속하는 하자르 제국은 칼로 세워진 나라였다. 자기 나라 안에서는 어쩔 수 없이 이 이름으로 불리지만, 하자르 사람들은 언제나 하자르라는 이름을 기피한 채, 뭔가 다른 이름을 사용한다. 그리스인들이 거주하는 크리미아 반도 인근 지역에서는 하자르 민족이 〈비그리스계 주민〉 혹은 〈기독교 공동체에 속하지 않는 그리스인들〉로 알려져 있고, 유대인들이 어느 정도 살고 있는 남부에서는 하자르 민족을 〈비유대 집단〉이라고 부른다. 또한 주민 가운데 일부가 아랍계인 동부에서는 하자르 민족을 〈이슬람화되지 않은 사람들〉이라고 부른다. 외래 종교[36] 중에서 하나를 채택한 하자르 사람들은 더 이상 하자르 민족이라고 불리지 않으며, 그 대신 유대인, 그리스인 혹은 아랍인으로 간주된다. 아주 드문 경우이지만 어쩌다가 하자르 민족의 종교로 개종한 사람들이 있는데, 그런 사람들은 하자르 사회 안에서도 개종 이전의 이름으로 불린다. 다시 말해 그들이 현재 하자르 민족의 믿음을 갖고 있다 하더라도 여전히 그리스인, 유대인 혹은 아랍인 대우를 받는 것이다. 예를 들자면 그리스인들은 어떤 사람이 하자르 민족이었다고 말하는 대신 이런 식으로 말한다.

「카간국에서는 하자르어를 사용하는 사람이 그리스 종교로 개종하지 않았을 경우에 예비 유대인이라고 부른다.」

---

36 유대와 그리스 그리고 아랍 지방에 뿌리를 두고 있는 종교.

하자르 국가 안에서는 하자르 민족의 역사와 서적, 기념물 등에 대해 잘 알고 있으면서 그것들에 대한 이야기를 장황하게 늘어놓으며 칭찬을 아끼지 않는 유식한 유대인이나 그리스인, 아랍인을 흔히 볼 수 있다. 그렇지만 정작 하자르 민족 자신은 스스로의 과거에 대해 이야기하거나 그와 관련된 책을 쓰는 것을 용납하지 않는다.

하자르의 언어: 하자르어는 대단히 음악적이다. 나는 하자르어로 된 시를 낭송하는 것을 들어 보았는데 무척 아름다웠다. 하지만 지금은 그 시가 기억나지 않는다. 그 시는 하자르 공주가 지은 것이라고 한다. 하자르어에는 일곱 가지 성(性)이 있다. 남성, 여성, 중성과 함께 내시, 성이 없는 여자들,[37] 성을 바꾼 사람들,[38] 문둥이[39] 등을 위한 성이 있는 것이다. 여자아이들과 남자아이들은 억양이 서로 다르며, 남자들과 여자들도 억양이 서로 다르다. 남자아이들의 경우 그리스 주민들이 있는 지방에 살고 있으면 그리스어를, 유대인과 하자르인이 섞여 살고 있는 지역에서는 히브리어를, 사라센 사람과 페르시아 사람들의 구역에서는 아랍어를 공부한다. 결과적으로 남자아이들이 하자르어로 말을 할 때면, 유대어 〈카메시〉, 〈홀렘〉, 〈슈렉〉[40] 그리고 큰 〈u〉, 중간 〈u〉, 작은 〈u〉 그리고 중간 〈a〉가 새어 나오곤 한다. 반면 여자아이들은 히브리어, 그리스어, 아랍어 등을 배우지 않으므로 남자아이들과는 달리 억양이 더욱 순수하다. 알려진 바로는 한 민족이 사라져

37 아랍 지방의 악마 이블리스에게 성을 빼앗기고, 모든 감정이 메말라 버린 여자를 말한다.
38 남성이 여성으로 바꾼 경우와, 그 반대로 여성이 남성으로 바꾼 경우 모두를 포함한다.
39 이 병에 걸린 사람들이 대화를 시작하려면, 자신들의 병을 알리기 위한 새로운 형태의 하자르어 화법을 사용해야 한다.
40 모두 다 히브리어의 모음들이다.

갈 때 가장 먼저 자취를 감추는 것이 상류 계층이며 그들과 함께 문학이 없어진다고 한다. 여전히 남아 있는 것은 오로지 법률 서적뿐인데, 사람들이 그 내용을 암기하고 있기 때문이다. 하자르 민족의 경우도 바로 여기에 해당된다. 그들의 수도에서 하자르어로 하는 설교는 비싼 반면에 히브리어, 아랍어, 그리스어 설교는 값이 싸거나 혹은 무료이다. 이상하게도 하자르 사람들은 일단 국외로 나가면 자신들의 조상이 하자르 민족이라는 사실을 밝히지 않으려고 하면서 같은 하자르 민족을 피해 다니고 하자르어로 의사소통을 할 수 있다는 사실을 숨긴다. 자신이 하자르인이라는 사실을 외국인들에게보다는 자기 동포들에게 더욱 알리기 싫어한다. 국내에서는 공식 언어인 하자르어를 유창하게 말하지 못하는 사람들이 평상시나 행정적인 문제에 있어서도 더 대우를 받는다. 그래서 하자르어에 능숙한 사람들조차도 가끔씩 일부러 부정확하게 말하거나 외국어 억양을 섞고는 하는데 그렇게 하면 분명히 유리하다. 심지어 하자르어를 히브리어로 혹은 그리스어를 하자르어로 통역하는 사람이 필요한 경우에도 하자르어를 실제로 잘 못하거나 잘 못하는 척하는 사람을 뽑는다.

사법 제도: 하자르 법률에 따르면 동일한 범죄를 저지른 경우라도 유대인 거주 지역에서는 노예선에서 1~2년 동안 노예로 일해야 하고 아랍인 거주 지역에서는 6개월 동안 노예선에서 일해야 하며 그리스인 지역에서는 벌을 받지 않으며 하자르 지역이라고 불리는 수도에서는 목을 자른다. 어느 지역에서나 가장 수가 많은 것은 하자르 민족임에도 불구하고 말이다.

소금과 잠: 하자르 알파벳의 문자들은 소금이 든 음식에서 이름을 따오고 숫자는 소금의 유형에서 따온다. 하자르 민족은 일곱 가지 종류의 소금을 구별할 수 있다. 오직 신을 향한

소금기 머금은 시선만이 노화를 불러일으키지 않는다. 그러지 않고 자기 자신의 몸이나 다른 사람의 몸을 바라보면 나이를 먹게 된다고 하자르 민족은 믿는다. 왜냐하면 시선은 가장 다양하고도 치명적인 도구를 가지고 온몸을 찢고 주름살을 새겨 넣으며 격정, 증오, 계략, 갈망 등을 만들어 내기 때문이다. 하자르 민족은 울면서 기도한다. 눈물은 신의 일부분이기 때문이다. 조개가 진주를 품고 있는 것처럼 눈물은 그 밑바닥에 언제나 약간의 소금을 머금고 있음으로써 신의 일부분이 되는 것이다. 때때로 여인들은 손수건을 가져다가 더 이상 접히지 않을 때까지 접기도 한다. 그것이 바로 기도인 것이다. 하자르 민족은 또한 잠을 숭배한다. 하자르 민족은 소금을 잃어버린 사람은 잠들 수 없다고 믿는다. 그런 이유로 잠에 그토록 신경을 쓰는 것이다.

하지만 이것이 전부는 아니다. 내가 아직까지 완전히 파악하지 못한 것이 있다. 마치 길에서는 수레바퀴의 시끄러운 소음 때문에 다른 소리가 잘 안 들리는 것처럼 말이다. 하자르 민족은, 누군가의 과거 속에 살고 있는 사람들은 그 기억 속에서 저주를 받고 노예가 된다고 믿었다. 그런 사람들은 과거에 가본 적이 있는 곳 이외에는 어디에도 가볼 수 없으며 과거에 한 번 만난 적이 있는 사람 이외에는 어느 누구도 만날 수 없으며 심지어 나이를 먹을 수도 없다. 조상들에게 주어지는 단 하나의 자유, 이제는 온전히 사라졌지만 그래도 기억 속에 여전히 남아 있는 아버지와 어머니의 세계에 주어지는 단 하나의 자유는 때때로 우리의 꿈속에서 편안하게 쉴 수 있다는 것이다. 꿈속에서 우리의 기억 속의 인물들은 어느 정도 자유를 얻게 된다. 그들은 이리저리 돌아다니기도 하고 새로운 얼굴을 만나기도 하고 증오와 사랑의 대상도 교환하면서 미약하나마 삶에 대한 환상에 빠진다. 그런 이유로 잠은 하자르 민족의 믿음에 중요한 위치를 점한다. 왜냐하면 꿈속에서는 영원히 갇혀 있게 될 과거가 자유를 얻고 새로운 약속을 얻어 내기 때문이다.

이주: 과거 하자르 민족은 열 세대마다 한 번씩 거주지를 옮겼는데, 매번 이주할 때마다 상업 국가로서의 면모가 커지고 부족민들은 전사로서의 특성을 조금씩 잃어버렸다고 한다. 하자르 민족은 갑자기 칼과 창을 쓰는 일에 매우 서툴러졌고 그 대신 짤랑거리는 금화나 넘쳐 나는 은화로 배, 집, 풀밭의 값을 매기는 일을 잘 처리했다. 여기에 대해서는 많은 설명이 있지만 가장 믿을 만한 것은, 하자르 민족이 이런 이주를 계속하는 동안에 너무나 황폐해졌고 그래서 다른 곳으로 옮겨가서 종족을 유지하고 생산성을 되찾아야만 했다는 것이다. 그들은 생산성을 회복하면 이내 고향 땅으로 돌아와 다시 창을 집어 들곤 했다.

종교적인 관습: 하자르 카간은 종교가 국가적인 문제나 군사 문제에 끼어들지 못하도록 한다. 카간은 이렇게 말한다.

「만약 사브르 검의 칼끝이 두 개라면, 사람들은 그것을 칼이 아니라 쇠스랑이라고 부를 것이다.」

이러한 태도는 문제되는 종교가 하자르교이건 유대교이건, 기독교나 이슬람교이건 모두 마찬가지였다. 하지만 어떤 신발이 한 사람에게 잘 맞으면 다른 사람에게는 꽉 끼이게 마련이다. 우리 종교와 기독교, 이슬람교가 다른 나라에 뿌리를 내리고 동포들은 물론 외국인으로부터 강력하게 보호를 받고 있는 반면, 하자르 민족의 믿음은 그렇게 외부에서 보호해 주는 세력이 없으므로 어떤 식으로든 압력을 받게 되면 가장 큰 어려움을 겪는다. 다시 말하자면 다른 세 종교는 하자르 종교의 희생 위에서 피어난 것이다. 이러한 상황을 잘 보여 주는 사건이 있다. 카간은 최근에 전국적으로 수도원이 차지하는 토지를 줄이고 사원의 수도 각 종교당 열 개로 줄이려고 했다. 그런데 유대나 아랍, 그리스 사원보다 하자르 사원의 수가 더 적었기 때문에 가장 커다란 타격을 입는 것도 바로 하자르 교회였다. 모든 일마다 비슷한 결과가 나타났다. 예를 들자면 하자르 묘지는 소멸될 위기에 처해 있다. 이 나라에서 그리스인이 거주하는 지역[41]이나 유대인이 거주하는 지역[42] 혹은 아랍인과 페르시아인 거주지[43]에서는 점점 더 많은 하자르 묘지가 바위와 열쇠 아래에 묻히고 있으며 하자르 방식의 매장 풍습이 금지되고 있다. 그리고 죽음을 앞둔 사람들은 길을 가득 메운 채, 이틸 주변의 지역으로 향한다. 하자르 제국의 수도였던 이틸에서는 하자르 방식의 묘지가 여전히 제구실을 하기 때문이다. 길을 가는 동안 그들의 영혼은 목구멍에서 벌벌 떨고 있다.

「우리가 지나온 과거는 그렇게 깊지 않다.」

하자르 수도사들은 이렇게 탄식한다. 그들은 물론 어떤 일이 벌어지고 있는지 분명하게 보고 있다.

「우리 민족은 성숙할 때까지 기다려야만 한다. 그리하여 과거가 저장량을 충분히 늘리고 넓은 바탕을 마련하여 미래를 성공적으로 쌓아 올릴 수 있도록 해야 하는 것이다.」

한 가지 흥미로운 일은 하자르 제국의 그리스인들과 아르메니아인들은 똑같이 기독교를 믿으면서도 끝없이 서로 으르렁거린다는 것이다. 하지만 양측이 논쟁을 벌이고 나면, 그 결과는 언제나 같았고 그것은 그들이 지혜롭다는 걸 보여 주었다. 매번 충돌을 일으키고 나면, 그리스인들과 아르메니아인들은 제각기 독립된 사원을 세워야 한다고 주장하는 것이

---

41 기독교도들은 크리미아 반도 지역에 널리 분포하고 있었다.
42 유대인들은 타마타르가 지역에 널리 분포하고 있었다.
43 이슬람교도들은 페르시아 접경지대에 널리 분포하고 있었다.

다. 하자르 제국에서는 이러한 확장을 승인해 주기 때문에, 결과적으로 양측은 충돌이 있을 때마다 세력을 더욱 확고하게 다졌으며 사원의 수도 배로 늘리게 된다. 이것은 물론 하자르 민족과 하자르 종교에 손상을 입히는 쪽으로 작용한다.

하자르 사전: 이 사전에는 대단히 강력한 하자르의 종파였던 꿈 사냥꾼들이 집필한 책이 포함되어 있다. 이 사전은 그들에게 있어서 성스러운 경전, 성서였던 셈이다. 남성과 여성을 포함하는 다양한 인물들의 전기로 완성된『하자르 사전』은 아담 카드몬이라고 하는 단일한 인물의 초상화를 모자이크로 그려 놓은 것이다. 지금까지 단편적으로 전해 내려오는 사전의 내용 중에 두 가지를 소개하겠다.

〈진실은 투명하기 때문에 눈에 띄지 않는다. 그 반면 거짓은 불투명하기 때문에 빛도 시선도 들여놓지 않는다. 이 두 가지를 섞어 놓은 제3의 형태가 있는데, 대부분의 경우 이런 것이 가장 많다. 한쪽 눈으로 우리는 진실을 꿰뚫어 보지만 그러한 시선은 무한대 속에서 영원히 길을 잃고 만다. 반면 다른 한쪽 눈으로는 한 치의 거짓도 들여다보지 못하며 그러한 시선은 더 이상 뚫고 들어가지 못한 채, 땅 위에 우리의 것으로 남는다. 그래서 우리는 삶을 옆으로 비스듬하게 파고 들어간다. 그러므로 진실을 있는 그대로 이해할 수는 없다. 거짓도 역시 마찬가지라고 할 수 있다. 하지만 단 한 가지 방법이 있다. 그것은 바로 진실과 거짓을 비교하는 것, 하얀 여백과 우리 책의 글자를 비교하는 것이다. 왜냐하면『하자르 사전』의 하얀 여백은 거룩한 진실과 거룩한 이름《아담 카드몬》을 표시하는 반투명의 공간이며, 하얀 여백 사이의 검은 글자들은 우리의 눈이 표면 뒤로 뚫고 들어갈 수 없는 곳이기 때문이다.

글자는 또한 옷에 비교할 수 있다. 겨울에는 모직물이나 모피로 된 옷을 입고 목도리를 두르며 안감을 댄 모자를 쓰고 단추를 채운다. 여름이면 두꺼운 옷을 내던지고 면으로 된 옷을 입는다. 여름과 겨울 사이에 사람들은 옷을 점점 더 껴입거나 하나씩 벗어 버린다. 책을 읽는 것도 마찬가지라고 할 수 있다. 매년 계절이 바뀔 때마다 책의 내용도 달라질 것이다. 왜냐하면 다양한 방식으로 옷을 바꿔 입을 것이기 때문이다. 얼마 동안은 『하자르 사전』이 한 무더기나 되는 편지, 이름, 아담 카드몬의 가명을 그저 되는대로 모아 놓은 것처럼 보일 것이다. 하지만 시간이 지남에 따라 독자들은 옷을 입고 더 많은 것을 손에 넣게 되리라……. 꿈이란 현실에서 토요일이라고 부르는 금요일이다. 꿈은 《그것》을 낳으며 그날과 하나이다. 각각의 날들이 그럴 것이다(일요일이라고 부르는 목요일이고 수요일이라고 부르는 월요일이고, 항상 이런 식이다). 그런 것을 한꺼번에 읽을 수 있는 사람이 그것을 차지할 것이며, 자신의 내부에 아담 카드몬의 몸 한 부분을 가지게 될 것이다…….〉

내 이야기가 이삭 랍비에게 도움이 될 수 있기를 바라면서, 내가 말해 줄 수 있는 것은 이 정도에 불과하다. 나는 금요일에는 야벨이라 불리며 일요일에는 투발카인이라 불리고 오로지 안식일에만 유발이라 불린다. 나는 이제 휴식을 취해야 한다. 기억한다는 것은 영원한 할례이기 때문이다…….

하자르 항아리
KHAZAR JAR

꿈을 읽는 하자르 사람 중 하나가 아직 수련 수도사로 수도원에서 생활하고 있을 당시의 일이다. 그는 항아리 하나를 선물로 받아 방에 갖다 놓았다. 그날 저녁에 그 사람은 항아리 속에 반지를 빠뜨렸다. 다음 날 아침에 반지를 찾아보았지만, 도저히 찾아낼 수가 없었다. 그는 항아리 속에 손을 집어넣었지만 바닥에 닿지 않았다. 겉으로 보기에는 그의 팔이 항아리 길이보다 더욱 길었기 때문에 그 사람은 깜짝 놀라고 말았다. 그 사람은 항아리를 들어 보았다. 항아리 바닥은 평평했으며 구멍도 없었다. 항아리 바닥은 여느 항아리처럼 막혀 있었다. 이번에는 막대기를 가져다가 항아리 바닥에 닿도록 해보려고 애썼지만 아무런 소용도 없었다. 마치 바닥이 그에게서 도망치고 있는 것 같았다. 그 사람은 이렇게 생각했다.

〈나의 존재, 바로 그곳에 나의 한계가 있다.〉

그 사람은 자신의 스승이었던 무카다사 알 사파르에게 이 항아리의 의미를 설명해 달라고 말했다. 스승은 조약돌을 하나 집어 들더니 그것을 항아리 속에 던져 넣고 시간을 측정했다. 알 사파르가 70까지 세었을 때, 항아리 아래쪽 깊은 곳에서 물 튀는 소리가 들렸다. 뭔가 물에 부딪힌 것 같았다. 스승은 이렇게 말했다.

「자네에게 이 항아리가 의미하는 것이 무엇인지 알려 줄 수는 있네. 하지만 먼저 그것이 그럴 만한 가치가 있는 일인지 깊이 생각해 보도록 하게. 내가 자네에게 이야기를 해주는 순간, 부득이 이 항아리는 자네에게나 다른 사람들에게 별로 가치 없는 물건이 될 거야. 이 항아리가 아무리 가치가 있다고 하더라도, 다른 모든 것들보다 더 가치 있을 수는 없네. 그럼에도 불구하고 내가 일단 자네에게 이 항아리가 과연 무엇인지 이야기해 준다면, 그 순간 이 항아리는 그것이 갖고 있는 성질을 모두 다 잃어버릴 것이며, 현재의 모습 역시 잃어버릴 거야.」

수련 수도사가 고개를 끄덕이자, 스승은 막대기를 집어 들더니 항아리를 박살 내버렸다. 수련 수도사는 펄쩍 뛰면서 무엇 때문에 항아리를 못 쓰게 만들었느냐고 물어보았다. 스승은 이렇게 대답했다.

「만약 내가 자네에게 먼저 어째서 그런 항아리가 만들어졌는지 이야기해 준 다음에 항아리를 박살 냈다면, 항아리는 못 쓰게 될 걸세. 하지만 지금과 같은 상황에서 자네는 항아리의 용도를 모르고 있으니 항아리는 전혀 못 쓰게 된 것이 아니야. 항아리는 마치 전혀 박살 난 일이 없는 것처럼 계속 제구실을 하게 되는 거지……」

하자르 항아리는 지금까지도 여전히 제구실을 하고 있다. 항아리는 이미 오래전에 사라졌지만 말이다.

하자르 논쟁▽
KHAZAR POLEMIC

유대 측 자료를 보면 하자르 민족이 유대교로 개종하는 데 있어서 하자르 논쟁이 핵심적인 사건이었다고 한다. 사건 기록이 매우 부족하고 그나마 서로 모순되는 내용이 많아서 논쟁이 벌어진 것이 정확하게 언제의 일인지는 알 수 없다. 그리고 하자르 민족이 유대교로 개종한 시기와 세 사람의 꿈 해석자가 하자르 수도를 방문한 시기가 서로 혼동되기도 한다. 현재까지 남아 있는 문헌 가운데 가장 오래된 것은 10세기로 거슬러 올라가는데, 그 내용은 하자르 카간 요셉과 코르도바 칼리프의 대신 하즈다이 이븐 샤프루트 사이에 오고 간 편지에 기록되어 있다. 그 당시에 이미 카간은 유대 풍습을 따르고 있었다. 하즈다이는 유대인이었으며 카간에게 하자르 민족이 유대교를 받아들이게 된 당시의 상황을 자세히 알려 달라고 부탁했다. 두 사람이 주고받은 편지에 따르면, 불란 카간 재위 당시에 아르다빌을 손에 넣은 직후,[44] 어떤 천사의 손에 이끌려 모든 일이 벌어졌다고 한다. 이 자료가 믿을 만한 것이라면 하자르 카간의 궁전에서 종교 논쟁이 벌어진 것도 바로 이 무렵이다. 유대 특사가 그리스나 아랍 대표를 앞질렀기 때문에 하자르 민족은 불란 카간의 후계자 오바디아의 주도하에 유대교를 받아들였다.

두 번째 자료는 1912년 영국 케임브리지에서 일부분만 발견된 한 유대인의 편지이다. 이 편지는 어떤 문서 가운데 끼여 있었는데, 이 문서는 카이로 유대인 회당의 소유였다. 이 편지는 대략 950년경에 하자르 민족 출신의 유대인이 코르도바 궁정의 샤프루트 대신에게 쓴 것으로 불란 카간이 동일한 인물에게 보낸 편지 내용을 보충해 주고 있다. 이 자료가 주장하고 있는 바에 따르면 하자르 민족이 유대교로 개종한 것은 논쟁이 벌어지기 전의 일이며 그 경위는 다음과 같다.

유대교를 믿지 않았던 유대인이 전쟁에서 큰 공을 세우고 돌아와서 하자르 카간이 되었다. 그의 아내와 아버지는 카간이 이제 조상의 믿음을 받아들이기를 기대했지만 정작 본인은 아무런 말도 없었다. 그런데 다우브마누스*가 주장하는 바에 따르면, 어느 날 저녁 카간의 아내가 카간에게 이런 말을 한 것이 전환점이 되었다.

「천상의 적도 아래 계곡에서는 달콤한 이슬과 짭짤한 이슬이 만납니다. 그곳에는 거대한 독버섯이 있는데, 그 독버섯의 갓 위에서 자란 작은 버섯들은 맛도 좋고 먹을 수도 있으며 오염된 피를 달콤하게 바꾸어 줍니다. 사슴들은 이 작은 버섯을 조금씩 갉아 먹으면서 힘을 회복했습니다. 하지만 사슴들이 조심스럽지 못해서 너무 깊이 물어뜯으면 작은 버섯들과

---

44 731년경에 일어난 사건이다.

함께 커다란 독버섯도 먹게 됩니다. 그렇게 되면 그 자리에서 죽고 맙니다. 매일 저녁마다 사랑하는 사람에게 입을 맞출 때, 나는 이런 생각을 합니다. 〈언젠가 나는 무척이나 자연스럽게 너무 깊이 물어뜯게 될 거야…….〉」

이 말을 듣고 카간은 유대교를 믿기 시작했다. 이 자료에 따르면 그 모든 일은 논쟁이 벌어지기 전에 일어났다. 또한 종교 논쟁은 비잔틴 황제 레오 3세가 재위할 당시의 일이다. 논쟁이 끝난 후 사브리엘 카간이 재위하는 동안, 유대교는 하자르 민족과 이웃 민족들 사이에서 완전히 자리를 잡았다. 사브리엘 카간은 오바디아 카간과 같은 인물이다. 다우브마누스의 기록에 따르면, 이 카간은 왕위에 올랐을 때부터 짝수 해에는 〈사브리엘〉이라고 불리고 홀수 해에는 〈오바디아〉라고 불렸다는 것이다.

하자르 논쟁에 대한 가장 포괄적인 유대 측 자료가, 비록 연대로 보면 약간 늦기는 하지만 가장 중요한 자료이다. 그것은 유다 할레비[XX]가 쓴 『알 하자리』라는 책이다.

유다 할레비는 유명한 시인으로 하자르 논쟁을 기록으로 남겼다. 유다 할레비는 하자르 논쟁과 하자르 민족의 유대교 개종은 자신이 책을 쓰기 4세기 전에 벌어진 일이라고 한다. 『알 하자리』를 보면 논쟁이 벌어진 것은 740년이라고 기록되어 있다. 마지막으로 바허라는 사람이 있는데, 그는 하자르 민족이 유대교로 개종하면서 가장 큰 영향을 받았던 것은 미드라시 문학[45]이라고 한다. 그 사건에 대한 전설이 특히 크리미아 반도와 타만 반도 그리고 하자르 제국의 유대 도시로 알려진 타마타르카에서 꽃피게 되었다.

이러한 자료들이 관심을 보이고 있는 사건이 어떻게 일어

---

45 히브리어로 된 성전에 교훈적인 주석을 붙인 것이다.

난 것인지에 대해서는 다음과 같이 간략하게 설명할 수 있다. 흑해에 있는 카간의 여름 수도에서는 가을이면 배나무 가지에 달린 열매에 하얗게 회칠을 해서 겨울에 싱싱한 채로 따내는데, 바로 그곳에 세 사람의 신학자가 소집되었다. 유대 랍비와 기독교도 그리스인 그리고 아랍인이었다. 카간은 자신이 꾸었던 어떤 꿈을 가장 만족스럽게 해석하는 신학자의 종교로 온 국민과 함께 개종하겠다는 결심을 밝혔다.

어떤 천사가 하자르 카간의 꿈에 나타나 이렇게 말했다는 것이다.

「주님은 당신의 행동에 기뻐하시지 않고 당신의 속마음에 기뻐하십니다.」

종교 논쟁의 핵심은 바로 이 말이었다. 다우브마누스가 인용한 유대 측 자료에서는 이 사건의 전말을 더욱 자세하게 설명하고 있다.

유대 측 대표인 이삭 상가리[☼] 랍비는 처음에 아무런 말도 하지 않고 다른 두 사람, 그리스인과 아랍인이 이야기하도록 가만히 내버려 두었다. 카간이 이슬람 측 대표의 주장에 흔들리고 있을 때, 아테[▽]라고 하는 하자르 공주가 논쟁에 끼어들어 아랍인에게 다음과 같이 훈계했다.

「나에게 이야기할 때 당신은 너무 현명합니다. 하늘 위를 떠돌아다니던 구름이 산 뒤로 사라지는 모습을 바라보면서 나는 부질없는 내 생각이 구름 속에 있다는 것을 알게 됩니다. 때로는 구름이 눈물을 흘리기도 하지만 구름이 갈라지는 아주 짧은 시간 동안 나는 맑은 하늘 한 조각과 그 밑바닥에 놓인 당신 얼굴을 봅니다. 그제야 나는 아무런 방해도 받지 않고 당신을 있는 그대로 볼 수 있기 때문입니다.」

여기에 대한 대답으로 아랍 측 대표는 카간을 돌아보면서 말했다.

「나는 하자르 민족에게 어떤 종류의 속임수도 쓰고 있지 않습니다. 오히려 성스러운 책 코란을 전해 주려는 것뿐입니다. 하자르 민족에게는 경전이 없기 때문입니다. 허약한 두 다리를 지닌 인간으로 만들어졌기 때문에 우리는 모두 걷는 법을 배워야만 합니다. 하지만 하자르 민족은 아직까지도 다리를 절고 있습니다.」

아테 공주는 아랍인에게 질문했다.

「모든 책에는 아버지와 어머니가 있습니다. 아버지는 어머니로 하여금 아이를 임신하도록 해놓고 죽으면서 아이에게 자신의 이름을 물려줍니다. 그리고 어머니는 아이를 낳고 길러 세상에 내놓습니다. 당신의 성스러운 책의 어머니는 누구입니까?」

아랍인이 아테 공주의 질문에 미처 대답하지 못하고 자신이 속임수를 쓰는 것이 아니라는 말을 반복하면서 자신이 건네주려는 경전은 신과 인간 사이의 사랑을 전해 주는 전령이라고 말하자, 아테 공주는 다음과 같은 말로 마무리했다.

「페르시아의 샤[46]와 그리스 황제가 평화의 상징으로 사치스러운 선물을 교환하기로 했습니다. 선물을 운반해 갈 사절단이 콘스탄티노플과 이스파한에서 각각 출발했습니다. 양쪽 사절단은 바그다드에서 서로 만났는데, 그곳에서 페르시아의 샤였던 나디르가 왕위에서 쫓겨나고 그리스 황제는 죽었다는 사실을 알게 되었습니다. 양쪽 사절단은 어쩔 수 없이 바그다드에서 잠시 동안 머무르게 되었습니다. 가지고 온 보물을 어떻게 하는 것이 좋을지 도무지 알 수가 없었으며, 시시각각 자신들의 처지가 위태롭다는 것을 느끼게 되었습니다. 그들은 보물을 조금씩 사용하면서 앞으로 어떻게 할 것인

---

[46] 왕을 의미한다.

지 의논했습니다. 그중에서 한 명이 이렇게 말했습니다.

〈우리가 어떻게 하더라도 모두 다 그릇된 행동일 것입니다. 그러니 모두 금화 한 닢씩만 가지고 나머지는 모두 버립시다.〉

사절들은 그 말에 따랐습니다.

우리는 우리의 사랑을, 그러니까 전령을 통해 서로에게로 보낸 사랑을 어떻게 해야 할까요? 우리의 사랑을 맡았던 그 전령들 역시 금화 한 닢씩만 가지고 나머지는 내다 버리는 것이 아닐까요?」

카간은 이 말을 듣고 아테 공주가 옳다고 생각했다. 할레비가 인용한 바에 따르면 카간은 다음과 같이 말하면서 아랍인의 주장에 반박했다고 한다.

「이 세상에 사람이 살고 있는 땅을 서로 나누어 가진 기독교도들과 이슬람교도들은 어째서 서로 전쟁을 벌이는가? 그러면서도 그들은 제각기 수도사나 은둔자들처럼 금식과 기도로써 순수한 의지를 가진 자신들의 신을 섬긴다. 그들은 살육함으로써 모든 것을 성취한다. 그리고 그것이 신에게로 좀 더 가까이 다가갈 수 있는 가장 경건한 방법이라고 믿는다. 그들은 전쟁을 벌이면서, 천국과 영원한 기쁨이 자신을 기다리고 있을 것이라고 믿는다. 하지만 그런 믿음은 둘 다 받아들일 수 없다.」

마침내 카간은 이러한 결론을 내렸다.

「당신의 칼리프에게는 푸른 돛을 단 선단과 물불을 가리지 않는 병사들이 있다. 우리가 만약 칼리프의 종교로 개종한다면 얼마나 많은 하자르인들이 남아날 수 있을 것인가? 우리는 반드시 개종을 해야 하기 때문에, 그리스인들에게 쫓겨난 유대인들과 함께하는 것이 좋을 것 같다. 우리는 키타비아 기간 동안 호레즘에서 여기까지 찾아온 불쌍한 방랑자들과 함께하겠다. 그들이 가지고 있는 유일한 무기는 사원이나 두루마리 종이에나 어울릴 만한 것뿐이다.」

이윽고 카간은 유대 측 대표를 돌아보면서 자신의 종교에 대해 할 말이 있는지 물어보았다. 이삭 상가리 랍비는 하자르 민족은 새로운 종교로 개종할 필요가 전혀 없다고 대답했다. 그들 본래의 종교를 계속 믿어도 좋다고 했다. 이 말을 듣고 그 자리에 있던 모든 사람들이 깜짝 놀랐다. 랍비는 이렇게 설명했다.

「당신은 하자르인이 아닙니다. 당신은 유대인이며 당신에게 합당한 위치로 돌아와야만 합니다. 당신의 조상들이 섬기던 살아 있는 신에게로 말입니다.」

랍비는 카간에게 자신의 가르침을 상세히 설명하기 시작했다. 나날이 빗방울처럼 떨어져 내렸고, 랍비는 계속해서 이야기하고 또 이야기했다. 랍비는 먼저 세상이 창조되기 이전에 이미 창조되어 있던 일곱 가지에 대해 말했다. 그 일곱 가지는 바로 천국, 정의, 이스라엘, 영광의 권좌, 예루살렘, 메시아 그리고 다윗의 아들이었다. 랍비는 가장 고귀한 것을 열거하기 시작했다. 그것은 살아 있는 신의 정신, 정신에서 나온 공기, 바람에서 나온 물, 물에서 나온 불 등이었다. 그리고 뒤를 이어 세 어머니를 열거했다. 우주에서는 공기, 물, 불이며 영혼에 있어서는 가슴, 배, 머리이고 시간에 있어서는 습기, 서리, 열이다. 그리고 겹자음 일곱 개를 늘어놓았는데, 그것은 〈베트ב〉, 〈기멜ג〉, 〈달레트ד〉, 〈카프כ〉, 〈페פ〉, 〈레시ר〉, 〈타브ת〉였다. 이것은 우주에서는 토성, 목성, 화성, 태양, 금성, 수성, 달이다. 영혼에서는 지혜, 부, 힘, 생명, 자비, 자손, 평화라고 할 수 있다. 그리고 시간으로 보면 안식일, 목요일, 화요일, 일요일, 금요일, 수요일, 월요일이다.

카간은 하늘에 계신 하느님이 아담에게 했던 언어를 비로소 이해하기 시작했다. 카간은 다음과 같이 말했다.

「지금 내가 만들고 있는 포도주는 내 뒤에 오는 다른 누군가가 마실 것이다.」

카간이 이삭 랍비와 오랫동안 나누었던 이야기는 유다 할레비의 하자르 관련 책에서 찾아볼 수 있다. 그 책에서는 카간의 개종을 다음과 같이 묘사하고 있다.

「하자르 민족의 역사를 보면 이렇게 되어 있다. 나중에 하자르 카간은 대신과 함께 해변에 있는 황폐한 산을 향해 떠났다. 어느 날 밤 두 사람은 어떤 동굴에 이르렀는데, 그 안에서는 유대인들이 유월절[47] 행사를 하고 있었다. 두 사람은 자신들의 신분을 밝히고 유대교를 받아들였으며, 그 동굴에서 할례를 받은 뒤 궁전으로 돌아오면서 유대 율법을 배우고 싶다는 생각을 하게 되었다. 하지만 두 사람은 자신들이 개종했다는 사실을 비밀로 하고 있다가 상황이 허락하는 대로 몇 명의 가까운 친구들에게만 천천히 모든 사실을 알려 주었다. 친구들의 수가 점점 늘어나자, 두 사람은 그 사실을 공식화하고 나머지 하자르인들을 설득해서 유대교를 받아들이도록 했다. 그들은 다른 나라에서 교사와 책을 구해 토라를 공부하기 시작했다.」

사실상 하자르 민족의 유대교 개종은 두 가지 측면으로 전개되었다. 우선 이런 일이 있었다. 730년에 캅카스 남쪽 아르다빌에서 하자르 민족은 아랍인들에게 승리를 거두었다. 하자르 민족은 약탈해 온 전리품을 가지고 경전에 나와 있는 것을 본떠서 사원을 지었다. 740년 무렵에 유대교가 공식적으로 채택되었다. 불란 카간은 다른 나라에서 랍비를 초대해 하자르 민족 사이에 유대교를 잘 키워 달라고 했다. 하자르 민

---

[47] 유대교의 3대 경축일 가운데 하나. 이스라엘 민족이 이집트에서 탈출한 것을 기념하는 명절이다.

하자르 논쟁

족의 초기 유대교는 호레즘 사람들도 포함하고 있었다. 후르 사트 폭동이 무참하게 짓밟히고 나자, 호레즘 사람들은 860년 혹은 880년경에 랍비의 인도를 받으면서 하자르 궁전으로 달아났다.

이러한 상황 속에서 이 초기 유대교에 대한 개혁은 800년경에 오바디아 카간에 의해 이루어졌다. 그는 예배당과 학교를 세웠으며 하자르 민족은 그곳에서 토라, 미시나,[48] 탈무드, 유대 기도문을 배웠다. 한마디로 랍비 중심의 유대교가 도입된 것이다.

어떻게 보면 이러한 과정에 있어서 아랍인들이 결정적인 역할을 했다. 하자르 제국의 주요 인사들이 유대교를 받아들인 것은, 칼리프가 다스리던 아랍 영토 내에 두 왕조[49] 사이의 권력 투쟁이 극심해 하자르 제국에 대한 이슬람의 영향이 수그러들 무렵이었다. 결과적으로 하자르 민족의 왕이 하룬 알 라시드 재위 기간[50]에 유대인이 되었다는 마수디의 주장은 하자르의 카간 오바디아가 주도한 유대교 개혁의 시기와 일치한다.

리베르 코즈리
LIBER COSRI

유다 할레비☆가 집필한 하자르 민족 관련서의 라틴어 번역본 제목. 이 번역본은 1660년에 출간되었다. 번역자 존 북스토르프는 자신의 라틴어 번역과 비교해 볼 수 있도록 히브리어 판본도 함께 실었다.

---

48 법적인 구속력이 있는 훈계나 판례를 모아 놓은 책. 이 책에 실린 판례는 모세의 계율에 직접적으로 명시되어 있지 않은 문제들에 대한 유추 해석이다.
49 우마이야 왕조와 압바스 왕조를 의미한다.
50 786~809.

```
        נוזרי
         LIBER
COSRI
       Continens
COLLOQUIUM seu DISPUTATIONEM
        DE RELIGIONE
Habitam ante nongentos annos, inter REGEM COSAREO-
  RUM, & R. ISAACUM SANGARUM Judæum ; Contra PHILO-
  SOPHOS præcipuè è Gentilibus, & Karraitos è Judæis ; SYNO-
  PSIN simul exhibens THEOLOGIÆ & PHILOSOPHIÆ Judaicæ,
     varia & recondita eruditione refertam;
Eam collegit, in ordinem redegit, & in LINGUA ARABICA
  ante quingentos annos descripsit R. JEHUDAH LEVITA,
  Hispanus;
Ex Arabica in LINGUAM HEBRÆAM, circa idem tempus,
  transtulit R. JEHUDAH ABEN-TYBBON, itidem natione Hispa-
  nus, Civitate Jerichuntinus.

    Nunc, in gratiam Philologiæ, & linguæ Sacræ cultorum,
        recensuit, Latinè vertione, & Notis illustravit
JOHANNES BUXTORFIUS, FIL.
Accesserunt; PRÆFATIO, In qua Cosareorum Historia, & totius Operis ratio & usus
  exponitur; DISSERTATIO & ubique Rabbinicis INDICES
        Locorum Scripturæ & Rerum.
        Cum PRIVILEGIO.
        BASILEÆ,
     Sumptibus AUTHORIS,
Typis GEORGI DECKERI, Acad. Typogr. A. cIɔ Iɔc LX.
```

할레비의 카자르 민족 관련서 표지(8세기의 바젤 판본)

존 북스토르프는 아버지와 성과 이름이 모두 같았다. 그는 어린 시절부터 성서 유대어, 랍비 유대어, 중세 유대어를 익혔다. 북스토르프는 마이모니데스[51]의 저서도 라틴어로 번역했으며(바젤, 1629) 성서에 나타난 판독 기호[52]와 모음을 나타내는 문자에 대해서 루이 카펠라와 오랫동안 공개적인 논쟁을 벌였다. 북스토르프는 할레비의 책을 번역한 다음, 1660년 무렵 바젤에서 출판했는데, 그 책의 서문을 보면 그가 벤 티본XX 의 히브리어 번역본 베네치아 판본을 가지고 작업했다는 사실을 알 수 있다. 북스토르프도 할레비처럼 모음은 글자의 영혼이며 스물두 개의 자음 속에는 각각 모음이 세 개씩 들어 있다

---

51 Maimonides(1135~1204). 유대의 유명한 신학자.
52 a자를 구별하기 위해 $ä, â, å, à$와 같이 붙이는 첨가 기호를 의미한다.

리베르 코즈리 **361**

고 믿었다.

책을 읽는다는 것은, 누군가가 던져 올린 돌을 다른 돌로 맞히려고 애쓰는 것과 같다. 이 경우 자음은 돌이며 모음은 돌의 빠르기라고 할 수 있다. 북스토르프의 의견에 따르면, 대홍수 동안 일곱 개의 숫자가 노아의 방주로 들어갔다고 한다. 그 숫자는 마치 비둘기처럼 생겼는데, 그것은 비둘기가 일곱까지 셀 수 있기 때문이다. 하지만 이 수들에는 자음만이 표시되어 있었을 뿐 모음은 표시되어 있지 않았다.

『하자르 서간집』은 1577년 이후에 이미 세상에 알려지기는 했지만, 북스토르프가 1660년에 할레비의 책을 번역한 다음에야 비로소 대중들 사이에서 널리 퍼져 나갔다. 북스토르프는 번역서에 하즈다이 이븐 샤프루트의 편지와 하자르 국왕 요셉의 답장을 부록으로 넣었다.

루카레비치, 에프로시니아
LUKAREVICH (LUCCARI), EPHROSINIA(17세기)

두브로브니크의 지주 계급인 제탈디치 크루호라디치 가문에서 태어나 루카리 가문 출신의 귀족과 결혼했다. 에프로시니아 부인의 저택에는 새장에 갇힌 어치 새가 있었는데, 그것은 의학적인 효과를 노린 것이었다. 벽에는 그리스 시계가 걸려 있어 휴일이 되면 찬송가와 성가를 연주했다. 에프로시니아 부인은 버릇처럼 말하기를, 인생에서 매번 새로운 문을 여는 것은 카드를 나누어 주는 것만큼이나 불확실한 일이라고 했다. 그리고 자신의 부자 남편에 대해서는, 날마다 침묵과 물로 식사를 하는 사람이라고 했다. 에프로시니아 부인은 자유분방한 행동과 미모로 널리 알려져 있었다. 부인은 미소를 머금으면서, 육체와 명예는 함께 가지 않는다고 말함으로써 자신을 변호했다. 부인은 양손에 엄지손가락이 각각

두 개씩 있었으며 언제나 장갑을 끼고 있었다. 심지어 식사를 할 때에도 장갑을 벗지 않았다. 부인은 붉은색, 파란색, 노란색 음식을 좋아했으며, 옷도 그런 색으로 입었다. 부인에게는 아이가 두 명 있었는데, 아들 하나와 딸 하나였다.

어느 날 밤에 일곱 살 먹은 딸은 자기 방과 어머니 방을 가로막고 있는 유리창을 통해, 어머니가 아이를 낳는 모습을 지켜보았다. 새장 속의 새가 지켜보는 가운데 에프로시니아 부인은 맨발에 박차를 달고 턱수염이 난 작은 노인을 낳았다. 그 노인은 세상으로 나오면서 커다랗게 소리쳤다.

「배고픈 그리스인은 천국까지라도 달려갈 것이다.」

그런 다음 노인은 자신의 탯줄을 이빨로 끊고, 다급하게 달려가서 옷은 그대로 두고 모자만 집어 들더니 누나의 이름을 불렀다. 어린 소녀는 한 대 얻어맞은 듯이 아무런 말도 할 수 없었다. 소녀는 아무리 타이르거나 윽박질러도 입을 열지 않았다. 사람들은 소녀가 충격적인 광경을 보지 않도록 하기 위해 코나블레로 데려갔다. 이런 일이 벌어진 것은, 부인이 빵을 깔고 앉았기 때문이며, 두브로브니크 유대인 거주지 출신의 사무엘 코헨[※]이라는 유대인과 비밀리에 연애를 하고 있었기 때문이라는 소문이 퍼졌다. 많은 사람들이 에프로시니아 부인의 자유분방함을 비난했지만, 그녀는 어느 누구의 훈계도 받아들이지 않겠다고 차갑게 대답했다.

「솔직히 이야기해서, 만약 내가 매력적이고 강하고 고상하며 아직 나이를 많이 먹지 않은 검은 수염의 군주들 1백 명 가운데에서 한 명을 선택할 수 있는 입장이었다면, 난 아마 마음이 끌렸을 거예요. 하지만 라구사에서는 1백 년이 걸린다고 해도 그와 비슷한 1백 명의 광대조차 찾아낼 수 없잖아요! 도대체 누가 1백 년을 기다릴 수 있나요?」

에프로시니아 부인은 다른 비난에 대해서는 아예 대답조

차 하지 않았다. 소문에 따르면 부인은 소녀 시절에는 모라였으며 결혼한 다음에는 마녀가 되었고 죽은 뒤에는 3년 동안이나 흡혈귀 노릇을 할 것이라고 했다. 하지만 흡혈귀에 관한 이야기는 믿지 않는 사람들도 있었다. 왜냐하면 흡혈귀는 터키인이 가장 많으며 그리스인은 별로 없고 유대인은 한 명도 없다는 것이 일반적인 생각이었기 때문이다. 그리고 은밀히 전하는 바에 따르면 에프로시니아 부인은 비밀리에 모세의 종교를 믿고 있다고 했다.

그렇지만 사무엘 코헨이 두브로브니크에서 추방되자, 에프로시니아 부인은 그것을 대수롭지 않은 일로 받아들일 수 없었다. 부인은 슬픔에 겨워 죽고 싶어 했고 밤마다 양쪽 엄지손가락을 안으로 집어넣어 주먹을 꼭 쥐고는 바위처럼 가슴을 쳤다. 하지만 에프로시니아 부인은 죽는 대신에, 어느 날 아침 두브로브니크에서 자취를 감추었다. 그 후 코나블레에서 부인이 목격되었으며, 또 얼마 후에는 단체에서 한낮에 어느 무덤 위에 앉아 머리를 빗는 모습이 목격되었다. 그런 다음에는 애인을 찾기 위해서 북쪽으로는 베오그라드에서부터 남쪽으로는 다뉴브 강까지 헤매고 다니는 것이 보였다고 한다. 에프로시니아 부인은 사무엘 코헨이 클라도보에서 죽었다는 소식을 듣고도 집으로 돌아가지 않았다. 부인은 머리카락을 잘라 땅에 묻었으며, 그 후로 부인이 어떻게 되었는지는 아무도 모른다.

일반적으로 알려진 바에 따르면, 에프로시니아 부인의 죽음을 노래하는 길고도 슬픈 민간 시가가 한 편 있었는데 그 시는 1721년 코토르에서 채록되었으며, 「라틴 처녀와 왈라키아의 드라큘라 백작」이라는 제목의 이탈리아어 번역시로만 남아 있다고 한다. 이 번역본 시도 원래 모습대로 남아 있지는 않지만, 이 시의 여자 주인공이 에프로시니아 부인을 가리키는 것은 분명하다. 또한 블래드 말레스큐라는 이름의 드라큘라 백작은 실제로 17~18세기에 트랜실베이니아에서 살았다. 간략하게 그 시를 읽어 보면 다음과 같은 사실을 알 수 있다.

이미 하얀 갈대가 돋아나고 있을 무렵이었다. 어떤 아름다운 여인이 슬픔에 잠긴 채 다뉴브 강으로 내려와서 전쟁에 나간 연인을 찾아 헤매고 있었다. 마침내 그 여인은 자신의 연인이 죽었다는 소식을 듣고는 드라큘라 백작을 찾아갔다. 백작은 내일의 눈을 통해 세상을 볼 수 있으며 슬픔을 치료해 주고 값비싼 대가를 받았다. 백작의 머리카락 아래 감추어진 두개골은 거의 새까맸으며 얼굴에는 침묵의 주름살이 자글자글 잡혀 있었다. 그리고 백작의 성기는 어마어마하게 거대했다. 백작은 휴일이면 검은 비단실로 자신의 성기를 검은 방울새에 묶어서 새가 앞서 날아가며 성기를 운반하도록 했다. 백작의 허리띠 아래에는 작은 조개껍질 조각이 숨겨져 있었는데, 백작은 이 조개껍질로 산 사람의 가죽을 홀딱 벗겨 낼 수 있었으며 그 사람의 머리카락을 한 손으로 붙잡고 벗겨 낸 가죽을 다시 씌울 수도 있었다.

드라큘라 백작은 여러 가지 재료를 섞어서 약을 만들곤 했는데, 그 약을 먹으면 달콤한 죽음을 맞이할 수 있었다. 흡혈귀들은 끊임없이 드라큘라 백작의 성으로 몰려와서는 촛불을 끄면서 다시 한 번 죽게 해달라고 간청했다. 흡혈귀들에게는 오직 죽음만이 삶과 접촉하는 유일한 방법이었던 것이다. 드라큘라 백작의 거처로 통하는 문의 손잡이들은 저절로 돌아갔으며 그의 저택 앞에서는 회오리바람이 반경 안으로 들어오는 것은 무엇이든 끌어당겨다가 소용돌이 속에 뒤섞어 버렸다. 그것은 그곳에서 7천 년 동안이나 소용돌이치고 있었으며, 소용돌이의 중심 혹은 눈은 7천 년 동안 대낮처럼 환하게 빛나는 달빛이었다.

젊은 여인이 도착했을 때, 드라큘라 백작의 하인 두 사람이 회오리바람 그늘에 앉아 술을 마시고 있었다. 한 사람은 술병째 꿀꺽꿀꺽 마셔 대고 있었으며 다른 한 사람은 노래 비슷한 소리를 길게 토해 내고 있었다. 술을 마시던 사람은 또 한 사람이 숨을 쉬어야 할 때까지 계속 들이켰다. 그런 다음에 두 사람은 역할을 바꾸었다. 방문객에게 경의를 표하는 뜻에서 두 사람은 처음에 저녁 기도의 노래를 불렀으며, 그다음에는 수확의 노래를 불렀고 마지막으로 〈머리를 맞대고〉 부르는 노래를 불렀다. 그 노래는 다음과 같다.

언제나 봄이면 새들은 다뉴브 강의 물고기 수를 헤아리기 시작하고 바다로 통하는 강어귀에는 하얀 갈대가 자라나네. 갈대는 민물과 바닷물이 하나로 섞이는 단 3일 동안만 성장하지. 갈대의 씨앗은 세상 어떤 것보다 민첩하고 갈대꽃은 개미보다 먼저 언덕을 오르는 거북보다도 빠르다네. 메마른 땅에서 하얀 갈대의 씨앗은 2백 년 동안이나 발아를 기다릴 수 있지만, 어쩌다가 습기를 만나기만 하면 한 시간도 채 되지 않아서 싹이 트고 서너 시간 안에 키가 1미터까지 자란다네. 날이 저물 무렵이 되면 둘레가 두 뼘이나 되고 아침이 되면 굵기는 사람의 허리만 해지고 높이는 지붕까지 이른다네. 어부들은 종종 하얀 갈대에 그물을 매어 두었지. 그러면 갈대가 자라나 그물을 물 밖으로 끌어올리기 때문이라네. 새들은 하얀 갈대가 내장 속에서도 자라난다는 사실을 알고 있기 때문에 하얀 갈대 씨앗이나 새순을 먹지 않도록 조심하지. 하지만 어부들이나 양치기들은 가끔씩 어떤 새가 하늘에서 갈가리 찢기는 모습을 볼 수 있다네. 그들은 알지. 광기나 비탄에 사로잡힌 새가 문득 인간의 거짓말이 떠올라서 하얀 갈대 씨앗을 쪼아 먹었다는 것을. 그 씨앗은 새의 내장 속에서 싹을 틔우고 결국 하늘을 날던 새를 조각조각 찢어 놓았지. 하얀 갈대의 뿌리 근처에는 언제나 이빨 자국 같은 것이 보이지. 그래서 양치기들은 하얀 갈대는 흙에서 자라나는 것이 아니라 악마의 입에서부터 자라나는 것이라고 말한다네. 악마는 하얀 갈대를 통해 휘파람을 불고 이야기하면서 새들과 다른 탐욕스러운 짐승들을 유인한 다음 하얀 갈대 씨앗을 먹도록 만든다네. 그렇기 때문에 하얀 갈대 줄기로는 플루트를 만들지 않아. 어부들은 이렇게 말하지. 새들은 때때로 그들의 씨앗 대신 하얀 갈대의 씨앗으로 자기 짝을 임신시킨다고.

그래서 죽음의 알이 이 땅 위에 다시 살아나도록……

노래가 끝나자 젊은 여인은 데리고 온 여러 마리의 그레이하운드를 풀어 주면서 여우를 잡아 오라고 한 다음, 드라큘라 백작의 성 안으로 들어갔다. 여인은 드라큘라 백작에게 금이 가득 담긴 주머니를 주면서 자신의 슬픔을 치료해 달라고 부탁했다. 드라큘라 백작은 여인을 껴안고 침실로 데려갔으며, 그레이하운드들이 여우 사냥에서 돌아올 때까지 여인을 놓아주지 않았다. 아침이 밝아 오자 두 사람은 헤어졌다. 저녁 무렵에 양치기들은 여러 마리의 그레이하운드가 다뉴브 강가에서 낑낑거리며 우는 모습을 보았다. 그 앞에는 사랑스럽고도 젊은 여인이, 하얀 갈대 씨앗으로 배가 잔뜩 불렀던 새들처럼 갈가리 찢겨 있었다. 그녀의 비단 드레스만이 거대한 줄기에 계속 매달려 있었다. 줄기는 이미 뿌리를 뻗었으며 바스락 소리를 내며 여인의 머리카락 사이를 뚫고 나왔다.

그렇게 죽어 버린 여인의 아름다움은 유장(乳漿)과 응고된 우유 속으로 흘러 들어갔으며, 땅이 갈대 뿌리를 물고 있었다.

무카다사 알 사파르ⓔ
MOKADDASA AL-SAFER(8~9세기)

최고의 꿈 사냥꾼†이자 꿈 해독자. 전설에 따르면 무카다사 알 사파르는 『하자르 백과사전』의 남성판을 편집했고 여성판은 아테▽ 공주가 편집했다고 한다.

알 사파르는 백과사전 혹은 『하자르 사전』 가운데 자기가 맡은 부분을 동시대인들이나 후손들을 위해서 쓰고자 한 것이 아니었다. 그래서 그 부분을 5세기 하자르 고어로 편찬해 동시대인은 아무도 그 내용을 이해하지 못하도록 했다. 알 사파르는 오직 그의 조상만을 염두에 두고 그 책을 썼다. 그의 조상들은 한때 아담 카드몬의 몸 중에서 자신에게 해당된 부분을 꿈꾸었던 사람들로, 한 번 꿈에 나온 부분은 두 번 다시 꿈에 나오지 않았다. 하자르 공주 아테는 알 사파르의 연인이었다. 그가 포도주에 적신 턱수염으로 공주의 가슴을 씻어 주었다는 전설이 전해져 내려온다. 알 사파르는 결국 갇힌 몸으로 삶을 마감하는데, 어떤 자료에 따르면 그것은 아테 공주와 하자르 카간 사이에 오해가 생겨났기 때문이라고 한다. 두 사람은 편지 한 통을 놓고 서로 다투게 되었는데, 아테 공주가 써놓고 보내지는 않은 편지가 어쩌다가 카간의 손에 들어간 것이다. 그 편지에 알 사파르에 대한 이야기가 나오는 바람에, 카간의 마음속에 질투와 분노가 일어났다. 그 편지의 내용은 다음과 같다.

나는 당신의 장화에 장미를 심었어요. 당신의 모자에서는 꽃무가 자라나고 있습니다.

고독하고 영원한 밤에 혼자 당신을 기다릴 때면, 지나간 날들이 갈가리 찢긴 편지처럼 내 머리 위로 눈이 되어 내립니다. 나는 그 조각난 편지들을 끼워 맞춰서 당신이 보낸 사랑의 말을 한 글자, 한 글자 읽어 내려갑니다. 하지만 내가 읽을 수 있는 부분은 아주 조금뿐입니다. 때때로 전혀 알지 못하는 필체가 나타나기도 하니까요. 그리고 어떤 다른 편지 조각이 당신의 편지와 섞여 버리기 때문입니다. 누군가 다른 사람의 낮과 편지가 나의 밤에 끼어듭니다. 나는 당신이 돌아오기를 기다립니다. 그때가 되면 편지도, 나날도 더 이상 필요하지 않겠지요. 나는 몹시 궁금합니다. 그때에도 그 또 다른 사람은 나에게 편지를 쓸까요? 그때에도 여전히 밤일까요?

다우브마누스[∞]가 카이로 예배당의 원고와 합쳐 놓은 또 다른 자료들에 따르면, 이 편지 혹은 시는 알 사파르에게 보내려던 것이지 카간에게 보내려던 것이 아니었다고 한다. 그리고 이 편지에서 언급하고 있는 사람은 알 사파르와 아담 카드몬이라는 것이다. 어쨌든 이 편지는 하자르 카간의 마음속에 질투심, 혹은 정치적인 의혹을 불러일으켰다. 왜냐하면 꿈 사냥꾼들은 아테 공주가 이끄는 강력한 야당으로, 카간에게 저항하고 있었기 때문이다. 결국 알 사파르는 쇠우리에 갇힌 채 나무에 매달려 있는 형벌을 받게 되었다. 해마다 아테 공주는 꿈을 통해 알 사파르에게 자기 침실의 열쇠를 보내 주었다. 하지만 공주가 비참한 지경에 빠진 알 사파르를 조금이라도 편하게 해줄 수 있는 방법이라곤 악마를 매수해서 누군가가 잠시 동안 그를 대신해서 우리에 갇혀 있도록 해주는 것뿐이었다. 그래서 여러 사람들이 돌아가며 자기 인생의 몇 주일을 알 사파르에게 빌려 주었으며, 결국 알 사파르의 인생은 다른 사람들의 인생으로 부분 부분 이루어졌다.

그렇게 하는 동안 이 연인들은 자기들만의 독특한 방법으로 사연을 주고받았다. 알 사파르는 우리 아래쪽 강물에서 잡아 올린 거북이나 게의 등에 이빨로 몇 글자 긁어 넣어서는 물속으로 돌려보내곤 했다. 그러면 아테 공주도 똑같은 방법으로, 사랑의 사연을 살아 있는 거북의 등에 적어 넣은 후 그 거북을 우리 아래쪽 바다로 흘러드는 강에 풀어 주곤 했다. 악마가 아테 공주의 머릿속에서 기억을 꺼내 가고 강제로 하자르 언어를 잊어버리도록 만들자, 공주는 편지 쓰기를 중단했다. 하지만 알 사파르는 계속해서 사연을 보냈으며, 아테 공주가 알 사파르라는 이름과 공주 자신이 쓴 시를 잊지 않도록 하기 위해 애를 썼다.

이런 일이 벌어지고 수백 년이 지난 후에 카스피 해변에서 등에 어떤 사연이 적힌 거북 두 마리가 잡혔다. 그것은 서로 사랑하는 남자와 여자가 보낸 것이었다. 거북 두 마리는 그때까지도 함께 다녔으며 등에 적힌 사랑의 사연도 지워지지 않았다. 남자가 보낸 사연은 다음과 같다.

> 당신은 마치 항상 늦게 일어나던 아가씨와 같소. 날이면 날마다 늦게 일어나던 아가씨는 옆 마을로 시집가서 난생 처음 일찍 일어나야 했다오.
> 아가씨는 문득 들판에 하얗게 서리가 내린 것을 보고 시어머니에게 이렇게 말했소.
> 「우리 마을에는 저런 것이 없어요!」
> 바로 그 아가씨처럼 당신은 이 세상에 사랑이 없다고 하는데, 그것은 사랑을 볼 수 있을 만큼 일찍 일어나 본 적이 없기 때문이오. 매일 아침 정해진 시간에 사랑은 바로 그 자리에 있는데 말이오······.

여자의 사연은 이보다 짧아서 몇 자 되지 않는다.

> 내가 태어난 땅은 침묵입니다. 내가 먹는 음식은 정적입

니다. 노 젓는 사람이 배 위에 앉아 있듯이, 나는 내 이름 위에 앉아 있어요. 나는 당신이 너무 미워서 잠도 이루지 못할 지경입니다.

무카다사 알 사파르는 염소 모양의 무덤에 묻혔다.

상가리, 이삭
SANGARI, ISAAC(8세기)

랍비. 하자르 논쟁▽에 유대 측 대표로 참석했다. 이삭 상가리가 유대 신비 철학에 조예가 깊었으며, 하자르 민족▽을 유대교로 인도했다는 사실은 13세기에 이르러서야 언급되기 시작했다. 그는 히브리 언어의 가치에 강조점을 두었지만, 히브리어 이외에도 다른 많은 언어를 알고 있었다. 이삭 상가리는 언어들이 다음과 같은 점에서 서로 다르다고 믿었다. 신의 언어를 제외한 모든 언어는 고통의 언어이며 아픔의 사전이라는 것이다.

「나의 고통이 시간과 내 안에 있는 틈새를 통해 빠져나가고 있다는 사실을 깨달았다. 그렇지 않으면 지금쯤 나의 고통은 그 수가 훨씬 더 많았을 것이기 때문이다. 이것은 언어에 있어서도 역시 마찬가지라고 할 수 있다.」

R. 제달리아(1587)는 이삭 상가리가 하자르 궁정에 가서 하자르어로 대답했다는 사실을 입증했다. 할레비▽의 주장에 따르면, 상가리는 율법학자인 나훔 랍비의 가르침을 활용했다고 하는데, 나훔 랍비는 현자들이 예언자들에게서 어떻게 가르침을 받았는지를 기록해 두었다. 할레비의 기록을 보면 상가리가 카간 앞에서 나훔 랍비의 글을 인용하는 부분이 있다. 그것은 다음과 같다.

이것은 마야시 랍비로부터 들었던 말이다. 마야시 랍비

는 이것을 〈한 쌍의 남녀〉에게서 배웠다고 한다. 이들 부부는 모세가 시나이 산에서 명령을 받았듯이, 예언자로부터 이 말씀을 전해 받았다. 그들은 이 말씀이 개개인 사이의 가르침으로 전해지지 않도록 조심했다. 노인이 임종 시에 아들에게 마지막으로 다음과 같은 말을 한 것만 보더라도 그 사실을 잘 알 수 있다.

「내 아들아, 앞으로는 내가 너에게 가르쳐 준 견해들을 지정된 네 명의 사람에게 전해 주도록 해라.」

「아버지께서는 어째서 아버지 자신의 견해는 맡기지 않으셨습니까?」

「내가 가르쳐 준 견해들은 여러 사람들로부터 전해 받은 것이며 그 사람들 역시 많은 사람들로부터 가르침을 받았기 때문이다. 그래서 나는 내 자신의 전통을 지지했고 그 사람들은 자기들의 전통을 지지했지. 하지만 너는 오로지 한 사람, 나에게서만 가르침을 받았다. 한 사람의 가르침은 무시하고 여러 사람의 가르침을 받아들이는 것이 좋단다.」

사람들은 말하기를, 상가리가 논쟁이 벌어지는 시기를 교묘히 조절해서 아랍 측 대표로 하여금 하자르에 도착하지 못하도록 방해했다고 한다. 별자리의 운행이 아랍인들에게 도움이 되지 못하고 그의 모든 믿음이 물 주전자 속에 꼭 들어맞을 때 논쟁이 열리도록 했다는 것이다. 하지만 상가리 자신도 하마터면 하자르 논쟁이 열리는 시기를 맞추어서 도착하지 못할 뻔했다. 다우브마누스[주]는 다음과 같은 이야기를 전하고 있다.

이삭 상가리는 배를 타고 하자르 수도로 향했다. 하지만 상가리의 배는 사라센 사람들의 공격을 받았다. 사라센 사람들은 눈에 띄는 것은 무엇이든 다 죽이기 시작했다. 유대인들이 목숨을 구하기 위해 물속으로 뛰어들자 해적들은 노를 휘둘러 그들을 죽였다. 오로지 이삭 상가리만이 침착하게 배 위에 남아 있었다. 사라센 사람들은 깜짝 놀라면서 상가리에게 어째서 다른 사람들처럼 파도 속으로 뛰어들지 않느냐고 물어보았다.

「나는 수영할 줄 모릅니다.」 상가리가 대답했다.

그것은 거짓말이었지만 상가리는 그 덕분에 목숨을 부지했다. 해적들은 그를 찔러 죽이는 대신 바다로 밀어 떨어뜨리고는 배를 타고 가버렸던 것이다.

〈영혼 속의 용기는 전쟁터에 있는 왕과 같다. 하지만 가끔은 전쟁터에 있는 인간이 영혼 속의 용기인 것처럼 행동해야 할 때가 있는 법이다.〉

이삭 상가리는 이렇게 말했다.

상가리는 마침내 하자르 궁전에 도착해서 기독교 및 이슬람 대표와 논쟁을 하며 하자르 카간에게 꿈을 해석해 주었다. 그런 식으로 카간을 설득해서 다른 하자르인들과 함께 유대교로 개종하도록 했다. 유대교는 과거보다 미래에 더 많은 기대를 거는 종교이다. 상가리는 천사가 카간의 꿈에 나타나서 한 말을 이렇게 설명했다. 〈주님은 당신의 행동에 기뻐하시지 않고 당신의 속마음에 기뻐하십니다〉라는 천사의 말을 아담의 아들인 세스 이야기와 비교했던 것이다.

「야훼께서 창조하신 아담과 아담이 만들어 낸 아담의 아들 세스 사이에는 엄청난 차이점이 있습니다. 세스와 그 이후에 태어난 모든 사람들은 신의 속마음이지만 인간의 행동입니다. 그렇기 때문에 우리는 속마음과 행동을 구분해야만 합니다. 인간의 속마음은 여전히 순수하고 신과 같으며 동사나 혹은 말씀입니다. 인간의 속마음은 행동의 개념으로서 행동에 앞서게 됩니다. 반면 행동은 세속적입니다. 행동에는 세스라는 이름이 붙어 있습니다. 행동 안에는 선과 악이 마치 속빈 인형들처럼 포개져 들어 있습니다. 그러므로 인간의 모습을 적나라하게 드러내는 유일한 방법은, 하나의 인형 안에서 또 다른 속 빈 인형을, 좀 더 작은 종에서 더 큰 종을 들어 올리는 것뿐입니다. 당신의 꿈에 나타난 천사가 훈계를 했다고 생각하면 안 됩니다. 그것은 사실과 거리가 멀기 때문입니다. 그 천사는 단지 당신이 당신의 진실한 본성에 주의를 돌리기를 원했던 것입니다.」

슐츠, 도로시아 박사
SCHULTZ, DR. DOROTHEA
(크라쿠프, 1944~)

슬라브 문제 전문가. 예루살렘의 대학 교수. 결혼 전의 이름은 크바슈니에프스카. 폴란드의 야겔로니안 대학교를 졸업했으며 미국 예일 대학교에서 박사 학위를 받았다. 그러나 두 대학의 기록철을 살펴보아도 도로시아의 집안에 대해서는 자세히 알 수가 없다. 크바슈니에프스카는 크라쿠프에서 유대인 어머니와 폴란드인 아버지 사이에서 태어났는데, 그 상황이 매우 특이했다. 그녀의 어머니는 도로시아에게 짧은 글을 남겨 놓았는데, 그 글은 본래 그녀의 아버지 것이었다.

「내 마음이 곧 내 딸이다. 나는 별을 보면서 방향을 잡는다. 내 마음은 달과 고통을 보면서 방향을 잡는다. 고통은 모든 질주의 끝에 놓여 있다.」

크바슈니에프스카는 이 글을 쓴 사람이 누구인지 결국 알아내지 못했다. 그녀의 외삼촌 아슈케나즈 숄렘은 독일이 폴란드를 점령하고 1943년에 대대적인 유대인 학살을 벌일 무렵 어디론가 사라져 버렸다. 하지만 그는 그렇게 사라져 버리기 직전에 여동생의 목숨을 구할 수 있었다. 여기저기 손을 쓴 결과, 동생의 신분증을 위조해서 폴란드 여자인 것처럼 꾸민 다음에 여동생과 결혼했던 것이다. 결혼식은 바르샤바의 성 토마스 교회에서 거행되었으며, 서류상으로는 개종한 유대인과 폴란드 여자가 결혼하는 것이었다.

아슈케나즈 슐렘은 어디론가 실려 가면서 담배 대신 박하차 가루를 피웠다. 그의 여동생이자 아내였던 아나 슐렘은 그 후에도 계속 폴란드인 대우를 받았다. 그녀는 아나 자키에비치라는 처녀적 이름을 버리지 않았으며 재빨리 남편(실제로는 오빠)과 이혼했다. 오빠와 결혼했다는 사실은 오로지 두 사람만의 비밀이었다. 아나 슐렘은 그렇게 위험을 모면했으며, 얼마 후에 재혼했다. 두 번째 남편은 크바슈니에프스카라는 사람으로 알록달록한 달걀 껍데기 같은 눈에 혀는 유순했지만 생각에는 뼈대가 있는 사람이었다.

두 사람에게는 자식이 하나뿐이었는데, 그 아이가 바로 도로시아 크바슈니에프스카였다. 도로시아는 슬라브학으로 학위를 받은 후에 미국으로 건너갔으며, 나중에 미국에서 고대 슬라브 문학 박사 학위를 받았다. 하지만 학창 시절부터 알고 지내던 이삭 슐츠가 이스라엘로 옮겨 가자, 도로시아는 이스라엘로 건너가 그와 함께 지냈다. 이삭 슐츠는 1967년에 벌어진 이스라엘-이집트 전쟁에서 부상을 당했으며 그다음 해에 도로시아와 결혼했다. 도로시아는 텔아비브와 예루살렘에서 살았으며 슬라브족들 사이의 초기 기독교 역사를 강의했다. 그동안에도 폴란드에 있는 자기 자신에게 계속 편지를 보냈다. 도로시아는 예전에 살던 크라쿠프 주소로 편지를 보냈다. 이제는 슐츠 부인이 된 크바슈니에프스카가 자기 자신에게 보낸 이 편지들은 한때 크라쿠프의 지주였던 어떤 부인이 뜯지도 않은 채 보관해 두었다. 그 부인은 언젠가 그 편지들을 도로시아에게 전해 줄 수 있을 것이라는 희망을 갖고 있었다.

도로시아가 보낸 편지들은 한두 통을 제외하고는 모두 길이가 짧았고, 1968년부터 1982년까지 도로시아 슐츠 박사가 기록한 일기 형식을 취하고 있다. 이 편지들은 하자르 민족과 관련이 있다. 이스탄불에서 감금 생활을 하면서 보낸 마지막 편지에 하자르 논쟁▽에 대한 언급이 있는 것을 보면 그 사실을 알 수 있다. 그 편지들을 시대순으로 소개하겠다.

1

도로시아에게

나는 이곳에서 지금 다른 사람들에게 폐를 끼쳐 가면서 포식을 하거나, 아니면 내 몸을 희생시켜 단식을 하고 싶은 기분이란다. 나는 네가 크라쿠프에 살았던 때의 나보다 이미 더 어려졌다는 사실을 알고 있기 때문에 이 편지를 쓰는 거야. 우리의 그 방은 언제나 금요일이었고, 사람들은 마치 우리가 사과라도 되는 것처럼 계피를 잔뜩 먹이곤 했지. 네가 만약 이 편지를 받게 된다면, 이 편지를 읽을 무렵에는 나보다 나이가 더욱 많아졌을 거야.

이삭의 상태는 좋아졌어. 그이는 전쟁터의 어느 병원에 누워 있지만, 빠르게 회복되고 있어. 글씨를 보면 알 수 있지. 그이는 꿈속에서 〈크라쿠프의 침묵이 3개월 동안 계속되다가 두 번 끓어 넘치고 바닥이 약간 타는 것을 보았다〉고 써 보냈어. 얼마 있지 않아 우리는 다시 만날 거야. 나는 그 만남이 두려워. 단지 그이가 부상을 당한 것 때문에 그러는 것은 아니야. 나는 아직도 그이가 부상을 당했다는 사실 말고는 아무엇도 몰라. 내가 두려워하는 것은, 우리 모두가 자기 자신의 그늘 속에 심긴 나무라는 사실 때문이야.

이삭을 사랑하지 않는 네가 우리로부터 멀리 떨어진 그곳에 남아 있다는 사실이 정말 기뻐. 이제 너와 나는 더욱 쉽게 사랑할 수 있을 거야.

1967년 8월 21일 텔아비브에서

2

도로시아

몇 마디만 적을게. 너는 어떻게 살아야 하는지 잘 모르기 때문에 일하는 거야. 그것을 항상 잊지 않도록 해. 네가 만약 어떻게 살아야 하는지 알게 된다면, 너는 더 이상 일하지 않을 거야. 그리고 너에게 침묵이란 존재하지 않을 거야.

하지만 모두들 우리에게 어떻게 일해야 하는지에 대해서만 가르치고 어떻게 살아야 하는지는 가르쳐 주지 않아. 나도 역시 어떻게 살아가야 하는지 잘 몰라. 나는 개들을 데리고 낯선 숲길을 산책했어. 머리 위에 나뭇가지들이 닿았지. 나무들은 자신의 먹이인 빛을 향해 손을 뻗으면서 아름다움을 이루어 냈지. 그러나 내 음식을 가지고 내가 만들어 낼 수 있는 것이라곤 기억뿐이야. 그렇다고 굶는다고 해서 아름다움을 만들어 낼 수 있는 것도 아니야. 내가 나무와 떨어질 수 없게 만드는 것은, 바로 나는 할 줄 모르고 나무들은 할 줄 아는 그 어떤 것이야. 반면 나무를 나에게 묶어 두는 것은 내 개들뿐이야. 오늘 밤에 개들은 다른 어느 날 밤보다도 더 나를 사랑해. 개들은 나로 인해 굶주릴 때보다 나무들로 인해 굶주릴 때 더욱 아름답기 때문이지. 너의 학문은 이러한 모든 것들 가운데 어디에 어울리는 것일까? 네가 남들보다 학문에서 앞서기 위해 알아 두어야 할 단 한 가지는 네 분야에서 가장 마지막으로 만나게 될 단어란다. 아름다움이 함께한다면 이런 식은 아닐 거야.

이삭이 돌아왔어. 붕대를 감고 있어서 상처를 볼 수는 없어. 이삭은 예전처럼 잘생겼고 크라쿠프 노래를 배운 강아지와 닮았어. 이삭은 내 왼쪽 가슴보다 오른쪽 가슴을 더 좋아해. 우리는 잠자리에서 깊은 애무를 하지. 바벨에서 계단을 겅중겅중 뛰어 올라가던 시절처럼 이삭의 다리는 길어. 자리에 앉으려면 한쪽 무릎을 움켜쥔 다음에 다른 쪽 무릎을 움켜쥐어야 하던 그 시절처럼 말이야.

이삭은 마치 처음 불러 보는 것인 양 내 이름을 발음하지. 어느 누구도 내 이름을 불러 본 적이 없는 것처럼 말이야. 입에서 입으로 옮겨 다니는 동안 내 이름은 이제 닳을 대로 닳아 버렸는데……. 우리 한 가지만 합의를 보자. 우리는 역할을 나누어 맡는 거야. 너는 학자로서 크라쿠프에 가 있고 나는 여기에 남아서 어떻게 살아야 하는지를 배우는 거야.

1968년 9월 예루살렘에서

3

잊을 수 없는 나의 도로시아에게

너를 본 것도 아주 오래되었구나. 내가 지금 너를 안다고 할 수 있을까? 대답을 알고 있는 것은 너뿐이지. 아마 너도 더 이상 날 모를 거야. 그리고 문손잡이에 소맷자락이 걸리곤 하던 그 방에 있던 나를 생각하지 않겠지. 나는 지금도 폴란드의 숲을 기억하고 있어. 그리고 네가 어제 내린 빗속에서 달리는 모습을 상상하곤 해. 빗방울 소리는 아래쪽 나뭇가지보다 위쪽 나뭇가지에서 더 커다랗게 울리지. 나는 어린 소녀인 너를 기억해. 그리고 네가 얼마나 빨리 자라는지도 알고 있어. 손톱이나 머리카락이 자라나는 것보다 더 빠르지. 하지만 네 안에서 너보다 더욱 빠르게 자라나는 것은 어머니에 대한 미움이지. 우리가 어머니를 그렇게까지 미워할 필요가 있었을까?

이곳의 모래는 내 욕망을 불러일으키고 있어. 어떤 때는 이삭이 낯선 사람처럼 느껴지는 시간도 있어. 이런 느낌은 이삭이나 우리의 사랑과는 아무런 관계가 없어. 이것은 무언가 다른 것과 관계가 있어. 바로 그이의 상처지. 이삭은 잠자리에서 책을 읽어. 나는 그이를 원할 때마다 그이 옆에 누워 불을 끄지. 그이는 몇 분 동안 꼼짝도 하지 않고 누워서 어둠 속에서 가만히 책을 들여다보고 있어. 나는 그이의 생각이 보이지 않는 책의 내용을 가로질러 전속력으로 달려가는 소리를 들을 수 있어. 이윽고 그이가 나에게로 몸을 돌리지. 하지만 우리가 서로에게 닿자마자, 나는 그이의 그 무시무시한 상처를 느낄 수 있어. 사랑을 하고 난 후에 우리는 그대로 누워서 각자 동떨어진 어둠 속을 응시하곤 하지. 며칠 전의 저녁 무렵에 나는 그이에게 물어보았어.

「밤이었어요?」

「뭐가?」

그이는 알면서도 이렇게 대꾸하지.

「부상당한 거 말이에요.」

「밤이었어.」

「무엇이었는지는 몰라요?」

「응. 내 생각에는 총검이었던 것 같아.」

도로시아, 너는 어리고 경험이 없으니 이런 것을 모두 다 이해하지는 못할 거야. 늪이나 습지에서 먹이를 찾아다니는 새는 몸을 움직이지 않으면 금세 가라앉아 버리지. 앞으로 나아가기 위해서는 수렁에서 연신 발을 빼내야만 해. 무엇을 잡거나 잡지 못했거나 상관없이 말이야. 이것은 우리와 우리 사랑 사이에도 똑같이 적용될 수 있지. 우리는 계속 앞으로 나아가야 해. 그 자리에 머물러 있을 수는 없어. 그렇게 하면 가라앉아 버리기 때문이지.

1971년 하이파에서

4

도로시아에게

슬라브 사람들이 장화를 신고 창을 든 채 어떻게 바다로 내려갔는지에 대해 읽고 있어. 나는 여기저기에서 눈에 띄는 새로운 어학적 오류와 잘못된 맞춤법을 보면서 크라쿠프가 어떻게 변하고 있을지 생각하고 있는 중이야. 그런 것들은 모두 어휘 변천의 자매들이지. 나는 네가 여전히 그 모습 그대로인지, 그리고 이삭과 내가 어떻게 서로를 점점 더 잃어 가고 있는지에 대해 생각하고 있어. 나는 감히 그이에게 말할 수 없어. 우리가 사랑을 나눌 때마다, 아무리 그것이 황홀하다 하더라도, 나는 내 가슴과 배 위에서 총검 자국을 느낄 수 있어. 심지어 닿기도 전에 미리 느껴. 우리가 침대에 누워 있을 때, 그것은 이삭과 나 사이에 있어. 불과 몇 초 사이에 한 사람이 총검을 가지고 다른 사람의 몸에 서명을 하고 자신의 초상화를 타인의 살 위에 영원히 남길 수 있다는 게 너는 믿기니? 나는 나 자신의 생각을 계속 사냥하고 다녀야 해. 그것은 내 것이지만 생겨날 때부터 내 것이었던 것은 아니야. 내가 손에 잡고 있을 때에만 그렇지. 나는 그것이 멀리 달아나기 전에 어떻게든 잡아 두어야 해.

그 상처는 입처럼 생겼어. 이삭과 내가 서로 끌어안을 때,

사실은 우리가 서로에게 손을 대자마자, 내 젖꼭지는 마치 이빨 없는 입속으로 빨려 들어가듯이 그 상처 속으로 빠져 들어가. 나는 이삭 옆에 누워서 그가 자고 있는 바로 그 어두운 지점을 바라보고 있지. 토끼풀 냄새가 헛간 냄새를 감싸고 있어. 나는 그이가 몸을 뒤척이기를 기다려. 그런 순간에는 꿈이 엷어지고 그이를 깨울 수 있거든. 그이도 별로 아쉬워하지 않을 테니까. 어떤 꿈은 값비싸고 또 어떤 꿈은 쓰레기지. 나는 그이를 깨워서 물어봐.

「그 사람이 왼손잡이였어요?」

「그런 것 같아.」

그이는 졸린 목소리지만 머뭇거리지는 않아. 그이는 내 말이 무슨 뜻인지 알고 있어.

「사람들이 그 사람을 사로잡아서 아침에 내 막사로 데리고 왔어. 나에게 보여 주려고 말이야. 그 사람은 턱수염이 있고 눈은 초록색이었지. 그리고 머리에 상처가 나 있었어. 사람들이 보여 주고 싶었던 것은 바로 그 상처야. 내가 그렇게 했거든. 소총 개머리판으로.」

1974년 10월 예루살렘에서

5

도로시아

네가 바벨에 있다는 걸 내가 얼마나 다행스럽게 여기는지 너는 모를 거야. 나에게 벌어지고 있는 이 무시무시한 일들로부터 너는 몸을 피할 수 있으니까 말이야. 한번 생각해 봐. 네 남편의 침대에 누워서 사랑하는 그이와 사랑을 나누는 동안, 너를 물어뜯거나 너에게 입을 맞추는 사람이 전혀 다른 사람이라는 것을 말이야. 네 남편과 사랑을 하고 있는 동안, 내내 네 배에 흉터 자국이 와 닿는 것이 느껴진다면 어떻겠니? 그리고 그 흉터가 낯선 팔다리처럼 너와 사랑하는 사람 사이에 끼어든다면 말이야. 나와 이삭 사이에는, 지금은 물론 앞으로도 언제까지나 녹색 눈에 턱수염이 나 있는 사라센 사람이 누워 있을 거야! 그리고 내가 몸을 움직일 때마다 그 사라센 사람은 이삭보다 먼저 반응을 보일 거야. 왜냐하면 그 사람이 이삭보다도 더 내 몸에 바싹 붙어 있으니까. 내 말을 잘 들어. 이 사라센 사람에 대한 이야기는 꾸며 낸 것이 아니야! 그 짐승은 왼손잡이고 내 오른쪽 가슴보다 왼쪽 가슴을 더 좋아해!

도로시아, 정말 끔찍해! 너는 내가 사랑하듯이 이삭을 사랑하지는 않지. 그러니 아마도 너는 내가 이 모든 것을 이삭에게 어떻게 설명해야 하는지 이야기해 줄 수 있을 거야. 내가 너와 폴란드를 버리고 여기로 온 것은 이삭 때문인데 결국 이삭의 품 안에서, 밤이면 녹색 눈을 번쩍 뜨고 이빨 없는 입으로 물어뜯고 이삭이 가만히 있을 때에도 거칠게 구는 괴물을 만나게 되다니. 이삭은 때때로 이 아랍인을 가지고, 내가 오르가슴을 느끼도록 해! 혹시라도 그 사람이 필요하면 연락해! 그 사람이 그곳으로 갈 거야. 그 사람은 언제나 할 수 있거든…….

도로시아, 우리의 벽시계는 이번 가을에 빨리 가고 있어. 봄이 다가오면 다시 느려지겠지.

1975년 9월 다시 하이파에서

6

도로시아에게
아침에 날씨가 좋으면 이삭은 공기의 품질을 조심스럽게

평가하지. 그는 공기 중에 수분 함량이 얼마나 되는지 점검하고 코로 바람의 냄새를 맡은 다음, 한낮에도 날씨가 시원할지 어떨지 관찰하곤 해. 그리고 적당한 순간이 되었다고 느껴지면 특별한 종류의 공기를 선택해서 폐를 가득 채우고 저녁 무렵에 노래를 부르면서 이 공기를 꺼내지. 이삭은 노래를 항상 잘 부르는 사람은 없다고 말해. 노래는 계절과도 같다는 거야. 자기 차례가 돼야 오는 거지. 도로시아, 이삭은 말이지, 도무지 넘어질 줄 모르는 사람이야. 꼭 거미 같아. 보이지 않는 거미줄이 있어서 이삭을 자기가 알고 있는 장소에 붙들어 두는 것 같아. 하지만 나는 점점 더 자주 넘어져. 그 아랍인이 남편 품에서 나를 강간하고 있어. 나는 이제 나의 쾌락이 어디에서 오는지 모르겠어. 이 사라센 사람 뒤에 있는 남편은 이제 내 눈에 다른 사람처럼 보여. 나는 남편을 견딜 수 없는 새로운 방식으로 바라보고 이해하기 시작했어.

갑자기 과거가 변해 버렸어. 미래가 점점 더 많이 잠식해 들어올수록 과거는 점점 더 많이 변해 가고 있어. 과거의 짐칸에는 점점 더 많은 위험이 실리고 미래를 예측하기보다 과거를 예측하기가 더욱 어려워지고 있어. 과거로 꽉 차 있던, 오랫동안 닫혀 있던 방들에서 멀쩡하게 살아 있는 짐승들이 점점 더 많이 나오고 있어. 이 짐승들은 각각 제 이름이 있어. 이삭과 나를 찢어 놓을 짐승도 이름을 갖고 있어. 도로시아, 한번 상상해 봐. 내가 그이에게 물어보았더니, 그이는 대답해 주었어. 그이는 그 이름을 줄곧 알고 있었던 거야. 그 아랍인의 이름은 아부 카비르 무아위아[6]였어. 그리고 그 사람은 이미 일을 시작했어. 한밤중 어딘가에, 웅덩이 근처 모래밭에서 말이야. 모든 짐승들이 다 그러하듯이.

1978년 10월

7

오랫동안 잊고 지내던 도로시아에게

너는 가장 소름 끼치는 방식으로 내 삶 속으로 다시 되돌아오고 있어. 안개가 너무 무겁기 때문에 물속으로 가라앉아 버리는 그곳 폴란드에서, 내가 너에게 하려고 하는 일이 무엇인지 너는 짐작도 못할 거야. 나는 가장 이기적인 이유로 너에게 편지를 쓰고 있지. 나는 가끔씩 내가 어둠 속에서 눈을 부릅뜨고 누워 있다고 상상하지. 하지만 사실은 방에 불이 환하게 켜져 있고 내가 눈을 감고 있는 동안 이삭은 책을 읽고 있어. 아직도 우리 침대에 우리 두 사람 사이에는 바로 그 제3의 생물이 누워 있어. 하지만 나는 약간 교활한 방법을 써봤어. 그것은 어려운 일이야. 전투 공간이 제한되어 있으니까. 이삭의 몸 때문에 말이야.

여러 달 동안 나는 아랍인의 입을 피해 오른쪽에서부터 왼쪽으로 조금씩 남편 몸을 옮겨갔어. 마침내 덫에서 빠져나왔다고 생각하고 있던 바로 그 순간에 이삭의 몸 다른 쪽에서 복병을 만났지. 거기에서 나를 기다리고 있었던 것은 아랍인의 두 번째 입이었어. 이삭의 귀 뒤쪽으로 머리카락 바로 아래에 상처가 또 하나 있었던 거야. 그것은 마치 아부 카비르 무아위아가 내 이빨 사이로 혀를 밀어 넣는 것과도 같았어. 정말 섬뜩했어! 보기 좋게 덫에 걸려든 거야! 한 개의 입에게서 간신히 몸을 피해 나오고 있는 동안 또 하나의 입이 이삭의 몸 다른 쪽에서 계속 나를 기다리고 있었던 거야.

그러니 내가 어떻게 이삭에 대해 생각할 수 있겠니? 더 이상 이삭을 애무할 수가 없어. 내 입이 사라센 사람의 입에 닿을까 두려워. 그 사람은 우리의 삶을 내내 주시하고 있어. 이런 상황 속에서 아이를 가진다는 것을 넌 상상할 수 있겠니?

지난밤은 정말 최악이었어. 사라센 사람이 나에게 입맞춤을 하는 순간, 별안간 우리 어머니의 입맞춤이 떠오르는 거야. 몇 년 동안이나 나는 어머니를 한 번도 생각해 본 적이 없는데, 이제 갑자기 어머니가 생각나다니 말이야. 이런 방식으로 앙갚음을 하다니! 구두를 신은 사람은 구두를 벗어 버린 사람처럼 자랑하지 못하게 해야 하는 거야! 그렇게 하지 않으면 그 꼴을 어떻게 봐줄 수 있겠니?

나는 이삭에게 대놓고 물어보았어. 그 이집트 사람이 아직까지 살아 있는지 말이야. 이삭이 뭐라고 대답했을 거 같니? 그 사람은 물론 살아 있고 카이로에서 일하고 있다는 거야. 그 사람은 마치 쇠꼬챙이처럼, 가는 곳마다 발자국을 남긴다고 해. 부탁이니 네가 제발 어떻게 좀 해줘! 너는 이 방해꾼에게서 나를 구해 줄 수 있어. 나를 향한 이 사람의 욕망을 너에게로 돌려주기만 하면 되는 거야. 그렇게 하면 이삭과 나는 마음 편히 살아갈 수 있어. 그 저주받은 이름을 잊지 마. 아부 카비르 무아위아. 그리고 이 사실은 우리 두 사람만 아는 것으로 하자. 너는 그곳 크라쿠프에서 그 왼손잡이 아랍인을 네 침대로 데리고 가. 나는 이삭을 꼭 붙들고 있도록 해보겠어…….

1978년 11월 1일 텔아비브에서

8

친애하는 크바슈니에프스카 양에게

그대의 슐츠 박사가 대학 강의 중간 휴식 시간에 편지를 쓰고 있어. 이삭과 나는 잘 지내. 내 귓속에는 지금도 이삭의 시들어 가는 입맞춤이 가득 들어 있어. 우리는 어느 정도 안정이 됐어. 우리의 침대는 이제 완전히 따로 떨어진 두 대륙과도 같아. 나는 열심히 일하고 있어. 얼마 전에는 학술회의에 참석하라는 요청을 수락했어. 거의 10년 만에 처음이지. 나는 지금 또 다른 여행을 준비하고 있어. 너에게 좀 더 가까이 다가갈 수 있는 기회가 될 거야. 2년 만에 이스탄불에서 흑해 연안 지역의 문화에 대한 회의가 열리고 있거든. 그래서 논문을 준비하고 있어. 네가 학부 졸업 논문으로 쓴「슬라브 민족의 계도자, 키릴루스와 메토디우스의 생애」와 위카 교수를 기억하니? 그리고 우리가 당시에 이용했던 드보르니크 교수 연구실을 기억하니? 드보르니크 교수는 『새로운 개정판』(1969)을 출간했는데, 나는 지대한 흥미를 가지고 그 책을 읽고 있어. 나는 키릴루스†와 메토디우스†의 하자르 선교에 대한 논문을 쓸 거야. 이 선교 활동에 대해 가장 중요한 기록이라고 할 수 있는 키릴루스 자신의 글은 소실되었어. 이름을 알 수 없는 키릴루스 전기 편집자에 따르면 키릴루스는 카간의 궁전에서 벌어진 하자르 논쟁에서 자신이 어떠한 주장을 펼쳤는지를 『하자르 연설』이라는 책에 기록해 두었다고 해.

〈만약 연설 전문에 관심이 있다면, 키릴루스가 쓴 책을 찾아보면 될 것이다. 우리의 스승이자 대주교이며, 철학자 콘스탄티누스의 형이기도 한 메토디우스는 이 책을 번역한 다음, 여덟 편으로 나누었다.〉

이것은 키릴루스 전기 작가가 한 말이야. 믿을 수 없는 일이지만 기독교 성자이자 슬라브 교육의 아버지 키릴루스[53]가 행한 여덟 편의 연설을 묶어 둔 책은 그리스어로 기록되고 슬라브어로도 번역되었지만 모두 흔적도 없이 사라져 버렸어. 그 책에 이교도적인 요소가 너무 많이 포함되어 있었기 때문일까? 그 책은 아마도 성상 파괴적인 어조를 띠었을 것이고 그래서 논쟁에서는 효과적이었겠지만 합법적인 내용은 아니

---

53 테살로니카의 콘스탄티누스를 말한다.

었기 때문에 하자르 선교가 끝난 후에 제거된 것이 아닐까?

나는 일린스키의 글을 다시 한 번 살펴보았어. 1934년까지 널리 알려져 있던 「체계적인 키릴루스-메토디우스 전기에 대한 고찰」 말이야. 그리고 그의 계승자들이었던 포프루첸코, 로만스키, 이반카 페트코비치 등이 쓴 글도 읽어 보았어. 모신의 글도 다시 한 번 읽어 보고, 그 사람들이 하자르 문제에 대해 제시한 문헌 목록에 포함된 책들까지 모두 다 읽었어. 하지만 그 어디를 보아도 키릴루스의 『하자르 연설』이 누군가의 관심을 끌었다는 언급은 전혀 없었어. 어떻게 그런 식으로 흔적도 없이 사라져 버릴 수 있는 것일까? 모두들 이 문제에 대해 선입관을 가지고 있어. 하지만 그리스어 원본 외에도 슬라브어 번역본이 있었으니, 한때 이 책이 널리 읽혔다는 사실만을 추측할 수 있을 뿐이지. 하자르 선교 기간 동안뿐만 아니라 그 후에도 말이야.

테살로니카 수도회 형제들은 슬라브 선교에서와 심지어 〈3개 언어주의자〉와의 논쟁에서도 이 연설을 인용했던 것이 분명해. 그렇지 않다면 『하자르 연설』이 어째서 슬라브어로 번역되었겠어? 전체적인 문제를 비교 분석적으로 접근한다면 키릴루스의 『하자르 연설』을 추적해 내려가는 일도 가능할 것이라고 생각해. 하자르 논쟁에 대한 이슬람 측 자료와 유대 측 자료를 체계적으로 점검하다 보면 키릴루스의 『하자르 연설』에 대한 언급을 분명히 찾아낼 수 있을 거야. 하지만 이것은 나 혼자서나 혹은 일개 슬라브 문제 연구자가 할 수 있는 일이 아니야. 이 일을 처리하려면 유대 문제 연구자와 동양학자가 필요해. 나는 던롭의 책 『유대계 하자르인의 역사』를 읽어 보았지만, 철학자 콘스탄티누스가 쓴, 사라진 『하자르 연설』을 찾아내는 일에 실마리가 될 만한 것을 전혀 발견하지 못했어. 그러니까 너 혼자서만 야겔로니아 대학에서 학문 연구에 골몰하고 있는 것은 아니야. 나도 여기에서 같은 일을 하고 있어.

마침내 나는 나의 천직으로 그리고 나의 젊은 시절로 돌아왔어. 뱃길로 실어 나르는 과일 맛이 나는 시절 말이야. 나는 바구니 모양의 밀짚모자를 쓰고 시장에 가서는 모자를 벗지 않고서도 그 안에 버찌를 넣어 가지고 올 수 있어.

크라쿠프의 로마네스크 종탑이 자정을 알릴 때마다 나는 나이를 먹어. 또한 바벨에서 하루가 알을 깨고 나올 때마다 눈을 뜨지. 나는 너의 영원한 젊음이 부러워. 너의 아부 카비르 무아위아는 어떠니? 내 꿈에서처럼, 연기에 잘 그을려서 말린 귀 한 쌍과 말끔히 씻어낸 코를 가지고 있니?

그 사람을 받아들여 줘서 고마워. 아마도 너는 이미 그 사람에 대해서 모르는 것이 없을 거야. 한번 생각해 봐. 그 사람이 나와 네가 하는 것과 비슷한 연구를 하고 있다는 걸 말이야! 그 사람은 동료인 셈이지.

그 사람은 카이로에 있는 대학교에서 비교 중동 종교학을 가르치고 유대 역사에 관심이 많아. 혹시 나처럼 그 사람 때문에 너에게도 문제가 생긴 것은 아니니?

1980년 10월 미국 예일 대학교 슬라브학과
슐츠 교수로부터

9

도로시아에게

도무지 믿을 수 없는 일이 벌어졌어. 미국에서 돌아와 보니 아직까지 뜯어보지 않은 우편물 가운데, 내가 전에 이야기했던 흑해 연안 지역의 문화 학회 참가자 명단이 들어 있었어. 그런데 그 명단에 누가 있었는지 알아맞혀 볼래? 아마 너는 벌써 알고 있을 거야. 네 어린 영혼은 예언자적인 기질이 있으니 굳이 머리 손질을 해줄 미용사가 필요하지 않겠지. 그 아랍 사람, 바로 그자가 있었어. 내 남편의 침대에서 나를 몰아낸 그 녹색 눈의 남자 말이야. 그 사람이 이스탄불에서 열리는 모임에 참가할 거야. 하지만 거짓말을 하지는 않겠어. 그가 나를 만나기 위해 오는 것은 아니야. 어쨌든 마침내 그 사람을 볼 수 있게 된 거지. 나는 오랫동안 우리가 하는 연구가 겹친다는 생각을 해왔어. 만약 내가 이 회의에 가기만 한다면, 우리는 한 지점에서 만나게 될 거야. 나는 가방 속에 키릴루스와 메토디우스의 하자르 선교에 대한 논문을 챙겨 넣고 그 밑에는 38구경 스미스웨슨 권총을 넣어. 비록 아무 소용은 없었지만, 아부 카비르 무아위아를 떠맡으려고 했던 너의 노력에 대해서는 정말 고마워. 이제는 내 책임이라고 생각하고 그 사람을 인계하겠어. 부디 이삭을 사랑하지 않는 만큼 나를 사랑해 줘.

그 어느 때보다도 너의 사랑이 필요해. 우리 두 사람의 아버지가 나를 도와주실 거야…….

1981년 1월 예루살렘에서

10

도로시아에게

우리 두 사람의 아버지가 나를 도와줄 거야. 지난번에 나는 이렇게 적어 보냈지. 나의 불쌍한 꼬마 바보. 너는 우리 아버지에 대해 얼마나 알고 있니? 네 나이 무렵에는 나 역시 아무것도 몰랐어. 하지만 새로 맞이한 지난 몇 년 동안 나에게는 생각할 시간이 있었어. 너는 네 진짜 아버지가 누군지 알고 있니? 너에게 크바슈니에프스카라는 이름을 붙여 주고 용감하게도 네 어머니 아나 숄렘과 결혼한, 턱수염이 풀잎처럼 돋은 그 폴란드인? 그 사람이 진짜 네 아버지라고 생각하니? 나는 그렇게 생각하지 않아. 너는 우리가 기억하지 못하는 그 사람을 생각해 낼 수 있니? 아슈케나즈 숄렘이라는 사람 기억나니? 사진에서 보았던 청년 말이야. 코에 승마용 안경을 걸치고 조끼에도 안경을 꽂고 있었지. 담배 대신 차 가루를 피웠고 아름다운 머리카락이 잘생긴 귀를 감고 있었지. 아슈케나즈 숄렘은 이런 말을 한 적이 있어.

「실수로 우리 손에 희생된 사람이 우리를 구해줄 것이다.」

우리 어머니는 결혼 전에는 성이 자키에비치였다고 해. 결혼 후에 숄렘이라는 성을 얻었고 재혼해서 크바슈니에프스카라는 이름을 얻었지. 우리 어머니 아나 숄렘의 오빠이자 첫 번째 남편이었던 사람 생각나니? 어머니의 딸들, 그러니까 너와 나의 진짜 아버지가 누군지 아니? 이렇게 오랜 세월이 흐른 지금에서야 비로소 기억하는구나! 너의 삼촌이자 네 어머니의 오빠인 사람이 너의 아버지가 될 수도 있는 거야. 안 그렇다고? 어째서 그 사람이 네 어머니의 남편이 될 수 없다는 거지? 그럼, 이 등식에 대해 너는 어떻게 생각해? 숄렘 여사는 결혼 전에 남자 경험이 전혀 없었을 거야. 그리고 재혼할 때 처녀였을 리가 없어. 그렇지 않니? 어머니가 그처럼 이상하게 보이는 이유가 바로 그거야. 어머니의 기억 속에는 언제나 공포가 함께했지. 어쨌든 어머니가 노년을 헛되이 보내신 건 아니야. 나는 그렇게 생각해. 만약 어머니가 정말 그렇게 했다면, 어머니의 선택은 천 번 만 번 옳았어. 만약 내가 아버지를 선택할 수 있다면, 어느 누구보다도 우리 어머니의 오빠가 우리 아버지이기를 바라니까. 사랑하는 도로시아, 불행은 말이지 우리에게 우리의 인생을 거꾸로 읽는 방법을 가르쳐 준단다.

여기 이스탄불에서는 벌써 꽤 많은 사람들을 만났어. 나는 이상하게 보이고 싶지 않기 때문에 모든 사람들과 잡담을 나누고 있어. 마치 빗물에 입을 벌리고 있는 것처럼 말이야. 이번 회의에 참석한 학자들 중에 이사일로 수크† 박사라는 사람이 있어. 그 사람은 중세 고고학자로 아랍어를 능숙하게 해. 우리는 영어로 대화를 나누고 폴란드어로 농담을 하지. 박사는 세르비아어를 쓰고 스스로를 자기 옷에 붙은 나방이라고 했기 때문이야. 수크 박사의 가족은 지난 1백 년 동안 똑같은 타일 난로를 가지고 이 집 저 집으로 옮겨 다녔다고 해. 박사가 믿고 있는 바에 따르면, 우리 세기와는 달리 21세기가 되면 사람들이 마침내 다 함께 들고일어나서, 악취가 나는 물처럼 우리의 머리를 뒤덮고 있는 따분함에 대항할 거라고 해. 우리는 모두 시지푸스처럼 따분함이라는 돌을 등에 지고 거대한 언덕을 오르고 있다고 박사는 말했어. 그렇지만 미래의 사람들은 들고일어나서 이 형벌에 대항할 것이다, 따분한 학교, 따분한 책, 따분한 음악, 따분한 과학, 따분한 만남에 반대할 것이고 이 따분함을 자신의 삶과 일에서 몰아낼 것이다, 우리의 아버지 아담이 요구하는 바가 바로 그것이다, 수크 박사는 늘 이런 식으로 이야기해. 물론 어느 정도까지는 농담이야. 박사는 포도주를 마시면서 자기 잔에 절대로 첨잔을 하지 못하도록 해. 성상을 비추는 등잔은 기름이 떨어지지 않도록 항상 다시 채워 주어야 하지만 술잔은 등잔이 아니라는 거야.

박사가 쓴 교재는 전 세계적으로 사용되고 있지만, 박사 자신은 그것을 사용할 만한 입장이 아니야. 대학교에서 다른 과목을 가르쳐야 하거든. 수크 박사의 해박한 전문 지식에 비한다면, 학자로서의 명성은 너무나도 보잘것없어. 내가 이렇게 말하자, 수크 박사는 웃으면서 설명을 해주었어.

「요지는 바로 이겁니다. 오직 당신과 당신의 업적이 오늘날 가장 강력한 국제 동맹 중에서 어느 하나의 지원과 뒷받침을 받을 때에만, 위대한 과학자나 위대한 바이올린 연주자가 될 수 있다는 것이죠. 파가니니라는 단 하나의 예외를 제외한다면, 훌륭한 바이올린 연주자들이 언제나 유대인이었다는 사실을 알고 계셨습니까? 그 국제 동맹이란 유대, 이슬람, 기독교 동맹을 말합니다. 당신은 그중 하나에 속합니다. 하지만 나는 그렇지 않습니다. 그 말은 내가 어디에도 속하지 않는다는 뜻입니다. 이미 오래전에 물고기들이 모두 다 내 손가락 사이로 빠져나가 버렸습니다.」

「그게 무슨 말인가요?」

나는 약간 어리둥절한 표정을 지었어.

「하자르 문헌에 그 비슷한 말이 있습니다. 1천 년도 더 된 문헌이지요. 당신은 분명히 하자르 민족에 대해 들어 보았을 것입니다. 그런데 왜 그렇게 놀라십니까? 혹시 다우브마누스가 펴낸 책을 읽어 본 적이 없습니까?」

솔직히 수크 박사는 나를 몹시 당황하게 만들었어. 특히 다우브마누스판 『하자르 사전』에 대한 이야기가 그랬어. 그런 사전이 존재했다고 하더라도 내가 아는 한 지금까지 남아 있는 것은 단 한 권도 없거든.

사랑하는 도로시아, 나는 폴란드에 눈이 오는 것을 보고 있어. 눈송이가 네 눈의 눈물로 변하는 모습이 보여. 양파 화관이 씌워진 바퀴살 위에는 빵이 놓여 있고 새들은 지붕 위로 올라오는 연기에서 온기를 찾고 있어. 수크 박사는 시간이 남쪽에서 찾아와 트라얀 다리로 해서 다뉴브 강을 건너간다고 했어. 여기에는 눈이 오지 않아. 구름은 물고기를 게워 내는 사로잡힌 파도와 같아. 그런데 수크 박사가 또 다른 것으로 내 주의를 돌렸어. 우리 호텔에는 대단히 근사해 보이는 벨기에 가족이 묵고 있는데, 반 데르 스파 가족이라고 해. 우리로서는 예전이나 또 앞으로도 절대 가질 수 없는 그런 가족이야. 아버지, 어머니, 아들 이렇게 세 사람이지. 수크 박사는 그 사람들을 〈성스러운 가족〉이라고 불러. 매일 아침 식사 시간마다 나는 그 가족이 식사하는 모습을 지켜보지. 그들은 훌륭한 식사를 해. 스팍 씨가 벼룩은 살찐 고양이 근처에 가지 않는다고 농담하는 것을 들었어.

그는 하얀 거북 껍질로 만든 악기를 매우 훌륭하게 연주하고 부인은 그림에 빠져 있어. 왼손으로 그림을 그리는데, 부인 역시 재주가 좋아. 수건, 안경, 칼, 아들의 장갑 등 눈에 보이는 것마다 닥치는 대로 그려. 아들은 겨우 네 살이야. 머리는 짧게 깎았고 이름은 마누일이야. 이제 막 말을 배워서 첫 문장들을 구사하고 있는 중이지. 그 아이는 빵을 다 먹고 나면 곧장 내 식탁으로 다가와서 마치 사랑에 빠진 사람처럼 나를 지그시 바라보곤 해. 그 아이의 눈은 여러 가지 빛깔로 알록달록해. 마치 내가 걸어가는 보도와 같아. 그 아이는 나에게 계속 이렇게 물어보지.

「나를 알아보았나요?」

나는 새를 쓰다듬는 것처럼 아이의 머리카락을 쓰다듬었지. 그러자 그 아이는 내 손가락에 입을 맞추었어. 그 아이는 정의의 사도처럼 생긴 자기 아버지의 파이프 담배를 가져다가 나보고 피우라고 해. 아이는 붉은색, 파란색, 노란색으로 된 것은 무엇이든 다 좋아해. 그리고 이런 색으로 된 음식을 좋아하고 말이야. 사실 나는 그 아이가 기형인 것을 보고 기겁했어. 양손에 엄지손가락이 두 개씩 있는 거야. 그래서 어떤 것이 오른손이고 어떤 것이 왼손인지 전혀 분간이 되지 않아. 하지만 그 아이는 자신의 모습을 망각한 채, 내 앞에서 손을 감추지 않았어. 부모는 아이에게 꼭 장갑을 끼라고 하는데도 말이야.

믿거나 말거나, 가끔 내 눈에는 그 손이 더할 나위 없이 자연스러운 것처럼 보이고 전혀 거슬리지 않을 때가 있어.

그런데 아부 카비르 무아위아 박사가 회의에 참석하기 위해 도착했다는 소식을, 오늘 아침 식사 시간에 들었을 때에는 정말 마음이 심란했어.

〈낯선 여인의 입술은 벌집처럼 달콤하고 그 여인의 입은 기름보다 더욱 부드럽다. 하지만 그 여인의 마지막은 다북쑥처럼 쓰디쓰고, 양쪽으로 날이 선 칼만큼이나 날카롭다. 그녀의 발은 죽음으로 내려가고 그녀의 계단은 지옥을 붙들고 있다.〉

이것은 성경의 말씀이야.

1982년 10월 1일 이스탄불의 킹스턴 호텔에서

11

크라쿠프의 도로시아 크바슈니에프스카에게

그토록 이기적이고 잔인한 네 대답에 나는 소스라치게 놀랐어. 너는 이삭의 인생과 내 인생을 파괴했어. 나는 언제나 네 학문이 두려웠고 그것이 언젠가는 나에게 해를 끼치리라는 것을 감지하고 있었지. 어떤 일이 벌어졌는지, 그리고 네가 무슨 일을 한 것인지 너도 알아야만 해.

그날 아침에 나는 무아위아가 호텔 정원에 나타나는 즉시 총으로 쏴버리겠다고 굳게 마음먹고서 아침 식사를 하러 내려가고 있었어. 나는 자리에 앉아서 잔뜩 기대를 하며 기다리고 있었지. 그리고 머리 위로 지나가는 새의 그림자가 담벼락에 걸려 나뒹구는 걸 바라보았어. 그런데 모든 일이 전혀 예상하지 못한 방향으로 흘러갔어. 이윽고 그 사람이 나타났고, 나는 즉각 그를 알아보았어. 그 사람은 얼굴이 빵처럼 어두운 색이었고 머리카락은 희끗희끗하게 변하고 있었어. 그리고 콧수염에는 마치 생선 뼈가 들어 있는 것 같았어. 관자놀이에 난 상처에는 검은 털이 한 줌 자라고 있었는데, 그것은 지금도 하얗게 세지 않았더군.

무아위아 박사는 곧장 내 식탁으로 걸어오더니 좀 앉아도 되겠느냐고 물어보았어. 그는 눈에 뜨일 정도로 다리를 절룩거렸고 한쪽 눈은 감겨 있어서 마치 작은 입을 꾹 다물고 있는 것 같았어. 나는 순간 온몸이 뻣뻣하게 굳었지. 그렇지만 가방 속에 넣어 두었던 권총의 안전장치를 풀고 정신을 바싹 차렸어. 정원에는 우리 두 사람과 네 살짜리 마누일뿐이었어. 그는 식탁 주위에서 놀고 있었어.

「물론이죠.」

나는 이렇게 대답했지. 그 사람은 식탁 위에 무엇인가를 내려놓았는데 그것이 내 인생을 완전히 바꾸어 놓고 말았지. 처음에 그것은 평범한 종이 뭉치처럼 보였어. 그 사람은 자리에 앉으면서 내 논문의 주제를 알고 있으며, 내 연구 분야에 관해 좀 물어보고 싶다고 했어. 우리는 영어로 이야기하기 시작했지. 그 사람은 몸을 떨고 있었어. 나보다 추위를 더욱 많이 느끼고 있었던 거야. 그 사람은 이빨 부딪치는 소리를 내고 있었어. 하지만 그것을 감추거나 멈추려고 하지 않았어. 그 사람은 담배 파이프로 손가락을 녹였고, 연기를 소매 안으로 불어 넣었어. 그는 그 문서가 무엇에 관한 것인지 재빨리 설명했어. 그것은 바로 키릴루스의 『하자르 연설』에 관한 것이었던 거야.

「나는 『하자르 연설』에 관련된 자료를 죄다 읽어 보았습니다. 그렇지만 어디를 찾아보아도 이 글이 아직까지도 존재하고 있다는 언급은 없더군요. 키릴루스의 『하자르 연설』이 불완전하게나마 전해 내려오고 있다는 사실은 물론 그것이 수백 년 전에 출판되었다는 사실조차 알고 있는 사람이 하나도 없다는 것이 가능한 일입니까?」

무아위아 박사는 이렇게 말했어. 나는 소스라치게 놀랐어. 이 사람이 이야기하고 있는 내용은 내 연구 분야인 슬라브학이 독자적인 학문으로 성립된 이후에 이루어진 가장 중요한 발견이었거든. 그것이 사실이라면 말이야.

「어떻게 그런 생각을 하게 되었나요?」

나는 깜짝 놀란 목소리로 이렇게 물어보았어. 그리고 기이하고 미심적은 기분을 느끼면서도 내 나름대로 설명을 했지.

「키릴루스의 『하자르 연설』이 학계에 알려지게 된 것은 오직 키릴루스의 전기에 그 연설에 대한 언급이 나오기 때문입니다. 『하자르 연설』이란 것이 존재했다는 사실도 그래서 알고 있는 거죠. 그렇지만 연설 원고가 보존되어 있다거나 연설 내용을 책으로 편찬했을 것이라는 사실에 대해서는 의심의 여지가 없습니다.」

「그게 바로 제가 확인해 보고 싶었던 점입니다.」 무아위아 박사가 말했어.

「이제 그동안 생각하던 것과는 정반대의 사실을 알게 될 것입니다……」

무아위아 박사는 앞에 놓여 있던 복사물을 나에게 내밀었어. 나는 그 자리에서 권총의 방아쇠를 당길 수도 있었어. 그때 그의 엄지손가락과 내 엄지손가락이 살짝 부딪혔지. 그 순간 나는 온몸을 부르르 떨었어. 우리의 과거와 미래가 바로 이 손 안에 들어 있다는 예감이 들었기 때문이야. 종이에 적힌 글을 읽기 시작한 나는 곧 글의 내용을 잊어버리고, 나만의 감정 속으로 빠져들어 갔지. 이 짧은 자아 상실과 망각의 순간에, 무심코 지나쳐 버린 문장들과 함께 몇 세기가 지나갔어. 나는 문득 정신을 차리고 다시 글을 읽었어. 그리고 중요한 사실을 깨달았지. 광대한 감정의 바다를 경험하고 돌아온 사람은 그저 잠깐 동안 바다를 항해한 독자와 더 이상 똑같을 수가 없다는 사실을 말이야. 나는 이 글을 통해서가 아니라, 이 글을 읽는 행위를 통해서 더욱 많은 것을 배우고 얻을 수가 있었지. 그리고 무아위아 박사에게 이것을 어디에서 발견했느냐고 물었을 때, 그는 참으로 깜짝 놀랄 만한 대답을 해주었어.

「그것을 어떻게 손에 넣었는지는 물을 필요가 없습니다. 그것은 당신들과 같은 부족민인 유다 할레비가 12세기에 발견한 것입니다. 시인이었던 유다 할레비는 자신이 쓰고 있던 하자르 관련 서적에 이 연설의 내용을 포함시켰습니다. 할레비는 그 유명한 논쟁을 기술하면서 기독교 측 토론 참가자가 한 말을 인용했지만, 그 사람을 그냥 철학자라고만 불렀습니다. 하자르 논쟁을 중심으로 키릴루스의 전기를 쓴 사람도 이런 식의 호칭을 사용했습니다. 유대 측 자료에서는 이슬람교 대표의 이름과 함께 키릴루스의 이름도 아예 생략해 버렸죠. 그러고는 단지 기독교 측 대표가 대학교에서 어떠한 직함을 가지고 있었는지 알려 주었습니다. 때문에 어느 누구도 유다 할레비의 하자르 연대기에서 키릴루스의 글을 찾아보지 않았던 것입니다.」

나는 무아위아 박사를 바라보았어. 그는 바로 몇 분 전에 내 식탁 앞에 자리 잡고 앉았던, 부상을 당한 녹색 눈의 남자와는 아무런 관계도 없는 전혀 다른 사람 같았어. 그의 설명은 너무나 설득력이 있고 너무나 단순했고 이 문제에 대해 지금껏 밝혀진 모든 사실들과 완전히 들어맞았어. 여태껏『하자르 연설』을 이런 식으로 찾아볼 생각을 한 사람이 아무도 없었다는 것이 오히려 놀라울 지경이었어. 나는 마침내 입을 열었어.

「여기에는 약간의 문제가 있군요. 할레비가 책에서 이야기하고 있는 것은 8세기의 사건들이죠. 하지만 하자르 선교는

9세기, 그러니까 861년 이후에나 벌어진 일이지요.」

「길을 확실히 아는 사람은 지름길로 갈 수도 있습니다! 우리는 날짜에 별다른 관심이 없습니다. 그 대신 키릴루스의 시대 이후에 살았던 할레비가 하자르 민족에 관련된 책을 쓰면서 키릴루스의 『하자르 연설』을 과연 접할 수 있었느냐 없었느냐 하는 것에만 관심이 있을 뿐입니다. 또한 할레비가 자신의 책에서 하자르 논쟁에 참여한 기독교 측 대표의 말을 인용하면서, 과연 키릴루스의 연설을 자료로 사용했는지 그 여부만이 중요할 뿐입니다. 솔직히 말해서 할레비의 책에 나오는 기독교 성자가 하는 말이, 일부 남아 있는 키릴루스의 주장과 비슷하다는 사실은 의심의 여지가 없습니다. 당신은 키릴루스의 전기를 영어로 번역했죠. 그러니 이 부분을 쉽게 알아볼 수 있을 것입니다. 예를 들자면 이것은 누구의 글입니까? 여기에는 천사와 동물 사이에 있는 사람에 대한 이야기가 나옵니다.」

당연히 나는 그 말을 단번에 알아들었다.

「〈만물의 창조주 하느님은 인간을 천사와 동물 사이의 중간 존재로 창조하였다. 말과 이성으로써 동물과 구분 짓고 분노와 욕망으로써 천사와 구분 지었다. 인간이 이 두 가지 중 어느 쪽에 더 가까이 가느냐에 따라 높은 존재에 다가갈 수도 있고 낮은 존재에 다가갈 수도 있다.〉 이것은 키릴루스의 전기 가운데 아가렌 선교 부분에 나오는 이야기입니다.」

「맞습니다. 그것은 또한 할레비의 책 제5부, 철학자와의 논쟁 부분에도 나옵니다. 그런 식으로 비슷한 구절들이 또 있습니다. 무엇보다도 중요한 것은 할레비가 하자르 논쟁 중에서 기독교 측 대표가 한 말이라고 장황하게 기록해 둔 것들과, 키릴루스의 전기에 키릴루스가 논쟁 중에 제기한 문제라고 기록된 내용들이 서로 일치한다는 점입니다. 두 글은 모두 성

삼위일체와 모세 이전의 율법에 대해서, 여러 가지 금지된 음식을 먹는 것에 대해서, 그리고 마지막으로 규범을 어겨 가면서 병을 고쳐 준 의사들에 대해서 이야기하고 있습니다. 게다가 두 글은 똑같은 주장을 펼치고 있습니다. 육신이 가장 약해졌을 때[54] 영혼은 가장 강해진다는 것 등입니다. 할레비가 기록해 둔 바에 따르면, 하자르 카간은 마침내 논쟁에 참가한 아랍 측 대표와 유대 측 대표를 비난했다고 합니다. 그들의 예언서라고 할 수 있는 코란과 토라가 하자르족이나 힌두족 등은 전혀 이해할 수 없는 언어로 씌어졌기 때문이었습니다. 키릴루스의 전기를 보면 이것은 예배용 언어로 그리스어, 히브리어, 라틴어만을 받아들이는 〈3개 언어주의자들〉에게 대항하기 위한 기본적인 주장입니다. 여기에서 카간은 분명히 논쟁에 참여한 기독교 측 대표의 영향을 받고 자신의 신념을 피력하는데, 우리는 그것이 사실은 키릴루스의 신념이었다는 사실을 알고 있습니다. 할레비는 그 내용을 단지 전달하기만 했을 뿐입니다.

마지막으로 두 가지만 더 말하겠습니다. 먼저 테살로니카의 콘스탄티누스가 쓴 『하자르 연설』은 이미 사라져 버렸으며, 우리는 그 내용이 실제로 무엇이었는지 다 알지 못합니다. 그리고 할레비가 책을 쓰면서 『하자르 연설』에서 과연 어떤 내용을 빌려 왔는지도 알지 못합니다. 다시 말하면 내가 여기에서 언급한 것 이상의 무엇인가가 있다고 추정해 보는 것이 현명한 일이지요. 둘째, 할레비의 책 중에서 기독교 측 논쟁 참가자에 대한 부분이 훼손되었다는 것입니다. 그 부분은 아랍어로 된 원본에도 남아 있지 않습니다. 나중에 히브리어로 번역된 부분에만 남아 있습니다. 하지만 알려진 대로 인

---

54 유대인들은 50세가량이 되었을 때, 육신이 가장 허약하다고 믿는다.

쇄되어 나온 할레비의 책들, 특히 16세기에 나온 것들은 기독교의 검열을 거쳐야만 했습니다.

간단히 말해서, 할레비의 하자르 관련 서적에는 키릴루스의 『하자르 연설』이 부분적으로 남아 있기는 하지만 얼마만큼이나 남아 있는 것인지는 알 수 없습니다.」

그런 다음에 무아위아 박사는 자신의 본론을 꺼냈지.

「이곳 이스탄불에서 열리고 있는 회의에 이사일로 수크 박사가 참석할 것입니다. 수크 박사는 아랍어에 능통하고 하자르 논쟁에 관한 이슬람 측 자료를 연구했습니다. 그 사람이 나에게 말하기를, 다우브마누스라는 어떤 사람이 17세기에 펴낸 『하자르 사전』을 한 부 가지고 있다고 하더군요. 그 사전을 보면 할레비가 키릴루스의 『하자르 연설』을 참고했음을 알 수 있다고 합니다. 나는 당신이 수크 박사에게 이야기를 좀 해달라고 부탁하기 위해 이렇게 찾아온 겁니다. 수크 박사는 좀처럼 나와는 이야기하려 하지 않을 것입니다. 자기는 1천 년 이상 된 아랍 사람에게만 관심이 있다고 하더군요. 그 이외의 사람들을 상대할 시간이 없답니다. 수크 박사를 만나서 이 문제를 해결하고 싶은데, 나를 도와주겠습니까?」

아부 카비르 무아위아 박사가 이야기를 마치자, 내 머릿속에서 갑자기 여러 가닥의 생각들이 번개처럼 한곳으로 모여들었어.

네가 만약 시간이 흘러가는 방향을 잊어버린다고 하더라도 사랑은 언제나 나침반처럼 그 자리에 남아 있기 마련이야. 그러나 시간은 언제나 사랑을 저버리지. 그렇게 많은 시간이 흘렀지만, 너의 그 저주받을 학문에 대한 목마름은 또다시 나를 사로잡았어. 그리고 나는 이삭을 배신했어. 권총을 쏘는 대신 나는 수크 박사에게 황급히 달려갔어. 내 논문과 논문 밑에 감추어 놓은 총을 그냥 놓아둔 채 말이야. 로비에는 아무도 없었어. 주방에서는 누군가가 빵 한 조각을 불에 구워 먹고 있었어.

나는 반 데르 스팍이 어떤 방에서 나오는 것을 보았는데, 그것이 수크 박사의 방이라는 사실을 알 수 있었어. 그 방으로 걸어가서 문을 두드렸지만, 대답이 없었어. 내 뒤쪽 어디에선가 급한 발걸음 소리가 들렸어. 그 소리 사이사이로 나는 뜨거운 여자의 살갗을 느낄 수 있었지.

내가 다시 문을 두드리자, 문이 흔들리면서 살짝 열렸어. 처음에 내 눈에 들어온 것은 침대 곁에 놓아두는 작은 책상과 그 위에 놓인 접시에 담긴 달걀 한 개와 열쇠였어. 문을 좀 더 밀어젖힌 나는 그만 비명을 지르고 말았지. 수크 박사가 베개에 질식한 채 침대에 누워 있었던 거야. 박사는 바람을 맞으면서 달려가는 사람처럼 콧수염을 입에 물고 있었어.

나는 비명을 지르면서 달려 나갔고, 그때 갑자기 정원에서 총소리가 들렸어. 단 한 방이었어. 하지만 나는 양쪽 귀로 따로따로 그 소리를 들었어. 그리고 내 총에서 난 소리라는 것을 알아차렸지.

내가 정원으로 달려갔을 때, 무아위아 박사는 자갈 위에 누워 있었어. 박사의 머리가 날아가 버렸어. 옆 테이블에서는 장갑을 낀 아이가 마치 아무런 일도 없었다는 듯이 초콜릿 우유를 홀짝홀짝 마시고 있었어. 그리고 정원에는 아무도 없었어.

나는 그 자리에서 붙잡혔지. 내 지문이 묻어 있던 스미스웨슨 권총이 증거가 된 거야. 나는 아부 카비르 무아위아 박사를 계획적으로 살해했다는 혐의를 받았어. 지금 나는 감옥에서 이 편지를 쓰고 있어. 계속 구류 중에 있지만 무슨 일이 벌어진 것인지 아직까지도 이해할 수가 없어. 내 입에는 맑은 물이 솟아나는 샘과 양쪽으로 날이 선 칼이 들어 있어.

그런데 누가 무아위아 박사를 죽인 것일까? 한번 생각해 봐. 기소장에는 이렇게 되어 있어.

〈유대 여자가 보복을 하기 위해 아랍인을 살해함!〉

이슬람 국제 동맹 전체와 이집트 공화국, 터키 공화국 전체가 들고일어나서 나를 비난하겠지.

מאמר ראשון

היהודים די לי במרי שהוא
גראה משפלותם ומיעוטם
ושהכל מואסים אותו וקרא
לחכם מחכמי אדום ושאל
אותו על חכמתו ומעשהו ו
ואמר לו אני מאמין בחדוש
הנבראות ובקדמו' הבורא ית'
ושהוא ברא העולם כלו
בשש' ימים ושכל המדברים
צאצאי אדם הלוי הם מ
מתיחסים כלם ושיש לבורא
השגחה על הברואים והדבקות
במדברים וקצף ורחמים
ודבור והראות והגלות לנביאיו
חסידיו והוא שוכן בתוך
רצוי מהמוני בני אדם וכללו
של דבר אני מאמין בכל מה
שבא בתורה ובספרי בני
ישראל אשר אין ספק ב
באמתתם בעבור פרסומם
והתמדתם והגלותם בהמונים
גדולים] ובאחריתם ו
ובעקבותם נגשמה האלהות
והיה עובר ברחם בתולה
מנשיאות בני ישראל וילדה
אותו אנושי הנראה אלקי
הנסתר נביא שלוח בנראה
אלוה שלוח בנסתר והוא
המשיח הנקרא בן אלקים
והוא האב והבן ורוח הקדש
אנחנו מיחדים א
אמתתו ואם נראה על לשוננו
השלוש נאמין בו האחדו' ו

COSRI PARS I.

Ad Judæos quod attinet, satis mihi est cognita illorum humilitas, vilitas, paucitas; & quòd illos ab omnibus reprobari & contemni videmus (*ut non opus sit, illos audire*).

Accersivit itaq; Sapientem ex Edomæis, (*h.e. è* [1.] *Christianis*) & quæsivit ex eo de Sapientiâ & Operibus seu Actionibus ipsius. Qui ei dixit; Ego credo Innovationem Creaturarum (*i. e. omnia esse creata, non ab æterno*), & Æternitatem Creatoris Benedicti; quòd sc. ille Mundum totum creaveri: spatio sex dierum; quòd omnes homines rationales sint progenies Adami, ab illo familiam suam ducentes; quòd sit Providentia Dei super res creatas, quòd item adhæreat rationalibus (*h.e. se communicet. cum hominibus*): credo etiam Dei iram, amorem, misericordiam, sermonem, visionem, revelationem Prophetis & viris sanctis factam; denique, quòd Deus habitet inter eos qui accepti ipsi sunt ex humano genere. Summa: Credo omnia quæ scripta sunt in Lege & libris Israëlitarum, de quorum veritate nullus est dubitandi locus, eò quòd illa publicata, vel, publicè gesta, continuè conservata & propagata, revelataque sint in maxima hominum turba & frequentia. [Et [2.]] in extremo ac fine illorum (*Reipublicæ & Ecclesiæ Judæorum*) incorporata (*incarnata*) est Deitas, transiens in uterum virginis cujusdam è primariis inter Israëlitas, quæ genuit eum Hominem visibiliter, Deum latenter, Prophetam missum visibiliter, Deum missum occultè. Hicque fuit Messias, dictus Filius Dei, qui est Pater, Filius, & Spiritus Sanctus, cujus Essentiam unicam esse credimus & fatemur. Licet enim ex verbis nostris videatur, nos Trinitatem vel Tres Deos credere, credimus tamen unitatem. **Habitatio au-**

ומשכנו B

〈너희들의 주님이 너희를 원수에게로 인도하시고 너를 치시리니, 너희는 길에서 원수를 만나 백방으로 흩어질 것이다.〉 네가 실제로 의도했던 바를 행하지 않았다는 사실을 너 같으면 어떻게 증명해 보이겠니? 너는 천둥소리처럼 엄청난 거

Cosri Pars I.

tem ejus fuit inter filios Israël, summo ipsorum cum honore, quandiu Res Divina ipsis adhæsit (*durante Templo*), donec illi rebellarunt contra Messiam istum, eumque crucifixerunt. Tum conversa fuit Ira Divina continua super eos, gratia verò & Benevolentia super paucos (*è Judæis*) qui sequuti sunt Messiam, & postea etiam super alios populos, qui hos paucos sunt sequuti & imitati, è quibus nos sumus. Et quamvis non simus Israëlitæ, longè potiori tamen jure. nobis nomen Israëlitarum debetur, quia nos ambulamus secundum verba Messiæ, & Duodecim Sociorum (*h. e. Discipulorum vel Apostolorum*) ejus è filiis Israël, loco Duodecim tribuum, prout etiam populus magnus è filiis Israëlis sunt sequuti illos Duodecim, qui fuerunt quasi Pasta populi Christiani. Unde nos digni facti sumus Dignitate Israëlitarum, & penes nos nunc est potentia & robur in terris, omnesque populi vocantur ad fidem hanc, & jubentur adhærere ei, atque magnificare & exaltare Messiam, ejusque Lignum (*h.e. Crucem*) venerari, in quo crucifixus fuit, & similia: Judiciaque & Statuta nostra sunt partim Præcepta Simeonis socii (*h. e. Petri Apostoli*), & partim Statuta Legis, quam nos discimus, & de cujus veritate nullo modo dubitari potest, quin à Deo sit profecta. Nam in ipso Evangelio in verbis Mesfiæ habetur; *Non veni ut destruam præceptum aliquod ex præceptis filiorum Israël, & Mosis, Prophetæ ipsorum, sed veni, ut illa impleam & confirmem, Matth. 5.*]

NOTÆ.

[ⅰ.] *Ubi prima editio habet* אֱדוֹם, h. e. Christianum; *pro eo in secundâ substitu-*

짓말을 찾아내야만 해. 비의 아버지만큼이나 무시무시하고도 강력한 거짓말로 진실을 증명해 보여야 해. 그런 거짓말을 꾸며 내고 싶어 하는 사람은 눈 대신 뿔이 필요할 거야.

만약 그런 거짓말을 찾아낸다면 나는 다시 살아날 거야. 그때에는 크라쿠프에 있는 너를 이스라엘에 있는 나에게로 데리고 와서 우리 젊은 시절의 학문으로 돌려보내 줄게.

「실수로 우리 손에 희생된 사람이 우리를 구해 줄 것이다.」

우리의 아버지 두 사람 가운데 한 명이 이런 말을 했어. 주님의 노여움을 견디는 것은 물론 어렵겠지만, 주님의 자비를 견디는 것 역시 어려운 일이야.

추신: 할레비의 하자르 관련 서적 『리베르 코즈리』☆에서 발췌한 철학자의 답변을 동봉할게. 무아위아 박사의 주장에 따르면, 이것이 철학자 콘스탄티누스, 즉 성 키릴루스의 『하자르 연설』 가운데 불완전하게나마 전해 내려오는 부분이라는 거야.

티본, 유다 벤
TIBBON, JUDAH BEN(12세기)

아랍어로 쓰인 유다 할레비의 『하자르 민족에 대하여』를 히브리어로 번역한 사람. 이 번역본은 1167년에 출간되었다. 이 번역본에 일관성이 없는 이유에 대해 두 가지 설명이 있다. 첫째는 나중에 기독교 종교 재판에서 이 책을 삭제했다는 주장이다. 둘째는 모든 것이 티본의 손에 달려 있었던 것이 아니라 상황에 따라 좌우되었다는 주장이다.

티본이 약혼녀를 사랑할 때에는 번역이 충실했고, 화가 났을 때에는 훌륭했으며, 바람이 불어오면 군말이 많이 붙었고, 겨울에는 심오했고, 비가 오면 의역을 해가면서 상세하게 설명했고, 행복할 때에는 오역이 나왔다.

티본은 한 장을 끝내고 나면 고대 알렉산드리아 성서 번역자들을 흉내 내, 다른 사람에게 번역한 내용을 소리 내어 읽으면서 멀리 걸어가 보라고 했다. 그리고 자기는 한곳에 가만히 서서 듣곤 했다. 두 사람이 점점 멀어지다 보면 번역 내용 중에서 어떤 부분은 바람에 흩어졌고 어떤 부분은 모퉁이를 돌아 나오지 못했다. 또 어떤 부분은 풀숲과 나무 사이를 뚫고 메아리로 돌아왔다. 여러 개의 문과 울타리가 가로막혀 있을 때에는 명사와 모음이 도중에 떨어져 나갔으며 목소리가 계단에 걸려 넘어지기도 했다.

그래서 남자 목소리로 시작된 것이 결국에 가서는 여자 목소리로 끝났으며 멀리서도 들을 수 있는 자음과 숫자만 남아 있었다. 그리고 책 읽는 사람이 되돌아올 때에는 이 모든 과정이 거꾸로 진행되었다. 티본은 〈낭독하며 걷기〉에서 얻은 인상을 근거로 번역 내용을 수정했다.

부록 1
『하자르 사전』의 초판 편집인 테옥티스트 니콜스키 신부

테옥티스트 니콜스키 신부는 깜깜한 어둠으로 뒤덮인 폴란드 어느 지방에서 페치의 주교 차르노예비치 아르센 3세에게 마지막 고해의 글을 쓰고 있었다. 신부는 화약 가루와 침을 섞어 만든 잉크를 묻혀 키릴 자모 문자[1]로 빠르게 글을 써 내려갔다. 한편 빗장이 질러진 문 밖에서는 여관 주인집 여편네가 신부에게 온갖 욕을 퍼부으며 저주의 말을 쏟아 내고 있었다.

테옥티스트는 주교에게 이렇게 썼다.

성하께서도 알고 계시겠지만, 저는 형벌이라고 할 만큼 좋은 기억력을 타고났습니다. 저의 미래는 끊임없이 기억을 채워 넣으며, 저의 과거는 결코 기억을 비워 내는 일이 없습니다. 저는 1641년 옹기장이의 수호성인인 성 스피리돈의 날에 성 요한 수도원 근처의 마을에서 태어났습니다. 저희 가족은 식탁 위에 언제나 2인용 사발을 얹어 두었으며, 그 안에는 영혼을 위한 음식과 마음을 위한 음식이 담겨 있었습니다. 형이

---

[1] 그리스 정교를 믿는 슬라브 민족의 자모. 현 러시아 자모의 모체가 된다.

나무 숟가락을 손에 쥐고 잠을 자듯이, 제 기억 속에는 이 세상에 나온 이후로 제가 보았던 모든 사람들의 시선이 전부 담겨 있습니다. 오브카르 산 위에 걸린 구름은 5년을 주기로 같은 모양이 된다는 사실을, 그리하여 5년 전 가을에 본 구름이 지금 하늘로 돌아오고 있다는 사실을 알게 된 바로 그 순간, 저는 두려움에 사로잡혔고 그때부터 제 병을 감추기 시작했습니다. 저와 같은 그런 기억력은 형벌이기 때문입니다.

한동안 저는 콘스탄티노플 동전을 보면서 터키어를 알았고 두브로브니크의 상인으로부터 히브리어를 배웠으며, 성상을 읽어 내는 법도 깨우쳤습니다. 저는 목마름과 같은 어떤 욕구에 의해 계속해서 모든 기억을 굳게 움켜쥐었습니다. 하지만 그것은 물을 마시고 싶을 때의 그런 목마름은 아니었습니다. 물로써 끌 수 있는 종류가 아니었던 것입니다. 오로지 굶주림에 의해서만 누그러지고 사라지는, 전혀 다른 종류의 목마름이었습니다. 게다가 그것은 음식을 먹고 싶을 때의 굶주림도 아니었습니다. 전혀 다른 종류의 굶주림이었던 것입니다.

양이 소금 벽을 찾는 것처럼, 저는 이 목마름으로부터 저를 구해줄 수 있는 굶주림이 도대체 어떤 것인지 찾았지만 허사였습니다. 저는 기억력이 두려웠습니다. 우리의 기억과 추억은 거대한 빙산과 같다는 사실을 알고 있었기 때문입니다. 우리는 오로지 떠가는 빙상의 끝부분만을 보지만, 수면 아래로는 눈에 보이지도 않고 가까이 다가갈 수도 없는 땅덩어리 같은 거대한 것이 미끄러지고 있습니다. 우리가 측량할 길 없는 기억의 무게를 느끼지 않는 이유는 단지 그것이 시간 속에 잠겨 있기 때문입니다. 마치 빙산이 물에 잠겨 있는 것처럼 말입니다. 하지만 만약 부주의하게 기억이 지나가는 길을 막아선다면, 우리는 우리 자신의 과거에 좌초되어 난파할 것입니다.

모라바 강에 펑펑 내리는 눈처럼 제게로 쏟아지는 이 풍성한 기억들을 제가 손끝 하나 건드리지 않았던 것은 바로 이런 이유 때문입니다.

그런데 놀랍게도 제 기억이 저를 저버리는 일이 일어났습니다. 비록 아주 짧은 순간 동안이었지만, 처음에 저는 몹시 황홀했습니다. 하지만 나중에는 그 일을 매우 유감스럽게 생각했습니다. 그 일이 어떤 결과를 가져올지 깨달았기 때문입니다. 이제부터 어떤 일이 일어난 것인지 상세하게 말씀드리겠습니다.

열여덟 살 무렵에 저희 아버지는 저를 성 요한 수도원으로 보냈습니다. 아버지는 헤어지면서 이런 말을 했습니다.

「금식할 때에는 말을 한마디도 입에 담지 말거라. 그렇게 하면 귀를 깨끗하게 하지는 못한다 하더라도 입에서만큼은 말을 말끔하게 닦아 낼 수 있을 것이다. 말은 머리나 영혼에서 나오는 것이 아니라 세상으로부터, 끈적거리는 혀와 냄새 나는 턱으로부터 나오는 것이란다. 끊임없이 씹어 대기 때문에 말은 이미 오래전에 바싹 말라 버렸고 우려먹을 대로 우려먹었기 때문에 흐물흐물해졌다. 말은 완전히 모습을 잃어버린 지 이미 오래고 이 이빨에서 저 이빨로, 헤아릴 수조차 없이 많은 입으로 옮겨 다녔다.」

성 요한의 수도사들은 나를 유심히 관찰하더니, 내가 빈틈없는 영혼 속에 너무나 많은 뼈를 가지고 있다고 하면서 책을 옮겨 적는 일을 하라고 했습니다. 나는 책이 가득 들어 있는 수도원 방에 앉아서 일하게 되었습니다. 책에는 검은 띠가 끼워져 있었는데, 그것은 수도사들이 죽기 직전에 마지막으로 읽은 페이지를 표시해 주는 것이었습니다. 그런데 가까운 거리에 있는 니콜라스 수도원에 새로운 필경사가 도착했다는 소식이 들려왔습니다.

니콜라스 수도원으로 가는 길은 모라바 강을 따라 나 있었는데, 길 한쪽에는 가파른 둑이, 다른 쪽에는 강물이 있었습니다. 수도원으로 가는 길은 하나뿐이었으므로 적어도 장화나 말발굽은 온통 진흙투성이가 되는 수밖에 없었습니다. 수도원의 수도사들은 이렇게 진흙이 묻은 장화를 보고 방문객들이 어디에서 왔는지 단번에 알아보았습니다. 바다에서 왔는지 혹은 루드니크 산에서 왔는지, 서쪽에서부터 모라바 강의 흐름을 따라 하류로 내려오면서 오른쪽 발로 물을 튀겼는지 혹은 동쪽에서부터 강을 거슬러 올라오면서 왼쪽 발로 물을 튀겼는지 알 수 있었던 것입니다.

1661년 성 토마스의 일요일에 우리는 왼쪽 장화가 진흙투성이인 남자가 니콜라스 수도원에 나타났다는 소식을 들었습니다. 그 사람은 몸이 탄탄하고 잘생겼으며 눈은 흡사 달걀 같았고 턱수염은 아주 길어서 그것을 태우려면 하루 저녁을 다 보내야 할 정도였습니다. 그리고 머리카락은 낡은 모피 모자처럼 눈 위로 축 늘어져 있었습니다.

그 사람의 이름은 니콘 세바스트†였는데, 얼마 후에 니콜라스의 수석 필경사가 되었습니다. 어디선가 이미 완벽한 기술을 익히고 왔기 때문입니다. 수석 필경사 세바스트는 무기 제작 조합에 속해 있었지만, 실제로 하는 일은 남에게 해를 줄 만한 것이 아니었습니다. 그는 깃발과 과녁과 방패에 그림을 그렸으므로, 그것은 모두 총알과 화살과 칼에 의해 파괴될 운명을 타고난 셈이었습니다. 세바스트는 그저 잠시 니콜라스 수도원에 머무는 것뿐이며, 콘스탄티노플로 가는 길이라고 했습니다.

은둔자 성 시리카우스의 날에 성 미카엘의 세 가지 바람이 불어왔습니다. 각각의 바람은 자기들만의 새를 한 아름 안고 찾아왔는데, 첫 번째 바람은 찌르레기, 두 번째 바람은 제비 그리고 세 번째 바람은 새매를 몰고 왔습니다. 따뜻한 바람에 차가운 냄새가 섞여 있었고, 성 요한 수도원에는 또 다른 소식이 날아왔습니다. 니콜라스 수도원을 방문한 필경사가 성상을 그렸는데, 골짜기에 사는 모든 사람들이 그것을 보기 위해 몰려든다는 것이었습니다. 저도 온 우주의 주인이신 그분께서 무릎 위에 아기 예수를 안고 계신 모습을 수도원 벽에 어떻게 그려 놓았는지 보러 갈 채비를 했습니다. 그리하여 다른 사람들과 함께 수도원에 들어가서 그림을 잘 보았습니다. 나중에 저녁을 먹는 자리에서 저는 니콘 세바스트를 처음으로 보았습니다. 그런데 그 사람의 아름다운 얼굴을 보고 있으려니, 잘 아는 누군가의 얼굴이 떠올랐지만 제 주위에 있는 사람은 아니었습니다. 사실 그것은 제 기억 속에 있는 얼굴이 아니었습니다. 모든 기억이 한 순간에, 마치 카드처럼 각자의 얼굴을 내보이면서 제 눈앞에 좌르르 펼쳐졌지만 말입니다. 그렇다고 제 꿈속에 있는 얼굴도 아니었습니다. 꿈은 마치 엎어 놓은 카드와 같아서 저는 마음 내키는 대로 그것을 뒤집어 볼 수 있었지만, 어디에서도 그런 얼굴을 찾아볼 수가 없었습니다.

산 속 어디에선가 도끼로 너도밤나무를 찍어 대는 소리가 들려오고 있었습니다. 나무꾼은 양쪽으로 날이 선 도끼를 가지고 한쪽으로는 너도밤나무를 찍고 다른 쪽으로는 느릅나무를 찍고 있었습니다. 때는 바야흐로 너도밤나무와 느릅나무를 베어 내는 계절이었습니다.

저는 그로부터 10년 전 눈보라 치는 어느 날 저녁에 처음으로 들었던 그 소리를 완벽하게 기억해 낼 수 있었습니다. 그 눈보라를 뚫고 날아가다가 젖은 눈 위로 무겁게 떨어져 버린, 이미 오래전에 죽은 새들도 생각났습니다.

하지만 아무리 해도 바로 1~2분 전에 본 그 얼굴은 기억이

나지 않았습니다. 세바스트의 얼굴 가운데 어떠한 특징도 떠오르질 않았던 것입니다. 눈과 머리카락이 어떤 색이었는지 심지어는 턱수염을 길렀는지조차 기억이 나지 않았습니다. 제 인생에 있어 처음이자 마지막으로 기억력이 저를 저버렸던 것입니다. 너무나 기이하고 믿을 수는 일이었기에, 저는 이내 그 이유를 찾을 수 있었습니다. 다른 이유는 있을 수 없었습니다. 이 세상에 속하지 않은 것이기 때문에 기억할 수 없었던 것입니다. 오리가 삼켜 버린 미꾸라지처럼, 그의 얼굴은 제 기억 속에 남아 있지 않았습니다. 출발하기 전에 저는 다시 한 번 주위 사람들을 둘러보고 세바스트의 입안을 들여다보았습니다. 그리고 그만 두려움에 사로잡혀 버렸습니다. 마치 제 눈길이 물어뜯긴 것 같았습니다. 사실 그것은 말 그대로였습니다. 세바스트가 입을 약간 움직이더니 덥석 제 시선을 베어 물어 버린 것입니다. 그래서 저는 잘린 시선을 가지고 성 요한 수도원으로 돌아왔습니다.

저는 다시 책을 옮겨 적는 일을 시작했습니다. 하지만 어느 순간에 저는 그 책을 쓴 사람보다 제 침 속에 더 많은 말이 담겨 있다는 것을 느꼈습니다. 그래서 저는 원고를 옮겨 적을 때 문장을 읽어 가면서 여기저기에 한두 마디씩 단어를 덧붙이기 시작했습니다. 그 첫날인 화요일 저녁에 제가 이빨 사이에 물고 있던 단어들은 시큼하면서도 깨지기 쉬운 것이었습니다. 하지만 그다음 날 저녁부터 가을은 무럭무럭 자라났으며 그와 동시에 저의 단어들도 하루가 다르게 영글어 갔습니다. 과즙도 많아지고 실해졌으며 더욱 달콤해지고 속은 상큼하고도 기운차게 가득 들어 있었습니다.

7일째 되는 날 저녁이었습니다. 저는 열매가 농익어서 땅에 떨어져 버리거나 수그러들지 않도록 서두르기 시작했습니다. 성 페트카 파라스케바 전기에 저는 한 페이지를 보태 넣었습니다. 물론 제가 옮겨 적고 있던 어떤 원본에도 없던 내용이었습니다. 수도사들은 저의 소행을 밝혀내거나 조사하는 대신, 저에게 필사를 점점 더 많이 맡기기 시작했습니다. 그리고 오브카르 골짜기의 다른 많은 서기들이 쓴 책보다, 첨가된 내용이 있는 제 책을 더욱 좋아했습니다.

저는 용기를 내 어디 한번 끝까지 가보기로 결정했습니다. 그리하여 전기에 새로운 내용을 약간씩 첨가해 넣는 정도에서 그치지 않고, 은둔자들을 새로 만들어 내고 새로운 기적을 첨가해 넣기 시작했습니다. 제가 필사한 책은 원본으로 사용한 책보다 더욱 비싼 값에 팔리기 시작했습니다. 저는 제 잉크병에 엄청난 힘이 담겨 있다는 사실을 차츰 느끼게 되었으며, 그 힘이 뜻대로 흘러가도록 내버려 두었습니다.

마침내 저는 이런 결론에 도달했습니다. 모든 작가는 별로 힘들이지 않고 단 두 줄로 자신의 영웅을 죽일 수 있다는 것이었습니다. 피와 살을 가진 어떤 독자를 죽이기 위해서는 그 사람을 잠시 동안 책 속의 영웅으로, 즉 전기의 주인공으로 만들기만 하면 되었습니다. 나머지는 식은 죽 먹기였습니다.

그 당시 성 수태고지 수도원에는 론진이라는 젊은 수도사가 살고 있었습니다. 그 사람은 아주 금욕적인 삶을 살았으며 순결한 백조처럼 날개를 활짝 펼친 채, 바람이 불어와서 자신을 물 건너로 데려가 주기만을 기다리고 있었습니다. 각 요일에 이름을 붙여 주었던 아담조차도 론진만큼 완벽한 귀를 갖지는 못했습니다. 그의 두 눈은 성스러운 불을 전달하는 장수말벌 같았는데, 한쪽 눈은 남성, 한쪽 눈은 여성이었으며 양쪽 눈에는 침이 하나씩 있었습니다. 매가 병아리를 표적으로 하듯이 론진은 미덕을 겨냥했습니다. 그는 이런 말을 즐겨 했습니다.

「우리는 모두 우리보다 더욱 나은 누군가를 쉽사리 본보기로 선택할 수 있다. 그러한 영혼으로부터 야곱의 사다리를 만들어 지상에서 천국으로 올라갈 수 있다. 그러면 모든 것이 편안하고 즐겁게 연결되고 정리될 것이다. 왜냐하면 자기보다 나은 누군가를 따르고 그 사람에게 복종하는 것은 어려운 일이 아니기 때문이다. 모든 악의 근원은, 우리가 이 세상에서 우리보다 못한 사람을 본보기로 삼아서 그 사람에게 복종하고 싶은 유혹을 끊임없이 받고 있다는 사실에 있다.」

어느 날 론진은 저에게 코리시아의 성 페테르 전기를 필사해 달라고 부탁했습니다. 성 페테르는 5일 동안 단식한 끝에 시들지 않는 빛을 보았던 성자입니다. 론진이 저에게 그런 부탁을 했을 때, 이미 해가 저물고 있었습니다. 새들은 검은 번개처럼 줄지어 숲 속의 둥우리로 날아 내려왔고, 저의 생각은 똑같은 속도로 날아 올라갔습니다. 저는 제 내부에서 싹트고 있는 힘에 대항해서 싸울 재간이 없다는 사실을 알게 되었습니다. 결국 자리에 앉아서 코리시아의 성 페테르 전기를 옮겨 적기 시작했습니다. 단식 날짜와 관련된 부분에 이르렀을 때, 저는 5일이라고 쓰는 대신 50일이라고 썼습니다. 그리고 그 복사본을 젊은 수도사에게 건네주었습니다. 론진은 그것을 받아 들더니 노래를 불렀고, 바로 그날 저녁에 제가 필사한 책을 읽었습니다. 그다음 날 골짜기에 소문이 퍼졌습니다. 론진 수도사가 중대한 단식에 들어갔다는 것이었습니다.

_____

_____

51일이 되는 날에 사람들은 산기슭에 있는 성 수태고지 수도원에 론진을 묻었고 저는 두 번 다시 손에 펜을 쥐지 않기로 결심했습니다. 저는 겁에 질린 채, 잉크병을 바라보며 생각했습니다. 내 빈틈없는 영혼 속에는 너무나도 많은 뼈가 들어 있다고. 마침내 저는 죄를 속죄하기로 결심했습니다. 저는 수도원 부원장을 찾아가 니콜라스 수도원 필사실의 수석 필경사 니콘 세바스트 밑에서 일할 수 있도록 해달라고 부탁했습니다.

부원장은 그렇게 해주었고, 세바스트는 저를 글 쓰는 방으로 데리고 갔습니다. 그 방에서는 호박씨와 세이지 꽃 냄새가 풍겼는데, 수도사들은 그것들도 기도할 줄 안다고 믿었습니다. 수도사들은 니콜라스 수도원에 없는 책들을 다른 수도원이나 우크라이나에서 온 상인들로부터 4~5일 기한으로 빌려와서는 저에게 가져다주며 빨리 암기하라고 했습니다. 수도사들이 그 책들을 주인에게 돌려주고 나면, 저는 여러 달 동안, 날이면 날마다 외운 내용을 수석 필경사 세바스트에게 불러 주고는 했습니다.

세바스트는 펜 끝을 뾰족하게 갈면서 이런 말을 했습니다.

「식물로부터 얻어 낼 수 없는 색이 단 하나 있는데, 그것이 바로 녹색이다. 그것만은 쇠에서 추출해야 한다. 다른 모든 색은 식물로부터 추출해서, 책을 쓸 때마다 다양한 꽃 글자로 책을 장식하게 된다.」

그리하여 저는 일주일 중에서 남성 요일들처럼 세바스트와 동료가 되었습니다. 세바스트는 모든 일을 왼손으로 처리했으며, 왼손이 하고 있는 일을 오른손이 모르게 했습니다. 우리는 낮에 글을 썼습니다. 일이 없을 때, 세바스트는 수도원 벽에 성상을 그리곤 했지만 이내 그것을 그만두고 책 쓰는 일에 전념했습니다. 그래서 우리는 여러 해에 걸쳐 밤이면 밤마다 천천히 우리의 생활 속으로 빠져들어 갔습니다.

1683년, 세르비아 출신 성 유스타스의 날이었습니다. 어디에서 찾아왔는지 서리가 땅에 기장 모양의 씨앗을 심고 있었고 개들도 침대에서 잘 수밖에 없었으며 추위 때문에 장화와 미소 짓는 이빨에 금이 갔습니다. 까마귀들은 녹색 하늘을 날아가다 말고 꽁꽁 얼어서 돌처럼 떨어져 내렸고, 허공에는 까마귀 울음소리만 남아 있었습니다. 혀끝으로 얼음장 같은 입술이 와 닿았지만, 입술로는 더 이상 아무것도 느낄 수 없었습니다. 얼음이 꼼짝없이 붙들고 있던 모라바 강의 건너편에서는 바람이 악을 쓰고 있었습니다. 둑을 따라 자란 얼음은 아무도 베어 내지 않아서 고드름이 달린 갈대와 잡초는 은빛 턱수염을 기르고 있는 것 같았습니다. 축 늘어진 버드나무 가지는 새장에 갇힌 새처럼 얼어붙은 강물 속에 붙잡혀 있었습니다. 외로운 까마귀들이 안개 속에서 빠져 나와 적당한 자리를 찾아 날아가고 있었습니다. 까마귀들은 축축하게 소금기가 밴 하얀 실타래에서 날개를 빼내기 위해 노력하고 있었습니다. 서리가 내려앉아 굴곡이 두드러진 언덕 위를 날다가, 그 너머 하늘로 사라지면서 이 풍경에 이별을 고하는 것은 바로 세바스트의 생각과 저의 생각이었습니다. 그것은 재빨리 떠가는 여름 구름만큼이나 순식간에 흘러갔고 그 구름 속에서 우리의 기억은 겨울철의 질병만큼이나 느리게 지나갔습니다.

어느새 3월이 되었습니다. 사순절의 첫 번째 일요일이었습니다. 우리는 부글부글 끓어오르는 콩 속에 브랜디를 한 주전자 데워 마신 후, 니콜라스 수도원을 영원히 떠났습니다. 우리가 베오그라드에 도착했을 때, 그해 처음이자 마지막 눈이 내렸습니다. 우리는 베오그라드 최초의 순교자들[2]을 위한 미사에 참석한 다음, 새로운 삶을 시작했습니다.

우리는 순회 서기가 되었습니다. 우리의 펜과 잉크병은 물을 건너가고 제국의 국경선을 넘나들기 시작했습니다. 교회

---

2 스트라토니크와 도나트 그리고 헤르밀은 베오그라드에서 최초의 순교자가 되었다. 성당에서는 그들을 기념하기 위한 미사가 집전된다.

일을 하는 경우는 점점 줄어들었으며, 그런 만큼 점점 더 다양한 언어로 된 책을 옮겨 적기 시작했습니다. 우리는 남자들을 위한 책뿐만 아니라 여자들을 위한 책도 옮겨 적기 시작했습니다. 왜냐하면 남성적인 이야기와 여성적인 이야기는 결말이 서로 같을 수 없기 때문입니다. 우리는 강과 평야를 지나갔습니다. 오직 강과 평야의 이름만이 우리를 따라왔습니다. 저물어 가는 하늘, 열쇠가 달린 쇠 귀고리, 새들이 부리로 매듭을 지어 놓은 지푸라기가 흩어진 오솔길, 연기가 나는 나무 숟가락, 숟가락으로 만든 포크, 그런 것들을 지나갔습니다.

1684년, 모든 성자들을 위한 날이었던 어느 화요일, 우리는 황제의 도시 빈에 도착했습니다. 성 스테판 성당의 커다란 종이 시간을 알리기 시작했습니다. 작은 종들이 서두르는 모습은 마치 종탑에서 칼을 떨어뜨리는 것 같았고 커다란 종들은 장중하게 깊은 밤 사원 둘레에 알을 낳는 것 같았습니다. 절반 정도 어둠이 내린 가운데 우리는 종탑 아래로 걸어갔습니다. 발자국 소리가 울려 퍼지는 포석 위로 기다란 줄에 매달린 샹들리에가 조명을 받은 거미처럼 떨어졌습니다. 그 주위로 밀랍 냄새가 피어 올라와서는 교회 벽을 가득 메웠습니다. 그것은 마치 사람 몸이 옷을 가득 채우는 것과 같았습니다.

아무것도 눈에 보이지 않았습니다. 하지만 사람들의 시선이 탑을 따라 위로 올라갈수록 어둠은 점점 더 짙어져 갔습니다. 저 위쪽의 빽빽한 어둠 속에서 교회 바닥으로 조명을 드리우고 있는 줄은 언제라도 뚝 끊어질 것만 같았습니다. 우리는 그곳에서 새로운 일을 찾았고, 브란코비치† 가문의 고귀한 아브람 주인님을 만났습니다. 그분은 펜으로 사람들을 이끌었고 칼로 교회를 세웠습니다. 그분에 대해서는 한두 마디만 하겠습니다. 그분은 다른 사람들에게 사랑을 받는 만큼이나 두려움을 느끼게 하는 사람이었기 때문입니다. 사람들은 이런 말을 하였습니다.

「아브람은 혼자가 아니다.」

 사람들이 믿고 있는 바에 따르면, 아브람은 젊어서 40일 동안 몸을 씻지 않은 채, 악마의 접시에 발을 담가 마술사가 되었다고 합니다. 그의 양쪽 어깨 위에는 머리카락이 한 가닥씩 채찍처럼 자라고 있습니다. 그는 점차 천리안이 되었으며, 운도 좋은 사람이었습니다. 그의 몸은 멀리 뛰어오를 수 있었고, 그의 영혼은 그보다 훨씬 더 멀리 오를 수 있었습니다. 그의 육신이 잠을 자는 동안, 그의 영혼은 비둘기 떼처럼 날아다니면서 바람을 끌고 다니고 구름을 추격했으며, 싸락눈을 가져왔다가 다시 쫓아 보내기도 했습니다. 또한 그의 영혼은 곡식과 가축과 우유와 밀을 바다 건너의 마술사들로부터 보호했고, 다른 마술사들이 자기 지역에서 수확물을 빼앗아 가지 못하게 했습니다. 그래서 사람들은 아브람이 천사와 만난다고 믿었으며, 이런 말을 했습니다.

「마술사가 있는 곳이면 어디에나 빵이 있다.」

 많은 사람들이 주장하기를, 아브람은 스카다르 장관, 플라브 지사, 구지네 지사와 함께 제2진영에 속한 마술사이고 트레비네의 마술사들과는 사이가 나빠서 제3진영에 속한 마술사 사블작 파샤를 자기 지역에서 쫓아냈다고 합니다. 바로 그 전투에서 그는 모래, 깃털, 물통을 무기로 사용했으며 다리에 부상을 당했습니다. 그 후로는 검은 말을 타고 다녔는데, 그 말은 모든 말들의 술탄으로 잠을 자면서도 울었고 역시 마술사였습니다. 절름발이가 된 브란코비치는 지푸라기로 변한 자기 말의 영혼을 타고 천상의 전투에 나가곤 했습니다. 그러나 콘스탄티노플에서 자신이 마술사라는 사실을 인정하고 참회한 이후로는 마술사 노릇을 그만두었으며 트랜실베이니아의 가축들은 그가 우리 옆을 지나가도 더 이상 거꾸로 걷지 않았다고 합니다.

이분은 어찌나 깊이 잠이 들었는지, 사람들은 누가 혹시 그의 몸을 돌려서 발이 있던 자리에 머리를 놓지 않을까 옆에서 지켜보았습니다. 그렇게 하면 그는 두 번 다시 깨어날 수 없기 때문입니다. 나중에는 엎드린 자세로 땅에 묻혔으며, 심지어 죽은 뒤에도 사람들의 사랑을 받았습니다. 우리를 서기로 고용한 다음, 그는 그와 그의 삼촌인 게오르기 브란코비치 백작이 함께 사용하는 서재로 우리를 데려갔습니다. 우리는 마치 막다른 통로와 뒤틀린 계단이 있는 길에서 길을 잃듯이 그 책들 사이에서 길을 잃곤 했습니다. 그리고 아브람 주인님이 원하는 아랍어, 히브리어, 그리스어 문서를 사기 위해 빈의 시장과 지하실을 돌아다녔습니다. 그러다가 문득 빈의 집들을 보고, 한 집 옆에 다른 집이 나란히 서 있는 모습이 마치 아브람의 서가에 있는 책들 같다는 사실을 깨달았습니다. 나는 집들이 어떤 식으로 책과 비슷한 것인지 생각해 보았습니다. 주변에 집은 아주 많지만 우리가 눈길을 주는 집은 몇 채 되지 않고, 방문을 하거나 살게 되는 집은 훨씬 더 적은 법입니다. 대개는 숙박을 하기 위해 여인숙이나 숙박업소 혹은 막사를 빌리고 때로는 지하실에서 지내기도 합니다. 아주 드문 일이기는 하지만, 때로는 뜻하지 않게 태풍을 만나서 예전에 묵었던 집을 다시 찾아들게 되는 경우도 있습니다. 그러면 우리는 그곳에서 밤을 보내며 예전에 지냈던 곳을 기억해 내고, 사실 변한 것은 하나도 없는데 모든 것이 예전과는 다르다고 생각하면서 저 창문 너머로 봄이 어떻게 다가왔는지 그리고 문 밖으로 가을이 어떻게 걸어갔는지를 떠올리는 것입니다.

1685년 성 페테르와 성 바오로의 날이 되기 전날 밤, 〈모든 영혼들의 날〉 다음 날인 네 번째 일요일이었습니다. 우리의 주인님이신 브란코비치 가문의 아브람이 터키의 영국 공사

관에서 외교관으로 일하게 되어, 우리는 콘스탄티노플로 옮겨 갔습니다. 보스포루스 고지대의 성에 우리의 거처가 마련되어 있었습니다. 축축한 모래 빛깔의 금식하는 눈동자를 지닌 우리 주인은 그 성에 이미 사브르 검과 낙타 안장과 깔개와 교회만큼이나 높은 장식장을 마련해 놓았습니다. 그리고 주기도문 위에 사원을 세우도록 했으며, 그것을 그의 증조할머니인 성 안젤리나와 그의 삼촌인 게오르기 백작에게 바쳤습니다. 그는 시종으로 아나톨리아 사람을 한 명 데리고 왔는데, 그 사람은 자신의 기다란 돼지 꼬리를 채찍처럼 사용했으며, 커다란 총탄을 땋아 내린 머리카락 끝에 달고 다녔습니다. 그 하인의 이름은 유수프 마수디였으며 우리 주인에게 아랍어를 가르쳤고 주인의 꿈을 지켜보았습니다. 마수디는 가방을 갖고 다녔는데, 그 속에는 펜으로 무엇인가를 적어 넣은 종이가 가득했습니다. 소문에 의하면 그는 꿈을 읽는 사람 혹은 꿈 사냥꾼이었는데, 그것은 사람의 꿈을 가지고 서로를 채찍질하는 자들을 가리키는 말입니다. 세바스트와 저는 주인의 책꽂이와 상자에 책과 원고를 정리해 넣으면서 첫해를 다 보냈습니다. 책과 원고에는 빈에서부터 그것을 싣고 온 낙타와 말의 냄새가 배어 있었습니다.

한번은 마수디가 아브람 주인님의 침실에서 불침번을 서는 동안, 저는 그의 가방을 훔쳐다가 모든 원고의 내용을 한 자 한 자 읽어 가면서 암기했습니다. 아랍어로 되어 있었기 때문에 단 한 글자도 이해할 수는 없었지만, 단지 그것이 아랍어의 알파벳순으로 정리된 사전이나 용어 해설집 형식을 취하고 있다는 사실과 그것이 마치 옆으로 기는 게와 같아서 나는 뒤로 나는 어치처럼 읽어야 한다는 사실을 알 수 있었습니다.

저는 그 도시와 물 위의 다리들을 보고도 놀라지 않았습니다. 콘스탄티노플에 도착하자마자, 저는 거리에서 그 얼굴들과 미움, 여자들, 구름, 동물, 내가 오래전에 버리고 도망쳤던 사랑, 단 한 번 마주쳤지만 영원히 기억하고 있는 눈길을 알아보기 시작했습니다. 그리고 마침내 다음과 같은 결론에 도달했습니다.

〈시간의 흐름 속에서는 아무 일도 일어나지 않는다. 세월이 흘러도 세상은 변하지 않으며 단지 그 내부와 공간을 통해서 동시에 변화가 일어나는 것뿐이다. 세상은 헤아릴 수도 없이 다양한 형태로 변화하면서 마치 카드를 섞듯이 그 형태들을 한 곳으로 섞은 다음, 한 사람의 과거를 다른 사람의 미래나 현재에 경험으로 할당한다. 그래서 한 사람의 추억과 모든 기억 그리고 현재의 삶 전부가 다양한 장소에서 다양한 사람들의 삶 속에 동시에 나타나는 것이다. 그러므로 우리를 감싸고 있는 이 모든 밤들이 똑같은 하나의 밤이라고 생각해서는 안 된다. 왜냐하면 그것들은 서로 같지 않기 때문이다. 그것은 10만여 개의 밤 위에 1천 개의 밤이 있는 것과 같다. 그 많은 밤들은 새나 달력이나 시계처럼 차례차례 순서대로 여행을 하는 것이 아니라 동시에 전개된다. 당신의 밤과 그 바로 옆에 있는 나의 밤은 달력상으로도 같은 밤이 아니다. 로마와 이곳의 교황 신봉자들에게 오늘은 성모 승천 축일이지만, 부활제를 벌이는 기독교도에게, 또한 그리스인과 독자적인 믿음을 가진 사람들에게 오늘은 턱수염이 없는 부주교 성 스테파노스의 유골이 승천한 날이다. 어떤 사람에게는 1688년이 보름 정도 일찍 끝날 것이다. 또한 유대인 거주지에서 살아가는 유대인들에게 지금은 이미 5447년이지만 아랍인들에게는 이제 겨우 905년이다. 아브람 주인님 밑에 있는 우리 일곱 명의 시종들은 새벽이면 일주일의 밤을 다 써버릴 것이다. 우리는 여기에서 토프카프 사라이까지 9월의 모든 밤을 모아 오겠지만, 아야[聖] 소피아에서부터 블라헤르나까지 10월은 이미 바닥나고 있었다. 어디에선가는 아브람 주인님의 꿈이 현실로 깨어나고 있으며, 다른 어디에서는 누군가가 아브람 주인님의 현실을 꿈꾸고 있다. 그리고 주인님이 콘스탄티노플로 찾아온 것은 터키 왕조에 파견된 영국 영사의 통역관으로 일하기 위해서가 아니라, 어떤 사람을 만나기 위해서였다는 것을 누가 알고 있을까. 그분은 꿈에서 그 사람의 현실을 보고 있으며 그 사람은 또 자기의 꿈속에서 주인님의 삶을 살아가고 있다. 우리 주위에 있는 사람들의 현실 가운데 오늘 밤 이 인간의 바다 어딘가에 있는 다른 사람의 꿈에 나타나지 않는 것은 없으며, 사람들의 꿈 가운데 다른 사람의 현실이 되지 않는 것도 없다. 어떤 사람이 여기에서 보스포루스까지, 모든 길을 거쳐서 갈 생각을 하고 있다면 그 사람은 한 해의 모든 계절을 하루하루 세어 나갈 것이다. 왜냐하면 가을과 봄과 삶의 모든 계절이 누구나에게 동일하지는 않기 때문이다. 언제나 늙은 사람 혹은 언제나 젊은 사람은 아무도 없기 때문이다. 전 생애는 촛불의 불꽃처럼 하나로 모을 수 있다. 그리고 만약 누군가가 그 불꽃을 불어 꺼뜨린다면, 삶과 죽음 사이에는 숨 한 번 쉴 수 있는 틈도 없을 것이다. 가야 할 곳을 정확하게 아는 사람이라면 바로 오늘 밤에 자신의 낮과 밤을 경험하고 있는 사람을, 그리고 내일 먹을 점심을 먹고 있는 사람을, 그리고 8년 전에 놓쳐 버린 것으로 애석해하거나 미래에 만날 아내에게 입을 맞추고 있는 사람을, 그리고 마지막으로 바로 자신의 죽음을 정확하게 경험하고 있는 사람을 찾을 것이다. 또한 빨리 움직이고 넓고 깊이 파고 들어가는 사람은 무한히 계속되는 모든 밤들이 바로 오늘 저녁에 광대하게 펼쳐지는 것을 볼 것이다. 어떤 마을에서는 다 끝나 버린 시간이 다른 마을에서는 이제 막 시작될 것이며 사람들은 시간을 통해 이 두 마을을 오고 갈 수 있을 것이다. 남성 마을에서 살아서 당신을 맞이하는 여자가, 여성 마을에서는 이미 죽은 사람일 수도 있으며 그 반대의 경우도 있을 수 있다. 개인의 삶뿐만 아니라 모든 미래와 과거의 시간들이, 영원의 모든 가지들이 이미 여기에 있으며 작은 조각으로 부서져서 사람들과 그들의 꿈속에 들어가 있다. 최초의 인간 아담의 거대한 육신이 잠에 빠져 꿈틀거리며 숨을 쉰다. 인류는 내일을 기다리는 것이 아니라, 동시에 모든 시간을 씹고 있다. 그러므로 시간은 여기에 존재하지 않는다. 시간은 어딘가 다른 쪽에서 찾아와 이 세상을 휩쓸고 가버린다.〉

「그런데 어디에서?」

바로 그 순간, 니콘 세바스트가 마치 제 생각을 듣고 있기라도 한 듯 저에게 물었습니다. 하지만 저는 입을 꼭 다물고 있었습니다. 어디에서 찾아오는 것인지 알고 있었기 때문에 입을 다물고 있었던 것입니다. 시간은 땅으로부터 오는 것이 아니라 땅 밑으로부터 오는 것입니다.

시간은 사탄의 소유물입니다.

사탄은 실타래와도 같은 시간을 악마의 주머니 속에 넣고 다니다가 자신의 신비로운 섭리가 명하는 대로 시간의 실을 풉니다. 그러므로 억지로라도 사탄에게서 시간을 빼앗을 수밖에 없습니다. 왜냐하면 만약 사람들이 신에게서 영원을 구하고 또 영원을 부여받을 수 있다면 영원의 반대, 즉 시간은 사탄에게서만 얻어 낼 수 있는 것이기 때문입니다.

사도 유다의 날에 주님의 형제 아브람 주인님은 우리를 불러 모아 놓고 콘스탄티노플을 떠나겠다고 말했습니다. 모든 이야기가 끝나고 여행을 준비하라는 명령이 내려진 후에, 별안간 니콘 세바스트와 아나톨리아 사람 마수디 사이에 짧고도 격렬한 논쟁이 벌어졌습니다. 세바스트의 눈꺼풀이 새처럼 퍼덕거리기 시작했습니다. 그는 너무나 화가 난 나머지 마수디가 여행을 떠나려고 미리 싸두었던 가방을 집어 들어 불 속으로 던졌습니다. 그 가방 속에는 아랍어로 된 용어집이 있었으며, 저는 이미 그 내용을 다 외우고 있었습니다. 하지만 마수디는 그 일에도 별로 당황하지 않고, 그저 주인님을 바라보며 이렇게 말했습니다.

「주인님, 세바스트를 보십시오. 세바스트는 꼬리로 그 짓을 합니다. 뒤쪽으로, 등을 대고 그 짓을 하기 때문에 자기의 애를 배게 될 사람을 보지 못합니다. 그리고 세바스트의 콧구멍은 두 개가 아닙니다.」

그 순간 모든 눈길이 세바스트에게로 모아졌습니다. 아브람 주인님은 벽에 걸려 있던 거울을 가져다가 송장에다 하듯이 세바스트의 코 밑에 갖다 댔습니다. 우리는 모두 몸을 구부려 자세히 들여다보았습니다. 마수디의 말은 사실이었습니다. 거울에 비친 세바스트의 콧구멍은 두 개로 갈라져 있지 않았습니다. 다른 사람들은 제가 이미 오래전부터 알고 있었던 사실을 그제야 알게 된 것입니다.

저의 동료이자 수석 필경가였던 니콘 세바스트는 다름 아닌 사탄이었습니다. 세바스트도 그 사실을 부인하지 않았습니다. 하지만 저는 다른 사람들과는 달리, 그의 코를 보고 있지 않았습니다. 대신 거울을 들여다보면서 아마 제 주위의 다른 사람들은 이미 오래전부터 알고 있었을 사실을 그제야 깨달았습니다. 예전에 만난 적이 있는 누군가를 떠올리게 했던 세바스트의 얼굴은 실제로 제 얼굴과 똑같았던 것입니다. 우리는 쌍둥이처럼 세상을 떠돌아다니면서 악마의 눈물로 신의 빵을 만들었던 것입니다.

그날 저녁 무렵에 저는 이런 생각을 했습니다.

〈드디어 때가 찾아왔다!〉

어떤 사람이 평생을 졸면서 보낸다면, 주위 사람들은 어느 날 그 사람이 깨어날 것이라고는 상상도 하지 못할 것입니다. 세바스트의 경우도 역시 마찬가지입니다. 저는 잠을 자다가 손이 마룻바닥에 툭 떨어지면, 화들짝 놀라서 잠을 깨는 그런 사람들과는 달랐습니다. 하지만 저는 세바스트가 두려웠습니다. 그의 이빨에는 제 뼈가 선명하게 그려져 있었습니다. 그럼에도 불구하고 저는 그를 따라갔습니다. 악마는 언제나 사람보다 한 걸음 뒤로 물러나서 걸어간다는 사실을 알고 있었기 때문에, 저는 언제나 세바스트의 발자국을 따라다녔습니다. 하지만 그는 나에게 별다른 주의를 기울이지 않았습니다.

아브람 브란코비치의 어마어마한 서재에 있는 글들 가운데 세바스트가 하자르 용어 해설집에 각별히 관심을 갖고 있다는 사실을 저는 이미 오래전부터 눈치채고 있었습니다. 그것은 알파벳순으로 된 책이었으며, 이미 사라져 버린 어떤 민족의 기원과 종말, 관습과 전쟁에 대한 자료들이었습니다. 우리는 그 자료를 순서대로 늘어놓으라는 지시를 받았습니다. 아브람 브란코비치는 이 민족에 대해 특별한 관심을 갖고 있었습니다. 그래서 비용은 상관하지 않고 고문서를 닥치는 대로 구입했으며 하자르 민족▽에 대해 무엇인가 알고 있는 사람들의 〈혀〉를 붙잡아 오기 위해서 뇌물을 쓰기도 하고, 사람을 풀어 꿈 사냥꾼을 사냥해 오라고 시키기도 했습니다. 꿈 사냥꾼이란 고대 하자르 마법사들의 기술을 전수받은 사람들입니다. 저 역시 이 용어 해설집에 대하여 관심을 갖게 되었습니다. 왜냐하면 아브람 주인님의 서재에 있는 수천 권의 책들 가운데 세바스트의 관심을 끌었던 것이 바로 이 책이었기 때문입니다.

 저는 브란코비치의 『하자르 사전』을 서둘러 암기하고 세바스트가 그것을 가지고 어떻게 하는지 지켜보았습니다. 그날 저녁때까지 세바스트는 눈에 띄는 일은 전혀 하지 않았습니다. 하지만 겨울 사건이 있고 난 후에 그는 혼자 성의 위층으로 올라가더니, 앵무새를 데려다가 등불 위에 얹어 놓고는, 자리에 앉아서 앵무새가 하는 말을 들었습니다. 아브람 주인님의 앵무새는 종종 시를 암송하곤 했는데, 주인님은 그것이 하자르 공주 아테▽의 시라고 믿었습니다. 서기들은 명령에 따라, 주인님의 하자르 용어 해설집에 넣기 위해 새가 하는 말을 모두 받아 적었습니다. 하지만 그날 저녁 세바스트는 펜을 들지 않고 단지 듣고만 있었습니다. 새는 이런 말을 했습니다.

 따스함과 향기로 가득한 지나간 봄들이 때때로 내 안에서 또다시 꽃을 피우곤 합니다. 우리는 겨울 내내 행여나 다칠세라 봄을 품에 간직하고 다닙니다. 그러다가 어느 날 우리가 유리창 밖으로 내몰리고 겨울이 그저 창밖의 풍경만이 아니게 됐을 때, 그 지나가 버린 봄들은 우리의 가슴에 서리가 내리지 않도록 우리를 지켜 줍니다. 이제 내 안에 그런 봄을 품은 채, 아홉 번째 맞는 겨울입니다. 그것은 여전히 나를 따스하게 해줍니다. 한번 상상해 보세요. 이 겨울에 마치 두 개의 풀밭에서 날아오는 향기처럼 두 개의 봄이 나를 감싸는 것을. 우리에게 필요한 것은 외투가 아니라 바로 그러한 것입니다…….

 새가 암송을 멈추었을 때, 무시무시한 외로움이 저를 엄습했습니다. 영혼 어디에도 봄이라고는 없이, 머릿속에는 오로지 니콘 세바스트와 함께 한 젊은 날에 대한 기억만이 한 가닥 빛처럼 남은 채, 이렇게 몸을 감추고 있는 저 자신이 너무 쓸쓸하게 느껴졌습니다. 그래도 그것은 사랑스러운 빛이라고 생각하고 있을 때, 세바스트가 새를 움켜쥐고 칼로 새의 혀를 잘라 내버렸습니다. 그런 다음에 아브람 브란코비치의 『하자르 사전』이 있는 곳으로 가서 그것을 한 장 한 장 불에 넣어 태우기 시작했습니다. 세바스트는 마지막 장까지 태워 버렸는데, 그 장에는 아브람 주인님이 직접 이렇게 적어 두었습니다.

그리스도의 형제, 아담에 대하여

하자르 민족은 처음이자 마지막 인간인 아담이 그리스도의 형이고 사탄의 동생이며 일곱 개의 부분으로 창조되었다고 믿었다. 사탄이 아담을 창조했는데, 흙으로 살을 만들고 돌로 뼈를 만들고 물로 악을 금방 알아볼 수 있는 눈을 만들었다. 사탄은 또한 이슬로 피를 만들고 바람으로 숨을 만들고 구름으로 생각을 만들고 천사의 빠르기로 정신을 만들었다. 하지만 두 번째 아버지이자 진짜 아버지인 신이 아담에게 영혼을 불어넣어 주고 난 다음에야, 아담은 살아 숨 쉴 수 있었다. 영혼이 아담에게 들어왔을 때, 아담의 왼쪽 엄지손가락과 오른쪽 엄지손가락이, 다시 말해서 남성적인 부분과 여성적인 부분이 서로 닿았으며, 그때 비로소 아담은 생명을 얻었다. 실제로 세상은 두 개라고 할 수 있다. 하나는 신이 창조했으며 눈에 보이지 않고 정신적인 세상이며, 또 다른 하나는 악마의 부당한 섭리로 지어졌으며 눈에 보이고 물질적인 세상이다. 이런 두 세상에서 양쪽 창조자를 부모로 두고 양쪽 세상 모두의 창조물이 된 것은 오직 아담뿐이었다. 사탄은 그때 타락한 천사 두 명을 아담의 몸속에 봉인했다. 두 천사 안에서 자라나는 욕망은 세상이 끝나는 날까지 만족을 몰랐고 누그러질 줄도 몰랐다. 첫 번째 천사는 이름이 아담이었고 두 번째 천사는 이브였다. 이브는 눈 대신 그물을 가지고 있었으며, 혀 대신 밧줄을 가지고 있었다. 그 밧줄은 거대한 고리 혹은 사슬 모양을 하고 있었다.

아담은 태어난 즉시 나이를 먹기 시작했다. 왜냐하면 그의 영혼은 철새와 같아서 여러 다른 시간들로 나뉘어 있었으며 그 시간들 사이를 옮겨 다녔기 때문이다. 처음에 아담은 두 개의 시간만으로 구성되어 있었다. 그것은 그의 내부에 있는 남성 시간과 여성 시간이었다. 그런 다음에 다시 네 개가 되었다. 그것은 이브와 카인, 아벨, 셋에게 속한 시간들이었다. 하지만 나중에는 인간이라는 형태 속에 들어가 있던 시간의 입자들이 꾸준히 증식했으며 아담의 몸 역시 증식했다. 결국 아담의 몸은 거대한 국가가 되었다. 마치 자연이라는 국가와도 같았으며 단지 구성 성분만 달랐다. 아담의 모든 생명은 그의 머릿속에서 출구를 찾아 헤매고 있었지만, 그것을 찾아낼 수는 없을 것이다. 왜냐하면 오로지 그리스도만이 아담의 몸으로 들어오고 나오는 길을 찾아낼 수 있기 때문이다. 아담의 거대한 몸은 공간 속에 놓여 있는 것이 아니라 시간 속에 놓여 있다. 그렇기 때문에 신발을 신듯이 기적 속으로 미끄러져 들어간다거나 단어로써 부삽을 만들어 내는 것은 결코 쉬운 일이 아니다.

아담의 영혼은 나중에 다가올 모든 세대들에게 옮겨 간다(영혼이 옮겨 간다고 하면 그것은 언제나 단 하나의 영혼, 아담의 영혼을 말한다). 그뿐만 아니라 아담의 후손들이 겪게 될 죽음은 모두 아담의 죽음으로 돌아온다. 하나하나의 입자들이 만들어 내는 거대한 죽음은 그 크기에 있어서 아담의 몸과 생명에 상응한다. 한번 생각해 보라. 하얀 새가 날아가고 검은 새가 돌아오는 것을…….

아담의 마지막 자손이 죽을 때, 아담 자신도 죽을 것이다. 아담 안에서 모든 자손들의 죽음이 반복되기 때문이다. 그런 다음에는 까마귀와 깃털에 대한 우화처럼 흙, 돌, 물, 이슬, 바람, 구름 그리고 천사가 나타나서 아담으로부터 그들의 물건을 꺼낼 것이며, 아담은 빈털터리가 될 것이다. 그렇게 되면 아담의 몸을, 인류의 아버지의 몸을 버린 사람들은 애통에 잠길 것이다. 그들은 아담과 함께 혹은 아담처럼 죽을 수 없을 것이기 때문이다. 그들은 사람이 아닌 다른 무엇인가가 될 것이다.

그래서 하자르 꿈 사냥꾼들은 최초의 인간 아담을 찾아다니면서 자기들의 사전, 용어 해설집 혹은 알파벳순으로 된 용어집을 작성한다. 하지만 하자르인들이 꿈이라고 부르는 것은 우리가 말하는 꿈과는 다르다는 사실을 알고 있어야 한다. 우리는 창밖을 내다볼 때까지만 꿈을 기억하고 있다가, 창밖을 내다보자마자 꿈은 이리저리 흩어져서 영원히 사라져 버린다. 하자르인들의 경우는 그렇지 않다. 하자르인들은 모든 사람들의 인생에는 매듭이 지어진 지점들이 있다고 믿었으며, 그것은 작은 시간의 조각들로 열쇠와도 같은 역할을 한다고 믿었다. 그래서 그들에게는 모두 자기만의 막대기가 있었으며 인생을 살아가면서 그 막대기에 눈금을 표시해 놓곤 했다. 선명한 의식의 상태나 장엄한 성취의 순간을 새겨 두는 것이다. 이러한 표시 하나하나에는 동물이나 보석 이름을 붙였으며 이런 것을 〈꿈〉이라고 불렀다. 그러므로 하자르 사람들에게 꿈이라고 하는 것은 단순히 밤의 낮이 아니었다. 그것은 우리가 낮 동안에 경험하게 되는, 신비로운 별이 빛나는 밤을 의미할 수도 있다.

꿈 사냥꾼 혹은 꿈을 읽는 사람들이라고 불리던 사제들은 이런 표시를 해석하면서 그것을 사전이나 전기를 만들어 내는 일에 사용했다. 하지만 이러한 경우에 사전이나 전기라고 하는 것은 고전적인 의미에서의 사전이나 전기를 가리키는 것이 아니다. 그렇기 때문에 플루타크나 코르넬리우스 네포스가 남긴 전기와는 약간 차이점이 있었다. 그것은 인간이 아담의 한 부분이 되는, 빛나는 순간들만을 모아 놓은 익명의 전기 모음집이었다. 일생에 오로지 단 한 순간만이라도 모든 사람들이 아담의 한 부분이 된다면, 그리고 이러한 모든 순간들을 한곳으로 모아 놓는다면, 이 땅 위에서도 아담의 육신을 볼 수 있을 것이다. 하지만 그것은 어떠한 형태로 나타나는 것이 아니라, 시간 속에서 나타날 것이다. 왜냐하면 오직 시간의 어느 한 시점만이 환하게 밝혀지고, 접근할 수 있고, 사용할 수 있을 것이기 때문이다. 그것은 바로 아담이 가지고 있는 시간의 조각이다. 나머지는 우리에게는 어둠 속에 감추어져 있으며, 다른 사람들을 위한 것일 뿐이다. 우리의 미래는 마치 달팽이의 촉수와도 같다. 무엇인가 딱딱한 것에 닿자마자 그것은 움츠러들며, 완전히 밖으로 나왔을 경우에만 주위를 둘러볼 수 있다. 아담은 언제나 그런 식으로 세상을 바라본다. 세상이 끝나기까지 모든 사람들의 모든 죽음을 미리 알고 있는 아담은 세상의 미래 또한 알고 있기 때문이다. 그러므로 우리가 모든 것을 보게 되고 우리 미래의 주인과 결합하기 위해서는 아담의 육신 속에 들어가는 길밖에 없다.

바로 거기에 사탄과 아담의 차이점이 있다. 악마는 미래를 보지 않는다. 그렇기 때문에 하자르인들은 아담의 육신을 찾아다닌 것이며, 하자르 꿈 사냥꾼들의 여성의 책과 남성의 책은 어떻게 보면 아담의 성상과 같은 것이다. 이런 경우에 여성의 책은 아담의 몸을 나타내며 남성의 책은 아담의 피를 나타낸다. 하자르인들은 꿈을 사냥하는 마법사들이 아담의 육신을 완전히 포착할 수 없으며, 그것을 사전에 충분히 구현할 수도 없다는 사실을 알고 있었다. 실제로 그들은 종종 두 개의 성상을 그려 놓았는데, 그 성상들은 얼굴이 없는 대신 두 개의 엄지손가락이 달려 있었다. 왼쪽에 있는 것은 여성 엄지손가락이고 오른쪽에 있는 것은 남성 엄지손가락이었다.

사전에 포획되어 있는 각 부분들이 살아 움직이기 위해서는 이 두 손가락이, 남성 손가락과 여성 손가락이 서로 맞닿아야만 한다. 그러므로 하자르인들의 사전을 보면, 그들은 아담의 육신 중에서 이 두 부분을 능숙하게 움직일 수 있게 하는 일에 특별한 관심을 갖고 있었다. 그리고 일반적으로 받아들여지고 있는 바에 따르면, 하자르인들은 이 두 부분을 조종하는 데에는 성공했지만, 그 외에 육신의 다른 부분들을 손에 넣을 만한 시간이 없었다고 한다. 하지만 아담에게는 충분한 시간이 있고 그는 기다리고 있다. 아담의 영혼이 자기 아이들에게로 옮겨 갔다가 아이들의 죽음이 되어 다시 자신의 몸으로 되돌아오는 것처럼, 아담의 육신이라고 하는 거대한 국가는 어느 순간에라도 그리고 우리 중에서 어느 누구에게서라도 다시 죽거나 되살아날 수 있다.

필요한 것은 오직 이 남성 손가락과 여성 손가락의 예언적 접촉이다. 우리가 만약 이 손가락 뒤에 아담의 육신 중에서 적어도 한 부분이라도 구현할 수 있다면 말이다. 그렇게 한다면 우리는 아담의 한 부분이 되는 것이다.

아브람 브란코비치의 말이, 여행을 하는 동안 줄곧 제 귓가를 울리고 있었습니다. 우리는 건기에 여행을 했는데, 흑해 연안의 다뉴브 강이 레겐스부르크의 다뉴브 강과 같고 레겐스

부르크의 다뉴브 강이 슈바르츠발트의 다뉴브 강과 근본적으로 같아지는 그런 때였습니다. 마침내 우리가 전쟁터에 도착했을 때에도, 또한 바람이 대포 연기를 재빨리 다뉴브 강 건너편으로 몰고 가면서 안개는 느릿느릿 몰고 가는 것을 보고 있을 때에도, 그의 말은 여전히 제 귀를 울렸습니다. 1689년 모든 영혼의 날이 지나간 후, 열세 번째 일요일에 걷기가 끝났습니다. 우리는 생애 최대의 폭우를 보았습니다.

다뉴브 강은 다시 하늘처럼 깊이 흘러갔고 비는 강 위로 수직으로 서 있었습니다. 그것은 마치 높다란 철책처럼 우리 진영과 터키 진영을 갈라놓았습니다. 그리고 바로 이 전쟁터의 야영지에서 저는 비로소 우리가 각각 서로 다른 이유 때문에 다뉴브 강가를 찾아왔다는 사실을 어렴풋이 깨닫기 시작했으며, 우리가 이렇게 누워서 기다리고 있는 것이 무엇인지 분간할 수 있었습니다.

세바스트는 마수디와 아브람 주인님의 사전을 태워 버리고 난 뒤에 전혀 다른 사람이 되어 있었습니다. 이제는 어떤 것도 그의 관심을 끌 수 없었습니다. 그는 〈다섯 번째 우리 아버지〉를 큰 소리로 읽어 달라고 했는데, 그것은 자살하는 사람을 위해 읽어 주는 기도문입니다. 그러고는 필기도구를 하나씩 하나씩 물속에 던져 넣었습니다. 세바스트는 마수디와 바둑판무늬가 그려진 스카프 위에 주사위를 던지고 있었습니다. 그는 엄청나게 돈을 잃었지만, 살겠다는 생각을 완전히 포기한 사람처럼 태연했습니다. 저는 세바스트가 삶에 작별을 고하고 있다는 것을, 세상 다른 어느 곳에서보다 여기에서 죽음이 닥치기를 바라고 있다는 것을 느꼈습니다. 아브람 브란코비치는 예전에 전쟁의 명수였고, 지금도 역시 잘 싸우고 있었지만 전쟁을 하기 위해 다뉴브 강으로 온 것은 아니었습니다. 그는 분명히 다뉴브 강에서 누군가와 약속이 있었던 것입니다.

마수디는 앉아서 주사위를 던지고 있었지만, 사실은 아브람 주인님이 만나려고 하는 사람을 기다리면서 피와 비를 견디고 있었던 것입니다. 성스러운 십자가가 세워졌던 바로 그 운명의 날에 터키 진영의 대포는 점점 더 큰 소리로 으르렁거렸습니다. 아브람 주인님의 사브르 검 선생으로 일하고 있는 콥트인으로 말하자면, 아베르키에 스킬라†라고 불렸는데 다뉴브 강변의 터키 불꽃 밑에서 가만히 앉아 있었습니다. 아무런 처벌도 없이 적군의 병사나 자기 진영의 병사를 상대로 새로운 사브르 검술을 시험해 볼 수 있는 기회가 주어졌기 때문입니다. 스킬라에게는 적군과 아군이 조금도 다르지 않았습니다. 그들은 모두 스킬라의 검술 연습 상대에 불과했던 것입니다. 스킬라는 이 검술을 오랫동안 연습했지만 살아 있는 살이나 뼈에 대고 시험을 해볼 수는 없었습니다. 저 또한 그들과 함께 그곳에 앉아서 『하자르 사전』의 세 번째 부분을 기다리고 있었습니다.

저는 이미 처음 두 부분을 모두 외우고 있었습니다. 마수디의 아랍어 사전과 아브람의 그리스어 사전을 말입니다. 그리고 이제 누군가가 히브리어로 된 사전의 세 번째 부분을 가지고 나타나지나 않을까 기다리고 있었던 것입니다. 처음 두 부분을 보면, 나중에 세 번째 부분이 따라올 것이 분명하기 때문입니다. 세바스트는 처음 두 부분을 태워 버리고 나자, 세 번째 부분이 덧붙여지는 것을 전혀 두려워하지 않았습니다. 자신의 할 일을 다 했기 때문입니다. 하지만 저는 처음 두 부분을 외우고 있었기 때문에 세 번째 부분을 보고 싶었습니다. 그렇지만 세 번째 부분이 도대체 어떤 내용인지 알 수가 없었습니다. 저는 아브람 주인님을 믿기로 했습니다. 그분도 역시 나와 같은 것을 기다리고 있었기 때문입니다. 하지만 주인님은 살아서 그것을 보지 못했습니다. 곧 터키 병사들이 전투 중에 브란코비치와 세바스트를 죽이고 마수디를 사로잡았기 때문입니다. 그 전쟁터에 터키 병사들과 함께 나타난 사람이 바로 붉은 눈에 눈썹을 날개처럼 접은 젊은이였습니다. 그 젊은이는 콧수염의 절반이 회색이었고 나머지 절반은 붉은색이었습니다. 그는 재빨리 달려왔는데, 눈썹에는 먼지가 뽀얗게 앉아 있었고 턱수염은 줄줄 흘러내리는 콧물로 절어 있었습니다. 저는 그를 바라보면서 저런 사람의 시간도 과연 지켜볼 가치가 있을까 생각했답니다! 하지만 저는 그가 바로 제가 기다리던 사람이라는 사실을 깨달았습니다. 갑자기 그 사람은 도끼를 맞고 쓰러지는 나무처럼 땅에 쓰러졌고, 그 사람이 들고 있던 가방 속에서 깨알 같은 글씨가 빽빽이 적힌 종이들이 쏟아져 내렸습니다.

전투가 끝나고 사람들이 모두 물러간 다음에, 저는 숨어 있던 곳에서 나와 흩어진 종이를 주웠습니다. 그리고 다뉴브 강을 건너 왈라키아의 텔스키 수도원으로 들어갔습니다. 저는 가방 속에서 히브리어로 된 글들을 꺼내 읽으면서, 그 내용 가운데 어떤 것도 이해하거나 해석해 보려고 시도하지 않았습니다. 그다음에 폴란드로 가서 니콘 세바스트가 그렇게도 막아 보려고 노력하던 일을 하기로 결심했습니다.

저는 출판업자를 찾아가 세 개의 하자르 사전을 모두 팔아 버렸습니다. 하나는 전쟁터에서 발견한 히브리어 사전이었고, 또 하나는 아브람 브란코비치의 명령에 따라 모은 그리스어 사전이었고, 마지막은 꿈 해독자인 마수디가 가지고 온 아랍어 사전이었습니다. 그 출판업자의 이름은 다우브마누스[*]였습니다. 그 사람은 병을 앓고 있었는데, 그 병은 더 이상 악화되지도 않았고 그 병 때문에 죽는 일도 없어서 마치 시간만 질질 끄는 카드놀이와 같았습니다. 다우브마누스는 나에게 두 달치 집세와 음식 그리고 셔츠에 달 수 있는 단추를 지불했습니다. 저는 외우고 있던 것을 모두 다 글로 옮겼습니다. 이제 몇 년 만에 처음으로 구술자로서의 일을 다시 하고 있었으며, 또한 니콘 세바스트가 오랫동안 팽개쳐 두고 있었던 서기로서의 일에 열중하고 있었습니다.

1690년 성스러운 아기 예수의 날에 저는 모든 일을 끝냈습니다. 눈과 서리에 손톱이 벗겨질 지경이었습니다. 저는 아브람의 사전과 마수디의 용어 해설집과 붉은 눈의 남자가 들고 온 가방 속에 들어 있던 유대 백과사전을 이용해서, 『하자르 사전』과 비슷한 어떤 것을 만들어 냈습니다. 그리고 그것을 출판업자 다우브마누스에게 주었습니다. 다우브마누스는 레드 북과 그린 북, 옐로 북을 모두 받아 들고, 그것을 출판하겠다고 말했습니다. 하지만 그 사람이 출판을 했는지, 아니면 하지 않았는지 저는 알 수 없습니다. 그리고 과연 제가 한 일이 옳은 것인지 아닌지도 확신할 수 없습니다.

지금 제가 알고 있는 것은 오직 제가 여전히 글을 쓰고 싶은 굶주림에 시달리고 있다는 사실과, 이러한 굶주림으로 인해 기억하고 싶은 목마름이 사라져 버렸다는 것입니다. 마치 제가 필경사 니콘 세바스트로 변해 가기라도 한 것처럼 말입니다……

부록 2
아부 카비르 무아위아 박사 살인 사건의 재판 기록 가운데 증인들의 증언에서 발췌한 글

1982년 10월 18일 이스탄불

킹스턴 호텔의 여종업원 버지니아 아테는 도로시아 슐츠 박사 살인 사건의 증인으로 법정에 출두해 다음과 같이 진술했다.

앞서 말한 날(1982년 10월 2일)의 날씨는 아주 화창했고, 나는 몹시 머리가 복잡했습니다. 보스포루스에서 소금기를 머금은 바람이 무더기로 불어오고 있었으며 그 바람과 함께 재빠른 생각들이 느릿느릿한 생각들 사이를 뱀처럼 헤집고 다녔습니다. 킹스턴 호텔의 정원은 사각형으로 날씨가 좋을 때에는 그곳에서 아침을 먹을 수 있습니다. 한쪽 구석에는 햇빛이 들고 다른 한쪽 구석에는 꽃밭을 가꾸어 놓았으며 다른 한쪽에는 바람이 불고 마지막 한쪽 구석에는 돌로 만든 우물이 있었는데, 그 옆에는 기둥이 서 있습니다. 나는 보통 이 기둥 뒤에 서 있습니다. 내가 알고 있는 바로는 손님들은 식사할 때 누군가가 지켜보고 있는 것을 좋아하지 않기 때문입니다. 그것은 전혀 놀랄 일이 아닙니다. 손님들이 아침 식사하는 모습을 지켜보면, 바로 모든 사실을 알 수 있기 때문입니다. 약간 삶은 달걀을 먹으면 오전에 목욕을 할 수 있을 만큼의 힘이 나고 생선을 먹으면 밤이 되기 전에 토프카프 사라이에 갈 수 있으며 포도주를 한 잔 마시면 침대에 들어가기 전에 미소를 지을 수 있는데, 그 미소는 호텔 방에 있는 시력이 나쁜 거울에는 결코 가닿지 않는다는 사실을 말입니다. 우물 옆의 그 자리에 서 있으면 정원으로 통하는 계단이 눈에 들어오기 때문에 오고 가는 사람을 언제나 지켜볼 수 있습니다.

게다가 한 가지 이점이 더 있습니다. 주위의 배수관에서 흘러나온 물이 모두 이 우물에 와서 쏟아지는 것처럼, 정원에서 나온 모든 목소리 역시 이곳에 와 닿는 것입니다. 우물 입구가 있는 곳으로 약간만 귀를 기울이면, 정원에서 하는 말을 또렷하게 들을 수 있습니다. 심지어 새가 파리를 쪼는 소리나 삶은 달걀에 금이 가는 소리까지 들립니다. 또한 포크들은 언제나 똑같은 목소리로 서로를 부르지만, 물컵들은 각기 다른 목소리로 서로를 부른다는 것을 알 수 있습니다. 손님들은 종업원을 부르기 전, 대개 대화 도중에 자기가 무엇 때문에 종업원을 부르려고 하는지 언급하기 때문에 나는 손님들이 말을 하기 전에 손님들이 원하는 대로 해줄 수 있습니다. 손님들이 하는 이야기를 우물에게서 다 전해 들었기 때문입니다. 뭐든 남들보다 1초라도 먼저 알고 있으면 대단히 유리하고 언제나 이익이 됩니다.

그날 아침 정원으로 가장 먼저 나온 것은 18호실 손님이었습니다. 그들은 벨기에 여권을 가지고 있는 반 데르 스팍 가족으로 아버지, 어머니 그리고 아들 이렇게 세 사람이었습니다. 아버지는 나이가 지긋했고 하얀 거북 껍질로 만든 악기를 훌륭하게 연주했습니다. 저녁 무렵이 되면 그 음악 소리를 들을 수 있었습니다. 그 사람은 약간 유별난 점이 있었는데, 두 갈래로 나뉜 포크를 주머니 속에 넣고 다니면서 언제나 그것으로 음식을 먹었습니다. 어머니는 젊고 아름다운 여자였습니다. 그래서 나는 그 여자를 자세히 바라보곤 했습니다. 그러다가 그 여자에게 남다른 결점이 있다는 사실을 알게 되었습니다. 코 안이 갈라져 있지 않았던 것입니다. 그 여자는 날마다 성 소피아 성당으로 찾아가서는 훌륭하게 벽화를 옮겨 그리곤 했습니다. 나는 그 여자에게 이 그림들이 남편 노래의 악보 역할을 하느냐고 물어보았지만, 그 여자는 내 말을 전혀 이해하지 못했습니다. 그녀에게는 네 살 정도 되어 보이는 아들이 있었는데, 그 아이도 나름대로 결함이 있는 것 같았습니다. 항상 장갑을 끼고 있었기 때문입니다. 심지어 식사를 할 때도 장갑을 벗지 않았습니다. 하지만 그런 것들 때문에 머리가 복잡했던 것은 아닙니다. 맑은 아침에 벨기에 사람들이 아침 식사를 하기 위해 조금 전에 말한 계단을 내려오는 모습을 보았습니다. 그때 한 가지 이상한 사실을 깨달았습니다. 그 나이 많은 신사의 얼굴은 다른 사람들의 얼굴과 달랐던 것입니다.

판사: 그 말이 무슨 뜻입니까?
증인: 어떤 사람의 얼굴 사진을 두 장 가지고 왼쪽만을 오려서 한 곳에 붙여 놓으면 아무리 잘생긴 사람도 이상한 괴물이 될 것입니다. 마찬가지로 반쪽 영혼 두 개를 하나로 붙여 놓는다고 해서 완전한 영혼이 되지는 않습니다. 그저 괴물 같은 반쪽의 영혼이 두 개 있는 것입니다. 얼굴과 마찬가지로 영혼에도 왼쪽과 오른쪽이 있습니다. 왼쪽 다리 두 개를 가지고 다리가 멀쩡한 사람을 만들 수는 없습니다. 그런데 그 나이 많은 신사의 얼굴은 왼쪽만 두 개였습니다.
판사: 그런 이유 때문에 아침부터 머리가 복잡했다는 말입

니까?

증인: 그렇습니다.

판사: 본 법정은 증인이 항상 사실만을 말하도록 경고합니다. 그다음에는 어떤 일이 벌어졌습니까?

증인: 나는 반 데르 스팍 가족에게 음식을 갖다 주면서 후추와 소금을 같은 손으로 집어 들지 말라고 알려 주었습니다. 식사를 마친 다음 스팍 부부는 자리에서 일어났고, 어린 소년만 여전히 뒤에 남아서 초콜릿 우유를 마시고 있었습니다. 그런데 지금 이 자리에 참석한 도로시아 슐츠 박사가 호텔의 정원으로 나와서 식탁에 앉았습니다. 내가 슐츠 박사에게 주문을 받으러 가기도 전에, 지금은 죽어 버린 무아위아 박사가 슐츠 박사의 식탁으로 다가오더니 자리를 잡고 앉았습니다. 슐츠 박사의 시간은 비처럼 뚝뚝 떨어지고 있었고, 무아위아 박사의 시간은 눈처럼 펑펑 내리고 있다는 사실을 누구나 알 수 있었을 것입니다. 무아위아 박사는 이미 시간의 눈 속에 목까지 파묻혀 있었습니다. 무아위아 박사가 넥타이를 매지 않았다는 사실과 슐츠 박사가 손가방에서 권총을 몰래 꺼내는 모습이 나의 눈에 보였습니다. 하지만 슐츠 박사는 무아위아 박사와 몇 마디 말을 나눈 다음에 손을 내밀었으며, 무아위아 박사는 슐츠 박사에게 종이를 한 묶음 건네주었습니다. 슐츠 박사는 종이 아래 감춰진 권총을 식탁 위에 그대로 남겨 둔 채, 계단을 뛰어 올라가서 객실로 들어가 버렸습니다. 이러한 모든 사실이 내 머리를 한층 더 복잡하게 만들었습니다. 무아위아 박사의 천진난만한 미소는 턱수염이란 덫에 걸려 버린 것 같았습니다. 박사의 턱수염은 호박색 곤충을 닮았으며, 우수에 젖은 녹색 눈 때문에 다소 어두운 색을 띠었습니다. 그 미소에 이끌린 듯이 벨기에 출신의 소년이 무아위아 박사가 앉아 있는 식탁으로 다가왔습니다. 나는 이 법정에서 그

소년이 네 살도 채 되지 않았다는 사실을 다시 한 번 말씀드리고 싶습니다. 정원에는 두 사람 외에는 아무도 없었습니다. 어린 소년은 여전히 장갑을 끼고 있었고 무아위아 박사는 소년에게 어째서 장갑을 벗지 않느냐고 물었습니다.

〈여기에 있으면 속이 이상해서 그래.〉

어린 소년은 이렇게 대답했습니다.

〈속이 이상하다니? 뭐 때문에?〉

〈당신의 민주주의 때문이야!〉

소년은 또박또박 대답했습니다. 나는 우물이 있는 곳으로 좀 더 가까이 다가가서 두 사람의 대화에 귀를 기울였습니다. 그들의 대화는 점점 더 이상해지는 것 같았습니다.

〈무슨 민주주의를 말하는 거야?〉

〈당신과 당신의 무리가 떠받드는 민주주의 말이야. 당신의 민주주의가 어떤 결과를 낳았는지 한번 보도록 해. 예전에는 커다란 나라들이 작은 나라들을 억압했어. 하지만 이제는 그 반대라고 할 수 있지. 이제는 민주주의란 이름으로 작은 나라들이 커다란 나라를 꼼짝 못 하게 하지. 우리 주변의 세상을 봐. 하얀 미국이 흑인들을 두려워하고, 흑인들은 푸에르토리코 사람들을 두려워하고 있어. 유대인들은 팔레스타인 사람들을 두려워하고 아랍인들은 유대인들을, 세르비아 사람들은 알바니아 사람들을, 중국인들은 베트남 사람들을, 영국인들은 아일랜드 사람들을 두려워하고 있어. 작은 물고기가 커다란 물고기의 귀를 물어뜯는 거야. 소수가 두려움에 떨던 시대는 지나가고, 민주주의는 새로운 유행을 도입한 거야. 이제 무거운 짐을 지고 있는 이 행성 인구의 소수가 아니라 다수가 되었어. 당신의 민주주의는 정말 구역질이 나…….〉

판사: 본 법정은 증인이 사실로 받아들이기 어려운 진술을 하지 않도록 경고하는 바입니다. 증인을 벌금형에 처하겠습

니다. 증인은 사실만을 말하겠다고 선서한 다음, 이 모든 것들이 네 살도 채 되지 않은 소년이 한 말이라고 주장하는 것입니까?

증인: 네, 그렇습니다. 내 귀로 분명하게 들었습니다. 나도 내가 듣고 있는 것이 사실인지 확인하고 싶었습니다. 그래서 정원이 바라보이는 기둥 뒤로 걸어갔습니다. 어린 소년은 슐츠 박사가 식탁 위에 두고 간 권총을 집어 들었습니다. 소년은 마치 전문가처럼 다리를 쫙 벌리고 어깨를 웅크린 채, 두 손으로 총을 움켜쥐고는 무아위아 박사를 겨눈 채 이렇게 소리쳤습니다.

「입을 벌려. 그래야 이빨이 상하지 않지!」

무아위아 박사는 얼이 빠져서 정말로 입을 벌렸고, 어린 소년은 총을 쏘았습니다. 처음엔 장난감 총인 줄 알았죠. 하지만 무아위아 박사는 의자 위로 와르르 무너져 내리더군요. 피가 뿜어져 나왔습니다. 박사의 바지는 벌써 한쪽이 더럽혀져 있었습니다. 그는 이미 무덤에 한 발을 내딛고 있었던 것입니다. 어린 소년은 무기를 버리고는 식탁으로 돌아오더니 남아 있던 초콜릿 우유를 마시기 시작했습니다. 무아위아 박사는 꼼짝도 하지 않았어요. 철철 흘러나오던 핏줄기가 박사의 턱 아래에서 엉겨 붙었습니다. 그때 나는 이런 생각을 했습니다. 〈저기를 봐. 지금은 박사가 넥타이를 매고 있네.〉 내 생각이 미처 끝나기도 전에, 슐츠 박사가 마구 비명을 질렀습니다. 그다음에 일어난 사건은 모두 이미 알고 있습니다. 무아위아 박사는 죽은 것으로 밝혀졌고, 시신은 치워졌습니다. 그리고 슐츠 박사는 호텔에서 묵고 있던 이사일로 수크 박사가 죽었다는 사실도 알려 주었습니다.

검사: 조금 전에 증인은 이렇게 말했습니다. 〈그 당시 나는 이런 생각을 했습니다. 《저기를 봐. 지금은 박사가 넥타이를

매고 있네.》》 증인이 이런 방식으로 자신의 생각을 밝힌 점에 대하여 저는 몹시 분개하고 있음을 이 법정에서 밝히는 바입니다. 증인은 국적이 어떻게 됩니까? 아테 양, 혹시 아테 부인인가요?

증인: 국적을 설명하는 것은 어렵습니다.

검사: 한번 설명해 보십시오.

증인: 나는 하자르인입니다.

검사: 뭐라고 하셨나요? 그런 나라는 지금까지 한 번도 들어 본 적이 없습니다. 증인은 어느 나라의 여권을 가지고 있습니까? 하자르 여권입니까?

증인: 아닙니다. 이스라엘 여권입니다.

검사: 그렇다면 이스라엘 국적이군요. 내가 듣고 싶었던 대답은 바로 그것입니다. 만약 당신이 하자르인이라면 어떻게 이스라엘 여권을 가지고 있습니까? 당신은 당신 민족을 저버린 것입니까?

증인: (웃음) 아닙니다. 오히려 그 반대라고 할 수 있을 것입니다. 하자르인들은 유대인들에게 동화되었습니다. 다른 사람들처럼 나도 유대교를 받아들였고 이스라엘 여권을 가지고 있습니다. 이 세상에서 혼자가 된다는 것이 도대체 무슨 의미가 있겠습니까? 아랍인들이 모두 유대인이 된다고 하더라도 당신은 여전히 아랍인으로 남아 있겠습니까?

검사: 그것은 논평할 필요가 없는 질문이군요. 자, 여기에 의문점이 남아 있습니다. 당신의 증언은 피고인을 도와주기 위한 것으로 짐작됩니다. 피고인은 당신과 같은 국적의 여권을 가지고 있습니다. 나는 더 이상 질문이 없습니다. 그리고 배심원들도 더 이상 질문이 없을 것 같습니다.

그다음 증언대로 올라온 것은 벨기에 출신의 반 데르 스팍 가족이었다. 그들은 세 가지 사실에 동의했다. 첫째, 세 살짜리 어린 소년이 살인을 저질렀다고 하는 이야기를 믿는다면, 그것은 정말 우스꽝스러운 일이다. 둘째, 조사를 통해 밝혀진 바에 따르면, 무아위아 박사의 살해에 사용된 권총(38구경 모델 36, 스미스웨슨)에는 단 한 사람, 도로시아 슐츠 박사의 지문만이 묻어 있었다. 그리고 무아위아 박사의 살해에 사용된 권총의 주인은 바로 슐츠 박사였다. 셋째, 검찰 측의 중요한 증인인 스팍 부인은, 슐츠 박사에게는 무아위아 박사를 살해할 만한 동기가 있었으며 그를 살해하기 위해 이스탄불로 와서 그 일을 실행한 것이라고 주장했다. 조사를 통해 밝혀진 바에 따르면 이집트-이스라엘 전쟁 당시에 무아위아 박사는 도로시아 슐츠 박사의 남편에게 심한 부상을 입혔다. 결국 살해 동기는 분명했다. 그것은 보복 살인이었다. 킹스턴 호텔 종업원의 증언은 믿을 만한 것으로 받아들일 수 없었다. 그것이 이들 증언의 전부였다.

검사는 증거를 종합해 본 결과, 도로시아 슐츠 박사는 계획적인 살인을 저질렀으며 거기에는 정치적인 동기 또한 수반된다고 주장했다. 그런 다음에 피고는 법정으로 나서게 되었다. 슐츠 박사의 진술은 매우 간단했다. 그녀는 무아위아 박사의 죽음에 대해 아무런 책임도 없으며 그 사실을 증명할 수 있다고 말했다. 자기에게 확실한 알리바이가 있다는 것이었다. 판사가 어떤 종류의 알리바이를 의미하는 것인지 물어보았을 때, 슐츠 박사는 이렇게 대답했다.

「무아위아 박사가 살해당할 때, 나는 다른 사람을 살해하고 있었습니다. 그 사람은 바로 이사일로 수크 박사입니다. 나는 수크 박사의 침실에서 베개로 박사를 질식시켰습니다.」

조사 도중에 밝혀진 사실은, 그날 아침 수크 박사가 살해당했던 바로 그 시간에 반 데르 스팍 씨도 역시 그 방에 있었다는 것이다. 하지만 슐츠 박사가 자백함으로써, 벨기에 사람들은 모든 혐의를 벗을 수 있었다.

마침내 재판이 끝나고 판결이 내려졌다. 도로시아 슐츠 박사가 아부 카비르 무아위아 박사를 계획적으로 보복 살인했다는 고소는 취하되었지만, 대신 이사일로 수크 박사를 살해한 데 대해 유죄가 선고되었다. 무아위아 박사의 살인 사건은 아직까지도 해결되지 않은 채 남아 있으며, 반 데르 스팍 가족은 무사히 풀려나게 되었다. 킹스턴 호텔의 종업원 버지니아 아테는 법정을 기만하고 조사의 방향을 오도하려 한 혐의로 벌금형을 선고받았다.

판결에 따라 도로시아 슐츠 박사는 이스탄불의 감옥에 6년 동안 투옥되었다. 슐츠 박사는 크라쿠프의 자기 자신에게 편지를 보냈다. 모든 편지는 검사를 거쳤는데, 박사가 쓴 편지의 마지막 문장은 언제나 똑같았으며 그 문장의 뜻은 잘 이해되지 않았다.

〈실수로 우리 손에 희생된 사람이 죽음으로부터 우리를 구해 줄 것이다.〉

이사일로 수크 박사의 방을 살펴보았지만, 책이나 논문은 전혀 나오지 않았다. 그 방에서 발견된 것은 한쪽 끝이 깨진 달걀뿐이었다. 죽은 사람의 손가락에 노른자가 엉겨 붙어 있었던 것으로 보아서, 그 사람이 살아서 마지막으로 한 행동은 달걀을 깨는 일이었음을 알 수 있었다. 또 하나 발견된 것은 금 손잡이가 달린 특이한 열쇠였는데, 그 열쇠는 너무나 신기하게도 킹스턴 호텔 직원이 머물던 방문의 자물쇠에 그대로 들어맞았다. 그 방은 증인이었던 버지니아 아테의 방이었다.

반 데르 스팍 가족의 식탁에서 발견되었던 물건 중에서 증거로 보존된 것이 있는데, 그것은 킹스턴 호텔 메모지에 무엇인가를 계산해 놓은 것이었다.

$$\begin{array}{r} 1689 \\ +293 \\ \hline =1982 \end{array}$$

맺음말
이 사전의 유용성에 대하여

 한 권의 책은 비를 맞는 포도밭일 수도 있고, 포도주를 맞는 포도밭일 수도 있다. 이 책은 다른 사전들과 마찬가지로 후자에 속한다. 날마다 사전을 읽는 일에 시간을 할애하는 사람은 거의 없겠지만, 여러 해가 지나가면 사전 한 권에 상당한 시간을 들였음을 알 수 있다. 이렇게 하면서 보낸 시간을 절대로 얕잡아 보면 안 된다. 일반적으로 말하는 것처럼 독서가 미심쩍은 일이라는 사실을 받아들이는 사람이라면 더욱 그러하다. 많은 사람들은 독서라는 형식으로 책을 사용하면서 책을 치유할 수도 있고 책을 죽일 수도 있다. 그래서 책은 변할 수도 있고 살이 찔 수도 있으며 약탈당할 수도 있고 진로가 다른 방향으로 변할 수도 있다.

 책은 언제나 무엇인가를 잃어버리고 있다. 당신은 한 줄을 읽으면서 글자를 빠뜨리기도 하고 몇 장씩 그냥 넘겨 버리기도 한다. 그렇게 하는 동안에도 새로운 내용들이 눈앞에서 양배추처럼 자라나고 있다. 당신이 만약 내일 아침에나 그것을 처리할 생각을 한다면, 그때는 이미 불 꺼진 난로처럼 차갑게 식어 있을 것이다. 저녁 식사가 언제까지나 뜨거운 채로 당신을 기다려 주지는 않는 것처럼 말이다. 게다가 사람들은 혼자 조용히 책을 읽을 수 있는 경우가 그렇게 많지 않아서 심지어 사전조차도 아무 방해를 받지 않고 읽기가 어렵다.

하지만 여기에도 역시 끝은 있다. 책은 마치 저울과 같다. 먼저 오른쪽으로 기울었다가 나중에는 다시 왼쪽으로 기운다. 영원히 말이다. 그러므로 무게는 오른쪽에서 왼쪽으로 옮겨 간다. 우리의 머릿속에서도 무엇인가 비슷한 일이 벌어지는데, 생각이 희망의 영역에서 기억의 영역으로 옮겨 가면서 모든 것이 끝난다. 아마 독자의 귀에는 작가의 입에서 흘러나온 침과 바닥에 모래 한 알갱이가 깔려 있는 바람이 낳은 말들만이 남아 있을 것이다. 여러 해가 흐르는 동안 목소리들이 이 모래 한 알갱이를 감쌀 것이다. 마치 조개 속에서처럼 말이다. 그리고 언제인가 그것은 진주로, 검은 염소 치즈로 변할 것이다. 혹은 귀가 조개껍질처럼 닫혀 있을 때에는 빈 공간으로 변하기도 할 것이다. 여기에 가장 영향을 미치지 않는 것은 바로 모래이다.

어쨌든 이렇게 두꺼운 책을 읽는다는 것은, 오랫동안 혼자 있게 된다는 사실을, 오랫동안 곁에 누가 있어 줄 필요가 없다는 것을 의미한다. 왜냐하면 네 개의 손으로 책 한 권을 들고서 함께 읽는 일은 아직까지 일반적인 독서 습관이 아니기 때문이다. 이러한 사실로 인해 작가들은 죄의식을 갖고 속죄하기 위해 노력한다. 민첩한 눈과 나른한 머리카락을 지닌 어떤 사랑스러운 여인이 이 사전을 읽으면서 방을 가로질러 가듯이 두려움을 통과하게 된다면, 그래서 외로움에 잠기게 된다면 나는 다음과 같은 방법을 권하고 싶다.

그 달의 첫 번째 수요일에 이 사전을 옆구리에 끼고 도심의 광장에 있는 카페로 들어가라. 그곳에서는 어떤 젊은이가 당신을 기다리고 있을 것이다. 그 젊은이도 역시 외로움에 잠겨 똑같은 책을 읽으면서 시간을 헛되이 흘려보내고 있을 것이다. 두 사람은 자연스럽게 함께 차를 마시면서 그들이 가지고 온 남성판과 여성판을 서로 비교하게 될 것이다. 그 두 가지 판본은 커다란 차이점을 가지고 있다. 두 사람이 도로시아 슐츠 박사의 마지막 편지에 나오는 짧은 한 단락(고딕체로 인쇄된)을 서로 비교할 때, 그 책은 비로소 완전하게 들어맞을 것이다. 마치 도미노처럼 말이다. 그다음부터 두 사람은 더 이상 그 책이 필요 없을 것이다. 그때는 사전 편찬자를 꾸짖어도 좋다. 하지만 다음 단계를 위하여 이 과정은 빨리 넘어가는 것이 좋다. 이제 남은 단계는 단지 두 사람이 연애를 하게 되는 것뿐이기 때문이다. 아무리 좋은 책을 읽는다 하더라도 그보다 더욱 값진 경험은 없다.

나는 벌써 두 사람이 거리의 우편함 위에 먹을 것이 담긴 도시락 바구니를 올려놓고, 자전거에 앉은 채 서로를 끌어안고 식사하는 모습을 그려 보고 있다.

> 베오그라드, 레겐스부르크, 베오그라드
> 1978~1983
> 밀로라드 파비치

편집자 노트

 이 책을 처음부터 끝까지 읽었다면 당신은 여성판을 읽은 것이다. 처음 유고 연방에서 이 작품이 발표될 때 여성판과 남성판으로 나뉘어 출간됐다. 여성을 위한 결말과 남성을 위한 결말은 달라야 한다는 작가의 의도 덕분이다. 이 판본에서는 독자들이 책을 두 권 구입해야 하는 부담을 덜기 위해 두 판본을 한 권에 넣었다. 여성판과 남성판은 단 한 문단만이 다르다. 남성판을 읽고 싶다면 처음부터 다시 읽어 가다가 도로시아 슐츠 박사의 마지막 편지 부분에서 396~397면의 고딕체로 쓰인 문단을 아래 문단으로 대체한 뒤 마지막까지 읽어 나가면 된다.

 그때가 바로 절호의 기회였지. 정원에서 우리를 지켜보고 있었던 것은 단 한 사람뿐이었어. 그것도 어린아이였지. 하지만 내가 생각했던 그런 일은 벌어지지 않았어. 나는 손을 내밀어서 흥미롭기 그지없는 복사물을 받았어. 그 복사물이 바로 이 편지에 동봉한 거야. 내가 총을 쏘는 대신 문서를 받아 드는 순간, 이 사라센 사람의 손가락이 눈에 들어왔어. 그 손톱은 마치 헤이즐넛 열매 같았고, 나는 문득 할레비가 하자르 관련 서적에서 언급한 나무가 생각났어. 우리가 바람과 비를 뚫고 하늘을 향해, 신을 향해 더 높이 올라가면 올라갈수록, 우리의 뿌리는 진흙과 지하수를 뚫고 지옥을 향해 점점 더 깊이 빠져드는 거야. 머릿속으로 이런 생각을 하면서, 나는 녹색 눈의 사라센 사람에게서 받은 것을 읽었어. 그 글을 읽고 나는 완전히 박살이 나버렸어. 그리고 경악하며 무아위아 박사에게 그것을 어떻게 손에 넣었는지 물어보았어.

작품 해설

꿈과 상징으로 이루어진 행복어 사전
이윤기

 제목에 〈사전〉이라는 말이 들어가 있을 뿐, 이 책은 민족 사전 형식으로 쓰이고 편집된 탁월한 소설이지 결코 우리가 알고 있는 그런 사전이 아니다. 『하자르 사전』을 관류하고 있는 다음과 같이 놀라운 화두를 보라.

 8세기, 하자르 제국을 지배하던 군주 카간은 세 종교 지도자, 즉 기독교(그리스 정교회), 유대교, 이슬람교 대표들에게 시달린다. 카간은 조만간 하나의 종교를 선택해 국교로 삼아야 한다. 카간은 서로 그 우위를 주장하는 세 종교의 대표자들에게 세모꼴의 동전 한 닢을 보여 준다. 동전에 수수께끼 같은 그림이 양각으로 새겨져 있다. 한 노인이 관 위에 앉은 채, 앞에 서 있는 세 젊은이에게 끈으로 묶은 회초리 한 다발을 보여 주고 있는 그림이다. 하자르의 군주 카간은 세 종교를 대표하는 이들에게 이 그림이 무엇을 뜻하느냐고 묻는다.

 한국의 독자들은 무엇이라고 대답할 것인가? 아이소포스(이솝) 우화류에 길든 한국의 독자들은 아마 이런 대답을 내어놓을 것이다.

 「임종을 앞둔 아버지가 세 아들들에게 그 회초리 다발을 부러뜨려 보라고 한다. 하지만 아들들은 결국 부러뜨리지 못한다. 아버지는 다시 아들들에게 다발을 풀어 하나씩 부러뜨려 보라고 한다. 아들들이 그제야 회초리 하나하나를 쉽게 부러뜨리자 아버지는 이렇게 말한다.

〈보아라, 너희 셋이 힘을 합하면 아무도 너희를 이겨 내지 못한다. 그러나 셋이 따로 놀면 누구든 너희들을 쉬 이겨 낼 수 있을 것이다. 그러니까 힘을 합해 살아라.〉」

실제로 기독교를 대표하는 그리스 정교회 지도자는 이렇게 대답한다. 그는 정답을 말한 것인가? 그 그림에 대한 해석에는 기독교적 해석밖에는 존재하지 않는 것인가? 이 세계에는 하나의 세계관밖에는 존재하지 않는 것인가? 그렇지 않다. 보라.

유대교 대표는 이렇게 해석한다.

「회초리 다발에 묶여 있는 하나하나의 회초리는 팔다리 및 인체의 각 기관을 상징합니다. 죽어 가는 아버지가 아들들에게, 팔다리와 각 기관이 함께 노력해야 인체는 제 기능을 다 발휘할 수 있다는 것을 가르치고 있는 것입니다.」

이슬람교 대표는 이렇게 해석한다.

「관을 타고 앉은 노인은 죽음을 당하기 직전의 살인자입니다. 살인자 앞에 서 있는 세 사람은, 실은 사람이 아니라 지옥에서 온 세 악마인 것이고요. 유대 지옥에서 온 아스모데우스, 이슬람교 지옥에서 온 이블리스, 기독교 지옥에서 온 사탄인 것이지요. 살인자는 어느 악마에 끌려 어느 종교의 지옥으로 들어가야 할 것인지 망설이고 있습니다. 지금 하자르는 어느 종교의 지옥을 선택해야 할 것인지 결정하지 않으면 안 되는 시점에 와 있습니다. 하자르가 처한 운명을 극명하게 상징하는 그림인 것이지요.」

작가의 음성을 들어 본다. 아버지는 지금 세 아들에게 이렇게 말하고 있다.

「이 회초리의 수는 곧 자식의 수를 말한다. 회초리가 하나뿐이면 부러뜨리기 쉽듯이, 자식을 하나만 남겨 놓은 아비는 죽기가 쉽다. 회초리가 여러 개면 부러뜨리기 어렵듯이 자식 여럿을 남겨 놓은 아비는 죽기가 어렵다(살고 죽는 것이 이와 같다).」

어디까지가 역사이고 어디까지가 허구인지 분간하기 어렵다는 뜻에서 『하자르 사전』은 움베르토 에코의 소설 『장미의 이름』과 흡사하다. 역사적으로 그 실재가 증명되지 않는 한 권의 책을 중심으로 하는 서지학적 탐색을 그 기둥 줄거리로 삼고 있기 때문이다. 『장미의 이름』의 경우 그 책은 아리스토텔레스의 『시학』 제2권, 『하자르 사전』의 경우 그 책은 바로 『하자르 사전』이다. 이 한 권 책의 존재를 확인하느라고 작가가 인용하는 무수한 텍스트는 과연 믿을 만한 것인가? 그 텍스트조차도 허구인 것은 아닌가? 그렇다. 믿을 만한 자료는 아무것도 없어서 독자는 미궁을 헤맨다. 독자는 픽션과 역사적 사실의 혼효에 적지 않게 헷갈리지 않을 수 없다.

〈하자르〉는 국가의 이름이 분명한데, 과연 이 나라는 어떤 나라인가? 먼저 역사적 사실부터 정색을 하고 확인해 두자. 다음의 〈하자르 역사〉는 이 소설에서 발췌한 것이 아니라 역사책에서 발췌한 것임을 밝혀 둔다.

> 하자르는 지금의 유라시아 남동부에서 발흥했던 광대한 제국이다. 〈하자르〉라는 말의 어원은 분명하게 고증하기 어려우나, 하자르인은 캅카스(코카서스) 산맥 인근 지역을 장악하고 있던 터키 제국(투르키스탄)의 한 갈래였던 것으로 보인다. 6세기 말에는 비잔틴 제국의 황제 헤라클리우스를 도와 페르시아 원정에 참가했다고 한다.
> 7세기에 이르자 하자르는 터키 제국에서 해방되고 같은

세기 중반에는 아랍의 서진 세력에 당당히 맞서는 한편 캅카스 산맥을 넘어 오늘날의 그루지야, 아제르바이잔, 아르메니아 지역을 차지한다. 737년 하자르는 드디어 볼가 강 어구에 있는 이틸을 수도로 정하고 강대한 제국을 일으키기에 이른다. 이 하자르 제국의 세력은 북쪽으로는 볼가 강, 서쪽으로는 드레프르 강, 남쪽으로는 흑해 북안에까지 미친다. 광대한 영토를 장악한 하자르는 헝가리계의 마자르인, 고트인, 크리미아 반도의 그리스인, 볼가 강 인근 지역의 불가리아인 그리고 수많은 슬라브족을 지배한다.

하자르 역사의 가장 큰 특징은, 하자르의 지배자이자 반(半) 종교 지도자라고 할 수 있는 카간이 서기 8세기 무렵, 그리스 정교와 유대교와 이슬람교 중에서 유대교를 국교로 채택했다는 점이다. 세 종교 중에서 한 종교를 국교로 채택했다는 것은 바로 이 지역이 이 세 대표적인 종교의 각축장이었다는 뜻이다. 유대교가 국교로 채택된 뒤에도 하자르인들은 나머지 두 종교, 즉 이교를 박해하지 않고 유대교 전통 속으로 동화시키는 데 관용을 보인다. 제2차 세계대전이 발발하면서 나치에 박해를 받게 되는 동유럽과 러시아의 유대인들은 대부분 이때 유대교로 개종한 하자르인의 후손이었던 것으로 전한다.

비잔틴 제국의 두 황제, 즉 유스티니아누스 2세와 콘스탄티누스 5세의 비(妃)가 하자르인이었다는 사실은 하자르 제국의 세력이 어느 정도였는지 짐작하게 한다. 하자르는 비잔틴 제국과 아랍 제국을 잇는 통상 국가로 번성했다.

그러나 10세기에 들어오면서 하자르는 몰락의 길을 걷는다. 키예프를 중심으로 러시아가 세력을 일으키기 때문이다. 결국 하자르는 965년 러시아 군대에 참패, 제국의 역사를 닫는다. 놀라운 것은 하자르 제국의 이름은 비잔틴과 아랍의 역사적 기록에 자주 나오는데도 불구하고 하자르어는 〈단 한 줄도 남아 있지 않다〉는 점이다.

하자르라는 국가가 작가의 문학적 상상력을 자극한 까닭을 짐작하기는 어렵지 않다. 슬라브인과 아랍인과 그리스인의 각축장이었다는 것은 세 민족을 대표하는 유대교와 이슬람교와 그리스 정교의 각축장이었다는 뜻이다. 하자르 제국이 세력을 떨치고 있었던 것으로 추측되는 그루지야, 아제르바이잔, 아르메니아가 어떤 곳인가? 지금도 종교 분쟁으로 〈인종 청소ethnic cleansing〉라는 이름의 비극이 수시로 돌출하는 지역이다. 수세기에 걸쳐 인근의 제민족을 다스리던 제국이었음에도 불구하고 하자르어는 단 한 줄도 남아 있지 않다는 사실에서 작가는 엄청나게 넓은 문학적 상상력의 공간과 풍부한 서술의 여지를 보았음에 분명하다.

한 민족이 사라져 갈 때 가장 먼저 자취를 감추는 것이 상류 계층의 정체성과 그 민족의 문학이라는 것은 널리 알려져 있는 인류학적 사실이다. 하자르 제국과 하자르어의 소멸은 어쩌면 하자르만의 비극이 아닌, 인류 역사에 보편적으로 드러나는 비극일 수 있는 것은 이 때문이다. 이 소설의 작가 밀로라드 파비치가 하자르인의 후손인지 아닌지, 그가 이 소설을 통해 어떤 특정 종교의 주장을 변호할 의도가 있는지 여부는, 필자로서는 알 수도 없고 관심도 없다. 중요한 것은 소설 『하자르 사전』이, 종교를 중심축으로 한 민족의 비극적 운명과 언어의 비극적 운명을 보편적으로, 상징적으로 그리고 있다는 데 있다. 이 소설이 우리의 민족 언어에 대해서도 같은 경고를 던지고 있는 것으로 여겨지는 만큼 이 소설의 메시지는 상징적이고 보편적이다.

만일 하자르인의 후손이 존재한다면 이들은 어떤 방식으

로 하자르의 역사를 재구해야 하고, 재구할 수 있는가? 이 시대에도 여전히 유효한 『하자르 사전』은 어떤 방식으로 꾸며 낼 수 있는가? 그것은 세 부류의 꿈 사냥꾼 이야기를 모두 모아 하나의 진실을 얻어 내는 방법밖에 없다. 세 부류의 꿈 사냥꾼은 무엇인가? 세계관과 우주관이 각기 다른 세 종교, 즉 그리스 정교와 유대교와 이슬람교의 꿈 사냥꾼들의 기록, 다시 말해서 세 가지의 세계관과 우주관이 하나로 어우러져야 비로소 『하자르 사전』이 완성된다. 세 부류의 꿈 사냥꾼들이 하자르 제국이 존재하던 7~9세기를 누비는 것은 물론 우리가 살고 있는 이 20세기까지 종횡으로 누비는 현상을 그린 것이 바로 이 놀라운 소설 『하자르 사전』이다. 언어가 한 마디도 남아 있지 않은 제국의 역사는 상징을 통해, 그 상징을 산출한 꿈 사냥꾼이 아니면 재구해 낼 수 없다는 의미에서 시인은 역사로부터 얼마나 자유로운가? 〈신화는 모듬살이의 꿈이요, 꿈은 개인의 신화〉라고 한 신화학자 조지프 캠벨은 얼마나 눈 밝은 사람인가.

실제로 이 소설은 유고슬라비아에서 가장 사랑받는 시인 밀로라드 파비치의 첫 번째 장편 소설이라고 한다. 그가 〈사전〉이라는 기이한 소설 기술의 형식을 택한 것은, 장황하게 서술하는 대신 언어의 뼈와 이미지만 취하는 데 버릇 든 시인의 현명한 선택이었는지 모른다. 시인 파비치가 쓴 이 소설의, 단칼로 내려치는 듯하면서도 시종 유머러스한 직유와 은유 앞에서, 한없이 늘여 빼는 데 길이 든 느슨한 산문은 낯을 붉혀야 할 듯하다.

신화가 되기 이전의 무수한 꿈과 상징으로 이루어진 이 〈행복어 사전〉에 대해 필자가 할 수 있는 말, 하고 싶은 말은 이것뿐, 나머지는 여백으로 남겨 놓는다. 여백의 공간은 독자의 몫이다. 행복어 사전을 읽으면서 〈읽는〉 행복을 경험한 필자는, 앞으로 그런 경험을 하게 될 무수한 독자 중 하나에 지나지 못한다. 바라건대 소설이라는 그릇에 대해서, 의미를 나르는 상징에 대해서 작가가 그리스 학자의 입을 빌려 하고 있는 주장, 노자(老子)를 떠올리게 하는 경구 한마디에 유념하기를.

〈통에서 중요한 것은 통 자체가 아니라 가운데의 빈 공간입니다. 주전자에서 중요한 것은 주전자 자체가 아니라 비어 있는 공간이지요. 통이나 주전자는 그 빈 데 무엇을 담기 위해 존재하는 것이니까요.〉

역자 후기
지혜로운 자를 위한 경전 혹은 낱말 맞추기 게임

〈10만 개의 단어로 이루어진 사전 소설〉이라는 부제가 붙은 『하자르 사전』은 세르비아라고 하는 낯선 땅에서 온, 대단히 새로운 형식의 작품이다. 전체 형상을 알아볼 수 없게 수백 개의 그림 조각을 마구 섞어 놓은 퍼즐 상자 같은 이 작품을 대면하면, 아무리 능숙한 독자일지라도 어떻게 읽어야 할지 난감해지기 마련이다. 『하자르 사전』의 전체 줄거리는 그저 책의 첫머리에서부터 마지막 문장까지 종이에 적힌 내용을 따라 읽어 나가기만 한다고 해서 파악되지 않는다. 이 소설이야말로 진정한 의미에서 스스로 이야기를 만들어 나가고 의미를 형성하는 〈능동적인 독자〉를, 〈창조적인 읽기〉를 요구하기 때문이다. 저자인 밀로라드 파비치는 독자에게 이 책의 어느 대목이든 마음 내키는 대로 골라서 읽기 시작하라고 권한다. 독자에게 읽기의 자유를 허락하는 것, 그것이 바로 이 책이 사전 형식을 취하고 있는 까닭이다.

언제나 정해진 시작과 끝이 있는 소설에 길들어 있던 독자들은 난생 처음으로 수백 개의 입구가 있는 낯선 소설과 대면하는 셈이다. 이러한 낯섦 때문에 이 책을 손에 잡은 독자는 반드시 마음의 문과 더불어 사고의 문까지 활짝 열어 놓을 필요가 있다. 책의 서두에서부터 독자에게 〈영원한 죽음〉을 경고하고 있는 것도 어쩌면 그런 이유 때문인지 모른다. 이 책의 첫 구절을 읽는 순간, 우리는 아테 공주처럼 〈하자르의 역사〉라고 하는 과거에서부터 온 글자와 〈21세기 새로운 소설〉이라는 미래에서부터 온 글자에 의해 동시에 죽음을 맞이하는 것이다.

『하자르 사전』은 알파벳 순서에 따라 〈하자르 제국〉과 〈하자르 사전〉에 관련된 인물들의 전기를 하나하나 소개하는 형식을 취하고 있다. 〈하자르〉는 7~10세기 무렵에 걸쳐 캅카스 지역과, 흑해 북부의 볼가 강과 돈 강을 잇는 지역에 실존했던 역사상의 제국이다. 하자르 민족은 강력한 조직력과 활발한 무역 활동을 기반으로 동유럽 역사상 가장 강력한 제국을 이룩했지만 10세기 이후 급작스럽게 몰락의 길을 걷다가 11세기 무렵 역사의 무대에서 홀연히 사라지고 만다.

밀로라드 파비치는 하자르 민족의 신비스런 역사 중에서도, 특히 8~9세기 무렵에 기독교와 유대교 그리고 이슬람교 사이에 벌어졌던 논쟁에 초점을 맞추고 있다. 하자르 민족의 지도자였던 카간은 어느 날 천사가 나타나 〈주님은 당신의 행동에 기뻐하시지 않고 당신의 속마음에 기뻐하십니다〉라고 말하는 꿈을 꾸었다. 각 종교의 지도자들은 이 꿈에 대한 해석을 둘러싸고 토론을 벌였으며, 논쟁이 끝나자 카간은 그 세 가지 종교 중에 하나로 개종했다고 한다. 그리고 그 개종으로 인하여 하자르 민족의 전통 종교나 언어는 완전히 사라지게 된다.

카간이 어느 종교로 개종했는지는 이 책에서 끝내 분명하게 밝히지 않고 있다(최근의 연구 결과는 8세기 무렵 하자르 카간이 유대교를 국교로 받아들임으로써 유대교가 번성하게 되었다고 밝히고 있다). 이 책은 어느 한 종교의 승리로 결론을 내리는 대신에, 각 종교에서 자신들이 논쟁에서 승리했다는 주장을 뒷받침하는 자료들을 제시한 세 가지 책을 모두 신고 있다. 그것이 바로 레드 북(기독교)과 그린 북(이슬람교) 그리고 옐로 북(유대교)이다. 각 부분의 내용은 서로 다른 관점에서 해석되었기 때문에 똑같은 사건을 두고 정반대의 결론을 내리기도 한다. 하나의 사건에 대해서 하나의 해석만 가능한 것이 아니라 세 가지 혹은 그 이상의 서로 상반된 해석이 있을 수 있으며 그것이야말로 오히려 가장 참된 진실이라는 사실은 이 책이 전달하고 있는 중요한 메시지 중 하나라고 할 수 있다.

이 작품은 중세 시대를 배경으로 씌어졌지만, 현대 동유럽, 특히 국가의 분열과 민족의 흩어짐을 수차례 경험해 온 세르비아 민족에 대한 은유로 해석될 수도 있다. 실제로 동유럽과 서부 러시아의 민족들은 하자르인들처럼 호전적이면서도 시적인 성향을 동시에 지니고 있다고 한다. 그들은 하자르인들처럼 꿈을 믿으며 카스피 해의 눈 없는 물고기가 우주에서 유일하게 정확한 시간을 나타낸다는 믿음을 가지고 있다. 그러므로 이 책은 종교적인 차원과 정치적인 차원 그리고 문화적인 차원에서 읽힐 수 있는 것이다.

또한 이 책에는 세 가지 이야기가 서로 퍼즐처럼 연결되어 있는데 하나는 하자르 민족 자체에 대한 이야기이며 또 하나는 1982년 세 명의 하자르 연구가들을 둘러싸고 이스탄불의 킹스턴 호텔에서 일어난 살인 사건에 대한 이야기이다. 그리고 이 두 가지 이야기를 연결시켜 주는 세 번째 이야기가 바로 17세기에 전쟁터에서 세 명의 꿈꾸는 모험가들이 만나는 사건이다.

이 책에서 독실한 기독교 신자인 아브람 브란코비치는 꿈을 꿀 때마다 사무엘 코헨이라는 유대인이 된다. 그리고 거꾸로 유대인 사무엘 코헨은 꿈속에서 기독교인 아브람 브란코 비치가 된다. 두 사람은 꿈속의 상대방을 찾아야 한다는 강박 관념에 사로잡힌다. 여기에 세 번째 인물인 이슬람교도 유수프 마수디가 등장한다. 그는 특별히 꿈 사냥꾼으로 훈련을 받은 인물이다. 이들은 마지막 순간에 전쟁터에서 마주친다. 이 세 사람의 운명을 모두 지켜보는 또 한 명의 인물이 있는데 그가 바로 야비르 이븐 아크샤니라고 불리는 악마이다. 이들의 운명은 20세기로까지 이어져 킹스턴 호텔에서 다시 한 번 운명적인 만남을 하게 되는 것이다.

이와 더불어 시인이자 마술사인 아테 공주와 위대한 꿈 사냥꾼 알 사파르의 사랑 이야기가 함께 전개된다. 결국 이 한 작품 속에 역사와 추리, 모험 그리고 로맨스가 전부 담겨 있는 셈이다. 이러한 요소들은 참으로 아름답게, 심지어 신비롭기까지 한 방식으로 과거와 현재와 미래를 모두 뛰어넘어 하나로 연결된다. 저자인 밀로라드 파비치는 유대교와 기독교, 이슬람교라는 세 가지 종교적 틀 안에서 역사적 사실을 입체적으로 구성할 뿐만 아니라, 수세기에 걸친 시간과 광범위한 공간을 종횡무진 이동하면서 각각의 등장인물들을 교묘하게 연결시킴으로써 마침내 정교하고 신비로운 하나의 그림을 만들어 내는 것이다. 그러므로 끝까지 주의 깊게 이 작품을 읽어 본 독자라면 마지막 부분에 가서 무릎을 치며 감탄하지 않을 수 없다. 별개의 단편처럼 나열된 각각의 이야기들도 그 자체로서 훌륭한 구성을 지닌 완결된 전체를 이루고 있지만, 그 하나하나의 이야기들이 어떻게 전혀 다른 차원의 커다란 전체를 구성하는지를 발견했을 때, 독자가 경험하는 놀라움은 말로 표현할 수 없을 정도로 경이롭다. 그것은 마치 작은 거울들이 서로의 모습을 반영하여 커다란 하나의 신기루를 투영해 내는 것과도 같다. 〈역사〉와 〈사전〉이라는 딱딱하고 건조한 〈사실〉의 파편들이 어느 순간 풍요로운 상징이 넘쳐 나는 시로 변하며 아담 루하니의 몸을 이룰 때, 독자는 전율을 금치 못할 것이다.

밀로라드 파비치는 1929년 옛 유고슬로비아(현재의 세르비아) 베오그라드에서 태어났다. 1766년에 시집을 낸 선조가 있을 정도로 문학적 전통이 깊은 집안에서 성장한 그는 청소년 시절에 독일어와 영어, 프랑스어를 배웠으며 철학을 전공하고 유럽의 여러 대학교에서 강의를 했다. 그리고 1984년에 그의 첫 번째 소설 『하자르 사전』을 발표하기 전에도 이미 여러 권의 시집과 단편 소설집, 평론 등을 출간한 시인이자 문학가였다. 하지만 『하자르 사전』이 1988년 영어로 번역되고 뒤이어 73개국에 번역 출간됨으로써 그는 일약 세계적인 작가로 떠올랐으며 동유럽 문학에 대한 인식을 한 차원 높였다는 평을 받았다. 유럽의 많은 비평가들은 이 작품을 진정한 〈21세기의 첫 번째 작품〉이라고 칭송하면서 움베르토 에코의 『장미의 이름』보다 위트나 독창성 그리고 지적인 능력 등 모든 면에서 더욱 뛰어나다고 극찬을 아끼지 않았으며 실제로 노벨 문학상 후보자로 이름을 올리기도 했다. 무엇보다 종교적 갈등과 내전, 인종 청소의 땅으로만 세상에 알려진 그의 조국 세르비아에서 『하자르 사전』처럼 문학성 높고 시적인 작품으로 명성을 떨친 파비치의 위치는 거의 독보적이다. 그렇지만 15세가 되기 이전에 이미 자신이 사는 도시가 두 번이나 폭격을 당하는 경험을 해야 했던 그는 세르비아인이라는 역사적 상황으로부터 평생 자유로울 수 없었다. 그에게 1999년 나토의 공군이 베오그라드와 세르비아를 폭격했던 날은 21세기의 시작을 알리는 신호탄이었다. 파비치는 자신의 인터넷 홈페이지에 올린 자서전에서 이렇게 토로하고 있다.

나는 아무도 죽인 적이 없다. 하지만 그들은 나를 죽이곤 했다. 내 죽음이 찾아오기 아주 오래전부터. 저자가 터키인이거나 혹은 독일인이었더라면 내 책을 위해서는 훨씬 더 좋았을 것이다. 나는 세상에서 가장 미움받는 민족의 가장 유명한 작가였다. 바로 세르비아 민족 말이다.

밀로라드 파비치는 『하자르 사전』 이후에도 퍼즐 형식의 소설 『차로 그린 풍경』(1990)과 수백 개의 입구와 출구를 가진 타로 형식의 소설 『콘스탄티노플의 사랑』(1994) 등 몇 편의 흥미롭고 실험적인 작품을 썼으며 거의 해마다 단편 소설집과 희곡, 시집 등을 발표해 왔다. 하지만 그의 왕성한 문학 활동은 2009년 11월 30일, 급작스러운 심장 마비로 끝을 맺는다.

이 작품은 심오한 경전이면서 동시에 교묘한 퍼즐 맞추기 게임이다. 두 가지 차원을 모두 즐길 수 있을 때, 비로소 우리는 『하자르 사전』의 신비로운 그림을 완성할 수 있다. 어떻게 보면 심오하고 철학적인 지혜를 담고 있는 것 같기도 하고 어떻게 보면 포스트 모더니스트의 말장난 같기도 한 이 작품은 결국 읽는 독자에 따라 위대한 경전이 되거나 단순히 재미있는 퍼즐 맞추기 게임이 될 것이다. 그러나 어느 한쪽만이 이 작품의 진짜 면모라고는 말할 수 없다. 더욱이 어느 쪽이 더 가치 있다고 판단할 수도 없다. 한 가지 분명한 점은, 이 책을 읽는 동안 독자들은 자기 스스로 흩어진 시간과 역사의 부서진 조각들을 서로 짜 맞추지 않을 수 없으며, 그러한 작업을 통해 세계를 해석하고 읽는 방법에 대해 숙고할 수밖에 없다는 사실이다.

다만 역자로서 이제껏 한 번도 경험해 보지 못한 낯선 〈독서의 바다〉로 항해를 떠나는 독자에게 한 가지 조언을 드린다면, 이 책에는 정말 특이하게도 여성판과 남성판이 따로 있다는 사실에 주목하라고 이야기하고 싶다. 비록 두 가지 판본은 모든 부분에서 동일하고 결정적인 몇 구절만이 다를 뿐이지만(어쩌면 그 부분조차 지극히 사소하게 보일 수도 있지만), 이 책에서 최고의 순간이자 가장 결정적인 열쇠는 바로 거기에 있다. 그 구절이 어디인지, 그 차이로 인하여 작품 전체의 의미가 어떻게 달라지는지를 생각해 보는 것도 무척 흥미로운 일이 될 것이다. 그러나 그대가 좀 더 혜안을 가진 독자라면, 혹은 운 좋게 죽지 않고 그 결정적인 대목까지 읽을 수 있다면, 〈그대의 엄지손가락과 나의 엄지손가락이 스치는 순간〉, 우주가 열리고 세계가 완성되며 모든 미래와 과거가 눈앞에 펼쳐지는 경험을 할 수 있을 것이다.

그 비밀에 대한 실마리는 아주 은밀하다(이 비밀을 경박하게 역자 해설에서 누설하고 마는 불경스러운 행위를 부디 용서해 달라. 한 가지 궁색한 변명을 하자면, 여기에 밝힌 내용은 우주처럼 무궁한 비밀의 지극히 작은 일부분일 뿐이다). 『하자르 사전』이 두 가지 판본을 가지고 있는 이유는 여성판은 아담의 몸을 나타내고, 남성판은 아담의 피를 나타내기 때문이다. 그런데 이 각각의 책에 포획되어 있는 각 부분들이 살아 움직이기 위해서는 두 손가락, 즉 남성의 손가락과 여성의 손가락이 서로 맞닿아야만 한다. 그러므로 우리가 아담의 육신을 완성하고 그 육신의 일부가 되기 위해서 필요한 것은 이 남성의 손가락과 여성의 손가락의 예언적 접촉이다.

이 소설의 여성판과 남성판이 아주 짧은 한 구절로 인해 그토록 엄청난 차이를 가지게 되는 것은 바로 이런 이유 때문이다. 남성판에서 무아위아 박사와 도로시아 슐츠 박사의 엄지손가락은 예언적 접촉을 이루지 못한다. 반면 여성판에서는 무아위아 박사와 도로시아 슐츠 박사의 두 손가락은 서로 스치며 과거와 미래를 열어 보인다. 그 순간 도로시아는 이렇게 말한다.

나는 문득 정신을 차리고 다시 글을 읽었어. 그리고 중요한 사실을 깨달았지. 광대한 감정의 바다를 경험하고 돌아온 사람은 그저 잠깐 동안 바다를 항해한 독자와 더 이상 똑같을 수가 없다는 사실을 말이야. 나는 이 글을 통해서가 아니라, 이 글을 읽는 행위를 통해서 더욱 많은 것을 배우고 얻을 수가 있었지.

장담하건대 이 소설을 읽는 독자들 또한 이 글을 통해서가 아니라, 이 글을 읽는 행위를 통해서 더욱 많은 것을 배우고 얻을 수 있을 것이다. 그런데 작가는 마지막 해설에서 이 책의 여성판과 남성판이 따로 있는 이유에 대해 더욱 재미있는 설명을 덧붙이고 있다. 만약 당신이 너무나 외롭다면, 그달의 첫 번째 수요일에 『하자르 사전』을 옆구리에 끼고 카페로 들어가라. 그 카페에는 또 다른 판본의 『하자르 사전』을 든 젊은이가 기다리고 있을 것이며, 이 책의 서로 다른 부분을 맞추어 본 두 사람은 좀 더 깊이 사귈 수 있는 기회를 얻기 위해 자전거를 타고 야외로 나가게 될 것이다. 밀로라드 파비치는 그 순간에 비로소 이 책은 온전히 들어맞게 될 것이며, 그것이야말로 이 책의 진정한 유용성이라고 말한다. 그런 점에서 이 책은 〈사랑의 책〉이기도 하다.

『하자르 사전』에서 우리의 인생은 거대한 아담 루하니(이 이름은 아담 이전의 아담이라는 뜻이다)의 꿈속으로 녹아 들어간다. 그의 몸은 온 우주를 담고 있으며 그는 우리가 꿈꾸는 대로 생각하는 존재이다. 결국 우리의 인생이란 타인의 삶을 꿈꾸는 과정인 동시에 거대한 하나의 꿈의 파편인 것이다. 나의 삶이 다만 너의 꿈이며 너의 꿈이 바로 나의 삶임을 알 때, 우리가 어떻게 서로에게 칼을 겨눌 수 있겠는가?

신현철

밀로라드 파비치 연보

1929년 출생 10월 15일 유고슬라비아(현재 세르비아) 베오그라드에서 태어남.

1941년 12세 첫 번째 폭격을 경험함.

1943년 14세 두 번째 폭격을 경험함. 독일 점령 아래 강제로 독일어를 배우기 시작. 뒤이어 한 독일인 신사에게 영어를 배움.

1945년 16세 옛 러시아 제국의 장교였던 이민자에게서 러시아어를 배우고 러시아 시집을 읽기 시작. 훗날 세르비아 내에서 러시아 시인 뿌쉬낀의 전문 번역가로 알려짐. 베오그라드에서 초등학교와 중학교, 고등학교를 마치고 베오그라드 대학을 졸업.

1963년 34세 프로스베타 출판사에서 일을 시작함.

1966년 37세 자그레브 대학에서 문학사로 박사 학위를 받음. 이후 해외에서 강의를 시작함. 파리의 뉴 소르본느 대학을 시작으로 비엔나, 베니스, 모스크바, 상트페테스부르크, 파두아 등지에 있는 대학에서 강단에 오름.

1967년 38세 첫 번째 시집 『하늘색 *Palimpsesti*』을 출간함으로써 작가 활동 시작.

1970년 41세 세르비아의 바로크 시와 상징주의 시에 대한 문학사적 연구를 담은 『세르비아의 역사: 바로크 시대의 문학*History of Serbia: Literature in the Age of the Baroque*』 출간.

1971년 42세　시집 『월석*Moon Stone*』 출간.

1973년 44세　단편집 『철의 장막*The Iron Curtain*』 출간.

1974년 45세　세르비아에 있는 노비사드 대학의 철학과 교수로 부임. 독일에 있는 프라이부르크 대학과 레겐스부르크 대학 등에서 문학을 가르치다가, 나중에는 전적으로 글 쓰는 일에 전념함.

1976년 47세　단편집 『세인트 마크의 말들*The Horses of Saint Mark's*』 출간.

1979년 50세　단편집 『러시아 사냥개*Russian Hound*』, 『고전주의와 전기 낭만주의 시대의 세르비아 문학의 역사』 출간.

1981년 52세　단편집 『뉴 베오그라드 이야기*New Belgrade Stories*』 출간.

1982년 53세　시와 산문을 모은 『마지막 순간을 위한 영혼의 목욕*Souls Bathe for the Last Time*』 출간.

1984년 55세　첫 번째 장편 소설, 『하자르 사전*Dictionary of the Khazars*』 출간. 수십 개국의 언어로 번역되면서 세계적인 명성을 얻게 됨. 작가이자 문학 평론가인 아내 야스미나 미하일로비치와 함께 베오그라드에 정착함.

1985년 56세　NIN 문학상 수상.

1988년 59세　아들 이반이 차로 그린 그림을 보고 영감을 얻어 쓴 소설 『차로 그린 풍경화*Landscape Painted with Tea*』 출간. 실패한 건축가가 인생의 의미를 찾아 그리스의 아토스 산을 찾아가는 줄거리를 지닌 이 책은 〈낱말 맞추기〉라는 독특한 형식으로 구성되어 있으며 〈현대적 오디세이아〉라는 평가를 받음. 세르비아 국민 문학상 수상.

1989년 60세　단편집 『뒤집힌 장갑*Inverted Gloves*』 출간.

1991년 62세　소설 『바람의 안쪽 또는 영웅과 지도자에 대한 소설*The*

Inner Side of the Wind or A Novel of Hero and Leader』 출간. 세르비아 과학 예술 아카데미 위원으로 선출.

1993년 64세 희곡 「영원과 하루Forever and a Day」 발표.

1994년 65세 나폴레옹 전쟁 당시 동유럽을 배경으로 낭만적인 로맨스를 그린 『콘스탄티노플에서의 마지막 사랑*Last Love in Constantinople*』 출간. 타로 카드 한 벌이 부록으로 딸려 있어 그것을 이용해 스물한 개의 장으로 이루어진 소설을 새로운 방식으로 읽어 내려갈 수 있는 독특한 구성의 작품임.

1998년 69세 단편집 『유리 달팽이*The Glass Snail*』 출간.

1999년 70세 소설 『글쓰기 상자*Writing Box*』 출간. 나토의 세르비아 침공.

2000년 71세 본격적으로 연극 연출에 관심을 갖기 시작함. 모스크바와 뉴욕 등지에서 자신의 희곡을 공연하여 성공을 거둠.

2002년 73세 『꿈의 문*Door of Dream*』, 『잔디 이야기*Tale of Grass*』, 『아홉 개의 비*Nine Rains*』, 『일곱 가지 용서받지 못할 죄*Seven Mortal Sins*』 출간.

2003년 74세 어린이를 위한 소설 『보이지 않는 거울*Invisible Mirror*』, 『알록달록 빵*Multicolored Bread*』 출간.

2004년 75세 『푸른 책*Blue Book*』, 『독특함*Unique Item*』 출간.

2005년 76세 『에밀리 노를 죽인 이야기*The Tale That Killed Emily Knorr*』를 출간. 파비치의 서사 마술의 결정판을 보여 주는 소설로, 실제 살해당하고 살해할 수 있는 이야기*tale*가 등장한다. 희곡 『욕실에서의 결혼식*Wedding in the Bathroom*』 발표.

2006년 77세 인터넷에 『두 번째 몸*Second Body*』을 연재하기 시작함.

2009년 80세 11월 30일 80세의 나이로 베오그라드에서 심장 마비로 사망.

찾아보기

레드 북

아테ATEH 35
   빠른 거울과 느린 거울 39
브란코비치, 아브람BRANKOVICH, AVRAM 40
   페트쿠틴과 칼리나의 이야기 51
브란코비치, 그루구르BRANKOVICH, GRGUR 86
실라레보CHELAREVO 86
꿈 사냥꾼DREAM HUNTERS 88
카간KAGHAN 91
하자르 민족KHAZARS 94
하자르 논쟁KHAZAR POLEMIC 102
키릴루스KYRILLOS(테살로니카의 콘스탄티누스) 110
메토디우스METHODIUS OF THESSALONICA 120
세바스트, 니콘SEVAST, NIKON 128
스킬라, 아베르키에SKILA, AVERKIE 138
스틸리테스STYLITES(브란코비치, 그르구르) 143
수크, 이사일로 박사SUK, DR. ISAILO 145
   달걀과 바이올린 활 이야기 157

그린 북

야크샤니, 야비르 이븐 AKSHANY, YABIR IBN 173
아테ATEH 180
알 바크리AL-BAKRI, THE SPANIARD 184
운지법FINGERING 189
바스라의 파편FRAGMENT FROM BASRA 190
이븐 하데라시IBN (ABU) HADERASH 192
카간KAGHAN 192
하자르 민족KHAZARS 196
하자르 논쟁KHAZAR POLEMIC 206
코라, 파라비 이븐KORA, FARABI IBN 211

여행자와 학교에 관한 짧은 이야기 215
쿠KU 218
마수디, 유수프MASUDI, YUSUF 219
   아담 루하니 이야기 226
   어린아이들의 죽음에 대한 이야기 246
무카다사 알 사파르MOKADDASA
AL-SAFER 259
무아위아, 아부 카비르 박사
MUAWIA, DR. ABU KABIR 259
음악을 짓는 석공MUSIC MASON 270
무스타지 벡 사블작MUSTAJ-BEG
SABLJAK 272

아담 카드몬에 대하여 303
다우브마누스, 요하네스
DAUBMANNUS, JOANNES 323
할레비, 유다HALEVI, JUDAH 331
카간KAGHAN 339
하자르 민족KHAZARS 340
하자르 항아리KHAZAR JAR 350
하자르 논쟁KHAZAR POLEMIC 352
리베르 코즈리LIBER COSRI 360
루카레비치, 에프로시니아LUKAREVICH
(LUCCARI), EPHROSINIA 362
무카다사 알 사파프MOKADDASA
AL-SAFER 368
상가리, 이삭SANGARI, ISAAC 371
슐츠, 도로시아 박사SCHULTZ,
DR. DOROTHEA 374
   추신: (할레비의 『리베르 코즈리』에서
   발췌한 키릴루스의 답변) 404
티본, 유다 벤TIBBON, JUDAH BEN 404
   그리스도의 형제, 아담에 대하여 427

옐로 북

아테ATEH 277
사무엘 코헨과 리디지아 사루크의
약혼 서약서BETROTHAL CONTRACT
OF SAMUEL COHEN AND LIDISIA
SAROUK 282
코헨, 사무엘COHEN, SAMUEL 284

열린책들 세계문학 183 하자르 사전

옮긴이 신현철 경북 영주에서 태어났다. 경희대 국문과를 졸업했다. 1990년 중앙일보 신춘문예로 등단하여 문학 평론가로 활동하고 있다. 옮긴 책으로 『걸리버 여행기』, 『푸른 눈동자』, 『메그』, 『이솝우화 전집』, 『신화사전』, 『약혼식』, 『나를 아는 지혜』, 『다빈치의 그림자』, 『갈매기의 꿈』, 『공모자』 등이 있다.

지은이 밀로라드 파비치 **옮긴이** 신현철 **발행인** 홍예빈·홍유진
발행처 주식회사 열린책들 **주소** 경기도 파주시 문발로 253 파주출판도시
전화 031-955-4000 **팩스** 031-955-4004 **홈페이지** www.openbooks.co.kr
Copyright (C) 주식회사 열린책들, 2011, *Printed in Korea*.
ISBN 978-89-329-1183-0 04890 **ISBN** 978-89-329-1499-2 (세트)
발행일 2011년 9월 10일 세계문학판 1쇄 2022년 12월 15일 세계문학판 10쇄

이 도서의 국립중앙도서관 출판예정도서목록(CIP)은 서지정보유통지원시스템 홈페이지(http://seoji.nl.go.kr)와 국가자료공동목록시스템(http://www.nl.go.kr/kolisnet)에서 이용하실 수 있습니다.(CIP제어번호:CIP2011003634)

열린책들 세계문학
Open Books World Literature

001 **죄와 벌** 표도르 도스또예프스끼 장편소설 | 홍대화 옮김 | 전2권 | 각 408, 512면
003 **최초의 인간** 알베르 카뮈 장편소설 | 김화영 옮김 | 392면
004 **소설** 제임스 미치너 장편소설 | 윤희기 옮김 | 전2권 | 각 280, 368면
006 **개를 데리고 다니는 부인** 안똔 체호프 소설선집 | 오종우 옮김 | 368면
007 **우주 만화** 이탈로 칼비노 단편집 | 김운찬 옮김 | 416면
008 **댈러웨이 부인** 버지니아 울프 장편소설 | 최애리 옮김 | 296면
009 **어머니** 막심 고리끼 장편소설 | 최윤락 옮김 | 544면
010 **변신** 프란츠 카프카 중단편집 | 홍성광 옮김 | 464면
011 **전도서에 바치는 장미** 로저 젤라즈니 중단편집 | 김상훈 옮김 | 432면
012 **대위의 딸** 알렉산드르 뿌쉬낀 장편소설 | 석영중 옮김 | 240면
013 **바다의 침묵** 베르코르 소설선집 | 이상해 옮김 | 256면
014 **원수들, 사랑 이야기** 아이작 싱어 장편소설 | 김진준 옮김 | 320면
015 **백치** 표도르 도스또예프스끼 장편소설 | 김근식 옮김 | 전2권 | 각 504, 528면
017 **1984년** 조지 오웰 장편소설 | 박경서 옮김 | 392면
019 **이상한 나라의 앨리스** 루이스 캐럴 환상동화 | 머빈 피크 그림 | 최용준 옮김 | 336면
020 **베네치아에서의 죽음** 토마스 만 중단편집 | 홍성광 옮김 | 432면
021 **그리스인 조르바** 니코스 카잔차키스 장편소설 | 이윤기 옮김 | 488면
022 **벚꽃 동산** 안똔 체호프 희곡선집 | 오종우 옮김 | 336면
023 **연애 소설 읽는 노인** 루이스 세풀베다 장편소설 | 정창 옮김 | 192면
024 **젊은 사자들** 어윈 쇼 장편소설 | 정영문 옮김 | 전2권 | 각 416, 408면
026 **젊은 베르테르의 슬픔** 요한 볼프강 폰 괴테 장편소설 | 김인순 옮김 | 240면
027 **시라노** 에드몽 로스탕 희곡 | 이상해 옮김 | 256면
028 **전망 좋은 방** E. M. 포스터 장편소설 | 고정아 옮김 | 352면
029 **까라마조프 씨네 형제들** 표도르 도스또예프스끼 장편소설 | 이대우 옮김 | 전3권 | 각 496, 496, 460면
032 **프랑스 중위의 여자** 존 파울즈 장편소설 | 김석희 옮김 | 전2권 | 각 344면
034 **소립자** 미셸 우엘벡 장편소설 | 이세욱 옮김 | 448면
035 **영혼의 자서전** 니코스 카잔차키스 자서전 | 안정효 옮김 | 전2권 | 각 352, 408면

037 **우리들** 예브게니 자먀찐 장편소설 | 석영중 옮김 | 320면
038 **뉴욕 3부작** 폴 오스터 장편소설 | 황보석 옮김 | 480면
039 **닥터 지바고** 보리스 파스테르나크 장편소설 | 홍대화 옮김 | 전2권 | 각 480, 592면
041 **고리오 영감** 오노레 드 발자크 장편소설 | 임희근 옮김 | 456면
042 **뿌리** 알렉스 헤일리 장편소설 | 안정효 옮김 | 전2권 | 각 400, 448면
044 **백년보다 긴 하루** 친기즈 아이뜨마또프 장편소설 | 황보석 옮김 | 560면
045 **최후의 세계** 크리스토프 란스마이어 장편소설 | 장희창 옮김 | 264면
046 **추운 나라에서 돌아온 스파이** 존 르카레 장편소설 | 김석희 옮김 | 368면
047 **산도칸 – 몸프라쳄의 호랑이** 에밀리오 살가리 장편소설 | 유향란 옮김 | 428면
048 **기적의 시대** 보리슬라프 페키치 장편소설 | 이윤기 옮김 | 560면
049 **그리고 죽음** 짐 크레이스 장편소설 | 김석희 옮김 | 224면
050 **세설** 다니자키 준이치로 장편소설 | 송태욱 옮김 | 전2권 | 각 480면
052 **세상이 끝날 때까지 아직 10억 년** 스뜨루가쯔끼 형제 장편소설 | 석영중 옮김 | 224면
053 **동물 농장** 조지 오웰 장편소설 | 박경서 옮김 | 208면
054 **캉디드 혹은 낙관주의** 볼테르 장편소설 | 이봉지 옮김 | 232면
055 **도적 떼** 프리드리히 폰 실러 희곡 | 김인순 옮김 | 264면
056 **플로베르의 앵무새** 줄리언 반스 장편소설 | 신재실 옮김 | 320면
057 **악령** 표도르 도스또예프스끼 장편소설 | 박혜경 옮김 | 전3권 | 각 328, 408, 528면
060 **의심스러운 싸움** 존 스타인벡 장편소설 | 윤희기 옮김 | 340면
061 **몽유병자들** 헤르만 브로흐 장편소설 | 김경연 옮김 | 전2권 | 각 568, 544면
063 **몰타의 매** 대실 해밋 장편소설 | 고정아 옮김 | 304면
064 **마야꼬프스끼 선집** 블라지미르 마야꼬프스끼 선집 | 석영중 옮김 | 384면
065 **드라큘라** 브램 스토커 장편소설 | 이세욱 옮김 | 전2권 | 각 340, 344면
067 **서부 전선 이상 없다** 에리히 마리아 레마르크 장편소설 | 홍성광 옮김 | 336면
068 **적과 흑** 스탕달 장편소설 | 임미경 옮김 | 전2권 | 각 432, 368면
070 **지상에서 영원으로** 제임스 존스 장편소설 | 이종인 옮김 | 전3권 | 각 396, 380, 496면
073 **파우스트** 요한 볼프강 폰 괴테 희곡 | 김인순 옮김 | 568면
074 **쾌걸 조로** 존스턴 매컬리 장편소설 | 김훈 옮김 | 316면
075 **거장과 마르가리따** 미하일 불가꼬프 장편소설 | 홍대화 옮김 | 전2권 | 각 364, 328면
077 **순수의 시대** 이디스 워튼 장편소설 | 고정아 옮김 | 448면
078 **검의 대가** 아르투로 페레스 레베르테 장편소설 | 김수진 옮김 | 384면

- 079 **예브게니 오네긴** 알렉산드르 뿌쉬낀 운문소설 | 석영중 옮김 | 328면
- 080 **장미의 이름** 움베르토 에코 장편소설 | 이윤기 옮김 | 전2권, 각 440, 448면
- 082 **향수** 파트리크 쥐스킨트 장편소설 | 강명순 옮김 | 384면
- 083 **여자를 안다는 것** 아모스 오즈 장편소설 | 최창모 옮김 | 280면
- 084 **나는 고양이로소이다** 나쓰메 소세키 장편소설 | 김난주 옮김 | 544면
- 085 **웃는 남자** 빅토르 위고 장편소설 | 이형식 옮김 | 전2권, 각 472, 496면
- 087 **아웃 오브 아프리카** 카렌 블릭센 장편소설 | 민승남 옮김 | 480면
- 088 **무엇을 할 것인가** 니꼴라이 체르니셰프스끼 장편소설 | 서정록 옮김 | 전2권, 각 360, 404면
- 090 **도나 플로르와 그녀의 두 남편** 조르지 아마두 장편소설 | 오숙은 옮김 | 전2권, 각 408, 308면
- 092 **미사고의 숲** 로버트 홀드스톡 장편소설 | 김상훈 옮김 | 424면
- 093 **신곡** 단테 알리기에리 장편서사시 | 김운찬 옮김 | 전3권, 각 292, 296, 328면
- 096 **교수** 샬럿 브론테 장편소설 | 배미영 옮김 | 368면
- 097 **노름꾼** 표도르 도스또예프스끼 장편소설 | 이재필 옮김 | 320면
- 098 **하워즈 엔드** E. M. 포스터 장편소설 | 고정아 옮김 | 512면
- 099 **최후의 유혹** 니코스 카잔차키스 장편소설 | 안정효 옮김 | 전2권, 각 408면
- 101 **키리냐가** 마이크 레스닉 장편소설 | 최용준 옮김 | 464면
- 102 **바스커빌가의 개** 아서 코넌 도일 장편소설 | 조영학 옮김 | 264면
- 103 **버마 시절** 조지 오웰 장편소설 | 박경서 옮김 | 408면
- 104 **10 1/2장으로 쓴 세계 역사** 줄리언 반스 장편소설 | 신재실 옮김 | 464면
- 105 **죽음의 집의 기록** 표도르 도스또예프스끼 장편소설 | 이덕형 옮김 | 528면
- 106 **소유** 앤토니어 수전 바이어트 장편소설 | 윤희기 옮김 | 전2권, 각 440, 488면
- 108 **미성년** 표도르 도스또예프스끼 장편소설 | 이상룡 옮김 | 전2권, 각 512, 544면
- 110 **성 앙투안느의 유혹** 귀스타브 플로베르 희곡소설 | 김용은 옮김 | 584면
- 111 **밤으로의 긴 여로** 유진 오닐 희곡 | 강유나 옮김 | 240면
- 112 **마법사** 존 파울즈 장편소설 | 정영문 옮김 | 전2권, 각 512, 552면
- 114 **스쩨빤치꼬보 마을 사람들** 표도르 도스또예프스끼 장편소설 | 변현태 옮김 | 416면
- 115 **플랑드르 거장의 그림** 아르투로 페레스 레베르테 장편소설 | 정창 옮김 | 512면
- 116 **분신** 표도르 도스또예프스끼 장편소설 | 석영중 옮김 | 288면
- 117 **가난한 사람들** 표도르 도스또예프스끼 장편소설 | 석영중 옮김 | 256면
- 118 **인형의 집** 헨리크 입센 희곡 | 김창화 옮김 | 272면
- 119 **영원한 남편** 표도르 도스또예프스끼 장편소설 | 정명자 외 옮김 | 448면

120 **알코올** 기욤 아폴리네르 시집 | 황현산 옮김 | 352면

121 **지하로부터의 수기** 표도르 도스또예프스끼 장편소설 | 계동준 옮김 | 256면

122 **어느 작가의 오후** 페터 한트케 중편소설 | 홍성광 옮김 | 160면

123 **아저씨의 꿈** 표도르 도스또예프스끼 장편소설 | 박종소 옮김 | 312면

124 **네또츠까 네즈바노바** 표도르 도스또예프스끼 장편소설 | 박재만 옮김 | 316면

125 **곤두박질** 마이클 프레인 장편소설 | 최용준 옮김 | 528면

126 **백야 외** 표도르 도스또예프스끼 소설선집 | 석영중 외 옮김 | 408면

127 **살라미나의 병사들** 하비에르 세르카스 장편소설 | 김창민 옮김 | 304면

128 **뻬쩨르부르그 연대기 외** 표도르 도스또예프스끼 소설선집 | 이항재 옮김 | 296면

129 **상처받은 사람들** 표도르 도스또예프스끼 장편소설 | 윤우섭 옮김 | 전2권 | 각 296, 392면

131 **악어 외** 표도르 도스또예프스끼 소설선집 | 박혜경 외 옮김 | 312면

132 **허클베리 핀의 모험** 마크 트웨인 장편소설 | 윤교찬 옮김 | 416면

133 **부활** 레프 똘스또이 장편소설 | 이대우 옮김 | 전2권 | 각 308, 416면

135 **보물섬** 로버트 루이스 스티븐슨 장편소설 | 머빈 피크 그림 | 최용준 옮김 | 360면

136 **천일야화** 앙투안 갈랑 엮음 | 임호경 옮김 | 전6권 | 각 336, 328, 372, 392, 344, 320면

142 **아버지와 아들** 이반 뚜르게네프 장편소설 | 이상원 옮김 | 328면

143 **오만과 편견** 제인 오스틴 장편소설 | 원유경 옮김 | 480면

144 **천로 역정** 존 버니언 우화소설 | 이동일 옮김 | 432면

145 **대주교에게 죽음이 오다** 윌라 캐더 장편소설 | 윤명옥 옮김 | 352면

146 **권력과 영광** 그레이엄 그린 장편소설 | 김연수 옮김 | 384면

147 **80일간의 세계 일주** 쥘 베른 장편소설 | 고정아 옮김 | 352면

148 **바람과 함께 사라지다** 마거릿 미첼 장편소설 | 안정효 옮김 | 전3권 | 각 616, 640, 640면

151 **기탄잘리** 라빈드라나트 타고르 시집 | 장경렬 옮김 | 224면

152 **도리언 그레이의 초상** 오스카 와일드 장편소설 | 윤희기 옮김 | 384면

153 **레우코와의 대화** 체사레 파베세 희곡소설 | 김운찬 옮김 | 280면

154 **햄릿** 윌리엄 셰익스피어 희곡 | 박우수 옮김 | 256면

155 **맥베스** 윌리엄 셰익스피어 희곡 | 권오숙 옮김 | 176면

156 **아들과 연인** 데이비드 허버트 로런스 장편소설 | 최희섭 옮김 | 전2권 | 각 464, 432면

158 **그리고 아무 말도 하지 않았다** 하인리히 뵐 장편소설 | 홍성광 옮김 | 272면

159 **미덕의 불운** 싸드 장편소설 | 이형식 옮김 | 248면

160 **프랑켄슈타인** 메리 W. 셸리 장편소설 | 오숙은 옮김 | 320면

161 **위대한 개츠비** 프랜시스 스콧 피츠제럴드 장편소설 | 한애경 옮김 | 280면
162 **아Q정전** 루쉰 중단편집 | 김태성 옮김 | 320면
163 **로빈슨 크루소** 대니얼 디포 장편소설 | 류경희 옮김 | 456면
164 **타임머신** 허버트 조지 웰스 소설선집 | 김석희 옮김 | 304면
165 **제인 에어** 샬럿 브론테 장편소설 | 이미선 옮김 | 전2권 | 각 392, 384면
167 **풀잎** 월트 휘트먼 시집 | 허현숙 옮김 | 280면
168 **표류자들의 집** 기예르모 로살레스 장편소설 | 최유정 옮김 | 216면
169 **배빗** 싱클레어 루이스 장편소설 | 이종인 옮김 | 520면
170 **이토록 긴 편지** 마리아마 바 장편소설 | 백선희 옮김 | 192면
171 **느릅나무 아래 욕망** 유진 오닐 희곡 | 손동호 옮김 | 168면
172 **이방인** 알베르 카뮈 장편소설 | 김예령 옮김 | 208면
173 **미라마르** 나기브 마푸즈 장편소설 | 허진 옮김 | 288면
174 **지킬 박사와 하이드 씨** 로버트 루이스 스티븐슨 소설선집 | 조영학 옮김 | 320면
175 **루진** 이반 뚜르게네프 장편소설 | 이항재 옮김 | 264면
176 **피그말리온** 조지 버나드 쇼 희곡 | 김소임 옮김 | 256면
177 **목로주점** 에밀 졸라 장편소설 | 유기환 옮김 | 전2권 | 각 336면
179 **엠마** 제인 오스틴 장편소설 | 이미애 옮김 | 전2권 | 각 336, 360면
181 **비숍 살인 사건** S. S. 밴 다인 장편소설 | 최인자 옮김 | 464면
182 **우신예찬** 에라스무스 풍자문 | 김남우 옮김 | 296면
183 **하자르 사전** 밀로라드 파비치 장편소설 | 신현철 옮김 | 488면
184 **테스** 토머스 하디 장편소설 | 김문숙 옮김 | 전2권 | 각 392, 336면
186 **투명 인간** 허버트 조지 웰스 장편소설 | 김석희 옮김 | 288면
187 **93년** 빅토르 위고 장편소설 | 이형식 옮김 | 전2권 | 각 288, 360면
189 **젊은 예술가의 초상** 제임스 조이스 장편소설 | 성은애 옮김 | 384면
190 **소네트집** 윌리엄 셰익스피어 연작시집 | 박우수 옮김 | 200면
191 **메뚜기의 날** 너새니얼 웨스트 장편소설 | 김진준 옮김 | 280면
192 **나사의 회전** 헨리 제임스 중편소설 | 이승은 옮김 | 256면
193 **오셀로** 윌리엄 셰익스피어 희곡 | 권오숙 옮김 | 216면
194 **소송** 프란츠 카프카 장편소설 | 김재혁 옮김 | 376면
195 **나의 안토니아** 윌라 캐더 장편소설 | 전경자 옮김 | 368면
196 **자성록** 마르쿠스 아우렐리우스 명상록 | 박민수 옮김 | 240면

197 **오레스테이아** 아이스킬로스 비극 | 두행숙 옮김 | 336면
198 **노인과 바다** 어니스트 헤밍웨이 소설선집 | 이종인 옮김 | 320면
199 **무기여 잘 있거라** 어니스트 헤밍웨이 장편소설 | 이종인 옮김 | 464면
200 **서푼짜리 오페라** 베르톨트 브레히트 희곡선집 | 이은희 옮김 | 320면
201 **리어 왕** 윌리엄 셰익스피어 희곡 | 박우수 옮김 | 224면
202 **주홍 글자** 너새니얼 호손 장편소설 | 곽영미 옮김 | 360면
203 **모히칸족의 최후** 제임스 페니모어 쿠퍼 장편소설 | 이나경 옮김 | 512면
204 **곤충 극장** 카렐 차페크 희곡선집 | 김선형 옮김 | 360면
205 **누구를 위하여 종은 울리나** 어니스트 헤밍웨이 장편소설 | 이종인 옮김 | 전2권 | 각 416, 400면
207 **타르튀프** 몰리에르 희곡선집 | 신은영 옮김 | 416면
208 **유토피아** 토머스 모어 소설 | 전경자 옮김 | 288면
209 **인간과 초인** 조지 버나드 쇼 희곡 | 이후지 옮김 | 320면
210 **페드르와 이폴리트** 장 라신 희곡 | 신정아 옮김 | 200면
211 **말테의 수기** 라이너 마리아 릴케 장편소설 | 안문영 옮김 | 320면
212 **등대로** 버지니아 울프 장편소설 | 최애리 옮김 | 328면
213 **개의 심장** 미하일 불가꼬프 중편소설집 | 정연호 옮김 | 352면
214 **모비 딕** 허먼 멜빌 장편소설 | 강수정 옮김 | 전2권 | 각 464, 488면
216 **더블린 사람들** 제임스 조이스 단편소설집 | 이강훈 옮김 | 336면
217 **마의 산** 토마스 만 장편소설 | 윤순식 옮김 | 전3권 | 각 496, 488, 512면
220 **비극의 탄생** 프리드리히 니체 | 김남우 옮김 | 320면
221 **위대한 유산** 찰스 디킨스 장편소설 | 류경희 옮김 | 전2권 | 각 432, 448면
223 **사람은 무엇으로 사는가** 레프 똘스또이 소설선집 | 윤새라 옮김 | 464면
224 **자살 클럽** 로버트 루이스 스티븐슨 소설선집 | 임종기 옮김 | 272면
225 **채털리 부인의 연인** 데이비드 허버트 로런스 장편소설 | 이미선 옮김 | 전2권 | 각 336, 328면
227 **데미안** 헤르만 헤세 장편소설 | 김인순 옮김 | 264면
228 **두이노의 비가** 라이너 마리아 릴케 시선집 | 손재준 옮김 | 504면
229 **페스트** 알베르 카뮈 장편소설 | 최윤주 옮김 | 432면
230 **여인의 초상** 헨리 제임스 장편소설 | 정상준 옮김 | 전2권 | 각 520, 544면
232 **성** 프란츠 카프카 장편소설 | 이재황 옮김 | 560면
233 **차라투스트라는 이렇게 말했다** 프리드리히 니체 산문시 | 김인순 옮김 | 464면
234 **노래의 책** 하인리히 하이네 시집 | 이재영 옮김 | 384면

235 **변신 이야기** 오비디우스 서사시 | 이종인 옮김 | 632면
236 **안나 까레니나** 레프 똘스또이 장편소설 | 이명현 옮김 | 전2권 | 각 800, 736면
238 **이반 일리치의 죽음·광인의 수기** 레프 똘스또이 중단편집 | 석영중·정지원 옮김 | 232면
239 **수레바퀴 아래서** 헤르만 헤세 장편소설 | 강명순 옮김 | 272면
240 **피터 팬** J. M. 배리 장편소설 | 최용준 옮김 | 272면
241 **정글 북** 러디어드 키플링 중편편집 | 오숙은 옮김 | 272면
242 **한여름 밤의 꿈** 윌리엄 셰익스피어 희곡 | 박우수 옮김 | 160면
243 **좁은 문** 앙드레 지드 장편소설 | 김화영 옮김 | 264면
244 **모리스** E. M. 포스터 장편소설 | 고정아 옮김 | 408면
245 **브라운 신부의 순진** 길버트 키스 체스터턴 단편집 | 이상원 옮김 | 336면
246 **각성** 케이트 쇼팽 장편소설 | 한애경 옮김 | 272면
247 **뷔히너 전집** 게오르크 뷔히너 지음 | 박종대 옮김 | 400면
248 **디미트리오스의 가면** 에릭 앰블러 장편소설 | 최용준 옮김 | 424면
249 **베르가모의 페스트 외** 옌스 페테르 야콥센 중단편 전집 | 박종대 옮김 | 208면
250 **폭풍우** 윌리엄 셰익스피어 희곡 | 박우수 옮김 | 176면
251 **어셴든, 영국 정보부 요원** 서머싯 몸 연작 소설집 | 이민아 옮김 | 416면
252 **기나긴 이별** 레이먼드 챈들러 장편소설 | 김진준 옮김 | 600면
253 **인도로 가는 길** E. M. 포스터 장편소설 | 민승남 옮김 | 552면
254 **올랜도** 버지니아 울프 장편소설 | 이미애 옮김 | 376면
255 **시지프 신화** 알베르 카뮈 지음 | 박언주 옮김 | 264면
256 **조지 오웰 산문선** 조지 오웰 지음 | 허진 옮김 | 424면
257 **로미오와 줄리엣** 윌리엄 셰익스피어 희곡 | 도해자 옮김 | 200면
258 **수용소군도** 알렉산드르 솔제니찐 기록문학 | 김학수 옮김 | 전6권 | 각 460면 내외
264 **스웨덴 기사** 레오 페루츠 장편소설 | 강명순 옮김 | 336면
265 **유리 열쇠** 대실 해밋 장편소설 | 홍성영 옮김 | 328면
266 **로드 짐** 조지프 콘래드 장편소설 | 최용준 옮김 | 608면
267 **푸코의 진자** 움베르토 에코 장편소설 | 이윤기 옮김 | 전3권 | 각 392, 384, 416면
270 **공포로의 여행** 에릭 앰블러 장편소설 | 최용준 옮김 | 376면
271 **심판의 날의 거장** 레오 페루츠 장편소설 | 신동화 옮김 | 264면
272 **에드거 앨런 포 단편선** 에드거 앨런 포 지음 | 김석희 옮김 | 392면
273 **수전노 외** 몰리에르 희곡선집 | 신정아 옮김 | 424면

274 **모파상 단편선** 기 드 모파상 지음 | 임미경 옮김 | 400면
275 **평범한 인생** 카렐 차페크 장편소설 | 송순섭 옮김 | 280면
276 **마음** 나쓰메 소세키 장편소설 | 양윤옥 옮김 | 344면
277 **인간 실격·사양** 다자이 오사무 소설집 | 김난주 옮김 | 336면
278 **작은 아씨들** 루이자 메이 올컷 장편소설 | 허진 옮김 | 전2권 | 각 408, 464면
280 **고함과 분노** 윌리엄 포크너 장편소설 | 윤교찬 옮김 | 520면
281 **신화의 시대** 토머스 불핀치 신화집 | 박중서 옮김 | 664면
282 **셜록 홈스의 모험** 아서 코넌 도일 단편집 | 오숙은 옮김 | 456면
283 **자기만의 방** 버지니아 울프 지음 | 공경희 옮김 | 216면
284 **지상의 양식·새 양식** 앙드레 지드 지음 | 최애영 옮김 | 360면